MANFRED BOMM

Blutsauger

DIAGNOSE MORD Faschingszeit im beschaulichen Geislingen am Rande der Schwäbischen Alb. Ein Mann wird nach einem Autounfall schwer verletzt in die Klinik eingeliefert. Kurz darauf stirbt er. In derselben Nacht wird der leblose Körper einer Röntgen-Assistentin zwischen ihren Apparaten entdeckt. Zwar ist keine äußere Gewaltanwendung erkennbar, doch sieht man sich angesichts der ungewöhnlichen Todesumstände gezwungen, die Polizei zu verständigen.

Kommissar August Häberle übernimmt die Ermittlungen. Schon bald findet er heraus, dass das Unfallopfer an einem dubiosen Forschungsinstitut mit Niederlassungen im Raum Ulm und auf Gran Canaria beteiligt war. Zur Entwicklung eines Blutersatzstoffes wird dort offensichtlich mit Stammzellen gearbeitet, die aus dem Nabelschnurblut von Neugeboren gewonnen werden. Aber wie passt der Tod der Assistentin ins Bild …

Manfred Bomm stammt aus Geislingen an der Steige. Als Journalist ist er eng mit der Polizei- und Gerichtsarbeit verbunden. Mit seinen überaus erfolgreichen »Kommissar Häberle«-Krimis, die regelmäßig auf den Bestsellerlisten zu finden sind, gehört er zu den bekanntesten Autoren der deutschsprachigen Krimiszene.

Bisherige Veröffentlichungen im Gmeiner-Verlag:
Kurzschluss (2010)
Glasklar (2009)
Notbremse (2008)
Schattennetz (2007)
Beweislast (2007)
Schusslinie (2006)
Mordloch (2005)
Trugschluss (2005)
Himmelsfelsen (2004)
Irrflug (2004)

MANFRED BOMM

Blutsauger

Der elfte Fall für August Häberle

GMEINER *Original*

Besuchen Sie uns im Internet:
www.gmeiner-verlag.de

Im Ehnried 5, 88605 Meßkirch
Telefon 07575/2095-0
info@gmeiner-verlag.de

1. Auflage 2011

Lektorat: Claudia Senghaas, Kirchardt
Herstellung / Korrektorat: Julia Franze / Sven Lang
Umschlaggestaltung: U.O.R.G. Lutz Eberle, Stuttgart
unter Verwendung des Fotos »Blut 01« von: © Bernd Boscolo / aboutpixel.de
Druck: Fuldaer Verlagsanstalt, Fulda
Printed in Germany
ISBN 978-3-8392-1114-4

Personen und Handlung sind frei erfunden.
Ähnlichkeiten mit lebenden oder toten Personen
sind rein zufällig und nicht beabsichtigt.

Vorwort

Gewidmet allen, die mit der Kraft ihres Wissens die Schöpfung bewahren und sich der großen Verantwortung bewusst sind, dass jeder noch so kleine Eingriff das sensible Gleichgewicht des Lebens zerstört. Denn der Pfad, der in die Zukunft führt, ist schmal und voller Gefahren. Wer besessen ist von skrupellosen Gedanken an Profit und Macht, vermag die Irrwege nicht zu erkennen, die tief in den Abgrund führen.

Sorgen wir gemeinsam dafür, dass finstere Mächte keine Chance haben und wir im Einklang mit den Wundern der Schöpfung den Weg in die Zukunft finden.

Meine allergrößte Hochachtung gebührt den Menschen, die große Verantwortung auf sich laden und als Ärzte in den Operationssälen das Geheimnis des Lebens vor Augen haben. Denn ihr Tun und all ihr Engagement ist mehr wert als das Profitdenken aller Manager dieser Welt.

Versuchen wir deshalb bei allem, was wir persönlich für wichtig erachten, die Prioritäten im Sinne der Menschlichkeit zu setzen.

1

Sand, so weit seine Augen blickten. Sand, nichts als Sand. Immer, wenn Elmar Brugger im knöcheltiefen Sand den Markierungspfosten folgte, fühlte er sich in die Sahara versetzt. Doch diese Wüste war weit entfernt, etwa 300 Kilometer weiter ostwärts, drüben auf dem afrikanischen Kontinent. Die Dünen, die den braun gebrannten Doktor der Medizin teilweise haushoch umgaben, galten hingegen als kleines Naturwunder. Hier, im Süden Gran Canarias, ging die kleine Sandwüste nahtlos in den traumhaften Strand über – gerade so, als gehöre beides zusammen. Als seien die Dünen nichts weiter als ein kilometerbreiter Strand.

Brugger hielt seine Badeschuhe in der linken Hand und genoss die behagliche Wärme des weichen Sandes, in den seine bloßen Füße bei jedem Schritt versanken. Jetzt, Mitte Februar, labte er sich besonders an den wohltuenden Sonnenstrahlen. Bei seinem Abflug in Stuttgart hatte es vorgestern noch kräftig geschneit. Wie traumhaft war es doch, das mitteleuropäische Sudelwetter einfach hinter sich lassen und der Sonne entgegenfliegen zu können. Brugger hatte von seinem Fensterplatz aus freudig darauf gewartet, bis der Silbervogel endlich diese grauweiße Masse durchstach, unter der das Land seit Monaten lag. Als helle Sonnenstrahlen durch die Wolkenschicht zuckten, war jener Moment erreicht, in dem die Tragfläche den Airliner aus der bedrückenden Tristheit des irdischen Daseins ins endlose Blau des Himmels hob.

Brugger empfand es jedes Mal als Erlösung, wenn die Wolken wie ein erstarrtes Meer unter ihm blieben. Dann fühlte er sich so frei, als habe er all die Probleme, die ihn seit Monaten beschäftigten, einfach zurückgelassen, sie zugedeckt und dem Vergessen preisgegeben. Als fliege er einem neuen Morgen entgegen.

Daran musste er denken, als er in den blauen Himmel hinaufsah, wo ein Flugzeug dünne Kondensstreifen hinterließ, die sich sofort auflösten. Wahrscheinlich verlief hier die Route nach Südamerika, dachte er, während seine Augen an den filigranen Wellenlinien hängen blieben, die der Wind in den Dünensand gezeichnet hatte.

Brugger, 43 Jahre alt und Anästhesist an einer kleinen deutschen Klinik, war so tief in Gedanken versunken, dass er die wenigen Personen, die ihm auf dem sandigen Pfad entgegenkamen, gar nicht zur Kenntnis nahm. Er gab sich den Formen der Dünen hin, die mal steil aufragten, um wieder abzufallen oder mit mattgrünen Sträuchern bewachsen waren, die bei Sturm den Sand etwas zurückhalten sollten. Es gab Stellen, an denen der harte Untergrund vollständig freigeweht war und man besser in die Badeschuhe schlüpfte, um nicht mit den nackten Fußsohlen schmerzhaft die fest getrocknete Erdkruste zu spüren. Auch Brugger entschied sich dazu.

Ein kurzes Stück führte der Pfad durch tief eingeschnittene Dünentäler, die sich wie ein Wadi durch die Sandlandschaft zogen. Vermutlich spülte hier die stürmische See das Wasser weit in die Sandberge hinein.

Brugger kam an ein paar Männern vorbei, die ihre sonnengebräunten Körper textillos zur Schau stellten. Nacktheit war hier schon seit Langem zur Normalität geworden, ohne dass es zwischen Entblößten und Angezogenen zu Berührungsängsten kam. Bei manchen Menschen, so stellte er insgeheim fest, drängte die Begeisterung am textillosen Sonnenbaden die Ästhetik in den Hintergrund. Und das bezog sich nicht nur auf Männer, die an manchen Stellen offenbar bevorzugt in trauter Zweisamkeit beieinander lagen, sondern auch auf Frauen, die gleichermaßen ungehemmt hüllenlos unterwegs waren oder sich an den Sandhügeln in heißer Sonne die Haut verbrennen ließen. Brugger erblickte lieber die weibliche Freizügigkeit, sah meist dezent und ein bisschen verlegen zur Seite, wenn ein entblößter Vertreter des männlichen Geschlechts auf dem höchsten Sandhügel wie ein Feldherr Ausschau hielt. Dafür aber bescherte ihm jeder Anblick unverhüllter weiblicher Schönheit ein prickelndes Gefühl, das mit dem Gedanken an die kommende Woche einherging. Denn dass er hierher geflogen war, sich von Frau und Familie eine Auszeit nahm, hatte mehr als geschäftliche Gründe. Auf geschickte Weise hatte er das Nützliche mit dem Lustvollen verbinden können. Und hier gab es im Februar kaum jemanden, der ihn kennen würde. Und wenn schon – dass er sich hier aufhielt, war kein Geheimnis.

Er verdrängte den Gedanken an die aufregenden Tage, die ihm bevorstehen würden. Doch die nackte Haut, die ihn hier in den Dünen umgab, hatte seine Hormone durcheinandergewirbelt – so sehr sogar, dass er inzwischen unbewusst eine Anhöhe erklommen hatte, auf der sich der Horizont weitete und nicht mehr von Sandmassen eingeengt war. Er zog seine Schuhe wieder aus und ließ seinen Blick dorthin schweifen, wo weit in der Ferne die schneeweiße Fassade eines lang gezogenen, fünfstöckigen Hotelkomplexes die Sandfläche begrenzte – fast so, als stünde es in einer palmenbewachsenen Oase, die auch eine Fata Morgana hätte sein können. Brugger versuchte, mit zusammengekniffenen Augen die dritte Etage ausfindig zu machen, in deren Mitte er sein Zimmer hatte. Das RIU Palace Maspalomas hatte er seit seinem ersten Besuch ins Herz geschlossen. Es war nicht vom lauten Tourismus verrummelt, bot eine gediegene Atmosphäre und grenzte direkt an die Einöde, die er so sehr schätzte.

Dieser Pfad durch die Dünen führte westwärts hinüber nach Costa Meloneras mit seinem Leuchtturm. Entlang des weitläufigen Strandes, der den Ort bogenförmig entlang der Dünenlandschaft drüben mit San Agustin verband, war die nie enden wollende Prozession jener unterwegs, die stundenlang am Meer schlenderten und gelegentlich auf dem feucht-festen Sand ein paar Meter dem Wasser entgegengingen, bis ihnen die nächste hereinbrechende Welle bis zu den Knien schlug.

Im Winterhalbjahr gab es hier jede Menge Touristen, die nur der Sonne wegen kamen, die ausgedehnte Spaziergänge unternahmen und allenfalls in den Poolanlagen der Hotels ins Wasser stiegen. Viele andere, so auch Brugger, fuhren mit gemieteten Autos rauf in die Berge, um auf langen Wanderungen die Stille und Beschaulichkeit zu genießen, die mancher, der Gran Canaria lediglich mit den Bettenburgen an den Küstenstrichen in Verbindung brachte, hier nicht vermuten würde. Aber das war ja mit jeder dieser Kanarischen Inseln so – und sogar für Mallorca galt Gleiches: Von dem Halligalli der zubetonierten Küstenmeile war schon fünf, sechs Kilometer landeinwärts nichts mehr zu sehen.

Elmar Brugger sog die Meeresluft tief in sich ein. Für einen Moment musste er daran denken, dass heute Faschingssamstag war und daheim die Narretei ihrem

Höhepunkt entgegenstrebte. Er selbst konnte derlei organisiertem Treiben nichts mehr abgewinnen, obwohl er in seiner Jugendzeit kaum einen Ball oder Schwof ausgelassen hatte. Mittlerweile jedoch waren aus den einst seriösen Veranstaltungen reine Sauffeste geworden, die nicht selten in den frühen Morgenstunden mit üblen Prügeleien endeten. Er musste an seinen Kollegen Salbaisi denken, der kommende Nacht in der Ambulanz der Klinik all die Alkoholleichen und sonstigen Suffopfer verarzten musste. Der Arzt, der aus dem Irak stammte und am Rande der Schwäbischen Alb heimisch geworden war, verfügte über ein natürliches Talent, das ihn dazu befähigte, sowohl auf verletzte als auch auf plötzlich erkrankte Patienten beruhigend einzuwirken. Brugger beneidete den Kollegen für dieses Talent. Auch er selbst war eine Weile in diesen Schichtbetrieb eingeteilt gewesen, hatte aber nach einem halben Jahr alles darangesetzt, wieder davon wegzukommen. Er war nicht nur mit allem konfrontiert worden, was die Medizin an Schrecklichem hergab, sondern hatte es auch mit Randalierern und Hypochondern zu tun gehabt, die nichts Besseres wussten, als nachts um drei die Ambulanz zu behelligen.

Was sich in den täglichen Medienberichten der Zeitungen so locker las, wie etwa, dass das Unfallopfer in die Ambulanz eingeliefert worden sei, beschrieb nur unvollständig, welche menschliche Anstrengung sich dahinter verbarg. Zehn Stunden und länger, in Nächten wie der kommenden meist ohne Pause, mussten im Viertelstundentakt Entscheidungen getroffen, Diagnosen erstellt und Behandlungen eingeleitet werden. Und wenn man Pech hatte, dann kotzten einem die Sturzbesoffenen die

Bude voll. Brugger war selbst erschrocken, dass sein Gehirn solche Formulierungen zuwege brachte. Allerdings hatte er es damals wirklich so empfunden. In manchen Nächten war es ihm gewesen, als sei die Ambulanz so etwas wie eine Reparaturwerkstatt für lädierte Körper, in denen eine geschundene Seele steckte.

Brugger hatte seinen Blick längst wieder von dem weißen Hotel gewandt, das gut zwei Kilometer entfernt im gleißenden Sonnenlicht strahlte. Er ließ seine Augen nach links wandern, hinüber zu dem dichten Palmenhain, in den sich ein Golfplatz schmiegte. Etwas weiter links fraß sich die Bebauung von Costa Meloneras unablässig und gnadenlos das sanft ansteigende Gelände nach Maspalomas hinauf.

Brugger ging weiter. Er versuchte, sich in solchen Momenten vorzustellen, wie das wohl alles ausgesehen haben mochte, bevor in den 50er-Jahren der Tourismus über dieses Eiland im Atlantik hergefallen war. Ein paar Fischerhütten vielleicht, davor einige im Meer dümpelnde Boote. Doch schließlich waren die Geschäftemacher aufgetaucht, zuerst ein paar wenige, dann immer mehr. Vermutlich wurden die verlassenen Strände oder felsigen Abschnitte den Fischern für einen Bruchteil dessen abgeschwatzt, was die Grundstücke später wert wurden. Oder, was wahrscheinlicher erschien, man hatte die armen Leute gewissenlos übern Tisch gezogen, eventuell sogar im hehren Interesse des Allgemeinwohles enteignet. Möglich auch, dass sich mancher Tourismusraffke wertlos erscheinendes Ödland einfach still und heimlich unter den Nagel gerissen hatte. Es gab ja nichts – außer Salzwasser und Sonne. Wem sollte so etwas jemals nützen?

Dass hier im südlichen Landstrich der Insel meist die

Sonne schien, wenn alles andere in Nebel oder Regenwolken gehüllt war, dürften clevere Tourismusmanager bald erkannt haben. Dieses schöne Wetter, so hatte es Brugger schon viele Male bestätigt gefunden, war – wie übrigens auch drüben auf Teneriffa – der Topografie zu verdanken: Die meist von Nordosten anströmende feuchte Meeresluft, ein Ausläufer der Passatwinde, wird von den Bergen der Inselmitte in die Höhe gezwungen, kühlt auf diese Weise ab, bildet Wolken und regnet sich ab. Südlich der Berge gibt es gewisse Bereiche, die von all diesen Niederschlägen nichts abbekommen. Bereits 15 Kilometer davon entfernt können die Temperaturen deutlich niedriger und die Witterungsverhältnisse richtig ruppig sein. Oft schon hatte dies Brugger mit eigenen Augen gesehen, wenn er zum östlich gelegenen Flughafen gefahren war und dort der Himmel bereits einen Vorgeschmack auf das gab, womit nach einem vierstündigen Flug Mitteleuropa üblicherweise aufwartete.

Doch auch wenn weithin gutes Wetter zu sein schien, konnte sich ziemlich schnell vom Insel-Hochgebirge aus ein breites Wolkenfeld in südöstliche Richtung auf das Meer hinausziehen – die sogenannte Passatwolke, die sich an manchen Tagen bisweilen hartnäckig hielt.

Für Brugger waren diese Wetterphänomene ein kleines Wunder – vor allem zeigten sie, welche Urgewalten in der Atmosphäre herrschten. Für ihn ein Zeichen dafür, wie auf diesem Planeten jede Kraft und jedes Element seine Bedeutung hatte. Nichts war dem Zufall überlassen, nichts geschah nur deshalb, weil es halt gerade so passte. Nein, Brugger mochte nicht an diese modernen Theorien glauben, die keinen Platz mehr für das Wunderbare und Geheimnisvolle ließen. Mochte auch die

Medizin noch so große Fortschritte erzielt haben – bisher hatte ihm keiner plausibel erklären können, weshalb irgendwann, halbe Ewigkeiten nach dem allseits propagierten Urknall, tote Materie plötzlich lebendig geworden sein sollte – und zwar so wunderbar, dass daraus ein komplizierter menschlicher Körper werden konnte, der ihn während seines Medizinstudiums zunehmend fasziniert hatte.

Der Leuchtturm war inzwischen ein gutes Stück herangerückt. Zumindest hatte Brugger dies so empfunden, als er wieder seinen Gedanken entrückt war. Der mit rot markierten Pfosten gekennzeichnete Pfad führte jetzt an einer feuchten Fläche entlang, die aus Gründen des Naturschutzes gesperrt war. Brugger überlegte, ob er drüben bei den Straßencafés, die den Sandstrand zur Bebauung von Costa Meloneras hin begrenzten, einen Cappuccino trinken sollte. Noch bevor er eine Entscheidung treffen konnte, spürte er das Vibrieren seines Handys in der Tasche seiner bunten Bermudashorts. Er blieb stehen, fingerte das kleine Gerät heraus, erkannte auf dem Display eine vertraute Nummer in Spanien und meldete sich mit einem knappen »Ja, hallo«.

»Nur kurz, zur Information«, hörte er die Männerstimme, während er zum Meer hinübersah, vor dem sich die Prozession der Strandgänger unablässig in beide Richtungen bewegte. »Wir müssen uns treffen, dringend.«

»Treffen?«, fragte Brugger ungläubig nach. Er hatte seinen Freund erst vorgestern gleich nach der Ankunft angerufen und mit ihm vereinbart, am Sonntagvormittag, also morgen, zu ihm zu kommen. Die ersten Tage wollte er entspannen, vor allem sich aber auf Montag freuen – und auf die folgende Woche.

»Möglichst noch heute!«, fuhr die Stimme fort, ohne ihn zu Wort kommen zu lassen. »Ich schlage vor: 20 Uhr bei mir.«

»So schnell?« Bruggers Einwand klang unsicher. Auf seiner Stirn, die vom Winde zerzausten strohblonden Haar bedeckt wurde, traten tiefe Falten hervor.

»Nimm am besten ein Taxi. Hörst du …« Seinem Freund war die Dringlichkeit seines Anliegens anzuhören. »Ein Taxi, hab ich gesagt. Nicht deinen Mietwagen, falls du schon einen hast.«

»Kannst du mir wenigstens verraten, was passiert ist?«

»Nicht jetzt – nicht am Telefon«, kam es zurück. »Punkt 20 Uhr, okay?«

»Okay«, bestätigte Brugger widerwillig und steckte das Handy wieder weg. Mit einem Mal war die schöne Stimmung verflogen. Es durfte nichts dazwischenkommen. Auf gar keinen Fall.

2

Höllenbar. Was so furchterregend klang, zog die bunt gekleidete Menge geradezu magisch an. Die Megafaschingsparty, wie sich die Veranstaltung in der Festhalle des kleinen Ortes am Rande der Schwäbischen Alb nannte, hatte in dieser Samstagnacht zu einem wahren

Besucheransturm geführt. Es herrschte drangvolle Enge und die Kapelle Slow Motion, die abseits der Bühne positioniert war, heizte die Stimmung mächtig an, während hinter den Musikern die dazu passenden Originalvideos der berühmten Interpreten auf die Leinwand projiziert wurden.

Droben auf der Bühne galt das Interesse der Höllenbar. Orange-gelb ausgeschmückt und farblich dem Höllenfeuer nachempfunden, war sie in Fünferreihen belagert. Unterdessen wuselte es drunten auf der Tanzfläche, die zwischen Kapelle und Tischreihen eingezwängt war. In der Menge hatten die Paare allergrößte Mühe, sich den nötigen Freiraum zu verschaffen. Längst waren die mitternächtlichen Allerwelthits wie Deutschers ›Marmor, Stein und Eisen bricht‹ oder ›Satisfaction‹ von den Stones gespielt worden. Soeben versuchten sich die Tänzer mit schwimmenden und fliegerischen Armbewegungen, wie sie üblicherweise beim Singen von Tim Toupets Faschingsohrwurm ›Heut ist so ein schöner Tag‹ erfolgten.

Quer durch die Festhalle waren Girlanden in allen Farben des Regenbogens gespannt. Und draußen im Foyer gab's für die Freunde einer eher paradiesischen Atmosphäre die Südseebar. Die Musik, mochte sie noch so sehr zum Singen und Tanzen animieren, bügelte aufgrund ihrer Lautstärke rücksichtslos über jedes gesprochene Wort.

Früher hatten sie hier in Bad Überkingen am Rande der Schwäbischen Alb eine Prunksitzung veranstaltet, in der das lokale Geschehen auf die närrische Schippe genommen worden war. Doch obwohl es diesmal mit der im Herbst erfolgten plötzlichen Abwahl des Dorfschultheißen jede Menge aktueller Themen gegeben hätte, waren die Organisatoren nicht in der Lage gewesen, genügend Programmpunkte auf die Beine zu bringen. So blieb es bei einer Tanzveranstaltung. Damit jedoch zeichnete sich auch hier ein Trend ab, wie er landauf, landab zu beobachten war: Nicht mehr geschliffene Wortbeiträge waren gefragt, sondern das ausgelassene Treiben, bei dem verbale Kontakte, angesichts wummernder Bässe und offensichtlich bereits tauber Musiker oder Discjockeys, auf einzelne Wortfetzen oder vorsteinzeitliche Mimik und Gestik reduziert wurden. Möglicherweise würden die Büttenreden, wie sie früher noch gefragt waren, auch inhaltlich gar nicht mehr verstanden, zumal sich das Volk mit Grausen von jenen gewandt hatte, die darin im Mittelpunkt standen – die großen Politiker in Land und Bund, aber auch jene in den Rathäusern, denen ohnehin angesichts permanenter Finanzmisere jegliche Gestaltungsmöglichkeit genommen war. Oder sie brüteten Entscheidungen aus, die dem Bürger nur ratloses Kopfschütteln bescherten.

Wie einfach war es deshalb, sich mit Musik zudröhnen zu lassen. Eigentlich entsprach dies nicht den Vorstellungen der beiden jungen Frauen, die sich ins närrische Samstagnachtfieber gestürzt hatten. Ein paar Mal waren sie auf der Tanzfläche, allerdings fühlten sie sich jetzt an der langen Höllenbar ziemlich beengt. Einige Typen, so schien es ihnen, hatten es eindeutig auf sie abgesehen. Doch erstens waren die als Piraten verkleideten Kerle zu jung, zweitens betrunken und drittens sicher nur mit dem einen Ziel hier, die Nacht anderweitig ausklingen zu lassen – falls dies aufgrund ihres alkoholisierten Zustands überhaupt wunschgemäß ablaufen würde.

Melanie Winkler versuchte, den Blicken der Männer auszuweichen, die weiter entfernt an der Bar lümmelten und sich unflätig benahmen, wie sie aus ihrem Gehabe schloss. Sie hatte es insgeheim bereits bereut, dass sie in diesem luftigen und abenteuerlich kurzen Strandkleidchen gekommen war. Aber nachdem ihr ihre jüngere Kollegin Caroline Sauer vorgeschwärmt hatte, dass es wieder, wie voriges Jahr, eine Südseebar geben würde, waren sie beide der Idee verfallen, sich angemessen zu kleiden – obwohl dies bei Weitem nicht alle Besucher getan hatten. Unterm närrischen Volk war so ziemlich alles zu finden, was zu jeder beliebigen Faschingsveranstaltung gepasst hätte: Matrosen und Cowboys, Samba-Tänzerinnen oder in allerlei Tierkostüme gewandete Gäste, je nachdem, was einschlägige Supermarkt-Ketten in dieser Saison im Angebot hatten. Dazu zählte offenbar auch ein katzenfellartiges Oberteil, wie es Caroline an diesem Abend schon einige Male aufgefallen war. Sie selbst hingegen hatte sich für kurze, ausgefranste Jeans und ein buntes T-Shirt entschieden. Dass sie damit ebenso auffallen würde wie ihre Kollegin, war ihr natürlich klar gewesen, zumal sie beide auf einen netten Flirt gehofft hatten. Doch die Nacht verlief bisher eher enttäuschend. Zwar hatten sie ein paar Mal getanzt, aber keiner der Männer war ihr Typ gewesen. Andere, die ihnen mehr zugesagt hätten, waren meist in Begleitung.

Melanie, inzwischen 30 und nach einer Beziehung, die nach sechs Jahren zerbrochen war, ziemlich frustriert, fühlte sich angesäuselt und kicherte ihrer Arbeitskollegin ins Ohr: »Du kennst ja den Spruch: Männer sind wie Toiletten. Entweder besetzt oder beschissen.« Ihr lautes Lachen wurde von der Musik geschluckt. Melanie warf ihre schulterlangen braunen Haare zum wiederholten Male schwungvoll nach hinten, wobei sie an den Arm eines nebenstehenden Mannes stieß, den sie nicht beachtete. »Vergessen wir die Typen einfach«, grinste sie, nahm ihr Sektglas zur Hand und prostete Caroline zu. »Auf Gran Canaria.«

Caroline lächelte zurück. »Auf Elmar.«

Melanie verschluckte sich und prustete. »Wir werden ihm ganz schön einheizen.«

Ihre Kollegin stellte das Glas zurück und zog ein spitzbübisches Gesicht. »Ich hab mir extra ein paar heiße Höschen gekauft.«

Melanie überlegte einen Moment und spürte so etwas wie Zweifel, ob es richtig gewesen war, sich zu zweit von Elmar einladen zu lassen. Sie mochte ihre junge Kollegin. Seit fünf Jahren arbeiteten sie als Krankenschwestern in der Helfenstein-Klinik. Doch wenn es nun in diesen wenigen Urlaubstagen, die ihnen bevorstanden, zu Eifersüchteleien kam, dann konnte anschließend das Betriebsklima erheblich darunter leiden. Diesen Gedanken hatten sie in der anfänglichen Euphorie verdrängt. Und inzwischen wollten sie nicht offen aussprechen, dass es zu einem verhängnisvollen Konkurrenzkampf kommen könnte. Ganz abgesehen davon, dass Elmar verheiratet war.

3

Die Samstagnacht am Faschingswochenende war gefürchtet. Wer in der Ambulanz arbeitete, studierte bereits Monate zuvor den Schichtplan – in der Hoffnung, in dieser Nacht nicht arbeiten zu müssen. Es gab wenige Nächte, die derart unbeliebt waren. Nur im Sommer, wenn bei Stadt- und Bierzeltfesten reichlich Alkohol floss, hatte man mit ähnlich vielen unangenehmen Zeitgenossen zu rechnen.

Shakir Salbaisi, ein kleiner, wuseliger Mann mit einem fast kahlen Kopf, nahm hingegen solche Nächte gelassen und mit Humor. Zusammen mit der Ambulanzschwester Brigitte hatte er schon manches erlebt, was ein Außenstehender kaum nachzuvollziehen vermochte. Blutige Nasen oder aufgeplatzte Lippen nach Schlägereien waren das Geringste. Viel schlimmer waren betrunkene Ehemänner, die ihre verprügelten Frauen heranschleppten und behaupteten, es handle sich um einen häuslichen Unfall – weil die Frau angeblich zu mitternächtlicher Stunde beim Putzen von einer Leiter gefallen sei. Oder es kamen Jugendliche, die an Händen und Armen blutende Stichwunden aufwiesen und erklärten, sie hätten versehentlich in die Klinge eines Taschenmessers gegriffen. Bei Verdacht auf eine Straftat war Salbaisi natürlich gezwungen, die Polizei zu verständigen. Kürzlich hatte ein Randalierer sogar die halbe Einrichtung kurz und klein geschlagen.

Weil es in der Klinik kein Wartezimmer gab, mussten die Patienten knapp 50 Schritte entfernt, zwischen dem Untersuchungsraum und einigen Büroräumen, geduldig auf harten Stühlen im Flur sitzen. Bei starkem Andrang konnte dies durchaus eine Stunde und länger dauern. Hier ging es nach Dringlichkeit: Wer augenscheinlich schwerer verletzt war als die Wartenden, wurde vorgezogen. Zwar war die gläserne Pförtnerloge im Eingangsbereich der Klinik rund um die Uhr besetzt, doch mussten sich die Patienten selbst in der Ambulanz anmelden, die nur zwei Flurwindungen entfernt untergebracht war. Nachts jedoch, wenn dort hinter der großen Glasscheibe niemand saß, verwies ein Zettel auf einen Klingelknopf, der im Behandlungszimmer ein akustisches Signal auslöste. Dann eilte Ambulanzschwester Brigitte nach vorn, um die Personalien neuer Patienten aufzunehmen – soweit diese überhaupt in der Lage waren, sie ordnungsgemäß anzugeben. Hin und wieder kam es vor, dass manch einer weder seine Krankenversicherung noch die Anschrift korrekt nennen konnte.

Zum nächtlichen Ambulanzteam gehörte eine Röntgenassistentin, die ein Stück hinter Salbaisis Behandlungszimmer, schräg überm Flur, ihr eigenes Reich hatte. In Nächten wie diesen war sie pausenlos im Einsatz. Denn wann immer jemand über Knochenschmerzen klagte, sei es im Brustbereich oder an den Armen oder Beinen, ordnete Salbaisi eine Röntgenaufnahme an. Er tat dies auch dann, wenn eine Knochenverletzung eher unwahrscheinlich erschien. Sicher war sicher. Er wollte sich später nicht dem Vorwurf ausgesetzt sehen, einen Patienten allzu nachlässig untersucht zu haben. Dass er manchmal Zweifel an den geschilderten Schmerzen hegte, lag an den Simulanten, die aus reiner Wichtigtuerei nachts in der Ambulanz auftauchten. In jüngster Zeit war häufig ein junges Mädchen in Begleitung der

Eltern erschienen, zuletzt sogar im Rollstuhl, in den sie angesichts ihrer angeblichen Schmerzen an der Pforte gesetzt worden war. Nachdem Salbaisi wieder einmal keine ernste Verletzung diagnostizieren konnte, hatte er die junge Dame in einer seiner seltenen energischen Momente angeherrscht: »Sie stehen jetzt auf!« Nach kurzem Zögern war die Angesprochene aufgestanden und hatte, völlig eingeschüchtert, auf eigenen Beinen den Behandlungsraum verlassen. Wenn Salbaisi diese Szene mit der wundersamen Heilung im Bekanntenkreis schilderte, fühlten sich die Zuhörer meist an biblische Geschehnisse erinnert.

Jetzt stand eine Dame mittleren Alters vor ihm, gestützt auf zwei Krücken, die sie an der Pforte erhalten hatte. Salbaisi blickte in ein schmerzverzerrtes Gesicht, in dem üppige Schminkfarbe mit Schweiß und Wasser verlaufen war.

»Helau«, lächelte der sympathische Ambulanzarzt und spielte auf das Kostüm der Patientin an: Sie trug ein dunkelblaues, knielanges und mit goldenen Verzierungen ausgeschmücktes Engelsgewand, hatte in den regennassen Haaren eine Art Heiligenschein stecken und war mit Konfetti behaftet.

Der Arzt griff zur Begrüßung symbolisch nach ihrer rechten Hand, die eine Krücke umklammert hielt. »Helau in der Ambulanz«, sagte er, »oder soll ich lieber Halleluja sagen?«

Schon war das Eis gebrochen. Sie ließ ein gequältes Lächeln erkennen. Ihr männlicher Begleiter, der hinter ihr ins Zimmer gekommen war, verzog keine Miene und schwieg verlegen. Er schien sich in seiner Verkleidung als Teufel nicht sonderlich wohl zu fühlen: Schwarzes

T-Shirt mit weißem Totenkopf auf der Brust, schwarze Hose mit rosarotem Besatz züngelnder Flammen.

Salbaisi und seine Ambulanzschwester halfen der Frau auf die Untersuchungsliege, während der Mann unschlüssig daneben stand und die Krücken hielt. Im grellen, hellen Licht der Leuchtstoffröhren wirkte sein Gesicht blass. Der Arzt schätzte das Paar auf Ende 30. Er entfernte sich zu seinem kleinen Schreibtisch und griff sich den Computerausdruck, der die persönlichen Daten enthielt, die Schwester Brigitte zuvor bei der Anmeldung aufgenommen hatte. Beim Blick auf das Geburtsdatum der Frau fühlte sich Salbaisi bestätigt. Sie war 38, wohnte im benachbarten Bad Überkingen und war bei der Betriebskrankenkasse der WMF versichert. »Wo tut's denn genau weh?«, fragte er, als er wieder zu ihr herüberkam.

»Da.« Die Frau deutete auf ihren rechten Fußknöchel und zog sich vorsichtig den Schuh aus.

Salbaisi bückte sich, strich über das angeschwollene Sprunggelenk und drückte sanft, um den Grad der Schmerzhaftigkeit zu testen. Die Frau hielt für einen Augenblick die Luft an.

»Wir machen eine Aufnahme«, entschied er, um gleich beruhigend hinzuzufügen: »Ich glaube aber nicht, dass es sich um eine Fraktur handelt.«

»Knochenbruch«, ergänzte Schwester Brigitte, die aus ihrer langjährigen Berufspraxis wusste, dass sich Patienten mit ärztlichen Fachbegriffen oftmals schwertaten und nicht wagten, vor dem Herrn Doktor nachzufragen. »Es ist wahrscheinlich nichts gebrochen.«

»Wie ist's denn passiert?«, wollte Salbaisi eher beiläufig wissen, während er den Schein fürs Röntgen ausfüllte.

»Beim Tanzen«, antwortete der Mann schnell, der bis

jetzt geschwiegen hatte. »Sie hat einfach getanzt wie der Teufel«, fügte er leicht grinsend an.

Salbaisi hob den Kopf zu ihm. »Wie der Teufel?«, fragte er grinsend. »Sie meinen wohl: Mit dem Teufel?« Und an die Frau gewandt, der die Schwester einen Rollstuhl neben die Liege schob, ergänzte der Doktor: »So kann's gehen, wenn ein Engel mit dem Teufel tanzt.«

Beim vorsichtigen Umsteigen von der Liege in den Rollstuhl verging ihr das Lachen, obwohl die Ambulanzschwester ihr unter die Arme griff, um ihr weitere Schmerzen möglichst zu ersparen.

Der Mann, der sich in einem Wandspiegel betrachtete und sein Totenkopf-T-Shirt in dieser Umgebung für völlig unpassend hielt, unternahm den krampfhaften Versuch, locker zu wirken: »Sind wir eigentlich die einzigen Faschingsverrückten, die heut Nacht zu Ihnen kommen?« Die digitale Uhr auf Salbaisis Schreibtisch zeigte kurz vor halb zwei.

Salbaisi druckte das Formular fürs Röntgen aus und wandte sich dem Mann zu: »Wenn's nur Faschingsverrückte wären, wären wir zufrieden.«

Weil er bei seinem Gegenüber Ratlosigkeit erntete, wurde er deutlicher. »Manchmal ist hier wirklich die Hölle los – mit den Betrunkenen und Gewalttätigen.«

Der als Teufel verkleidete Mann nickte, um sogleich humorvoll anzumerken: »Und wenn heut Nacht einer im Arztkittel hier auftaucht, wissen Sie womöglich nicht mal, ob es ein echter Kollege ist?«

Salbaisi runzelte die glatte Stirn und zögerte. Die anfängliche Zurückhaltung des Mannes mochte nicht zu dieser eher saloppen Äußerung passen. »Auch Ärzte sind nur Menschen«, erwiderte er deshalb und musste sich insgeheim eingestehen, dass es keine sonderlich originelle Antwort war. Er reichte dem Mann den Röntgenschein und deutete zur Tür: »Einfach rechts und dort warten, bis Ihre Frau aufgerufen wird. Anschließend sehen wir uns wieder.«

Der Angesprochene umfasste die Griffe des Rollstuhls, in dem seine Frau saß, und ließ sich von der Ambulanzschwester die Tür öffnen. Im Hinausgehen drehte er sich noch mal zu Salbaisi: »Dann passen Sie mal auf, dass Sie nicht noch einen echten Kollegen treffen, heut Nacht.«

Der Arzt und die Schwester sahen sich für einen Moment verwundert an.

»Ich hol den Nächsten«, wurde Brigitte sofort wieder geschäftig.

Während sie sich auf den Weg durch zwei angrenzende Büros zum Anmeldebereich der Ambulanz machte, wo noch immer ein halbes Dutzend Patienten saß und lustlos in abgegriffenen Illustrierten blätterte, tippte Salbaisi seine vorläufige Diagnose zum schmerzenden Fuß der Patientin in die Tastatur seines Computers. Seit die Bürokratie im Gesundheitssystem geradezu gigantische Ausmaße angenommen hatte, konnte es vorkommen, dass der Schreibkram länger dauerte als die Untersuchung. Salbaisi empfand dies als eine geradezu fahrlässige Verschwendung wertvoller Zeit, die sinnvoller für Gespräche mit Patienten genutzt werden sollte. Als er vor über 20 Jahren nach Deutschland gekommen war, hatte er geglaubt, seine ganze Schaffenskraft zum Wohle kranker Menschen einsetzen zu können. Inzwischen fühlte er sich eingeengt und ausgebremst – und es schien ihm, als stünden in diesem Lande nicht mehr die Patienten, sondern Formulare und neuartige, vor allem aber komplizierte Abrechnungsmodelle, wie man sie aus Australien importiert und mit deutscher Gründlichkeit verfeinert hatte, im Mittelpunkt seiner Arbeit.

Er versuchte, sich auf den Monitor zu konzentrieren, und bemerkte deshalb auch nicht, dass jemand die Tür leise geöffnet hatte.

»Und, Herr Kollege«, nahm er eine sonore und vertraute Stimme wahr. Er brauchte sich nicht umzudrehen, um zu wissen, dass Dr. Volker Moschin vorbeischaute – wie er dies immer tat, wenn sie beide Nachtdienst hatten. Diesmal war er sogar spät dran, wie Salbaisi bemerkte.

»Was soll ich sagen?«, erwiderte Salbaisi, ohne aufzusehen. »Der übliche Wahnsinn.« Er tippte noch einige Worte, während Moschin näher kam. Sie beide verstanden sich gut. Meist fand sich in solchen gemeinsamen Nächten eine Gelegenheit zu einem kleinen Plausch. Moschin, leitender Oberarzt in der Anästhesie, hatte heute Nacht Bereitschaftsdienst. Wurde in irgendeiner Abteilung ein Arzt gebraucht, musste er erreichbar sein.

»Bei mir ist's noch erstaunlich ruhig«, sagte der kräftige Mann, der gut einen Kopf größer war als der eher schmächtige Salbaisi. Er verschränkte seine Arme vor der breiten Brust und blickte seinem Kollegen über die Schulter. »Wieder mal Röntgen«, stellte er beim Überfliegen des Textes auf dem Monitor fest.

Salbaisi drehte seinen Stuhl zu dem Kollegen. »Es bleibt nichts anderes übrig. Wenn du's nicht machst, zerren sie dich womöglich später vor den Kadi.« Salbaisi beherrschte die deutsche Sprache, als sei er hier geboren. Er sprach ein nahezu astreines Hochdeutsch.

Moschin lächelte gequält. Sein schneeweißer Arztkittel bildete einen scharfen Kontrast zu seinem tiefschwarzen, vollen Haar. »Was machen unsere Faschingsnarren?«, wechselte er das Thema. Seine kräftige Stimme entsprach der hünenhaften Gestalt.

»Verschon mich bitte damit. Zwei waren bereits da. Ich befürchte, dass die Suffköppe erst gegen Morgen hier auftauchen.«

Moschin nickte. Er wollte noch etwas sagen, doch sein Piepser hielt ihn davon ab. »Ich muss weg«, äußerte er, obwohl diese Erklärung unter Kollegen überflüssig gewesen wäre. Unter der Tür traf er auf Brigitte, die einen älteren Herrn im Schlepptau hatte, der ziemlich mürrisch dreinblickte und die beiden Weißkittel misstrauisch betrachtete. Im Hinausgehen grinste Moschin seinem Kollegen zu: »Immer die Ruhe behalten, egal, was geschieht.«

Salbaisi schüttelte bereits dem Missmutigen die Hand. Sie fühlte sich rau und feucht an.

4

Es war eine jener finsteren Nächte, wie sie nur das winterliche Mitteleuropa hervorzubringen vermag: Ein böiger Wind trieb den feinen Schnee durch die Straßen. Der nasse Asphalt spiegelte das wenige Licht wider, das durch den Schnee den Weg zum Boden fand. Wer jetzt, lange nach Mitternacht, sein Haus nicht verlassen musste, kuschelte sich in eine warme Decke und genoss die behagliche Wärme – oder er hatte sich an diesem Samstag vor Rosensonntag ins närrische Treiben gestürzt, das am Nordrand der Schwäbischen Alb mancherorts eine seltsame Mischung aus rheinischem Karneval und oberschwäbischer Maskerade war. Beides war nichts für den Mann, der gerade den erleuchteten Haupteingang der Helfenstein-Klinik hinter sich gelassen hatte, um über einige Seitenstraßen zu dem abgelegenen Angestellten-Parkplatz zu gehen. Er sehnte sich jetzt nach Ruhe. Der Dienst hatte länger gedauert als erwartet, weil eine Geburt äußerst problematisch verlaufen war. Beinahe hätte er sogar den Chefarzt der Gynäkologie aus dem Schlaf geklingelt, bis sich herausgestellt hatte, dass die Komplikationen glücklicherweise kleiner gewesen waren als ursprünglich befürchtet.

Er wünschte sich, weit weg zu sein. Irgendwo unter Palmen, in lauer Nacht, mit Freunden. Er dachte an seinen letzten Aufenthalt auf den Kanaren, an die Abende auf der Hotel-Terrasse, an das Schwimmen im Meer. Doch durch den langen, kalten Winter waren diese herrlichen Tage, die er im November dort verbracht hatte, bereits wieder in endlos weite Ferne gerückt. Der Mann, Mitte 30 und von sportlicher Gestalt, beschleunigte seine Schritte. Er war noch keine 100 Meter gegangen, vorbei an der langen Reihe der am Straßenrand abgestellten Autos, da verschwammen die Lichter der Lampen vor seinen Augen zu einem funkelnden Prisma, das sich auf den Brillengläsern gebildet hatte.

Seine Hände tief in den Taschen seines dunklen Trenchcoats vergraben, wechselte er zwischen zwei geparkten Autos hindurch die Straßenseite und eilte weiter. Während all der Jahre, seit er Oberarzt an der Klinik war, nahm er nach dem Spätdienst immer denselben Weg durch dieses ruhige Wohngebiet weit abseits des Stadtkerns. Er sog die frische Luft tief in sich ein und versuchte, sich von den Gedanken an Patienten und deren Schicksale zu lösen. Er hatte ohnehin genügend eigene Sorgen. Noch vor Ostern, da war er sich ganz sicher, würde er eine Entscheidung herbeiführen, egal wie. Und wenn sie ihn dazu zwangen, würde er bis zum Äußersten gehen. Selbst auf die Gefahr hin, tief mit hineingezogen zu werden. Aber mit seinem Gewissen konnte er dies alles nicht mehr länger vereinbaren.

In Gedanken versunken, erreichte er eine innerstädtische Hauptverkehrsstraße, die ihn an ein Trauerband erinnerte, das sich in beide Richtungen dahinzog. Leblos und trist. Auf dem nassen Asphalt spiegelte sich das fahle Licht der Straßenlampen und die Umgebung hob sich in allen Schwarz- und Grauschattierungen aus der Finsternis hervor. An den mehrstöckigen Wohngebäuden, die den Straßenverlauf säumten, waren nur wenige Fenster beleuchtet.

Wenn er zu dieser späten Stunde zum Parkplatz ging, nahm er jede Möglichkeit wahr, den Weg abzukürzen. Weil sich weit und breit kein Fahrzeug näherte, benutzte er nicht den Zebrastreifen, der sich etwa 50 Meter entfernt an der nächsten Einmündung befand, sondern zwängte sich erneut durch eine Reihe geparkter Autos, um die Straße im schrägen Winkel zu überqueren. Bei einem flüchtigen Blick nach links glaubte er für einen kleinen Moment, jemand säße hinterm Steuer des übernächsten Wagens, der zur Reihe der geparkten Fahrzeuge gehörte. Es war eine kurze, beiläufige Beobachtung, der er keine Bedeutung beimaß. Seine Gedanken ließen ihm dafür auch keinen Spielraum. Sie hafteten wie ein böser Geist an ihm, der sich nicht abschütteln ließ. Zu keiner Zeit, zu keiner Sekunde. Sogar als er die Geburt eingeleitet hatte, war er nicht voll konzentriert gewesen. Eine gefährliche Situation, die ihn den Job kosten konnte. Noch jetzt überfiel ihn das schale Gefühl, leichtfertig etwas vermasselt haben zu können. Er musste aufpassen, verdammt aufpassen. Und zwar in jeder Beziehung.

Gerade hatte er zwei Schritte auf der Fahrbahn getan, um sie im stumpfen Winkel hinüber zu jener Einmündung zu überqueren, wo sich der Parkplatz für die Klinikbediensteten befand, da wurde hinter ihm ein Motor gestartet. Also doch, durchzuckte es ihn, er war nicht allein unterwegs. Schon bemächtigten sich seiner wieder finstere Gedanken, die sich in einer wilden Spirale abwechslungsweise und völlig ungeordnet sowohl um die komplizierte Geburt als auch um die bevorstehenden Entscheidungen drehten und in ihm ein Gefühl der Leere und Hilflosigkeit aufsteigen ließen. Dies alles überfiel ihn im Bruchteil von Sekunden. Es schien, als sei das Erlebte der vergangenen Stunden und Tage in seinem Kopf zum Stillstand gekommen, wie ein Computer, auf dessen Festplatte alle schrecklichen Bilder vereint waren und sich nicht mehr entfernen ließen. Als sei alles gleichzeitig geschehen und eingefroren worden.

Er versuchte, sich dagegen zu wehren, sich zu befreien, sich endlich aus dieser Dunkelheit zu retten. Doch seine Zukunft schien genauso finster und trostlos vor ihm zu liegen wie diese dunkle Straße, die sich weit vorn in einer Kurve verlor.

Nur wenige Schritte war er vorwärts gekommen, wohingegen seine Gedanken Zeit und Raum durchquert hatten. Ein einziges Geräusch genügte, um ihn wieder in die Wirklichkeit zu befördern. Es war so laut und aufheulend, bedrohend und anschwellend, dass er für den winzigen Moment, eine Schrecksekunde, gar nicht in der Lage war zu reagieren. Und als ihm bewusst wurde, dass er mitten auf der Straße ging und soeben ein Auto auf ihn zukam, hatte er keine Chance mehr. Und obwohl er, in Panik geraten, vieles gleichzeitig versuchte, sich reflexartig umdrehte und flüchten wollte, konnte er den Scheinwerfern nicht entkommen. Gleich würde das Fahrzeug, das hinter ihm stark beschleunigt hatte, mit voller Wucht gegen seinen Körper prallen.

5

Es war nicht nur die geradezu mediterrane Schwüle, die ihm den Schlaf raubte. Elmar Brugger hatte sich im Bett von einer Seite zur anderen gewälzt und war schließlich auf den Balkon gegangen. Über die Palmen, die sanft im Nachtwind rauschten, sah er zum Meer hinaus, in dem sich das kalte Licht des Mondes spiegelte. Zwischen der schwarzen Wasserfläche und dem Hotelgarten war die Dünenlandschaft in ein tiefes Dunkel gehüllt. Und ganz weit draußen ging das Meer nahtlos in den Sternenhimmel über.

Drei Stockwerke unter Brugger funkelte das Wasser in

den beleuchteten Poolbecken; am rechten strahlten die aufdringlich roten Zahlen einer digitalen Uhr. Es war kurz nach eins, Ortszeit – sie hinkte eine Stunde der mitteleuropäischen Zeit hinterher.

Brugger, der in T-Shirt und Boxershorts an der Balustrade lehnte und sich dank der seitlich hochgezogenen Mauern von anderen Zimmern aus unbeobachtet fühlen konnte, war nach dem Gespräch mit seinem Freund viel zu aufgewühlt gewesen, um schlafen zu können. Wenn es stimmte, was er erfahren hatte, dann stand sehr viel auf dem Spiel – nicht nur ihre gemeinsame Firma, deren Hauptsitz sie erst vor Kurzem in dem neuen Gewerbegebiet beim Flughafen von Gran Canaria eingerichtet hatten, sondern ihre gesamte Existenz sowie die einiger anderer Personen. Außerdem könnte es einen Skandal geben, der weit über die heimische Provinz hinausreichen würde. Schließlich experimentierten sie nicht mit irgendwelchen elektronischen Gerätschaften, sondern mit einem Stoff, der ein Höchstmaß an Verantwortung erforderte – und der überdies einen sensiblen Bereich betraf, auf den weite Bevölkerungskreise besonders neuralgisch reagierten. Wie so oft, wenn sich Halbwahrheiten, Unkenntnis und pseudowissenschaftliche Veröffentlichungen vermischten, kam es zu diffusen Ängsten, die von den jeweiligen Interessengruppen und deren Gegnern bewusst geschürt wurden. Aber wie, so drehten sich die Gedanken in Bruggers Kopf im Kreise, wie sollten auch komplexe wissenschaftliche Vorgänge den Millionen von Laien erklärt werden, die es längst gewohnt waren, ihre Informationen aus einminütigen Videoclips zu beziehen, in denen ihnen die elektronischen Medien kaum mehr als schlagwortartige Häppchen zum Fraß vorwarfen? Und diese Menge der Ahnungslosen und Verdummten war es letztlich, die bei Wahlen über die Regierungen entschied, die wiederum nur aus Kleingeistern bestand, insbesondere von Habgierigen und Machtbesessenen. Brugger und sein Freund hatten sich schon oft über dieses Dilemma unterhalten, das von Wahl zu Wahl augenscheinlicher wurde. Letztlich ging es lediglich um Geld und Einfluss – und nicht wirklich darum, die Menschheit voranzubringen. Seit gewissenlose Banker und sonstige kapitalgierige Schwachköpfe diese Welt in eine Krise gestürzt hatten, war immer weniger Finanzkraft für innovative Entwicklungen vorhanden. Nicht einmal für die wichtigsten sozialen Bereiche konnte die angeblich so hochzivilisierte Menschheit noch ausreichend aufkommen. Die Armen wurden immer mehr gegängelt und ausgenommen, während die Reichen in ihrer ach so großen Güte behaupteten, sie würden für mehr soziale Gerechtigkeit kämpfen. Wenn diese Gruppierungen davon laberten, dann meinten sie eigentlich, dass ihnen selbstverständlich ein bisschen mehr zustehen müsste als jenen, die keinen Job hätten. Dabei taten sie so, als sei die wirtschaftliche Lage gottgegeben, als sei der Absturz wie eine Naturkatastrophe übers Land gekommen. In Wirklichkeit, davon war Brugger zutiefst überzeugt, gab es jede Menge Kriminelle, die die Wirtschaft bewusst an die Wand gefahren hatten, um sich damit zu bereichern.

Und in einer Welt, die mancherorts ums bloße finanzielle Überleben kämpfte, war kein Platz mehr für Forschung und Wissenschaft. Zwar wurden gelegentlich irgendwelche Projekte tatsächlich gefördert – und dies medial meist mächtig gefeiert –, doch um alle Möglichkeiten auszuschöpfen, die mit heutigen Methoden realisierbar wären, bräuchte es viel größerer Summen und vor allem auch einer besseren globalen Vernetzung der Wissenschaftler, die oftmals viel zu sehr einem Konkurrenzdenken verfallen waren. Brugger sog die kühler werdende Meeresluft tief in sich ein, als wolle er die Kräfte des Universums in sich aufnehmen. Gewiss, so dachte er, es hatte in den vergangenen Jahrzehnten große Fortschritte in der Medizin gegeben. Dennoch fehlte das Geld, um sie den Menschen möglichst schnell zugänglich zu machen. Als ob es für Menschen irgendetwas Wichtigeres gäbe als die Gesundheit. Brugger vermochte den Irrsinn nicht nachzuvollziehen, dass immense Geldbeträge in irgendwelche schwachsinnigen Prestigeobjekte gesteckt wurden, oder – noch schlimmer – in Militärmaschinerien, die dem einen Zweck dienten, andere Menschen ins Leid zu stürzen, anstatt das Gesundheitswesen nachhaltig zu sanieren. Aber kein einziger Politiker hatte bisher den Mut gefunden, ein ganz neues System zur Finanzierung der Krankenversicherungen aufzubauen. Brugger argwöhnte im Kollegenkreis so oft es ging, dass dies alles nicht ernsthaft gewollt war. Pharmaindustrie und korrupte Strukturen, mafiöse Verbindungen und geschlossene Kapitalsysteme machte er dafür verantwortlich. Sein Gehirn war auf Hochtouren gekommen – wie immer, wenn er über diese Ungerechtigkeiten nachdachte.

Er und seine Geschäftsfreunde, so appellierte eine innere Stimme, waren natürlich auch nicht aus reiner Menschenliebe an ihr Projekt herangegangen. Immerhin zockten sie weder staatliche Subventionen ab, noch schädigten sie jemanden – zumindest nicht direkt. Und wenn, dann nur im Interesse der Forschung.

Es gab weitaus Schlimmeres. Schlagartig musste er an die üblen Geschäftemacher denken, die in den späten 80er-Jahren auf skrupellose Weise versucht hatten, diese herrliche Dünenlandschaft mit einem großen Hotelkomplex zu zerstören. Bis zum Rohbau war das illegale Projekt bereits vorangetrieben worden, ehe die Inselregierung den Mut aufbrachte, es kurzerhand sprengen zu lassen. Medienwirksam sei dies am Umwelttag des Jahres 1989 geschehen, hatte Brugger einmal irgendwo gelesen. Vom Hotel Les Dunes zeugten im westlichen Dünenbereich nur noch ein paar Fundamentreste.

Bruggers Blick wanderte wieder zur roten Digitaluhr. Daheim war's schon nach zwei. Er überlegte, ob er noch einmal den Versuch unternehmen sollte, seine Frau anzurufen. Seit er wieder mit dem Taxi ins Hotel gekommen war, hatte er mehrfach versucht, sie zu erreichen. Doch weder auf dem Festnetz noch am Handy hatte sich jemand gemeldet. Wahrscheinlich, so redete er sich ein, hatte seine Frau die Gelegenheit wahrgenommen, mit einer ihrer Freundinnen auszugehen, schließlich waren die Kinder während der Faschingsferien bei Onkel und Tante.

Es nützte nichts, gegen die innere Unruhe anzukämpfen, die ihm die Müdigkeit geraubt hatte. Er entschied sich, das kleine Fläschchen Rotwein aus der Minibar als Schlummertrunk zu verwenden. Mit dem eingeschenkten Glas kehrte er wieder auf den Balkon zurück und ließ sich in den gepolsterten Gartenstuhl sinken. Er nahm einen kräftigen Schluck, stellte das Glas neben sich auf den Boden und schloss die Augen. Er versuchte, an die kommenden Tage zu denken und sich in den schönsten Fantasien auszumalen, wie sie ablaufen würden.

Aber so sehr er sie auch herbeisehnte, es fiel ihm zunehmend schwerer, sich darauf zu konzentrieren. Warum, verdammt noch mal, war seine Frau nicht ans Telefon gegangen? Sogar die vier SMS, die er bereits versendet hatte, waren unbeantwortet geblieben.

6

Mit einem Schlag herrschte Hektik. Notarzt, Rettungssanitäter, Vorbereitung für eine Operation. Salbaisi blieb in dieser Situation ausgesprochen ruhig und gelassen. Er entschuldigte sich bei dem jungen Mann, dessen klaffende Fingerwunde er gerade mit zwei Stichen genäht hatte, und übergab ihn in die Obhut der Ambulanzschwester.

»Ich werd gebraucht«, sagte der Arzt und verschwand im Flur. Dort wurde gerade eine fahrbare Liege in den Nebenraum gerollt. Salbaisi sah auf den regungslosen Körper, der mit dem Rettungswagen gebracht worden war. Am Kopf hatten die Sanitäter eine offenbar stark blutende Wunde versorgt. Ein Intubationsschlauch, mit dem die Atemwege in Mund und Rachen freigehalten wurden, war mit einem kleinen Beatmungsgerät verbunden. Der Patient war bewusstlos, schien jedoch in stabiler Verfassung zu sein, was die Vitalwerte betraf.

»Es ist Fallheimer«, informierte der Notarzt im Vorbeigehen. Seine Stimme war schwach und verriet Aufregung.

»Fallheimer?«, wiederholte Salbaisi irritiert und folgte der Liege in den sogenannten Schockraum, in dem die Erstversorgung von Schwerverletzten erfolgte. Einen kurzen Blick konnte er auf den bewusstlosen Mann werfen, was allerdings genügte, um Gewissheit zu bekommen. Es war tatsächlich Fallheimer. Oberarzt aus der Gynäkologie und, soweit Salbaisi sich entsinnen konnte, am Abend für den Spätdienst eingeteilt gewesen.

»Unfall?«, fragte Salbaisi, als sie in dem Raum angekommen waren, in dem der Notarzt eine Spritze aufzog. Seine orangefarbene Schutzweste hing ihm regennass über die schmalen Schultern, mit denen er ratlos zuckte. »Drüben in der Heidenheimer Straße, war wohl auf dem Weg zum Parkplatz.« Während er dem Schwerverletzten den Inhalt einer Spritze über einen Zugang am Unterarm verabreichte, fügte er an: »Schädelhirntrauma. Verdacht auf innere Verletzungen.«

Salbaisi entschied: »CT und Sono.« Mithilfe des Computertomografen, der den Körper innerhalb kürzester Zeit schichtweise in kleinste Röntgenbilder zerlegte, blieb keine Verletzung verborgen – und die Sonografie warf mittels Ultraschallwellen ein Bild vom Zustand der inneren Organe auf den Monitor. Nach einem Verkehrsunfall reine Routine. Doch Salbaisi spürte, wie ihm etwas den Hals zuschnürte. Er hatte bereits viele Opfer gesehen, die weitaus schlimmer zugerichtet waren, nur hatte er keines davon persönlich gekannt. Hier jedoch lag ein Kollege, den er ob seiner offenen und aufrichtigen Art schätzte, ein Mann, der überaus beliebt war, der dem Klischee des sympathischen Arztes entsprach, von dem jede

Krankenschwester träumte. Dass er verheiratet war, hielt die Verehrerinnen in den seltensten Fällen davon ab, ihm ihre Zuneigung mehr oder weniger aufdringlich zu zeigen. Und plötzlich musste Salbaisi an eine Bemerkung denken, die Ambulanzschwester Brigitte erst kürzlich gemacht hatte: »Mit dem wird's noch mal ein schlimmes Ende nehmen.« Salbaisi versuchte, diese Erinnerung zu verdrängen, stülpte sich frische Gummihandschuhe über und merkte, wie er für ein paar Sekunden nicht mehr dem Geschehen um sich herum folgen konnte. »Schlimmes Ende nehmen«, hämmerte die innere Stimme immer wieder. Die Ambulanzschwester, die mit dem Notarzt einige Worte wechselte, dachte bestimmt nicht an ihre damalige Äußerung, durchzuckte es Salbaisi. Aber er würde sie fragen. Noch heute Nacht. Sobald Fallheimer versorgt war.

Und wenn es nun doch ein »schlimmes Ende« nahm?, pochte es in Salbaisis Gehirn weiter.

7

Melanie und Caroline fühlten sich unwohl. Die Stimmung an der Höllenbar drohte langsam im überbordenden Alkoholkonsum zu kippen. Die Gesprächsfetzen, die in der Menschenmenge den wummernden Musikattacken aus den Lautsprechern widerstanden, hörten sich zunehmend aggressiver an. Einige Gläser waren schon auf dem Boden zerborsten, zwei streitsüchtige Halbwüchsige wurden von besonnenen Männern getrennt. Ein schlaksiger Typ, der bereits Mühe hatte, sich auf den Beinen zu halten, war auf Tuchfühlung zu Melanie gegangen, was diese sofort abzuwehren versuchte und dafür unflätige Beschimpfungen erntete. »He, du Schnepfe!«, tobte er los, worauf sich das Interesse der Umstehenden sofort auf ihn richtete. »Rumhopsen wie ein geiles Huhn, die Männer scharf machen und dann zickig werden, was?«, brüllte der Jüngling, den jetzt von hinten zwei Hände an der Schulter zurückhielten, wogegen er sich mit einer energischen Bewegung wehrte. Melanie und Caroline zwängten sich seitlich weg, um dieser brodelnden Menge zu entkommen. Sie verschafften sich energisch Platz, bekamen empörte Worte zu hören und waren schließlich froh, mit heiler Haut und ihren Handtaschen den Rand der Bühne erreicht zu haben. Melanie hätte den pubertierenden und besoffenen Milchbubis am liebsten etwas Beleidigendes zugerufen, ließ sich aber von ihrer weisen Voraussicht davon abhalten. Wenn Musik, Alkohol und möglicherweise noch Drogen das menschliche Hirn narkotisierten, war mit logischen Argumenten nichts mehr auszurichten. Außerdem fühlte sie sich selbst ein bisschen beschwipst, als sie Caroline über die paar Treppenstufen hinab in den Saal folgte. So wie sie beide mit ihren hohen Schuhen und viel nacktem Bein an der Tanzfläche entlangstöckelten, waren sie erneut Objekt der Begierde – und mochten die Blicke, die an ihnen hafteten, noch so alkoholvernebelt sein.

Während sie sich zwischen zwei Tischreihen einen Weg ins Foyer bahnten, musste Melanie daran denken, dass in der beschaulichen Atmosphäre eines gepflegten Hotels derlei niveaulose Anmache nicht zu befürchten sein würde. Immerhin flogen sie am Montag ja nicht zum Ballermann und wohnten nicht in einem dieser All-inclusive-Schuppen, in denen manche Zeitgenossen bis zum Abwinken Bier und Spirituosen in sich hineinschütteten. Ihr Gehirn rief die Erinnerung an einen Slogan wach, den sie für besonders geistlos empfunden hatte: Trinken, bis der Arzt kommt. Wie viel Schwachsinn musste sich in den Köpfen der Erfinder solcher Sprüche angesammelt haben?

Die beiden Frauen atmeten tief durch, als sie im Foyer dieser Festhalle endlich mehr Freiraum um sich hatten. Allerdings strapazierte die Kapelle, die hier an der Südseebar für Mitklatsch-Stimmung sorgte, die Ohren nicht minder. Melanie gab ihrer jüngeren Kollegin mit einer knappen Kopfbewegung und dem Fingerzeig auf die Armbanduhr zu verstehen, dass sie gewillt war, die Samstagnacht zu beenden. Immerhin ging's bereits auf 3 Uhr zu – und mehr als irgendwelche dümmlichen Gespräche mit geistigen Tieffliegern würden vermutlich nicht mehr zustande kommen.

Sie strebten der Garderobe zu, kramten ihre Kleidermarken aus den Handtaschen und bekamen ihre Mäntel ausgehändigt. Caroline hatte eher beiläufig auf das Display ihres Handys geblickt, das in der Handtasche steckte. Im stundenlangen Lärm wäre kein Anruf zu hören gewesen – schon gar nicht der charakteristische Signalton einer ankommenden SMS, deren Eingangssymbol sie nun im Display entdeckte. Sie warf sich den Mantel über und drückte mit dem Daumen der rechten Hand die erforderlichen Tasten, um den Text abrufen zu können. Während sie ihrer Kollegin quer durchs Foyer zur Ausgangstür folgte, versuchte sie, im Gehen die Mitteilung zu lesen.

Als sie die hell erleuchteten Worte in sich aufnahm, war ihr, als habe man ihr den Boden unter den Füßen weggezogen. Sie blieb unter der Tür stehen – nicht mehr fähig, auch nur einen Schritt weiterzugehen. Jemand stieß sie von hinten an, doch sie nahm es nicht zur Kenntnis. Noch immer war ihr Blick an das Display gefesselt.

»Geh doch weiter, Mensch!«, pflaumte sie ein Mann an und schob sie ins Freie.

Melanie hatte inzwischen bemerkt, dass ihre Kollegin zurückgeblieben war. »Ist was?«, rief sie ihr ungeduldig zu.

Caroline blieb in der feuchten Kälte stehen, spürte ein inneres Zittern und hob Melanie das beleuchtete Display des Handys wortlos entgegen.

Der Schock hatte ihr die Stimme geraubt.

8

Elmar Brugger war endlich eingeschlafen. Eine Zeit lang hatte er dem Rauschen von Palmen und Meer gelauscht, zu den Sternen gesehen und die kühler gewordene Luft tief in sich aufgenommen. Irgendwann wurde die Wirkung des Rotweins stärker als all die schweren Gedanken, die ihn seit dem ausgedehnten Gespräch mit seinem alten Freund Harald Maronn plagten. Eigentlich hatten sie sich nur mal wieder treffen wollen, um über die Zukunft ihres gemeinsamen Unternehmens nachzudenken, vor allem aber, um die Weichen für die weitere Expansion im neuen Gewerbegebiet beim Flughafen zu besprechen. Vor einigen Wochen war ihnen der Erwerb eines benachbarten Grundstücks angetragen worden, das sich zum Bau einer riesigen Tiefkühlanlage eignen würde. Doch statt kühne unternehmerische Pläne zu schmieden, war Krisenstimmung aufgekommen. Wenn es stimmte, was Harald aus Deutschland gehört hatte, dann war ihr gesamtes Vorhaben in Gefahr. Es sei denn, es gelang rechtzeitig, entsprechende Gegenmaßnahmen einzuleiten. Brugger setzte auf das bewährte Krisenmanagement seines Freundes, das sich mit seinem unerschütterlichen Optimismus in brenzligen Situationen schon oft als letzte Rettung erwiesen hatte.

Bruggers Schlaf war unruhig. Er wälzte sich auf dem gepolsterten Liegestuhl von einer Position in die andere und verschob dabei ungewollt den zur Beinablage genutzten Plastikhocker – mit der Folge, dass ein unangenehm scheppernd-kreischendes Geräusch entstand und er davon erwachte.

Er spürte Rückenschmerzen und bemerkte, dass seine linke Hand eingeschlafen war. Dennoch entschied er, den Rest der Nacht vollends auf dem Balkon zu verbringen. Im ersten Morgengrauen, das wusste er, würden auf der Terrasse des Speisesaals schräg unter ihm bereits die Kellner mit den Vorbereitungen fürs Frühstück beginnen.

Im Halbschlaf drangen Sätze aus dem Gespräch mit Maronn in sein Bewusstsein. Er versuchte, sie mit anderen Gedanken zu verdrängen, doch sie mischten sich in seine Träume, in denen plötzlich ein Mann an der Tür des Hotelzimmers klopfte und einen Eimer Menschenblut über seinem Kopf entleerte. Brugger zuckte zusammen, als habe er dies soeben tatsächlich erlebt. Doch weil er mit seiner heftigen Bewegung wieder den Plastikschemel lautstark über den gefliesten Boden geschoben hatte, kam er zu sich und brauchte den Bruchteil einer Sekunde, um die Realität zu begreifen. Sein Herz raste. Er fühlte sich wie gerädert. Und die Nacht war noch lange nicht um.

»Das ist ja entsetzlich.« Melanie war wie in Trance zum Auto gegangen. Sie zitterte und spürte, wie sich die Kälte unterm Mantel ihrer Beine bemächtigte. Caroline entsicherte mit dem Schlüssel die Türschlösser und kämpfte heimlich mit den Auswirkungen des Alkohols, der ihr die Auswahl der richtigen Worte erschwerte. Doch was sie jetzt auch sagen würde, wäre unpassend gewesen. Während sie sich hinters Lenkrad setzte und Melanie neben ihr Platz nahm, fühlte sie, wie von einer Sekunde auf die andere die ausgelassene Stimmung der Nacht umgeschlagen hatte. Als habe man einer Lautsprecher-Anlage die Stecker herausgerissen. Ihr war's kalt und still. Nur in ihren Ohren dröhnten unaufhaltsam die wummernden Bässe nach.

Caroline wollte den Motor starten, verharrte jedoch in der Bewegung und sah zu Melanie, deren helle Gesichtshaut im Licht einer Straßenlampe unnatürlich weiß erschien. Die Blicke ihrer Freundin waren auf einen imaginären Punkt geheftet, irgendwo weit vor ihr, im Halbdunkel des Parkplatzes, auf dem noch viele Autos standen.

Caroline war verunsichert. Sie hatte den Eindruck,

die SMS-Nachricht habe ihre ältere Kollegin weitaus tiefer getroffen, als sie es selbst empfand. Natürlich war Fallheimer, der lebensgefährlich verletzt in der Klinik lag, ihnen beiden ein liebenswerter Kollege gewesen. Mehr jedoch nicht. Zumindest konnte sie dies für sich sagen, dachte Caroline. Ob es zwischen Melanie und ihm eine heimliche Beziehung gab, vermochte sie natürlich nicht nachzuvollziehen. Sie hatte dies bisher nie ernsthaft in Erwägung gezogen. Deshalb war ihr der Gedanke, der in diesem Augenblick aufkam, irgendwie fremd. Melanie und Fallheimer? Nein, das konnte nicht sein. Melanie hätte dies nicht verheimlichen können. Nicht ihr, der besten Freundin, als die sie sich sah. Seit sie sich kannten, hatte es nie Geheimnisse untereinander gegeben. Und meist waren die Männerbekanntschaften aus gemeinsamen Aktivitäten heraus zustande gekommen. Doch nichts hatte bisher Bestand gehabt. Jedes Mal, wenn wieder Beziehungen in die Brüche gingen, trösteten sie sich damit, gemeinsam himmelhochjauchzend und dann wieder zu Tode betrübt gewesen zu sein. Caroline musste an die nächste Woche denken, die ihnen beiden ganz neue Erfahrungen bescheren würde: Zu zweit unterwegs mit dem Objekt ihrer beider Begierde. Einerseits ein Glücksfall, andererseits ein gefährliches Spiel mit dem Feuer.

»Weißt du, was Fallheimer kürzlich gesagt hat?« Melanies Stimme klang schwach und irgendwie tonlos.

Caroline klammerte sich am Lenkrad fest und sah nun ebenfalls durch die Windschutzscheibe ins Dunkel hinaus, wo sich im Licht der Straßenlampen die Silhouetten zweier eng umschlungener Personen abzeichneten.

»Er hat gesagt«, gab sich Melanie selbst die Antwort

und zögerte für einen Moment, »er hat gesagt, er wisse nicht, wie lange er noch an der Klinik sein werde.«

»Wollte er weg?« Caroline war überrascht und drehte ihren Kopf zu der Kollegin auf dem Beifahrersitz. Diese atmete tief ein.

»Es hat sich nicht so angehört, als ob er seine Stelle freiwillig aufgeben würde«, erwiderte Melanie und schloss die Augen.

Caroline spürte, dass es jetzt nicht die Zeit war nachzuhaken.

9

Salbaisi war erleichtert, als Dr. Volker Moschin, der verantwortliche Oberarzt der Klinik, den schwerverletzten Kollegen übernommen und alles Weitere veranlasst hatte. Innerhalb kürzester Zeit wurde der ins künstliche Koma versetzte Fallheimer vom kreisenden Röntgenstrahl des Computertomografen schichtweise auf organische und knöcherne Verletzungen hin untersucht. Wenn es geboten erschien, weil möglicherweise Nervenstränge oder feinste Gefäße verletzt waren, würde man ihn in den Kernspintomografen schieben, in dessen Magnetfeldern diese Strukturen am besten darstellbar wären.

Salbaisi warf wieder ein Paar Gummihandschuhe in den Abfallbehälter und wusch sich die Hände. Dabei betrachtete er sich im Spiegel und bemerkte seine aschfahle Gesichtsfarbe. Nächte wie diese gingen nie ganz spurlos an ihm vorbei. Er fühlte sich erschöpft und ausgelaugt. Dabei war es erst kurz vor drei und der Dienst noch lange nicht vorbei.

»Wird er's schaffen?«, riss ihn plötzlich die Stimme der Ambulanzschwester aus seiner Selbstbetrachtung.

Er fühlte sich ertappt und verzog das Gesicht zu einem verlegenen Lächeln. »Fallheimer?«, fragte er rhetorisch zurück, um Brigitte ernst anzuschauen. »Man wird sehen müssen, was die CT zeigt. Ich tipp mal auf einige Frakturen. Muss nicht unbedingt was Dramatisches sein.«

Brigitte hoffte inständig, dass Salbaisi recht behielt. Ihr war schlagartig bewusst geworden, dass dieser Notfall soeben weitaus mehr war als ein Vorgang, wie er in dieser Abteilung viele Hundert Male im Jahr vorkam. Nein, der Mann, den sie vorhin gebracht hatten, war einer von ihnen. Dazu noch einer, der nicht nur fachlich anerkannt, sondern auch menschlich äußerst beliebt war.

Salbaisi griff nach einigen Papieren auf seinem Schreibtisch und fragte: »Wie viel haben wir denn noch?«

»Mindestens zehn«, erwiderte die Ambulanzschwester. »Aber nichts Akutes, wie mir scheint.«

Der Arzt ließ sich in seinen Schreibtischstuhl sinken, atmete tief durch und sah zur Uhr. »Noch sind die Faschingsveranstaltungen nicht beendet.«

Brigitte, die ihm die Blätter mit den Daten der wartenden Patienten gebracht hatte, machte sich auf den Weg, um den nächsten aufzurufen. »Eine Faschingsverrückte hockt noch draußen«, meinte sie beiläufig und fügte angewidert hinzu, »angepinselt von unten bis oben, aufgetakelt wie eine Hexe.« Brigitte blieb beim Öffnen der Tür zum Flur kurz stehen und sah zurück. »Ist ein ziemlich aufgebrachtes Weib. Hat gleich nach Dr. Moschin gefragt.« Die Ambulanzschwester überlegte, ob sie's sagen sollte, entschied sich letztlich dazu: »Auch noch eine *von*, eine Adlige. Sagt mir aber nichts.«

Salbaisi, der abwesend zugehört hatte, während er die Daten des nächsten Patienten studierte, murmelte leicht genervt: »Ob von und zu, das ist mir egal. Wenn sie sich einen Arzt aussuchen will, kann sie ja morgen früh wiederkommen.« Er legte das Papier zur Seite und rief der Ambulanzschwester nach: »Was hat sie denn?«

»Irgendetwas am Knie. Sie sei auf einer Treppe gestürzt. Humpelt ein bisschen. Sieht nicht schlimm aus.«

Salbaisi vermutete insgeheim, dass es wieder einer jener Fälle war, den man genauso gut am Vormittag außerhalb des nächtlichen Notdienstes würde behandeln können. Vielleicht war es auch weniger ein Sturz von der Treppe, durch den sich die Patientin veranlasst sah, nachts zur Ambulanz zu kommen, als vielmehr der Frust über eine Nacht, die möglicherweise für sie enttäuschend verlaufen war. Bei manchen Menschen bedurfte es nur einer kleinen körperlichen Verletzung, um sich in Kombination mit der geschundenen Seele todkrank zu fühlen. Dann, wusste Salbaisi, halfen statt Medikamenten und Verbänden nur einfühlsame Worte.

Brigitte hatte den Raum bereits verlassen, als sie die Tür wieder von außen öffnete. Ihr war auf dem Weg etwas zu der Patientin eingefallen. »Sie hat übrigens nicht mal Papiere dabei – kein Geld und nichts. Ich hab halt Namen und Adresse aufgeschrieben, wie sie's mir genannt hat. Ist angeblich privat versichert. Wir könnten Dr. Moschin fragen, wenn wir ihr nicht glauben, hat sie gesagt.«

Brigitte, die unter der halboffenen Tür stand, sah den Arzt fragend an, der sich jedoch gelassen gab. »Wir können doch niemand wegschicken, oder?«

Er hörte durch die angelehnte Tür, wie sich die Schritte Brigittes auf dem Flur entfernten. Unterdessen blätterte er die Ausdrucke durch, die sie ihm auf den Schreibtisch gelegt hatte. Ihn interessierte, wer die Frau sein würde, die sich nicht ausweisen konnte. Es konnte nur Marion von Willersbach sein, denn es war der einzige Name, der nach Adel klang. Außerdem hatte ihn Brigitte mit gelbem Leuchtstift hervorgehoben, womit nicht die Bedeutung dieser Person unterstrichen werden sollte, sondern die Tatsache, dass sie sich nicht hatte ausweisen können. Salbaisi überflog die Daten: Wohnhaft in Ulm, 39 Jahre alt. Der Name von Willersbach war ihm kein Begriff. Dass sie in Ulm wohnte und jetzt in die Ambulanz der 30 Kilometer entfernten Geislinger Helfenstein-Klinik kam, musste nichts zu bedeuten haben. So wie Brigitte ihr Äußeres geschildert hatte, war sie offenbar auf einer Faschingsparty gewesen.

Salbaisi wurde jäh aus seinen Überlegungen gerissen, als sich aggressive Männerstimmen der Tür näherten. »Nazis, alles Nazis, verstehst?«, tobte ein junger Türke, der in Begleitung eines älteren Landsmannes war, vermutlich seines Vaters, der einen eher besonnenen Eindruck machte. Brigitte führte beide in das Behandlungszimmer.

Salbaisi erkannte mit einem Blick, dass der Jugendliche ein paar Schläge ins Gesicht abgekriegt hatte. Es war ziemlich geschwollen und wies zwei blutunterlaufene Stellen auf. Ein paar kräftige Fausthiebe, vermutete der Arzt und schüttelte zuerst dem Vater und danach dem aufgebrachten Sohn die Hand. Dieser ließ sich jedoch nicht von Salbaisis ausgeglichener Art anstecken. »Nazis«, wiederholte er, ohne sich zu beruhigen. »Weißt, haben mir auf Fresse geschlagen. Ich nichts getan, weißt.«

Der Vater sprach auf Türkisch mit seinem Sohn und deutete vertrauensvoll auf den Arzt. Salbaisi bot dem jungen Mann einen Platz an und nahm starken Alkoholgeruch wahr. Er wusste, dass der Zoff jugendlicher Gruppierungen stets nur unter dem Deckmäntelchen angeblich politischer Auseinandersetzungen ausgetragen wurde. In Wirklichkeit, das hatte ihm der örtliche Polizeichef bereits viele Male erklärt, waren die beteiligten Halbwüchsigen meist intellektuell gar nicht in der Lage, zwischen links und rechts zu unterscheiden. Das zeigte sich schon daran, dass sie nach Belieben ihre Gruppenzugehörigkeit wechselten, je nachdem, wo gerade Randale angesagt war. So fanden sich vermeintliche Punker mal in den Reihen der Skinheads – oder umgekehrt, ohne dass dabei die jeweilige Nationalität eine Rolle spielte. Falls überhaupt ein Funken politischer Gesinnung vorhanden war, der über Stammtisch-Banalitäten hinausging, wurde dieser im nächtlichen Wodka- und Bierkonsum ertränkt.

Salbaisi fühlte sich in Deutschland zwar überaus wohl, doch vermochte er aus seiner eigenen Erziehung heraus nicht nachzuvollziehen, wie hier die guten Sitten in den vergangenen Jahren verfallen waren. Um dies zu erkennen, brauchte er keine Nachrichtensendungen zu hören oder Zeitung zu lesen. Allein die Erfahrungen aus seinen Nachtdiensten in der Ambulanz sprachen Bände: Die Gewaltbereitschaft nahm im gleichen Maße zu, wie der Respekt vor der Unversehrtheit anderer Menschen schwand. War ihm Deutschland vor mehr als 20 Jahren als vorbildlich und verlässlich erschienen, so hatte sich dieser Eindruck seither deutlich zum Negativen verändert. Ihm schien es, als sei in dieser Zeit etwas aus den Fugen geraten. Wie zur Bekräftigung dessen, was er gerade dachte, drang die Stimme des jungen Mannes an sein Ohr. »Wenn das Arschloch wieder zu mir kommt, ist er tot, verstehst!«

Wieder versuchte der Vater, ihn zu besänftigen.

Salbaisi tupfte mit Wattebäuschchen die angeschwollenen Bereiche überm linken Jochbein des Jugendlichen ab und entschied: »Wir machen vorsorglich eine Aufnahme.«

»Aufnahme?«, echote der junge Mann und betonte das Wort mit seinem türkischen Akzent völlig falsch.

»Aufnahme, ja«, wiederholte Salbaisi eine Spur energischer. »Röntgen – um zu sehen, ob das Jochbein etwas abbekommen hat.«

Der schlanke Bursche sprang auf. »Nicht röntgen!« Salbaisi war erschrocken zurückgewichen, die Ambulanzschwester brachte sich mit mehreren Schritten aus der Schusslinie.

Wieder versuchte der Vater, seinen offenbar unbelehrbaren Sohn auf Türkisch zu beruhigen. Salbaisi vermutete, dass der Jugendliche ein Kind dieser Stadt war, jedoch aufgrund seiner Eltern nie die Chance bekommen hatte, sich zu integrieren und die deutsche Sprache richtig zu erlernen. Dem Arzt schossen all die vielen Zeitungsartikel durch den Kopf, die er in der örtlichen Presse zur Problematik nicht angenommener Integrationsangebote gelesen hatte. Dabei musste doch jedem klar sein, dass er zuallererst die Sprache des Gastlandes erlernen und beherrschen musste, ehe er am öffentlichen Leben teilnehmen konnte. Auch er selbst hätte es ohne gute Deutschkenntnisse nicht in diese Position gebracht. Inzwischen hatte er den Eindruck gewonnen, dass sich ein bestimmter Prozentsatz der Migranten gar nicht integrieren wollte. Das waren dann jene Momente, in denen er überlegte, was diese Menschen bewog, in dem Gastland zu bleiben.

»Nicht röntgen, nix«, blieb der Jugendliche hartnäckig und schien plötzlich die Schmerzen am Kopf vergessen zu haben.

Salbaisi sah ihm fest in die dunklen Augen. »Das ist Ihre Entscheidung, junger Mann. Dann muss ich Sie aber bitten, mir dies schriftlich zu bestätigen.«

»Nix unterschreiben, nix.« Die Stimme wurde bedrohlicher, die Augen des jungen Mannes blitzten gefährlich.

Salbaisi befürchtete, dass sein Gegenüber möglicherweise stärker unter Alkoholeinwirkung stand, als er ursprünglich gedacht hatte. Möglicherweise waren auch Drogen im Spiel, die jetzt in Kombination mit anderen Rauschmitteln ihre Wirkung zeigten. Wieder besänftigende Worte des Vaters.

Brigitte verzog sich unauffällig in Richtung Schreibtisch, um mit dem dort stehenden Telefon notfalls die Polizei rufen zu können. Mehr als dies würde ihr nicht übrig bleiben, denn alle anderen Nachtdienstler der Klinik waren derzeit mit der Versorgung Fallheimers beschäftigt. Und die Dame an der Pforte wäre kaum hilfreich.

»Ich kann Sie zu nichts zwingen«, sagte Salbaisi ruhig. »Allerdings würde ich Ihnen empfehlen …«

»Hältst Schnauze, verstehst?«, giftete ihn der Patient an und unterstrich dies zornig mit einigen heftigen Armbewegungen.

Salbaisi blieb trotz seiner kleineren Statur standhaft: »Wir wollen Ihnen nichts Böses tun.«

»Verpiss dich, Nazi!«, brüllte der Jugendliche so laut er konnte und verpasste dem Arzt einen Stoß gegen die linke Schulter, worauf Salbaisi nach hinten stolperte, sich aber an der Krankenliege abfangen konnte.

Der Vater sprang dazwischen, versuchte, den Sohn mit beiden Armen zu umklammern, was ihm nicht gelang. Blitzschnell befreite sich der junge Mann aus dem drohenden Griff und fegte zornig mit einer einzigen Handbewegung mehrere medizinische Utensilien von einem Tisch. Gläser zerbrachen, Metallbesteck schepperte, Verbandsmull rollte über den Boden. Der ältere Türke schrie etwas Unverständliches und Salbaisi flüchtete um die Liege, die jetzt als Barriere zwischen ihm und dem Randalierer stand, der schwer atmend zu begreifen schien, was er angerichtet hatte.

Nach zwei Sekunden der Stille, während der auch Brigitte den abgenommenen Telefonhörer regungslos in der Hand hielt, um die verworrene Situation zu begreifen, näherte sich der Vater seinem Sohn, fasste ihn an einer Hand und sprach beschwörend und gestikulierend auf ihn ein. Ohne etwas zu erwidern, ließ der junge Mann die türkischen Worte über sich ergehen. Salbaisi verließ seinen geschützten Bereich und gab der Ambulanzschwester mit einer Kopfbewegung zu verstehen, dass sie die Polizei nicht zu rufen brauchte.

Es dauerte noch einige weitere Sekunden, bis der junge Mann wortlos und apathisch wieder Platz nahm und den Kopf hängen ließ – als habe ihm der Tobsuchtsanfall sämtliche Energie entzogen.

Sein Vater wandte sich an Salbaisi: »Tut mir sehr leid, Herr Doktor. Ich werde Schaden bezahlen.« Er deutete auf die Glasscherben am Boden. »Sie mir Formular geben – und isch für mein Sohn werd unterschreibe«, fuhr er im türkisch-schwäbischen Akzent fort.

Salbaisi wagte die Rückfrage: »Und wieso will sich Ihr Sohn nicht röntgen lassen? Es würde Gewissheit über mögliche Knochenverletzungen bringen.«

Der Vater lächelte und sah seinen Sohn verständnisvoll von der Seite an: »Es gibt Dinge auf Welt, die nicht musst versteh'n.«

10

Elmar Brugger war durch ein Geräusch wach geworden, das er nicht zuordnen konnte. Vermutlich kam es aus dem Hotelgarten – oder es waren auf dem abgegrenzten Weg, der inmitten der Anlage zum Strand hinunterführte, einige Personen lautstark unterwegs gewesen. Brugger musste sich für einen Moment orientieren, bis ihm bewusst war, dass er noch immer auf dem Balkon lag, umgeben vom sanften Rascheln der Palmenblätter und dem gleichmäßigen Rauschen des Meeres, weit draußen vor den Dünen. Obwohl es kühler geworden war, hatte er geschwitzt. Sein T-Shirt war nass, auf seiner Stirn standen Schweißperlen. Kaum hatte er seine Sinne wieder beieinander, drangen alle Probleme, mit denen er eingeschlafen war, in sein Bewusstsein. Erneut versuchte er, sie mit dem Gedanken an die Abenteuer, die ihn erwarteten, zu verdrängen. Doch je mehr er das Positive in den Vordergrund stellen wollte, desto gewaltiger erschienen ihm die negativen Kräfte, die alles beherrschten.

Wenn Maronn besorgt war, dann war dies ernst zu nehmen. Auch ihm selbst waren in jüngster Zeit Zweifel gekommen, ob man sich auf die anderen Beteiligten weiterhin verlassen konnte. Wenn nur einer von ihnen ausstieg oder gar das Vorhaben auffliegen ließ, konnte dies einen Dominoeffekt auslösen und sie allesamt zu Fall bringen.

Maronn saß auf Gran Canaria, und seine Kontakte reichten in die halbe Welt, seine Bedenken waren demnach nicht zu unterschätzen. Wenn er sagte, dass da etwas schiefzulaufen drohte, war das kein Geschwätz. Schon gar nicht, wenn diese Lena sich bereits Sorgen um ihren Vater machte. Um jenen Mann, der ohnehin in dem Unternehmen als Wackelkandidat galt.

Brugger war mit einem Schlag hellwach. Er sah zu den roten Ziffern der digitalen Uhr am Swimmingpool hinab: 2.04 Uhr. Lange geschlafen hatte er also nicht.

Kein Wunder, hämmerte es in seinem Kopf, denn dies alles konnte zwar die Investoren im Hintergrund kaltlassen, zumal sie sich im schlimmsten Fall sogar guten Gewissens als mäßig Informierte herausreden konnten. Aber für ihn und einige andere konnte dies verheerende Folgen haben. Jedenfalls versuchte jemand, das ganze Unternehmen zu sprengen und es kurz vor dem großen

Durchbruch, und damit dem finanziellen Erfolg, an sich zu reißen. Ihn würde es nicht wundern, wenn die Pharmaindustrie dahinter stünde.

Aus den Anrufen, von denen Maronn im Laufe des Abends berichtet hatte, war jedenfalls zu schließen, dass versucht werden sollte, einige Kapitalgeber hinauszubugsieren. Dass damit der Tatbestand der Erpressung gegeben sein würde, hatte man offenbar in Kauf genommen, denn keiner der Betroffenen konnte angesichts der brisanten Unternehmung zur Polizei gehen.

Brugger verfluchte den Tag, an dem er zugestimmt hatte, weitere Geldgeber aufzunehmen. Besser wäre gewesen, selbst zu investieren, oder sich um Kredite zu bemühen – , auch wenn dies in Zeiten der Finanzkrise gewiss Probleme bereitet hätte. Keinem Banker hätten sie ihr Geschäftsmodell, vor allem ihren Geschäftszweck, ehrlich darlegen können. Schließlich war alles, was mit Gentechnologie zu tun hatte, in der Öffentlichkeit nicht gerade gut angesehen – erst recht nicht, wenn sich private Gruppen und wissenschaftliche Nobodys damit befassten.

Brugger erhob sich von seinem Liegestuhl und spürte, wie sein Rücken trotz der gepolsterten Unterlage schmerzte. Er lehnte sich an die gemauerte Balustrade und besah sich die beiden Seitenflügel des Hotels, die schräg vom Mitteltrakt des Gebäudes abgewinkelt waren und somit als Windschutz für den Garten dienten. Vereinzelt brannte Licht hinter den zugezogenen Vorhängen. Vielleicht auch Menschen, die nicht schlafen konnten – oder sich anderweitig vergnügten, dachte Brugger. Wäre das Gespräch am Abend nicht gewesen, hätte er sich jetzt vorgestellt, wie das alles mit Melanie und Caroline sein würde, die am Montagnachmittag auf Gran Canaria ankommen würden. Doch inzwischen beschäftigte ihn eine andere Frau – nämlich jene, die offenbar bei den anderen Teilhabern angerufen hatte, um sie zum Ausstieg aus dem Unternehmen zu bewegen. Sie hatte dazu eine Adresse in Brig im Wallis angegeben, wo sie postalisch zu erreichen sei. Wahrscheinlich eine reine Briefkastenadresse, dachte Brugger, der dieses beschauliche Städtchen im Rhonetal kannte – unweit von Zermatt einerseits und dem Aletsch andererseits, Mitteleuropas größtem Gletscher. Ausgerechnet dort, durchzuckte es ihn. Er war mit Brunhilde, seiner Ehefrau, schon zweimal dort gewesen. Das erste Mal zum Bergwandern. Der Zeitraum hatte sich tief in sein Gedächtnis eingebrannt. Denn am Tag, als in New York das World Trade Center einem Terroranschlag zum Opfer gefallen war, waren sie in jenem Seitental, das nach Zermatt führt, zu Visperterminen hochgestiegen und am steilen Wiesenhang nachmittags in der Sonne gelegen, während nacheinander die Flugzeuge in Manhattan in die Türme krachten. Später waren sie noch einmal im Winter im Rhonetal gewesen. Doch die Erinnerung daran hatte er verdrängt.

Seit dem Bergwandern waren acht Sommer vergangen. Acht Sommer und acht Winter. Manchmal konnte er es nicht fassen, wie schnell die Zeit verging. Und ausgerechnet jetzt kam ihm diese herrliche Spätsommerzeit in Brig auf so dramatische Weise wieder in Erinnerung. Wahrscheinlich war die genannte Adresse nur ein konspirativer Briefkasten, um außerhalb der Europäischen Union und bei einer etwas anderen Steuer- und Finanzgesetzgebung in Sicherheit zu sein. Während er weit draußen auf dem Meer Lichter entdeckte, die vermutlich von einem vorbeifahrenden Kreuzfahrtschiff stammten, versuchte er, sich an den Namen dieser mysteriösen Anruferin zu erinnern. Maronn hatte ihn genannt, aber weil er damit nichts hatte anfangen können, war er ihm wieder entfallen. Nur an eines konnte er sich entsinnen. Es war wohl eine Adlige.

11

Sie hatte geduldig draußen auf dem Flur gewartet, zwischen all den Betrunkenen und Leidenden in abgegriffenen Illustrierten geblättert und sich den Gesprächen über verrenkte Glieder oder Bauchschmerzen nicht entziehen können. Dass die von ihr gewählte närrische Verkleidung von allen Seiten kritisch beäugt wurde, war ihr egal. Sie trug ein Katzenkostüm, dessen graumeliertes Kunstfell drei Handbreit überm Knie endete, sich kapuzenartig über den Kopf erstreckte und wie eine Pudelmütze das gesamte Gesicht umrahmte. Beidseits des Kopfes waren spitz hochgestellte Katzenohren angebracht.

Ihr Gesicht hatte sie mit grell-weißer Schminke entstellt und von der Oberlippe zogen sich schwarze, aufgemalte Schnurrhaare zu den Wangen und sorgten für katzenartige Züge.

Auf dem Weg zum Behandlungszimmer hatte sie ihren schwarzen Mantel über den linken Unterarm geworfen, um den auch der Trageriemen ihrer kleinen Handtasche gewickelt war. Die rechte Hand steckte lässig in einer Seitentasche ihres Katzenkostüms und umfasste ein kleines Handy. Sie brauchte nur eine einzige Taste zu drücken, um eine vorbereitete SMS versenden zu können.

Eine scharfe Katze, dachte Salbaisi, als ihm die Ambulanzschwester diese Patientin herüberbrachte. Er schüttelte ihr zur Begrüßung die in weißen Samthandschuhen steckende Hand und bot ihr einen Platz auf dem Polsterstuhl neben der Liege an. »Schönes Kostüm haben Sie da«, lobte er und musterte sie von oben bis unten, wobei sein Blick etwas zu lange, wie Brigitte es empfand, an ihrer Oberweite verweilte.

Die Patientin fühlte sich geschmeichelt und lächelte verlegen. »Entschuldigen Sie, wenn ich so daherkomme, aber ich wollte mich nicht vorher umziehen.«

»Heute ist Fasching«, gab sich Salbaisi verständnisvoll, während er überlegte, welche Farbe und Form wohl die Haare hatten, die sich unter der engen Fellkapuze verbargen. Überhaupt schien es ihm, als wolle die Frau ihre frivole Offenheit, mit der sie ihre Beine präsentierte, an anderer Stelle durch schamvolles Zugeknöpftsein wieder ausgleichen. Wahrscheinlich war dies bei derlei Verkleidung auch so gedacht. An Fasching war schließlich alles erlaubt.

Er wechselte einen vielsagenden Blick mit Brigitte, die offenbar seine Gelassenheit nicht nachzuvollziehen vermochte. Frauen neigten in solchen Fällen ohnehin zu einer gewissen Eifersucht, obwohl keinerlei Grund dafür bestand.

»Und was haben wir für ein Problem?«, blieb er ruhig, während er sich die Gesichtszüge der Frau einzuprägen versuchte. Doch gelingen wollte es ihm nicht. Die grelle Schminke sowie die schwarz hervorgehobenen Augenbrauen und die aufgemalten Haare verfälschten jegliches Mienenspiel. Er konnte nicht einmal genau erkennen, ob ihr Gesicht schmerzverzerrt oder zu einem Lächeln verzogen war.

»Mein Knie …« Sie deutete auf ihr linkes. »Es tut höllisch weh.«

Salbaisi ging in die Hocke, um es sich aus der Nähe zu betrachten. Das waren jene Momente, in denen er vergessen musste, ein Mann zu sein. Vorsichtig strich er mit einer Hand über die Strumpfhose, die keinerlei Beschädigungen aufwies. »Sie sagen, Sie sind gestürzt«, vergewisserte er sich deshalb mit der Sachlichkeit eines Buchhalters.

»Gestürzt, ja«, entgegnete die Frau, die seine Frage sofort richtig deutete. »Ich hab mich auch gewundert, dass man nichts sieht.«

»Bitte mal strecken.«

Sie hob ihr linkes Bein und tat, was Salbaisi forderte.

»Gestreckt halten.« Der Arzt strich mit der flachen Hand unterm Kniegelenk entlang, ohne sich allzu weit den Oberschenkeln zu nähern. »Tut es da irgendwo weh?«

Sie schüttelte den Kopf.

»Und oben, auf der Kniescheibe?« Er betastete den Knochen und drückte vorsichtig darauf, während sie das Bein wieder anwinkelte und abstellte.

»Vorne tut's weh, ja.«

»Vorn«, echote Salbaisi und fuhr mit dem Zeigefinger an der Vorderkante der Kniescheibe entlang, ohne etwas Auffälliges ertasten zu können.

Salbaisi nahm im Augenwinkel Brigittes skeptische Blicke wahr. So wie er sie kannte, mutmaßte sie sicher, die Patientin sei möglicherweise gekommen, weil sie in Ermangelung eines anderen nächtlichen Abenteuers mit dem Doktor anbandeln wollte. Jedenfalls war das Äußere dieser Frau durchaus dazu angetan, selbst einen gestressten Ambulanzarzt aus der Fassung zu bringen – auch wenn er es sich nicht anmerken lassen wollte. Bei dem Gedanken daran musste sich Salbaisi eingestehen, dass ihn die Art und Weise, wie diese Patientin vor ihm saß, tatsächlich nicht völlig kalt ließ.

Brigitte hatte sich in all den Jahren, seit sie zusammenarbeiteten, höchst selten eingemischt. Dass sie es jetzt tat, empfand er als eine Art Alarmsignal. »Rüber zum Röntgen?«, fragte sie plötzlich ungewöhnlich laut und mit einem unsympathischen Unterton.

Salbaisi tat so, als ginge ihn diese Frage nichts an. Musste es auch nicht. Denn er allein entschied hier, was zu tun war.

»Kann das Rheuma sein?«, fragte die Patientin und strich sich mit beiden Händen über die wohlgeformten Oberschenkel.

Der Arzt erhob sich wieder und war für einen kurzen Moment irritiert. »Rheuma?«, wiederholte er ungläubig. »Ich dachte, Sie seien gestürzt?«

Jetzt formte sich unter der weißen Schminke ein erkennbares Lächeln. »Gestürzt, ja … , aber vielleicht, weil's vorher schon weh getan hat.« Es klang verlegen. »Ein Schwächeanfall, aus Schmerz. Und dann bin ich eingeknickt. Kann doch sein, oder?«

Der Arzt überlegte, ob die Patientin betrunken war. »Rheuma hat nichts mit einem Schwächeanfall zu tun«, sagte er und zupfte vorsichtig an einem ihrer Katzenohren.

»Wollen Sie mir die Ohren lang ziehen?«, kokettierte sie und lehnte sich weit zurück, um den neben ihr stehenden Doktor von unten anzuhimmeln.

Er war verlegen und fühlte sich von Brigitte misstrauisch beäugt. Schließlich entschied er sich für eine schnelle Antwort: »Die Ohren würd ich Ihnen nur lang ziehen, wenn Sie mitten in der Nacht hier aufgetaucht wären und gar keine Schmerzen in Ihren hübschen Knien hätten.«

Sie schien auf derlei Reaktion gewartet zu haben. »Und dann wären Sie richtig böse?«

»Böse und sauer«, gab er zurück, um sofort wieder verständnisvoll, aber mit leicht ironischem Unterton einzulenken: »Wahrscheinlich leiden Sie unter Höllenschmerzen.«

»Sie glauben mir nicht?« Ihre Stimme hatte etwas erotisch Provozierendes im Klang.

»Ich nehme meine Patienten immer ernst.«

»Auch die weiblichen, wenn sie …«, die Frau zögerte kurz, »… wenn sie scharfe Katzen sind?« Sie fuhr sich mit der Zunge über die schwarz geschminkten Lippen.

Salbaisi sah zu Brigitte hinüber. Er wusste nicht so recht, wie die Lage einzuschätzen war. Einerseits hätte er das spannende Spiel gern ein bisschen weiter getrieben, andererseits war er im Dienst und draußen warteten mindestens fünf Patienten.

Nach zwei, drei Sekunden des Schweigens, während denen Brigitte vornehme Zurückhaltung übte, wartete die Patientin mit einer neuen Provokation auf: »Und wenn es Gicht ist. Ja, es könnte doch Gicht sein. Das kann man in allen Gliedern kriegen, oder etwa nicht, Herr Doktor?«

»In allen nicht«, entgegnete er betont geschäftlich und verschränkte die Arme vor seinem weißen Arztkittel. »Nur dort, wo es Knochen hat.«

»Also auch im Knie.«

»Auch im Knie, das ist korrekt, gnädige Frau.«

Brigitte wurde sichtlich unruhig und deutete mit einer Kopfbewegung auf die Uhr. Salbaisi überlegte, wie er die Patientin auf dezente Weise loswerden konnte. »Hatten Sie denn schon mal einen Gichtanfall?«, hakte er nach, um Zeit für eine Lösung zu finden.

»Nicht, dass ich wüsste. Aber, mal ehrlich, Herr Doktor, Gicht darf man nicht auf die leichte Schulter nehmen.«

Salbaisi ging um den Stuhl herum. »Wenn's Gicht wäre, wäre Ihr Harnsäurewert erhöht – und dies kann Ihr Hausarzt feststellen.«

Sie wartete, bis er wieder in ihr Blickfeld kam, und drehte den Kopf zu ihm. »Kann Gicht nicht zu Versteifungen führen?«

Ihre Blicke trafen sich für den Bruchteil einer Sekunde und Salbaisi war es, als habe ihm jemand einen Stich versetzt. Er drehte sich weg, blieb hinter ihrem Stuhl stehen und entschied: »Wir machen vorsorglich eine Röntgenaufnahme.« Salbaisi eilte zu seinem Schreibtisch und füllte das entsprechende Formular aus.

Für Brigitte war es wie eine Erlösung aus minutenlanger Anspannung. Endlich hatte der Doktor wieder zu sich gefunden. Sie bat die Frau, sich von dem Stuhl zu erheben, und erklärte ihr mit einer Handbewegung zur zweiten Tür: »Gehen Sie hier zum Röntgen rüber. Rechts raus und warten, bis Sie aufgerufen werden.«

Die Patientin strich sich das viel zu kurze Katzenkleid zurecht, nahm wieder ihren Mantel und ihre Handtasche in den Arm und ließ sich von Salbaisi den Röntgenschein geben.

»Es kann ein paar Minuten dauern«, gab er ihr zu verstehen. »Nach dem Röntgen sehen wir uns wieder. Ich glaub aber nicht, dass es eine ernsthafte Verletzung ist.«

»Danke schön, Herr Doktor«, sagte die Katzenfrau, die gut einen Kopf größer war als Salbaisi. Sie ging zur Tür und verschwand in Richtung der Wartezone zum Röntgen.

»Die hat Sie ganz schön ins Schwitzen gebracht«, grinste Brigitte, nachdem die Tür wieder geschlossen war.

Salbaisi antwortete mit einem sympathischen Lächeln und wusch sich die Hände. »Was hätt ich tun sollen? Sie einfach rausschmeißen?«, fragte er mit sanfter Stimme. »Ein Gespräch hilft manchmal mehr als eine Salbe.«

»Na ja, um ehrlich zu sein …« Brigitte überlegte, wie sie's dezent formulieren sollte. »Die hat ganz anderes im Sinn.« Der gereizte Unterton ließ vermuten, dass sie in diesem Fall die unendliche Geduld des Arztes für völlig unangebracht hielt. »Die wollte uns bloß die Zeit stehlen – warum auch immer.«

Salbaisi besah sich wieder im Spiegel. Warum auch immer, dachte er. Er kannte Brigitte lange genug, um zu wissen, dass sich hinter scheinbar belanglosen Bemerkungen stets ein ernster Grund verbarg.

12

Der Uniformierte kämpfte mit dem Schlaf. Er unterdrückte ein Gähnen und blinzelte zur Uhr, die in der Mitte der beiden Schreibtische zwischen ungeordneten Aktenstapeln eingezwängt war. Kurz vor halb vier. Die Nacht zog sich wie Gummi dahin. Polizeioberkommissar Harry Stenzler nahm einen Schluck heißen Kaffee und versuchte, seine handschriftlichen Aufzeichnungen zu entziffern, die er an der Unfallstelle gemacht hatte. Vor ihm lagen die Papiere des Verunglückten. Personalausweis und Führerschein waren auf denselben Namen ausgestellt. Aber dass es sich bei dem Schwerverletzten um Dr. Johannes Fallheimer handeln würde, hatte bereits ein Arzt in der Klinik bestätigt. Demnach wohnte er in Scharenstetten, einer schmucken Gemeinde auf der Hochfläche der Schwäbischen Alb, gerade mal 20 Kilometer entfernt. Dort hatte er vor wenigen Jahren ein Haus gebaut, das er seit der Scheidung von seiner Frau allein bewohnte. Über andere Angehörige hatte Stenzler nichts in Erfahrung bringen können. Es gab also niemanden, den man hätte benachrichtigen sollen. Immer häufiger kam dies vor, dachte der Streifenpolizist. Die Gesellschaft schien stets einsamer zu werden, zumindest, was die einheimische Bevölkerung anbelangte. Dann begann er, die Daten mühevoll mit zwei Fingern in die Tastatur des Computers zu hämmern.

Mit den Details würden sich die Kollegen der Unfallfluchtermittlungsgruppe auseinandersetzen müssen. Keine leichte Aufgabe, überlegte der Beamte. Immerhin war auf der Straße nichts zu entdecken gewesen, was auf ein Fahrzeug hätte schließen lassen. Vielleicht gab es an der Kleidung des Verletzten winzigste Lackspuren des Autos. Heutzutage war es kein Problem, über eine Farbanalyse den Fahrzeugtyp ausfindig machen zu können – manchmal sogar bis hin zum Baujahr. Außerdem musste der Aufprall des Fußgängers am Auto eine Beschädigung hinterlassen haben. Allerdings dürfte die Delle im Blech nicht allzu auffällig sein.

Der Beamte trank seine Kaffeetasse leer und griff zu einer Tragetasche, die er neben sich auf den Boden gestellt hatte. Sie enthielt einige Utensilien, die sie in Fallheimers Kleidung gefunden hatten: Geldbeutel, Handy, Schlüsselbund und ein kleiner Taschenkalender. Stenzler staunte, dass sich der Arzt noch keines dieser Smartphones bediente, die sowohl Handy als auch Minicomputer waren. Obwohl er sich von den Eintragungen in dem dünnen und kleinformatigen Kalender nichts versprach, ließ er die goldbesetzten Blätter schnell von hinten nach vorn durch seine Finger gleiten. Er entdeckte einige Seiten, die mit Adressen und Telefonnummern beschrieben waren, womit er sich jetzt nicht auseinandersetzen wollte. Schließlich blätterte er zu den Februar-Wochen, um zu sehen, ob es zum gestrigen Tag irgendwelche Eintragungen gab. Tatsächlich war mit Kugelschreiber etwas notiert worden, das er nicht auf Anhieb entziffern konnte. Eigentlich interessierte es ihn auch nicht. Denn was der Verletzte gestern getan hatte, war für die Ermittlung der Unfallursache ziemlich unerheblich, dachte Stenzler. Routinemäßig würde dem Opfer in der Klinik eine Blutprobe entnommen werden, um eine etwaige Alkoholisierung festzustellen. Sollte man den Unfallflüchtigen ermitteln und vor Gericht bringen können, spielte dieser Umstand für den Verteidiger gewiss eine wichtige Rolle – auch wenn damit das Überfahren eines Fußgängers natürlich nicht zu rechtfertigen war, geschweige denn die anschließende Flucht vom Ort des Geschehens.

Stenzler unterdrückte zum wiederholten Male ein Gähnen, während er die wenigen Buchstaben in der gestrigen Tagesspalte des Kalenders zu lesen versuchte. Das zweite Wort erschien ihm, als heiße es anrufen. Doch beim ersten war er sich nicht sicher. Logischerweise musste es sich um einen Namen handeln, jemanden also, den Fallheimer anrufen wollte. Es begann mit einem ›H‹ und endete in einigen Schnörkeln. Es konnte Helmut, Harald oder Hermann heißen.

Stenzler klappte das Büchlein zu und legte es zu den übrigen Utensilien. Falls dies tatsächlich wichtig war, konnten sich am Vormittag die Kollegen der Unfallermittlungsgruppe damit befassen. Er war viel zu müde, um sich darüber Gedanken zu machen.

Ambulanzschwester Brigitte bewunderte die Geduld und Gelassenheit, mit der Salbaisi auch jetzt noch jedem Patienten das Gefühl gab, nur für ihn da zu sein. Wieder war es eine Frau, die über Schmerzen klagte – diesmal im rechten Sprunggelenk. Er setzte sein charmantes Lächeln auf und bot ihr den Platz auf dem Behandlungsstuhl an. Dass sie 33 war, Ute Fronzek hieß und als Bibliothekarin in einer Gemeindebücherei auf der Alb arbeitete, hatte er bereits den Anmeldedaten entnommen.

»Wie ist das passiert?«, fragte er und ging in die Hocke, um den Knöchel zu betasten. Sie zog dazu das rechte Hosenbein ihrer engen Jeans bis zu den Waden nach oben.

»Hab wohl ein bisschen zu wild getanzt heut Nacht«, lächelte sie zurück. An ihrer bunten Bluse klebten Konfettischnipsel.

»Heute Nacht sind die wilden Tänzer los«, entgegnete der Arzt und erhob sich wieder. »Tut's nur beim Gehen weh oder ständig?«

»Beim Auftreten. Es hat ganz langsam damit angefangen.«

»Wahrscheinlich eine Verstauchung«, diagnostizierte Salbaisi. »Sicher nichts Schlimmes.« Er sah in ein jugendliches Gesicht, das jedoch im grellen Licht der Leuchtstoffröhren blass und müde wirkte. »Wie sind Sie denn hergekommen? Selbst noch gefahren?«

Sie nickte. »Das ging schon, kein Problem.«

Brigitte sortierte auf dem Schreibtisch die Datenblätter der Patienten, die draußen auf dem Flur warteten. In der letzten halben Stunde waren wieder zwei dazugekommen.

»Ist eigentlich unsere Adlige noch nicht zurück?«, fragte sie mit gewisser Verwunderung, denn Salbaisi würde erfahrungsgemäß die junge Frau gleich zum Röntgen schicken.

Er zuckte mit den Schultern, während die Patientin wieder vorsichtig in ihren Schuh schlüpfte. »Stimmt, sie hätte längst wieder zurück sein müssen.«

Brigitte sah auf die Uhr. »Ich denk, dass Anja auch mal eine Pause gemacht hat.« Gemeint war die medizinisch-technisch-radiologische Assistentin, die seit Stunden nahezu ununterbrochen Röntgenbilder anfertigte.

»Macht sie aber normalerweise nicht, wenn's hier wie am Fließband läuft«, sagte er wie zu sich selbst, denn sie waren beide lange genug im Nachtdienst zusammen, um Anjas Zuverlässigkeit zu kennen.

Brigitte grinste. »Vielleicht steht die adlige Dame nicht nur auf Doktores, sondern auch auf charmante Röntgenassistentinnen.«

Salbaisi wollte nichts dazu sagen. Ihm war die Bemerkung im Beisein der Patientin eher peinlich.

13

Brugger wachte alle paar Minuten auf. Er hatte ohnehin den Eindruck, überhaupt nicht mehr zu schlafen. Die roten Ziffern der Uhr am Pool standen auf 3.15 Uhr. Daheim war's also bereits 4.15 Uhr. Brugger atmete die frische Meeresluft tief ein und fingerte nach seinem Handy, das er neben sich auf einem Plastikhocker liegen hatte. Wie schon so oft in dieser Nacht, drückte er die Taste mit der Kurzwahl seines heimatlichen Festnetzanschlusses. Obwohl seine Frau angekündigt hatte, am Samstagabend zu einer Faschingsveranstaltung zu gehen, beunruhigte es ihn, dass sie bisher weder daheim noch auf dem Handy zu erreichen war. Brunhilde neigte nicht gerade dazu, nächtelang durchzutanzen oder sich in irgendwelchen Bars zu amüsieren. Dass sie an diesem Faschingswochenende ausging, während er auf Geschäftsreise war, nahm er ihr nicht übel. Schließlich hatte sie genügend Freundinnen, die sich an solchen närrischen Tagen ebenfalls gern ohne ihre Männer amüsierten. Für Brunhilde war's sogar ein ideales Wochenende, zumal sie die Kinder bei Tante und Onkel gut aufgehoben wusste.

Brugger lag in seinem Liegestuhl und lauschte dem Freizeichen, das in endlos langen Abständen zu hören war. Als er wieder den roten Aus-Knopf drücken wollte und das Gerät gerade vom Ohr genommen hatte, vernahm er ein Klicken und eine Frauenstimme. Er zögerte, presste sich das Handy wieder ans Ohr und meldete sich mit einem sanften: »Hallo, Schatz, ich bin's. Guten Morgen.«

»Du?«, kam es kühl zurück. »Du, um diese Zeit? Weißt du denn, wie spät es hier ist?«

Brugger spürte Enttäuschung. Was spielte die Zeit für eine Rolle, wenn er sich fürsorglich nach ihr erkundigte? Mochte dies auch reine Heuchelei sein, so hatte sie nicht den geringsten Grund, an seiner Ehrlichkeit zu zweifeln. Oder vielleicht doch?, hämmerte etwas in seinem Gehirn.

»Ich hab's schon ein paar Mal versucht, Schatz«, bemühte er sich um einen Anknüpfungspunkt.

»Wie – du kontrollierst, wann ich heimkomm, während du auf den Kanaren die Puppen tanzen lässt?« Sie lachte laut und es klang, als sei sie betrunken.

Brugger hielt ihr diesen Umstand zugute und überlegte, ob es Sinn machte, sich auf ein Gespräch einzulassen. »Nicht kontrollieren«, griff er ihre Bemerkung auf, »sondern sorgen, Schatz. Ich sorge mich.« Er machte eine Pause. »In so Nächten wie diesen kann einem allerhand zustoßen.«

»Zustoßen? Mir?« Sie kicherte. »Mein lieber Herr Dr. Elmar: Ob mir was zustößt oder nicht, geht dich erstens nichts an und zweitens …«

Er war plötzlich hellwach, sprang von seiner Liege auf und verschwand ins Innere des Zimmers. Falls auf den Balkonen nebenan auch jemand im Freien lag, was nicht auszuschließen war, wollte er keine Mithörer haben. Er schob die verglaste Terrassentür zu und setzte sich aufs Bett. So wie seine Frau sprach, war sie ziemlich betrunken. Vermutlich hatte sie mit ihren Freundinnen die Nacht durchgezecht und war jetzt kurz davor, die Kontrolle über sich zu verlieren.

»Und zweitens – was?«, wollte er genervt wissen.

»Ha – zweitens, Herr Dr. Elmar, zweitens weiß ich es wie du zu schätzen, mir mal eine Auszeit zu gönnen.« Wieder das Kichern, das in ein seltsames Gegluckse überging, als müsse sie sich übergeben.

»Bruni«, er benutzte ihren Kosenamen, »Bruni, jetzt hör mal zu. Ich wollte nur wissen, ob alles okay ist und ob es dir gut geht.«

»Seit wann wagt sich der Herr Doktor an eine Ferndiagnose heran? Das ist mir ja ganz neu. Denn der Herr Doktor ist doch nicht mal in der Lage, eine Nahdiagnose zu stellen.«

Wie sie das Herr Doktor betonte und jetzt auf die Tatsache anspielte, dass sie sich in letzter Zeit auseinandergelebt hatten, das passte ihm nicht. Nicht hier und nicht zu dieser Stunde. Er musste darauf achten, dass der Streit nicht eskalierte. In ihrem Zustand konnte dies leicht geschehen – und wenn sie dann auflegte, waren ihm sämtliche Einflussmöglichkeiten genommen.

»Bruni«, wiederholte er noch einmal, »am besten, du legst dich jetzt hin. Ich bin beruhigt, dass du daheim bist und dass alles okay ist.«

»Okay ist?«, echote sie keifend. »Was soll schon okay

sein? Dass du dich auf den Kanaren rumtreibst – mit was weiß ich welchen Gespielinnen? Oder glaubst du im Ernst, ich nehm dir ab, dass du tagelang mit Harald geschäftlich zu tun hast?« Ihre Stimme hatte einen drohenden Unterton angenommen. »Harald wird schon dafür gesorgt haben, dass die Männerrunde voll auf ihre Kosten kommt.«

»Bruni«, unterbrach er sie und sah durch die gläserne Balkontür zum Horizont, wo ein paar Lichter funkelten, »du redest dir etwas ein, was völlig daneben ist. Du weißt genauso gut wie ich, dass Harald hier unten etwas plant, das von eminenter Bedeutung für unser Unternehmen ist. Und im Übrigen werde ich diesem Fernandez mal kräftig die Leviten lesen und auch noch Friedrich und Edgar treffen.«

»Fernandez, Friedrich und Edgar«, kam es angewidert zurück. »Was ich von denen halte, weißt du. Das brauche ich dir nicht zu sagen.«

Er versuchte, ruhig zu bleiben. »Über Fernandez brauchen wir nicht zu reden, da stimm ich voll und ganz mit dir überein. Aber Friedrich und Edgar sind unsere wichtigsten Investoren.« Eigentlich war es unnötig, ihr dies zu erklären, denn sie war selbst in die Angelegenheit mehr als genug involviert.

»Das sind die größten Schweinehunde weit und breit«, keifte seine Frau. »Friedrich und Edgar – wenn ich diese Namen schon höre! Kapitalisten sind das. Denen geht's nicht wirklich um die Sache, sondern nur um ihre Knete. Rausziehen, was rauszuziehen ist. Nur du hast es noch nicht kapiert.«

»Beruhige dich, Bruni«, versuchte er sie zu besänftigen, wohl wissend, dass sie jetzt in einem Zustand war, der kein vernünftiges Gespräch mehr zuließ.

»Was soll ich mich beruhigen, Mann! Du hurst bei den Kanarienvögeln rum und ich muss die ganze verdammte Scheiße hier ausbaden.«

Brugger stutzte. So heftig hatte er seine Frau schon lange nicht mehr erlebt. »Darf ich fragen …« Er hielt überlegend inne, stand auf, trat zur Balkontür und visierte dabei die Lichtpunkte weit draußen auf dem Meer an, »darf ich fragen, welche Scheiße du ausbaden musst?«

»Ach, schwätz doch nicht so blöd daher.« Sie legte auf.

Salbaisi schaute die junge Frau an, die sich langsam von ihrem Stuhl erhob. »Ich schick Sie zum Röntgen. Reine Vorsichtsmaßnahme.« Er füllte das entsprechende Formular aus, reichte es ihr und begleitete sie zur Tür. »Rechts den Gang weiter und dort warten, bis Sie aufgerufen werden. Danach sehen wir uns wieder.«

Er entließ sie mit einem beruhigenden Lächeln und zog die Tür hinter ihr ins Schloss. Unterdessen war Brigitte bereits auf dem Weg zum nächsten Patienten. Salbaisi hatte den Eindruck, als wolle sie den Stau der Wartenden möglichst schnell abbauen. Doch der Mann, mit dem sie Sekunden später durch die andere Tür auftauchte, bedurfte dringend ärztlicher Hilfe. Er hatte sich mit dem Taxi bringen lassen und über starke Bauchschmerzen geklagt. Sein ergrautes, dünnes Haar hing ungekämmt nach allen Seiten von einem eingefallenen Schädel. Äußerlich erweckte er den Eindruck, die Nacht bisher im Bett verbracht zu haben und nur provisorisch bekleidet zur Klinik gekommen zu sein. Salbaisi bekam bei der Begrüßung eine kalte, zittrige Hand zu spüren. Brigitte zog dem Mann, der vorigen Monat 76 Jahre alt geworden war, den Stuhl zu den Kniekehlen, damit er sich setzen konnte.

»Was führt Sie zu so ungewöhnlicher Stunde zu uns?«, fragte der Arzt und legte eine Hand auf die Schulter des Patienten, der ziemlich verschüchtert dasaß. »Wo tut's denn genau weh?«, hakte Salbaisi etwas lauter nach. Er vermutete, dass der Mann nicht gut hörte.

»Hier«, kam die schwache Antwort. Er deutete an die linke Bauchseite und schilderte zögernd seine Symptome: Nach drei Tagen habe er endlich wieder Stuhlgang gehabt und nun sei blutverfärbtes Dünnflüssiges abgegangen. Und gleichzeitig hätten sich die seit Langem anhaltenden Bauchschmerzen enorm gesteigert.

»Waren Sie denn in letzter Zeit mal bei Ihrem Hausarzt?«, wollte Salbaisi wissen.

Der Mann schüttelte langsam den Kopf. »Hausarzt? Habe ich nicht«, erwiderte er leise.

Salbaisi und Brigitte warfen sich ratlose Blicke zu. Dann trat der Arzt vor den sitzenden Patienten und gab sich Mühe, den möglichen Ernst der Lage nicht zu zeigen: »Ich denke, es ist besser, wir nehmen Sie stationär bei uns auf.«

Der Angesprochene senkte seinen Blick, als schäme er sich seiner Krankheit. Zwei, drei Atemzüge lang war es still. »Meinen Sie …«, der Mann zögerte, »… meinen Sie, es ist Krebs?«

Salbaisi erfasste die Stimmungslage des Mannes sofort und verstand es, angemessen darauf zu reagieren: »Manches sieht oft schlimmer aus, als es ist.« Er verzog das Gesicht zu einem zaghaften Grinsen. »Wie sagt man in Deutschland so schön? Es wird nichts so heiß gegessen wie gekocht.«

Auch auf dem verhärmten Gesicht des Patienten zeichnete sich ein Lächeln ab, als klammere er sich an ein Stück Hoffnung. Er blickte langsam auf und sah Salbaisi mit unsicheren Augen ins Gesicht: »Ich wünsche mir, es ist so.«

»Keine Sorge, Herr …«, Salbaisi griff zu dem Datenblatt, um den Namen abzulesen, »… Herr Lübbe, Sie sind bei uns gut aufgehoben. Wir werden in aller Ruhe feststellen, was Ihnen Kummer bereitet.«

Brigitte begann bereits, die schriftlichen Formalitäten zu erledigen, die zur Einweisung notwendig waren. Lübbe, so erfuhr sie, hatte keine Angehörigen, die in der näheren Umgebung wohnten. Seine Frau war vor sechs Jahren gestorben, der einzige Sohn nach Spanien ausgewandert.

»Wir machen zuerst eine Ultraschalluntersuchung«, entschied Salbaisi, als es zaghaft an der Tür klopfte, die in den Flur zur Röntgenabteilung führte.

Der Arzt war für einen Augenblick irritiert, reagierte dann aber schnell: »Ja, bitte.« Er drehte sich verwundert zu der Tür, die sich langsam einen Spalt weit öffnete, sodass jemand seinen Kopf durchstecken konnte. Salbaisi erkannte sofort die Patientin, die er wegen ihres schmerzenden Sprunggelenks vor einer halben Stunde zum Röntgen geschickt hatte. Erst jetzt fiel ihm ein, dass sie bisher ebenso wenig wieder zurückgekommen war wie die Adlige mit dem Katzengewand.

Brigitte wollte bereits abwehren und die Frau bitten, sich noch zu gedulden, bis sie wieder aufgerufen werde. Doch die Patientin kam ihr zuvor: »Da ist noch immer niemand rausgekommen, um mich zu holen.«

»Immer noch nicht?«, zeigte sich Salbaisi verwundert. »Es hat Sie niemand zum Röntgen geholt?«

»Nein, niemand«, erwiderte die Frau, um sich sogleich zu entschuldigen. »Ich will auch nicht ungeduldig sein, aber … ich dachte, ich melde mich mal.« Sie war sichtlich erleichtert, nicht gleich abgewiesen zu werden.

»Und da ist bisher auch niemand herausgekommen?«, vergewisserte sich Salbaisi. Sie schüttelte den Kopf.

Der Arzt wandte sich an Brigitte: »Vielleicht sollten Sie mal schauen, was da los ist.«

14

Wer das zweistöckige, mit blauen Metallplatten verkleidete Gebäude sah, vermutete darin karge Büros. Es fristete in diesem großzügig angelegten Gewerbegebiet, abseits eines Hochregallagers und eines Metall verarbeitenden Betriebs, ein eher bescheidenes Dasein. Nirgendwo war eine Firmenaufschrift oder ein Logo angebracht. Vermutlich hatte man das Haus einst für einen kleinen Handwerksbetrieb errichtet, den es längst nicht mehr gab. Was sich dann in solchen Immobilien ansiedelte, war meist nicht vom Feinsten. Die Eigentümer oder Insolvenzverwalter kümmerte dies wenig. Hauptsache, sie konnten das Objekt verkaufen, vermieten oder verpachten.

Die heruntergelassenen Rollos vor den Fenstern des Gebäudes hätten vermuten lassen, dass es derzeit gar keine Nutzung gab. Doch an der Stirnseite zum Nachbargrundstück ragte ein fenstergroßer Metallkasten aus der Wand des Obergeschosses und verbreitete in den frühen Morgenstunden dieses Februartages ein monotones Rauschen. Wäre es Hochsommer und heiß gewesen, hätte es durchaus eine Klimaanlage sein können. Doch an diesem eisigen Morgen gab es keinen Grund, den Innenraum zu kühlen.

Dr. Claus Humstett, einzige Person in dem Gebäude, fühlte sich trotzdem behaglich. Sein Büro war beheizt und die federnde Lehne des gepolsterten Schreibtischsessels ließ sich weit nach hinten drücken. Der Mann, gerade 40 Jahre alt geworden und von sportlicher Gestalt, hatte sich in dem Industriegebäude wohnlich eingerichtet. Einige Büros waren kurzerhand mit Möbeln aus dem Abholmarkt in Wohn- und Schlafzimmer sowie in eine Küche umgewandelt worden. Seit er seine Frau verlassen hatte, fühlte sich Humstett so frei wie nie zuvor. Endlich konnte er schalten und walten wie er wollte, sein eigenes Chaos anrichten und aufräumen, wann er wollte. Niemand keifte dazwischen, niemand schrieb ihm vor, wann er was zu tun hatte. Er hasste es abgrundtief, wenn er in seinen wissenschaftlichen Studien und Arbeiten gestört wurde. Er brauchte diese Freiheit, sich den Arbeitstag so einzuteilen, wie es seiner körperlichen und geistigen Verfassung entsprach. Wie versklavt mussten sich Millionen von Menschen vorkommen, denen ein völlig unsinniger Arbeitsrhythmus aufgezwungen wurde, der in keinster Weise den persönlichen Hochs und Tiefs entsprach. Wie viele innovative Ideen wurden gleich im Keim erstickt, nur weil in dieser Gesellschaft keiner begriff, dass jeder Mensch ein Individuum war, das nicht wie eine Maschine tagtäglich gleich funktionierte! Anstatt einen Arbeitstag lang vor einem Problem zu sitzen und krampfhaft über dessen Lösung nachzusinnen, war es besser, sich hinzulegen und im Halbschlaf, in einem Zustand völliger Entspannung, die Seele baumeln zu lassen. Humstett hatte die besten Einfälle stets in dieser Situation. Zwischen Traum und Wirklichkeit, in einer geistigen Grauzone, zwischen Wachsein und dem Hinüberdämmern in ein anderes Bewusstseinsstadium, gab es schöpferische Momente ungeahnten Ausmaßes. Der menschliche Geist, davon war Humstett überzeugt, konnte aus unendlichen Energien schöpfen. Immer wenn er darüber nachdachte, kam ihm ein Spruch aus der Bibel in den Sinn: Den Seinen gibt's der Herr im Schlaf. Humstett war unendlich dankbar, diese Gabe ausschöpfen zu können.

Ihm war es egal, wie spät es war. Er ließ sich nicht von der Uhr, sondern allein von seiner Intuition und seiner geistigen Tagesform leiten. Dass er die ganze Nacht in seinem Labor verbracht hatte, war ihm gar nicht bewusst. Er konnte Zeit und Raum vergessen und den Schlaf verdrängen. Doch jetzt, während eines Telefongesprächs, das ihn aus seinen Gedankenspielen gerissen hatte, waren die positiven Ströme unterbrochen.

»Scheiße!«, entfuhr es ihm, nachdem ihm die Folgen dessen bewusst wurden, was man ihm soeben mitgeteilt hatte. Er wippte mit der federnden Lehne des Schreibtischstuhles und wiederholte ärgerlich: »Scheiße.« Er verlieh dem Wort mit der Art, wie er es aussprach, noch zusätzliche Verachtung – obwohl er es in der Öffentlichkeit niemals benutzen würde. Weit nach hinten gelehnt, sah er ins grelle Licht der Leuchtstoffröhre, um dabei konzentriert dem Anrufer zu lauschen, dessen Tonfall darauf schließen ließ, dass er keinen Widerspruch duldete. Humstett holte tief Luft und flüsterte: »Da wird dann ja wohl nichts anderes übrig bleiben.« Es klang erschöpft und resignierend.

Brugger war aufgewühlt. Er spürte plötzlich unter seinem dünnen Pullover die Kühle der Nacht. Mit beiden Armen stützte er seinen Oberkörper auf der Balkonbrüstung ab und starrte zu den Palmwedeln, die sich aus dem Dunkel des Hotelgartens erhoben und sanft im Nachtwind flüsterten. Die rote Digitalanzeige am Pool stand auf 3.44 Uhr und spiegelte sich im Wasser des Pools. Weit draußen, dort, wo in der Schwärze der Nacht die Dünen in den Atlantik übergingen, rauschte die Brandung. Doch diese traumhafte Atmosphäre, wie sie jeder Urlauber hier genoss, nahm Brugger nicht mehr wahr. Er fühlte sich in den Sog der Ereignisse gerissen, die ihn auf einmal umgaben. Wieso stürzte mit einem Schlag so viel Negatives über ihn herein? Das, was Harald Maronn gesagt hatte, und jetzt diese seltsamen Bemerkungen von Brunhilde, seiner Ehefrau. Er war lediglich auf Geschäftsreise gegangen, er, der Oberarzt aus der Helfenstein-Klinik, der sich, wie das viele andere Mediziner auch tun, an Forschungsprojekten beteiligte, die zwangsläufig auf internationaler Ebene angelegt waren. Wer heutzutage noch glaubte, die Wissenschaftler einzelner Länder könnten sich abschotten und nur für sich oder ihren Staat etwas entwickeln, der hatte die Zeichen der Zeit nicht erkannt. Durch Bruggers Kopf jagten tausend Gedanken gleichzeitig, die er zwar zu vertreiben versuchte, sich ihrer aber nicht erwehren konnte.

Was waren das für Kleingeister, die den Forschern und Wissenschaftlern dieser Welt Fesseln anlegen wollten?

Die tatsächlich der Überzeugung waren, man könne den Forscherdrang zügeln oder gar in Bahnen lenken. So wie niemand die Atombombe verhindert hatte, so wenig war es möglich, per Gesetz die Experimente mit dem Leben zu verbieten. Was machbar war, wurde gemacht – wenn nicht öffentlich, dann in irgendwelchen Hinterhöfen oder Kellern. Und gewiss gab es genügend Wissenschaftler, die sich gefährlich nah an jener Grenze bewegten, hinter der das Genie zum Psychopathen wurde. Das mochte alles so sein – aber zu ändern war daran nichts. Die Menschheit wäre nicht das, was sie jetzt war, hätte es nicht immer mal wieder umwälzende Entwicklungen gegeben. Die Frage, was aus ihr ohne derartigen Fortschritt geworden wäre, stellte sich nicht, denn diese Variante hatte sich nicht durchgesetzt. Selbst Gedankenspiele erbrachten keine Antwort, denn wer könnte schon ausschließen, dass eine umwälzende Entwicklung nicht mit Verzögerung eingesetzt hätte? Oder wie die Technik in den letzten hundert Jahren vorangeschritten wäre, hätte es nicht die beiden schrecklichen Weltkriege gegeben. Mit dem Völkermorden war nicht nur viel Material zerstört worden, sondern auch menschliche Intelligenz, die möglicherweise ganz anderes hervorgebracht hätte als das, was später ersonnen wurde. Oder manches wäre früher gekommen. Eventuell hätte es schon in den 50er-Jahren einen Bill Gates anderen Namens gegeben, der die Idee eines Betriebssystems für den Computer frühzeitiger hätte umsetzen können, wenn ihm eine friedlichere Vergangenheit schon zu diesem Zeitpunkt die Voraussetzungen geschaffen hätte. Andererseits beflügelten gerade militärische Spannungen den menschlichen Geist und trieben ihn zu Höchstleistungen, auch wenn damit meist das Ziel der perfekten Vernichtung des jeweiligen Gegners verfolgt wurde. Bekanntermaßen ist für die Militärs nichts zu teuer, sodass manches später als Abfallprodukt in die zivile Nutzung einfloss. Das Internet war so etwas. Und dass die Menschheit 1969 auf den Mond hatte fliegen können, war nicht allein dem Forscherdrang zu verdanken, sondern dem Wettrennen zweier Supermächte, die aus militärischen Gründen Stärke und technischen Fortschritt dokumentieren wollten. Deshalb mutet es nicht mal seltsam an, dass sich die NASA jetzt, über 40 Jahre später, schwertat, einen neuerlichen Versuch zu wagen. Aus der einst ruhmreichen Raumfahrtbehörde war ein dahindümpelnder Apparat geworden, der nach dem Abschluss des Shuttle-Programms keinen eigenen Raumtransporter mehr zur Verfügung hatte. Selbst US-Präsident Barack Obama, der Visionär, wollte nicht mehr wirklich nach den Sternen greifen und dies als Ansporn für innovative Ideen nutzen, sondern sich eher massiven irdischen Problemen zuwenden.

Aber auch die irdischen Probleme, so hörte Brugger eine innere Stimme sagen, harrten auf innovative Lösungen. Denn je mehr Menschen diesen vergleichsweise winzigen Planeten bevölkerten, desto drängender wurden manche Fragen, deren Beantwortung von existenzieller Bedeutung sein würden: Nahrung, Wasser, saubere Luft, vor allem aber Energie. Ganz besonders aber Krankheiten, die sich rasend schnell ausbreiten konnten. Ein aggressives Virus konnte im Container oder im Flugzeug aus jedem Winkel der Welt zu den Drehkreuzen des internationalen Luftverkehrs gelangen – und von dort überall hin. Brugger musste für einen Moment an die Hysterie denken, die vor wenigen Monaten erst die Schweinegrippe ausgelöst hatte. Von einer drohenden Pandemie war die Rede, weshalb die deutsche Bundesregierung, unter dem Druck der allmächtigen Medien, panikartig jede Menge Impfstoff eingekauft hatte, den kaum jemand wollte. Die Angst vor einem zweitklassigen Serum war jedenfalls größer gewesen als die Sorge, an Schweinegrippe zu erkranken. Brugger zweifelte wie so oft auch in diesem Moment an der Vernunft und Intelligenz der politisch Verantwortlichen, die zweierlei Impfstoff eingekauft hatten – den einen für die Elite, den anderen fürs Volk. Wie bescheuert mussten jene gewesen sein, die dies angeordnet hatten?, grübelte Brugger. Aber wahrscheinlich waren die Verantwortlichen für dieses Impfdesaster längst per Beförderung in höhere Positionen gehievt worden, wo sie wesentlich mehr verdienten und weniger Unheil anrichten konnten. Ein weit verbreitetes Vorgehen in dieser Republik. Deshalb waren, so Bruggers tiefste Überzeugung, überall im Lande die verantwortlichen Stellen von Versagern besetzt. Ein Glück, dass es noch einige wenige Ausnahmen gab, musste er sich eingestehen. Die Klinik daheim war so ein positives Beispiel – oder mancher Betrieb, der die Finanzkrise mit einem blauen Auge überstanden hatte. Dort jedoch, wo die Nullingers und Fieslingers das Steuer in der Hand hielten und sich sogar noch gegenseitig die faulen Eier zuwarfen – in der Meinung, damit angeben zu können –, hatte jener Ungeist ins Unternehmen Einzug gehalten, wie er inzwischen überall kursierte. Und wo sich dieses negative Virus eingenistet hatte, griff es weiter um sich. Die Nullingers und Fieslingers scharten immer mehr Dumm- und Schwachköpfe um sich, die der irrigen Meinung unterlagen, das sinkende Schiff als Sklaventreiber wieder auf Kurs zu bringen, ohne zu merken, dass es nicht am fehlenden Antrieb mangelte, sondern am Auftrieb – an beflügelnder Motivation, die allerdings dem schneller drehenden Strudel des Untergangs nichts mehr entgegenzusetzen hatte.

Brugger hätte nicht sagen können, wie lange er so dastand und in die Nacht hinausstarrte. Ein Blick auf die rote Digitaluhr am Pool rief ihm ins Gedächtnis, dass es 23 Minuten waren. Denn inzwischen war es 4.07 Uhr. In zwei Stunden würde drunten auf der Terrasse bereits das Frühstücksgeschirr klappern.

Und für ihn würde es bis Montagnachmittag noch viel zu tun geben. Insbesondere musste er sich diesen Fernandez vorknöpfen, von dem er endlich Klarheit über die Rendite aus der Beteiligung an einer größeren Ferienhaus-Immobilie haben wollte. 250.000 Euro hatte er vorletztes Jahr investiert, doch nun drohte die Finanzkrise, das Anlageobjekt in erhebliche Schieflage zu bringen. Inzwischen beunruhigte ihn das, was Maronn berichtet und Bruni angedeutet hatte, weitaus mehr als der mögliche Verlust dieses Geldes, das aus einer größeren Erbschaft stammte und das er in Maspalomas dem spanischen Immobilien-Manager bar übergeben hatte. Eine windige Sache, wie es ihm jetzt erschien. Das Geschäft war zwar notariell besiegelt und von einem Rechtsanwalt seines Vertrauens geprüft worden, nur wenn das Immobilienprojekt hopsging, hatte er keinerlei Handhabe, das Geld einzuklagen. Dies würde er auch tunlichst vermeiden wollen, zumal er geschickt die deutsche Erbschaftssteuer umgangen hatte. Wenn Fernandez nicht der seriöse Geschäftsmann war, für den er ihn bisher gehalten hatte, dann konnte dies den Totalverlust des Geldes bedeuten. Möglicherweise war Fernandez ein gerissener Ganove, der es auf geschickte Weise verstand, sich mit jeder Menge Schwarzgeld zu bereichern. Denn kein einziger der Geldgeber, denen er geradezu traumhafte Renditen versprochen hatte, konnte daran interessiert sein, einen Skandal vom Zaun zu brechen und damit ins Visier der Steuerbehörden zu geraten.

Brugger wurde plötzlich bewusst, auf welch dünnem Eis er sich bewegte. Sein Pulsschlag beschleunigte sich. Er hatte das Gefühl, an mehreren Fronten gleichzeitig kämpfen zu müssen. Die Freude auf den morgigen Damenbesuch aus Deutschland wurde erheblich gedämpft. Insgeheim wünschte er sich, dies nie eingefädelt zu haben.

15

Salbaisi versorgte die blutige Lippe eines jungen Mannes, der mit seiner tief sitzenden Jeans und der dicken Joggingjacke besonders cool wirken wollte. Wie seine Altersgenossen trug er seine Baseballmütze mit dem Schild nach hinten. Salbaisi verkniff sich eine Bemerkung und fragte auch nicht, woher die Verletzung stammte. Niemals würde so ein Kerl zugeben, ›eine zentriert‹ bekommen zu haben, wie man einen Faustschlag ins Gesicht im Jugendjargon heutzutage bezeichnete. Vermutlich wäre als Antwort gekommen, er sei versehentlich gegen einen Türrahmen gerannt. Der Ambulanzarzt sorgte sich in diesem Augenblick ohnehin um jemand anderen – nämlich um Anja, die seit über einer Dreiviertelstunde nicht mehr aus dem Röntgenraum aufgetaucht war. Außerdem hatte sich die Dame mit dem adligen Namen nicht mehr zurückgemeldet.

Brigitte hatte deshalb nach dem Rechten sehen wollen. Noch während Salbaisi die aufgeplatzte Lippe säuberte und der junge Mann sichtlich mit Schmerzen kämpfte, hallte vor dem Zimmer eine Frauenstimme durch den Flur: »Herr Doktor – bitte kommen Sie schnell!« Und gleich noch viel lauter: »Herr Doktor!«

Salbaisi zögerte keine Sekunde. »Entschuldigung«, murmelte er dem Patienten zu, legte den Wattetupfer in eine Schale und eilte zur Tür, die in Richtung Röntgenbereich führte. Er stieß sie auf und traf auf Brigitte, die ihn kreidebleich anstarrte.

»Sie ist tot«, flüsterte sie, als wolle sie das Entsetzliche gar nicht sagen. »Anja – sie ist tot.« Brigitte deutete auf eine zehn Meter entfernte Tür, die weit offen stand. »Da …«

Manfred Watzlaff war ein besonnener Mann Mitte 50 und seit mehreren Jahren Leiter des Polizeireviers in diesem beschaulichen Städtchen am Nordrand der Schwäbischen Alb, eine gute Autostunde von Stuttgart entfernt. Doch die geografische Entfernung zu den großen Zentren durfte nicht darüber hinwegtäuschen, dass sich in Zeiten globaler Vernetzung das internationale Verbrechen auch in den Provinzstädtchen eingenistet hatte. Oft genug waren Straftäter im ländlichen Idyll untergetaucht, wo sie weniger Polizeipräsenz vermuteten als in den Ballungsräumen. Doch auch die tägliche Kleinarbeit bescherte den Streifendienstbeamten genügend Arbeit, die sich in nichts von den Aufgaben anderer Reviere unterschied: Verkehrsunfälle, Prügeleien, Beleidigungen, Ruhestörungen. Wenn Watzlaff darauf angesprochen wurde, konnte er aus einem reichhaltigen Erfahrungsschatz berichten und darüber klagen, wie sehr die Polizei in den vergangenen Jahrzehnten an Autorität in der Bevölkerung eingebüßt hatte. Es gab inzwischen viele Jugendliche, die nie gelernt hatten, die wahren Werte einer Gesellschaft zu achten. Aber auch Erwachsene, so wusste Watzlaff zu klagen, trugen mittlerweile zur allgemeinen Verrohung bei. Besonders ärgerte ihn, dass die Verantwortlichen im öffentlichen Leben diese Probleme schönredeten und nicht wahrhaben wollten, wie es draußen auf der Straße in der polizeilichen Praxis aussah.

An diesem unwirtlichen Februarsonntag war Watzlaff, wie er dies häufig tat, zu den am Wochenende diensthabenden Beamten ins Revier gekommen. Er unternahm häufig solche Besuche – aber nicht, um den Vorgesetzten zu markieren, sondern um an den Widrigkeiten solcher Faschingstage teilzuhaben. Davon ließ er sich auch an diesem Sonntag nicht abhalten, obwohl er am Vorabend die Prunksitzung eines vorörtlichen Narrenvereins besucht und er nur fünf Stunden geschlafen hatte.

Bereits beim Betreten der Wache war er vom Dienstgruppenführer auf die Unfallflucht der vergangenen Nacht hingewiesen worden. Diese Angelegenheit werde bereits von der speziellen Ermittlungsgruppe der Direktion aus dem nahen Göppingen bearbeitet.

Watzlaff, zwar sportlich, dennoch nicht gerade von schlankem Körperbau, konnte eine erstaunliche Behändigkeit an den Tag legen. Er eilte die Treppen zum Büro besagter Kollegen hoch, begrüßte sie mit Handschlag und einigen persönlichen Bemerkungen. Anschließend setzte er sich zur Runde der drei Uniformträger und strich nachdenklich über seinen Oberlippenbart. Während er sich den mutmaßlichen Unfallhergang erklären ließ, nahm sein Gesicht einen finsteren Zug an. Die buschigen Augenbrauen verstärkten diesen Eindruck.

»Aber er wird überleben?«, fragte er, nachdem die drei ihre Erkenntnisse aus Unfallspuren und Protokollen zusammengefasst hatten.

Einer der Männer zuckte mit den Schultern. »Akute Lebensgefahr, sagt der Arzt. Er will sich nicht festlegen.«

»Und tatsächlich keine Zeugen?« Watzlaff verschränkte die Arme vor der voluminösen uniformierten Brust.

»Nichts«, antwortete der Jüngste in der Runde, dessen Rangabzeichen ihn als Polizeihauptmeister auswiesen. »Es war kurz nach eins. Kein Mensch auf der Straße. Es ist aber davon auszugehen, dass der Autofahrer, der angerufen hat, nur wenig später dort vorbeigekommen ist.«

Die drei Uniformierten nahmen an, dass das Opfer, ein 43-jähriger Doktor der Medizin, auf dem Weg vom Nachtdienst zu seinem Auto gewesen war. Zum Überqueren der Heidenheimer Straße habe er nicht den Zebrastreifen benutzt, sondern sei etwa 50 Meter davon entfernt auf die Fahrbahn getreten. Dies lasse darauf schließen, dass er die Straße nicht auf dem kürzesten Weg, sondern schräg hinüber zur Parkplatzzufahrt habe queren wollen. Den festgestellten Verletzungen zufolge sei das Fahrzeug von hinten gegen seinen Körper geprallt.

»Und es gibt nichts, was zurückgeblieben ist? Stoßstange, Lackspuren, Glassplitter?« Watzlaff gab sich ungeduldig, obwohl dies gar nicht seine Art war.

»Bisher nichts«, gab wieder der Jüngste die Antwort, als ob er seine Bedeutung hervorheben müsste. »Es wird auch nichts mehr zu finden sein, denke ich.«

Watzlaff entschied, den Pressesprecher der Polizeidirektion Göppingen zu bitten, möglichst bald die Medien von der Unfallflucht zu unterrichten und einen Zeugenaufruf zu veröffentlichen. Vielleicht gab es jemanden, dem ein Auto aufgefallen war, das im vorderen Bereich zumindest einige Dellen aufwies.

»Dieser Doktor …«, Watzlaff stockte, denn ihm war der Name entfallen.

»Fallheimer«, ergänzte der Beamte links von ihm, der bisher geschwiegen hatte. »Johannes Fallheimer. So steht's in seinen Papieren, die er bei sich getragen hat. Wohnhaft in Scharenstetten. Kleines Nest auf der Alb.«

Der Revierleiter nickte dankend. »Und der ist in der Klinik beschäftigt?«

»Ja«, fühlte sich der Jüngste wieder zu einer schnellen Antwort angespornt. »Gynäkologie. Oberarzt. Lebt von seiner Frau getrennt. Die Kollegen sind gerade dabei, Angehörige ausfindig zu machen.«

Watzlaff ließ ein paar Sekunden des Nachdenkens verstreichen. Das waren jene Augenblicke, mit denen er auch in hektische Gesprächsrunden die gebotene Ruhe bringen konnte. Wer ihn dann so sitzen sah, nicht gerade groß gewachsen, aber von bärenstarker Gestalt, würde in ihm nicht auf Anhieb einen Sportler vermuten. Und doch nutzte er selbst bei schlechtester Witterung jede freie Minute, um mit dem Fahrrad weite Strecken zurückzulegen, vor allem, um Steigungen zu bewältigen, von denen es rings um diese Stadt Geislingen genügend gab, führte sie schließlich den Zusatz ›an der Steige‹ sogar im Ortsnamen. Für einen Moment versuchte er, sich zu entsinnen, wie viele folgenschwere Unfallfluchten in den vergangenen Jahren ungeklärt geblieben waren. Nur wenige, antwortete ihm sein Gedächtnis. Zwar machte sich bei etwa einem Drittel aller registrierten Unfälle der Verursacher aus dem Staub, doch handelte es sich dabei meist um Parkrempler oder abgerissene Rückspiegel – um kleinere Blechschäden eben. Hingegen konnten Unfallfluchten mit Verletzten oder gar Toten meist alle aufgeklärt werden. Und Watzlaff hatte keinen Zweifel, dass dies auch jetzt so sein würde.

»Was mich verwundert«, sagte er schließlich, »das sind die Umstände. Stockfinstre Nacht, Regen. Kein Mensch draußen, so gut wie kein Verkehr. Und dann marschiert dieser Doktor einsam und allein über die Straße und wird von einem der wenigen Autos überfahren, die unterwegs sind.«

»Ein Betrunkener vielleicht«, meinte der junge Hauptmeister. »Sichtverhältnisse schlecht. Der Fußgänger trug einen dunklen Stoffmantel. Das sind denkbar schlechte Bedingungen.«

Watzlaff strich sich wieder über seinen Bart. »Trotzdem. Mir kommt das Zusammentreffen einer einzelnen Person mit einem der wenigen Autos ein bisschen merkwürdig vor.«

Die drei Ermittler sahen ihren Chef verwundert an. Bisher gab es nicht die geringsten Hinweise auf etwas anderes als einen Unfall. Watzlaff ließ die Kollegen allein und ging in sein Büro hinüber, um am Bildschirm die Vorkommnisberichte der vergangenen Nacht zu lesen:

Ruhestörungen, kleinere Prügeleien, ein Wohnungseinbruch, ein ertappter Promillesünder – und natürlich die Unfallflucht. Der schrille Ton des Telefons riss ihn aus dem Studium dieser Meldungen. Er unterdrückte einen Fluch, weil er sonntags, wenn er keinen Dienst tat, keine Anrufe wünschte. Aber dieser, das stellte sich gleich heraus, war von dem Beamten in der Wache als derart wichtig erachtet worden, dass er ihn gleich zum Chef durchstellte.

16

Dr. Alexander Stuhler, Chefarzt der Inneren Medizin und gleichzeitig Ärztlicher Direktor des Krankenhauses, war von Salbaisi telefonisch vom Tod Anjas verständigt worden und sofort herbeigeeilt.

Während der Ambulanzarzt und Schwester Brigitte bei der Behandlung weiterer Patienten darauf bedacht waren, sich das Entsetzen nicht anmerken zu lassen, das sich ihrer bemächtigt hatte, verschwand Stuhler wieder auf dem Flur. Dort ließ er sich von dem nächtlichen Bereitschaftsarzt Dr. Volker Moschin Einzelheiten über das Auffinden von Anjas Leiche erläutern. Wortlos betraten sie den Röntgenbereich und blieben für ein paar Sekunden regungslos vor der toten Frau stehen. Sie lag mit ihrer weißen Dienstkleidung in leicht seitlicher Haltung auf der Untersuchungsliege, über der die schwenkbare Röntgenapparatur wie ein gefährliches Raubtier schwebte. Die Arme waren vom Körper abgewinkelt, ein Bein ragte über den seitlichen Rand der Liege hinaus und hing ab dem Kniegelenk in der Luft. Die Augen der Toten waren geschlossen, ihr Gesicht bläulich verfärbt. Ihre halblangen blonden Haare wirkten etwas ungeordnet, doch die Kleidung schien korrekt zu sein. Ihre Position, so überlegte Stuhler, konnte darauf hindeuten, dass sie sich vor ihrem Tod setzen oder hinlegen wollte, möglicherweise aus Erschöpfung oder weil sie von Schmerzen geplagt war.

»Ein Patient war nicht dabei?«, fragte Stuhler sachlich, räusperte sich und kämpfte gegen seine innere Betroffenheit.

Moschin schüttelte bedächtig den Kopf. »Kollege Salbaisi und Schwester Brigitte ist nur aufgefallen, dass es mit den Röntgenpatienten nicht vorangegangen ist.«

Stuhler nickte. Der Ambulanzarzt hatte es ihm bereits am Telefon berichtet und auch geschildert, was vor wenigen Stunden mit Fallheimer geschehen war. Er war ein Mann des scharfen und schnellen Denkens, ein Mann mit unglaublich rascher Auffassungsgabe und hellwachem Verstand. »Wurde etwas verändert?« Er sah sich um, ohne etwas Außergewöhnliches zu entdecken. Im strahlengeschützten Nebenraum leuchteten Computer und Kontrollleuchten.

»Soweit ich weiß, hat niemand etwas angefasst«, erwiderte Moschin. Seine Augen waren gerötet, seine Hautfarbe blass. Die Nacht hatte ihre Spuren hinterlassen.

»Da soll es einen Zwischenfall mit einer Patientin gegeben haben …«, kam Stuhler auf eine Bemerkung Salbaisis zurück.

»Hat er mir auch geschildert. Eine Frau soll sich nach dem Röntgen nicht mehr bei ihm gemeldet haben.«

Stuhler überlegte kurz und fragte: »Hat inzwischen schon jemand die Polizei verständigt?«

»Polizei?«, gab sich Moschin gereizt. »Wozu denn Polizei? Das sieht alles nach einem astreinen Herzversagen aus. Sie ist blau im Gesicht. Herzstillstand.« Er trat einen Schritt näher an die Leiche heran. »Keinerlei Fremdeinwirkung erkennbar, die Kleidung in Ordnung. Ihr ist schlecht geworden, sie hat sich hinlegen wollen – und dann hat sie der Herztod ereilt.«

Stuhlers Blick wanderte von seinem Kollegen zu der Toten. »Gestatten Sie die Bemerkung, Herr Moschin, aber in Anbetracht all der Umstände wollte ich nicht guten Gewissens einen natürlichen Tod attestieren. Könnten Sie das?«

Moschin zuckte mit den Schultern. »Ich weiß nicht, ob es dieser Todesfall erfordert, die Klinik durch Gerüchte in Misskredit zu bringen.«

»Entschuldigen Sie, Herr Kollege«, entgegnete Stuhler entschlossen. »Ich vermag nicht nachzuvollziehen, weshalb uns der natürliche Tod einer Angestellten in Misskredit bringen sollte. Das Gegenteil wäre der Fall, würden wir versuchen, hier etwas zu verschleiern. Denken Sie an die Angehörigen der Frau Kastel. Ich hege meine Zweifel, ob die sich damit zufriedengäben – vor allem, wenn die Gerüchteküche, wie Sie richtig vermuten, erst mal zu kochen beginnt. Und ich denke, wir sind es all unseren Mitarbeitern schuldig, dass es keinerlei Grund für Spekulationen gibt.«

Für einen Moment machte sich eine Stille breit, die Stuhler an eine Leichenhalle erinnerte. »Glauben Sie mir«, meinte er schließlich beinahe väterlich, »offensives Vorgehen ist in jeder Situation das Beste.« Stuhler drehte sich um, verließ den Röntgenraum und Moschin folgte wortlos. »Diese Frau, von der da die Rede ist«, hakte der medizinische Klinik-Chef auf dem Flur nach, »… gibt es von ihr Aufnahmedaten?«

»Gibt es«, bestätigte Moschin, während sie in Richtung Salbaisis Untersuchungsraum gingen. »Aber das erscheint mir in der Tat etwas merkwürdig zu sein.« Er blieb stehen, um seinem Chef direkt ins Gesicht sehen zu können. »Diese Patientin hatte keinerlei Papiere dabei, hat einen Namen angegeben – einen adligen übrigens – und eine Wohnadresse in Ulm. Sie sei privat versichert.«

Stuhlers kantige Gesichtszüge versteinerten sich. »Und was wissen wir sonst noch von ihr?«

»Ziemlich aufgetakelt sei sie gewesen«, berichtete Moschin aus seinem kurzen Gespräch mit Salbaisi und Schwester Brigitte. »Als Katze verkleidet, vom Fasching wohl. Aber heut Nacht sind eh nur Verrückte unterwegs gewesen.«

Stuhler wollte weitergehen, während Moschin zögerte. »Und da war noch etwas.« Er wartete, bis der Chef sich wieder ihm zuwandte. »Sie hat nach mir gefragt.«

»Nach Ihnen?«

»Ja, so sagt es Schwester Brigitte. Sie soll behauptet haben, ich würde sie kennen.«

»Ach?« Stuhler hob eine Augenbraue. »Sie kennen? Aber das stimmt wohl nicht?«

»Mir ist der Name, den mir Schwester Brigitte genannt hat, überhaupt kein Begriff. Ich kann mich auch an keine Patientin dieses Namens entsinnen.«

Stuhlers Gesicht deutete jenes ironisch-hintergründige

Lächeln an, mit dem er sein Gegenüber in nahezu allen Situationen zu überzeugen wusste. »Und jetzt frag ich Sie allen Ernstes, Herr Kollege: Sollten wir wirklich die Polizei außen vor lassen?«

»Nein, eher nicht. Wahrscheinlich haben Sie recht.«

Watzlaff sah nachdenklich in den tristen Februartag hinaus – wie in den Monitor eines Fernsehgerätes, dem man die Farbe weggedreht hatte. Über die Dächer der umliegenden Gebäude hinweg waren die steil aufragenden Hänge der Schwäbischen Alb nur schemenhaft im Nebel zu erkennen. Kein guter Tag für die Faschingsumzüge, die an diesem Sonntag stattfanden. Der größte weit und breit würde sich durchs gerade mal 15 Kilometer entfernte Städtchen Donzdorf schlängeln, das sich selbst als Faschingshochburg pries.

Ein völlig unwichtiger Gedanke, ärgerte sich Watzlaff. Er hatte sich während des Telefongesprächs Notizen gemacht und es mit ein paar kurzen Dankesworten beendet. Endlich ein brauchbarer Hinweis. Denn was ihm gerade mitgeteilt worden war, konnte ein erster Ansatzpunkt für die Ermittlungen zur Unfallflucht sein. Ein junger Mann aus Türkheim, einem ländlichen Stadtbezirk auf der Alb, hatte den Diebstahl seines Ford Fiestas gemeldet, den er gestern Abend vor seiner Wohnung an der Durchfahrtsstraße abgestellt habe, ehe er mit Freunden zu einer Faschingsveranstaltung gefahren sei. Bei der Rückkehr nach durchzechter Nacht sei ihm das Fehlen des Autos zunächst nicht aufgefallen. Aber nun stelle er fest, dass es nicht mehr auf dem angestammten Platz stehe. Und natürlich sei das Auto abgeschlossen gewesen.

Watzlaff hatte den Namen notiert: Max Frenzel, 24 Jahre alt, Student. Sein blauer Fiesta hatte bereits über 100.000 Kilometer auf dem Buckel und war acht Jahre alt. Nicht unbedingt ein Objekt der Begierde für internationale Autoschieberbanden, dachte Watzlaff. Solche Fahrzeuge wurden allenfalls gestohlen, um sie für Straftaten zu nutzen. Meist tauchten sie wenig später an abgelegenen Stellen wieder auf.

Seine innere Stimme mahnte ihn, jetzt bloß nicht gleich einen Zusammenhang mit der Unfallflucht zu konstruieren. Doch ganz wollte er diesen Gedanken nicht verwerfen. Er veranlasste zunächst die routinemäßige Fahndung, unterrichtete daraufhin die drei Unfallflucht-Ermittler. Es kam schließlich in dem ländlichen Revierbezirk äußerst selten vor, dass innerhalb eines engen Umkreises eine schwere Unfallflucht und der Diebstahl eines Autos zeitlich zusammenfielen. Watzlaff entschied, schon mal vorsorglich den sonntäglichen Bereitschaftsdienstler im Nebenhaus zu verständigen – den Kollegen der Kriminalpolizei. Dies war heute der Leiter der Kriminal-Außenstelle höchstpersönlich: Rudolf Schmittke, der große Blonde mit der kühlen Distanz eines sachlichen Beobachters.

Watzlaff schüttelte ihm die Hand, zog den Besucherstuhl an dessen Schreibtisch und ließ sich nieder. »Bei euch ist's ziemlich ruhig, stell ich fest – und uns drüben haben sie zum Narrenhaus gemacht«, begann er leutselig. Alles, was vergangene Nacht Einsätze erfordert hatte, war von den Uniformierten erledigt worden. Watzlaff, der sich wie ein Fels in der Brandung vor seine Mannschaft stellen konnte, nahm jede Gelegenheit wahr, auf die große Verantwortung hinzuweisen, die auf den Beamten im Streifendienst lastete: Sie mussten zu jeder Tages- und Nachtzeit sekundenschnell die richtige Entscheidung treffen – bei Ehestreit, bei besoffenen Schlägern auf der Straße, Drogensüchtigen oder bei simplen Ruhestörungen. Immer waren sie es, die als Erste und an vorderster Front mit einem außergewöhnlichen Ereignis konfrontiert wurden. Bis bei einem Verbrechen die Herren von der Kriminalpolizei eintrafen, hatte sich die Lage vor Ort meist schon wieder beruhigt. Und die Juristen in ihren Amtsstuben konnten anschließend tage-, monate- und manchmal sogar jahrelang jede Sequenz des Geschehens in Sekundenbruchteile zerlegen und bohrende Fragen stellen, weshalb so und nicht anders reagiert worden war, weil somit alles einen anderen Verlauf genommen hätte.

Watzlaff konnte derlei Vorgehen immer weniger verstehen. Waren das denn alles nur Theoretiker, die keine Ahnung davon hatten, wie es nachts bei dünnster Personalbesetzung zuging? Doch die Entscheidungsträger in den allerobersten Etagen waren streng darauf bedacht, dass von den wahren Problemen und der bisweilen engen Personalsituation ebenso wenig nach außen drang wie von der zunehmenden Gewaltbereitschaft einzelner Gruppierungen. Bloß dem Volk nicht sagen, wie's wirklich ist – das könnte die nächste Wiederwahl gefährden oder eigenes Versagen an den Tag bringen. Wenn Watzlaff darüber nachdachte, überkam ihn ein unbändiger Frust und er begann, die Monate bis zu seiner Pensionierung zu zählen.

Er verdrängte solcherlei Gedanken, drückte seinen fülligen Oberkörper gegen die ächzende Stuhllehne und schilderte dem Kriminalisten seine Theorie, wonach

Autodiebstahl und Unfallflucht zusammenhängen könnten. Und wenn's so wäre, müsse man befürchten, dass der Verkehrsunfall absichtlich herbeigeführt worden sei, fügte er an.

Doch Schmittkes Gesichtsausdruck verriet dessen Skepsis, mit der Watzlaff gerechnet hatte. Der Kriminalist entgegnete ohne zu zögern: »Das kann alles Zufall sein.«

Der Leiter der Kriminalaußenstelle gab sich kühl und zurückhaltend. Seine vielen Berufsjahre hatten ihn geprägt und es ihm angeraten erscheinen lassen, jede neue Situation zunächst kritisch zu prüfen. Nicht alles musste schließlich gleich ein Fall für die Kriminalpolizei sein. Weil es jedoch genügend Sachverhalte gab, die durchaus unterschiedlich bewertet werden konnten, kam es bisweilen zu kollegialen Auseinandersetzungen. Schmittke genoss ohnehin den Ruf, möglichst alles, was in seinen Ohren nach einer Banalität klang, von der Kripo fernzuhalten. Watzlaff war sich dessen bewusst gewesen, als er ins Nebenhaus hinübergegangen war, um die Bedenken zur nächtlichen Unfallflucht vorzubringen.

»Das mag ja alles sein«, konterte er auf Schmittkes emotionsloses Verhalten. »Aber Kfz-Diebstahl und eine beinahe tödliche Unfallflucht kommen bei uns nicht alle Tage vor.«

Schmittkes Gesichtszüge zeigten weiterhin keine Regung. Er saß aufrecht auf seinem Bürostuhl und spielte mit der Maus des Computers, als fühle er sich von Wichtigerem abgehalten. »Was meint denn der Halter des Pkw?«

Watzlaff verschränkte die Arme. »Nichts meint der. Was soll er auch meinen? Der war auf einem Sockenhopf, pennt seinen Rausch aus und stellt fest, dass sein alter Schrottkübel weg ist.«

»Abgeschlossen?«, entgegnete Schmittke und ließ es desinteressiert und ironisch klingen. »Natürlich war das Auto abgeschlossen, nehm ich an.«

Watzlaff musste sich beherrschen. »Abgeschlossen, ja, sagt er. Und der Autoschlüssel liegt in der üblichen Schublade.«

»Wer's drauf anlegt, kriegt so ein altes Modell auch ohne Schlüssel zum Laufen. Und falls es sich um Profis handelt, dann sowieso.«

»Ich glaub kaum, dass sich die Profis an einem acht Jahre alten Kleinwagen die Hände schmutzig machen.« Watzlaff war klar, dass er gegen eine Wand des Abblockens rannte. »Andererseits – stellen Sie sich vor: Da klaut einer ein Auto – warum auch immer – und wird in einen Unfall verwickelt. Dann hat er erst recht allen Grund abzuhauen.«

Schmittke verzog sein Gesicht zu einem mitleidigen Lächeln. »Ich befürchte, das ist kein Fall für die Kriminalpolizei.« Es klang endgültig.

Watzlaff spürte, dass Schmittke nicht gewillt war, sich ein vorsätzliches Tötungsdelikt vorzustellen. »Die Spurenlage«, unternahm der Revierleiter trotzdem noch einen neuerlichen Anlauf, »sie lässt nicht gerade auf einen unglücklichen Umstand schließen. Da überquert einer die Straße bei wenig Verkehr, okay, er geht quer rüber – aber ausgerechnet in diesem Moment kommt von hinten ein Fahrzeug angerast und erwischt ihn frontal.«

»Man torkelt auch nicht bei Nacht und Nebel auf der Straße herum«, knurrte Schmittke und zog eine Miene, als wolle er nicht länger mit den Aufgaben der Schutzpolizei konfrontiert werden.

»Von Torkeln kann keine Rede sein«, blieb Watzlaff hartnäckig. »Wir haben's immerhin mit einem Arzt zu tun, der gerade von seinem Spätdienst gekommen ist und keinen Tropfen Alkohol getrunken hat.«

»Ach? Habt ihr die Werte schon?«, stichelte Schmittke. Natürlich wusste er, dass der Blutalkoholgehalt erst in ein paar Tagen zu ermitteln war und man den Schwerverletzten gewiss nicht hatte blasen lassen können.

Ihr Kopf brummte und es war ihr, als seien ihre Gefühle eine Mischung aus Achter- und Geisterbahn. Brunhilde Brugger sah sich in ihrem Badezimmerspiegel einem aschfahlen Gesicht gegenüber, auf dem die Schminke verlaufen war. Hatte sie das Telefonat mit ihrem Mann tatsächlich geführt – oder war dies ein Albtraum gewesen? Der gestrige Abend hatte so vielversprechend angefangen, denn sie war endlich mal wieder frei gewesen. Frei von Zwängen und dem Alltagstrott. Dass ein paar alte Freundinnen Zeit gehabt hatten, mit ihr diese Faschingsnacht zu genießen, empfand sie als Glücksfall. Wie lange war sie nicht mehr aus gewesen? Wie lange war das her? Sollte doch Elmar seine Auszeit nehmen, ihr jedenfalls war bewusst geworden, weshalb so viele Ehen auseinandergingen. Auch zwei ihrer Freundinnen, mit denen sie bis lange nach Mitternacht zusammen war, hatten sich in letzter Zeit von ihren Männern getrennt. Mochte auch dies ein Zeichen der zerfallenden Gesellschaft sein, der nicht mehr akzeptierten Werte vergangener Zeiten, so bescherte es den Menschen zumindest ein Gefühl der Freiheit, mit dem sie heutzutage weitaus mehr anfangen konnten als ihre Mütter und Großmütter. Mit dem Werteverfall waren alle gesellschaftlichen Barrieren und Tabus gefallen. Es gab keine zementierten Spielregeln mehr, nach denen das Leben vergangener Jahrzehnte ablief. Brunhilde Brugger erlebte dies tagtäglich mit ihren Studenten, die alles infrage stellten, was auch nur im Geringsten traditionellen Mief an sich haben konnte. Die Professorin, die an der Ulmer Universität Physik lehrte, hatte während ihrer eigenen Studienzeit geglaubt, den Geist der vorausgegangenen 68er aufnehmen zu können. Doch was nun im Gange war, nicht nur an der Uni, sondern in allen Bereichen der Jugendarbeit, das überschritt alles, was einst als revolutionär gegolten hatte. Mit einem Unterschied: Heute empfand man dies nicht als revolutionär, sondern nahm jeglichen Wandel hin, mochte er diese Gesellschaft noch so sehr verändern. Allerdings, so sagte ihr eine innere Stimme, als sie die Fältchen um ihre Augen kritisch betrachtete, hatte es dieses Land dringend nötig, umgewälzt zu werden. Jedoch hatten die, die dazu imstande wären, ihre eigene Karriere im Fokus, denn was zählte, waren allein das große Geld und ein Job, von dem aus man die unteren Schichten kleinhalten und arbeiten lassen konnte, natürlich zu Minimallöhnen. Wer nicht wenigstens das Abitur hatte oder einen Abschluss an der Fachhochschule nachweisen konnte, war beinahe automatisch auf der Straße der Verlierer.

Mehr und mehr war Brunhilde Brugger in den vergangenen Jahren bewusst geworden, dass ein Kind aus sogenannten normalen Verhältnissen kaum eine Chance hatte, es zur Fachhochschulreife zu bringen. Das Aussortieren begann schließlich bereits in den ersten Grundschulklassen, wo Aufgaben gestellt wurden, die Kinder nur im Zusammenwirken mit Eltern oder Großeltern sachgerecht erfüllen konnten. Ihr fiel spontan ihre Nichte ein, die bereits als Zweitklässlerin ihr Lieblingsbuch samt Autor hatte vorstellen müssen. Kinder, die aus Familien kamen, in denen keine Bücher gelesen wurden, oder, was noch wahrscheinlicher war, beide Elternteile einem oder gar mehreren Jobs nachgingen, um sich finanziell über Wasser zu halten, waren derart auf sich allein gestellt, dass sie diese Aufgaben niemals bewältigen konnten. Hinzu kam, dass das Bildungsniveau in vielen Grund- und Hauptschulen dem durchschnittlichen Intelligenzquotienten und wertelosen Verhalten der Schüler angepasst wurde, um – insbesondere in Klassen mit vielen Migranten – wenigstens der Mehrheit von ihnen den Abschluss überhaupt zu ermöglichen. Die Folge war – das hatte Brunhilde Brugger erst kürzlich in der Zeitung gelesen –, dass viele Ausbildungsbetriebe darüber klagten, ein Großteil der Hauptschulabgänger sei überhaupt nicht ausbildungsfähig. So gesehen, waren die Studenten, die zu ihren Vorlesungen kamen, bereits die Ausgesiebten – oder sollte man besser sagen: die auserwählte Elite.

Aber verdammt noch mal, was machte sie sich jetzt Gedanken darüber!, ärgerte sie sich und ging in ihrem kurzen Nachtkleidchen in die Küche, um sich einen Kaffee zuzubereiten. Hunger verspürte sie keinen. Ganz im Gegenteil: Das flaue Gefühl im Magen drohte in eine Übelkeit auszuufern. Sie nahm eine Paracetamol gegen den Kater – wohl wissend, dass sie damit ihrer Übelkeit kaum beikommen konnte.

Über was sie alles nachdachte! Es würde ohnehin alles ganz anders werden. Sie versuchte, sich diesem Gefühl der Freiheit hinzugeben, das sie im Kreise ihrer gleichgesinnten Freundinnen beschlichen hatte. Es gab Wichtigeres und Spannenderes als den eigenen Ehemann, der sich möglicherweise bereits für Jüngere interessierte und nur ein gemütliches Rückzugsgebiet benötigte, von dem aus er neue Beutezüge starten konnte.

Die Mittvierzigerin war bereits wieder in Gedanken versunken, als die Kaffeemaschine mit einem brodelnden Geräusch signalisierte, dass die Wassermenge den Filter durchlaufen hatte. Brunhilde Brugger warf das schulterlange blonde Haar nach hinten, setzte sich auf einen Barhocker und stellte die Tasse auf die Theke, mit der Küche und Esszimmer getrennt waren. Das heiße Getränk wärmte sie innerlich, verursachte ihr aber augenblicklich Magenkrämpfe. Nach zwei, drei Minuten, während derer sie versuchte, sich alle Details der vergangenen Nacht in Erinnerung zu rufen – vor allem die Frage, wie ihre Freundinnen heimgekommen waren, fiel ihr schlagartig die Liste ein, mit der sie gestern begonnen hatte. Sie stieg vom Hocker und holte das Papierstück aus einem Küchenschubfach, wo sie es sorgfältig unter einem Schnellkochtopf deponiert hatte. Es gab viel zu tun, solange Elmar weg war – sehr viel sogar. Obwohl gerade Semesterferien waren, hätte sie in der Uni einiges zu erledigen gehabt, aber sie hatte beschlossen, eine Auszeit zu nehmen. Zumindest über den Aschermittwoch hinweg bis zum Donnerstag. Während sie ihre handgeschriebene Liste überflog, fiel ihr wieder der Aschermittwoch ein – und eine innere Stimme, die ihr plötzlich einen völlig unsinnigen Satz einhämmerte: Hoffentlich gibt's keine Katerstimmung.

17

Der plötzliche Tod von Anja Kastel, die nur 42 Jahre alt geworden war, schien die Klinik an diesem Sonntagvormittag zu lähmen – dies umso mehr, als auch Dr. Johannes Fallheimer mit lebensgefährlichen Verletzungen auf der Intensivstation lag. Wilde Gerüchte machten bereits die Runde, wonach das Zusammentreffen dieser beiden nächtlichen Ereignisse kein Zufall sein könne.

Doch der medizinische Direktor, Dr. Alexander Stuhler, hielt sich im Gespräch mit seinem Oberarzt Moschin von derlei Mutmaßungen fern. Es gebe keinerlei Hinweise, dass das eine mit dem anderen etwas zu tun habe, betonte er – und hoffte, dass er Recht behalten würde. Er wechselte danach ein paar Worte mit Schwester Brigitte, ließ sich das Datenblatt der adligen Patientin geben und erkundigte sich intensiv nach dem Aussehen dieser Frau.

Salbaisi, der nach diesem ungewöhnlich langen Nachtdienst seinen Arztkittel auszog, antwortete erschöpft: »Sie ist schwer zu beschreiben. Sie wissen, es ist Fasching. Wir hatten heut Nacht allerlei seltsame Gestalten hier.« Er grinste.

Brigitte, die sich ebenfalls aufs Dienstende vorbereitete, mischte sich ein: »Als Katze war sie verkleidet. Und sehr geschwätzig, das kann ich Ihnen sagen.« Sie warf Salbaisi einen kurzen Blick zu, den dieser wohl nicht zur Kenntnis nahm. Dafür hatte es Moschin bemerkt, der seitlich hinterm Chef stand und die Hände tief in den Taschen seines Arztkittels vergrub.

»Geschwätzig«, griff er die Äußerung Brigittes auf.

»Das scheint mir in der Tat so zu sein, wenn sie behauptet hat, mich zu kennen.«

Stuhler sah auf das Datenblatt, um den registrierten Namen zu suchen. »Sie nannte sich Marion von Willersbach.« Er musterte den Kollegen. »Aber Sie sagen ja, Sie kennen keine Dame dieses Namens.«

»So ist es«, gab Moschin zurück. »Außerdem – das wissen wir alle gut genug – ist es oft so, dass wir natürlich von den Patienten noch nach Jahren erkannt werden, während wir uns umgekehrt eher schwertun. Das geht Ihnen sicher nicht anders, Herr Dr. Stuhler.« Und er fügte vorsichtig lächelnd hinzu: »Oft hinterlässt ein Doktor gerade bei Patientinnen einen nachhaltigen Eindruck.«

Stuhler hielt diese Bemerkung für völlig unangebracht und ignorierte sie. »Ich denke, wir überlassen die weiteren Spekulationen dem Staatsanwalt. Ich werde die Kriminalpolizei unterrichten und darüber hinaus die Klinik-Verwaltung informieren.« Er nickte den drei Personen freundlich zu und verließ den Raum.

Moschin wartete, bis der Chef außer Hörweite war, um dann langsam und nachdenklich zu fragen: »Hat diese Katzenfrau denn irgendetwas hinterlassen, aus dem sich eine DNA ableiten ließe? Haare, Speichel oder Schuppen?«

Salbaisi schichtete gerade einige Unterlagen in seinen Aktenkoffer, Brigitte mühte sich am Computer ab. Die Frage des Arztes ließ sie beide aufhorchen. Tatsächlich – plötzlich fiel es ihnen ein: Die Dame hatte zu ihrem Katzengewand nicht nur Handschuhe getragen, sondern auch ihre Haare so fest unter diese enge Kopfbedeckung gezwängt, dass kaum etwas von ihrem Körper zurückbleiben konnte, mit dem eine Erbgutanalyse durchgeführt werden könnte. Ganz abgesehen davon, dass sich in diesem Behandlungszimmer im Laufe der Nacht vermutlich die Spuren von mehreren Dutzend Patienten finden ließen, würde man nur akribisch genau die Liege, den Stuhl oder den angrenzenden Fußboden untersuchen.

»Ich denke, dass wir darauf nicht hoffen können«, antwortete Salbaisi deshalb und klappte seinen Aktenkoffer zu. »Aber wieso sollten wir auch die DNA brauchen?«

»Es könnte sein, dass der Staatsanwalt zu der Auffassung gelangt, diese Frau könnte etwas mit Anjas Tod zu tun haben.«

Brigitte zuckte zusammen. »Sie meinen doch nicht etwa wirklich, diese Frau hätte Anja umgebracht?«

Salbaisi schien darüber ebenso verwundert zu sein. »Sie haben selbst gesehen, Herr Kollege, dass es keinerlei Fremdeinwirkung gegeben hat. Ich verstehe deshalb Ihre Frage nicht ganz.«

Moschin zuckte gelassen mit den Schultern. »Ich gebe das nur zu bedenken. Denn wenn erst mal der Staatsanwalt im Hause ist, müssen wir mit allem rechnen.«

Er verließ wortlos den Raum.

Wie ein Schleier hatte sich die Trauer um Anja über die Klinik gelegt. Wer mit der lebenslustigen Frau im Arbeitsalltag eng verbunden gewesen war, konnte an diesem Sonntagvormittag keinen klaren Gedanken fassen. Einige ihrer engsten Kolleginnen fühlten sich, als sei ihnen der Boden unter den Füßen weggezogen worden. Sie alle hatten es zwar täglich mit schlimmen Schicksalsschlägen zu tun, aber jetzt, da es sie selbst betraf, spürten sie ein kollektives Entsetzen, eine tiefe innere Angst und diese Ohnmacht gegenüber dem Tod, der eine offenbar gesunde Frau nicht verschont hatte. Auch nicht hier in der Klinik, umgeben von all diesen Apparaten, die dem einem Zwecke dienten – der Verlängerung und Bewahrung des Lebens.

Die Sorge zweier junger Krankenschwestern hingegen, die mit der Röntgenabteilung höchst selten in Berührung kamen, galt eher Fallheimer, den sie bereits während ihrer Ausbildung als überaus beliebten Oberarzt kennengelernt hatten, der die neue Ärztegeneration verkörperte wie kaum ein anderer: Er war keiner dieser Halbgötter in Weiß, von denen die jungen Frauen gesprächsweise gehört hatten. Keiner dieser Unnahbaren, die noch vor zwei, drei Jahrzehnten durch jedes Krankenhaus geschwebt sein sollten, hochnäsig, arrogant, forsch. Vom Hörensagen wussten beide, dass mit dem neuen medizinischen Direktor frischer Wind durchs Haus geweht war. Und davon hatten sie sich inzwischen selbst überzeugen können. Dieser Doktor praktizierte Patientennähe und legte großen Wert auf funktionierende Teams. Es war eine Atmosphäre des Vertrauens und der gegenseitigen Verantwortung entstanden, die sich über alle Abteilungen hinweg erstreckte.

Davon profitierten überdies die Patienten, die sich nicht mehr als anonyme Nummern fühlten, sondern die fürsorgliche Pflege und Obhut zu schätzen wussten. Immerhin nahm dieser medizinische Direktor namens Alexander Stuhler jede Gelegenheit wahr, auf die Vorzüge seines vergleichsweise kleinen Hauses hinzuweisen, das über ein Netzwerk mit den größeren Kliniken in Ulm und Göppingen verbunden sei und auf vielen Gebieten eine Reihe von erfahrenen Fachärzten aufweise. Er selbst schrieb Fort- und Weiterbildung groß und galt als weltweit anerkannte Kapazität auf dem Gebiet der Sonografie, wie sie auf vielfältige Weise zur Diagnose innerer Krankheiten herangezogen wurde.

Manuela, eine der beiden Krankenschwestern, musste an all dies denken, während sie in ihrem Stationszimmer jene Medikamente bereitlegte, die zur Mittagszeit einigen Patienten verabreicht werden mussten.

Ihre Kollegin Andrea war zur Intensivstation gegangen, um sich nach Fallheimers Befinden zu erkundigen. Jetzt war sie schon zehn Minuten weg, viel zu lange. Würde dies etwas Gutes oder etwas Schlechtes bedeuten? Manuelas widerstreitende Gefühle für den Oberarzt rangen miteinander. Einerseits wünschte sie sich nichts sehnlicher, als mit diesem sympathischen Doktor einen Abend lang allein zu sein – andererseits sagte ihr der Verstand, dass sie mit ihren 19 Lenzen keine Chance haben würde. Oder vielleicht, meldete sich eine andere Seite ihres Gehirns, stand er auf Blutjunge, auf sie, die Schwarzhaarige mit den glühenden Augen, die sich der Wirkung ihres Aussehens sehr wohl bewusst war. Welche Gedanken!, rief sie sich selbst zur Ordnung. Nicht hier und nicht jetzt. Vermutlich war ihre Kollegin Andrea von denselben Gefühlen beseelt. Natürlich war sie das. Ganz bestimmt sogar. Aber Andrea war pummelig – und sicher nicht das Ideal für einen sportlich-agilen, braun gebrannten Oberarzt.

Eine ewig währende Minute stand Andrea unter der Tür, nachdem sie von der Intensivstation zurückgekehrt war. Kreidebleich und stumm, die Augen gerötet, schwer atmend, ein Papiertaschentuch zerknüllt in der Hand haltend.

Manuela wusste sofort, dass ihre Frage unnötig war: »Wie geht's ihm?« Sie hoffte, nicht das zu hören, was der Gesichtsausdruck ihrer Kollegin befürchten ließ.

Die beiden Frauen blickten sich in Erwartung des Entsetzlichen an.

»Er ist tot«, presste Andrea knapp hervor und brach in Tränen aus.

Manuela schloss die Augen. Fallheimer tot. Als ob eine Welt in ihr zusammengebrochen war, begannen sich tausend Gedanken gleichzeitig ihres Gehirns zu bemächtigen. Fallheimer tot. Im Bruchteil von Sekunden wechselten sich Selbstmitleid und Trauer um den sympathischen Arzt ab. Sie sank auf einen weißen Plastikstuhl und begann hemmungslos zu heulen. Wie lange sie brauchten, diese entsetzliche Nachricht wenigstens annähernd zu realisieren, hätten sie nicht sagen können. Andrea schnäuzte sich und wischte die Tränen aus den Augen.

»Schrecklich«, schluchzte sie und lehnte sich, das Papiertaschentuch auf die Augenlider gedrückt, gegen das Waschbecken. »Sie sagen … sie sagen, es sei wohl eine Fettembolie gewesen.« Wieder wurde sie von einem Weinkrampf geschüttelt.

18

Elmar Brugger fühlte sich wie gerädert. Er hatte gegen sieben Uhr, als die Sonne noch nicht aufgegangen war, lange geduscht und im Fernsehen die Nachrichten von *n-tv* gesehen. Jetzt saß er in dieser traumhaften Morgensonne, die hinterm linken Flügel des Hotels ihre Strahlen auf die Terrasse des Restaurants schickte. Die Kellner hier im RIU Palace Maspalomas waren wie immer bestens gelaunt. Er bestellte Kaffee und bediente sich im Innenraum an den Köstlichkeiten des üppigen Buffets. Als er sich gerade zum zweiten Mal ein Glas Sekt holen wollte, bimmelte sein Handy in seiner Brusttasche des Hemdes den unsäglichen Klingelton, den er schon längst hatte ändern wollen. Es war ihm peinlich, ausgerechnet in diesem Moment angerufen zu werden. Schnell stellte er das Glas am Rande eines Buffettisches ab und holte das Gerät hervor. Auf dem Display war der Name des Anrufers erschienen – wie immer, wenn jemand anrief, dessen Nummer er im Gerät programmiert hatte: Melanie.

Brugger zögerte für einen Moment. Sie hatten ausgemacht, dass sie sich nur im äußersten Notfall anriefen. Ihr Treffen auf Gran Canaria sollte nirgendwo Spuren hinterlassen, schon gar nicht im globalen Datennetz, wo man nie wusste, wie lange darin etwas gespeichert wurde – und vor allem: für wen.

Er nahm das Gespräch an, drehte sich beiseite und meldete sich mit einem »Ja, hallo!«

»Entschuldige«, hörte er Melanies Stimme. Ihr Klang

ließ nichts Gutes erwarten. »Entschuldige«, wiederholte sie verlegen. »Aber es ist etwas ganz Schreckliches passiert.«

Bruggers vegetatives Nervensystem brachte seinen Puls in Wallung. Er entfernte sich ein paar Schritte vom Buffet, um von niemandem gehört zu werden. »Etwas Schreckliches passiert?«, wiederholte er im Flüsterton und machte sich innerlich auf das Schlimmste gefasst.

»Fallheimer ist tot«, kam es schnell zurück. »Fallheimer ist tot, verstehst du? Fallheimer ist tot.« Melanies Stimme verwandelte sich panisch und erstickte in Tränen.

Brugger schluckte und sah über die Köpfe der sitzenden Gäste hinweg zum Fenster. »Was sagst du da?«

»Ja, Fallheimer ist tot«, wiederholte Melanie schwer atmend. »Unfall. Verkehrsunfall. Überfahren.« Dass sie mit den Tränen kämpfte, war nicht zu überhören.

»Ein Unfall?«

»Ja, Unfall. Ganz in der Nähe der Klinik. Als er vergangene Nacht zum Parkplatz ging.«

Brugger versuchte, sich seine Betroffenheit nicht anmerken zu lassen. Er brauchte jetzt einen klaren Kopf. Mehr denn je. »Wie ist das passiert?«, fragte er sachlich und leise.

»Beim Überqueren der Straße. Es hat ihn jemand von hinten überfahren.«

»Du sagst jemand. Weiß man denn, wer's war?« Brugger spürte Schweißperlen auf der Stirn, obwohl das Restaurant klimatisiert war.

»Sie sagen, es sei Unfallflucht gewesen.«

»Unfallflucht?«

»Ja. Ein unbekanntes Auto. Niemand weiß so genau,

wie lange er da gelegen hat, bis man ihn gefunden hat.«

»Und woran ist er gestorben?«

Melanie schnäuzte. »Fettembolie. Vermutlich Fettembolie, hat mir Manuela gesagt.«

»Manuela?« Brugger konnte den Namen nicht zuordnen.

»Manuela, die junge Krankenschwester auf der Intensivstation.«

Bruggers Gedächtnis hatte dazu kein Gesicht gespeichert, was ihm in diesem Augenblick aber egal war.

»Aber das ist noch nicht alles, Elmar«, rang sich Melanie zu einer weiteren Erklärung durch.

Brugger durchzuckte es wie ein Blitzschlag. »Noch etwas?« Er drehte sich nach allen Seiten um, denn er fühlte sich plötzlich beobachtet.

»Ja – auch Anja ist tot. Anja aus der Röntgenabteilung.«

Der Arzt schloss für einen Augenblick die Augen. Was seit zwölf Stunden auf ihn einstürzte, überstieg so langsam die Grenze seiner psychischen Belastbarkeit. »Was sagst du da?« Er war nicht in der Lage, mehr zu sagen. Inzwischen wich er den drängelnden Menschen am Buffet immer weiter aus.

»Anja, man hat sie am frühen Morgen im Röntgenraum tot aufgefunden. Herzversagen, wird angenommen.«

»Wie?« Brugger versuchte, sich die Ereignisse nacheinander vorzustellen. »Sie ist einfach so … so gestorben?«

»Sieht alles danach aus, ja.«

Brugger holte tief Luft. »Und was bedeutet das jetzt

alles? Fallheimer und Anja? Ich meine …« Er überlegte. »Sind das nun Zufälle – oder wird vermutet, dass mehr dahintersteckt?« Seine Stimme wurde noch leiser.

»Gerüchte gibt's jede Menge. Aber die Klinikleitung sagt, dass das eine nichts mit dem anderen zu tun hat.«

»Großer Gott!«, entfuhr es Brugger. »Das sind wahre Hiobsbotschaften.«

»Ich wollte dich nicht schocken, aber ich dachte, es interessiert dich vielleicht. Ich hätt's dir auch morgen erst berichten können.«

»Schon gut, Melanie, schon gut. Lass uns jetzt nach vorn blicken.« Er beschloss, sich diese Woche nicht verderben zu lassen. Diese Gelegenheit würde so schnell nicht wiederkommen. Wenn Melanie und Caroline erst mal hier waren, hatten sie gewiss viel Spaß miteinander. Und den würde er sich von niemandem verderben lassen. Auch wenn es ihm zunehmend schwerfiel, sich darauf zu freuen.

»Okay«, flüsterte Melanie mit schniefender Nase. »Wir werden hoffentlich pünktlich da sein. Ich denk an dich.«

Brugger nickte, als könne Melanie dies sehen. »Danke«, beschied er knapp und schaltete das Gerät ab. Er verspürte keinen Appetit mehr, vergaß das bereitgestellte Glas Sekt und ging völlig abwesend auf die Terrasse hinaus, die zur Hälfte bereits sonnenbeschienen war. Die Belegung seines Vierer-Tischchens, auf das er Wurstteller und Brotkorb gestellt hatte, noch bevor er den zweiten Sekt hatte holen wollen, war von den anderen Gästen respektiert worden. Er ließ sich auf einem der gepolsterten Stühle nieder, goss aus der silbernen Kanne den heißen Kaffee in die Tasse und nahm gleich einen kräftigen Schluck.

Dann wischte er sich mit der Stoffserviette den Schweiß von der Stirn. Er zwang sich, ein paar Bissen zu essen, denn er brauchte Kraft. Er würde nachher sofort Harald Maronn anrufen, auch wenn dieser möglicherweise schon informiert worden war. Sie mussten die neueste Entwicklung besprechen. Denn dass ihr Szenario, das sie gestern Abend durchgespielt hatten, so schnell Realität werden würde, hätte keiner von ihnen gedacht.

19

Watzlaff war gerade auf dem Heimweg gewesen und die Steintreppe heruntergekommen, die den Mittelpunkt des Reviergebäudes vereinnahmte, als ihm aus der offenstehenden Tür der Wache im Erdgeschoss ein Beamter zurief: »Chef, es scheint was Neues zu geben.«

»So?« Watzlaff war in Gedanken versunken und nahm die letzten vier Stufen auf einen Schlag, um in den Raum zu gehen, in dem ein Uniformierter hinter einem Tisch mit funktechnischen Einrichtungen saß.

»Der Chefarzt der Klinik wollte die Kripo sprechen. Ich hab das Gespräch zu Schmittke rübergegeben.«

»Und worum ging's?«, zeigte sich Watzlaff interessiert und fühlte sich in seiner Einschätzung bestätigt, wonach mehr hinter der Unfallflucht steckte, als Schmittke wahrhaben wollte.

»Dieser Stuhler …« Der Polizist blätterte in seinen Papieren. »Dieser Dr. Stuhler – Ärztlicher Direktor ist der … , der hat mitgeteilt, dass der Schwerverletzte von heut Nacht gestorben ist. Und dass sie einen ungeklärten Todesfall hätten.«

»Die haben was?« Der Chef konnte nicht fassen, was er da hörte. Mit einer Hand in der Hosentasche und einer leicht gebückten Haltung wirkte er irgendwie angriffslustig, bereit zum Sprung und hellwach.

»Eine Angestellte ist wohl verstorben. Eine medizinisch-technische Assistentin. Vom Röntgen.«

»Wie? Einfach gestorben, in der Klinik?«

»Stuhler hat etwas von Herzversagen erwähnt, aber ich hab ihn gleich zu Schmittke rübergelegt. Soll der auch mal was zu tun kriegen.« Er grinste. »Damit der was von diesem Faschingswochenende abkriegt.«

Watzlaff frohlockte. Sein Unterbewusstsein spielte ihm bereits ein Szenario vor: Ein sympathischer Frauenarzt und eine Röntgenassistentin sterben in derselben Nacht. Wenn da keine tragische Beziehungsgeschichte dahintersteckte! Der Stoff, aus dem Liebesromane sind.

Die Vorfreude war getrübt. Eigentlich hatten die beiden Krankenschwestern Caroline Sauer und Melanie Winkler lange ausschlafen und an diesem letzten Tag vor der Abreise noch geruhsam Pizza essen gehen wollen. Doch die beiden Todesfälle, die sich wie ein Lauffeuer bei allen Klinikbeschäftigten herumgesprochen hatten, lagen bleischwer auf ihrem Gemüt. Als sie sich am frühen Nachmittag in Carolines Appartement hoch über der Stadt trafen, war die Freude über den nahen Urlaub in den Hintergrund getreten. Sie standen sich in der kleinen

Küche gegenüber, beide an die Arbeitsplatte gelehnt, und versuchten sich gegenseitig Trost zu spenden. Doch alles, was sie redeten, drehte sich nur um zwei Fragen: Wie konnte dieser Unfall passieren? – und: Wieso starb eine 42-jährige Frau so plötzlich in derselben Nacht, in der Fallheimer angefahren wurde? War es bei beiden der Stress gewesen? Bei Fallheimer möglicherweise ein Problem, mit dem er sich in Gedanken beschäftigt und das ihn so unvorsichtig über die Straße hatte gehen lassen? Und war es bei Anja eine bisher unerkannte Krankheit?

»Das muss alles ganz schnell gegangen sein«, sagte Melanie in die Stille hinein. Ohne dass sie einen Namen erwähnte, wusste Caroline, dass Fallheimer gemeint war.

Melanie, gerade erst 30 Jahre alt geworden, schaute verlegen. Caroline schwieg. Sie sah in Gedanken den sympathischen Arzt vor sich und wollte sich nicht eingestehen, ihn niemals wieder sehen zu können. Und erneut spürte sie die innere Zerrissenheit, die sie seit einigen Monaten nicht mehr ruhig schlafen ließ. Ihr Blutdruck war jedes Mal regelrecht in die Höhe geschossen, wenn Dr. Fallheimer sie nur im Vorbeigehen angelächelt hatte. Und seit sich herumgesprochen hatte, dass er sich gerade anschickte, wieder Single zu werden, rechnete sie sich gewisse Chancen aus. Allerdings, das sagte ihr die Vernunft, gab es gewiss genügend junge Ärztinnen, die ebenfalls ein Auge auf ihn warfen. Warum sollte er sich da mit einer Krankenschwester abgeben, noch dazu mit ihr, die sie 18 Jahre jünger war. Andererseits jedoch, so hämmerte etwas in ihrem Kopf, standen Männer auf jüngere Frauen.

An ihr zogen die Bilder des strahlenden Arztes vorbei, der immer ein anerkennendes Wort parat hatte. Zwar schien es ihr, als habe sein positives Denken in den letzten Wochen einen Dämpfer bekommen. Eventuell waren es Stress und Verantwortungsdruck, die ihn psychisch belasteten, dachte sie. Außerdem wusste sie viel zu wenig über sein Privatleben. Aber seit sich herumgesprochen hatte, dass er von seiner Frau getrennt lebte, irgendwo in einem Haus bei Ulm, war er mehr denn je ins Bewusstsein des weiblichen Klinikpersonals gerückt. Auch sie selbst, das wurde ihr schmerzlich bewusst, hatte sich insgeheim einmal Hoffnungen gemacht.

Wie die meisten Krankenschwestern ihres Alters träumte die 25-Jährige von einer heißen Liebe zu einem Arzt. Natürlich wäre sie nicht die Erste gewesen, die sich diesen Wunsch hätte erfüllen können, jedoch waren bisher alle Versuche gescheitert – vielleicht, weil sie im Grunde ihres Herzens schüchtern war und darauf hoffte, dass der Mann ihrer Träume die Initiative ergriff. Nur waren es stets die Falschen, die sich für sie interessierten. Dr. Fallheimer wäre da ganz anders, sagte ihr Inneres. Sie erschrak über diese Gedanken, die sich ihrer ausgerechnet jetzt bemächtigten. Sie schluchzte, ließ sich auf einem unbequemen Designerstuhl nieder und versuchte, diese Gedanken loszuwerden. Gedanken, die sich ohnehin erübrigt hatten. Allerdings kam es immer wieder, dieses schale Gefühl der Eifersucht, das seit einigen Stunden von ihr Besitz ergriffen hatte. Seit ihr klar geworden war, dass auch Melanie weit über das kollegiale Maß hinaus um Fallheimer gebangt hatte, befürchtete sie, mit ihr nicht nur eine gute Freundin und Kollegin zu haben, sondern auch eine Konkurrentin. Was für unmoralische Gedanken!, wurde sie von ihrer inneren Stimme zur Ordnung gerufen. Nicht jetzt. Und schon gar nicht vor dem morgigen Abflug. Denn wenn sich diese Eifersucht ausbreitete, auf eine nur erträumte Beziehung, die es nicht mehr geben konnte, würde die nächste Woche erst recht schwierig werden, wenn sie beide um die Gunst von Elmar buhlten. Das war ein gefährliches Spiel mit dem Feuer. Für sie beide ebenso wie für diesen umschwärmten Doktor, der ausgerechnet sie beide zu einem Kurzurlaub eingeladen hatte. Warum beide?, dröhnte es wie seit Wochen schon in ihrem Kopf.

»Du mochtest ihn?«, riss sie plötzlich Melanies Stimme in die Realität zurück. Und sie hätte nicht sagen können, wie lange sie ihr schweigend gegenübergesessen hatte.

»Ich, ihn?«, stotterte Caroline wie ein ertapptes Mädchen. Es war ihr, als könne Melanie ihre Gedanken lesen. In ihrem Gesicht glaubte sie in diesem Augenblick, einen Anflug von Überheblichkeit zu erkennen. »Nein«, log Caroline deshalb, um schnell hinzuzufügen: »Fallheimer war ein sympathischer Kerl.« Sie lächelte gezwungen. »Nicht wirklich was für mich. Viel zu alt. Ich bin 25, wie du weißt – und er war 43.«

Melanie zog ein erstauntes Gesicht. »Als ob dies bei Männern eine große Rolle spielen würde.«

Caroline wollte die Stimmung nicht noch mehr verschlechtern. Die lange Nacht und die bösen Nachrichten an diesem Vormittag hatten schon genug des bitteren Nachgeschmacks hinterlassen.

Fallheimer war tot. Da lohnte es sich nicht, eine Diskussion über Gefühle anzuzetteln. Schon gar nicht, weil sie sich beide eingestehen mussten, ein ganz anderes gemeinsames Objekt der Begierde zu haben – nämlich Dr. Elmar Brugger, Anästhesist, ebenfalls 43 Jahre alt, verheiratet mit einer Professorin aus Ulm. Caroline hatte in ihren durchwachten Nächten oft versucht, sich diese Frau vorzustellen, in deren Begleitung Elmar nie aufgetaucht war. Gerüchteweise munkelte man bereits, Brugger sei womöglich gar nicht verheiratet oder vielleicht sogar geschieden. Er selbst hatte nur einige Male beiläufig von seiner Frau gesprochen und erklärt, sie sei wissenschaftlich tätig und Dozentin an der Uni in Ulm. Sie habe kein großes Interesse daran, am gesellschaftlichen Leben teilzunehmen.

Melanie war schweigend zum Fenster gegangen und sah auf die graue Stadt hinab, über der ein dünner Nebelschleier schwebte. Als sei dies alles ein Spiegelbild ihrer Seele. »Weißt du, was ich mich dauernd frage?«, äußerte sie auf einmal, mit dem Rücken zu ihrer Kollegin gewandt.

Caroline blickte zu ihr hinüber, ohne eine Antwort zu geben. Sie spürte, was kommen würde. Etwas, das seit Wochen unausgesprochen zwischen ihnen stand, wie eine Mauer. Und nun würde das Gesagte eine Antwort erzwingen.

»Elmar nimmt uns beide mit. Warum tut er das eigentlich?« Melanies Stimme hatte ihren Klang verändert und jegliche Emotion verloren. Sie war sachlich und kühl geworden.

Caroline spürte, wie sich ihr Blutdruck erneut steigerte. Jetzt war es raus, jetzt würde sie die Eifersucht wie giftiges Gas umgeben. Bis jetzt hatten sie sich einfach auf die Reise gefreut, auf die acht Tage in der Sonne, fernab des winterlichen Geislingens. Doch von diesem Hochgefühl, das sich ihrer bemächtigt hatte, als Elmar in dem schnuckeligen Weinlokal mit dem Reisevorschlag herausgerückt war, schien nichts mehr übrig zu sein. Sie hatten sich gegenseitig etwas vorgemacht und dabei das Wichtigste totgeschwiegen oder verdrängt. Denn die Tage auf Gran Canaria würden Stress bedeuten, Stress und einen gnadenlosen Konkurrenzkampf. Wer würde am Schluss das Rennen machen? Beide hatten sie in ihrer Euphorie nicht wahrhaben wollen, dass Elmar womöglich nur ein Spiel mit ihnen spielte. Ein Spiel, das da hieß: Wer ist die Schönste und die Beste im ganzen Land?

Warum aber hatte er dies nötig?, schoss es Caroline durch den Kopf. War er ein Playboy, der die Puppen tanzen lassen wollte? Und sie beide waren die Puppen, obwohl sie sich als die auserkorenen Liebhaberinnen fühlten?

20

Schmittke hatte sich die Ausführungen des Ärztlichen Direktors der Klinik gelassen angehört. »Wir leiten das an die Staatsanwaltschaft weiter. Ich denke, sie wird Obduktionen veranlassen«, sagte er schließlich und malte mit einem Kugelschreiber Kringel auf ein Fax. »Aber nachdem Sie sagen, es gebe keine medizinischen Anhaltspunkte für Fremdeinwirkung, kann es durchaus sein, dass bei dem Unfalltoten sogar darauf verzichtet wird. Bei der Röntgenassistentin könnte ich mir hingegen vorstellen, dass allein schon im Interesse der Klinik eine Obduktion angeraten erscheint.«

»Das sehe ich auch so, Herr Schmittke«, kam es zurück. »Ich persönlich habe ganz großes Interesse daran, dass allen Gerüchten, die im Umlauf sind – und das sind viele, wie Sie sich vorstellen können –, mit Fakten und detaillierten Ermittlungsergebnissen entgegengewirkt werden kann.«

Der Kriminalist nickte, als könne sein Gesprächspartner dies sehen. Er ließ zwei Sekunden verstreichen, ehe er nachhakte: »Nur mal eine rein informatorische Frage. Gibt es Angehörige von Herrn Fallheimer, die man verständigen muss? Oder haben Sie das bereits veranlasst?«

»Soweit wir wissen, ist Herr Fallheimer geschieden ...« Dr. Stuhler überlegte, inwieweit er mit Persönlichem herausrücken durfte. »Wir haben versucht, seine geschiedene Frau zu erreichen, aber das ist uns bisher nicht gelungen. Es soll jedoch eine Tochter geben – sie heißt wohl Lena –, von der nur bekannt ist, dass sie sich im Ausland aufhält. Vermutlich in Spanien.«

Schmittke machte sich routinemäßig ein paar Notizen, obwohl ihn eine Unfallflucht eigentlich gar nichts anging. Aber vielleicht würde er den uniformierten Kollegen weiterhelfen können. »Wie heißt die geschiedene Frau denn? Immer noch Fallheimer?«

»Wir haben keine anderen Erkenntnisse, tut mir leid. Sie ist aus dem gemeinsamen Haus in Scharenstetten ausgezogen und wohnt in Ulm. Ich könnte Ihnen ihre Telefonnummer geben, falls Sie uns bei der Suche nach Angehörigen behilflich sein wollen.«

Schmittke bat darum und notierte sich auch diese.

»Noch kurz zu der Röntgenassistentin. Sie vermuten Herzstillstand?«, wollte er sich erneut überzeugen.

»Dieser Meinung sind wir alle, ja.« Stuhler holte tief Luft. »Herzstillstand sagt man landläufig dazu.«

»Sie war aber erst 42, sagten Sie«, warf Schmittke ein.

»Das ist an kein Alter gebunden, auch wenn man es meinen könnte.«

»Entschuldigen Sie, Herr Dr. Stuhler, natürlich hege ich keinerlei Zweifel an Ihrer fachlichen Kompetenz. Aber unsereiner muss sich nach allen Richtungen orientieren.«

»Kein Problem«, gab sich der Chefarzt großzügig. »Jeder tut seinen Job, so gut er kann.«

»Trotzdem eine letzte Frage«, bohrte Schmittke weiter, um den zu erwartenden Bedenken des diensthabenden Staatsanwalts umfassend begegnen zu können. »Der Tod von Anja Kastel hat sich während ihres Dienstes in der Ambulanz zugetragen«, resümierte der Kriminalist. »Hat sich bei diesem Nachtdienst etwas ereignet, das ungewöhnlich gewesen wäre? Etwas, das man im Entferntesten mit dem Tod der Frau in Verbindung bringen könnte?«

»Nein, nicht mal im Entferntesten«, entgegnete sein Gesprächspartner schließlich. »Wissen Sie, in solchen Nächten wie an einem Faschingswochenende erleben sie in der Ambulanz nahezu stündlich Ungewöhnliches. Und soweit mir der Bereitschaftsarzt berichtet hat, ist nichts geschehen, was man mit dem Tod von Frau Kastel in Verbindung bringen könnte.« Er überlegte. »Es gab höchstens eine kleine Unregelmäßigkeit, wenn ich dies mal so ausdrücken darf, die allenfalls auf einen Betrug hinausläuft.«

»Betrug?«, entfuhr es Schmittke, der vor seiner Ernennung zum Leiter der Kriminal-Außenstelle viele Jahre im Betrugsdezernat tätig gewesen war. »Betrug?«, wiederholte er deshalb interessiert. »Wie darf ich das verstehen?«

»Es war wohl eine Dame hier, die über Beschwerden an einer Kniescheibe geklagt hat. Ohne Papiere und ohne Nachweis einer Versicherung, dafür umso selbstbewusster im Auftreten, wie mir der Kollege Salbaisi es geschildert hat. Eine Dame mit adligem Namen …« Stuhler schien in Papieren zu blättern. »Hier«, fuhr er fort. »Marion von Willersbach hat sie sich genannt. Angeblich aus Ulm. Weinbergweg.«

Schmittke ließ sich die Hausnummer geben und schrieb die Adresse auf. »Sie befürchten, dass die Personalien nicht stimmen?«

»Ich erwähnte bereits, in solchen Nächten erleben Sie alles. Aber das dürfte bei der Polizei kaum anders sein.«

»Ich kann mich ja mal für Sie darum kümmern«, erwiderte Schmittke, ohne auf sein Gegenüber einzugehen. »Die Kollegen in Ulm werden ziemlich schnell rauskriegen, ob die Dame dort wohnt.«

»Es hat sicher nichts zu bedeuten, Kollege Salbaisi meint lediglich, es sei die schillerndste Gestalt in dieser Nacht gewesen. Arrogant und selbstbewusst – ach ja, und hat sogar behauptet, sie würde einen unserer Kollegen kennen, was dieser in Abrede stellt.«

»So?«, staunte Schmittke. »Und weshalb war sie schillernd?«

»Na ja, es ist Fasching. Sie war wohl mit einem Katzenkostüm bekleidet. Ziemlich auffällig.«

»Die Untersuchung ist normal abgelaufen?«

»Nicht ganz – und das ist in der Tat merkwürdig, wenn ich das so sagen darf. Kollege Salbaisi hat sie, wie das so üblich ist, zum Röntgen geschickt. Aber davon ist sie nicht mehr zurückgekommen. Sie scheint sich's wieder anders überlegt zu haben und hat sich nicht mehr bei ihm gemeldet.«

»Wie bitte?« Schmittke war plötzlich sensibilisiert. »Sie ist zum Röntgen und dann verschwunden?«

»So kann man es sagen. Das ist im Trubel einer solchen Nacht durchaus möglich. Ich weiß nicht, ob Sie unsere Örtlichkeiten kennen. Die Patienten können über einen langen Gang wieder zurück zur Pforte gelangen. Und dort werden Patienten aus der Ambulanz, die das Haus verlassen, nicht sonderlich zur Kenntnis genommen.«

»Wie lange vor dem Auffinden der Toten war das etwa?«

»Wir können dies relativ einfach nachvollziehen, weil die EDV die Uhrzeiten festhält. Es dürfte etwa eine Stunde gewesen sein. Aber das lässt sich genau ermitteln, falls Sie das wünschen.«

»War die Dame denn beim Röntgen? Gibt es Aufnahmen?« Schmittkes Interesse war deutlich gestiegen.

»Wir müssen sie zuerst noch sichten und zuordnen. Wenn Sie dies für erforderlich halten, werde ich es sofort in die Wege leiten.«

Schmittke gab sich zurückhaltend. »Ich denke, dass es unter diesen Umständen geboten erscheint, Frau Kastel obduzieren zu lassen.«

Stuhler schwieg für einen Moment. »Ich würde mir jedenfalls eine lückenlose Aufklärung wünschen.«

Schmittke nickte. Womöglich würde er Watzlaff bei der Einschätzung des Falles recht geben müssen. Aber noch sah es nicht danach aus.

Brugger hatte Magenschmerzen, als er im Taxi zu Maronns Ferienwohnung fuhr, die sich im westlichen Bereich von Maspalomas befand, dort, wo sich der Moloch aus modernen Hotels und Appartement-Anlagen immer weiter in die steinigen Hanglagen fraß. Wo bis vor Kurzem Einöde und spärlicher Bewuchs das Landschaftsbild prägten, waren neue Siedlungen und, dank künstlicher Bewässerung, parkähnliche Verhältnisse geschaffen worden. Die Sonne knallte bereits wieder gnadenlos von einem strahlend blauen Himmel.

Maronn, braun gebrannt, Ende 40, begrüßte seinen alten Geschäftsfreund knapp und gab ihm einen aufmunternden Klaps auf die Schulter. »Die Welt wird schon nicht untergeh'n, Junge.« Auch in einer solchen Situation konnte Maronn den Überlegenen spielen, der einen unbeirrbaren Optimismus zur Schau trug. Brugger wusste diese Eigenschaft zu schätzen und wünschte sich, wenigstens ein bisschen davon zu haben. Maronn ging über eine Wendeltreppe voraus in ein geschmackvoll eingerichtetes Wohnzimmer, das nach Süden hin eine große Glasfront aufwies. Der Blick schweifte über die Dächer einiger Häuser hinweg zum historischen Leuchtturm von Costa Meloneras, hinter dem das Sonnenlicht im wogenden Atlantik glitzerte. Brugger nahm diese traumhafte Aussicht gar nicht zur Kenntnis. Er fühlte sich matt und schwach, als sei ihm jegliche Energie entzogen worden.

Maronn hatte sich auf den Besuch vorbereitet und einen alkoholfreien Cocktail gemixt. »Da, trink erst mal, Junge.

Das baut dich wieder auf.« Er hob das Glas, sodass sich Brugger der Aufforderung nicht entziehen konnte. Das erfrischende Getränk brachte tatsächlich neues Leben in seinen Körper. Maronn, der beim gestrigen Gespräch eine gewisse Unruhe hatte erkennen lassen, schien seine alte Gelassenheit zurückgewonnen zu haben. »So tragisch dies alles ist, alter Freund, aber ohne uns beide läuft da nichts«, stellte er fest, nachdem Brugger erneut seine Sorge über die weitere Entwicklung des Unternehmens zum Ausdruck gebracht hatte. »Und wenn wir's genau und nüchtern betrachten, dann wäre Johannes ohnehin früher oder später ausgestiegen.«

Dass Johannes Fallheimer letztlich zu einem gewissen Risikofaktor geworden war, hatten sie schon gestern diskutiert. Doch einen solchen Gedanken mochte Brugger jetzt nicht aufkommen lassen. Denn dies würde ja das Eingeständnis bedeuten, dass ihnen sein unerwarteter Tod nicht ungelegen gekommen wäre.

Was ihn wesentlich mehr plagte, war Maronns gestrige Bemerkung gewesen, es sei etwas aus dem Ruder gelaufen. »Du hast gesagt, Lena …«

Maronn unterbrach ihn abrupt: »Lass' Lena bitte ganz aus dem Spiel. Sie hat mit dem allem nichts zu tun. Sie hat mir gegenüber nur ihre große Sorge um ihren Vater zum Ausdruck gebracht. Eine Sorge, die möglicherweise nicht unberechtigt war.«

»Wenn man davon ausgeht, dass der Unfall kein Unfall war«, gab Brugger zu bedenken.

»Und davon dürfen wir ausgehen«, stellte Maronn unerwartet ernst fest. Er nahm einen Schluck aus dem Glas und sah durch die Glasfront auf den Horizont hinaus, wo sich weit draußen Meer und Himmel vereinten.

Brugger spürte plötzlich wieder die innere Unruhe. »Du meinst also auch, dass sie Johannes und Anja …?«

Maronn schaute nachdenklich. »Da sind Kräfte am Werk, die wir uns vermutlich gar nicht vorstellen können.«

Dass die Drohanrufe, mit denen einige der Geldgeber eingeschüchtert werden sollten, auf solche Kräfte hindeuteten, hatten sie beide gestern Abend stundenlang diskutiert. »Du meinst, dass die Pharma-Industrie …?«, warf Brugger ein, obwohl sie längst diese Variante in Erwägung gezogen hatten.

»… nervös wird?«, beendete Maronn den angefangenen Satz seines Kollegen. »Zumindest dürfte den Gelhaarigen in den Manager-Suiten unser Vorhaben nicht verborgen geblieben sein.«

Brugger wusste, wer gemeint war. Auch für ihn trug der Prototyp des angeblich so jung-dynamischen Managers das Haar glatt gegelt – vermutlich, um die aalglatte Schlüpfrigkeit gleich nach außen hin zu dokumentieren. »Hast du mit den anderen schon gesprochen?«, fragte Brugger, der unterm kurzärmligen Hemd zu schwitzen begann.

Maronn nickte bedächtig. »Friedrich und Edgar sind informiert. Ich glaub, es ist mir gelungen, sie zu beruhigen. Sie haben ohnehin nur ihr Geld zu verlieren, nicht ihren Ruf. Niemand wird vermuten, was sie hier treiben.«

»Geld reicht schon«, warf Brugger ein.

Sein Geschäftspartner blieb gelassen: »Ich halte nichts von vorschnellen Aktionen, das weißt du. Eile da, wo's brennt. Solange der Brandstifter anderswo sein Unwesen treibt, kann man sich auf ihn einstellen und die Abwehrmaßnahmen in Ruhe treffen. Und je ruhiger man dies tut, desto effektiver sind sie. Glaub mir das einfach mal so.«

»Und Humstett? Was sagt der dazu?« Bruggers Stimme klang hektisch. Er beneidete seinen Geschäftspartner um diese Gelassenheit.

Maronns Lächeln wirkte beinahe väterlich. »Mit Humstett hab ich telefoniert. Er wird ab nächsten Monat seine Arbeit hier bei uns fortsetzen.«

»Hier?« Für Brugger kam diese Entscheidung überraschend. »Du willst Laichingen aufgeben?«

»Ja. Der Standort auf der rauen Alb da oben war zwar verkehrsgünstig nah an der A8, aber der Nährboden für unser Vorhaben ist hier unten besser – nicht nur des meteorologischen, sondern auch des wissenschaftlichen Klimas wegen.«

»Dir wird der Boden in Deutschland zu heiß«, stellte Brugger erschrocken fest.

»Wir sollten nicht in Hektik verfallen«, beruhigte ihn Maronn und deutete ein Lächeln an. »Vorläufig sind wir hier weit ab vom Schuss.«

»Du, ja«, Bruggers Bestätigung klang eher vorwurfsvoll. »Aber ich muss nächsten Sonntag wieder zurück.«

»Bis dahin ...« Sein Gegenüber grinste optimistisch, »... bis dahin warten ja noch ein paar aufregende Stunden auf dich. Mensch, alter Knabe, lass dir ja nicht die Lust vermiesen.«

Brugger vermochte sich nicht mehr auf morgen Abend zu freuen. »Ich wünschte, ich hätt das alles gar nicht gemacht.«

»Was denn?«, zeigte sich Maronn erstaunt und höhnte: »Was, plötzlich die Lust vergangen oder was? Mach dir nicht gleich in die Hose, alter Freund. Allerdings …«, er trug eine gekünstelte Sorge zur Schau, »… allerdings solltest du aufpassen, dass deine Holiday-Luder keinen Colt unterm Röckchen tragen.«

Brugger war das Lachen längst vergangen.

21

Max Frenzel war blass und übermüdet. Die Faschingsparty hatte in seinem Gesicht deutliche Spuren hinterlassen. Jetzt, kurz vor 14 Uhr, kämpfte er nach wie vor gegen das Schädelweh, mit dem er am Vormittag erwacht war. Dass die Polizei inzwischen seinen Ford Fiesta gefunden hatte, erschien ihm zwar als eine gewisse Erleichterung, doch so richtig freuen konnte er sich darüber nicht.

»Nur ein paar Formalitäten«, sagte der Uniformierte, der vor ihm an der Haustür stand und sein Kommen telefonisch angekündigt hatte.

Der schlaksige junge Mann unterdrückte ein Gähnen und führte den Polizisten in die Wohnküche. Frenzel, der nach seinem Zivildienst ein Medizinstudium in München absolvierte, war seinem Heimatort treu geblieben. Zwar leistete er sich in Schwabing eine sündhaft teure Studentenbude, aber die Einliegerwohnung im elterlichen Haus wollte er nicht aufgeben.

»Sorry, aber ich hab seit Längerem nicht mehr aufgeräumt«, entschuldigte er sich, als er Zeitungen und Bücher vom Esstisch räumte, damit der Beamte seine Schreibutensilien ausbreiten konnte.

»Lassen Sie nur«, wehrte dieser ab.

»Sie haben meine Kiste wiedergefunden«, versuchte Frenzel das Gespräch gleich auf den Punkt zu bringen und zog einen Schemel an den Tisch heran.

»Ja, am Zentralen Busbahnhof, genauer gesagt: Auf dem dortigen Park&Ride-Platz. Ihr Fahrzeug weist im linken Frontbereich einige Schäden auf, die zu dem Unfall passen und von denen ich Ihnen bereits am Telefon erzählt habe.« Der Beamte zückte seinen Kugelschreiber und ließ sich zunächst die Personalien des 24-Jährigen geben.

»Sie haben den Diebstahl heute früh bemerkt?«, vergewisserte sich der Uniformierte.

»Um ehrlich zu sein: Nicht ich. Erst meine Mutter hat mich darauf aufmerksam gemacht, dass mein Auto gar nicht vor der Tür steht.«

»Sie hatten es aber abgeschlossen und den Zündschlüssel mitgenommen?«

»Ja, natürlich.« Der junge Mann wischte sich mit der flachen Hand über die Stirn. »Abgeschlossen und den Schlüssel hier in der Diele in die Schublade getan.«

»Und dort ist er noch immer?«

»Ja, ich denke – warum fragen Sie?« Frenzel stand auf, um in die Diele zu gehen.

»Ihr Auto ist, abgesehen von dem Unfallschaden, unversehrt und wieder verschlossen.«

»Ach«, staunte Frenzel und ging in die Diele, um die Schublade zu öffnen, in der sich der Schlüssel fand. Er nahm ihn heraus und brachte ihn wie zum Beweis für sein Gesagtes mit zurück ins Zimmer. »Hier«, er legte ihn vor dem Beamten auf den Tisch und setzte sich wieder.

»Und zu Ihrer Wohnung …«, fragte der Uniformierte vorsichtig, »hatte in der vergangenen Nacht niemand Zutritt? Außer Ihren Eltern, denk ich.«

»Ja, so ist es.« Frenzels Gesichtsfarbe wurde um eine Nuance fahler.

»Nun hat man ja für ein Auto meist einen Ersatzschlüssel«, fuhr der Polizist fort und machte sich einige Notizen.

»Das hat man«, entgegnete der junge Mann und verschränkte die Arme vor dem verwaschenen T-Shirt. »Aber jetzt, wo Sie das sagen, fällt mir natürlich ein, dass mir einer der Schlüssel vor drei Wochen irgendwie abhandengekommen ist. Ich muss ihn wohl verloren haben.«

Der Beamte nahm dies ohne erkennbares Erstaunen hin und hakte gelassen nach: »Kann man den Zeitraum oder den Ort etwas näher eingrenzen, an dem das passiert ist?«

Der junge Mann kniff die Augen zusammen und biss sich nachdenklich auf die Unterlippe. »Wissen Sie, ich hab mir da keine großen Gedanken darüber gemacht. Es ist eine alte Kiste. Wer soll die schon klauen? Außerdem: Selbst wenn ich den Schlüssel irgendwo verliere, müsste der Finder ja erst einmal rausfinden, zu welchem Wagen er gehört. Da gehen Jahre ins Land …«

»Und doch ist es geschehen«, blieb der Uniformierte hartnäckig. »Wir würden die Sache gar nicht so hoch hängen, wäre nicht dieser Unfall passiert. Deshalb die herzliche Bitte, darüber nachzudenken, wo und wann

Ihnen der Fahrzeugschlüssel abhanden gekommen sein könnte.«

Frenzel massierte mit den Zeigefingern seine Schläfen, als wolle er damit Kopfschmerzen vertreiben. »Ich kann das nicht mehr genau nachvollziehen. Entweder war's im Naturschutzzentrum oder in der Klinik.«

»In der Klinik?«, staunte der Polizist.

»Ja, in der Klinik. Sie müssen wissen, ich hab dort meinen Zivildienst absolviert und helfe an den Wochenenden gelegentlich aus. Als Medizinstudent kann man dabei praktische Erfahrung sammeln.«

»Und wann war das?«

»Vor drei Wochen – ja, genau vor drei Wochen. Die genauen Arbeitszeiten lassen sich sicher in der Klinik feststellen.«

»Aber wenn Ihnen dort der Schlüssel verloren gegangen wäre, hätten Sie dies doch gleich bemerken müssen. Sie hätten ja mit Ihrem Auto nach Ihrem Dienst in der Klinik nicht mehr wegfahren können.«

Der junge Mann stutzte. »Soll das jetzt ein Verhör werden? Brauch ich womöglich ein Alibi für die vergangene Nacht?«

Der Beamte lächelte. »Weder das eine noch das andere. Wir versuchen, den Dieb ausfindig zu machen, damit wir wissen, wer den Unfall verursacht hat.«

»Okay«, gab sich der junge Mann geschlagen. »Ich hatte immer beide Schlüssel dabei. Meist einen in der linken, den anderen in der rechten Jacken- oder Hosentasche. Wahrscheinlich hab ich gleich in die richtige Tasche gegriffen, so dass mir nicht aufgefallen ist, dass einer gefehlt hat.«

»Und wie war das mit dem Naturschutzzentrum?«

»Da war ich am Freitagabend, also einen Tag vor dem Klinikdienst.«

»Wieso Naturschutzzentrum?«

»Dort engagiere ich mich ehrenamtlich, im Bereich Biologie, Aufzucht von Pflanzen, Vermehrung von bestimmten Insektenarten und so weiter.«

Der Beamte schrieb eifrig mit, was den jungen Mann noch mehr irritierte. »Das heißt«, fuhr der Ermittler langsam fort, »Sie haben weder an diesem Freitagabend nach Ihrer Tätigkeit im Naturschutzzentrum – ich nehme an, es handelt sich um jenes in Schopfloch auf der Alb droben?« Der junge Mann nickte. »Also weder dort noch am nächsten Tag nach dem Klinikdienst haben Sie das Fehlen eines Ihrer beiden Autoschlüssel bemerkt?«

»Richtig, ja.«

»Entschuldigen Sie die weitergehende Frage.« Der Beamte drückte die Miene seines Kugelschreibers und ließ sie wieder nach vorn schnappen. »Sie kommen nach Hause und legen den Schlüssel in Ihr Schubfach hier draußen in der Diele?«

Der Angesprochene nickte und kratzte sich an seinem Unterarm. »Ach, ich verstehe, worauf Sie hinauswollen.« Frenzel schlug die Beine lässig übereinander und verschränkte die Hände unterhalb eines seiner Knie. »Sie merken schon, ich nehm's mit der Ordnung nicht immer so genau.« Er grinste verlegen. »Je nachdem, wann ich heimkomme, lege ich natürlich nur den einen Schlüssel, den ich benutzt habe, in die Schublade zurück.« Frenzel hegte innerlich gewisse Zweifel, ob ihm der Polizist glauben würde. Nach ein paar Sekunden des Schweigens, während derer der Polizist eifrig schrieb, fügte Frenzel an: »Ich weiß, das klingt wenig plausibel und ein bisschen verwirrend. Mir ist bei dieser Gelegenheit nämlich auch der Schlüssel fürs Naturschutzzentrum abhandengekommen. Der war am Fahrzeugschlüssel dran.«

»Ach«, staunte der Beamte. »Aber ich denke, Sie waren an diesem Freitagabend, von dem Sie gerade berichtet haben, im Naturschutzzentrum.«

»Ja, natürlich. Aber da war offen, und als ich ging, war noch jemand da.« Er fühlte sich in die Enge getrieben. »Und dass ich vergangene Nacht nicht mit meinem Auto unterwegs war, dafür gibt es viele Zeugen.«

»Darf ich fragen, wo Sie waren?«

»Ja, natürlich, in der Autalhalle. Bad Überkingen. Da war vergangene Nacht viel Partyvolk.«

Der Beamte, der bereits jenseits der 40 war, wusste mit diesem Ausdruck durchaus etwas anzufangen. War man früher zu einer Veranstaltung oder ganz einfach in die Disco gegangen, so nannte man derlei Vergnügungen nun Party, die meist in einer Location stattfanden. Der Beamte ließ sich die Namen von drei Freunden nennen, mit denen Frenzel in dieser Halle gewesen sein wollte.

»Die meiste Zeit standen wir an der Höllenbar«, betonte der junge Mann und erklärte: »Da war höllisch was los, kann ich Ihnen sagen.«

»Eine letzte Frage«, gab sich der Uniformierte zurückhaltend. »Welcher Art sind Ihre Kontakte in die Klinik?«

Frenzel sog wieder viel Luft ein, überlegte, ob er sich gegen eine Beantwortung sträuben sollte, entschied sich dann aber für die gewünschten Angaben. »Ich hab dort mittlerweile viele gute Bekannte, auch Freunde. Im Laufe meines Aushilfsjobs und während meiner Zivi-Zeit bin ich durchs ganze Haus gekommen. Mal Gynäkologie, mal Chirurgie, hin und wieder auch nachts in der Ambulanz.«

Der Polizist redete Klartext »Dr. Fallheimer. Sagt Ihnen der Name Fallheimer etwas?«

»Ja, natürlich, ein sympathischer Arzt aus der Gynäkologie. Wieso fragen Sie danach?« Er wurde noch misstrauischer und vorsichtiger.

»Der Mann, der mit Ihrem Auto angefahren wurde und heut früh verstorben ist …« Der Beamte zögerte. »Das war Dr. Fallheimer.«

»Nee«, entfuhr es dem jungen Mann. »Nee. Unglaublich!« Er sprang unkontrolliert auf, ging zum Fenster und sah in den wintertristen Garten hinaus. »Fallheimer?«, wiederholte er zaghaft. »Fallheimer? Mit meinem Auto totgefahren?«

»Schwer verletzt zunächst mal«, stellte der Beamte klar. »Später in der Klinik ist er verstorben.« Der Ermittler ließ ein paar Sekunden verstreichen, um mit ruhiger Stimme zu fragen: »Entschuldigen Sie, jetzt hab ich doch noch eine Frage. Als Sie vor drei Wochen in der Klinik gearbeitet haben, wo war das genau?«

Der junge Mann lehnte sich mit dem Gesäß gegen den Fenstersims und steckte die Hände in die Taschen seiner überschnittenen Jeans. »Das war in Dr. Fallheimers Abteilung, in der Gynäkologie.«

22

Dr. Moschin hatte nach dem Nachtdienst in der Klinik noch kein Auge zugetan. Die Ereignisse und in der Folge die Aufregung und unzähligen Gerüchte hatten ihn innerlich aufgewühlt. Nach dem ersten Gespräch mit dem Chef war er in sein kleines Büro gegangen, um sich in Ruhe zu vergegenwärtigen, was in den vergangenen Stunden geschehen war. Im Vorzimmer, das an diesem Sonntagvormittag unbesetzt war, hatte er sich heißen Kaffee gemacht, um wieder einen klaren Gedanken fassen zu können. Dass ihn jetzt der Chef erneut zu einem Gespräch in den zweiten Stock bat, kam ihm völlig ungelegen. Er saß ihm am abgerundeten Teil des Schreibtisches gegenüber.

»Herr Kollege«, begann Chefarzt Dr. Stuhler und bot ihm eine Tasse Kaffee an, die Moschin jedoch dankend ablehnte. Sein Magen rebellierte und in seinem Verdauungstrakt schienen chemische Reaktionen abzulaufen.

»Ich will Sie nach dem Nachtdienst nicht über Gebühr beanspruchen«, erklärte der Chef und nahm einen Schluck Kaffee. »Ich denke aber, dass sich polizeiliche Ermittlungen nicht ganz vermeiden lassen werden. Nun sind ja Obduktionen nach dem Tod von Patienten – wie wir beide wissen – keine Seltenheit. Und dass der Kollege Fallheimer einen Unfalltod erlitten hat, dürfte meines Erachtens außer Frage stehen. Nur bei der Frau Kastel tun sich wohl einige Fragezeichen auf, sodass man Zweifel daran haben könnte, dass in ein und derselben Nacht zwei Bedienstete dieses Hauses ums Leben gekommen sind.«

Moschin nickte und legte die Unterarme auf die Lehne des Besucherstuhls. Sein weißer Arztkittel war geöffnet, zum Vorschein kam ein weißes Hemd mit deutlichen Schweißflecken. Die Krawatte hatte er gelöst und den obersten Knopf des Hemdes geöffnet. »Gerüchteweise kann man das im Haus schon hören«, stimmte er dem Chef zu.

Stuhler, der im Rollkragenpullover und Freizeitjackett in den frühen Morgenstunden in die Klinik geeilt war, zog ein nachdenkliches Gesicht. »Genau um diese Gerüchte geht's mir«, stellte er klar. »Wir sollten deshalb exakt aufdröseln, was sich vergangene Nacht in der Ambulanz und im Röntgen zugetragen hat. Ich werde veranlassen, dass man die Aufzeichnungen Fall für Fall durchgeht. Nichts anderes wird im Übrigen die Polizei von uns fordern.«

»Leider kann ich wenig zur Aufhellung dieser Nacht beitragen. Ich war nur ein einziges Mal unten und hab mit dem Kollegen Salbaisi ein paar belanglose Worte gewechselt. Weder er noch Schwester Brigitte hatten Zeit für ein Gespräch. Und ich hab auch nicht darauf geachtet, wer sich zu diesem Zeitpunkt im Wartebereich oder draußen vor dem Röntgen aufgehalten hat.«

»Das heißt, alles, was Sie mir heut in der Früh berichtet haben, basiert auf Schilderungen des Kollegen Salbaisi und von Schwester Brigitte?«

»So ist es, wie ich bereits heut Morgen erwähnt habe. Aus eigener Anschauung kann ich gar nichts sagen. Und wenn Sie mich fragen: Da hat sich nichts merkwürdig angehört. Denn wir wissen beide, welche obskuren Gestalten insbesondere in Faschingsnächten in der Ambulanz auftauchen. Es lässt sich sicher leicht nachvollziehen, was es mit dieser angeblichen Adligen auf sich hat.«

»Die allerdings«, fuhr ihm der Chef ins Wort, »plötzlich verschwunden ist. Ob sie tatsächlich beim Röntgen war, wird die Auswertung der Datenlage ergeben.«

»Denk ich auch. Wir sollten in die Sache nicht mehr hineininterpretieren, als wirklich geschehen ist. Schließlich haben wir alle, die wir Frau Kastel gesehen haben, eine Fremdeinwirkung ausgeschlossen. Alle Umstände deuten auf einen plötzlichen Herztod hin.«

Stuhler lehnte sich zurück. »Halten Sie es für denkbar, Herr Kollege, dass es zwischen Dr. Fallheimer und der Frau Anja Kastel irgendwelche gemeinsamen Berührungspunkte gab?«

»Berührungspunkte? Wie meinen Sie das? Privater Natur oder dienstlich?«

Stuhlers Gesichtszüge nahmen wieder die für ihn typischen spitzbübischen Züge an. »Sowohl als auch. Wissen Sie, wenn erst einmal die Presse Wind von der Sache kriegt, müssen wir mit allen möglichen Gedankenspielen rechnen.«

»Die Presse?« Moschins Stimme nahm einen zischenden Unterton an. »Wieso sollte die Presse das interessieren? Sie wollen nicht ernsthaft sagen, dass man den Tod der beiden verknüpfen könnte, nur weil ein enger örtlicher und zeitlicher Bezug besteht? An ein Verbrechen zu denken, wäre geradezu absurd.« Moschin zeigte sich empört. »Wir haben's mit einem unglücklichen Zufall zu tun, mit einer Verkettung unglücklicher Umstände, wie man zu sagen pflegt.«

»Na ja, ich gebe zu, das eine klingt so unwahrscheinlich wie das andere. Sowohl, dass beide Tote nichts miteinander zu tun haben – als auch, dass es Zusammenhänge geben könnte. Und wenn man das eine nicht ausschließen kann, bliebe ja zwangsläufig nur das andere übrig.« Stuhler verstand es in jeder Situation, seinen messerscharfen Verstand anzuwenden. Er sah sein Gegenüber wieder streng an.

Moschin hielt dem Blick stand. »Die Frage ist eben nur«, gab er zu bedenken, »was ist das eine und was ist das andere?«

23

Schmittke hatte um die Mittagszeit rein vorsorglich seinen direkten Vorgesetzten in Göppingen, Thomas Kurz, sowie den Direktionsleiter Hans Baldachin von den Vorkommnissen informiert. Dies empfahl sich immer dann, wenn die Tragweite eines Falles noch nicht abzusehen war. Immerhin handelte es sich bei der Klinik um eine Einrichtung des Landkreises – und damit war eine politische Ebene erreicht, in der die Parteien ein gewichtiges Wort mitzureden hatten. Und nichts konnte für eine Karriere im Beamtentum hinderlicher sein, als zur falschen Zeit wichtige Entscheidungsträger zu verärgern. Je nach Bundesland und den jeweiligen Mehrheitsverhältnissen in den Gremien war es fürs eigene Vorwärtskommen äußerst dienlich, die richtigen Personen für sich zu gewinnen.

»Haben Sie auch schon den Landrat informiert?«, wollte Direktionsleiter Baldachin wissen, ein überaus korrekter Beamter, wenn es darum ging, Dienstwege penibel einzuhalten. Ihm schien es angeraten, den höchsten Repräsentanten des Landkreises einzuschalten, was im Falle des Bundeslandes Baden-Württemberg der Landrat war – ein Amt, dessen Besetzung nicht durch direkte Volkswahl erfolgte, sondern indirekt über das Gremium des Kreistags.

»Ich denke, dass die Information direkt von der Klinik an den Landrat geht«, gab Schmittke sachlich zu bedenken.

Baldachin tat so, als habe er diesen Einwand überhört: »Ich werde das erledigen.«

Schmittke wollte gerade das Telefongespräch beenden, als der oberste Polizeichef des Landkreises ihm das Wort abschnitt: »Ich wünsche, über den weiteren Fortlauf der Ermittlungen ständig informiert zu werden.«

Der Leiter der Geislinger Kriminalaußenstelle sicherte dies zu und war froh, dieses Gespräch hinter sich gebracht zu haben. Er wollte den Tag mit der Familie verbringen und sich den Faschingsumzug in Donzdorf ansehen.

Als er in den frühen Abendstunden wieder in sein Büro zurückkehrte, war gerade per E-Mail das erste Obduktionsergebnis von der zuständigen Ulmer Gerichtsmedizin eingetroffen. Auf Anordnung des diensthabenden Staatsanwalts war zunächst die Leiche der Röntgenassistentin seziert worden. Schmittke war sich bereits beim Öffnen der Datei sicher, dass keinerlei Gewaltanwendung eine Rolle gespielt hatte. Wäre etwas anderes ermittelt worden, hätte man ihn längst per Handy verständigt. Er überflog die Anrede und die ersten Sätze, las den Text quer und nahm die erwartete Botschaft schnell zur Kenntnis: Kein Verdacht auf Fremdeinwirkung. Als Todesursache stellte der erfahrene Gerichtsmediziner Dr. Frank Kräuter akutes Herzversagen fest, für das es keine äußeren Ursachen gebe.

Baldachin überlegte. »Damit keine Irritationen aufkommen, Herr Schmittke: Informationen an die Medien laufen in dieser Angelegenheit direkt über mich. Ich will keinen falschen Zungenschlag in dieser Sache.«

Der Kriminalist kannte die Befindlichkeiten innerhalb des hierarchisch organisierten Polizeiapparats nur allzu gut. Zwar gehörte es zu den ureigensten Aufgaben der Pressestellen, Verlautbarungen nach außen zu tragen – doch wenn davon ausgegangen werden konnte, dass ganze Heerscharen von Reportern mit Mikrofonen und Videokameras im Anmarsch waren, fühlten sich auf einmal ganz andere dazu berufen, Statements abzugeben. In diesem Fall aber, so Schmittkes tiefste Überzeugung, würde es gar nicht so weit kommen. Allerdings ließ ihn eine abschließende Bemerkung Baldachins aufhorchen.

»Haben Sie sich eigentlich mit Watzlaff wegen der Unfallflucht mit Todesfolge kurzgeschlossen?«

Schmittke, der vor seinem geistigen Auge die Klinikakte bereits zugeklappt hatte, antwortete mit der ihm eigenen kühlen Distanziertheit: »Kollege Watzlaff und ich haben heute Vormittag das Thema diskutiert und sind zu der Auffassung gelangt, dass es keine Verknüpfungspunkte gibt.«

»So, meinen Sie?« Baldachins Stimme hatte einen vorwurfsvollen Unterton angenommen, was Schmittke zu äußerster Wachsamkeit anregte.

»Wenn Anja Kastel eines natürlichen Todes gestorben

ist, dann dieser Dr. Fallheimer erst recht. Es war ein tragischer Unfall«, entgegnete er ruhig.

»Ich empfehle Ihnen, die Sache im Interesse der Klinik nicht auf die leichte Schulter zu nehmen, Herr Schmittke.«

»Ich nehme nichts auf die leichte Schulter«, gab sich der Kriminalist selbstbewusst. »Spätestens morgen Vormittag, wenn auch das Obduktionsergebnis über diesen Fallheimer vorliegt, werden wir die Fakten abgleichen und uns ein abschließendes Bild machen können.«

Baldachin legte eine kleine Pause ein. »Ich rate zu äußerster Sorgfalt – zu äußerster. Man hört nämlich so manches.«

Schmittke stutzte. Doch er wartete vergeblich auf detaillierte Hinweise des Direktionschefs. Stattdessen war Stille in der Leitung. »Kann ich aus Ihrer Bemerkung schließen, dass Sie andere Erkenntnisse haben als ich?« Schmittke sprach völlig emotionslos.

»Ich sagte bereits: Äußerste Sorgfalt ist angebracht. Wir reden morgen weiter. Guten Abend, Herr Schmittke.« Baldachin wartete keinen Gruß ab und legte auf.

Der Kriminalist hielt den Hörer noch für einen Augenblick in der Hand, ehe er ihn irritiert in die Schale legte.

Normalerweise hätte Brigitte Kollinsky, die Ambulanzkrankenschwester, diesen Faschingssonntag verschlafen. Denn nach einem Nachtdienst wie dem zurückliegenden fiel sie meist todmüde ins Bett. Heute jedoch war alles anders. Sie war nach einem kurzen Gespräch mit Dr. Moschin aufgewühlt heimgefahren – hinauf nach Oberböhringen, wo sie und ihr Mann vor einigen Jahren ein schmuckes Häuschen in bester Sonnenlage gekauft hatten, gerade mal neun Kilometer von der Klinik entfernt.

Ihr Mann hatte es gut gemeint und nach ihrem telefonischen Hinweis, eine Stunde später zu kommen, liebevoll ein Frühstück zubereitet. Doch dann konnte sie keinen einzigen Bissen davon genießen und nur eine Tasse starken Kaffee trinken. Dies allerdings musste sie schon nach wenigen Minuten mit heftigen Magen- und Darmkrämpfen büßen.

Ihr Mann, ein Computerexperte, entpuppte sich wieder einmal als guter Zuhörer. Er hatte ihre Schilderungen der morgendlichen Ereignisse und dem, was sie seither sehr bewegte, geradezu aufgesogen und ihr am Schluss empfohlen, sich noch an diesem Sonntag mit der Polizei in Verbindung zu setzen. »Wenn du ein ungutes Gefühl hast, Brigitte, dann solltest du das tun«, hatte er mehrfach gesagt.

Brigitte war hin und her gerissen. Zum einen ging es um eine ganz persönliche Sache zwischen ihr und Anja – andererseits spürte sie eine gewisse Verpflichtung gegenüber der verstorbenen Kollegin, etwaige Zweifel aussprechen zu müssen.

Brigitte Kollinsky bat ihren Mann um Verständnis, sich die Ereignisse noch einmal in Ruhe vergegenwärtigen zu wollen. Sie verbrachte den restlichen Vormittag auf dem Sofa, versuchte ihre Gedanken zu ordnen und logisch abzuarbeiten. Aber so sehr sie sich auch bemühte, ihr Innerstes zu beruhigen, es tauchten mehr Zweifel und Fragen als Antworten auf. Schließlich verspürte sie den Zwang, an die frische Luft gehen zu müssen – obwohl es hier oben auf dem höchsten Punkt weit und breit bei kaltem, böigem Südwestwind alles andere als angenehm war. Ihr Mann zeigte sich damit einverstanden, sie auf einem Rundgang um den hiesigen Golfplatz zu begleiten. Immer und immer wieder drehten sich die Gespräche um Anja. Und Brigitte kämpfte gegen die Zweifel, ob es sinnvoll sein würde, sich zum jetzigen Zeitpunkt in die polizeilichen Ermittlungen einzumischen – falls es überhaupt solche gab.

»Wenn es keine Ermittlungen gibt«, warf ihr Mann ein, »bleibst du ein Leben lang mit deinen Zweifeln allein. Und du machst dir ewig Vorwürfe.«

Brigitte zog in Erwägung, zuerst mit dem Klinikchef zu sprechen. Letztlich aber überwogen die Argumente ihres Mannes, dass es besser sein würde, sich ungezwungen und unbeeinflusst an eine neutrale Stelle zu wenden – und diese sei nun mal die Polizei.

Sie wärmten sich daheim am Kaminofen auf, tranken heißen Kaffee und beschlossen, bei der Polizei anzurufen. Es war kurz vor 18 Uhr, als sie dem diensthabenden Beamten im Geislinger Revier erklärte, dass sie »zu der Klinik-Sache von heute Morgen« etwas Wichtiges zu sagen habe. Doch die Männerstimme beschied ihr, dass »keiner der Herren« mehr im Hause sei.

»Ich will Sie nicht drängen«, wurde Brigitte deutlicher, »aber es könnte sein, dass ich etwas Wichtiges beizusteuern hätte.«

Der Beamte schien darauf nicht gefasst gewesen zu sein. »In diesem Fall müsste ich den Bereitschaftler der Kriminalpolizei verständigen.«

»Wenn Sie das tun könnten …« Brigitte war sich plötzlich nicht mehr so sicher, ob ein solcher Aufwand gerechtfertigt erschien.

»Ihr Name …?« Die Stimme klang wenig erfreut

»Brigitte Kollinsky. Ich bin Ambulanzkrankenschwester.« Sie sah zu ihrem Mann, der aufmunternd nickte und ihren Entschluss bekräftigte.

»Okay. Ich ruf den Herrn Schmittke an. Das ist der Leiter der Kriminalpolizei. Er wird in einer Viertelstunde hier sein. Könnten Sie das einrichten?«

»Ja, kann ich«, sagte sie mit leiser Stimme.

24

Brugger hatte sich nach dem Gespräch mit seinem Geschäftsfreund Maronn wieder mit dem Taxi zum RIU Palace Maspalomas bringen lassen und war anschließend ziel- und planlos durch die Dünen gestapft. Dass er dabei die gekennzeichneten Pfade bisweilen verließ und allen Verboten zum Trotz über die Sandhügel stieg, bescherte ihm kein schlechtes Gewissen. Wie er, taten dies Dutzende andere auch, die hier draußen, viele Hundert Meter von der stark frequentierten Strandzone entfernt, die Einsamkeit genießen wollten. Dort, wo sich karger Bewuchs breitgemacht hatte, erspähte er im Vorbeigehen nackte Leiber, überwiegend von Männern. Einmal war er an diesem brütend heißen Nachmittag drüben, unweit des Leuchtturmes, in eines der vielen Straßencafés gegangen, um eine eiskalte Cola zu trinken. Die Menschen, die an ihm vorbeifluteten, nahm er so gut wie gar nicht zur Kenntnis. Dass der Urlaub zu einem Albtraum werden könnte, hatte er nicht im Geringsten befürchtet. Er war hierhergeflogen, um sich eine persönliche Auszeit zu gönnen und dabei einige geschäftliche Dinge zu regeln. Doch nun schien es so, als würden ihn die Probleme, die er von zu Hause mitgebracht hatte, vollends zermürben. Am liebsten hätte er die Einladung der beiden jungen Frauen abgeblasen – aber dazu war es natürlich zu spät. Bevor sie am morgigen Montagnachmittag ankommen würden, musste er sich mit diesem Fernandez treffen, den er inzwischen als betrügerischen Immobilienspekulanten verdammte. Fünf Jahre war es mittlerweile her, dass dieser ihm die finanzielle Beteiligung an einem Shoppingcenter in Puerto de Mogan schmackhaft gemacht und eine traumhafte Verzinsung versprochen hatte. Bislang war kein einziger Cent zurückgeflossen, weil sich viele der Geschäftsräume und Praxen weder vermieten noch verpachten ließen.

Fernandez musste ihm endlich reinen Wein einschenken und ihm plausibel erklären, wie in nächster Zeit eine Rendite zu erwirtschaften war. Allerdings hatte sich Fernandez bisher nicht gemeldet, obwohl er ihm schon dreimal auf den Anrufbeantworter gesprochen und einen Rückruf erbeten hatte. Jedenfalls, so entschied Brugger für sich, würde er am Ende der Woche nicht zurückfliegen, ohne den Kerl persönlich zur Rechenschaft gezogen zu haben. Notfalls würde er ihn an dessen privater Adresse – sofern er dort noch wohnte – abpassen und ihm mal deutlich die Meinung geigen. Dasselbe galt für den Vermittler daheim in Geislingen, der bisher alle Anfragen mit der Begründung abgewimmelt hatte, er sei nur koordinierend tätig gewesen und für die Geschäfte des Spaniers nicht haftbar zu machen.

Brugger verdrängte jedes Mal den Gedanken an das verlorene Geld. Und die große Weltwirtschaftskrise des vergangenen Herbstes ließ wirklich keine Verbesserung seiner eigenen finanziellen wirtschaftlichen Situation erwarten. Einzige Hoffnung, aus diesem Dilemma herauszukommen, versprach er sich von dem gemeinsamen Unternehmen, dessen Fortbestand mehr als fragwürdig war.

Zwar vertraute er auf das Geschick und vor allem auf den ungebrochenen Optimismus von Maronn, aber die Zeiten, in denen alles glatt gelaufen war, schienen vorbei zu sein. Mit der Expansion im neuen Industriegebiet beim Flughafen von Gran Canaria und möglicherweise der Verlegung des Forschungsinstituts von Laichingen hierher würde die gemeinsame Gesellschaft zwar aus der Schusslinie deutscher Ermittlungsbehörden und Finanzämter genommen, doch wären sie gewiss weiterhin im Fadenkreuz globaler Wirtschaftsmächte. Warum, so hämmerte eine Stimme in seinem Kopf, warum hatten sie das Vorhaben nicht ganz offiziell angelegt. Gewiss, es hätte eines größeren Einsatzkapitals bedurft – was allerdings damals zugegebenermaßen ziemlich risikoreich gewesen wäre.

Brugger hatte sich auf eine der höchsten Dünen gesetzt und seine weiße Baseballkappe tief ins Gesicht gezogen. Mit seiner Sonnenbrille, den kurzen weißen Shorts und einem hellen blauen T-Shirt wirkte er wie ein attraktiver Single, der nicht nur der landschaftlichen Schönheiten und des guten Wetters wegen nach Gran Canaria gekommen war – und schon gar nicht wegen geschäftlicher Termine. Irgendwie kam ihm der Schlager-Ohrwurm in den Sinn, der jeden Abend in der Bar gespielt wurde: ›Am Strand von Maspalomas …‹ Dort, so hieß es im Text, seien sie wieder alle da.

Er fingerte nach seinem kleinen Handy, das er in der engen Tasche seiner Shorts stecken hatte und das über die Firma im spanischen Netz angemeldet war. Die Nummer, die er anrief, brauchte er nicht zu wählen, sie war gespeichert. Während sich die Sonne jetzt, kurz nach 18 Uhr schon deutlich dem westlichen Horizont näherte, wollte er mit dem Abstand von über zwölf Stunden zu dem unangenehm verlaufenen Gespräch mit seiner Frau die Wogen wieder etwas glätten. Nach dem vierten Rufzeichen überkam ihn eine innere Unruhe. Denn nach dem Telefonat von heute früh hatte ihn ein Gefühl der Unsicherheit beschlichen. Was hatte seine Frau angedeutet? War sie nur besäuselt – oder ernsthaft verärgert? War sie womöglich schon aus der Wohnung ausgezogen? Hatte sie ihn heute Hals über Kopf verlassen? Nach einigen weiteren Freizeichen schaltete die Leitung automatisch ab.

Brugger unternahm einen neuerlichen Versuch auf dem Handy seiner Frau, doch dort teilte ihm eine elektronisch generierte Stimme mit, dass der Anschluss vorübergehend nicht erreichbar sei.

Er steckte das Gerät wieder in seine Tasche, erhob sich und entschied, sich den Abend an der Bar um die Ohren zu schlagen. Er musste abschalten, Abstand gewinnen und er brauchte Zeit für sich. Schließlich wollte er die beiden Mädels nicht enttäuschen, die sich von der Einladung gewiss viel versprochen hatten. Kaum war er ein paar Schritte durch den Sand gestapft, in dem er bis zu den Knöcheln versank, spürte er das Handy, das er auf Vibrieren geschaltet hatte. Plötzlich erfasste ihn eine unkontrollierte Aufregung. Er zog das Gerät aus der Tasche und fühlte, wie sich eine gespannte Erwartung seines Körpers bemächtigte. Seine Frau? Fernandez? Oder Maronn? Ein Blick auf das Display enttäuschte und beruhigte ihn gleichermaßen. Es wurde keine Nummer übertragen – stattdessen waren einige Worte in Spanisch zu lesen, die er nicht übersetzen konnte. Er zögerte einen Moment und entschied, mit dem Drücken der grünen Taste den Anruf anzunehmen. Nach einem knappen »Hallo« wartete er ungeduldig auf eine Antwort.

Eine männliche Stimme, die er zunächst nicht zuzuordnen vermochte, bellte ihm energisch ins Ohr: »Brugger? Ist dort Brugger?«

Der Angerufene drehte sich nach allen Seiten um, als befürchte er, jemand könne mithören. Doch da war niemand.

»Ja, Brugger«, bestätigte er mit unsicherer und zaghafter Stimme.

»Moschin hier. Wir sollten dringend etwas miteinander besprechen.«

25

Schmittke war über den Anruf des Polizeireviers nicht sehr erfreut gewesen. Er hatte sich nach der Rückkehr von dem Faschingsumzug in Donzdorf einen gemütlichen Abend im Kreise der Familie versprochen – und nicht damit gerechnet, noch einmal zur Dienststelle fahren zu müssen. Aber angesichts der möglichen Brisanz des Falles wollte er die Dame nicht auf Montagvormittag vertrösten. Er hoffte deshalb, dass es sich bei Brigitte Kollinsky nicht um eine Wichtigtuerin handelte, die aus Klatsch und Tratsch eine Zeugenaussage machen wollte.

Schmittkes erster Eindruck wischte diese Bedenken beiseite. Als sie ihm am Besprechungstisch gegenübersaß, wirkte sie sachlich und war frei von jenem Aussageeifer, den er befürchtet hatte. Die Frau war tatsächlich erst nach reiflicher Überlegung gekommen und weit davon entfernt, sich in den Mittelpunkt zu stellen. Schmittke sicherte ihr Vertraulichkeit zu, wohl wissend, dass diese bei einer etwaigen Gerichtsverhandlung, bei der sie als Zeugin aussagen müsste, kaum Bestand haben würde.

»Sie kannten also Ihre Kollegin Anja Kastel seit Langem?«, fasste er die ersten Schilderungen der Frau zusammen.

»Ja, so ist es. Wir hatten oft gemeinsam Nachtdienst in der Ambulanz. Und wir verstanden uns auch privat sehr gut.«

Schmittke nickte und legte sich ein einziges weißes DIN-A4-Blatt zurecht. »Und nun ist Ihnen etwas eingefallen, was Ihnen Kopfzerbrechen macht?«, fragte er.

»Ja, so könnte man das ausdrücken. Vielleicht hat das gar nichts zu bedeuten. Ich hätte mir auch keine weiteren Gedanken gemacht, wenn das heute Morgen …« Sie brach ab und kämpfte für ein paar Augenblicke mit den Tränen.

Schmittke versuchte, auf sie beruhigend einzuwirken.

»Inzwischen wissen wir, dass es kein Fremdverschulden war. Die Gerichtsmediziner haben eindeutig Herzversagen als Todesursache festgestellt.«

»Ach so«, zeigte sich Brigitte verwundert, »dann dürfte sich ja alles erledigt haben.«

»Nein, nicht ganz. Wir sind natürlich trotzdem an allem interessiert, was mit dem Tod dieser Frau zusammenhängen könnte.«

»Na ja«, Brigitte knöpfte ihren leichten Wintermantel auf und spielte mit den Trägern ihrer Handtasche, die sie vor sich auf den Tisch gestellt hatte. »Es ist eigentlich eine nur eher beiläufige Bemerkung, die Anja vor einigen Wochen mal gemacht hat. Wir haben uns damals über Fallheimer unterhalten. Ein sympathischer, netter Arzt.« Sie lächelte dezent und verlegen. »Der sich wohl von seiner Frau getrennt hatte. Na ja, wie das so ist unter Frauen – jedenfalls hatte ich den Eindruck, als ob sich Anja gewisse Hoffnungen gemacht hätte.«

Schmittke erwartete insgeheim, das übliche Intrigenspiel zwischen eifersüchtigen Frauen erzählt zu bekommen. Doch er behielt Geduld.

»Dann hat sie beiläufig gesagt, sie befürchte, dass es mit Fallheimer mal ein schlimmes Ende nehmen werde.«

»Ein schlimmes Ende nehmen werde«, wiederholte Schmittke langsam und bedächtig und notierte sich diese Worte. »Hat sie denn gesagt, was sie zu dieser Befürchtung veranlasst hat?«

»Er hat sich wohl mit irgendetwas verspekuliert. Irgendetwas Geschäftliches muss es gewesen sein, etwas, das aber nichts mit der Klinik zu tun hatte. Jedenfalls nicht direkt.«

Schmittkes Interesse stieg, zumal diese Andeutungen

einen Betrugstatbestand vermuten lassen konnten – und das war schließlich sein ureigenstes Metier. »Sie meinen, er hatte irgendwo viel Geld verloren.«

»So genau wollte ich Anja nicht fragen. Ich hatte aber den Eindruck, dass er sie in etwas eingeweiht hatte, das – ja, sagen wir mal – möglicherweise nicht mit rechten Dingen zugegangen war.«

»In diesem Geschäft – oder auch hier in der Klinik?«

»Wenn ich das wüsste, würde ich Ihnen das sagen, Herr Kommissar. Aber es sei wohl so gewesen, hat Anja durchblicken lassen, dass Dr. Fallheimer so schnell wie möglich Abstand davon gewinnen wollte.«

»Sie meinen, er fühlte sich bedroht?«

»So deutlich hat das Anja nicht gesagt, aber wenn ich mir das alles so überlege, was sie mir berichtet hat – und das hab ich heute den ganzen Tag über getan, Herr Kommissar –, dann wäre dies immerhin möglich – oder meinen Sie nicht?«

Schmittke sagte nichts und zeigte weiterhin keine Regung. Er notierte sich ein paar Worte und hakte nach: »Das alles haben Sie auch schon Doktor Stuhler erzählt?«

»Nein. Hätte ich das tun sollen?«, fragte sie verunsichert nach.

»Nein, natürlich nicht. Das heißt mit anderen Worten, ich bin der Erste, dem Sie das anvertraut haben?«

»Sie und mein Mann, ja.«

»Auch mit keinem anderen aus der Klinik haben Sie darüber gesprochen? Mit anderen Ärzten oder Kolleginnen?«

»Nein, bestimmt nicht. Das war ja ein vertrauliches Gespräch zwischen Frauen, zwischen Anja und mir.«

»Auch nicht mit dem Ambulanzarzt – wenn man so nachts miteinander gearbeitet hat?«

Sie grinste. »Dr. Salbaisi, meinen Sie?«

»Ich weiß nicht, wie die Ärzte alle heißen, es könnte ja sein.«

»Nein, auch nicht mit Dr. Salbaisi.«

Dr. Claus Humstett wusste nicht, ob er sich freuen oder ärgern sollte. Längst war er auf der Schwäbischen Alb heimisch geworden. Er liebte diese sonnigen Höhenzüge und die Aussicht bis zum Horizont – auch wenn immer wieder behauptet wurde, dieser Landstrich sei rau und kalt, und vor allem neblig. Dies mochte zwar auf manche Tage im Jahreslauf zutreffen, doch überwog bei Weitem das Gefühl, in einer größtenteils noch intakten Umwelt zu wohnen – und trotzdem über die nahe A8 an das internationale Verkehrsnetz angeschlossen zu sein. Seit es den Truppenübungsplatz im benachbarten Münsingen nicht mehr gab und das riesige Gelände als Biosphärenreservat ausgewiesen war, genoss es Humstett, dort spazieren zu gehen oder ausgedehnte Radtouren zu unternehmen.

Dass Maronn eines seiner Forschungslaboratorien im neuen Gewerbegebiet von Laichingen eingerichtet hatte, unweit des großen Zentrallagers eines Gartenzubehörproduzenten, war ein Glücksfall gewesen. Aber wenn es nun nach Gran Canaria umgesiedelt werden sollte, würde er sich an eine völlig neue Umgebung gewöhnen müssen. In erster Linie bedeutete dieser Schritt einen erheblichen logistischen Aufwand, allerdings musste er sich darum kein Kopfzerbrechen machen, zumal es Speditionen gab, die auf Firmenumzüge spezialisiert waren und dies innerhalb kürzester Zeit würden bewerkstelligen können.

Humstett hatte den ganzen Sonntag über gearbeitet und sich nur mal von einem Pizzaservice etwas zum Essen bringen lassen. Wie er dies immer tat, seit er allein zwischen Büro und Labor hauste. In der provisorisch eingerichteten Küche türmte sich seit Tagen das ungespülte Geschirr und er selbst musste sich eingestehen, dass mal wieder eine Dusche fällig wäre.

Aber die Forschungsergebnisse der letzten Wochen ließen ihm keine Ruhe. Stundenlang konnte er mit den wissenschaftlichen Mitarbeitern telefonieren, die sich auf Gran Canaria mit den Erkenntnissen beschäftigten, die er gewonnen hatte. Er besah sich die lange Reihe der Blutampullen, die in einem Glasschrank tiefgekühlt aufbewahrt wurden. Zwei Räume weiter überwachten elektronische Geräte die Vorgänge in einem großen Metallbehälter, den Humstett selbst voriges Jahr entwickelt hatte. Besessen von seiner Idee, waren ihm ständig neue Versuche eingefallen, über die er jedoch mit niemandem sprach – mit Maronn nicht und auch nicht mit den hochkarätigen Mitarbeitern auf Gran Canaria. Er genoss es, allein zu forschen, ohne jemandem Rechenschaft ablegen zu müssen – und ohne von Kleingeistern irgendwelcher Kontrollinstanzen gegängelt zu werden. Wirklich Großes konnte nur gedeihen, wo es dem Geist erlaubt wurde, sich nach allen Richtungen zu entfalten – und zwar ohne Druck. Er jedenfalls, so schoss es ihm durch den Kopf, wäre trotz seines umfassenden Wissens niemals in der Lage, sich innerhalb eines Pharmazie-Riesen einzuordnen.

Während er die Jalousien seines Labortrakts elektrisch

nach unten fahren ließ, weil die Sonne längst hinterm Horizont verschwunden war, machten sich die Gedanken in seinem müden Kopf selbstständig. Er fühlte sich als erfolgreicher Einzelkämpfer und war mehr denn je von seinen Idealen und seinen Zielen überzeugt. Doch so groß die Freude und Begeisterung über das bisher Erreichte waren, so fühlte er sich dennoch unendlich allein. Dabei fehlte ihm nicht nur seine Frau, sondern auch die Möglichkeit, sich gegenüber anderen zu öffnen und sie an seinem Erfolg teilhaben zu lassen.

Dies jedoch würde voraussetzen, dass er ihnen einen Teil seiner Pläne und Visionen verraten müsste – und das durfte auf gar keinen Fall geschehen. Es gab ohnehin nicht viele Menschen, die überhaupt in der Lage sein würden, ihm geistig zu folgen. Denn welcher Normalsterbliche vermochte schon zu ergründen, was es bedeutete, künstliche Gene zu produzieren. Oft war ihm, wenn er allzu leichtfertig über seine Tätigkeit gesprochen hatte, der Vorwurf gemacht worden, dem Schöpfer ins Handwerk pfuschen zu wollen. Dabei war er nur einer von vielen, die sich mit dieser Materie befassten. In Bayern gab es sogar ein erfolgreiches Unternehmen, das pro Monat 3.000 künstliche Gene herstellte. Dies konnte in der Tat der Rohstoff sein, aus dem sich in naher Zukunft künstliches Leben entwickeln könnte. Wenn Humstett an die Konkurrenz dachte, befiel ihn jedes Mal ein unbändiger Forscherdrang, der ihm, einer aufputschenden Droge gleich, einen neuerlichen Schub verpasste. Die allenthalben von Kritikern geäußerte Sorge, aus solchen Experimenten könnte sich eines Tages ein Monster wie Frankenstein entwickeln, jagte ihm regelmäßig einen Schauer über den Rücken. Aber reizvoll war es allemal, möglicherweise eine völlig neue Lebensform zu entwickeln. Doch so weit wollte er gar nicht gehen. Denn würde es allein schon gelingen, künstliches Blut herzustellen, wäre dies eine wissenschaftliche Sensation, deren ökonomischen Wert niemand abzuschätzen vermochte.

Die Menschheit, die sich von politischem Gezänk und Stars- und Sternchen-Tratsch einlullen ließ, hatte keine Ahnung, was in den letzten Jahren geschehen war. Manches, was in abgedroschenen Science-Fiction-Filmen gezeigt wurde, war längst überholt. Genetische Manipulation an Organismen galt mittlerweile als vertraute Routinetechnik. Und in Dänemark hatte erst jüngst ein Bioforscher ein Labor gegründet mit dem Ziel ›Kreaturen aus nie zuvor gesehener Art zu bauen‹. Diese Formulierung, die Humstett im Nachrichtenmagazin Der Spiegel gefunden hatte, wollte ihm nicht mehr aus dem Kopf gehen. Bei der Lektüre eines ausführlichen Artikels, den das Magazin in der ersten Ausgabe des Jahres veröffentlicht hatte, war Humstett ein weiteres Zitat ins Auge gestochen. Demnach soll der deutsche Physiologe Jacques Loeb bereits 1912 gesagt haben: ›Kein Befund spricht dagegen, dass die künstliche Produktion von lebendiger Materie möglich ist.‹

Humstett ließ mit einem Hauptschalter die Jalousien in den Obergeschossen herunterfahren und verdrängte all diese Gedanken. Künstliches Leben, so reizvoll dies auch sein mochte, war nicht das wirkliche Ziel dieses Unternehmens. Genveränderte neue Lebensformen böten die Möglichkeit, kostengünstig Medikamente zu produzieren oder beispielsweise Treibstoffe herzustellen – so wie Bakterien seit geraumer Zeit dazu genutzt wurden, mit Kohlenwasserstoffen verseuchtes Erdreich wieder säubern zu lassen. Oder, noch simpler: Wie sie in den biologischen Becken der Kläranlagen einzelne Stoffe abbauten. Und wenn es gelang, woran Humstett keinerlei Zweifel hatte, dann wäre ihre Firma eine einzige Goldgrube.

In vieles, was ihm in einsamen Nächten durch den Kopf ging und in den Plexiglasgefäßen und Petrischalen heranreifte oder sich chemisch verband, waren weder Maronn noch dessen Geldgeber eingeweiht. Und er selbst hütete seine Forschungsergebnisse wie einen Schatz: Mehrfach mit Passwörtern gesichert im Computer. Zusätzlich erstellte er immer wieder ein Back-up auf einer Festplatte, die im Tresor einer Bank in Ulm lag. Außerdem hatte er bei einem Notar einen Schriftsatz hinterlegt, der im Falle seines plötzlichen Todes wichtige Vorgehensweisen enthielt.

Humstett war davon überzeugt, dass die Welt nur noch aus Raffgier und Machtbesessenheit bestand und deshalb allerhöchste Vorsicht geboten war, nicht zwischen einflussreichen Kräften zermalmt zu werden. Das große Geld hatte längst die Oberhand gewonnen und inszenierte Krisen, und wenn es sein musste, sicher auch richtige Kriege, obwohl es derer gar nicht mehr bedurfte, um ganze Länder und Systeme in den Untergang zu treiben. Das alte Sprichwort, das er schon von seiner Großmutter gelernt hatte, wonach Geld die Welt regiere, schien ihm so aktuell wie nie zuvor. Und die angeblich Verantwortlichen in der Politik lieferten sich Scheingefechte zu Banalitäten, während für die wirklich wichtigen Dinge dieser Welt keine Zeit und kein Geld mehr blieb. Welch ungeahntes Potenzial hätte die Menschheit, würde sie ihren gesamten Geist auf die Erforschung der Natur konzentrieren? Wie viele Geheimnisse würden sich entschlüsseln lassen und wie viele neue täten sich auf?

Wenn ihn solche Gedanken übermannten, tröstete sich Humstett damit, dass es irgendwann wieder eine Zeitepoche geben würde, in der andere Werte im Vordergrund stünden. Was waren schon in der Weltgeschichte ein paar Hundert Jahre, in denen die Menschheit einen Irrweg ging? Das konnte so schnell vergehen, wie das Ölzeitalter. In tausend Jahren – wenn es die Menschheit dann überhaupt noch gab – würde man auf die etwa 130 Jahre andauernde Phase des hemmungslosen Verbrennens fossiler Energien oder auf die hirnrissige Produktion endlos strahlenden Materials mit Schaudern zurückdenken und sich fragen, welchem Irrsinn die Menschheit damals aufgesessen war.

Ob dann allerdings noch jemand wusste, weshalb um einen öden Fleck auf dem Globus, in der heutigen Ukraine, seit Menschengedenken eine Verbotszone gelegt war, die jeden, der nicht an das überlieferte Horrorszenario glauben wollte, gesundheitlich ruinierte, dürfte fraglich sein. Vermutlich würde niemand mehr etwas mit dem Namen anfangen können, der so ähnlich klang wie ›Schernobühl‹.

Humstett ertappte sich dabei, wieder einmal nutzlos in ein Gedankenkarussell gezogen worden zu sein, während er durch die weiten Räume seines Labors ging, einige Messinstrumente prüfte und auf unzähligen Monitoren grafische Darstellungen kontrollierte. In der Luft lagen das leise Rauschen der Klimaanlage und das monotone Klicken von Mini-Robotern, die mit winzigen Pipetten kleinste Mengen von chemischen Substanzen mischten. Grelles Licht von Leuchtstoffröhren erhellte die Szenerie, in der – entsprechend gekühlt oder temperiert – ein Stück weit jene Ursuppe rekonstruiert wurde, aus der alles entstanden sein sollte.

Nachdem die Jalousien geschlossen waren und er in jedem Labor das Licht gelöscht hatte, gönnte sich der Wissenschaftler zum ersten Mal an diesem Tag einen Schluck Rotwein, dessen Flasche im wohltemperierten Vorraum seines Büros stand. Er goss ein Glas voll und nahm es mit an seinen Schreibtisch, der sich inmitten eines chaotisch anmutenden Aktenlagers wie ein Fels in der Papierbrandung erhob.

Er wollte noch einige Computerseiten über den Ablauf des heutigen Tages schreiben. Obwohl er spürte, dass ihn jede einzelne Formulierung quälen würde. Die Müdigkeit hatte sein Leistungsvermögen bereits deutlich eingeschränkt. Wohl wissend, dass der Alkohol allenfalls für kurze Momente als Aufputschmittel taugte, hatte er das erste Glas innerhalb einer halben Stunde getrunken und sich gleich ein zweites eingeschenkt.

Beim wiederholten Lesen des Textes hatte er erhebliche Mühe, die Zusammenhänge zu verstehen. Er löschte ganze Sätze, veränderte sie – und spürte, wie die Buchstaben vor seinen Augen verschwammen und sich Bruchstücke des Gelesenen in einem Traum vermischten und eine irreale Geschichte entfachten, in der außer Kontrolle geratene Mächte von allen Seiten über ihn herfielen. Ein paar Mal versuchte er verzweifelt, sich mit halbwachem Verstand dagegen zu wehren. Er klickte mit der Maus an Textstellen, die es gar nicht gab, und schrieb Worte, die keinen Sinn machten – bald darauf schlief er auf seinem Stuhl ein. Sein Körper sank in sich zusammen, der Kopf wurde von der hochgezogenen Lehne gehalten.

Er hätte nicht sagen können, wie lange er weggeschlummert war. Doch das Geräusch, das ihn mit einem Schlag aus den Albträumen gerissen hatte, verhieß nichts Gutes. Sein Unterbewusstsein hatte es registriert und Alarm geschlagen.

Humstett spürte seinen Herzschlag und war für eine Sekunde orientierungslos. Sein Schädel brummte und etwas in ihm riet instinktiv zu äußerster Achtsamkeit. Noch zwei, drei Sekunden blieb er sitzen und lauschte in die Stille, in der sich das Rauschen der Klimaanlage und des Computergebläses vermischten.

Die Haustür, so begann er in Gedanken eine imaginäre Checkliste durchzugehen, hatte er abgeschlossen – da war er sich ganz sicher. Und auch die schwere Schiebetür auf der Rampe im Hinterhof war verschlossen. Und durch die heruntergelassenen Jalousien konnte kein einziger Lichtstrahl nach außen dringen.

War es ein Schlag gegen ein Fenster gewesen? Oder gegen die Schiebetür im Hof? Noch zögerte Humstett. Er versuchte, seinen brummenden Schädel wieder in Gang zu bringen. Vor ihm malte der Bildschirmschoner bunte Kringel auf den Monitor, neben der Tastatur stand das leer getrunkene Weinglas, in dem einige rote Rückstände inzwischen eingetrocknet waren. Humstett sah auf seine Armbanduhr: 1.17 Uhr. Er musste mindestens drei Stunden in dieser ungemütlichen Position geschlafen haben.

Vorsichtig, als wolle er kein Geräusch verursachen, erhob er sich, spürte, wie Nacken und Rücken schmerzten, und lauschte. Nachts hatte er sogar innerhalb des Gebäudes alle Türen zum Flur abgeschlossen. Dieses ehemalige Firmengebäude war alles andere als wohnlich. Raum reihte sich an Raum und die meisten waren miteinander durch eine Tür verbunden. Daher brauchte er von seinem Büro-, Wohn- und Schlafbereich im vorderen Teil nicht jedes Mal durch den Flur zu gehen, wenn er einen der Laborräume aufsuchen wollte, aus denen das summende und klickende Geräusch automatischer Apparaturen drang, mit denen unablässig chemische und biologische Lösungen gemixt, getrennt oder auf Nährböden verteilt wurden.

Nur die Toilette, das empfand er als äußert lästig, befand sich auf der anderen Seite des langen Ganges, wo die breite Treppe ins Obergeschoss führte und es Abstellräume gab, die er als Lager für Geräte und Laborutensilien nutzte. Manchmal überkam ihn nachts ein ungutes Gefühl, wenn er zur Toilette gehen musste.

Auch jetzt befiel ihn diese Mischung aus Angst und Unsicherheit, aus Vorwürfen und Selbstmitleid, womit sein Forschergeist aus ihm zu schwinden schien. Natürlich war es möglich, was Kritiker immer behaupteten – dass nämlich eines Tages irgendetwas außer Kontrolle geraten könnte. Doch von der Entwicklung eines Monsters war er weit entfernt. Und gentechnisch veränderte Lebewesen gab es schließlich schon zuhauf. Was in seinen Schalen und Behältern herangezüchtet wurde, war im Prinzip nichts anderes, obwohl ihn natürlich am allermeisten jene Frage bewegte, die weltweit die Wissenschaftler nicht ruhen ließ: Wie entsteht Leben aus Materie? Der Urknall-Theorie zufolge ist der Grundstock dafür vor Milliarden von Jahren gelegt worden. Zwar war 1953 beim viel beachteten Miller-Urey-Versuch in Chicago nachgewiesen worden, dass unter bestimmten Bedingungen aus anorganischen Stoffen organische werden können – aber wirklich Lebendiges oder gar eine wenigstens niedere Intelligenzform ließ sich bis heute nicht herstellen. Dahinter verbarg sich ein großes Geheimnis, das nicht nur naturwissenschaftliche, sondern auch theologische Dimensionen hatte.

Im Bruchteil einer Sekunde hatten ihn all diese Gedanken und Bedenken wieder gepackt.

Er blieb in der Mitte des Raumes stehen und hielt den Atem an, um keine Eigengeräusche zu verursachen. Egal wie angestrengt er lauschte, es gab nichts, was ihn hätte beunruhigen können. Für einen Moment überlegte er, die Polizei anzurufen, verwarf jedoch den Gedanken sofort wieder, weil dies gewiss einige Fragen nach sich gezogen hätte, die er nicht beantworten wollte.

Vielleicht hatte er das alles nur geträumt. Vielleicht war sein müdes, alkoholgeschwängertes Gehirn mit ihm durchgegangen. Oder es hatte irgendwelche Straßengeräusche mit seinen Angstträumen vermengt. Straßengeräusche? Er befand sich inmitten eines Gewerbegebiets und es war Viertel nach eins am Montagmorgen. Wer sollte zu dieser ungewöhnlichen Zeit lärmen? Konnte durchaus sein, sagte ihm sein wieder klar werdender Verstand. Unweit entfernt, in diesem Zentrallager, wurde rund um die Uhr gearbeitet. Zumindest hatte er das einmal erfahren.

In diesem Augenblick des angestrengten Nachdenkens zerriss ein schrilles Geräusch die Stille. Humstett zuckte zusammen, obwohl es ihm vertraut war – das Telefon. Doch in dieser Situation erschien ihm der elektronische Klingelton wie die Salve aus einem Maschinengewehr. Um diese Zeit rief ihn normalerweise niemand an. Außerdem hatte er die Festnetznummer in kein Verzeichnis aufnehmen lassen. Sie war allenfalls einem halben Dutzend Personen bekannt.

Nach der ersten Sekunde des Schreckens näherte er

sich dem Telefon, um einen Blick aufs Display zu werfen. ›Unbekannter Anrufer‹ stand dort zu lesen. Es wurde also keine Nummer übertragen.

Sein Misstrauen stieg. Er zögerte. Eine Falle? Ein Hinterhalt? Wollte jemand testen, ob er da war? War es nicht besser, den Anruf zu ignorieren? Wenn er jetzt abnahm, erbrachte er den Beweis, dass er sich im Gebäude befand. Und hatte man's auf ihn persönlich abgesehen, könnte er sich wohl kaum zur Wehr setzen. Andererseits, so meldete sich Humstetts scharfer Verstand, während der Klingelton weiterhin nervend die Stille durchschnitt, konnte der Anrufer das Gegenteil testen wollen: Sichergehen, dass niemand im Haus sein würde und ein Einbruch risikolos zu bewerkstelligen war.

Er ärgerte sich, den Anrufbeantworter niemals aktiviert und besprochen zu haben. Gleichzeitig kam ihm eine geniale Idee. Während der Apparat bereits zum fünften Mal den schrillen elektronischen Ton von sich gab, konzentrierte sich Humstett auf das, wofür er sich entschieden hatte. Er benötigte ein paar Sekunden, griff zum Hörer und sagte so monoton, wie er nur konnte: »Guten Tag – Sie erreichen leider nur den Anrufbeantworter. Bitte hinterlassen Sie eine Nachricht und Ihre Rufnummer. Wir rufen Sie umgehend zurück.«

Verdammt. Jetzt müsste eigentlich der Signalton zum Aufsprechen der Nachricht erfolgen. Daran hatte er in der Aufregung nicht gedacht. Gerade noch rechtzeitig fiel ihm die Lösung ein. »Bitte sprechen Sie nach dem Signalton«, fügte er an und formte seine Lippen zaghaft zu einem Pfiff.

Dann lauschte er in den Hörer, wo ihm ein Klicken verriet, dass der Anrufer aufgelegt hatte.

26

Mike Linkohr, knapp 30, ehrgeizig und Kriminalist mit Leib und Seele, hatte an diesem trüben Montagvormittag bereits von den Kollegen gehört, dass es am Wochenende im Zusammenhang mit zwei Toten gewisse Irritationen gab. Er kratzte sich am Oberlippenbart und kämpfte gegen die Müdigkeit, die ihm nach diesen turbulenten Faschingstagen noch schwer zu schaffen machte. Allerdings beschäftigte ihn mehr der Gedanke an Jenny, die er am Samstagabend kennengelernt hatte. Beim Abschied, lange nach Mitternacht, war sie ganz verrückt darauf gewesen, seine Telefonnummer zu bekommen. Doch obwohl er seither sein Handy nicht mehr außer Hörweite ließ, hatte sie ihn nicht mehr angerufen. Und sie selbst hatte sich strikt geweigert, ihm ihre Nummer zu verraten. Wahrscheinlich wieder eine dieser raffinierten Weiber, die sich einen Spaß daraus machten, ihn zappeln zu lassen. Warum fiel er immer wieder auf dieselben Frauentypen rein? Er ärgerte sich insgeheim, viele schlaflose Stunden damit verbracht zu haben, an diese aufregende Frau zu denken. Alles für die Katz! Vertane Zeit.

Einer der wenigen Lichtblicke an diesem Montagmorgen war Kerstin, die ›Umläuferin‹, die seit voriger Woche die Geislinger Dienststelle verstärkte und einziges weibliches Mitglied in dem reinen Männerensemble war. Umläufer wurden im Polizeijargon jene Beamte genannt, die im Rahmen ihrer Ausbildung zur Kommissarslaufbahn unterschiedliche Dienststellen und Institutionen durchliefen.

»Was halten Sie davon?«, hörte Linkohr plötzlich wieder Schmittkes Stimme, der gerade die Vorkommnisse während seines Wochenenddienstes erläutert hatte.

Linkohr, der sich an die geschlossene Tür gelehnt hatte, fühlte sich angesprochen und wandte den Blick verlegen von der jungen Frau ab, die auf einem Stuhl Platz genommen hatte.

»Merkwürdig ist das schon«, bemerkte er vorsichtig, nachdem er den Ausführungen nicht konzentriert genug gefolgt war, um auf Details eingehen zu können.

»Aber wenn die Gerichtsmedizin nichts Konkretes erbracht hat …«, gab sich ein älterer Kollege zurückhaltend, der mit verschränkten Armen neben ihm stand.

»Hat tatsächlich nichts erbracht«, bestätigte Schmittke, der inzwischen das Obduktionsergebnis zu Fallheimer vorliegen hatte. Er lehnte sich in seinem Schreibtischstuhl zurück und überflog die ausgedruckte E-Mail, die erst vor wenigen Minuten eingetroffen war. »Fallheimer hat bei dem Unfall ein Schädelhirntrauma erlitten, das zur Bewusstlosigkeit geführt hat«, erläuterte er nun detaillierter. »Man hat ihn in …« Er stockte beim Lesen des komplizierten Wortes. »… in eine Neuroleptanalgesie versetzt …«

Die junge Frau half ihm auf die Sprünge: »Künstliches Koma heißt das.«

»Danke.« Dann las er die E-Mail weiter: »Das Opfer wurde nach dem Unfall sofort intubiert … also Schlauch in die Luftröhre.« Er hatte dies schnell hinzugefügt, um zu beweisen, dass auch er mit medizinischen Begriffen etwas anzufangen wusste. »Man sichert die Atemwege und verhindert ein mögliches Ersticken, indem man sofort mit künstlicher Beatmung beginnt.«

»Er kam also lebend in die Klinik?«, hakte ein anderer

aus der Runde nach, während sich Linkohr in Gedanken Jennys Gesicht in Erinnerung rief und sie im Geiste mit Kerstin verglich, die seine Blicke auffallend oft erwiderte, wie er meinte. Er hatte deshalb Mühe, dem Geschehen zu folgen.

»Natürlich hat er noch gelebt«, gab sich Schmittke leicht gereizt über diese seiner Meinung nach völlig überflüssige Frage. »Sie haben eine Untersuchung im Computertomografen vorgenommen«, fuhr er fort. »Keinerlei bedrohliche innere Verletzungen, aber komplizierter Schienbeinbruch.«

»Also ziemlich dilettantisches Vorgehen, wenn ihn jemand mit dem Auto hätte umbringen wollen«, stellte der Ältere sarkastisch fest.

»Der Tod scheint eher ein unglücklicher Zufall gewesen zu sein«, konstatierte Schmittke. »Kräuter schreibt, es sei zu einer Fettembolie gekommen.«

Kräuter war in Polizei- und Justizkreisen als kompetenter Gerichtsmediziner bekannt, der mit der Ruhe und Gelassenheit eines Buchhalters den menschlichen Körper zerlegen und darüber dozieren konnte, als sei dies das Normalste der Welt.

»Fettembolie«, interpretierte Schmittke die Meldung des Gerichtsmediziners, »kommt relativ selten vor. Glücklicherweise, muss man sagen. Sie entsteht, wenn sich bei Knochenbrüchen Fettgewebe auflöst und in die Lunge gelangt.«

»Seltsames Zusammentreffen von merkwürdigen Todesfällen«, knurrte ein anderer aus der Runde. Er war knapp vor der Pensionsgrenze und kannte aufgrund seiner langen Berufserfahrung jede Menge Todesursachen, bisweilen sogar ziemlich mysteriöse. Bislang war ihm eine Fettembolie nicht untergekommen. Zumindest nicht in den Fällen, die gewisse Rätsel aufgegeben hatten.

»Was sagt denn die Staatsanwaltschaft?«, zeigte sich Linkohr interessiert. Es konnte nichts schaden, jene Behörde ins Gespräch zu bringen, vor der jeder noch so hochdekorierte Polizeibeamte artig in die Knie ging.

»Ziegler hat gegenüber dem Chef angedeutet, dass er sowohl eine absolute Aufklärung verlangt, gleichzeitig aber Rücksichtnahme auf die beteiligten Ärzte möchte«, erklärte Schmittke, der sehr wohl einzuschätzen vermochte, dass Ziegler, der Leitende Oberstaatsanwalt im nahen Ulm, offenbar gewisse Zweifel hegte.

»Wasch mir den Pelz, aber mach mich nicht nass«, kam es aus der Runde zurück.

»Die Frage ist«, zeigte sich Schmittke davon unbeeindruckt, »was können wir tun, wenn der Gerichtsmediziner Fremdverschulden ausschließt?«

»Bei diesem getöteten Arzt haben wir's immerhin mit einer Unfallflucht zu tun«, gab der Älteste zu bedenken.

»Okay«, bestätigte der Außenstellenleiter, »aber das ist Sache der Unfallfluchtermittlungsgruppe. Watzlaff …«

Ein gelangweilter, schlaksiger Kriminalist, der bisher schweigsam, an einem Aktenschrank gelehnt dastand und sich offenbar auch um Blickkontakt zu Kerstin bemühte – wie Linkohr missmutig feststellte –, unterbrach ihn unhöflich: »Geh'n wir mal davon aus, dass jemand diesen Arzt mit dem Auto umbringen wollte, dann wäre das für Watzlaffs Mannschaft eine Nummer zu groß. Und ich denke, Ziegler hat auch Bauchweh gekriegt.«

Schmittke wollte dies nicht kommentieren, sondern

entschied für sich, die Empfehlung des Leitenden Oberstaatsanwalts aufzugreifen und sich mit den Obduktionsergebnissen allein nicht zufriedenzugeben. Möglicherweise würde dies Ziegler sogar anordnen – und darüber hinaus war es der eigenen Karriere förderlich, ihm zuvorzukommen.

»Ich schlage vor, dass zunächst Kollege Linkohr einige Vernehmungen vornimmt«, sagte er. Der junge Kriminalist zuckte innerlich zusammen. Er war in Gedanken zwischen Jenny und Kerstin hin- und her gerissen. Was hatte Schmittke gesagt? Vernehmungen?

»Gibt's denn eine Frau Fallheimer?«, wollte Linkohr wissen und erntete von den Kollegen spöttisches Grinsen.

Schmittke blieb gewohnt sachlich. »Gibt es im Prinzip nicht. Sie sind wohl geschieden, aber es wäre zumindest eine Möglichkeit, mithilfe der Frau etwas über das Privatleben zu erfahren.«

»Also ganz klar ein Fall für den Mike«, spöttelte einer der Kriminalisten. »Unseren Frauenversteher.«

Linkohr war dies peinlich, obwohl er natürlich längst derlei Bemerkungen gewohnt war, weshalb er sich nicht zu einer Reaktion provozieren ließ, erst recht nicht im Beisein von Kerstin. Stattdessen bemerkte er süffisant: »Die meisten Männer haben keine Ahnung, was die Frauen über sie wissen.« Wieder trafen sich seine Blicke mit denen Kerstins.

»Oh, oh, oh«, machte der Ältere. »Der Herr Kollege spricht aus Erfahrung.«

»Nicht aus persönlicher, aus beruflicher Erfahrung«, entgegnete Linkohr kurz. »Wo kriegt man die Frau?«

Schmittke blätterte in seinen Unterlagen. »Wohnt in

Ulm. Ist übrigens Krankenschwester, an der Uni-Klinik.«

»Na denn, Mike«, frotzelte einer im Raum. »Das wäre genau was für dich. Wieder mal 'ne Krankenschwester.« Er spielte auf eine Verflossene Linkohrs an. Als der junge Kollege vor einigen Jahren zur Geislinger Kriminal-Außenstelle gekommen war, hatte er von einer Krankenschwester geschwärmt.

Kerstin grinste provokant: »Ich begleite den jungen Kollegen, damit ihm nichts passiert.«

»Ui«, entfuhr es dem Älteren. »Das nenn ich aber Fürsorge.«

Die junge Frau, die auffallend groß und schlank war, gab sich selbstbewusst: »Vorschrift – oder? Ein Mann soll nie allein zur Vernehmung einer weiblichen Person gehen, heißt es.«

Linkohr fühlte sich irgendwie geschmeichelt.

Doch er blieb in der Schusslinie seines Kollegen, der grinsend anmerkte: »Sollten wir dann nicht lieber noch eine zweite Dame mitschicken, damit wirklich nichts passiert?« Gelächter erfüllte für einen Moment den Raum. Nur Schmittke hielt sich vornehm zurück.

Linkohr, dessen glücklose und bisweilen sogar dramatische Beziehungen zu Frauen in der ganzen Polizeidirektion bekannt waren, ließ sich nicht beirren. »Und wie sieht's mit dem Fahrzeug aus? Die Techniker sind hoffentlich am Werk.«

»Sind sie«, bestätigte Schmittke. »Sie haben schon einiges gefunden und ins Labor geschickt.«

Ein kurzes Klopfen an der Tür unterbrach die Gespräche. Revierleiter Manfred Watzlaff hatte ohne Aufforderung die Tür geöffnet und begrüßte mit einem freundlichen »Guten Morgen, die Dame, guten Morgen, die Herren« die Runde. »Ich hoff, ich stör nicht die morgendliche Versammlung, aber ich denk, euch beschäftigt die Klinik.«

Schmittke nickte und bat den Uniformierten leicht genervt mit einer Handbewegung in den Raum.

»Ich kenn natürlich die Obduktionsergebnisse«, sagte Watzlaff, »und ich will mich gar nicht in eure Konferenz einmischen, aber ihr solltet wissen, dass unsere Unfallermittler gewisse Zweifel haben.«

»Am Unfall oder …?«, zeigte sich Schmittke pflichtgemäß interessiert, obwohl er natürlich längst wusste, dass Watzlaff mit zu den Zweiflern zählte.

»Sowohl am Unfall als auch am Diebstahl des Autos. Zum einen kommt uns der Unfallhergang ziemlich seltsam vor und zum anderen scheint der Halter des Fahrzeugs – ein Medizinstudent – nicht gerade eine plausible Erklärung für den Diebstahl zu haben.« Er schilderte die Erkenntnisse, die der Beamte bei der gestrigen Vernehmung von Max Frenzel gewonnen hatte – insbesondere, wie dieser es mit den Autoschlüsseln angeblich handhabte.

Verunsichertes Schweigen machte sich breit, worauf Watzlaff mit Entschlossenheit reagierte: »Ich halte es für dringend geboten, den jungen Mann genauer unter die Lupe zu nehmen. Seine Kontakte zur Klinik hat er zwar unumwunden zugegeben, aber so ganz sauber ist der Kerl nicht.«

Schmittke spielte mit seinem Kugelschreiber und dachte nach. Die Kollegen sahen ihn dabei unschlüssig an.

»Okay«, ließ Watzlaff eine gewisse Resignation durchblicken. Wahrscheinlich hatte er den Versuch, die Angelegenheit der Kripo zu übergeben, wieder einmal verloren. Da entschloss er sich zu einer knappen Bemerkung: »Ich hab jedenfalls meine Pflicht getan, falls die hohen Herren in Göppingen später irgendwelche unangenehmen Fragen stellen.« Er fügte an: »Guten Morgen, meine Damen und Herren« – und verließ den Raum.

27

Brunhilde Brugger fühlte sich schlapp. Noch immer hing ihr das Faschingswochenende in den Knochen und im Gemüt. Das Wochenende ohne ihren Mann war turbulent gewesen. Dass sie sogar noch Zeit gefunden hatte, mit einigen Freundinnen zu der großen Faschingsveranstaltung nach Bad Überkingen zu gehen, empfand sie auch im Abstand von zwei Tagen noch als wahren Glücksfall. Jahre war es her, dass sie zuletzt ohne ihren Mann ausgegangen war. Ein Glücksfall auch, dass die Kinder während der Faschingsferien zu Onkel und Tante hatten gehen wollen.

Nach all den Jahren der Ehe überkam sie immer häufiger das Gefühl, etwas zu verpassen. Zwar war Elmar gewiss ein treu sorgender und guter Familienvater. Doch ihrer beider Interessen hatten sich im Laufe der Zeit auseinanderentwickelt. Sie wäre viel lieber ins gesellschaftliche Leben von Ulm und Stuttgart eingetaucht, während er sich irgendwelchen wissenschaftlichen Dingen widmete, deren Erfolg ihr eher fragwürdig erschien. Seit Langem hatte sie den Eindruck, er fühle sich in seinem Job unterfordert. Immerhin hatte er bereits mehrfach versucht, sich an anderen Kliniken für besser dotierte Stellen zu bewerben, nur war es ihm bisher nicht gelungen. Sein innerer Tatendrang, der ihn dazu anstachelte, mehr aus seinem Leben zu machen, bescherte ihm eine geradezu beängstigende Unruhe. Und manchmal fragte sie sich, ob es ein Streben nach Macht, Ansehen und öffentlicher Anerkennung war, oder ob er einzig und allein das Ziel verfolgte, Reichtümer anzuhäufen. Ihr jedoch war alles davon zuwider. Und wenn tatsächlich stimmte, was sie von dieser Röntgenassistentin gehört hatte, würde sie dies bis in die Tiefen ihrer Seele hinein kränken. Obwohl es sie, wenn sie ehrlich zu sich selbst war, zum jetzigen Zeitpunkt eigentlich kaltlassen müsste. Denn inzwischen hatte sie einen Punkt erreicht, von dem aus es kein Zurück mehr geben würde. Ihre Entscheidung stand fest – und bei allem, was inzwischen geschehen war, befand sie sich längst in einer Einbahnstraße, aus der sie nicht einmal als Geisterfahrerin würde zurückkehren können. Nachdem der Tod eines Kollegen ihres Mannes an diesem Montag durch die Presse ging und in den lokalen Radionachrichten mehrfach erwähnt worden war, hatte sie sich durchgerungen, sich mit Sigrid in Verbindung zu setzen. Sigrid Fallheimer kannte sie aus der Zeit, als deren Ehe noch intakt war. Sigrid war damals in Begleitung von Fallheimer zu irgendwelchen Klinikfesten gekommen. Sie traf Sigrid an diesem Montagmittag in ihrer kleinen

Wohnung in Ulm. Die Frau, eine zierliche Blondine, wirkte gefasst und offenbar vom Tod ihres Exmannes Johannes kaum beeindruckt.

»Entschuldige, wenn ich dich in dieser Situation störe«, begann Brunhilde Brugger. »Aber nachdem ich in der Zeitung gelesen habe, was mit Johannes geschehen ist, war ich schockiert – auch wenn wir uns längere Zeit nicht gesehen haben.«

»Schon gut«, sagte Sigrid. »Ich finde es ja schön von dir, dass du dich nach mir erkundigst. Ich hab versucht, unsere Tochter Lena auf Gran Canaria anzurufen, aber sie ist nicht erreichbar. Ansonsten hat Johannes keine direkten Angehörigen. Ich werde mich wohl in irgendeiner Weise um alles kümmern müssen.«

»Ja – um alles kümmern müssen«, seufzte Brunhilde Brugger. »Dabei weiß ich nicht einmal so genau, was die Männer miteinander getan haben.«

Sigrid nickte und schwieg.

»Wenn er dir genauso wenig erzählt hat, wie Elmar es mir gegenüber tut«, fuhr Brunhilde fort, »dann wirst du dich schwertun, es herauszufinden.«

»Du hast auch keine Ahnung? Ich meine, du in deiner Position müsstest doch eher dahinterblicken«, gab sich Frau Fallheimer verwundert.

»Nicht wirklich, Sigrid. Wahrscheinlich weiß ich nicht mehr als du. Elmar ist am Samstag nach Gran Canaria geflogen, um irgendwelche Dinge zu regeln, die er mir nur andeutungsweise genannt hat. Sie wollen wohl expandieren, irgendeine neue Immobilie kaufen oder anmieten.«

»Davon hat Johannes in letzter Zeit auch gesprochen, aber auch nur andeutungsweise. Wir haben uns nur noch sporadisch getroffen, um gelegentlich ein paar Dinge zu regeln, die es zu regeln galt.«

»Elmar hat kürzlich mal angedeutet, Johannes wolle möglicherweise aussteigen.«

»Davon weiß ich nichts, keine Ahnung.«

»Was mich ganz stark interessieren würde«, fuhr Brunhilde fort. »Die Anja Kastel. Du weißt, das ist die aus dem Röntgen – wie war denn dein Johannes mit ihr vertraut?«

»Mit Anja?« Sigrid stutzte. »Ich hab keine Ahnung. Ich sagte bereits – unser Kontakt war eher sporadischer Natur. Johannes hat längst sein eigenes Leben geführt.« Sie überlegte. »Ich versteh deine Frage nicht. Wie kommst du darauf, ausgerechnet jetzt danach zu fragen?«

»Na ja«, fuhr Brunhilde Brugger zögernd fort. »Ich meine mich zu erinnern, dass Elmar kürzlich irgendeine Bemerkung gemacht hat in diese Richtung.«

Frau Fallheimer blieb kühl. »Und wenn schon, Bruni, das interessiert mich auch nicht. Vor allem interessiert mich nicht, was er vor unserer Trennung gemacht hat.«

»Jedenfalls weiß ich nicht, wie's mit uns weitergehen soll«, seufzte Brunhilde, »vielleicht ist es besser, allein zu sein.«

Sigrid sah ihre Bekannte verwundert an. »Das muss jeder für sich selbst entscheiden, denn manches, liebe Bruni, ist verworrener, als man denkt. Und nichts in einem Verhältnis ist vergleichbar mit einem anderen. Manchmal denk ich mir – warum macht die Menschheit sich alles so kompliziert? Für die paar Jahre nichts als Streit und Ärger und Zoff.«

Brunhilde schwieg.

»Auch wenn ich versuche, Johannes zu vergessen«, fuhr Sigrid fort, »so ist mir eine Bemerkung noch gut in Erinnerung. Er hat einmal gesagt: Jeder muss in einer Beziehung aufpassen, dass es nicht zum Äußersten kommt.«

»Zum Äußersten?«, fragte Brunhilde schnell zurück. »Was hat er damit gemeint?«

»Es hat ihn wohl sehr beschäftigt, dass er während seines Medizinstudiums ein paar Wochen beim Gerichtsmediziner gewesen ist. Die meisten Leichen, die sie obduziert hätten, seien die Opfer von Beziehungstaten gewesen.«

Die beiden Frauen sahen sich verständnis- und ratlos in die Augen.

Die Stille wurde erst durch das Klingeln des Telefons unterbrochen, das draußen in der Diele stand. Sigrid Fallheimer sah instinktiv auf ihre kleine goldene Armbanduhr und sagte im Hinausgehen: »Entschuldige, vielleicht ist das Lena.« Brunhilde nickte und lauschte auf das, was Sigrid draußen in der Diele sagte. Sie hatte sich mit Namen gemeldet und nach zwei, drei Sekunden nur ein kurzes »Ja« von sich gegeben. Der Tonfall verhieß nichts Gutes, vermutete Brunhilde und lauschte noch intensiver. »Natürlich können Sie kommen. Gleich? … ja, wenn es sein muss«, hörte sie die Stimme ihrer Bekannten. Nach einer weiteren Pause klang es noch zaghafter herüber: »Darf ich fragen, worum es geht?« Der Anrufer schien eine knappe Antwort zu geben, denn Sigrid hakte nicht weiter nach, sondern erwiderte: »Okay, ich bin da.« Sie legte grußlos auf, kam wieder zurück und blieb vor Brunhilde stehen. »Die Kripo«, informierte sie. »Sie wollen hier vorbeikommen.«

»Die Kripo?«, entfuhr es Brunhilde Brugger. »Was will denn die Kripo von dir?«

»Johannes … Sie wollen noch etwas zu seinem persönlichen Umfeld wissen.«

»Ja, aber ich denke … ich denke, Johannes ist bei dem Unfall gestorben.«

Sigrid zuckte mit den Schultern. »Willst du dabei sein, wenn der Kripo-Mann kommt?«

»Nein, ich glaub, das wäre sicher nicht gewünscht. Du kannst mich ja anschließend anrufen.«

Sigrid holte tief Luft, während sich Brunhilde erhob und.von ihr verabschiedete.

28

Die Terminals des Stuttgarter Flughafens erinnerten mit der verästelten Tragekonstruktion an einen kahlen Wald, auf dem ein Zeltdach lastete, das sich von der Rollbahn schräg nach oben zog. Es wirkte großzügig und hell, verbreitete jedoch mit seinen dicken Lüftungsrohren und der etwas tristen grauen Farbe nicht gerade positive Stimmung. Wer Flugangst hatte, empfand diese Art der Architektur gewiss nicht unbedingt beruhigend.

Caroline und Melanie, die an diesem Nachmittag vor dem Schalter der Condor standen und in der Menschenschlange geduldig darauf warteten, bis sie endlich wieder einen halben Meter Landgewinn verbuchen konnten, weil all die Menschen vor ihnen aus unerfindlichen Gründen immer etwas mit den Damen am Schalter zu verhandeln hatten, genossen die Blicke der Männer um sich herum. Besonders amüsant war es, die eher verschämten Augenpaare von Männern zu sehen, die selbst in weiblicher Begleitung waren. Für eine gesellige Gruppe männlicher Alleinreisender waren die beiden Frauen zum Objekt der Begierde geworden. Doch nach Anmache, wie es die beiden Freundinnen empfanden, stand ihnen jetzt nicht der Sinn. Auf der Fahrt über die A8 zum Flughafen hatten sie sich vorgenommen, die schlimmen Ereignisse in der Klinik zu verdrängen und nicht mit in den Urlaub zu nehmen. Das war einfacher gesagt als getan. Sie mussten sich frei machen von der Trauer um zwei Menschen, die ihnen nahegestanden hatten.

Sie rückten mit ihrem Gepäckwagen unendlich langsam bis zum Einchecken vor und bekamen Bordkarten mit einem Fenster- und einem Mittelplatz. Die Zeit bis zum Abflug verbrachten sie im Duty-free-Shop, um bald darauf in den Warteraum des genannten Gates zu gehen. Von dort aus ging der Blick durch die leicht getönte Scheibe hinaus auf das Vorfeld, wo eine Maschine der Lufthansa stand. Der Himmel war grau und vor der Fensterscheibe rieselten einzelne Schneeflocken herab. Beide hatten sie ihr Handy abgestellt, denn sie wollten unter keinen Umständen von irgendjemandem gestört werden, der ihnen möglicherweise neue Horror-Meldungen übermitteln würde.

Als endlich der Aufruf kam, die Bordkarten zum Einsteigen bereitzuhalten und zum Gate zu kommen, hatten sie bereits mehrere Seiten in ihren Taschenbüchern gelesen – und keinen einzigen der schmachtenden Blicke der männlichen Augenpaare erwidert.

In der drangvollen Enge des Omnibusses, der sie zu der Maschine brachte, waren einige der Kerle auf Tuchfühlung gegangen. Sie hatten sich offenbar Gran Canaria so vorgestellt, wie es den oft verbreiteten Klischees entsprach. Aber Melanie und Caroline wussten, dass die Kanaren weitaus mehr zu bieten hatten als nächtliches Halligalli und plumpe Anmache – obwohl sie sich natürlich eingestehen mussten, dass sie nicht nur der landschaftlichen Reize wegen unterwegs sein würden.

Das Hotel, in dem Elmar für sie ein Doppelzimmer gebucht hatte, machte im Prospekt und im Internet eher einen gediegenen Eindruck und war nicht umgeben von jenen Hotelkästen, in denen Nacht für Nacht eine Diskothek dröhnte. Es schien direkt an den bekannten Dünen zu liegen, wo man ziemlich ungestört stundenlang spazieren gehen oder versteckt hinter Sandhügeln liegen konnte, wo spärlicher Bewuchs seine mattgrünen Blätter schützend über das hielt, was niemand zu sehen brauchte.

Als sie in dem Airbus ihre Reihe und ihre Plätze gefunden hatten, nahmen sie erleichtert zur Kenntnis, dass neben ihnen auf Platz C eine ältere Dame gebucht war, die vermutlich keinerlei zweifelhafte Fragen stellen würde.

Nachdem Melanie ihren leichten Wintermantel im Gepäckfach über den Sitzen verstaut hatte, rutschte ihr sommerlich anmutendes Kleidchen fast bis zum Po hoch. Sie streifte es verlegen glatt und zog es so weit wie möglich Richtung Knie, bevor sie sich an der Dame von Platz C vorbeizwängte und in die Mitte setzte.

»Wenn man nicht wüsste, wohin der Flieger geht,

würde man uns für verrückt halten«, grinste Caroline, die sich in Erwartung kanarischer Temperaturen ebenso luftig angezogen hatte. Sie wollten schließlich am sonnigen Ziel nicht in winterlichen Klamotten Elmar gegenüberstehen. Sie hatten verabredet, sich sofort telefonisch zu melden, wenn sie im RIU Palace Maspalomas angekommen waren. Bis dahin waren allerdings noch über vier Stunden Zeit, während derer sie südwestlich düsten und eine Stunde gewannen.

Der Airbus rollte ohne Verzögerung zur Startposition, während auf den Monitoren über den Sitzen eine animierte Filmfigur die üblichen Notfallprozeduren erläuterte, die aber allenfalls ängstliche Erstflieger verfolgten.

Der Silbervogel rollte endlos lange parallel zur Autobahn in Richtung Anschlussstelle Esslingen, um dann auf die Startbahn 26 einzudrehen. 26, das hatte Caroline mal irgendwo gelesen, stand nicht etwa für die 26. Startbahn, sondern für die Ausrichtung der Startbahn – in diesem Falle 260 Grad, also ziemlich genau in westliche Richtung –, in welcher die Flieger den Boden unter dem Fahrwerk verloren.

Durch die Kabinenlautsprecher murmelte eine Männerstimme etwas, das sich nach »Cross-Check« oder Ähnlichem anhörte – und wenig später heulten die Turbinen des Triebwerks und pressten die Luft nach hinten, um das viele Tonnen schwere Luftfahrzeug zu beschleunigen. Auf den Monitoren erschien bereits die Europakarte, auf der Stuttgart besonders hervorgehoben wurde.

Die Beschleunigungskräfte pressten die Passagiere in die Lehnen. Wer einen Fensterplatz hatte, sah die Markierungen und Begrenzungslichter der Startbahn vorbeihuschen und in weniger als einer Minute wurde der Airliner von einer unsichtbaren, aber unbändigen Kraft nach oben gezogen – zuerst das Vorderteil, dann, in eine Schieflage übergehend, verlor die gesamte Maschine ihre Bodenhaftung und erweckte den faszinierenden Eindruck, mit einem Mal schwerelos geworden zu sein. Die ehernen Gesetze der Aerodynamik machten's möglich, versuchte sich Caroline in solchen Momenten immer wieder vor Augen zu führen. Ein Flugzeug flog aufgrund eines physikalischen Gesetzes. Sog und Druck, von den gewölbten Tragflächen im Luftstrom erzeugt, waren das ganze Geheimnis der Fliegerei.

Erste Böen rüttelten an der Außenhaut, während die Tragflächen die Wolken berührten und schließlich die ganze Maschine in dieses undurchdringliche Grau und Weiß eintauchte. Das Vertrauen in die Technik musste in solchen Situationen grenzenlos sein, überlegte Caroline am Fenster. Irgendwo saßen jetzt Lotsen an irgendwelchen Monitoren und verfolgten dieses Flugzeug als grünlichen oder weißen Punkt. Obwohl sie nicht ängstlich war und sogar gerne flog, überkam sie in solchen Momenten immer ein seltsames Gefühl. Ihr kamen Formulierungen in den Sinn, die meist nach Abstürzen gebraucht wurden – wie etwa: Das Flugzeug sei plötzlich vom Radarschirm verschwunden. Andererseits, so beruhigte sich Caroline, waren Flugunfälle in Mitteleuropa eine äußerste Seltenheit – und dies, obwohl sich hier auf engstem Raum stark frequentierte Flughäfen befanden, wie etwa Frankfurt, Paris, London, Rom oder Berlin.

»Sag mal«, hörte sie die Stimme von Melanie neben sich, sodass sie ihren Kopf vom Fenster wandte. »Was glaubst du, was in der Klinik los wäre, wenn die Maschine abstürzen würde?«

Caroline wusste mit dieser Bemerkung nichts anzufangen. Was hatte ihre Freundin bewogen, dies ausgerechnet in diesem Augenblick zu sagen? Dazu in einer der kritischsten Flugphasen überhaupt? Start und Landung, das war doch jedem bewusst, waren jene Manöver, bei denen die Cockpit-Besatzung am meisten zu tun hatte. Sie verzog ihr Gesicht zu einem gekünstelten Lächeln und ihr fiel eine Bemerkung ein, die Elmar mal gemacht hatte: »Wenn du eine Flugreise machst, brauchst du zu Hause nie anzurufen, ob du gut angekommen bist. Denn falls du nicht angekommen bist, kommt's in der Tagesschau.«

Melanie gab sich zurückhaltend. »Aber jetzt ganz ohne Witz: Stell dir mal vor, wir stürzen ab, was das für ein Aufsehen gäbe!« Sie grinste. »Wieder zwei Tote aus der Klinik – und ausgerechnet auf dem Flug nach Gran Canaria, wo einer der Ärzte Urlaub macht!«

Nun grinste auch Caroline. »Oh Gott, womöglich käme noch einer auf die Idee, irgendjemand hätt eine Bombe an Bord geschmuggelt.«

»Ja, womöglich Salbaisi.«

»Salbaisi? Wie kommst du denn ausgerechnet auf den?«, staunte Caroline.

»Der kommt ja immerhin aus dem Irak, oder?«

In diesem Augenblick hob sich der metallene Vogel aus der dicken Wolkenmasse, die seit Tagen ganz Mitteleuropa eingehüllt hatte. Die weißen Wattebäuschchen flitzten unter den Tragflächen vorbei und die Passagiere auf den Fensterplätzen konnten das tiefe Blau des Himmels sehen. In Flugrichtung rechts blendete sogar die Sonne.

Caroline wollte etwas sagen, doch in diesem Moment wurde der Airbus von einer heftigen Turbulenz erfasst, zuerst nach oben und dann nach unten gerissen. Caroline war furchtbar erschrocken – vor allem wohl deshalb, weil sie gerade noch ein Absturzszenario aufgezeigt hatte. War es schon Wirklichkeit geworden?

29

Linkohr und Kerstin hatten die Adresse im Ulmer Westen sofort gefunden. Frau Fallheimer wohnte in einem Mehrfamilienhaus, das sich an den sonnigen Südhang schmiegte, der sich hier zur Wissenschaftsstadt hinaufzog. Sie führte die beiden Kriminalisten in das kleine Esszimmer und bot ihnen Plätze an. Linkohr knüpfte seine olivgrüne Outdoor-Jacke auf, zog einen zerfledderten Schreibblock heraus und setzte sich neben Kerstin. »Dass wir Sie jetzt belästigen müssen«, sagte er dabei, »das hat überhaupt nichts zu bedeuten. Im Prinzip eine reine Routineangelegenheit.«

Sigrid Fallheimer hörte ihm aufmerksam zu und musterte die beiden Besucher, die ihr gegenübersaßen. »Darf ich Ihnen etwas anbieten – Kaffee, Wasser, Cola?«

Die beiden lehnten dankend ab. Linkohr erklärte weiter: »Die Kriminalpolizei wird immer dann tätig, wenn eine Todesursache nicht ganz eindeutig feststeht.«

»Aber ich dachte, die stünde längst fest?«

»So sieht es nach dem Obduktionsergebnis auch aus. Und dennoch …« Er überlegte, wie er es formulieren sollte und suchte Blickkontakt zu Kerstin. »Ich weiß nicht, ob Sie's schon gerüchteweise gehört haben – es hat heut früh einen zweiten Todesfall in der Klinik gegeben, der ebenfalls …«, Linkohr beeilte sich, dies anzufügen, »… ein ganz normaler zu sein scheint.«

»Noch einen Todesfall?« Ihre Stimme verriet Unsicherheit und sie sah, nach Unterstützung suchend zu der jungen Frau.

»Ja, eine Röntgenassistentin. Sie ist während des Nachtdienstes verstorben.«

»Eine Röntgenassistentin?«, wiederholte Frau Fallheimer bei der schrecklichen Nachricht gleich noch einmal. »Eine Röntgenassistentin?«

»Ja, ich weiß nicht, wie gut Sie die Kolleginnen und Kollegen Ihres geschiedenen Mannes kennen.«

»Einige davon schon.«

»Anja Kastel«, entschied sich Linkohr gleich für klare Angaben.

»Anja …«, flüsterte Sigrid Fallheimer. »Anja … ist tot?«

»Ja«, bestätigte der junge Kriminalist leise.

Kerstin sah die Frau mitleidsvoll an und versuchte, weibliche Einfühlsamkeit in das Gespräch zu bringen. »Sie haben sie also gekannt«, stellte sie vorsichtig fest.

»Ja, natürlich«, sagte Sigrid Fallheimer wie in Trance und überlegte einen Moment, ob sie das Gespräch mit Brunhilde Brugger erwähnen sollte. Sie verwarf den Gedanken wieder und antwortete stattdessen: »Gekannt, natürlich, ja.«

Kerstin ließ ihr einige Zeit, um das Gehörte zu verarbeiten, und signalisierte ihrem Kollegen Linkohr, sich jetzt zurückzuhalten.

Dann begann Frau Fallheimer von allein zu erzählen. Sie habe ihren Exmann einige Male zu internen Festen in der Klinik begleitet und dabei Anja kennengelernt. Und weil sie selbst Krankenschwester an der Ulmer Uni-Klinik sei, habe sie schnell Kontakte knüpfen können.

Linkohr ließ sich nicht anmerken, dass er dieses Beziehungsgeflecht als ziemlich spannend empfand. Immerhin kannte er die Angaben dieser Ambulanzschwester Brigitte, wonach Anja offenbar engere Beziehungen zu Fallheimer unterhalten hatte. Er ließ ein paar Sekunden verstreichen und sah dabei aus dem Fenster in das Weißgrau eines Wintermittags hinaus. »Uns interessiert allerdings weniger die Frau Kastel …«, begann er und erntete einen aufmunternden Blick von Kerstin, »… sondern Ihr Mann – oder besser gesagt: Ihr geschiedener Mann. Gab es denn etwas, das ihn – sagen wir mal … von den Kollegen unterschieden hat …« Linkohr sah Hilfe suchend zu Kerstin. Diese erfasste seine Formulierungsnöte und ergänzte: »Etwas, das Sie vielleicht verwundert oder besorgt gestimmt hat.«

Frau Fallheimer runzelte die Stirn und holte tief Luft. »Verwundert oder besorgt«, wiederholte sie, um den beiden Besuchern klarzumachen, dass sie keinen regelmäßigen Kontakt zu Johannes gehabt habe. »Wir sind seit über einem Jahr auseinander, müssen Sie wissen. Ich denke aber, es tut nichts zur Sache, weshalb.« Sie wirkte plötzlich kühl.

»Vielleicht können Sie uns andeutungsweise etwas dazu sagen.«

»Was soll ich sagen? Das Übliche halt. Man lebt sich auseinander, hat auf einmal eigene Interessen.« Sie rang nach einer Formulierung. »Und dann hat er sich vor zwei oder drei Jahren wohl auf etwas eingelassen, das er in letzter Zeit bereut hat.«

Linkohr und Kerstin spürten, dass sie einer wichtigen Sache auf der Spur waren. Doch beide hatten sie gelernt, sich dies nicht anmerken zu lassen.

Die junge Beamtin, deren Vorgehen Linkohr von Minute zu Minute mehr faszinierte, lehnte sich zurück und fragte vorsichtig: »Was war es denn, was er bereut hat?«

Linkohr legte seinen Kugelschreiber weg. In solchen Momenten war es nicht angeraten, etwas aufzuschreiben.

»Er hat sich da wohl an einem Projekt beteiligt … und wurde in etwas hineingezogen.«

»Ja?«, zeigte sich Kerstin interessiert. Linkohr entschied, das Gespräch von Frau zu Frau laufen zu lassen.

»Er hat sich anfangs sehr viel davon versprochen. Viel Geld, verstehen Sie. Aber zuletzt ist ihm alles irgendwie zu heiß geworden.« Frau Fallheimer stockte. »Es gibt da nämlich eine Forschungsgesellschaft, wenn ich das mal so nennen darf.« Sie wartete auf eine Reaktion ihrer beiden Zuhörer, die ihr nur aufmunternd zunickten.

»Johannes hat sich mehr oder weniger dazu überreden lassen.« Wieder musterte sie die beiden Kriminalisten, um langsam fortzufahren: »Jetzt hatte er sich wohl vorgenommen, aus der Sache auszusteigen.«

Linkohr wollte endlich Konkretes hören: »Aus der Sache?«, echote er deshalb. »Wie muss man sich diese Sache vorstellen?« Kerstin zuckte mit einer Wange. Vermutlich hätte sie der Frau noch mehr Zeit zum Überlegen gelassen.

»Da gibt es eine Gruppe von Ärzten und Wissenschaftlern, die sich mit Gen- und Stammzellenforschung befasst. So genau weiß ich es nicht. Johannes hat immer ein Geheimnis darum gemacht. Einmal hat er gesagt …« Sigrid Fallheimer tat sich offenbar schwer, weitere Interna preiszugeben. »… dass sie einen Rohstoff entwickeln wollen, mit dem sich künstliches Leben herstellen ließe.«

Linkohr versuchte, das Gehörte einzuordnen. Waren es Verrückte, die da in irgendwelchen Hinterhof-Laboratorien bastelten? Oder war's einfach Science-Fiction? Schlagartig kam ihm einer der ersten Fälle in Erinnerung, die er mit seinem großen Vorbild, dem Göppinger Hauptkommissar August Häberle, hatte bearbeiten dürfen. Damals war's um die Relativitätstheorie gegangen und letztlich um einen großen Trugschluss.

Kerstin, die von den damaligen Ermittlungen natürlich nichts wissen konnte, griff Frau Fallheimers Schilderungen vorsichtig auf. »Dass dies weltweit versucht wird, ist kein Geheimnis«, gab sie sich wissend. »Biologen und Biotechniker sind stark daran interessiert, zu erfahren, wie das Leben funktioniert.«

»Ich bin zwar Krankenschwester, müssen Sie wissen – aber ich versteh nur am Rande etwas davon. Allerdings weiß ich, dass man für diese Art von … Experimenten oder Forschung … – nennen Sie es, wie Sie wollen – reine Stammzellen benötigt.«

»Reine Stammzellen? Wie muss man das verstehen?«, hakte Kerstin nach.

»Hm, es ist wohl so, dass Stammzellen, die man aus dem Knochenmark erwachsener Menschen gewinnt, nur ein eingeschränktes Potenzial aufweisen, sich in andere Körperzellen umzuwandeln. Fragen Sie mich jetzt bitte nicht, warum dies so ist. Jedenfalls lassen sich Stammzellen, aus denen sich andere Organe entwickeln lassen, nur aus reinstem Blut gewinnen, wie man es unmittelbar nach der Geburt eines Kindes in der Nabelschnur vorfindet.«

Durch Linkohrs Gehirn zuckten Erinnerungsblitze. War heute nicht schon einige Male die Gynäkologie angesprochen worden? Fallheimer war dort Oberarzt gewesen, wenn er sich richtig entsann.

Auch Kerstin schien sofort diese Verbindung erkannt zu haben. »Und wie ist nun Herr Fallheimer in diese Angelegenheit involviert gewesen?«, hakte sie zurückhaltend nach.

»Er hat sich in letzter Zeit dauernd Vorwürfe gemacht«, erklärte die Frau. »Erst vor ein paar Wochen, als wir uns zuletzt gesehen haben, hat er so etwas angedeutet. Offenbar stand er unter einem gewissen Druck, so ein Nabelschnurblut zu besorgen.«

»Ach?«, konnte Linkohr sein Staunen nicht unterdrücken. Beinahe wäre ihm sein Lieblingsspruch, den er ansonsten stets im Zustande allerhöchster Verwunderung zu benutzen pflegte, über die Lippen gekommen. Aber jetzt zu sagen ›Da haut's dir's Blech weg‹, wäre wohl völlig unpassend gewesen.

Kerstin blieb gelassen, vermutlich genau so, wie man es ihr auf der Fachhochschule beigebracht hatte. »Und so hat Herr Fallheimer das Nabelschnurblut in der Klinik abgezweigt?« Linkohr nahm die feinen Formulierungen zur Kenntnis. Abgezweigt hatte sie gesagt, nicht gestohlen.

»Ich nehm das mal an. Wirklich deutlich gesagt hat er's aber nicht. Die Sache hat ihn ziemlich mitgenommen.«

»Ist es denkbar, dass auch diese Anja Kastel davon wusste?«, gab Linkohr zu bedenken.

»Anja?« Die Frau schien mit dieser Frage aus dem Konzept zu kommen, worüber sich Kerstin insgeheim ärgerte. »Ob Anja davon gewusst hat, weiß ich nicht. Vielleicht hat er sich ihr anvertraut. Denkbar wäre das. Obwohl Johannes eher ein introvertierter Typ war. Wenn ich das rückblickend betrachte, war ich wohl die einzige Person, mit der er so persönliche Dinge bereden konnte.«

»Und wer zählt nun zum Kreis dieser Forschungsgesellschaft?«, bohrte Linkohr weiter.

»Wer genau dabei ist, kann ich Ihnen nicht im Einzelnen sagen. Ich weiß nur, dass ein Arztkollege von ihm eine wichtige Rolle dabei spielt.«

»Dürfen wir erfahren, wer das ist?«

»Glauben Sie denn, dass dies alles mit dem Unfall zusammenhängen könnte?« Sie zögerte. »Es war doch ein Unfall, oder?«

»Davon müssen wir nach Lage der Dinge ausgehen«, erklärte Linkohr eine Spur zu sachlich, wie er selbst es empfand. »Trotzdem sollten wir uns das Umfeld etwas genauer ansehen.«

Kerstin unterstützte ihn charmant: »Unsere Aufgabe ist es, auch die Hintergründe zu beleuchten.«

»Nun, Johannes wollte nicht, dass dies alles an die Öffentlichkeit kommt. Sie wissen sicher selbst, dass Deutschland bei diesen Dingen zu den restriktivsten Ländern der Welt überhaupt zählt – obwohl es damit in einem wichtigen Forschungsgebiet ins Hintertreffen gerät, wie

Johannes es mal formuliert hat. Denn zu glauben, ein einziges Land könnte in einer globalisierten Welt etwas verhindern, worin Wissenschaftler eine Herausforderung sehen, ist natürlich engstirnig und provinziell gedacht. In den USA und in Spanien sieht das ganz anders aus.« Ihr Gesicht verzog sich zu einem mitleidigen Lächeln. »Der Einzige, den ich aus Johannes Erzählungen kenne, ist sein Kollege Elmar Brugger.«

Linkohr notierte sich den Namen. »Wissen Sie, wo wir ihn erreichen?«

»Derzeit wohl gar nicht. Er gönnt sich eine Auszeit auf Gran Canaria.«

»Ach. Das wissen Sie?«

»Ja, das ist kein Geheimnis. Seine Frau hat's mir erzählt.«

»Und wo finden wir seine Frau?«

»Die dürfte daheim sein – in Merklingen. Ich kann Ihnen die Adresse geben.« Frau Fallheimer stand auf und holte aus dem Schubfach eines Glasschranks ein Notizbuch, um Straße, Hausnummer und Telefonnummer vorzulesen.

Kerstin konnte sich eine Frage nicht verkneifen: »Sie haben sich Adresse und Telefonnummer notiert?«

»Ja. Brunhilde – also seine Frau – und ich haben uns vor geraumer Zeit kennengelernt. Wir telefonieren manchmal miteinander – oder wir treffen uns.«

»Wann haben Sie denn zuletzt miteinander gesprochen?«, wollte Linkohr wissen.

»Ist das so wichtig?«

»Was wichtig ist oder nicht, weiß man meist erst, wenn man alles weiß.« Er musste sich eingestehen, dass dies nicht gerade eine intelligente Begründung war.

»Wir haben uns erst vorhin gesehen. Als Sie angerufen haben.«

Jetzt hatte Linkohr Mühe, seinen Allerweltsspruch zu unterdrücken.

30

Schmittke stellte einigermaßen zerknirscht fest, dass der Fall größere Kreise zog. Ihn auf kleiner Flamme zu kochen, war angesichts der bekannt gewordenen Umstände wohl kaum mehr möglich. Watzlaff hatte ihm soeben das Laborergebnis von der Untersuchung des Ford Fiesta von Max Frenzel vorgelegt und dabei erneut angedeutet, dass sich offenbar eine Merkwürdigkeit an die nächste reihte. »Lesen Sie sich das mal durch«, empfahl er dem örtlichen Kripo-Chef und drückte ihm eine ausgedruckte E-Mail in die Hand. »Kunststofffasern, jede Menge Kunststofffasern auf dem Fahrersitz.«

Schmittke überflog wortlos, was die Spurensicherung gefunden und die Kriminaltechniker daraus analysiert hatten.

Watzlaff zog den Besucherstuhl heran und setzte sich vor den Schreibtisch des Kriminalisten. »Mich würd interessieren, womit der Fahrer bekleidet war.«

»Habt ihr den Frenzel schon danach gefragt?«, blieb Schmittke sachlich.

»Wann denn?«, konterte Watzlaff. »Das Ergebnis ist gerade erst eingetroffen. »Ich hab nur gedacht, vielleicht ist das für euch von Interesse … , könnte ja sein.«

Schmittke runzelte die Stirn. »Vergessen Sie nicht, dass es eine Unfallflucht ist. Eine schreckliche zwar, aber nichts weiter sonst.«

»Baldachin hegt gewisse Zweifel«, bemerkte Watzlaff und tat so, als ob ihn die Einschätzung des Direktionsleiters nichts anginge. Er wartete auf eine Reaktion Schmittkes, der sich jedoch nichts anmerken ließ.

»Wenn ihr mir sagt, womit die Zweifel begründet sind – die Obduktionsergebnisse jedenfalls können es nicht sein –, dann hol ich Häberle.«

Zeit wär's, dachte Watzlaff. Und es würde gewiss nicht mehr lange dauern. Denn Direktionschef Baldachin hatte bereits angedeutet, er würde dies mit dem kreisweiten Leiter der Kriminalpolizei, Thomas Kurz, noch heute Abend besprechen. Auch der neue Landrat Eduard Fuchs hatte offensichtlich im Laufe des Tages darauf gedrängt, die beiden Todesfälle sauber aufzuarbeiten.

»Wenn ich mir überlege«, gab sich Watzlaff hartnäckig, »dass man in Frenzels Fiesta nicht nur seltsame Kunststofffasern gefunden hat, sondern auch Rückstände von allerlei Schminke, dann könnte man daraus gewisse Schlüsse ziehen – insbesondere, wenn man weiß, dass das Auto in der Samstagnacht an Fasching gestohlen und benutzt wurde.«

»Entschuldigung, das kann ich nicht nachvollziehen. Das kann doch auf alles Mögliche hindeuten. In so einer Nacht benutzen nicht nur Frauen Schminke.«

»Eben. Genau dies ist der Punkt, Herr Kollege.«

Schmittke wollte sich nicht die Blöße geben, Watzlaffs Gedankenspielen nur schwerlich folgen zu können. Er entschied sich für eine diplomatische Antwort: »Noch bewegen wir uns im Bereich der Spekulationen – sozusagen auf dünnem Eis. Und, glauben Sie mir, Herr Watzlaff, die hohen Herren, die sich so gern wichtig machen, rennen ganz schnell davon und wechseln die Fronten, wenn sich herausstellen sollte, dass wir mit riesigem Aufwand einem Phantom nachgejagt sind.«

Jetzt wollte Watzlaff nicht widersprechen. Er war lange genug in diesem Job, um zu wissen, nach welchen Gesetzmäßigkeiten sich die Obrigkeit orientierte. Ging etwas schief, wurde ein Bauernopfer gesucht, das man der Öffentlichkeit zum Schlachten vorführen konnte. Erstmals bewunderte Watzlaff die Standfestigkeit Schmittkes. »Wir werden Linkohrs Ermittlungsergebnisse abwarten und morgen früh entscheiden«, stellte er klar.

»Okay«, entfuhr es Watzlaff wie ein Seufzer. »Aber ich empfehl euch dringend, diesen Max Frenzel zu überprüfen.«

»Sie dürfen mir glauben, Herr Kollege, dass wir nichts unversucht lassen werden – auch, was diesen jungen Mann anbelangt.« Er zögerte. »Oder gibt es noch etwas, das wir wissen sollten?«

Es klang überheblich, empfand Watzlaff und wollte bereits wieder den Raum verlassen. Dennoch entschied er sich zu einem Hinweis: »Fragt halt den jungen Mann mal, was eine Zehn-Rappen-Münze unterm Beifahrersitz zu suchen hat.«

Schmittke blickte dem uniformierten Kollegen irritiert nach. Eine Schweizer Geldmünze unterm Beifahrersitz?

31

Die Fahrt mit dem Shuttlebus vom Flughafen zum RIU Palace Maspalomas hatte länger gedauert als erwartet. Nahezu 50 Minuten waren Melanie und Caroline unterwegs gewesen, weil zunächst ein halbes Dutzend anderer Hotels angesteuert werden musste. Dann jedoch waren sie endlich vor dem Gebäude angekommen, das aus zwei Hälften bestand, die beidseits des großzügigen Eingangsbereichs einen sanften Bogen beschrieben und einen Teil der Zufahrt architektonisch einfassten. Das Portal, das beide Bereiche miteinander verband, war ab dem zweiten Obergeschoss überbaut und bei genauem Betrachten eigentlich der öffentliche Zugang zu den Dünen. Dieser asphaltierte Fahrweg durchschnitt zwar den Hotelgarten, doch war dies mit einer Brücke und verschiedenen Gestaltungselementen genial kaschiert worden.

Die beiden Frauen nahmen ihre Koffer entgegen, die ihnen der Busfahrer aus dem unteren Gepäckfach herausgeholt hatte, und zogen sie zu dem mit Marmorfliesen gestalteten Bereich des Portals. Dort kam ihnen ein uniformierter Kofferträger entgegen, der sie überschwänglich begrüßte und die schweren Gepäckstücke in den rechten Hotelflügel brachte. Dann deutete er mit einer Handbewegung zur Rezeption, wo ihnen bereits ein Spanier zugrinste, dessen Namensschild am Revers des schwarzen Jacketts ihn als Señor Alvarez auswies.

»Herzlich willkommen, die Damen auf Gran Canaria«, rief er ihnen mit stark spanischem Akzent entgegen.

Die beiden Frauen, von der langen Busfahrt in frühlingshafter Hitze leicht erschöpft, erwiderten den Gruß mit einem knappen »Hallo« und legten ihre Pässe und die Hotelvoucher auf den Tresen. Während der Mann die Dokumente sorgfältig prüfte, sahen sich die Frauen um, denn Melanie hatte bereits von unterwegs vergeblich versucht, Elmar telefonisch zu erreichen. Zwar war ein Ruf auf sein Handy abgegangen, aber weder er noch die Mailbox hatten sich gemeldet. Anderseits kannte Elmar die Ankunftszeit des Flugzeugs und hätte sich ausrechnen können, wann in etwa der Bus eintreffen würde. Immerhin hatte er vor einigen Tagen versprochen, sie sofort an der Rezeption zu empfangen. Im Moment war er allerdings weit und breit nicht zu sehen. In dem in Goldfarben gehaltenen Foyer hielten sich zwar mehrere Personen auf, doch der Gesuchte war nirgendwo zu entdecken.

»Die Damen bleiben acht Tage«, stellte der Hotelangestellte beim Blick auf seinen Computerbildschirm fest. »Ihr Wunschzimmer ist reserviert.«

Caroline staunte. »Wunschzimmer?«

»Ja, Wunschzimmer. Nummer 3054. Hat Señor Brugger bestellt.« Er lächelte dezent. »Ist gleich neben ihm.«

Die beiden Frauen sahen sich verwundert an.

»Sehr schönes Zimmer, übrigens. Dritter Stock, Blick auf Meer«, schwärmte der Spa2nier und tippte irgendwelche Daten in seine Computertastatur. »Er hat gleich zweiten Essenstermin gebucht. 20 Uhr.« Die Frauen wussten, was gemeint war: Einige Touristenhotels boten für ihre Halbpensionsgäste das Abendessen in zwei Schichten – meist um 18 Uhr, wofür sich erfahrungsgemäß die Rentner entschieden, und um 20 Uhr für jene, die entweder tagsüber Ausflüge machten oder später als Nachtschwärmer durch Discos und Bars zogen.

Der Mann legte zwei Hotelschlüssel auf den Tresen. »Für jede von Ihnen eine Schlüssel«, sagte er und ließ mit dem fehlenden ›n‹ erkennen, dass er die deutsche Sprache nicht perfekt beherrschte. »Koffer werde inne Zimmer gebracht.« Er lächelte charmant und wünschte »den Señoras« einen angenehmen Aufenthalt.

»Oh, beinahe hätte ich es vergesse«, hielt er sie vom sofortigen Weggehen ab. Er drehte sich um und griff in eines der Ablagefächer. »Es ist eine Brief für Sie gekomme.« Der Spanier legte ein weißes Kuvert auf den Tresen, das den Absender und das Logo des Hotels trug. Handschriftlich waren die Namen der beiden Frauen vermerkt. Nachdem sie kurz zögerten und zunächst keine von ihnen es an sich nehmen und öffnen wollte, erklärte der Mann: »Wurde heute Nacht hier meine Kollege abgegebe.« Dann widmete er sich wieder seiner Arbeit, um nicht indiskret zu wirken.

Melanie hatte das Kuvert schließlich an sich genommen und schlug ihrer Freundin vor, zu einer der gepolsterten Sitzgruppen zu gehen, die abseits der Rezeption etwas erhöht standen. Sie setzten sich, zogen ihre kurzen Kleidchen lang und fühlten sich plötzlich wie auf dem Präsentierteller. Die wenigen Personen, die zwischen Gepäckwagen auf ein Taxi oder einen Shuttlebus warteten, musterten sie mehr oder weniger unauffällig.

Während Caroline dies beobachtete und angestrengt nach einem bekannten Gesicht Ausschau hielt, riss Melanie das Kuvert auf. Heraus kam ein weißes Blatt Papier, das nur vier handschriftliche Zeilen trug.

Liebe Caroline, liebe Melanie, herzlich willkommen auf Gran Canaria. Seid bitte nicht enttäuscht, dass ich Euch nicht persönlich begrüßen kann. Aber es haben sich ein paar Probleme ergeben. Ich melde mich, sobald ich kann. Ruft mich bitte nicht an. Lieben Gruß, Elmar.

Sie hatten beide den Text still für sich gelesen und vermochten keine Erklärung zu finden. Für einen Augenblick mischte sich maßlose Enttäuschung mit einem Gefühl des Zorns über ihre eigene Blauäugigkeit. Sie hatten sich eine aufregende Woche versprochen, obwohl sie nicht hätten sagen können, von welchen Vorstellungen sie ausgegangen waren. Und nun saßen sie da wie bestellt und nicht abgeholt.

Melanie faltete das Papier wieder zusammen und steckte es in das Kuvert zurück. »Na gut, dann eben nicht«, meinte sie energisch und überspielte damit ihre Enttäuschung. »Wenn der Herr Doktor plötzlich Schiss gekriegt hat.«

Caroline sah ihre Freundin kritisch von der Seite an. »Du meinst …?« Sie wollte nicht aussprechen, was sie gerade dachte.

32

Linkohr und Kerstin hatten sich auf der Fahrt von Ulm nach Merklingen ausgiebig über das Gespräch mit Frau Fallheimer unterhalten, wenngleich der junge Kriminalist das Gespräch viel lieber in eine andere Richtung gelenkt hätte. Kerstin war wirklich sympathisch und sah überdies auch noch gut aus, dachte er, während er auf der A8 zwischen Ulm-West und Merklingen den weißen Kripo-Golf voll beschleunigte, jedoch auf der Überholspur immer wieder dem schnelleren Verkehr von hinten Platz machen und sich in die endlose Kolonne der LKW einfädeln musste.

Die Hochfläche der Schwäbischen Alb war an diesem frühen Montagabend eingenebelt. Sichtweite maximal 150 Meter. Die Schlusslichter der Fahrzeuge verschwammen irgendwo in der Dunkelheit.

»Wie lange bist du eigentlich noch bei uns?«, nutzte er eine kurze Gesprächspause und warf einen Blick zu ihr hinüber.

»Noch zwei Monate«, sagte sie – und Linkohr glaubte am Klang ihrer Stimme zu erkennen, dass sie diese Zeit genießen wollte. Aber wahrscheinlich, so verwarf er diese Vermutung wieder, interpretierte er viel zu viel hinein. Privat unterliefen ihm in solchen Momenten oft genug all jene Fehler, die man sich als Kriminalist niemals leisten durfte: Dass man in Erwartung eines Geschehens aus allen Indizien jene Schlüsse zog, die in das vorgefasste Meinungskonzept passten.

»Dann könnten wir ja in diesem Frühling«, erwiderte er langsam und vorsichtig, »sicher noch einiges erleben.« Was er damit meinte, ließ er bewusst offen.

»Ha«, kam es keck zurück, »du meinst, vielleicht wird die Sache hier unser ganz großer Fall.«

»Das auch, aber das Leben besteht ja glücklicherweise nicht nur aus Ganoven.«

Er glaubte, in der Dunkelheit auf ihrem Gesicht ein Lächeln zu erkennen. Oder war das wieder Wunschdenken?

»Wo hast du bisher Dienst gemacht?«, wurde er wieder ernsthafter, um nicht als aufdringlich zu gelten.

»Bad Waldsee. Oberschwaben. Sag jetzt bitte nicht, das sei beschaulich und weitab vom Schuss.«

»Sag ich gar nicht. Manche meinen, dieses Geislingen sei irgendeine unbedeutende Provinzstadt an der Alb. Ich sag dir: Nicht auf die Lage kommt's heutzutage an, sondern auf das Umfeld.«

»Genau wie bei den Menschen«, erwiderte die junge Frau vielsagend, was Linkohr sofort zu der Überlegung veranlasste, ob sie seine Sympathie-Bekundungen verstanden hatte.

»Und wo kommst du tatsächlich her?«

»Aus Owingen. Kleines, aber idyllisches Nest unweit vom Bodensee, bei Überlingen. Vielleicht hast du davon gehört. Dort ist dieses schreckliche Flugzeugunglück passiert, dieser Zusammenstoß in der Luft.«

Linkohr konnte sich entsinnen. Im Juli 2002 war das gewesen. Er setzte den Blinker und verließ die Autobahn an der Anschlussstelle Merklingen. Im Nebel tauchten die Lichtreklamen von McDonald's und all der anderen Firmen auf, die sich vorzugsweise an Autobahnen ansiedelten. Ein Reklameschild verwies auf Europas angeblich schönste Modelleisenbahnshow.

Als Linkohr in Ulm vor der Abfahrt bei Brunhilde Brugger in Merklingen angerufen hatte, um sich zu vergewissern, dass sie daheim sein würde, hatte er sich schildern lassen, wie der Johannes-Lohrmann-Weg, in dem sie wohnte, zu erreichen war.

»Die war ziemlich verunsichert«, brachte der Jungkriminalist nach kurzem Schweigen die eigentliche Hauptperson ins Gespräch und ertappte sich dabei, einen

Gedankensprung unternommen zu haben. Er durfte sich von Kerstin nicht ablenken lassen, sondern musste sich auf seine Aufgabe konzentrieren.

»Verunsichert wäre ich auch, wenn bei mir plötzlich die Kripo anrufen würde«, gab Kerstin zu bedenken. »Schließlich hat sie ja weder mit Fallheimer noch mit dieser Anja was zu tun. Und was ihr Mann so treibt – mein Gott, Mike, du weißt doch selbst, dass ein Mann manches tut, worüber er am liebsten schweigt.«

»Meinst du?« Er bog von der Ortsdurchfahrt rechts in ein Neubaugebiet ein.

»Jetzt tu doch nicht so! Meinst du, ich hätt nicht bemerkt, wie die Kollegen über dich reden?«

»Alles Geschwätz. Glaub nicht mal die Hälfte davon. Wahr ist nur, dass ich mit meinen Beziehungen bisher immer Pech hatte.«

»Aber das wohl in rascher Folge«, stellte Kerstin spitz fest.

»So was kann sich ganz schnell ändern«, erwiderte er und warf ihr einen lächelnden Seitenblick zu, den sie vermutlich nicht bemerkte.

Die angegebene Adresse gehörte zu einem schmucken Einfamilienhaus, das sich stilvoll in die Wohnsiedlung einfügte. Entlang der Straße war Schnee angehäuft, den die Räumfahrzeuge hinterlassen hatten.

Linkohr hatte Mühe, eine Abstellfläche für den Golf zu finden. Sie mussten deshalb knapp hundert Meter zu Fuß zum Haus zurücklegen. Es war eisig kalt und Linkohr wünschte sich für einen Moment den Frühling herbei, wenn die Mädchen nicht mehr so dick eingemummt daherkamen wie Kerstin vor ihm.

Brunhilde Brugger führte die beiden Kriminalisten

durch eine kleine Diele zu einem dezent beleuchteten Wohnzimmer, das in sachlich-schlichtem Stil eingerichtet war, ganz in hellen Farben gehalten. Eine Regalwand mit integrierten Schränken ließ klare Linien erkennen, die gepolsterte Eckgruppe erschien Linkohr, als sei sie eher fürs Auge designt worden denn zum gemütlichen Sitzen. Auf ihr bot ihnen Frau Brugger Plätze an, während sie sich selbst einigermaßen ermattet, wie Kerstin dachte, in den einzigen Sessel fallen ließ. »Um ehrlich zu sein, ich bin etwas überrascht, dass Sie ausgerechnet zu mir kommen«, ergriff sie selbstbewusst die Initiative zum Gespräch. Sie schlug ihre Beine übereinander, die Linkohr für einen Moment gern ohne die langen Jeans gesehen hätte. Gleichzeitig erschrak er, dass ihm ausgerechnet jetzt solche Gedanken durch den Kopf jagten, wo er doch gerade zwischen Kerstin und seinem jüngsten Schwarm Jenny hin und hergerissen war. Nein, entschied er, es galt, sich hier auf den Job zu konzentrieren. »Meine Kollegin und ich sind nur routinemäßig unterwegs«, log er überzeugend. »Wir suchen alle Personen auf, die mit Herrn Dr. Fallheimer zu tun hatten. Deshalb …«, er lächelte charmant, »… deshalb hätten wir uns lieber mit Ihrem Mann unterhalten, aber …«, wieder stockte er kurz, »… ich unterhalte mich natürlich auch gerne mit Ihnen.«

»Wenn's denn was hilft«, sagte Brunhilde Brugger und es klang schnippisch. »Ich befürchte aber, dass ich Ihnen nicht viel weiterhelfen kann.« Sie sah zu Kerstin, die ihre Blicke durch das Wohnzimmer schweifen ließ und in einem der Bücherregale jede Menge Literatur zu physikalischen Themen entdeckte. Ein weiteres hingegen war mit historischen Bänden beladen, meist deutsche Geschichte, wie Kerstin aus der Entfernung entziffern konnte.

»Ihr Mann«, fuhr Linkohr fort, »der kommt erst wieder zum Wochenende zurück, haben Sie gesagt. Ich nehm an, man kann ihn telefonisch erreichen.«

»Kann man, natürlich. Sofern er an das Handy rangeht oder es eingeschaltet hat. Beides allerdings muss nicht unbedingt zutreffen.«

Linkohr und Kerstin glaubten, einen leicht abwertenden Unterton herausgehört zu haben. Ihre kühle Distanz ließ nicht gerade auf ein harmonisches Eheleben schließen.

Linkohr bat um die Handynummer und bekam sie auf einer Visitenkarte ausgehändigt, die Frau Brugger aus einem kleinen Schubfach geholt hatte. »Da können Sie ihn anrufen.« Linkohr besah sich die Karte und steckte sie in eine der vielen Taschen seiner aufgeknöpften Jacke.

Kerstin, die erst kürzlich in der Polizeischule gelernt hatte, sich eine Wohnung genau anzusehen, weil daraus viele Rückschlüsse auf die Personen zu ziehen waren, vermisste einen Bildschirm. Es gab zwar eine Stereo-Anlage, aber offenbar keinen Fernseher. Stattdessen waren dort, wo die schlichte Regalwand Platz für ein Gerät gelassen hätte, mehrere dicke Bildbände aneinandergereiht, mit überwiegend Kulturhistorischem aus Italien oder offenbar Ansichten einiger bergiger Seenlandschaften. An der Stirnseite des Zimmers hingen drei abstrakte Gemälde, die wie in einer Galerie an feinen Metalldrähten befestigt waren. Leicht austauschbar, dachte Kerstin. Eine geniale Idee, dann brauchten nicht jedes Mal neue Nägel in die Wand geschlagen zu werden.

»Vielleicht können Sie uns weiterhelfen«, kam Linkohr zur Sache. »Frau Fallheimer hat uns berichtet, dass es da wohl eine Forschungsgesellschaft gibt, über die Sie möglicherweise mehr wüssten …«

»Forschungsgesellschaft«, wiederholte Frau Brugger, »ist das nicht ein bisschen weit gegriffen? Da basteln ein paar Ärzte an einer Sache rum und glauben, damit den Nobelpreis zu kriegen.«

Linkohr zögerte. Der Frau war nicht anzumerken, ob sie ihre Bemerkung ernst gemeint hatte oder ob es eine ironische Feststellung war. »Darf man erfahren, was das genau ist?«

»Mal ganz langsam«, stoppte sie den plötzlich aufkommenden Tatendrang des Jungkriminalisten. »Geht's jetzt um Ermittlungen wegen irgendwelcher illegaler Forschung – oder um eine Unfallflucht mit Todesfolge?«

Kerstin fühlte sich gefordert. »Momentan geht's um den Versuch, bestätigt zu bekommen, dass Herr Fallheimer tatsächlich an den Folgen des Unfalls verstorben ist.«

»Und woran, bittschön, soll er denn sonst gestorben sein?«

»Wir haben keinerlei Grund anzunehmen, dass es etwas anderes war«, beruhigte Kerstin. »Aber Sie können sich denken, dass angesichts zweier Todesfälle in derselben Nacht nichts ungeklärt im Raum stehen bleiben darf.« Kaum hatte sie es gesagt, fragte sie sich, ob Frau Brugger von Anjas Tod wissen konnte. Den Medien war nichts davon mitgeteilt worden, weil bei ihr weder ein Unfall noch ein Fremdverschulden vorlag. Allerdings bestand natürlich die Möglichkeit, dass sie im Laufe des Tages von Bekannten ihres Mannes aus der Klinik angerufen worden war – oder in den vergangenen 20 Minuten, während sie auf der Fahrt waren, von Frau Fallheimer.

Doch nichts davon schien zuzutreffen. Brunhilde Brugger sah ihre Besucher nacheinander irritiert an. »Zwei Todesfälle?«, fragte sie schließlich ungläubig und schluckte. »Sagten Sie zwei?«

»Zwei, ja«, wiederholte Kerstin und bemerkte, wie der Körper der Frau unterm hochgeschlossenen Pullover leicht zu beben begann.

»Und wer ist der andere?«

»Eine Frau. Röntgenassistentin«, informierte Kerstin so einfühlsam wie nur möglich. »Anja Kastel.«

Frau Brugger bedeckte mit den flachen Händen ihren Mund und schwieg.

»Sie kennen Frau Kastel?«, fragte Linkohr ein paar Sekunden zu früh, wie Kerstin dachte.

Frau Brugger nickte stumm. Dann nahm sie wieder die Hände vom Mund und legte die Arme auf die gepolsterte Lehne. »Anja kennen viele.«

»Viele? Also war sie beliebt?«

»Beliebt – bei den Männern, ja. Beliebt und so kommunikativ.«

Kerstin verstand, was sich hinter dieser Bemerkung verbarg. Anja war wohl geschwätzig und über vieles informiert, was man unter Klatsch und Tratsch verstand.

»Kommunikativ«, wiederholte Kerstin wie zur Bekräftigung. »Sie haben sie also gekannt?«

»Ja, natürlich. Das ist nichts Besonderes, gar nichts. Es gibt Feste, an denen die Angehörigen von Ärzten und Krankenschwestern teilnehmen dürfen.«

»Unsere Fragen beziehen sich nicht auf Frau Kastel.«

Kerstin schaltete sich ein: »Und auch nicht auf das,

woran Ihr Mann und Herr Fallheimer geforscht haben – und ob das legal oder illegal war.«

»Wir wären nur daran interessiert zu erfahren, wer zu dieser Gruppe gehört«, ergänzte Linkohr.

Frau Brugger strich sich über die Haare, als wolle sie deren korrekten Sitz prüfen. »Vermuten Sie ein Komplott?«, fragte sie wieder kühl.

»Wir vermuten gar nichts. Uns wäre sehr viel daran gelegen, das gesamte Umfeld des Herrn Fallheimer aufarbeiten zu können. Nicht mehr und nicht weniger. Deshalb sind wir gekommen – um Sie zu bitten, uns dabei zu helfen.«

»Die Gruppe, wie Sie das beschreiben, gibt es so nicht.« Frau Brugger spürte, wie ihre Kopfschmerzen wieder zunahmen. »Das sind Forscher, Wissenschaftler, freie Tüftler, wenn man so sagen will. Alles Leute, die damit nicht in die Öffentlichkeit treten wollen. Deshalb bin auch ich nicht informiert, tut mir leid. Aber wenn Ihnen jemand weiterhelfen kann, dann mein Mann. Duldet das denn keinen Aufschub?«

»Wer forscht, braucht ein Labor. Wir haben Grund zu der Annahme, dass es so etwas gibt, möglicherweise ganz in der Nähe.« Sie sprach die Worte langsam und betont aus.

Linkohr überlegte, ob ihm in den vergangenen Stunden etwas entgangen war, gelangte jedoch zu der Überzeugung, dass Kerstin geschickt bluffte. Wahrscheinlich hatte sie erst kürzlich eine Vorlesung zur Vernehmungstaktik besucht.

Doch die Frau, so schien es ihm, wurde immer kühler. »Sie werden verstehen, dass ich mich ohne meinen Mann dazu nicht äußere. Tut mir leid. Und sollte dies ein Verhör sein, bitte ich, einen Anwalt hinzuziehen zu dürfen.«

Linkohr und Kerstin hatten mit dieser Reaktion nicht gerechnet. »Entschuldigen Sie«, versuchte Linkohr einzulenken, »aber Sie würden uns sehr helfen, wenn Sie …«

»Dann rufen Sie meinen Mann an«, unterbrach sie ihn energisch. »Sie haben seine Handynummer. Er wird Ihnen sagen, was es zu sagen gibt. Bitte halten Sie mich heraus. Vielleicht sollten Sie zur Kenntnis nehmen, dass ich eine Professur an der Universität in Ulm innehabe.«

Schlagartig musste Linkohr an sein großes Vorbild Häberle denken, der ihm einmal geraten hatte, sich von versteckten Drohungen vermeintlich hoher Amtsträger niemals beeindrucken zu lassen. Mit dieser Masche versuchten es meist jene Personen, die im Dunstkreis der jeweils regierenden Koalitionsparteien hochgespült worden waren – in der Hoffnung, die Partei werde es im Hintergrund schon wieder irgendwie hinbügeln. Insoweit, da war Linkohr längst auch Häberles Meinung, unterschied sich Deutschland in nichts mehr von Verhältnissen, die man früher eher in Südamerika oder in anderen Bananenrepubliken für möglich gehalten hatte.

Kerstin warf Linkohr einen Blick zu und holte ihn wieder aus seinen Gedanken zurück. Dann tat sie etwas, womit er nicht gerechnet hätte. »Entschuldigen Sie, Frau Brugger, aber kann ich mal zur Toilette?«

Die Angesprochene war offenbar genauso über die abrupte Unterbrechung des Gesprächs verwundert wie Linkohr. »Geradeaus, links«, wies sie den Weg, worauf Kerstin aus dem Raum ging und die Tür hinter sich einrasten ließ.

Linkohr wusste das Verhalten seiner Kollegin nicht zu deuten.

33

»Unser Freund Elmar macht sich in die Hose«, ärgerte sich zur gleichen Zeit auf Gran Canaria Harald Maronn, während er einige Lichtpunkte verfolgte, die weit draußen auf dem Meer vorbeizogen. »Ein Schisshase«, fügte er an und widmete sich wieder seinen Gästen, die seine Ausführungen schweigend verfolgt hatten.

Friedrich Hoyler und Edgar Fiedler, die ihm gegenübersaßen und ihren Cocktail beinahe ausgetrunken hatten, schwitzten – nicht nur der ungewöhnlichen Hitze wegen.

»Er hat aber keinen Anruf gekriegt?«, vergewisserte sich Fiedler, ein kleiner, behäbiger Mann mittleren Alters, der sein Geld in der Tourismusbranche gemacht hatte.

»Zumindest bestreitet er dies, ja«, bestätigte Maronn und trotzte der ernsten Lage mit einem breiten Grinsen. »Aber die Lust am Abenteuer ist ihm gründlich vergangen.«

»Dir muss klar sein …«, appellierte Hoyler, dessen schlanke und sportliche Statur in Verbindung mit dem Stoppelhaar-Kopf an die Manager heutiger Tage erinnerte, »… dass Edgar und ich mit all diesen Geschichten, die bei euch laufen, nichts zu tun haben wollen.«

»Keine Frage«, gab sich Maronn loyal und hob beide Hände, als wolle er dies mit einer Geste bekräftigen. »Wir werden uns auch nicht auseinanderdividieren lassen. Und hier unten kann uns sowieso keiner an den Karren fahren.«

»Da wäre ich mir nicht so sicher. Jedenfalls weiß diese

Dame, die da angerufen hat, ziemlich genau, wo sie uns erreichen kann.«

Hosenscheißer, dachte Maronn. Was war das für ein Kleingeist, der sich von einem einzigen Anruf irritieren ließ. Dort, wo es um viel Geld ging, musste man mit solchen Attacken rechnen.

»Du hast natürlich leicht reden«, ergänzte Hoyler, der sich als Stuttgarter Immobilienhändler auf kanarische Objekte spezialisiert hatte, »du hockst hier in der Sonne und wir müssen wieder zurück.«

»Es hindert euch niemand, ein paar Tage länger hierzubleiben. Oder hast du, Friedrich, gerade nichts Passendes hier, um dich niederzulassen?«

Fiedler grummelte dazwischen: »Mensch, Harry, red doch nicht daher.« Er war im Grunde seines Herzens nie so recht von dem gemeinsamen Vorhaben überzeugt gewesen. Letztlich hatte ihm sein alter Freund Harald Maronn die Investition schmackhaft gemacht. Besonders geschmeichelt fühlte sich Fiedler, dass er sich auf diese Weise im Umfeld von Ärzten sonnen konnte, was seinem angeschlagenen Selbstwertgefühl entsprang. Daheim im Touristikbetrieb stand er sich meist selbst im Wege und kompensierte seine Unsicherheit durch arrogantes und bisweilen unflätiges Benehmen gegenüber seinen Mitarbeitern. Dann konnte er sich wie ein Patriarch aus dem vorletzten Jahrhundert aufführen. Dass er sein Betriebsklima längst systematisch vergiftet hatte, viele Mitarbeiter, darunter überwiegend Frauen, psychisch erkrankten und kompetente Fachleute das Weite suchten, empfand er nicht als die Folge seines Auftretens, sondern fühlte sich in der Einschätzung bestätigt, dass ›alle nichts taugen‹, wie er sich auszudrücken pflegte. Hoyler und Maronn war der wahre Charakter ihres gemeinsamen Geschäftsfreundes nicht verborgen geblieben. Er galt unter ihnen als Soziopath und überdies als Prototyp eines Unternehmers, der sich vorgenommen hatte, seinen Betrieb sehenden Auges an die Wand zu fahren. Und Schuld würden eines Tages die anderen sein – denn nur er hatte das Recht auf die Wahrheit gepachtet. Wie einer, der als Geisterfahrer auf die Autobahn fuhr und sich über die vielen anderen beklagte, die ihm entgegenkamen und ihn am Fortkommen hinderten.

»Meinst du, ich könnt meinen Laden länger als eine Woche allein lassen?«, reagierte er auf Maronns Vorschlag, den Urlaub um ein paar Tage auszudehnen.

Hoyler grinste: »Deine Mitarbeiter würden's dir danken.«

Fiedler schwieg. Er war rhetorisch den anderen ohnehin nicht gewachsen.

»Junge«, entgegnete ihm Maronn. »Lass deine Mitarbeiter machen – je weniger du an denen herummäkelst, umso besser läuft dein Laden. Mag es ja einen gewissen Prozentsatz geben, der tatsächlich nur rumhängt und faulenzt, aber wenn du deretwegen deinen ganzen Laden gängelst und gegeneinander aufmischen willst, versaust du dir dein Betriebsklima und demotivierst den Rest der Belegschaft, sodass du unterm Strich mehr Miese machst, als wenn du versuchst, ein beliebter Chef zu sein. Du musst dich mal sozial geben. Wenigstens so tun als ob.« Maronn war jedoch klar, dass Fiedler seinen Worten gar nicht folgen konnte. Allein schon die Wortkombination »beliebter« und »Chef« schien ihm völlig abstrus zu sein.

Hoyler trank sein Glas leer und wischte sich mit dem Handrücken Schweiß von der Stirn. »Um auf unser Kernproblem zurückzukommen«, sagte er dann, »vielleicht hat Elmar mit seinem Abtauchen gar nicht mal so Unrecht.«

»Nun«, meinte Maronn spitzbübisch, »ich bin mir nicht mal so sicher, ob es da nicht noch andere Gründe gibt, um für ein paar Tage von der Bildfläche zu verschwinden.«

»Andere?«, staunte Hoyler, während Fiedler, in sich gesunken, neben ihm dem Gespräch lauschte und – wie Maronn es einschätzte – wieder neue Schikanen gegen seine Belegschaft ersann und wohl die Neueinstellung weiterer Controller in Erwägung zog, anstatt eigenen innovativen Gedanken Raum zu verschaffen.

»Nicht nur solche mit wackelndem Arsch«, gab sich Maronn ungewohnt offen. »Auch wenn er zwei Mädels herbestellt hat.« Er grinste. »Krankenschwestern sollen's sein, hat er mir erzählt.«

»Krankenschwestern? Aus seiner Klinik womöglich? Ist der noch bei Sinnen?«

Maronn zuckte mit den Schultern. »Muss er selbst wissen, was er tut.«

»Wie heißen die denn – hat er was gesagt?«

»Wieso interessiert dich das?« Maronn wurde misstrauisch.

»Für alle Fälle. Elmar taucht ab – und da hocken irgendwo zwei Mädels rum …«

»Um die du dich jetzt kümmern willst!«, keifte Fiedler dazwischen.

»Ach, hör auf«, ärgerte sich Hoyler. »Wir sollten wenigstens über alles informiert sein, was da läuft. Für alle Fälle.«

Maronn überlegte. »Die eine heißt Melanie, die andere Caroline. Ich kann mich nur an den Nachnamen von einer erinnern. Sauer. Sauer – ja, das hab ich mir gemerkt.«

Fiedler wurde wieder aktiver und wandte sich an Hoyler: »Hab ich das richtig in Erinnerung? Du hast Elmar hier mal was vermittelt, oder?«

Hoyler lehnte sich aufrecht zurück und setzte eine Unschuldsmiene auf. »Nicht ich, mein lieber Freund. Nicht ich. Er hat mich mal gefragt, wie das mit dem Kauf einer Ferienwohnung oder eines Appartements auf den Kanaren funktioniert. Vermittelt hab ich ihm gar nichts. Das dürft ihr mir glauben.« Er wollte Fiedler mit ins Gespräch einbeziehen, doch träumte der gerade von Abhöranlagen, versteckten Videokameras oder neuen Zeiterfassungssystemen, die bei der An- oder Abwesenheit seiner Mitarbeiter die Hundertstelsekunden registrierten. Jedenfalls nickte Fiedler nur abwesend.

»Er will sich jedenfalls hier mit irgendeinem Spanier treffen, der ihn über den Tisch gezogen hat«, fuhr Maronn fort.

Hoyler grinste. »Da wünsch ich ihm von hier aus schon mal viel Erfolg.«

»Hat er dich denn nicht um Hilfe gebeten?«, staunte Maronn.

»Keinen Ton hat er gesagt. Nicht einen. Aber ich will mich da auch nicht einmischen.«

»Vielleicht will er auch Fallheimers Tochter Lena treffen, die in Spanien studiert.«

»Wenn er sich da nur mal nicht die Finger verbrennt«, kommentierte Fiedler plötzlich, als habe er den Inhalt des

Gesprächs verfolgt. »Man darf keine Schwäche zeigen, sondern muss immer Herr der Lage sein.«

Hoyler konnte sich eine spöttische Bemerkung nicht verkneifen: »So wie du in deinem Betrieb, stimmt's?«

34

Kerstin war zwar zur Toilette gegangen und hatte dort hörbar kurz die Tür geöffnet, doch sie wollte das Zeitfenster, das sie sich geschaffen hatte, anderweitig nutzen. Sie hoffte inständig, dass Linkohr wusste, was nun zu tun war – nämlich die Dame des Hauses hinzuhalten und abzulenken. Natürlich würde das, was sie jetzt tat, nicht ganz gesetzeskonform sein, aber im Interesse der Sache wollte sie es verantworten. Dass sie damit ihre gesamte Karriere gefährden konnte, daran dachte sie in der Euphorie des Ermittelns nicht. Sie öffnete eine der Türen, die von der Diele abgingen, so vorsichtig sie nur konnte und blickte im Schein des hineinfallenden Lichtes in eine geräumige Küche, in der die Fronten der Schubfächer und Schränke in bläulichem Dunkelgrau gehalten waren. Es gab, soweit sie dies überblicken konnte, kein schmutziges Geschirr und auch sonst keine unordentlich herumstehenden Gegenstände. Nichts, woraus man kriminalistische Schlüsse ziehen konnte. Die junge Polizistin schloss die Tür wieder lautlos und ging zur nächsten.

Sie öffnete sie zaghaft und verharrte. Denn bereits durch den schmalen Schlitz, der sich zwischen Tür und Rahmen auftat, fiel ein matter Lichtschein. Kerstin zögerte für den Bruchteil einer Sekunde, war sich jedoch im Klaren, dass es kein Zurück mehr geben konnte. Sie öffnete die Tür vollends und war innerlich aufs Schlimmste gewappnet. Doch die befürchtete Attacke blieb aus. In ihrem Blickwinkel saß eine Frau, zusammengekauert und ängstlich von irgendwelchen Prospekten aufblickend, in denen sie im Schein einer Stehlampe offenbar geblättert hatte.

Kerstin ließ die Tür angelehnt und lächelte freundlich. »Entschuldigen Sie«, sagte sie mit gedämpfter Stimme und zog ihren Dienstausweis aus der Hosentasche. »Kriminalpolizei«, verlieh sie dem Dokument zusätzlichen Nachdruck. »Darf ich fragen, wer Sie sind?« Kerstin wollte keine Zeit verlieren. Länger als fünf Minuten konnte sie nicht fehlen.

»Muss ich das?«, fragte die Angesprochene irritiert zurück und schlug die Broschüre zu, in der sie geblättert hatte. Kerstin erkannte an der blauen Farbe des Titels, dass es ein Prospekt des Reiseveranstalters TUI war. Auf dem Tisch lagen Faltblätter, auf denen ein Fährschiff mit der Aufschrift ›Fred Olsen‹ abgebildet war.

Kerstin rang nach logischen Formulierungen, mit denen sie hektisch ihr plötzliches Auftauchen erklären und ihre Fragen begründen konnte. »Frau Bruggers Mann ist eventuell in Gefahr«, fiel ihr schlagartig als Argument ein, »wegen einer Sache in der Klinik.« Dann wurde Kerstin eindringlich: »Bitte sagen Sie mir, wer Sie sind und weshalb Sie sich hier aufhalten. Bitte. Es ist wichtig. Ganz wichtig. Wer sind Sie?«

»Ich bin …« Die Angesprochene zögerte. »Ich … ich

bin vorhin erst gekommen. Frau Brugger hat gesagt, sie kriegt Besuch und ich solle hier warten. Sind Sie der Besuch? Die Kriminalpolizei?«

Kerstin drängte auf Eile, nickte und fragte: »Weshalb sind Sie hier?«

»Ich war doch schon …« Wieder ein kurzes Überlegen. Sie blickte zu der vor ihr stehenden Polizistin. »Bei Ihrem Herrn Schmittke war ich. Gestern. Schmittke, so heißt er doch, der Chef, oder?«

Kerstin vermochte in der Hektik, die sie immer stärker in sich aufsteigen spürte, die Zusammenhänge nicht nachzuvollziehen. Jedenfalls erübrigte sich offenbar die Frage nach dem Namen dieser Frau, die sie auf Mitte bis Ende 40 schätzte. Kerstin prägte sich das Gesicht ein und entschied, die Sache abzubrechen. »Dann hat es sich erledigt. Entschuldigen Sie. Aber eine dringende Bitte, dienstlich: Wir haben uns hier nie getroffen. Kein Wort. Zu niemandem. Streng geheim. Kein Wort zu Frau Brugger. Ja?«

Die Frau nickte.

Linkohr hatte erfolgreich versucht, Frau Brugger in ein längeres Gespräch zu verwickeln, das sich freilich immer noch um die Frage drehte, weshalb sie nicht bereit war, Details über die Tätigkeit ihres Mannes preiszugeben. Beinahe, das spürte der junge Kriminalist, wäre sie ob seiner Hartnäckigkeit zornig geworden.

»Verstehen Sie uns bitte nicht falsch, aber falls es stimmt, was meine Kollegin offenbar herausgefunden hat – dass es da ein Labor gibt –, dann würden uns nur die Personen interessieren, die dort tätig sind, nicht aber die Forschung, um die es geht.«

»Wenn ich's Ihnen doch sage – und das tue ich nun wirklich zum letzten Mal: Ich weiß erstens nichts davon und ich will zweitens in nichts hineingezogen werden, was in irgendeiner Weise das Ansehen meiner Person schädigen könnte. Ich habe mit all dem nichts zu schaffen. Ich hoffe, wir verstehen uns da.«

»Sie wollen uns also auch nicht sagen, wer möglicherweise in der Klinik in diese … ja, nennen wir's mal Forschungsangelegenheit, verwickelt ist.«

»Verwickelt!«, empörte sich Frau Brugger deutlich energischer. »Sie sollten Ihre Worte überlegter wählen, Herr Linkohr. Verwickelt suggeriert, dass etwas illegal vonstatten geht. Im Übrigen habe ich in die Klinik zu wenig Einblick. Ich bin Physikerin, wie Sie sicherlich wissen – Medizin ist Sache meines Mannes.« Sie giftete weiter. »Und falls Ihnen die Frage auf den Nägeln brennt, ob ich als Physikerin etwas mit Röntgengeräten zu tun habe, muss ich Sie enttäuschen.«

Linkohr spürte, dass er gegen eine Mauer rannte und dass es höchste Zeit wurde, das Weite zu suchen, ehe die Dame noch unangenehmer wurde. Wo war bloß Kerstin? Er fühlte sich plötzlich unter Druck, trotz all der Verstimmungen noch mehr Zeit gewinnen zu müssen – und hatte eine Idee. Lange darüber nachdenken konnte er nicht, schließlich durfte Frau Brugger keine Gelegenheit bekommen, misstrauisch über Kerstins lange Abwesenheit nachzudenken. Er fingerte nach seinem Notizblock, der in der linken Jackentasche steckte, und legte ihn auf den Tisch. »Ich hab da eine letzte Frage«, sagte er, um das Gespräch noch einmal kurz zu unterbrechen und in den Seiten blättern zu können. »Sagt Ihnen der Name Max Frenzel etwas?«

Er sah ihr fest in die Augen, doch da war keinerlei Regung. »Frenzel? Max Frenzel?«, wiederholte sie, als müsse sie den Namen aussprechen, um ihn verinnerlichen zu können.

»Ja, Max Frenzel. Ein junger Mann.«

»Nein«, stellte Frau Brugger schließlich entschieden fest. »Nein, sagt mir nichts. Soll das womöglich ein Student von mir sein?«

»Kein Student, nein«, entgegnete Linkohr. »Er soll Zivi in der Klinik gewesen sein und ab und zu aushelfen.«

»Erlauben Sie die Frage, was ich damit zu tun haben soll?« Wieder diese kühle Distanziertheit, die sich mittlerweile kaum von Arroganz unterschied. Linkohr war insgeheim froh, privat noch nie an eine solche Frau geraten zu sein, die wohl eher das Zeug für eine Domina hatte. Wahrscheinlich, so malte er es sich blitzschnell in Gedanken aus, spielte sie sich vor ihren Studenten als die große Meisterin auf.

»Gar nichts hat das mit Ihnen zu tun«, meinte er abwesend. »Wenn Sie ihn nicht kennen, hat sich's schon erledigt.«

Und Kerstin war immer noch nicht da. Besorgt nahm er zur Kenntnis, dass Frau Brugger schon einige Male ungeduldig zur Tür geblickt hatte.

Linkohr fühlte sich weiterhin gefordert. »Dass Ihr Mann auf Gran Canaria ist – hat dies geschäftliche Gründe?«

»Soweit mir bekannt ist, können sich erwachsene Menschen aufhalten, wo sie wollen, ohne eine Begründung dafür abgeben zu müssen«, wurde Brunhilde Brugger deutlich genervter. »Auch nicht gegenüber der Ehefrau. Oder besser gesagt: Der schon gar nicht.«

Linkohr nahm sich vor, standhaft zu bleiben. »Aber im Normalfall tut er's doch – ich meine, wenn eine Beziehung intakt ist.«

Ihm war klar, dass dieser Frau seine Anspielung nicht verborgen blieb. »Sie brauchen gar nicht erst zu versuchen, mir etwas in den Mund zu legen, Herr Linkohr. Und wenn Sie nicht einsehen wollen, dass es keinerlei Grund gibt – und zwar nicht den geringsten –, mich länger zu behelligen, dann erwarte ich jetzt, dass Sie mir endlich sagen, was konkret gegen mich vorliegt.«

Linkohr überlegte erneut krampfhaft eine Antwort und flehte die Rückkehr Kerstins herbei. Der Himmel schien sein Flehen erhört zu haben. Denn in diesem Augenblick bewegte sich die Türklinke – und Kerstin kam zurück. »Entschuldigen Sie«, ging sie gleich in die Offensive und meinte, »hab mir wohl den Magen verdorben. Aber ich denke, mein Kollege hat sich auch gern ohne mich mit Ihnen unterhalten.« Sie lächelte selbstbewusst und kam auf Linkohr zu, der sich erhob, um damit das Ende des Gesprächs zu markieren. Auch Frau Brugger stand auf, um ihre beiden Besucher mit ein paar unterkühlten Worten zu verabschieden und zur Tür zu begleiten.

Kaum waren sie draußen, erschien Brigitte Kollinsky in der Diele. Unter dem Eindruck des soeben Erlebten wirkte sie verstört. »Ich hoffe, ich bin vorhin nicht im ungünstigsten Moment gekommen.« Sie blieb an der Tür stehen, während Brunhilde Brugger ihr mit einer energischen Kopfbewegung andeutete, mit ins Wohnzimmer zu gehen. »Konnten Sie ja nicht ahnen«, erwiderte die Hausherrin knapp und bot der Besucherin jenen Platz an, auf dem soeben noch Kerstin gesessen hatte. »Nachdem wir uns flüchtig kennen, wollte ich Sie nicht einfach an der Haustüre abweisen. Außerdem interessiert mich, weshalb Sie sich Sorgen um meinen Mann machen.«

Brigitte Kollinsky tat sich schwer, nach dem unerwarteten Zusammentreffen mit der Polizistin unbefangen zu wirken. Offensichtlich wollte Frau Brugger die Identität der beiden vorherigen Besucher nicht preisgeben.

Brigitte fühlte sich unwohl. Die Idee, bei Frau Brugger anzurufen und ein persönliches Gespräch vorzuschlagen, war möglicherweise nicht so optimal gewesen. Gegebenenfalls mischte sie sich damit in eine Angelegenheit ein, die sie wirklich nichts anging. Andererseits, so überlegte Brigitte weiter, schadet ein Gespräch von Frau zu Frau nichts. Vielleicht konnte Frau Brugger ja ihren Ehemann warnen und ihm mitteilen, er solle im Urlaub auf Gran Canaria besonders vorsichtig sein.

»Was veranlasst Sie denn zu der Sorge?«, zeigte sich Brunhilde Brugger ungeduldig und genervt und fügte spitz hinzu: »Ich geh mal davon aus, dass mein Mann in der Lage ist, sich selbst zu schützen.«

Brigitte spürte, dass diese Frau nicht gewillt war, sie ernst zu nehmen. »Wir sind alle ziemlich beunruhigt. Es gibt Kollegen, die nicht so recht glauben mögen, dass die beiden Todesfälle von gestern Nacht ein Zufall sein sollen.«

»So? Gibt es die?« Brunhilde schlug die Beine übereinander und sah der Besucherin mit versteinertem Gesicht in die Augen. »Aber – muss mich das interessieren?«

Brigitte hätte sich am liebsten fortgewünscht. Doch nun saß sie da, wie in einer Falle, aus der sie sich nicht einfach davonmachen konnte. »Ich weiß nicht, wie ich Ihnen das sagen soll«, begann sie unsicher. »Vielleicht ist manches nur ein Gerücht oder Geschwätz.« Sie holte tief Luft und versuchte, ihr Gefühl zu begründen: »Dass Dr. Fallheimer eventuell Schwierigkeiten mit Geschäftspartnern hatte – und dass es Ihrem Mann ähnlich ergehen könnte.«

»Wieso das denn?«, fragte Brunhilde kühl.

»Wenn an den Gerüchten was dran ist …, dass Dr. Fallheimer und Ihr Mann geschäftlich verbunden waren …, dann kann man nichts ausschließen.«

»Sie reden so, als sei Dr. Fallheimer umgebracht worden. Gehen Sie da nicht einen Schritt zu weit? Bei allem, was ich bisher gehört habe, handelte es sich um einen tragischen Verkehrsunfall, bei dem der Verursacher geflüchtet ist. Nicht mehr und nicht weniger.« Sie setzte sich provokativ noch aufrechter in ihren Sessel. »Oder haben Sie andere Informationen?«

Wie das klang! Andere Informationen – dachte Brigitte und musste sich eingestehen, dass diese Frau ihr haushoch überlegen war. Gefühle spielten offenbar keine Rolle. Es gab nichts, was auf eine gemeinsame Wellenlänge hindeutete. Eigentlich waren solche Gespräche sinnlos. Brigitte wäre am liebsten aufgesprungen und hätte das Haus verlassen. Was war das auch für ein Irrsinn gewesen, überhaupt den Kontakt zu suchen! Karrierefrauen wie diese waren beratungsresistent und gefühllos. Sollte sie doch ihren Ehemann ins Unheil rennen lassen. Dennoch galt es, nicht klein beizugeben. »Dr. Fallheimer soll gegenüber Anja Kastel Andeutungen gemacht haben – und auch Anja ist gestorben.« Es fiel ihr schwer, dies auszusprechen.

»Und wenn Sie jetzt so freundlich wären, mir zu sagen, wie der bedauerliche Tod dieser beiden Menschen in einen Zusammenhang mit meinem Ehemann zu bringen ist?«, blieb Brunhilde unbeeindruckt. War es tatsächlich Desinteresse oder verbarg sich hinter dem versteinerten Gesicht ein Kalkül?

Brigitte hatte plötzlich Zweifel und entschied, sich einen weiteren Schritt vorzuwagen. »So konkret kann ich das nicht sagen, aber wenn es tatsächlich so ist, wie man gerüchteweise hört, dass nämlich Dr. Fallheimer irgendwie eng mit Ihrem Mann zusammengearbeitet hat und sie … ja, ich will mich wirklich nicht einmischen … etwas entwickeln wollten, das möglicherweise zu gewissen Feindschaften geführt hat …«

»Wer sagt das? Wer verbreitet solche Behauptungen? Mit Andeutungen und irgendwelchen Mutmaßungen möchte ich mich nicht aufhalten.«

Brigitte zuckte innerlich zusammen. »Es kam wohl von Anja«, räumte sie ein und war sich im gleichen Moment bewusst, dass sie es so deutlich nicht hatte sagen wollen, rang sich jedoch zu weiteren Angaben durch: »Dr. Fallheimer hat wohl gesagt, er wolle aus etwas aussteigen und dies könne sich sehr nachteilig auswirken. Es soll sich angehört haben, als fühle er sich bedroht.«

»Und das hat er dieser Anja erzählt?«

»So oder so ähnlich. Ich kann nur wiedergeben, was Anja gesagt hat. Und dass sie angeblich wisse, dass Ihr Mann etwas damit zu tun habe.«

»Und wem hat Anja das sonst noch erzählt?«

Brigitte zuckte mit den Schultern. »Woher soll ich das wissen? Spielt das denn eine Rolle?«

Brunhilde Brugger schwieg für einen Moment, fand allerdings schnell zu ihrem arroganten Auftreten zurück: »Sonst könnte es doch sein, dass es noch mehr Tote gibt, oder?«

35

»Da haut's dir's Blech weg«, kommentierte Linkohr, was ihm soeben Kerstin auf der Rückfahrt nach Geislingen berichtet hatte, um noch mal voller Erstaunen zu rekapitulieren: »Du durchsuchst einfach die Wohnung! Ist dir klar, dass dir das heftigen Ärger einbringen kann?«

Er überquerte die Autobahn, auf der sich in der frühabendlichen Dunkelheit die Lichter der Fahrzeuge im Nebel verloren.

»Entschuldige, Mike, aber ich dachte, es kann nichts schaden, mal einen Blick in die anderen Zimmer zu werfen. Nur so. Ich hab ja keine Schränke geöffnet«, antwortete sie uneinsichtig und warf ihm gleichzeitig einen provokanten Seitenblick zu, den er nicht wahrnehmen konnte.

»Wenn die Brugger das rauskriegt, überzieht sie dich mit einer Dienstaufsichtsbeschwerde und was weiß ich noch allem. Das lohnt sich nicht, Kerstin. Du musst eins immer vor Augen haben: Uns sind bei der Ermittlungsarbeit enge Grenzen gesetzt. Sehr enge sogar. Ohne Staatsanwalt und Richter laufen solche Dinge nicht – so lange nicht Gefahr im Verzug ist. Und das war bei Gott nicht der Fall.« Er wollte nicht schulmeisterlich klingen, doch sein Gefühl sagte ihm, dass er Kerstin beschützen musste – vor den Fallstricken des Jobs, die ihr sehr schnell die Karriere verbauen konnten.

»Die Brugger wird nichts davon erfahren. Denn diese Frau, deren Namen in der Dienststelle bekannt sein muss, hat auf mich einen vertrauensvollen Eindruck gemacht.«

»Was hättest du gemacht, wenn da jemand ganz anderes dringesessen wäre?«

»Mach dir keine Sorgen, Mike. Ich bin mir ziemlich sicher, dass diese Zusammenhänge, die wir da zufällig aufgedeckt haben, sehr spannend werden können.«

»Dir ist schon bewusst, dass uns unser guter Schmittke nur weggeschickt hat, um informatorische Gespräche zu führen?«

»Ist mir, natürlich. Aber ich denke, dass er die Sache nach allem, was wir über Fallheimer und seine Stammzellenforschung erfahren haben, nicht mehr schleifen lässt.«

Linkohr wollte nichts dazu sagen. Er musste sich auf die kurvige Ortsdurchfahrt konzentrieren, die von hohen Schneehaufen gesäumt war. Die Straße konnte vereist sein.

»Vielleicht hat's auch schon Druck aus Ulm gegeben«, überlegte Kerstin laut. Ihr war nicht entgangen, dass der Leitende Oberstaatsanwalt sehr penibel sein konnte, wenn es um Fälle ging, die spektakulär und zweifelhaft gleichermaßen waren.

»Die Frage stellt sich aber dann, wer gleich zwei Mitwisser aus dem Weg räumt«, brummelte Linkohr.

»Vielleicht ja doch der junge Mann mit dem Auto.«

»Du meinst Max Frenzel?«, staunte Linkohr. Ihm fiel ein, dass der Besitzer des angeblich gestohlenen Ford Fiestas in jenem Ort wohnte, den sie in ein paar Kilometern erreichen würden. »Weißt du was – ruf ihn mal an und frag, ob wir bei ihm vorbeikommen können.«

Kerstin holte das Handy aus ihrer Jackentasche. »Du meinst wirklich?«, vergewisserte sie sich erneut.

»Lass dir von den Kollegen die Nummer geben, unter

der er zu erreichen ist. Ich glaub, in den Akten steht seine Handynummer.«

Der Kriminalist beschleunigte hinterm Ortsausgangsschild von Nellingen nur mäßig, weil er noch vor Erreichen von Türkheim, dem Wohnort Frenzels, wissen wollte, ob es mit einem kurzen Besuch klappte.

Glücklicherweise fand der angerufene Kollege in der Dienststelle die gesuchte Nummer sofort. Kerstin notierte sie und rief gleich an. Nach drei Rufzeichen meldete sich Frenzel und zeigte sich mit einem persönlichen Gespräch einverstanden. Allerdings sei er nicht zu Hause, sondern im Naturschutzzentrum Schopfloch. Kerstin schilderte ihrem Kollegen die Situation, der zum Glück die Strecke dorthin kannte. »Halbe Stunde, maximal«, beschied er knapp, worauf die Polizistin das Gespräch beendete und er den Wagen bis Türkheim voll beschleunigte, um am dortigen Ortseingang links nach Aufhausen abzubiegen. Er hoffte, dass auch die Nebenstraßen einigermaßen gut geräumt sein würden.

»Wird ein bisschen später heute«, lächelte Linkohr und wünschte sich, dass sich der Fall noch so ausweitete, dass sein großes Vorbild August Häberle eingreifen musste. Allein Kerstin zuliebe wünschte er sich dies. Sie würde von ihm sehr viel lernen können. »Hast du eigentlich heute Abend schon was vor?«, wagte Linkohr einen direkten Vorstoß.

»Ja«, kam es zurück – und er drohte in Selbstmitleid zu verfallen. Natürlich hatten alle Frauen, die ihn interessierten, was vor.

»Ach, schade«, murmelte er tief enttäuscht.

»Wieso schade?«, tat Kerstin so, als wisse sie nicht, wie

sehr er ihre Aussage bedauerte. »Du fragst ja gar nicht, mit wem ich was vorhabe.«

»Das geht mich auch nichts an.«

»Ich denke schon«, grinste sie und sah ihn von der Seite an. Auch er riskierte jetzt einen Seitenblick und spürte sein Herz pochen.

36

Schmittke hatte gerade zur Kenntnis nehmen müssen, dass Linkohr und Kerstin auf dem Weg zum Naturschutzzentrum in Schopfloch waren, als ihm einer der Kollegen das Ergebnis einer schnellen Durchsuchung von Fallheimers Wohnung mitteilte. Nachdem es niemanden gab, der einen Schlüssel hatte, und Tochter Lena nicht erreichbar war, hatte sich Schmittke mit dem Leitenden Oberstaatsanwalt in Verbindung gesetzt. Denn angesichts der fragwürdigen Umstände, die sich um Fallheimers Tod rankten, war es dem Leiter der Kriminalaußenstelle am Spätnachmittag geboten erschienen, die Wohnung des Arztes öffnen zu lassen. Amtsrichter Reinhard Schwenger, der für gewöhnlich bis 18 Uhr im nahen Amtsgericht über seinen Akten brütete, hatte sich von der Notwendigkeit dieses Vorgehens überzeugen lassen und die Genehmigung dafür erteilt.

»Scheint ein ganz ordentlicher Mensch gewesen

zu sein«, berichtete der ältere Kriminalbeamte, der in Schmittkes Zimmer gekommen war. »Dafür, dass seine Frau ausgezogen ist, hält er die Bude wirklich in Schuss. Oder er hat eine Haushälterin. Jedenfalls keine Besonderheiten erkennbar. Nichts Auffälliges. Im Arbeitszimmer das Übliche: Computer, Datenträger und so weiter. Wäre Aufgabe unserer EDV-Spezialisten, sich dort durchzuwursteln.«

»Und sonst?«, hakte Schmittke ungeduldig nach. »Keine Dokumente, nichts Schriftliches?«

»Doch. Lass mich mal ausreden. In einem Aktenschrank ist uns zumindest ein Leitzordner aufgefallen. Aufschrift: ›Projekt‹. Dürfte sich um das handeln, was wir suchen. Aber beim flüchtigen Durchblättern nur irgendwelche Kostenabrechnungen und so ’n Zeug. Kopien irgendwelcher Laborberichte und jede Menge wissenschaftliche Abhandlungen über Gene und Stammzellen.« Er hielt kurz inne. »Aber jetzt kommt’s: Wir sind auf eine Adresse im Gewerbegebiet Laichingen gestoßen. Dort taucht sogar ein Name auf.«

»Ach?«

»Ja. Ein gewisser Humstett. Dr. Claus Humstett.«

»So, so. Immerhin etwas. Aber ich denke, es reicht, wenn wir ihn uns morgen genauer ansehen.« Deswegen Überstunden zu machen, hielt er für nicht angemessen. »Außerdem«, fuhr er fort, »kriegen wir morgen Verstärkung.« Er schien darüber nicht angetan zu sein.

»Verstärkung? Wie meinst du das?«

»Der Chef in Göppingen will eine Ermittlungsgruppe haben. Und Häberle als Leiter.«

»Häberle?«, fragte der Beamte, der sich an den Rahmen der Tür gelehnt hatte. »Wieso denn Häberle?«

»Sie wollen zwar keine Sonderkommission, nur eine Ermittlungsgruppe – aber Häberle soll vorne dranstehen.«

Der altgediente Kriminalist schwankte zwischen ungläubigem Staunen und freudiger Erwartung. »Find ich gut, dass August kommt. Endlich mal wieder was los.«

»Ich halte diese Entscheidung für reichlich übertrieben«, erwiderte Schmittke. »Ich werd den Verdacht nicht los, dass in die Sache mehr reininterpretiert wird, als dran ist.«

Der Beamte verzog das Gesicht. »Es reihen sich halt einige Merkwürdigkeiten aneinander – das dürfen wir nicht übersehen. Denn da gibt es noch etwas ...«

Schmittkes Miene verriet Ungeduld. »Und das wäre?«

»Da ist doch von einer Adligen die Rede gewesen, die bei diesem Salbaisi aufgetaucht sein soll. Ob du's glaubst oder nicht, aber in Fallheimers Projektakte gibt es auf der ersten Seite einen handschriftlichen Vermerk, der sinngemäß etwa lautet: Anruf Marion von Willersbach – und dann eine Anschrift irgendwo in der Schweiz. Dazu ein Datum – und zwar jenes vom kommenden Samstag.«.

Sie waren quer über die nördlichen Ausläufer der Alb gefahren. Hinab nach Bad Ditzenbach und ins idyllisch gelegene Fachwerkstädtchen Wiesensteig, das sich tief verschneit und prächtig beleuchtet präsentierte. Für einen Moment musste Linkohr an einen früheren Fall denken, als hier eine verdächtige Person gewohnt hatte. Damals waren er und Häberle einem Irrflieger auf der Spur gewesen. Linkohr fuhr vorsichtig durch die enge und kurvenreiche Ortsdurchfahrt, um danach die Neidlinger Steige anzusteuern – wieder hinauf auf die Alb.

»Du denkst schon dran, dass es glatt sein könnte?«, warf Kerstin ein, als er den Golf allzu schnell die Steilstrecke hochpreschen ließ. Das Scheinwerferlicht glitzerte auf der Straße.

Im Streulicht erkannte Kerstin, dass sie eine mächtige Überlandleitung unterstrahlten. Wenig später huschte der gelbe Vorwegweiser vorbei, der für die Richtung Schopfloch nach links zeigte.

»Das ist ja hinterste Alb«, kommentierte Kerstin, die nie zuvor hier oben gewesen war.

»Idyllisch und Natur pur«, meinte der junge Kriminalist, während sie den Ziegelhof und gleich anschließend den abseits gelegenen Hof Reußenstein passierten, der sich in die tief verschneite Landschaft duckte und nur an einigen beleuchteten Fenstern zu erkennen war.

Linkohr freute sich, dass Kerstin Interesse an der Landschaft zeigte. »Drüben ist der Reußenstein – siehst du aber in der Dunkelheit nicht.« Er deutete nach rechts. »Mächtige Burg, direkt an der Albkante.«

»Ist hier nicht auch irgendwo dieser alte Vulkanschlot?«, zeigte sich Kerstin informiert.

»Randecker Maar, ja. Kannst den Krater noch gut erkennen. Und noch was Interessantes gibt's hier oben – ein Hochmoor.« Er grinste, obwohl es Kerstin in der Dunkelheit nicht sehen konnte. »Wenn's neblig ist, hat das ein bisschen Dartmoor-Atmosphäre. England und so. Man kann auf einem Holzbohlenweg rauslaufen.« Er überlegte, ob er den Vorstoß wagen konnte. »Sollten wir mal machen.«

»Klingt spannend. Aber derzeit wär's wohl zu kalt.«

Linkohr enttäuschte ihre Reaktion, er sagte allerdings nichts. Bis es wieder Frühling war, würde Kerstin mit Sicherheit im Rahmen ihrer Ausbildung ganz woanders sein. Er musste deshalb unbedingt Jenny anrufen, die sich zwar inzwischen bei ihm gemeldet und sogar ihre Nummer hinterlassen hatte. Doch das Gespräch war eher sachlich und kühl gewesen. Vielleicht hatte er Jenny viel zu sehr mit Kerstin verglichen?.

Noch einmal musste er abbiegen – diesmal nach rechts. Die Fahrbahn wurde deutlich enger, weil der Schneepflug hier beiderseits des Weges Wände aus Schnee und Eis hinterlassen hatte.

Das Naturschutzzentrum Schopflocher Alb, dessen Anschrift bezeichnenderweise ›Im Vogelloch‹ lautete, war ein schmuckes, jedoch von einem mächtigen Baugerüst umgebenes Gebäude und lag auf einer dieser sanften Erhebungen, wie es auf der Albhochfläche viele gab. Linkohr bog zum Vorplatz ab, wo die Scheinwerfer mehrere Schneehaufen streiften. Ein größeres Tor stand offen, hinter einigen Fenstern brannte Licht.

Linkohr wusste von dieser Einrichtung, konnte aber Kerstins weitere Fragen nicht beantworten. Zwar eiferte er August Häberle nach, der ihm bei jeder Gelegenheit einbläute, sich jeden Winkel des Zuständigkeitsgebiets einzuprägen. Sich auszukennen, sowohl in der Landschaft als auch bei den Menschen und ihrer Mentalität, gehöre zu den wichtigsten Voraussetzungen für einen erfolgreichen Kriminalisten – obwohl es die Personalverantwortlichen nicht wahrhaben wollten, die da glaubten, man könne jeden Menschen an jeden beliebigen Ort versetzen, gleich einer Maschine, die vor Ort nur einen Stromanschluss benötigte. Gerade weil man die Mitarbeiter heutzutage hin und her schob, wie Gebrauchsgegenstände, war allerorts der Kundenservice vor die Hunde gegangen oder man hatte es lediglich mit Ahnungslosen zu tun, schoss es Linkohr durch den Kopf. Er ärgerte sich, Kerstins Fragen zu diesem Naturschutzzentrum nicht beantworten zu können, tröstete sich aber damit, dass sie sich gar nicht mehr in seinem Zuständigkeitsgebiet befanden. Schopfloch gehörte zur Direktion Esslingen.

Es war kalt und feiner Schnee rieselte durch die Nacht, als sie auf dem eisglatten Parkplatz vorsichtig durch Gerüststreben zur beleuchteten Eingangstür gingen. Linkohr war versucht, Kerstin an der Hand zu nehmen, um ihr auf dem rutschigen Untergrund Halt zu geben. Doch dann verwarf er diese Idee wieder. Die Tür war unverschlossen und löste beim Öffnen ein glockengleiches akustisches Signal aus. Sie gelangten in den wohltemperierten Innenraum, der indirekt erhellt wurde. Linkohr fielen einige Prospektständer und Ablagen für diverse Broschüren auf. Ein Tresen, der ihn an eine kleine Rezeption erinnerte, war offenbar für eine Aufsichtsperson gedacht, die um diese Zeit – es war immerhin bereits kurz nach 20 Uhr – vermutlich längst Feierabend hatte oder während des Winters gar nicht gebraucht wurde.

Kerstin machte ein paar Schritte in den Raum, der sich y-förmig teilte. Links schien eine Art Kinderecke zu sein, rechts stach ihr ein mit Plexiglas bedecktes Landschaftsmodell ins Auge.

Aus dem Treppenhaus, das sich links neben der Rezeption befand, näherten sich Schritte, sodass sich die beiden Kriminalisten nicht zusätzlich bemerkbar zu machen brauchten. Vor ihnen tauchte ein schlaksiger junger Mann auf. »Wenn Sie Herr Linkohr und Frau Iridon sind – dann darf ich mich vorstellen: Max Frenzel«, sagte er schnell, schüttelte den beiden die Hände und fragte sofort: »Krieg ich mein Auto wieder? Auf die Dauer wird ein Mietwagen ein bisschen kostspielig.«

»Ich denke, dass Sie es morgen wiederkriegen«, beruhigte ihn Linkohr. »Die Spurensicherung ist abgeschlossen, soweit ich weiß.«

»Und was ist so wichtig, dass Sie heut Abend noch hier rauffahren?« Er wartete die Antwort nicht ab, sondern bat die Besucher ins Treppenhaus, um sie in ein hell erleuchtetes Büro zu führen, wo er ihnen Plätze auf Schreibtischstühlen anbot. Ein älterer Herr, der gerade Prospekte sortiert hatte, verließ den Raum. Max Frenzel setzte sich an die Stirnseite der beiden aneinandergeschobenen Schreibtische und blinzelte Kerstin zu, was Linkohr nicht entging. Er beschloss deshalb, gleich dienstlich zu werden. »Meine Kollegin und ich sind heut Abend unterwegs, um die ganze Geschichte, die auch mit dem Unfall zu tun hat, endgültig abschließen zu können. Wir wissen natürlich, was Sie gestern dem Beamten der Unfallfluchtermittlungsgruppe gesagt haben – darauf brauchen wir nicht einzugehen.«

»Ebenfalls nicht, dass Sie irgendwelche Probleme mit dem Autoschlüssel hatten«, fügte Kerstin an und demonstrierte damit ihre Kenntnis des Protokolls.

»Probleme nicht. Wie kommen Sie denn auf Probleme? Ich hab nur nicht gleich bemerkt, dass einer meiner beiden Schlüssel fehlt.«

Linkohr nickte und gab sich ebenfalls wissend: »Der Ihnen vermutlich in der Klinik entwendet wurde.«

»Davon geh ich mal aus«, bestätigte der junge Mann,

um plötzlich sein zur Schau gestelltes Selbstbewusstsein zu verlieren: »Ich hab doch nichts zu befürchten? Ich bin absolut clean, was die Sache anbelangt. Wenn Sie anfangen, mich zu verdächtigen, wäre das ziemlich uncool.«

Kerstin grinste in sich hinein. Das war die Sprache der Jugend, der Linkohr auch schon langsam entwachsen zu sein schien. »Wir verdächtigen Sie nicht«, lächelte sie, um Frenzel zu beruhigen. »Uns würde nur interessieren, ob Sie kürzlich in der Schweiz waren.«

»Schweiz, sagen Sie?« Pause. »Schweiz?«

»Ja, Schweiz«, wiederholte Kerstin eher belustigt, weil sie den Eindruck hatte, Frenzel spiele den Ratlosen nur.

»Schweiz, hmm. In die Schweiz zu fahren, ist ja nicht verboten, oder?«

»Haben wir das behauptet?«, gab sich Linkohr verwundert.

»Waren Sie dort – ja oder nein?«, mischte sich Kerstin wieder ein – und zwar einen Tonfall ernster.

»Zwischen Weihnachten und Dreikönig war ich dort. Das ist sechs, sieben Wochen her. Aber rein privat, wenn ich das sagen darf. War 'ne coole Sache. Party ohne Ende. Warum interessiert Sie das?«

»Dann wird die Zehn-Rappen-Münze, die wir in Ihrem Auto gefunden haben, von dieser Reise stammen.«

»Eine Zehn-Rappen-Münze?«, staunte Frenzel. »Kann sein. Ist aber, wenn ich mir's genau überlege, eher unwahrscheinlich. Ich hab gar kein Geld umgetauscht gehabt. War eingeladen. Die ganze Zeit über eingeladen. Geil, was?«

»Sie hatten also gar kein Schweizer Geld dabei?«

»Keinen Franken und kein Räppli. Ich schwör's. Und

auch keinen schwarzen Koffer voller Schwarzgeld«, witzelte er. »Das überlass ich denen, die ihre Peanuts für dezente Freundschaftsdienste in Politik und Wirtschaft zugesteckt kriegen. Und die spielen in 'ner anderen Liga.«

Frenzel hatte recht, dachte Linkohr und empfand Sympathie für diesen jungen Mann. »Wenn Sie Freunde in der Schweiz haben, sind Sie hin und wieder dort – oder es fahren Personen mit, die Schweizer Franken dabeihaben«, stellte er fest.

»Eigentlich höchst selten. Wenn ich nach Basel fahr, lass ich meine Karre dort meist stehen. Ein Kumpel von mir hat 'n Auto und außerdem geht's mit öffentlichen Verkehrsmitteln sowieso besser.«

»Das heißt«, entgegnete ihm Kerstin, »Sie halten es für ausgeschlossen, dass diese Münze in jüngster Zeit in Ihr Auto gelangt ist.«

»In jüngster Zeit ja, aber – um ehrlich zu sein – es kommt selten vor, dass ich die Karre innen putze. Das Ding kann schon seit Längerem dort drin liegen.«

Linkohr hatte dies befürchtet. Damit war eine weitere Spur auf den Unfallflüchtigen kaum etwas wert: »Unsere Experten haben in Ihrem Fiesta relativ viele Kunststofffasern gefunden. Graue und weiße. Fällt Ihnen dazu etwas ein?«

»Kunststofffasern?« Frenzel fasste sich ans Kinn und strich sich mit der flachen Hand über den Mund. »Wovon? Ich mein, was soll das bedeuten?«

»Das fragen wir Sie«, antwortete Kerstin keck und verzog ihr Gesicht zu einem sympathischen Lächeln.

Völlig unpassend, wie Linkohr dachte, weshalb er energischer nachlegte: »Ihre Sitzpolster, insbesondere

Fahrersitz, sind vermutlich in jüngster Zeit mit etwas in Berührung gekommen, das aus Kunststofffasern bestanden hat.«

»Und was könnte dies gewesen sein?«

Kerstin lächelte wieder: »Genau das fragen wir Sie. Überlegen Sie mal scharf. Haben Sie ein Kleidungsstück, das darauf schließen ließe?«

Linkohr ergänzte: »Könnte natürlich eine geraume Zeit her sein. Wenn die Polster nie gereinigt werden, entdecken unsere Spezialisten zudem Rückstände, die älter sind. Aber die Menge der Fasern, die man gefunden hat, deuten eher darauf hin, dass sie aus jüngster Zeit stammen.«

»Ne, tut mir leid. Da hab ich keinen Plan. Keine Ahnung. Ich fahr in der Regel allein mit der Kiste. Ein Auto ist für mich nichts weiter als ein Fortbewegungsmittel – ein ziemlich teures noch dazu.«

Die beiden Kriminalisten ließen ein paar Sekunden verstreichen, um Frenzel Zeit zum Nachdenken zu lassen. Doch der junge Mann schüttelte nur den Kopf und zuckte mit den Achseln.

Linkohr sah über die mit Akten hoffnungslos überladenen Schreibtische zu Kerstin hinüber, die anscheinend wie er nichts mehr fragen wollte. »Okay«, er entschied sich deshalb zu einem abrupten Themenwechsel. »Sie sind hier oben zu Studienzwecken?«

Frenzel war sichtlich erleichtert, auf etwas anderes angesprochen zu werden. »Studienzwecken – nein, so kann man das nicht bezeichnen. Sie wissen, ich studier Medizin – hab ich ja Ihren Kollegen schon zu Protokoll gegeben, und das hier ist eine ehrenamtliche Sache. Wir untersuchen das Paarungsverhalten von heimischen

Insekten. Das ist vom Prinzip her nichts Neues. Aber ich möchte eine Dokumentation draus machen, eine Art Ausstellung für den übernächsten Sommer. Das Ding hier wird nämlich im Laufe des Jahres komplett ausgebaut und erweitert. Außerdem«, er verzog sein Gesicht zu einem Grinsen, »kann es nicht schaden, sich mit Stechmücken zu befassen. Ob Sie's glauben oder nicht – aber es wird schon dran geforscht, einige Sorten gentechnisch aufzumotzen. Vor 20 Jahren bereits haben britische Forscher vorgeschlagen, sie als fliegende Spritzen zu verwenden – um sozusagen flächendeckend impfen zu können – gegen Malaria beispielsweise. Jeder Stich eine Impfung.« Frenzel schien in seinem Element zu sein. »Das geht natürlich nicht mit unseren heimischen Blutsaugern. Aber mit der Olivenfliege, der Asiatischen Tigermücke oder der Mittelmeerfruchtfliege …«

Kerstin unterbrach den Redefluss: »Dazu haben Sie ein Labor?«

»Labor ist zu viel gesagt. Ich kann's Ihnen gerne zeigen. Es sind ja keine gefährlichen Viecher, mit denen wir arbeiten.« Er lächelte. »Keine Vogelspinnen oder Krankheitserreger. Natürlich nichts mit Malaria.«

»Auch nichts mit Genen und so?«, wollte Linkohr wissen.

»Sie denken an Genmanipulationen, Stammzellen und so 'n Zeug? Keine Sorge, hier oben wird kein Frankenstein geboren.«

»Also nichts von alledem, was Sie uns da gerade geschildert haben?«

»Wie kommen Sie denn da drauf? Wegen der Geschichte in der Klinik? Okay, man hört ja inzwischen so manches. Jede Menge Gerüchte am Wochenende. Hab einiges davon mitgekriegt. Von meinen Bekannten, die dort arbeiten.«

»So?« Kerstin rief sich die Protokolle in Erinnerung, die sie flüchtig überflogen hatte. »Und was spricht man in diesen Kreisen?«

»Ich will mich da raushalten. Klatsch und Tratsch. Geht mich nichts an.« Frenzel wurde wieder einsilbig.

Linkohr spielte mit einem herumliegenden Kugelschreiber und gab beiläufig zu bedenken: »Sie würden uns sehr weiterhelfen, wenn Sie ein paar Tipps geben könnten.«

»Tipps? Ich denke, die Polizei geht von einem Unfalltod aus – bei Fallheimer.«

»Nach derzeitigem Stand, ja«, warf Kerstin ein. »Aber Sie sagen ja selbst: Es gibt Gerüchte. Was wird also geredet?«

»Es soll irgendwelche Unregelmäßigkeiten in der Gynäkologie gegeben haben.« Er zögerte.

»Dort, wo Sie kürzlich ausgeholfen haben und Ihr Schlüssel verschwunden ist.«

»Sie sind ja gut informiert. Hab ich Ihrem Kollegen erzählt – hab aber auch betont, dass ich mir da nicht so sicher bin, wo der Schlüssel verschwunden ist.«

»Okay«, ließ ihn Linkohr gewähren. »Von welcher Art waren die Unregelmäßigkeiten?«

»Irgendwas mit dem Nabelschnurblut. Ich weiß nicht, inwieweit Sie sich da auskennen. Nabelschnurblut – also das von der Geburt – ist absolut rein und enthält die besten Stammzellen, die es überhaupt gibt. Seit geraumer Zeit haben Eltern die Möglichkeit, bei der Geburt ihres Kindes dieses Stammzellenblut einfrieren zu lassen – eine Vorsorge für die Zukunft des Kindes, damit man später irgendwelche Krankheiten heilen kann, für die Stammzellen gebraucht werden. Sie wissen ja, wie schwierig es ist, passende Stammzellen zu finden – bei Bluterkrankungen zum Beispiel. Sie kennen das vielleicht, wenn die Bevölkerung zur Typisierung aufgerufen wird, um Spender zu suchen.« Frenzel sah die beiden Kriminalisten an und war unsicher, ob sie derlei medizinische Ausführungen überhaupt hören wollten. Doch Linkohr nickte aufmunternd. »Wenn eigene Stammzellen zur Verfügung stehen«, fuhr Frenzel deshalb fort und vergaß seinen jugendlichen Jargon nun vollends, »also körpereigene, dann vereinfacht sich die Prozedur. Mittlerweile gibt es Unternehmen, die darauf spezialisiert sind, Stammzellen einzufrieren. Sollen die dann ausschließlich dem eigenen Kind zur Verfügung stehen, kostet das im Jahr ein paar Euro Gebühr. Gibt man sie allerdings frei – das heißt, man lässt die Daten der Stammzellen in weltweite Register aufnehmen, ist das sogar kostenlos. Nur könnte es in diesem Fall natürlich vorkommen, dass die aus Nabelschnurblut gewonnenen Stammzellen irgendwann einmal irgendwo gebraucht werden. Dann stehen sie dem eigenen Kind, falls es eines Tages selbst welche benötigt, nicht mehr zur Verfügung. Hört sich kompliziert an, ist es aber nicht.«

»Das verstehe ich«, meinte Linkohr. »Und welche Unregelmäßigkeiten können damit passieren?«

»Was wohl?«, entgegnete Frenzel, als wolle er damit zum Ausdruck bringen, dass der Kriminalist schwer von Begriff sein könnte. »Es passiert, was immer passiert, wenn etwas knapp und begehrt ist: Skrupellose Geschäftemacher tauchen auf. Es heißt, Nabelschnurblut sei nicht dort angekommen, wohin es geschickt werden sollte. Wundert Sie das?«

Linkohr seufzte. »Was war eigentlich der Grund, dass Sie sich gerade hier oben engagieren? Ist doch ziemlich weit ab vom Geschehen.«

»Das fragt mich jeder«, entgegnete Frenzel mit einem Augenzwinkern zu Kerstin. »Aber ich hab das dem Dr. Fallheimer zu verdanken. Der unterstützt die Einrichtung hier – und hat mich mal gefragt, ob ich Interesse daran hätte, während der Semesterferien diese Untersuchungen zu leiten.«

»Wie? Dr. Fallheimer hat Sie hierher vermittelt?«, stutzte Kerstin.

Linkohr musste seinen Allerweltsspruch unterdrücken.

37

Der frühe Abend war anders verlaufen, als sie es sich vorgestellt hatten. Melanie und Caroline bemerkten, wie ihre Gefühlswelt verrückt spielte. Sie versuchten, sich gegenseitig zu trösten, doch es fiel ihnen schwer, einen vernünftigen Gedanken zu fassen. Außerdem stand etwas zwischen ihnen, das sich wie Misstrauen anfühlte. Caroline war schon beim Lesen des Briefes unwohl geworden. Melanie hatte ihn viel zu schnell an sich genommen und anschließend weggesteckt.

Nachdem sie ihr Doppelzimmer im RIU Palace Maspalomas bezogen hatten, verspürten sie beide das Bedürfnis, für sich allein zu sein. Sie waren ohnehin bereits bei der Planung der Reise übereingekommen, sich gegenseitig genügend Freiraum zu lassen.

Deshalb musste es nichts bedeuten, dass Melanie den Wunsch äußerte, allein auf der Uferpromenade in östliche Richtung bummeln zu wollen – hinüber in Richtung San Agustin, wo eine gemauerte Brüstung entlang des Weges den allgegenwärtigen Sand fernhielt, den der Wind von den Dünen heraufblies und durch feinste Ritzen stäubte.

Auch Caroline war darüber erleichtert. Sie konnte eine Stunde allein sein und über alles in Ruhe nachdenken. Sie hatte angekündigt, schräg gegenüber dem Hotel, wo ihr im Erdgeschoss eines Gebäudekomplexes ein kleiner Supermarkt aufgefallen war, noch ein paar Flaschen Mineralwasser kaufen zu wollen und dann zu duschen.

Gegen halb acht war Melanie wieder im Zimmer erschienen – ziemlich einsilbig, wie Caroline es empfand.

Ohne viel zu reden, entschieden sie sich für ihre Sommerkleidchen und ließen sich im Speisesaal von einem überaus freundlichen Ober an einen Vierertisch geleiten. Offenbar hätten sie bei Elmar gesessen, denn es war für drei Personen gedeckt. Der Ober hatte sich jedoch dezent zurückgehalten und keine aufdringlichen Fragen gestellt. Sie vermieden es, während des ausgiebigen Essens über Elmar zu reden. Viel zu nah waren die Ohren der anderen Gäste. Stattdessen flüchteten sie sich in einen Small Talk, der sich um Ausflugsmöglichkeiten auf der Insel drehte.

»Wir müssen auch nicht dauernd zusammenhängen«, sagte Melanie schließlich, ohne zu ahnen, dass ihre Freundin damit begann, jedes Wort auf die Goldwaage zu legen.

Trotzdem waren sie sich nach dem Essen einig, gemeinsam hinüber zum gedämpft beleuchteten Veranstaltungsraum zu gehen, der Bar und Tanzklub gleichermaßen war. Auf der Showbühne wurde den Gästen allabendlich ein einstündiges Programm geboten. Heute war ein Gruppe Einradakrobaten die Attraktion. Melanie und Caroline verfolgten die Darbietungen von ihrem Platz am Tresen aus. Sie hatten sich auf Barhocker gesetzt und Sangria bestellt, die allerdings nicht, wie es daheim die frotzelnden Schilderungen von Bekannten hätten vermuten lassen, in einem großen Pott serviert wurde, sondern in einem gepflegten Cocktailglas.

Als die Veloartisten ihren verdienten Beifall erhielten, stieß Melanie ihre Freundin vorsichtig an und deutete auf einen leger gekleideten Mann, der einige Barhocker weiter saß und an seinem Pils nippte. »Guck dir den Typ an. Bockstark.«

Caroline drehte sich langsam zur Seite, um das Objekt in Augenschein nehmen zu können. Sie nickte zustimmend, war allerdings in Gedanken versunken.

»Vergessen wir unser Weichei«, schlug Melanie vor und meinte zweifellos Elmar. Der spanische Rotwein, den sie zum Essen getrunken hatten, war schwer gewesen.

»Wenn er sich bis morgen nicht meldet, rufen wir ihn an«, erwiderte Caroline und sog die köstliche Sangria mit dem Strohhalm aus dem Glas, ohne ihre Freundin anzusehen.

Vorn auf der kleinen Show-Bühne, um die herum die eng besetzten Polstergruppen mit den kleinen Tischchen gruppiert waren, baute gerade eine Tanzkapelle ihre Instrumente auf.

Melanie hielt Blickkontakt zu dem Objekt ihrer Begierde. »Lass ihn doch«, sagte sie mit gedämpfter Stimme und spielte auf Elmar an. »Wenn wir ihm nicht passen, soll er machen, was er will. Wir können uns auch ohne ihn amüsieren.« Sie lächelte zu Caroline hinüber. »Urlaub zum Nulltarif. Was will man mehr?«

Carolines gekünsteltes Kichern ging in den Hintergrundgeräuschen unter. Sie wollte etwas sagen, doch in diesem Moment begann die Kapelle den beliebten Stimmungsschlager über Gran Canaria zu spielen. Als die Textstelle von den Dünen bei Maspalomas kam, summten die beiden Frauen mit und wippten im Takt. Melanies Blicke schweiften auffallend oft zu dem Mann hinüber, der sich bislang unschlüssig zu sein schien, wie er darauf reagieren sollte.

Als die Musik verklungen war und die tanzenden Pärchen und Zuhörer artig Beifall klatschten, wandte sich Caroline an ihre Freundin und überraschte sie mit einer spontanen Frage: »Und wenn sie ihn umgebracht haben?«

Melanie, noch tief in Gedanken mit der Frage beschäftigt, wie sie den Abend retten konnten, war irritiert. Wen umgebracht? Dann erst wurde ihr bewusst, dass Caroline immer noch mit Elmar beschäftigt war. »Fantasier jetzt bloß nicht rum«, ermahnte sie ihre Freundin energisch. »Meinst du, sie bringen einen nach dem anderen um? Überhaupt – wer sollen denn die Killer sein?« Sie sog wieder einen Schluck aus dem Glas.

Caroline zuckte mit den Schultern und zog den Saum ihres kurzen Kleidchens zurecht. Sie verzichtete auf eine

Antwort, weil die Kapelle ihr zweites Stück spielte und damit jede Konversation akustisch im Keim erstickte.

Sie beobachteten schweigend, wie weitere Pärchen zur Tanzfläche gingen. Melanie schaute sehnsüchtig zu ihrem Schwarm, der gerade ein weiteres Pils bestellte. Caroline sah über die Köpfe der Menschen hinweg, die zwischen Tresen und Showbühne den Saal bevölkerten. An der gläsernen Front zur Terrasse hinaus waren die Türen geöffnet. Draußen saßen einzelne Pärchen an den kleinen Tischen. Kerzen flackerten. Die Nacht war lau.

Im linken Augenwinkel nahm Caroline eine Person wahr, die durch die offenstehende Flügeltür aus dem Hotel-Foyer hereinkam. Es war ein Mann mittleren Alters, sportlich leger gekleidet. Er hielt vor dem Tresen inne und schien jemanden zu suchen. Caroline musterte ihn von der Seite. Stoppelhaar-Frisur, kurzärmliges Hemd, helle Hose. Typ Manager in cooler Freizeitkleidung, dachte sie. Allein unterwegs, selbstbewusst nach jemandem Ausschau haltend.

Caroline sah verstohlen zu Melanie, die jedoch ihren eigenen Favoriten schräg gegenüber am Tresen im Auge behielt.

Der neu Hinzugekommene machte ein paar Schritte weiter in den Raum, steckte die linke Hand in die Hosentasche und ging auf den langen Tresen zu. Caroline suchte Blickkontakt, der sogleich erwidert wurde. Der Mann deutete ein Lächeln an, mehr nicht. Nicht aufdringlich. Keine Anmache, wie Caroline zufrieden zur Kenntnis nahm. Ihr Gesichtsausdruck verriet allerdings, dass sie nicht abgeneigt wäre, würde er sich neben ihr auf den Barhocker setzen. Dann brauchte sie sich nicht dauernd angestrengt mit Melanie zu unterhalten.

Der Mann sah sich noch einmal prüfend um, warf Caroline ein freundliches Lächeln zu und deutete auf den Hocker. »Darf ich?«

Caroline lächelte zurück und sagte: »Gerne, bitte.« Erst jetzt hatte Melanie den weiteren Gast bemerkt. Sie sah an ihrer Freundin vorbei, um ihm ebenfalls einen Blick zuzuwerfen, und schlug ihre Beine übereinander, als wolle sie ihm vorsorglich eine Stolperfalle bauen. Caroline empfand dies ziemlich provokant.

Nachdem die Kapelle ihr zweites Stück beendet hatte und wieder geklatscht wurde, bestellte der Mann neben Caroline ein Pils. Sie wollte etwas sagen, doch in diesem Moment leiteten die Musiker ihren dritten Stimmungsschlager ein.

Der Andrang auf der Tanzfläche nahm deutlich zu und von der offenen Terrassentür blies ein lauer Nachtwind herein. Unterdessen nahm der Mann einen kräftigen Schluck von seinem Bier. Dann schaute er Caroline direkt an, wobei er höflich Abstand einhielt: »Entschuldigen Sie, ich suche hier jemanden, den ich leider nur vom Namen her kenne.«

Caroline war über diese, wie sie es empfand, ungewöhnliche Annäherung erfreut und fühlte sich mit einem Schlag wie befreit. Nicht das übliche Geschwätz. Melanie spitzte die Ohren, ohne in den raumfüllenden Klängen der Kapelle etwas verstehen zu können.

»Dass ich Ihnen helfen kann, glaub ich kaum«, erwiderte ihm Caroline so laut, dass er es akustisch wahrnehmen konnte. »Wir sind erst heute angekommen.«

»Ach«, staunte der Mann und sah ihr fest in die Augen. »Die, die ich suche, müssten auch erst heute angekommen sein.« Er zögerte und musterte Melanie. »Die, die ich suche«, wiederholte er, »heißen Melanie und Caroline.«

Caroline fühlte sich wie vom Blitz getroffen. Sie spürte ihren Pulsschlag in allen Teilen des Körpers. Wäre das Licht nicht abgedimmt gewesen, hätte ihr Gesicht plötzlich weiß und blutleer ausgesehen.

38

Wie lange war er nicht mehr hier oben gewesen? August Häberle sah an diesem Dienstagvormittag zur nebelverhangenen Bergkette der Schwäbischen Alb hinauf. Hier, wo sich das Tal verengte und die bewaldeten Hänge wie eine riesige Mauer vor ihm standen, winterlich trist und an der Nebelgrenze mit Raureif beladen, war der südlichste Zipfel der Region Stuttgart. Noch vor 200 Jahren, als es weder Eisenbahn noch motorisierte Fahrzeuge gab, musste hier das Ende der Welt gewesen sein. Der Übergang über die Alb hatte sich auf steinigen Wegen und Pfaden gewiss ziemlich abenteuerlich gestaltet. Doch in früheren Zeiten, daran musste Häberle oftmals denken, wenn er unterwegs nach Geislingen war, hatten die Herrscher über die Ländereien bereits Weitblick bewiesen und von den Kutschern Zoll kassiert – eine Maut zur Benutzung der Verkehrswege. In Geislingen gab es noch heute einen prächtigen Fachwerkbau, der die Bezeichnung Alter Zoll trug – exakt im Zentrum der Stadt gelegen, wo einstens die Hauptverbindung ins 30 Kilometer entfernte Ulm verlief, zum südlichen Bereich der Alb, an dem die Donau entlang ostwärts floss.

Häberle, ein altgedienter Kriminalbeamter, der im ganzen schwäbischen Ländle großes Ansehen genoss, hatte sich vor geraumer Zeit wieder seiner Wurzeln besonnen und war von den Schaltzentralen der Inneren Sicherheit in die Provinz zurückgekehrt, wie er es selbst immer augenzwinkernd formulierte. Er war Sonderermittler gewesen, hatte einst die aufsehenerregende Entführung der Schlecker-Kinder geklärt und viele Schwerverbrecher zur Strecke gebracht. Seine Gelassenheit und Ruhe waren ebenso legendär wie sein scharfsinniges Kombinieren und sein aufmerksames Zuhören. Dass er auf den ersten Blick nicht gerade einen sportlichen Eindruck hinterließ, zumal seine Körperfülle im Laufe der Zeit stattliche Ausmaße angenommen hatte, war manchem Ganoven zum Verhängnis geworden, denn als Judoka-Trainer konnte er einen unerwarteten Spurt hinlegen und blitzschnell zupacken.

In Geislingen angekommen, wurde er im Backsteingebäude der Kriminal-Außenstelle herzlich begrüßt. Er schüttelte den Kollegen die Hände und ließ sich in den Sachverhalt einführen. Schmittke referierte wie gewohnt sachlich und zurückhaltend und ließ sich nur das eine oder andere von Linkohr bestätigen oder ergänzen.

Häberle, der auf einem Besucherstuhl vor Schmittkes Schreibtisch Platz genommen hatte, während die meisten anderen an Fenstersimsen oder am Türrahmen lehnten, fasste zusammen: »Wenn ich euch also richtig verstehe, habt ihr in den vergangenen beiden Tagen mehr Zweifelhaftes als Gewöhnliches entdeckt.«

Schmittke unterbrach ihn: »Wenn man von den Obduktionsberichten Kräuters absieht. Würden wir nur diese haben, wäre die Angelegenheit erledigt. Aber wir wollten uns damit nicht zufriedengeben.«

Linkohr grinste in sich hinein. Von ›wir‹ konnte keine Rede sein. Watzlaff hatte gedrängt – und letztlich auch die Direktionsleitung. Aber dies schien Häberle längst zu wissen, denn er zeigte sich informiert: »Baldachin ist nervös geworden. Der Landrat hat ihn offensichtlich angerufen – aus Sorge um den guten Ruf der Klinik.«

»Es mehren sich die Hinweise«, so fuhr Schmittke fort, »dass ein paar Herrschaften möglicherweise ein eigenes Süppchen kochen, das nicht ganz hasenrein ist. Bei der Durchsuchung von Fallheimers Wohnung – übrigens alles abgesegnet von Ziegler und Schwenger – sind wir auf einige Aufzeichnungen gestoßen, die uns merkwürdig vorkommen. Da gibt es eine Akte zu irgendeinem Projekt – und zu einem gewissen Humstett oder so ähnlich, der eine Laichinger Adresse hat. Außerdem …«, er sah Hilfe suchend zu den anderen Kriminalisten, »… ja, außerdem macht uns ein schriftlicher Hinweis auf eine Frau von Willersbach stutzig. Dieser Name ist schon einmal aufgetaucht – nämlich in der Nacht zum Sonntag, als sich eine Dame in der Ambulanz so genannt hat, ohne Ausweis oder sonstige Papiere bei sich zu haben. Unter der angegebenen Adresse in Ulm ist sie aber nicht gemeldet.«

Häberle nickte aufmerksam.

»Nach den Akten, die wir bei Fallheimer gefunden haben, müsste die Dame in Brig wohnen. Schweiz. Wallis, ganz in der Nähe von Zermatt. Matterhorn und so«, erklärte Schmittke und ergänzte, »der handschriftliche Vermerk von Fallheimer enthält noch ein Datum – und zwar den kommenden Samstag, 20. Februar.«

»Und was sagt die Klinikleitung?«, wollte Häberle wissen.

»Wir haben den Ärztlichen Direktor bisher nicht mit Einzelheiten konfrontiert. Noch nicht. Das hat sich ja alles erst gestern so richtig zugespitzt.«

»Ihr sagt aber, dass ihr inzwischen glaubt zu wissen, worum es letztlich gehen könnte.«

»Ja, Kollege Linkohr hat andeutungsweise etwas von Frau Fallheimer erfahren – die ist auch Krankenschwester. Kennt sich wohl ein bisschen aus. Stammzellen, Gen-Geschichten und so weiter«, erklärte Schmittke und musste sich insgeheim eingestehen, dass er nichts davon verstand. Er gab deshalb Linkohr ein Zeichen, seine Erkenntnisse einzubringen.

»Dieser Max Frenzel, dem das Auto von der Unfallflucht gehört, glaubt zu wissen, dass über dunkle Kanäle Nabelschnurblut aus der Klinik geschleust wird.«

Häberle verschränkte die Arme vor der voluminösen Brust. »Nabelschnurblut«, echote er einigermaßen verständnislos.

»Ja«, bekräftigte Linkohr. »Fragen Sie mich jetzt nicht, weshalb das so begehrt ist. Man kann wohl Stammzellen draus gewinnen – Stammzellen in absoluter Reinheit.«

Häberle nahm sich vor, das Thema mit dem medizinischen Leiter der Klinik zu vertiefen.

»Und dann gibt es noch diese Ambulanzschwester Brigitte«, warf Linkohr ein und schielte zu Kerstin. »Die hat ein seltsames Interesse an der Geschichte. Wir haben sie zufällig gestern Abend bei Frau Brugger getroffen.« Linkohr bemerkte, dass Häberle nicht folgen konnte. »Brugger ist die Frau eines Kollegen von Dr. Fallheimer, unserem Unfalltoten. Professorin an der Uni in Ulm. Strotzt vor Selbstbewusstsein. Will jedoch keine Details von dem kennen, woran Fallheimer und ihr Mann rumgebastelt haben.«

»Und warum fragt ihr den Brugger nicht selbst?«

»Macht gerade 'ne Woche Urlaub. Auf Gran Canaria.«

»Dort ist er nicht erreichbar?«

Schmittke unterbrach den Dialog: »Entschuldige, August, aber bis gestern gab's keinen Anlass, tiefer in die Sache einzusteigen.«

»Dann werden wir das ändern«, entschied Häberle, ohne es wie einen Befehl klingen zu lassen. »Wir werden diese Ambulanzschwester unter die Lupe nehmen. Das kann ja der Kollege Linkohr übernehmen.« Er blinzelte ihm zu und wusste, dass sich der junge Kriminalist freuen würde, endlich mal wieder mit ihm einen großen Fall zu bearbeiten. »Dann«, so fuhr er fort, »guckt mal jemand, was es mit dieser von Soundso auf sich hat. Diese Adresse in der Schweiz muss gecheckt werden. Ich schlage vor, dies auf dem kleinen Dienstweg zu tun. Ruft halt mal dort in Brig an.«

»Wenn die Kollegen dort kooperativ sind«, wandte einer aus der Runde ein. »Seit der Sache mit der Steuersünder-DVD halten die nicht mehr so viel von uns.«

Häberle grinste und versuchte sich mit dem Schwyzer Dialekt, der stark an den Komiker Emil erinnerte: »Dann muss moan chalt mit 'n' Leut'n red'n, nicht wahr!«

Schmittke mischte sich wieder ein: »Ich schlage vor,

August, dass du mit dem Ärztlichen Direktor redest. Stuhler heißt der Mensch. Das beruhigt vielleicht auch die hohen Herren in der Direktion.« Er fügte süffisant hinzu: »Du weißt, Baldachin ist nervös, seit der Landrat ihn rundgemacht hat.«

»Dann muss sich jemand um Gran Canaria kümmern. Diese Tochter von Fallheimer sollten wir ausfindig machen – und mit diesem Brugger Kontakt aufnehmen.« Er überlegte kurz. »Und wer steckt hinter der Adresse in Laichingen?«

»Humstett,Gewerbegebiet Laichingen.«

»Okay, Humstett«, wiederholte Häberle. »Der wird ja ein paar Takte zu sagen haben.« Er sah von einem zum anderen. »Und dieser Autobesitzer, dieser Student, der ist absolut okay?«

Kerstin sah die Chance gekommen, etwas beizusteuern. »Ausschließen lässt sich nichts. Der war Zivi in der Klinik und hilft dort noch immer aus. Scheint irgendwie engere Kontakte zu Fallheimer gehabt zu haben, denn der hat ihn zu einem ehrenamtlichen Job ins Naturschutzzentrum bei Schopfloch auf der Alb vermittelt. Insektenstudien. Paarungsverhalten und so 'n Zeug. Soll eine Dokumentation drüber machen. Wohl irgendetwas Medizinisch-biologisches.«

»Und die Herren und Damen Doktoren in der Klinik – die in der Nacht zum Sonntag Dienst hatten? Ambulanz und so weiter?«

Schmittke gab die Antwort: »Salbaisi heißt der diensthabende Ambulanzarzt. Ein Iraker, der schon ewig in Deutschland lebt. Und der Leitende Oberarzt der Anästhesie, der in dieser Nacht Rufbereitschaft hatte. Moschin heißt der.«

»Macht doch mal bitte von all den beteiligten Personen, die wir bisher kennen, eine Zusammenfassung über die bisherigen Erkenntnisse«, bat er. »Und ich veranlasse eine nochmalige Obduktion der beiden Toten.«

»Du willst was?«, staunte Schmittke. »Du willst nochmal …?«

»Ich weiß, dass Kräuter Fremdverschulden ausgeschlossen hat. Aber, Leute, wir haben's hier mit einer Klinik zu tun. Das sind Mediziner – oder zumindest Personen aus deren Umfeld. Haltet ihr es nicht für denkbar, dass jemand, der mit Stammzellen rumbastelt, weiß, wie man Leben unbemerkt auslöschen kann?«

Die Kriminalisten sahen Häberle ratlos an. Nur Linkohr und Kerstin nickten sich bestätigend zu.

Schmittke reagierte als Erster: »Dir ist schon bewusst, was eine Obduktion kostet?«

Häberle holte tief Luft, sodass sich sein Wollpullover im Brustbereich bedrohlich dehnte. »Ich denke, dass dies keine Rolle spielt, wenn über die politische Schiene Druck ausgeübt wird. Denk an den Landrat!«

Schmittke musste erkennen, dass Häberle die besseren Argumente hatte. »Das muss aber Ziegler anordnen.«

»Der Herr Staatsanwalt wird nicht umhinkommen, wenn ich ihm den Sachverhalt erkläre. Und ich wette mit euch, sowohl dieser Dr. Dingsda mit der Unfallflucht als auch die Röntgenassistentin wurden umgebracht.«

Keiner wollte dies kommentieren. Waren sie allzu lange gutgläubig gewesen?

39

»Am liebsten würd ich abreisen«, sagte Melanie zum wiederholten Male. Sie waren nach dem Treffen mit dem Mann noch zwei Stunden auf dem Balkon gesessen, um über das Gehörte zu reden – aber nur im Flüsterton, falls es nebenan fremde Ohren gab. Jetzt, beim Frühstück, als kurz nach 8 Uhr die Sonne hinter dem östlichen Seitenflügel des Hotels ihre ersten Strahlen auf die Terrasse warf, schmeckten ihnen weder der Kaffee noch die Köstlichkeiten, die es am üppigen Buffet gab. »Wenn Elmar tatsächlich abgetaucht ist, weil er Angst hat, in die Sache daheim reingezogen zu werden, könnten auch wir in die Schusslinie geraten«, fuhr Melanie fort und setzte sich ihre große Sonnenbrille auf.

Trotz des nächtlichen Gesprächs wirkte sie irgendwie selbstbewusst, dachte Caroline. »Dieser Hoyler, oder wie er heißt …«, erwiderte sie und wurde durch Melanies Nicken bestätigt, »… ja, Hoyler, der hat einen ziemlich guten Draht in diese Kreise, obwohl er sich auf unsere Fragen vornehm zurückgehalten hat.«

»In Wirklichkeit wollte uns der doch nur aushorchen«, warf Melanie schnell ein und schaute sich nach bekannten Gesichtern um. »Der wollte in Erfahrung bringen, was wir wissen – vor allen Dingen: Ob wir Elmars Versteck kennen.«

Caroline erwiderte nichts. Das plötzliche Auftauchen dieses Mannes an der Bar hatte bei ihr einen tiefen Eindruck hinterlassen. Er war jedenfalls gut über Elmars Absichten informiert. Wahrscheinlich hatte der mit seinem Abenteuer geprahlt, überlegte Caroline zum wiederholten Male. Diese Möglichkeit war ihr bereits in der Nacht als die logischste erschienen. Für einen Moment hatten sie in Erwägung gezogen, Hoyler könnte ein Privatdetektiv sein, der im Auftrag von Bruggers Ehefrau hinter Elmar her war, um einen plausiblen Grund für eine Scheidung zu liefern.

»Um ehrlich zu sein, Caroline, ich hab Angst um Elmar. Denn falls ihm etwas zustößt, wird man ihn mit uns in Verbindung bringen«, sagte Melanie plötzlich und wehrte den Ober ab, der sich höflich erkundigte, ob er eine weitere Kanne Kaffee bringen sollte.

Ihre Freundin sah zu den großen Palmen hinüber, deren Blätter im Winde rauschten. »Wenn dieser Hoyler ein guter Freund von Elmar ist, wie er ja behauptet hat, dann haben die sich auf jeden Fall treffen wollen. Und wir waren nicht der Hauptgrund für Elmars Reise. Er hat uns nur eingeladen …«

»… um zwischen irgendwelchen Terminen seinen Spaß zu haben«, unterbrach Melanie und führte den Satz zu Ende. Es klang nicht nach Enttäuschung, sondern nach Zorn und Rache.

»Und ich sag dir«, gab sich Caroline besorgt und dämpfte ihre Stimme noch weiter, weil sich am Nebentisch ein junges Pärchen niedergelassen hatte, »… ich sag dir, wenn Elmar was geschieht, hängen wir mit drin. Man wird bei ihm irgendetwas finden, was auf uns hindeutet. Und je nachdem, was es ist, kann das für uns ganz dumm ausgehen.«

Melanie sah ihre Freundin über den Rand der großen Sonnenbrille hinweg an. »Wie kommst du denn da drauf?«

»Zwei Frauen, die mit einem verheirateten Mann

unterwegs sind«, flüsterte Caroline. »Eifersucht, verstehst du? Die spanische Kripo kann alles Mögliche ins Spiel bringen. Und wir können uns nicht mal wehren – sprachlich, mein ich. Du kannst wenigstens ein bisschen spanisch.«

Melanie wusste nicht, ob sie das Gesagte als Hirngespinst abtun oder ernst nehmen sollte. Vermutlich war Carolines Überlegung nicht mal so abwegig. »Du willst damit sagen, jemand könnte …?« Sie wagte das Unfassbare nicht auszusprechen.

»Ich sag dir ehrlich, Melanie …, stell dir vor, wir werden wegen irgendetwas verdächtigt. Was sollen wir sagen? Dass wir Elmar heimlich hinterhergereist sind? Dass seine Frau nichts davon wissen durfte?« Sie beugte sich zu ihrer Freundin hinüber und spürte innerlichen Triumph, weil Melanie offenbar einen Teil ihrer zur Schau getragenen Arroganz verlor. »Hätten wir denn ein Alibi?«

Melanie verzog ihr Gesicht zu einem verständnislosen Lächeln. »Alibi? Wozu das denn? Wir wissen doch weder, wo Elmar ist, noch wann und wo er – falls dies geschehen ist – umgebracht wurde. Meinst du nicht, dass mit dir die Fantasie durchgeht?«

Caroline überlegte kurz, ob sie es sagen sollte, entschied sich allerdings dafür: »Ich hab auf jeden Fall panische Angst davor, im Gefängnis zu landen. Die spanischen Gefängnisse sollen die reinste Hölle sein, hab ich mal gehört.«

»Jetzt hör bitte auf«, mahnte ihre Freundin energisch, aber leise, »das ist doch Unsinn, was du da sagst. Was sollen wir schon für ein Interesse daran haben, Elmar umzubringen.« Ihr fielen zwei Männer mittleren Alters auf, die zwei Tische weiter vor sich hin schwiegen.

»Vielleicht sollten wir darauf achten, dass wir die nächsten Tage immer ein Alibi haben.«

»Alibi? Ich glaub, du liest zu viele Krimis. Wir sind hier und machen Urlaub. Touristen, verstehst du. Und falls mich jemand nach einem Alibi fragt, wird sich eines finden.«

Caroline sah ihre Freundin im Gegenlicht der prall scheinenden Sonne kritisch an: »Hättest du ein Alibi für die Stunde, bevor wir gestern Abend zum Essen gegangen sind?«

40

Häberle war im Umgang mit Menschen aller Gesellschaftsschichten geübt. Sein Feingefühl und sein Verständnis hatte ihm viele Sympathien eingebracht. Auf diese Weise fand er sowohl den Zugang zu vermeintlich knallharten Managern oder Politikern als auch zu jenen, die den Wohlstand nur vom Hörensagen her kannten. Nachdem er sich im zweiten Obergeschoss der Klinik durch einen langen Flur dem Vorzimmer Stuhlers genähert hatte, fühlte er sich von einer angenehmen Atmosphäre umgeben. An der weiß getünchten Wand neben der Tür hing ein großformatiges Poster, das den ehemaligen Fußballbundestrainer Jürgen Klinsmann zeigte und eine mit schwarzem Filzstift geschriebene persönliche Widmung aufwies. Häberle überlegte, wie Klinsmann und Stuhler zusammenpassten. Hatte Stuhler einmal Fußball gespielt?

Häberle entschied, darüber nicht länger nachzudenken. Er klopfte an die Tür und wurde von einer freundlichen Dame begrüßt, die überhaupt nicht in das Klischee jener Wichtigtuerinnen passte, die sich für gewöhnlich gerne im Umfeld von Chefärzten sonnten. Auch das Büro flößte dem Besucher nicht gleich Respekt ein: Es war klein und eher bescheiden und hätte in eine Praxis eines niedergelassenen Landarztes gepasst.

Die Tür zum Chefbüro stand einen Spalt weit offen, sodass Stuhler hören konnte, wer gekommen war. Augenblicke später kam er im weißen Arztkittel heraus, hieß den Kommissar willkommen und schüttelte ihm die Hand. Sofort geleitete er ihn in sein Büro, ließ die Tür einrasten und bot ihm am abgerundeten Teil des Schreibtisches einen Platz an.

Noch während sich Stuhler ihm gegenüber in seinem Bürostuhl niederließ, nahm Häberle die Umgebung in sich auf. Eine Chefarzt-Residenz hatte er sich immer anders vorgestellt – mindestens fünfmal so groß und mit ledernen Sesseln und eichenen Möbeln. Hinterm Schreibtisch ein Herrgott in Weiß, der sich hofieren ließ und nicht den Funken eines Widerspruchs gelten ließ.

Stuhler hingegen schien einen völlig neuen Typus zu verkörpern. Sportliche Erscheinung, eloquentes Auftreten. Einer, der noch den schwäbischen Dialekt beherrschte, wenn es sein musste. Stuhler, so Häberles erster Eindruck, brauchte nicht durch arrogantes Auftreten seine Bedeutung hervorzuheben. Dieser Mann hatte seine Position gewiss durch Fachkompetenz und zielstrebiges Arbeiten erreicht.

»Ich weiß, Ihre Zeit ist kostbar«, begann Häberle und sah, dass auf Stuhlers Computermonitor ein angefangener Text stand, den er nicht entziffern konnte. »Meine Kollegen haben Sie bereits am Sonntag behelligt. Inzwischen haben sich ein paar weitere Details ergeben, die einer Nachbearbeitung bedürfen.«

»Nur zu«, ermunterte ihn Stuhler, dessen kantige Gesichtszüge sich zu einem Lächeln formten. »Das ist Ihr Job. Jeder tut das, was er muss.«

Häberle gefiel, wie Stuhler dies aussprach. Ein Mann der Tat, dachte er. Da saß ihm kein Schwätzer gegenüber, sondern einer, der bereit war, Dinge selbst zu erledigen – und zwar möglichst sofort.

»Dr. Fallheimer soll an einem Forschungsprojekt beteiligt gewesen sein«, begann Häberle und wartete auf eine Antwort.

»Forschungsprojekt – na ja. Inzwischen hab ich davon gehört. Die Gerüchteküche brodelt, müssen Sie wissen. Aber was Dr. Fallheimer gemacht hat, entzieht sich leider meiner Kenntnis. Ich kann nur so viel dazu beitragen: An unserer Klinik wird keine Grundlagenforschung betrieben. Wir sind ein Haus der Allgemeinversorgung und kooperieren eng mit der Göppinger Klinik am Eichert und mit der Uni in Ulm. Wir bieten alles, was ein Haus unserer Größe bieten muss. Und das, was wir tun, können wir sehr gut.« Es klang nicht überheblich. »Wir haben sehr große Kapazitäten hier – wie etwa, was die Knochenchirurgie anbelangt. Künstliche Kniegelenke und Hüftgelenke.« Sein Gesicht hatte wieder ernste Züge angenommen. »Natürlich sind wir wissenschaftlich tätig, aber

Grundlagenforschung, nein, Herr Häberle, das maßen wir uns nicht an.«

»Alles, was Dr. Fallheimer oder andere in dieser Richtung tun, ist also privat.«

»Absolut privat. Jedem steht natürlich frei, sich außerhalb des Hauses wissenschaftlich zu betätigen. Das kann befruchtend wirken. Letztlich lebt die Medizin von klugen Köpfen, die auf das Bestehende aufbauen.«

Häberle nickte interessiert und stützte sich mit den Unterarmen auf der Tischplatte ab. »Ich nenn jetzt nur ein Stichwort: Nabelschnurblut. Es soll irgendwelche Unregelmäßigkeiten gegeben haben.«

»Ist mir gestern Abend zu Ohren gekommen. Es sollen ein paar wenige Behälter abhanden gekommen sein. Sie sind jedenfalls nicht in Leipzig eingetroffen, wohin sie hätten gehen sollen. Dort werden die daraus gewonnenen Stammzellen zur Langzeitlagerung tiefgefroren«, fügte er erläuternd hinzu.

»Sie sagten ›zu Ohren gekommen‹. Wer informierte Sie denn darüber?«

»Der Kollege aus der Gyn. Er hat nach den wilden Gerüchten, die im Haus kursieren, den Weg der letzten Lieferungen verfolgt, routinemäßig. Demnach sind in den vergangenen fünf Monaten vermutlich vier Lieferungen nicht in Leipzig angekommen.«

»Und das könnte mit Dr. Fallheimer in Verbindung zu bringen sein?«

»Ob das so ist oder nicht, entzieht sich meiner Kenntnis. Gerüchteweise hört man viel. Aber wenn Sie Konkretes erfahren wollen, stoßen Sie immer wieder auf jemanden, der das alles nur vom Hörensagen her kennt. Solches Verhalten dürfte auch Ihnen nicht fremd sein.«

Leider Gottes war es so, musste sich Häberle eingestehen. Sobald es um einen spektakulären Fall im persönlichen Umfeld ging, fühlten sich die Wichtigtuer gefordert, die zu allem und jedem etwas beisteuern wollten – und war es noch so unsinnig. Dann schossen Spekulationen ins Kraut, wie der Rhabarber nach einer lauen Regennacht.

»Ich bin in medizinischen Dingen nicht so bewandert«, räumte Häberle ein. Dies zuzugeben, würde in den Augen Stuhlers gewiss kein Nachteil sein »Was ist denn das Besondere an diesem Blut?«

»Ganz einfach«, entgegnete der Chefarzt. »Nabelschnurblut gilt eigentlich als Geburtsabfall – doch es enthält Millionen wertvoller Stammzellen, die bei der Geburt entnommen und anschließend eingelagert werden können. Somit stehen sie für die spätere Anwendung zur Verfügung.«

»Zum Beispiel wofür?«

»Zum Beispiel, um lebensgefährliche Erkrankungen des Blutes oder des Immunsystems, wie etwa Leukämie, Lymphome oder verschiedene Stoffwechselerkrankungen therapieren zu können. Viele dieser Patienten können durch eine Transplantation gesunder Blutstammzellen gerettet werden.«

»Und das geht nur mit Nabelschnurblut?«

»Es ist absolut gesund, weil es im Mutterleib bestens geschützt war«, erwiderte Stuhler und erläuterte weiter, kurz und prägnant, wie er es gewohnt war: »Sie müssen sich das so vorstellen: Nach der Abnabelung des Kindes verbleibt ein Rest des kindlichen Blutes in der Nabelschnur. Dies ist reich an jungen, multipotenten Stammzellen, die ausreichen, das Knochenmark eines erkrankten Patienten zu rekonstruieren.«

Häberle überlegte und hakte langsam nach: »Das heißt, man könnte einiges mehr rekonstruieren – nicht nur Knochenmark?«

Über Stuhlers Gesicht huschte ein Lächeln – für Häberle ein Zeichen, dass der Scharfdenker, für den er ihn einschätzte, sofort begriffen hatte, worauf diese Frage abzielte.

»Die regenerative Medizin ist in der Tat heutzutage in der Lage, aus körpereigenen Zellen neue Haut und Knorpel fürs Knie herzustellen. Was viel zu wenig bekannt ist: Mehrere Kinder leben bereits mit neuen Herzklappen, die aus ihren eigenen Stammzellen hergestellt wurden. Und ich bin davon überzeugt – weil Forschungsprojekte dies bereits hoffen lassen –, dass mit Stammzellen Schädigungen des Gehirns und der Nerven, aber auch von Niere, Lunge oder Leber behandelt werden können.«

»Wenn ich Sie also richtig verstehe, sind kaum Grenzen gesetzt«, konstatierte Häberle.

»Stammzellen sind die Bausteine des Lebens, sozusagen die Urzellen eines Menschen. Aus ihnen entwickeln sich menschliche Körperteile.«

Das war der Kernsatz, schoss es Häberle durch den Kopf. Genau dies hatte er vermutet. »Das heißt, dass jemand, der in dieser Richtung forscht, einen gewissen Bedarf an Nabelschnurblut hat.«

»Dass Sie als Kriminalist solche Schlüsse ziehen, ist mir klar«, entgegnete Stuhler. »Wenn Sie übrigens mehr zu diesem Thema wissen wollen, sollten Sie mit dem Kollegen Dr. Moschin reden.«

Häberle nickte. Der Name war ihm aus den Schilderungen Schmittkes bereits geläufig.

»Noch eine andere Frage. Dr. Fallheimer soll mit einem

Dr. Brugger … ja, sagen wir mal, irgendwie geforscht haben.«

»Elmar Brugger«, ergänzte Stuhler. »Auch aus der Gyn.« Er zog seine Stirn wieder in Falten. »Sollte sich irgendetwas ergeben, das die kursierenden Gerüchte im Geringsten bestätigt, Herr Häberle, dann möchte ich Sie bitten, mit aller Macht zu ermitteln. Meine Unterstützung haben Sie. Meine vollste Unterstützung. Sie dürfen jederzeit mit Ihren Kollegen hier vorbeischauen. Das Haus steht Ihnen offen.« Er dachte nach. »Soweit wir natürlich nicht an unsere Schweigepflicht gebunden sind – aber das dürfte Ihnen geläufig sein.«

»Dieser Dr. Brugger, der hat wohl gerade Urlaub und hält sich auf Gran Canaria auf.«

»Dass er Urlaub hat, ist korrekt – wo er sich aufhält, kann ich Ihnen nicht sagen. Ich weiß es nicht.« Stuhler nutzte Häberles Denkpause, um sich für etwas anderes zu interessieren. »Gestatten Sie mal eine Frage. Hat sich denn mit dieser Frau mit dem adligen Namen etwas ergeben? Ihr Kollege Schmittke wollte sich kundig machen, ob die Ulmer Adresse, die sie in der Ambulanz angegeben hatte, korrekt ist.«

»Ist nicht korrekt. An besagter Adresse steht ein Mietsblock – aber eine Adlige ist dort nicht gemeldet. Allerdings haben wir eine neue Spur.« Häberle war sich sicher, dies dem Arzt verraten zu können. »Angeblich hat die Dame eine Postanschrift in der Schweiz – in Brig.«

»Brig?«, staunte Stuhler. »Brig? Das ist doch dort, wo's zum Simplonpass raufgeht – rüber in Richtung Lago Maggiore?«

Der Kommissar stutzte über das Interesse des Mediziners. »Ja. Wallis. Ein Stück weiter westlich zweigt das

Seitental in Richtung Zermatt ab. Verbinden Sie damit etwas?«

Stuhlers Melder, den er in der Brusttasche stecken hatte, schlug an. Er nahm ihn in die Hand, sah aufs Display und griff zum Telefon, um eine kurze, offensichtlich hausinterne Nummer zu wählen. Während er auf den Anschluss wartete, meinte er zu Häberle: »Tut mir leid. Moment bitte.«

Zwei Sekunden später meldete er sich mit seinem Namen und lauschte, um dann zu entscheiden: »Geben Sie ihm Dipidolor, 15 Milligramm. Ich brauch noch fünf Minuten.«

Stuhler legte auf und kam sofort wieder zur Sache. »Brig«, wiederholte er. »In dieser Gegend waren wir mal mit dem Kollegenkreis Ski fahren. Vor drei Jahren.«

Häberles Interesse stieg. »War Doktor Fallheimer auch dabei?«

»Ja, er und weitere Kollegen samt den Frauen und einigen MTAs. War eine tolle Woche damals.«

»MTAs?«, hakte Häberle fragend nach. »Krankenschwestern?«

»Nein. Medizinisch-technische Assistentinnen, eine Sammelbezeichnung für technische Assistenten in der Medizin«, erläuterte Stuhler. »Hat man irgendwann mal so erfunden. Schöne Bezeichnungen sollen Berufe attraktiver machen – aber das kennt man aus anderen Branchen. Ein Unfug, von dem sicher auch Sie nicht verschont bleiben. Aber so ist's doch überall: Anstatt die Leute besser zu bezahlen, wird ihnen damit Sand in die Augen gestreut. Die Motivation steigert das nicht.«

Häberle spürte, wie ihm der Chefarzt immer sympathischer wurde.

41

Zwei Tage lang hatten die beiden jungen Frauen mit dem Gedanken gerungen, ob sie sich bei der Kriminalpolizei melden sollten. Manuela Krapf und Andrea Schwarz, die beide gerade erst ihre Ausbildung zur Krankenschwester absolviert hatten, waren schließlich zu der Auffassung gelangt, nicht länger schweigen zu können. Nach ihrem Anruf bei der Kripo und dem kurzen Hinweis, worum es gehe, bekamen sie sofort einen Termin. Kerstin Iridon, die Kommissarsanwärterin, nahm sich ihrer an und führte sie in ein kleines Besprechungszimmer. Manuela Krapf ergriff selbstbewusst das Wort: »Es gibt inzwischen irre Gerüchte über Dr. Fallheimer. Deshalb haben wir uns gedacht – meine Kollegin Andrea Schwarz und ich –, dass wir Ihnen das, was wir wissen, sagen sollten.«

»Aber bitte vertraulich behandeln«, unterbrach Andrea, die noch immer von Zweifeln geplagt wurde, ob ihr Vorgehen korrekt sein würde.

Kerstin nickte zaghaft. Die Zusicherung von Vertraulichkeit konnte nie ohne Einschränkung gegeben werden.

»Dr. Fallheimer«, machte Manuela weiter und zögerte. Als wolle sie nicht sofort zur Sache kommen, erklärte sie: »Er war ein sehr feiner Mensch. Sehr sympathisch. Andrea und ich waren am Sonntagmorgen im Dienst, als er gestorben ist. Es war sehr schlimm für uns.«

Die Kriminalistin ließ ihr Zeit und verzichtete auf eine drängende Nachfrage.

Andrea nahm die entstandene Stille zum Anlass, ihre vorsichtige Zurückhaltung in Worte zu fassen: »Eigentlich geht uns das alles nichts an – aber weil wir eng mit Dr. Fallheimer zusammengearbeitet haben und es immer mehr Gerüchte gibt, beschäftigt uns die ganze Sache auch.«

»Ja«, knüpfte Manuela daran an. »Und deshalb sollten Sie wissen, dass Dr. Fallheimer in irgendeiner Weise privat etwas mit Dr. Brugger zu tun hatte.«

Kerstin zeigte sich informiert und nickte. »Mit jenem Dr. Brugger, der gerade Urlaub auf Gran Canaria macht.«

»Sie wissen das?«, staunte Andrea und war insgeheim erleichtert, dass nicht sie es waren, die die Ermittlungen in diese Richtung lenkten.

»Dass er dort ist, haben wir erfahren, ja«, bestätigte Kerstin. »Nur wissen wir nicht so genau, was er dort macht.«

Manuela zögerte. »Was er dort macht, wissen wir auch nicht. Aber …« Sie sah zu Andrea, die nervös mit ihren Fingern spielte und auf die Tischplatte starrte.

Die Kriminalistin wartete und ließ ihren Blick von einer zur anderen schweifen. In manchen Situationen, so hatte sie es erst kürzlich gelernt, war es besser, ausdauernd zu schweigen, um sein Gegenüber zum Sprechen zu bewegen.

»Na ja«, entschloss sich Manuela schließlich, den begonnenen Satz zu Ende zu führen, »Dr. Brugger ist wohl nicht ganz allein unterwegs.«

Kerstin zeigte keine Regung, obwohl sie innerlich auf die Fortsetzung des Gesprächs gespannt war. Sie schwieg weiterhin, deutete jedoch mit einem leichten Stirnrunzeln an, dass sie an Einzelheiten interessiert sein würde.

»Es sind zwei Kolleginnen auf Gran Canaria«, sprach Manuela endlich aus, was sie seit Sonntag bewegte, um allerdings gleich abzuschwächen. »Kann natürlich reiner Zufall sein. Aber wir denken, Sie sollten das wissen.«

Kerstin brauchte ein paar Sekunden, um das Gehörte zuordnen zu können. »Sie meinen …, dass er sie mitgenommen hat – in den Urlaub?«

Andreas Gesichtsausdruck verriet, dass sie sich den Schilderungen ihrer Kollegin anschloss. Manuela fühlte sich deshalb dazu angespornt, die Konversation fortzuführen: »Er hat sie wohl heimlich mitgenommen, oder besser gesagt: Sie nachkommen lassen.«

Kerstin blieb weiterhin gelassen. »Wenn es heimlich gewesen sein soll, ist's dennoch bekannt geworden.«

Andrea schaltete sich ein: »Das kann natürlich auch nur ein Gerücht sein. Aber falls es stimmt, was so gesprochen wird, wäre es ziemlich ungewöhnlich, finden Sie nicht?«

»Männer tun manches, was wir aus weiblicher Sicht nicht nachvollziehen können.« Kerstin dachte nach und entschied, sich Klarheit zu verschaffen: »Und welche Sorge hat Sie nun ganz persönlich umgetrieben, uns dies mitzuteilen?«

Manuela schien für einen Moment hilflos zu sein. Doch ihre Kollegin Andrea vermochte ebenfalls keine Antwort zu finden.

Nach einigen Schweigesekunden hatte Manuela eine passende Formulierung gefunden: »Es ist die Sorge um Herrn Dr. Brugger und um die beiden Kolleginnen. Denn Sie müssen eines wissen«, machte sie mit energischem Unterton deutlich, »auch Anja Kastel – das ist der zweite

Todesfall vom Sonntag – hat davon gewusst und es herumerzählt.«

Kerstin verstand die Zusammenhänge nicht ganz. »Wovon gewusst und was herumerzählt?«

Wieder suchten Manuela und Andrea Blickkontakt. Erneut war es Manuela, die das heikle Thema ansprechen musste: »Dass Dr. Fallheimer bei Geburten vermutlich Blut aus Nabelschnüren hat verschwinden lassen.«

Sofort musste die Kriminalistin an das gestrige Gespräch denken, das sie und Linkohr mit Frau Fallheimer geführt hatten. »Stammzellen und so«, gab sie sich informiert.

Die beiden Frauen nickten.

»Sie wollen also sagen«, überlegte Kerstin, »dass die beiden Todesfälle damit zusammenhängen?«

»Genau das, ja«, erwiderte Manuela, jetzt sichtlich erleichtert, dass all ihre Sorgen ausgesprochen waren. Sie fasste sogar den Mut, noch mehr zu sagen: »Wir haben Angst, dass unseren Kolleginnen auf Gran Canaria etwas zustößt – oder Herrn Dr. Brugger.«

»Vielleicht«, meldete sich Andrea zaghaft zu Wort, »vielleicht sind auch wir in Gefahr. Denn wer schon zwei Menschen umgebracht hat, schreckt auch vor weiteren Morden nicht zurück.«

Kerstin schwieg.

42

Elmar Brugger hatte in einem kleinen Hotel, nur etwa 500 Meter vom RIU Palace Maspalomas entfernt, ein Zimmer genommen. Das war zwar sündhaft teuer, weil er nicht in den Genuss eines Pauschalangebots kam, wie es die großen Reiseveranstalter vermarkteten, doch dafür fühlte er sich sicher und zunächst aus der Schusslinie. Sein in Deutschland eingeloggtes Handy hatte er abgeschaltet und nur noch das Ersatzgerät in Betrieb, das bei einem spanischen Provider angemeldet war. Es gab nur einige wenige Menschen, die diese Nummer kannten. Er hatte sich die Telefonkarte bereits bei seinem letzten Aufenthalt auf Gran Canaria von einem Bekannten Maronns besorgt – wie sie es alle getan hatten, um bei wichtigen Gesprächen keine nachvollziehbaren elektronischen Spuren zu hinterlassen. Selbst in Deutschland erfolgten deshalb die Kontakte untereinander über spanische Handys – ungeachtet der Tatsache, dass dies ein kostspieliges Vorgehen war.

Sie achteten streng darauf, dass die Nummern nur einem eng begrenzten Personenkreis bekannt waren. Brugger hatte sie bisher nur einer einzigen außenstehenden Person verraten – nämlich Fernandez, dem Immobilienhändler, dem er sie schon viermal auf den Anrufbeantworter gesprochen hatte, ohne allerdings einen Rückruf erhalten zu haben.

Dass ihn auch Melanie und Caroline nun nicht mehr erreichen konnten, hatte er bewusst in Kauf genommen.

Brugger sah an diesem Dienstagnachmittag aus dem Fenster und vermisste schmerzlich den Blick aufs Meer.

Dieses Zimmer war nach Nordosten ausgerichtet, wo er nur die umliegenden Dächer sah. Weit in der Ferne, in den Dunst gehüllt, erhob sich die Bergkette, deren majestätischer Mittelpunkt der Roque Nublo war, der Wolkenfels Zu ihm hatte er bei einem seiner letzten Aufenthalte auf Gran Canaria einen Ausflug unternommen. Vom dortigen Parkplatz führte ein Weg auf das Plateau hinauf, das nach Norden hin von einer senkrecht aufragenden Felswand begrenzt wurde. Seit Jahrmillionen trotzte sie den stürmischen Passatwinden, die an dieser Bergkette aufstiegen, sich abkühlten und die Warmluft in Wolken verwandelten.

Brugger musste an die gemeinsamen Wanderungen mit Brunhilde denken. Es gab dort oben wohl kaum einen Weg, den sie in den vergangenen Jahren nicht ausgekundschaftet hatten. Erst der elektronische Ton seines Handys riss ihn wieder in die Gegenwart zurück. Er nahm es vom Regalbrett, auf dem der Fernseher stand, und sah auf das Display. Eine spanische Nummer. Soweit er es beurteilen konnte, handelte es sich um einen Anruf von einem Handy. In den wenigen Sekunden, die ihm für seine Entscheidung blieben, das Gespräch anzunehmen oder nicht, versuchte er, sie jemandem zuzuordnen. Es war jedoch keine Nummer, die ihm vertraut erschien. Der Rufton nervte bereits zum vierten Mal. Möglicherweise hatte der dubiose Immobilienhändler endlich den Anrufbeantworter abgehört und rief jetzt nicht von seinem Festnetzanschluss, sondern vom Handy an.

Brugger rang mit sich, ob er die grüne Taste zur Annahme des Gesprächs drücken sollte. Noch einmal erfüllte der schrille elektronische Rufton den Raum. Gleich würde das Gerät auf Mailbox umschalten. Er hatte allerdings keine persönliche Ansage aufgenommen. Die Automatenstimme der spanischen Telefongesellschaft würde demnach die angerufene Nummer wiederholen und – natürlich auf Spanisch – um eine Nachricht auf der Mailbox bitten.

Brugger entschied sich, diese Variante zu wählen. Wenn es eine wichtige Angelegenheit war, würde der Anrufer eine Botschaft hinterlassen. Andernfalls gab es jemanden, der seine Nummer kannte und sich nicht zu erkennen geben wollte. Auch keine sehr angenehme Vorstellung, dachte Brugger. Doch Zeit, sich anders zu entscheiden, blieb nicht mehr. Der nächste Rufton wurde abgewürgt, was ein Zeichen dafür war, dass die Rufumleitung zur Mailbox eingeleitet worden war.

Brugger hielt das Gerät krampfhaft in der Hand und sah auf das Display. Würde der Anrufer eine Nachricht hinterlassen, wäre gleich das Brief-Symbol zu sehen.

Er wartete gespannt – und tatsächlich: Nach einer halben Minute tauchte das Zeichen auf. Brugger zögerte. Es war ihm, als könnte der Anrufer das sofortige Abhören der Mailbox nachvollziehen. Unsinn, beruhigte er sich. Ob er es jetzt abhörte oder erst Stunden später, war völlig egal. Außerdem wusste kein Mensch, wo er sich aufhielt.

Er drückte die Tasten, mit denen sich die Mailbox abrufen ließ. Eine spanische Automatenstimme sagte irgendetwas, das er nicht verstand. Vermutlich hieß es, dass er eine neue Sprachnachricht habe und wann sie eingegangen sei. Gleich darauf wurde die Aufnahme abgespielt. Eine Frauenstimme, die leise und zurückhaltend klang, teilte ihm in schlechtem Deutsch und mit hörbar spanischem Akzent mit:

Señor Brugger, gutte Tak. Señor Fernandez will mit Ihnen sprechen. Heute Abend, elf Uhr bei Dunen bei RIU Palace Maspalomas. Wichtige Gespräch. Geheim. Esse geht um viel Geld. Neue Geschäft, neue Idee. Bitte kein Rückruf. Ist wichtig. Keine Telefonat. Danke. Die Stimme stockte für zwei Sekunden. *Gehe Sie auf Weg in Dune zu Leuchtturm Costa Meloneras. Señor Fernandez erwartet Sie auf Weg.*

Noch einmal wurde der holprige Redefluss unterbrochen. Brugger glaubte, im Hintergrund das Rascheln von Papier zu hören. *Komme allein, weil esse geht um viel Geld. Wichtige Geschäft.* Dann brach die Verbindung ab.

Bruggers Blutdruck war gestiegen.

43

Kerstin Iridon war in die Klinik gefahren, um Brigitte Kollinsky zu treffen. Sie hatte bei einem Anruf erfahren, dass die Ambulanzschwester an diesem Nachmittag zum Dienst eingeteilt war. Kerstin ging in dem künstlich beleuchteten langen Flur an der Reihe der dort sitzenden Patienten entlang, um sich bei der Dame anzumelden, die eine Trennscheibe beiseiteschob. Die Polizistin wurde sofort hereingebeten, musste jedoch in einem kleinen

Aufenthaltsraum fast fünf Minuten warten, bis ihre gewünschte Gesprächspartnerin in weißer Dienstkleidung auftauchte.

»Hallo«, grüßte Brigitte und schüttelte ihr die Hand.

»Ich halte Sie nicht lange auf«, versicherte Kerstin, während sie beide an dem Tisch Platz nahmen. »Sie können sich sicher denken, warum ich Sie so schnell wieder treffen wollte.«

»Ja. Sie haben mich gestern Abend ganz schön erschreckt.«

»Das Kompliment kann ich zurückgeben. Mit allem hab ich gerechnet, nur nicht damit, dass da jemand versteckt werden sollte.«

»Wieso versteckt?«, gab sich Brigitte überrascht. »Frau Brugger hatte mich gebeten, einfach zu warten. Denn sie wollte nicht, dass ich mit der Kriminalpolizei in Verbindung gebracht werde.«

»Wieso eigentlich nicht?«

Brigitte zuckte mit den Schultern. »Keine Ahnung. Um ehrlich zu sein, war's mir ganz recht – nach den Turbulenzen der vergangenen Tage. Im Übrigen hab ich Ihrem Kollegen eh schon alles gesagt, was ich weiß.«

»Um das geht es mir jetzt auch nicht. Mich würd nur interessieren, weshalb Sie sozusagen auf eigene Faust Nachforschungen anstellen.«

»So kann man das nicht sagen«, wehrte die Ambulanzschwester ab. »Ich hab mich im Prinzip nur um Dr. Brugger gesorgt, der ein sehr enges und kollegiales Verhältnis zu Dr. Fallheimer hatte. Wie jeder im Hause weiß.«

»Und da wollten Sie ihn gewissermaßen über seine Frau warnen – oder wie muss ich das verstehen?«

»So in etwa, ja.«

»Und darf ich erfahren, vor wem Sie ihn warnen wollten?«

»Das war keine Warnung vor einer konkreten Person, sondern ganz allgemein. Manchmal hat man so ein Gefühl, so ein Unbehagen im Bauch, für das es keine konkreten Erklärungen gibt.«

»Wenn man die bisherigen Protokolle so liest, scheint mir, dass es vielen so geht wie Ihnen. Irgend so ein seltsames Gefühl, eine diffuse Angst, irgendwelche Gerüchte – aber niemand will Genaues wissen«, sagte Kerstin enttäuscht.

»Na ja, man will schließlich nicht nachplappern, was so vermutet wird.«

»Und was haben Sie denn von Frau Brugger erfahren – oder, anders gefragt, wie hat sie denn auf Ihre Warnungen reagiert?«

»Nicht sonderlich besorgt. Im Gegenteil, ich hatte eher den Eindruck, sie nehme alles nicht so ernst. Und erfahren? Erfahren hab ich im Prinzip gar nichts.«

»Und dann sind Sie einfach wieder gegangen – sozusagen unverrichteter Dinge?«

»Ja, ein bisschen blöd bin ich mir schon vorgekommen. Es war wahrscheinlich dumm von mir, zu ihr zu fahren. Aber wir kennen uns flüchtig, da dachte ich, so ein Gespräch von Frau zu Frau …«

»Dass wir beide uns im Zimmer nebenan getroffen haben, haben Sie ihr nicht gesagt?«

»Nein, ganz bestimmt nicht. Da können Sie sich drauf verlassen.« Sie lächelte. »Immerhin verfolgen wir ja im Prinzip dasselbe Ziel. Denn wer weiß, wem man überhaupt noch trauen kann.«

»Sie haben selbst einen gewissen Verdacht?«

Brigitte sah sich um und dämpfte ihre Stimme. »Vielleicht ist es hier nicht der richtige Ort, darüber zu reden.«

»Sie dürfen gerne zu uns kommen – nach Ihrem Dienst. Es wäre uns sehr hilfreich und wohl auch Herrn Dr. Brugger dienlich, wenn Sie uns wenigstens einen kleinen Hinweis geben könnten, was Sie beschäftigt.« Sie überlegte, wie sie es formulieren sollte. »Sie haben doch Angst, oder?«

Brigittes Stimme wurde etwas leiser. Sie vergewisserte sich, dass die beiden Türen geschlossen waren. »Was heißt Angst, Frau Iridon? Wenn es tatsächlich jemanden gibt, der hinter den beiden Todesfällen von Samstagnacht steckt, dann sind vielleicht viel mehr Menschen in Gefahr, als wir uns denken können.«

Die Polizistin rief sich blitzschnell all die Personen und Namen ins Gedächtnis, mit denen sie seit gestern konfrontiert worden war. Noch bevor sie etwas erwidern konnte, fragte Brigitte leicht abwesend: »Haben Sie eigentlich eine Ahnung, wie schnell man nach Gran Canaria fliegen kann?«

Das hatte ihm gerade noch gefehlt. Göppingens Polizeipressesprecher Uli Stock befand sich gerade auf dem Heimweg, viel zu spät noch dazu, da rief ihn der Polizeiführer vom Dienst im Treppenhaus der Direktion zurück. Aus Geislingen hatte sich der Lokaljournalist Georg Sander gemeldet und war, weil Stock in seinem Büro nicht mehr ans Telefon gegangen war, in der Einsatzzentrale gelandet. »Er will Sie dringend sprechen«, erklärte der uniformierte Hauptkommissar.

Stock, ein braun gebrannter, sportlicher Typ, zögerte einen Augenblick, entschied sich dann aber, ins Büro hochzugehen. Er ließ sich in den gepolsterten Stuhl fallen und nahm das Gespräch entgegen. »Der Herr Sander!«, stellte er wenig erfreut fest. »Was verschafft mir die Ehre?« Er sah auf die Armbanduhr. Es war kurz vor 18 Uhr.

Stocks Verwunderung über den Anruf war nur gespielt. Seit gestern hatte er darauf gewartet, dass der Journalist sich melden würde. Für gewöhnlich hörte der Polizeireporter einer Provinzzeitung das Gras wachsen. Doch mittlerweile hatte es nahezu drei volle Tage gedauert, bis er auf die Klinik-Toten aufmerksam geworden war – durch wen auch immer.

Entsprechend säuerlich war Sander, obwohl er den Vorwurf eher ironisch klingen ließ: »In der Klinik wird gemordet – und der Pressesprecher betätigt sich als Presseverhinderungsmann.«

»Jetzt mal halblang, ja!«, antwortete er provokativ. »Von Mord kann keine Rede sein. Und wer immer Ihnen so etwas erzählt hat, faselt irgendetwas daher, das derzeit jeder Grundlage entbehrt.«

Stock ärgerte sich augenblicklich, dass ihm das Wort derzeit über die Lippen gegangen war. Sander, mit dem ihn seit Jahr und Tag eine ruppige, aber gelegentlich auch herzliche Freundschaft verband, würde dieses eine Wort sofort wieder so interpretieren, dass heimliche Ermittlungen im Gang wären, die zum Schutze einflussreicher Mächte nicht an die Öffentlichkeit gebracht werden sollten.

Diesem Klischee entsprechend, hakte Sander sofort nach und stellte für sich fest: »Aber ganz zufällig sind am Sonntagmorgen die beiden Personen nicht gestorben.«

»Das behaupten Sie, Herr Sander. Ich kann Sie nur warnen, irgendwelche Gruselgeschichten über die Klinik zu verbreiten.«

»Genau das wollen wir vermeiden«, stieg Sander darauf ein. »Den Gruselgeschichten, die im Umlauf sind, begegnen wir am besten mit der Wahrheit.« Mehr wollte er dazu nicht sagen – vor allem keine alten Fälle ansprechen, bei denen die Polizei geglaubt hatte, irgendetwas verschweigen zu müssen, obwohl anschließend jedes Detail stückchenweise ans Tageslicht kam und ihre eigene Glaubwürdigkeit ziemlich zweifelhaft erscheinen ließ.

»Es gibt nichts, was für die Öffentlichkeit relevant wäre. Die Unfallflucht mit Todesfolge ist bekannt – und das andere ist ein ganz normaler Todesfall.«

»Man hört aber anderes«, entgegnete der Journalist.

»So? Dann wissen Sie mehr als wir. Was hört man denn?«

»Dass einige Ärzte einer internationalen Blut-Mafia angehören sollen und in großem Stil Patientenblut in Forschungslabors verschieben.«

»Geht da nicht die Fantasie mit Ihnen durch, Herr Sander?«

»Keinesfalls. Sie brauchen nur ein paar Leute anzusprechen, die in der Klinik arbeiten. Ich sag Ihnen: Bei allem, was Sie da zu hören kriegen, könnte einem das Grausen kommen.«

»Lassen Sie mal die Kirche im Dorf«, unterbrach ihn Stock leicht verärgert. Er wollte in den Feierabend gehen. »Wer immer Ihnen das erzählt hat, reimt sich etwas zusammen, das nur aus Gerüchten und Stammtischgeschwätz herrührt.«

»Und wenn ich Ihnen sage, dass es in der Klinik inzwischen Personen gibt, die um ihr Leben fürchten? Weil sie zu viel wissen.«

»Dann sagen Sie uns gefälligst, wen Sie damit meinen. Oder diese Personen sollen sich uns gegenüber offenbaren. Aber was soll dieses dauernde Geschwätz von irgendwelchen diffusen Ängsten?«, ärgerte sich Stock.

»Vielleicht ist's auch schon zu spät!«, blaffte Sander zurück.

44

Dass sich Humstett auf die Telefonnummer, die in Fallheimers Akten gefunden worden war, den ganzen Tag über nicht gemeldet hatte, empfand Linkohr als ärgerlich. Es blieb ihm an diesem winterlichen Faschingsdienstag nichts anderes übrig, als auf die verschneite Alb hochzufahren. Kerstin hatte es vorgezogen, im warmen Büro zu bleiben, wo die Kriminalisten seit Stunden auf das neuerliche Obduktionsergebnis Kräuters warteten. Auf Rückfrage war ihnen nur beschieden worden, ein endgültiges Ergebnis liege erst in den Abendstunden vor. Immerhin galt es bei dieser zweiten Obduktion der beiden Leichen, äußerst komplexe Analysen und Untersuchungen vorzunehmen, deren letztendliche Ergebnisse ohnehin erst in einigen Tagen vorliegen würden. Aber nach allem, was sich seit Sonntag getan hatte, war es dringend geboten, entweder die bisher diagnostizierten natürlichen Todesursachen zu verfestigen oder – was äußerst selten vorkam – sie zu revidieren.

Linkohrs Gedanken schweiften jedoch ab zu Jenny und Kerstin, die sein Innenleben ziemlich durcheinandergebracht hatten. Er hoffte, dass Jenny Verständnis für seinen Job aufbrachte. Eigentlich hatten sie sich heute Abend treffen wollen, doch angesichts der heißen Phase, in der sich dieser Fall befand, konnte er sich nicht einfach aus den Ermittlungen ausklinken. Jennys Enttäuschung war ihr am Telefon anzuhören gewesen. Sie hatte zwar versichert, dann eben den Abend des Faschingsdienstags daheim zu verbringen, aber ob er ihr wirklich glauben konnte? Sein Vertrauen in die Ehrlichkeit der Frauen war viel zu oft enttäuscht worden.

Linkohr staunte, wie schnell er – tief in Gedanken versunken – die Abfahrt ins Laichinger Gewerbegebiet erreicht hatte. Hier wie anderswo türmten sich im Schein von Scheinwerfern und Straßenlampen die Schneemassen. Nachdem er sich bereits im Büro mithilfe der Satellitenaufnahmen von Google-Earth ein Bild von dem Areal verschafft hatte, konnte er zielstrebig Humstetts Betriebsgebäude ansteuern, unweit eines großen Hochregallagers gelegen. Soweit er es im diffusen Licht der Straßenlampen erkennen konnte, waren alle Rollläden geschlossen. Linkohr entdeckte am Fahrbahnrand eine vom Schnee geräumte Lücke und stellte den weißen VW Golf ab.

Beim Aussteigen schlug ihm jene eisige Kälte entgegen, wie sie dem weit verbreiteten Bild des Winters auf der Alb entsprach. Linkohr querte die Straße hinüber zum Eingangsbereich des Gebäudes, wo er an der stabilen Metalltür rüttelte. Dass dies sinnlos sein würde, war ihm klar gewesen. Er holte aus einer Jackentasche eine winzige Taschenlampe, mit deren bläulichem LED-Strahl er nach einer Aufschrift suchte. Doch weder an der grünen Metalltür noch an einem Klingelknopf, der sich neben einem Briefkastenschlitz befand, gab es irgendwelche schriftlichen Hinweise oder Namen. Seine anfängliche Vermutung hatte sich bestätigt. Denn wenn hier geheimnisvolle Dinge geschahen, konnte niemand ein Interesse daran haben, namentlich in Erscheinung zu treten. Trotzdem unternahm er den Versuch, sich über den Klingelknopf bemerkbar zu machen. Aber auch nach viermaligem Läuten tat sich nichts.

Linkohr knöpfte seine Jacke bis zum Hals zu, besah sich die Gebäudefassade und ging an ihr entlang, um einen weiteren Eingang zu suchen. Meist gab es an solchen Fabrikgebäuden auf der Rückseite eine Zufahrt für Lieferwagen. Der Kriminalist bog um die Ecke und verließ damit den Lichtkegel einer Straßenlampe. Seine Schuhe versanken knöcheltief im Pulverschnee und der LED-Strahl der Taschenlampe erhellte einen schmalen Durchgang, der sich zwischen diesem und dem angrenzenden Gebäude ergab. Linkohr kam an zwei Fenstern vorbei, deren Rollläden ebenfalls geschlossen waren. Nach einigen Schritten erreichte er den schwach erleuchteten Hinterhof. Aus zwei großen Fenstern eines gegenüberliegenden Gebäudes fiel grelles Neonlicht auf den schneebedeckten Boden, sodass sich der Kriminalist problemlos orientieren konnte.

Er blieb für einen Moment stehen und bemerkte hinter einem der beleuchteten Fenster zwei Personen, die offenbar an einem Computerbildschirm beschäftigt waren.

Dann fielen Linkohr die vielen Reifenspuren auf, die

sich kreuz und quer vor ihm im Schnee abzeichneten. Als sei mit mehreren Fahrzeugen viele Male rangiert worden. Ziel dürfte die Laderampe gewesen sein, die in Brusthöhe an die Rückseite des Hauses angebaut war und zu der eine Treppe führte, deren Schneedecke festgetreten erschien.

Linkohr überlegte für einen Augenblick, knipste wieder seine Taschenlampe an, um zu prüfen, ob sich Schuhabdrücke im Schnee fanden. Doch die weiße Schicht war bereits derart verdichtet, dass sich keine verwertbaren Spuren mehr finden würden.

Der Kriminalist versuchte, im diffusen Licht den Zugang von der Rampe ins Gebäude ausfindig zu machen. Der LED-Strahl seiner Lampe reichte nicht weit genug. Offenbar jedoch, so glaubte Linkohr zu erkennen, gab es eine Metallschiebetür. Nachdem er sie zwei, drei Sekunden anvisiert hatte, erschien es ihm, als sei sie nicht ganz zugezogen. Sofort spürte er, wie sich sein Pulsschlag beschleunigte. Wenn sie tatsächlich nicht geschlossen war, konnte dies nichts Gutes bedeuten.

Noch einmal zögerte er. Allein würde er das Gebäude nicht betreten wollen. Außerdem stünde dies im Widerspruch zum vorgeschriebenen Verhalten in solchen Situationen. Dennoch musste er feststellen, ob es stimmte, was er zu sehen glaubte. Er stieg entschlossen die schneebedeckten Stufen zur Rampe empor. Kaum hatte er die oberste erreicht, zerriss ein dumpfes Geräusch die Stille. Es war nur kurz, aber dazu angetan, ihn bis auf die Knochen zu erschrecken. Linkohr blieb wie versteinert stehen.

Im selben Augenblick hallte eine messerscharfe Männerstimme durch den Hof: »He, was soll das? Stehen bleiben!«

45

Häberle seufzte und lehnte sich zurück. Er war müde und sehnte sich nach einem Weizenbier und einem gemütlichen Winterabend mit seiner Frau Susanne. Allerdings hatte dieser Fall Dimensionen angenommen, die eine schnelle Ermittlungsarbeit erforderlich machten. Viel zu viel Zeit war verstrichen, sagte ihm die jahrelange Erfahrung. Glücklicherweise hatte der Direktionsleiter die Notwendigkeit erkannt, die Ermittlungsgruppe in eine Sonderkommission umzuwandeln und weiteres Personal dafür abzustellen. Beschleunigt hatte dies die Tatsache, dass sich immer mehr einflussreiche Menschen für die Vorkommnisse in der Klinik interessierten. Und nach dem ersten Vorstoß von Sander würde es nur noch kurze Zeit dauern, bis die überörtlichen Medien davon Wind bekamen. Auch der Leitende Oberstaatsanwalt schien dies zu befürchten, da er strikte Anweisung gegeben hatte, dass Pressemitteilungen ab sofort mit ihm persönlich abzustimmen seien. Für Stock, der zu Hause von der neuesten Entwicklung informiert worden war, bedeutete dies, dass er seine Verlautbarungen in dürre Worte kleiden musste.

Schuld an der hausinternen Aufregung war das per E-Mail eingetroffene Ergebnis einer zweiten Obduktion, die Kräuter im Laufe des Tages an den beiden Leichen vorgenommen hatte. Darin hieß es zusammenfassend, dass nach dem Auftreten erheblicher Zweifel an einem natürlichen Tod eine neuerliche Obduktion erfolgt sei, bei der man sämtliche denkbaren und gerichtsmedizinisch relevanten Möglichkeiten eines Tötungsdelikts berücksichtigt habe. Dr. Kräuter, der längst aus einem großen persönlichen Erfahrungsschatz schöpfen konnte, hatte deshalb alle Register gezogen und sogar äußerst unwahrscheinliche Todesursachen in Erwägung gezogen.

Häberle las das Ergebnis schon zum zweiten Mal: Fallheimer sei mit sehr hoher Wahrscheinlichkeit keines natürlichen Todes gestorben. Hingegen lasse sich dies im Fall von Anja Kastel nicht eindeutig sagen.

Kräuter, der damit sein erstes Ergebnis revidieren musste, gab jedoch zu bedenken, dass es sehr schwierig sei, seine Schlussfolgerung beweiskräftig zu untermauern. Dazu bedürfe es einer ganzen Reihe weiterer Untersuchungen. Jedenfalls müsse davon ausgegangen werden, dass der oder die Täter über sehr gute medizinische Kenntnisse verfügt hätten.

Häberle musste unweigerlich an Chefarzt Stuhler denken – ohne sich erklären zu können, weshalb ausgerechnet an den. Es gab schließlich jede Menge weiterer Ärzte in der Klinik, ganz zu schweigen von dem Pflegepersonal. Und weshalb sollte nicht auch ein externer Arzt infrage kommen? Es gab schließlich Beleg-Ärzte, die kleinere Eingriffe selbst vornahmen. Und außerdem konnte unter den vielen Patienten, die in dieser Nacht die Ambulanz aufgesucht hatten, auch ein Arzt gewesen sein.

Kerstin Iridon hatte sich bereit erklärt, trotz der widrigen Straßenverhältnisse auf die Albhochfläche zu fahren. Sie wollte unbedingt jene Frau kennenlernen, die in der Samstagnacht in der Ambulanz war, als Anja Kastel starb. Dem Protokoll hatte die Polizistin entnehmen können, dass es sich um die 33-jährige Bibliothekarin Ute Fronzek handelte, die in Böhmenkirch wohnte – gerade mal zehn Kilometer entfernt. Ein kurzes Telefongespräch und einige Erklärungen genügten, um sich bei ihr anzumelden. Allerdings zeigte sich die Frau von Kerstins Anliegen ziemlich überrascht.

Die Polizistin hatte keine Mühe, die geschilderte Adresse in einem Neubaugebiet zu finden. Am Straßenrand türmten sich die Schneewände viel höher als drunten im klimatisch etwas milderen Talkessel von Geislingen.

Ute Fronzek öffnete bereits beim ersten Klingeln, begrüßte die Polizistin mit freundlicher Zurückhaltung und führte sie in ein wohltemperiertes, beheiztes Wohnzimmer, in dem das Feuer eines Kaminofens knisterte.

»Ich bin einigermaßen verwundert, dass Sie ausgerechnet zu mir kommen«, stellte Ute Fronzek fest und bot ihrer Besucherin einen Platz neben dem Ofen an.

Kerstin genoss die behagliche Wärme und legte die Beine übereinander.

»Kein Grund zur Beunruhigung. Ich hätt Sie das alles auch am Telefon fragen können, aber ich bevorzuge ein Gespräch von Angesicht zu Angesicht«, lächelte sie und spürte Sympathie für die Frau, die eine selbstbewusste Herzlichkeit ausstrahlte. »Sie waren vergangenen Samstag in der Ambulanz. So jedenfalls haben wir es ermittelt. Was Sie dorthin geführt hat, unterliegt der ärztlichen Schweigepflicht – und das interessiert mich auch nicht. Viel mehr ist von Bedeutung, was Sie dort gesehen und gehört haben.«

»Ich hab mir das seit Ihrem Anruf vorhin überlegt – aber da gibt es nichts, an das ich mich speziell entsinnen könnte.« Sie begann, an einem Trockengesteck herumzuzupfen, das auf dem ovalen Kieferntisch stand.

»Sie wurden von diesem Ambulanzarzt zum Röntgen geschickt«, konstatierte Kerstin.

»Ja, von Dr. Salbaisi – so heißt er, glaub ich. Dann bin ich raus und musste auf dem Flur warten.« Sie überlegte. »Da stehen ein paar Stühle rum. Macht nicht gerade einen sehr einladenden Eindruck.«

»Sie sitzen also dort und warten, bis Sie aufgerufen werden.«

»Ja, ich sitze da rum. Ich weiß nicht, ob Sie die Situation dort kennen.« Sie wartete, bis Kerstin mit dem Kopf schüttelte. »Diese Wartebereiche in der Ambulanz sind nur Flure, wenn man das genau nimmt. Sie hocken, wenn Sie kommen, in einer Art Flur – und dann vor dem Röntgen ebenfalls.«

»Aber dort waren Sie allein.«

»Ja, es hat geheißen, ich soll warten, bis ich aufgerufen werde.«

»Und aufgerufen hat Sie keiner?«

»Nein. Fragen Sie mich aber bitte nicht, wie lange ich da gesessen habe. Ich war müde, mir war übel und mein Fuß hat geschmerzt.«

»Waren es zehn Minuten, eine Viertelstunde oder eine halbe Stunde?«

»Eher eine halbe Stunde, würd ich mal sagen.«

»Und da ist nie jemand gekommen, kein Mensch?«

Ute Fronzek legte die Stirn in Falten. »Ich meine, dass allenfalls mal ein junger Mann vorbeigekommen ist. Ein Beschäftigter der Klinik. Weiß angezogen. Vermutlich ein Pfleger oder ein Zivildienstleistender. Zivi sagt man, glaub ich.«

»Und was hat der getan?«

»Er hat irgendeinen Wagen geschoben – so einen, wie er zum Servieren benutzt wird. Oder so ähnlich.«

»Hm«, überlegte Kerstin. »Aus diesem Röntgenbereich ist niemand rausgekommen.«

»Nein, ganz bestimmt nicht. Sonst wäre ich ja nicht irgendwann zu Dr. Salbaisi rüber, um mich bemerkbar zu machen.«

»Und weiter?«

»Dann ist diese Ambulanzschwester gekommen, hat in die Röntgenabteilung reingeguckt – ja, den Rest werden Sie kennen.«

»Nein, kenne ich nicht. Tut mir leid«, äußerte Kerstin unterkühlt.

»Sie haben sie gefunden. Und mich wieder in den vorderen Wartebereich gebeten.« Es fiel ihr hörbar schwer, darüber zu reden. »Die Ambulanzschwester hat mir vorgeschlagen, wenn möglich, später wiederzukommen.«

»Was Sie auch getan haben?«

»Nein. Ich hatte wohl nur eine Verstauchung. Vom vielen Tanzen in dieser Nacht«, fügte sie lächelnd hinzu.

Kerstin versuchte, sich den Ablauf vorzustellen. »Wie lange waren Sie anschließend da – so ungefähr?«

»Nun – es war ziemlich turbulent. Ich habe eine weitere Viertelstunde im vorderen Wartebereich gesessen.«

»Ich nehm an, da saßen noch andere Patienten. Haben die denn etwas mitgekriegt? Hat man darüber gesprochen?«

Ute Fronzek schüttelte langsam den Kopf. »Nein. Es wurde nichts gesprochen – und ich hab nichts gesagt. Warum auch?«

»Und als Sie im Röntgen-Wartebereich waren und man den Tod dieser Röntgenassistentin festgestellt hat – wie ging das weiter? Wer kam dazu?«

»Zuerst der Herr Dr. Salbaisi natürlich. Und gleich drauf ein anderer, der wohl für den Nachtdienst in der Klinik zuständig war.«

»Wissen Sie noch, wie der hieß?«

Wieder legte sie ihre Stirn in Falten. »Mo… irgendetwas mit Mo«, überlegte sie krampfhaft. »Moland, Mo…«

»Egal«, unterbrach Kerstin und versuchte, sich diese Silbe zu merken. »Erinnern Sie sich, was dieser Doktor getan hat?«

»Er hat sich mit Dr. Salbaisi unterhalten. Sie sind beide in das Röntgenzimmer reingegangen. Mich hat die Ambulanzschwester dann gebeten, in den vorderen Wartebereich zu gehen. Ich hab im Weggehen dann mitgekriegt, dass dieser andere Doktor …«

»Der Dr. Mo?«, vergewisserte sich Kerstin.

»Ja, der – dass der gesagt hat, er sei sich absolut sicher, dass die Frau einen Herzstillstand oder so etwas Ähnliches erlitten habe.«

Kerstin nickte und lauschte für einen Moment auf das Knistern des Feuers, das durch die Scheibe des Ofens zu sehen war. Sie ließ sich vor ihrem geistigen Auge die Situationen vorspielen, um dann einen Szenenwechsel vorzunehmen. »Ganz am Anfang, als Sie gekommen sind. Wie lange mussten Sie warten, bis Sie zu Dr. Salbaisi vorgelassen wurden?«

»Eine dreiviertel Stunde, schätze ich. Ich bin zwischen allerlei Typen draußen gesessen.«

»Allerlei Typen«, wiederholte Kerstin und war dankbar für dieses Stichwort. »Erinnern Sie sich, wer vor Ihnen dran war?«

Ute Fronzek nahm ihre Finger vom Trockengesteck und fuhr sich übers Kinn. »Oje – wenn Sie mich so fragen!« Es klang wie ein Seufzer. »Waren Sie schon mal nachts in einer Klinik-Ambulanz?«

»Ich befürchte, da hab ich nichts versäumt.«

»Sollten Sie mal hingehen«, meinte Ute Fronzek. »Wenn das der repräsentative Bevölkerungsquerschnitt ist! Ich hoffe nicht. Ein junger Türke, der wohl mit seinem Vater da war, hat rumgetobt – vermutlich sturzbetrunken. Er wollte sich nicht untersuchen lassen, hat rumgebrüllt. Zumindest hab ich das so verstanden. Und dann waren welche, die direkt von Maskenbällen oder sonstigen Partys gekommen waren. Ein Ehepaar, bei dem die Frau als Engel und er als Teufel verkleidet waren. Sie ging an Krücken. Das ist mir noch gut in Erinnerung, denn ich hab mir gedacht, ob's wohl ein gefallener Engel ist.« Sie lächelte. »Außerdem war da noch eine andere Frau, die eine Art Katzenkostüm anhatte – zwar originell, aber beinahe ordinär kurz.« Sie überlegte, wie sie's sagen sollte. »Sie saß mir schräg gegenüber und ich war mir, ehrlich gesagt, nicht sicher, ob sie überhaupt eine Strumpfhose getragen hat – bei dieser Kälte draußen, mein ich.« Sie wartete einen Moment, um beinahe verlegen anzufügen: »Aber es war wohl eine da – eine Strumpfhose.«

»Das dürften die Männer ziemlich – na ja, sagen wir mal, aufregend gefunden haben.«

»Sogar jene, die ziemlich betrunken rumgehockt sind. Das brauch ich Ihnen nicht zu erzählen. Dabei hat man vom Gesicht der Frau kaum etwas gesehen. Das Katzenfell war weit ins Gesicht gezogen, wie eine eng anliegende Mütze. Mit Katzenohren.«

Kerstin sah ihre Gesprächspartnerin spitzbübisch an. »Manchmal brauchen die Herren der Schöpfung gar kein Gesicht.«

»Ich glaube, in diesem Punkt sind wir uns einig.«

»Diese Dame – nennen wir sie mal Katzenfrau –, die ist vor Ihnen aufgerufen worden?«

»Ja, vor mir. Es hat dann relativ lange gedauert, bis ich drangekommen bin.«

»Sie war also unverhältnismäßig lange in der Ambulanz?«

»So könnte man sagen, ja.«

»Später haben Sie sie aber nicht mehr gesehen – im zweiten Wartebereich?«

Ute Fronzek zögerte. »Nein, eigentlich nicht.«

Kerstin sah sie verständnislos an. »Wie darf ich das verstehen?«

»Na ja – ich bin mir da nicht sicher. Aber ich hatte den Eindruck, sie sei in dem Augenblick, als ich aus der Ambulanz in den Flur zum Röntgen raus bin, gerade um die nächste Ecke gegangen.«

»Das haben Sie genau gesehen?«

Ute Fronzek wog den Kopf hin und her. »Ich bin mir ziemlich sicher. Es war ein Stück von ihrem Ärmel zu sehen, von diesem Katzengewand.«

Was Häberle las, war in feinstes medizinisches Kauderwelsch verpackt und gespickt mit lateinischen Begriffen. Zunächst erläuterte Kräuter, weshalb er bisher von einer Fettembolie ausgegangen sei. Sowohl die äußeren Umstände als auch die festgestellten Symptome hätten eindeutig auf diese Todesursache hingewiesen, obwohl – das musste Kräuter einräumen – sie in diesem Zusammenhang äußerst selten vorkomme. Eine Fettembolie, so erfuhr Häberle beim Weiterlesen, entstehe, wenn sich Fettgewebe von einem gebrochenen Knochen löse und in die Lunge transportiert werde, ähnlich eines Gerinnsels, mit dem einzelne Gefäße verstopft würden. Damit werde das Herz-Kreislauf-System so gestört, dass es schließlich zum Herzstillstand komme. Ausführlich erläuterte der Gerichtsmediziner, welche zusätzlichen Methoden er bei der zweiten Obduktion angewandt habe. Die entsprechende Textpassage empfand der Kriminalist wie den Auszug aus einer Vorlesung für künftige Gerichtsmediziner.

Kräuter schilderte, dass er Proben aus der Lunge zunächst habe einfrieren müssen, um sie anschließend, hauchdünn geschnitten, mit Sudan-III-Lösung färben zu können – was immer dies auch sein mochte, dachte Häberle und überflog weitere Passagen. Nach einigen Sätzen fiel Häberles Blick auf verständliche Aussagen. Unterm Mikroskop, so fasste Kräuter zusammen, sei ihm eine atypische Färbung des Fetts aufgefallen. Daraus lasse sich der Schluss ziehen, dass sich im Blutkreislauf des Getöteten ein ölhaltiger Stoff befunden haben müsse, wie beispielsweise etwa Salatöl. Häberle schluckte.

Kräuter zitierte aus gerichtsmedizinischer Fachliteratur, wonach eine gewisse Menge davon zu einem Versagen der Lungendurchblutung, wie bei einem Gerinnsel, führen könne, das sich dem Gerichtsmediziner wie eine Fettembolie darstelle. Über den zentralen Venenkatheter, der üblicherweise den Schwerkranken in der Intensivstation eingeführt werde, reichten 20 Milliliter aus, um einen raschen Tod durch Rechtsherzversagen herbeizuführen.

Zentraler Venenkatheter, überlegte Häberle. Natürlich würde es unmöglich sein, dieses Objekt, dreieinhalb Tage nach dem Geschehen, noch sicherstellen zu können. Es war gewiss längst auf dem üblichen Weg in den Sondermüll gelangt.

Der Kommissar atmete tief durch. Nun hatte er es sozusagen Schwarz auf Weiß: Fallheimer war nicht an den Folgen des Unfall verstorben, sondern Opfer eines Tötungsdelikts geworden. Vermutlich hatte alles zunächst wie ein Unglücksfall aussehen sollen, doch weil damit nicht der gewünschte Erfolg erzielt worden war, hatten der oder die Täter mit einer anderen, ebenso unauffälligen Methode nachgeholfen. Somit, kombinierte Häberle sofort, musste der Täter aus der Klinik stammen. Denn wer, außer jemand vom medizinischen Personal, hätte dem Opfer in der Intensivstation über den Venenkatheter Salatöl verabreichen können?

Der Chefermittler legte das Blatt zur Seite und griff nach dem zweiten Ausdruck, dessen Text sich mit Anja Kastel befasste. Auch zu ihrem Tod hatte Kräuter zunächst dargelegt, dass sich bei der ersten Obduktion keine Auffälligkeiten ergeben hätten, zumal von keinem der Klinik-Ärzte ein Verdacht auf Fremdeinwirkung geäußert worden sei. Die blaue Verfärbung des Gesichtes, so erläuterte Kräuter in seinem Bericht weiter, habe einen Atemstillstand nahegelegt. Nichts deute jedoch darauf hin, dass dies die Folge einer von außen einwirkenden Gewalt gewesen sei. Ebenso könne ein Kampf zwischen Anja Kastel und einer anderen Person ausgeschlossen werden.

Bei der zweiten Obduktion sei nur ein einziger neuer Gesichtspunkt aufgetaucht, schrieb der Gerichtsmediziner: In einer Hautfalte des rechten Oberschenkels finde sich ein winziger Einstich, der möglicherweise bewusst an dieser Stelle gesetzt worden sei, sodass man ihn nicht auf den ersten Blick entdecke. Hier müsse etwas direkt in die Schenkelvene gespritzt worden sein.

Aus den weiteren, ziemlich ausschweifenden Erläuterungen des Gerichtsmediziners fasste Häberle zusammen, dass es zum gegenwärtigen Zeitpunkt fragwürdig erschien, um welche Substanz es sich hierbei handelte. Dazu bedürfe es langwieriger toxikologischer Untersuchungen.

Der Kriminalist verzog verärgert das Gesicht, sah auf seine Armbanduhr und hoffte, Kräuter noch ans Telefon zu kriegen. Er wählte die Durchwahlnummer, die in der Signatur auf dem E-Mail-Ausdruck stand.

Drei Rufzeichen später fühlte sich Häberle erlöst. Kräuter nahm ab und meldete sich kurz. Nach einigen Begrüßungsfloskeln kam der Ermittler zur Sache: »Das mit dem Fallheimer leuchtet mir ein. Aber bei der Kastel sollten Sie mir auf die Sprünge helfen.«

»Nun, was soll ich da sagen?« Seine Herkunft aus dem Sächsischen war nicht zu überhören. »Was Fakt ist, hab ich Ihnen reingeschrieben. Alles andere wäre reine Spekulation.«

»Was drinsteht, hab ich gelesen. Mich würd viel mehr interessieren, welche denkbaren Möglichkeiten Sie sich vorstellen können.«

»Schwierig zu sagen. Ich bin kein Kriminalist. Ich bin Mediziner und die Schlüsse müssen Sie ziehen, Herr Häberle.«

»Jetzt passen Sie mal auf«, wurde der Kommissar leicht ärgerlich, obwohl dies gar nicht seine Art war. »Da stellen Sie einen Einstich fest, aber keine Gewalteinwirkung und keinen Kampf. Geh'n wir mal davon aus, der Täter will ihr irgendetwas spritzen, dann wird sie wohl kaum die Hose runtergelassen und ihm die nackten Schenkel präsentiert haben – oder seh ich das falsch?«

»Dieses Szenario ist kaum vorstellbar, da haben Sie recht«, entgegnete Kräuter. »Deshalb muss sie vor dem Setzen der Spritze handlungsunfähig gewesen sein.«

»Ohne Gewalt, weil Sie dafür Spuren an der Haut gefunden hätten«, resümierte Häberle.

»Ohne Gewalt, ja.«

»Und – wie muss man sich das vorstellen? Schließlich sind wir in einer Klinik und da wird man sicher Mittel und Wege kennen, um das kurz und schmerzlos hinzukriegen.«

»Wenn Sie mich so fragen – ganz inoffiziell und ich meine private Meinung äußern kann ...«

»Keine Sorge«, unterbrach ihn Häberle und überlegte, ob der Mann noch unter einem DDR-Trauma litt oder sich bereits ins bundesrepublikanische Hierarchie-System integriert hatte. »Wir reden ganz inoffiziell miteinander.«

»Nun, nehmen wir mal an, es musste alles ganz schnell gehen und Frau Kastel war völlig arglos. Dann hat sich ihr jemand genähert und ein Tuch oder einen Wattebausch mit Halothan unter die Nase gehalten. Okay, dagegen hat sie sich vielleicht kurz gewehrt, aber zu einem Kampf, der Spuren hinterlässt, braucht es deswegen nicht zu kommen. In weniger als einer halben Minute ist sie bewusstlos.«

Häberle machte sich Notizen und hakte nach: »Halothan?«

»Ja, ein Narkosemittel. Sie wird also bewusstlos, er legt sie auf die Liege, zieht ihr die Hose ein Stück weit runter und setzt ihr in die Hautfalte eine unauffällige Spritze, direkt in die Schenkelvene. Dann zieht er ihre Hose wieder hoch und verschwindet.«

»Und was hat er ihr gespritzt?«

»Was er ihr gespritzt hat, weiß ich nicht«, beharrte Kräuter auf die richtige Formulierung. »Aber was es hätte sein können, dazu kann ich zumindest spekulieren. Ich denke an Pancuronium, ein Mittel zur Muskelrelaxation.«

»Muskel – was?«

»Muskelrelaxation«, wiederholte Kräuter geduldig. »Ein Mittel zur Erschlaffung der Muskeln. Ohne künstliche Beatmung führt es zu Atemstillstand und damit zum Tod.«

»Und dieses Pancuronium lässt sich im Kreislauf nicht mehr feststellen?«

»Wie ich schon sagte – mit toxikologischen Untersuchungen, die aber mehrere Tage in Anspruch nehmen.«

»Okay«, seufzte Häberle und bedankte sich für die Erläuterungen.

Noch bevor er auflegen konnte, beeilte sich Kräuter, eine Bemerkung loszuwerden: »Sie sollten allerdings das, was ich Ihnen gerade gesagt habe, vertraulich behandeln. Ich möchte nicht, dass es nachher heißt, ich hätte die Ärzteschaft angeschwärzt.«

»Ist so angekommen«, bestätigte der Ermittler. »Schwarze Schafe gibt's in jedem Job.« Weil Kräuter offenbar noch auf weitere Bemerkungen wartete, fügte Häberle an: »Und ich bin mir sicher, auch in Ihrem Job gibt's schwarze Schafe. Hab ich recht?«

46

»Stehen bleiben!«, hallte es noch einmal durch den dunklen Hinterhof. Linkohr, der auf der Rampe in der Bewegung verharrt war, versuchte vorsichtig, die Herkunft dieser scharfen Männerstimme zu orten. Sie kam von rechts hinten – von den beleuchteten Fenstern des gegenüberstehenden Gebäudes. Er drehte sich langsam um. Neben einem nach innen geschwenkten Fensterflügel erkannte er zwei Männer. Vermutlich waren es dieselben, die er vorhin an einem Computerbildschirm hatte sitzen sehen.

»Was machst du da?«, schrie einer von ihnen zu ihm herüber.

Linkohr hob beschwichtigend die Unterarme und ging langsam die Treppen der Rampe wieder hinab. »Kriminalpolizei!«, rief er zurück und näherte sich dem Fenster. Gleichzeitig fingerte er seinen Dienstausweis aus der gefütterten Freizeitjacke. Er hielt den beiden Männern das Dokument entgegen, das diese jedoch in der Dunkelheit ohnehin nicht erkennen konnten. »Kriminalpolizei Göppingen«, ergänzte er, worauf das forsche Vorgehen der Männer in vornehme Zurückhaltung umschlug.

»Ist was passiert?«, fragte einer von ihnen zaghaft.

»Nichts Besonderes«, wiegelte der Kriminalist ab. »Da drüben ist die Tür auf, aber wohl keiner da. Haben Sie etwas gesehen?«

Die Männer sahen sich an. »Gesehen?«, wiederholte der Ältere von ihnen. »Gesehen, ja schon. Seit gestern wird dort ausgeräumt.«

»Ausgeräumt? Sie meinen, da ist gar nichts mehr drin?«

»Viel kann es jedenfalls nicht mehr sein. Ein Lkw nach dem anderen war da, seit gestern früh bis heut Nachmittag.«

Linkohr spürte plötzlich Panik in sich aufkommen. »Und wer hat das gemacht?«

»Keine Ahnung. Lastwagen ohne Aufschrift. Ausländische.«

»Kennzeichen? Haben Sie das Kennzeichen gesehen?«

Der Mann zuckte mit den Schultern. »Nee, hab ich nicht.« Er wandte sich an seinen jüngeren Kollegen: »Und du?«

»Es waren ausländische Nummernschilder. Wir haben noch drüber gerätselt, woher. Sie waren weiß. Keine gelben, wie die Holländer sie haben. Und es war das blaue EU-Zeichen drauf. Aber aus der Distanz war nicht abzulesen, welches Nationalitätenkennzeichen draufstand.«

Linkohr seufzte in sich hinein. »Kam es denn öfters vor, dass ausländische Lkws hier aufgetaucht sind?«

»Das kam vor«, ergriff wieder der Ältere das Wort. »Soll ja ein internationales Unternehmen gewesen sein, da drüben. Nur hat man nie genau erfahren, was die tun. Irgendwas Medizinisches.«

»Sie haben mit den Leuten hier nie gesprochen?«

»Leute?«, echote es zurück. »Da gab es nur einen, den man gesehen hat. Einen gewissen Dr. Humstett oder so ähnlich. Die meiste Zeit hat er wohl nachts rumgewerkelt.« Er sah seinen Kollegen an, der mit dem Kopf nickte.

»Nachts«, wiederholte der Mann und ergänzte mit finstrem Gesicht: »Es muss Gründe haben, warum man nur nachts aktiv wird, meinen Sie nicht auch?« Weil Linkohr keine Antwort gab, legte der Mann am Fenster nach:

»So leerstehende Firmengebäude locken doch immer Zwielichtiges an. Das müssten Sie wissen. Ich sag immer: Ein altes Betriebsgelände zieht die Ratten ober- und unterirdisch an.« Er lachte über seine eigene Feststellung. »Immer etwas Dubioses. Zuerst Gebrauchtwagenhandel, dann Hinterhof-Werkstätten. Alteisen. Reifen – alles, bloß nichts Rechtes.«

Linkohr wollte nicht widersprechen, sondern aufs eigentliche Thema zurückkommen: »Wissen Sie, wem das Gebäude gehört?«

»Keine Ahnung. Es hat mal geheißen, ein internationaler Immobilien-Heini hätt das Ding aus der Insolvenzmasse des Vorgängerbetriebs für'n Appel und n' Ei gekauft.«

»Ein internationaler Immobilienhändler?«

»Ja, Spanien, hat's geheißen. Aber legen Sie mich bitte nicht fest. Das müsste ja im Grundbuch der Stadt Laichingen ersichtlich sein.«

Linkohr spürte, wie sich die Kälte seines Körpers

bemächtigte. Es begann auch wieder zu schneien. »Dass die Schiebetür da oben einen Spalt weit offen steht, hat Sie nicht verwundert?«, fragte er.

»Verwundert? Ich bitt Sie! Wenn jemand Hals über Kopf abhaut, verwundert einen nichts«, machte sich der Wortführer von gegenüber lustig. »Knapp zwei Jahre waren die da – man hat nur gelegentlich diesen Doktor und bei Nacht einige Lieferwagen gesehen. Die Rollläden meist geschlossen, wie jetzt. Nur ab und zu hat es irgendwo einen Lichtschimmer gegeben. Soll es einen da wundern, wenn die Herrschaften auch bei Nacht und Nebel wieder abhauen?«

Linkohr lächelte, obwohl es die anderen nicht sehen konnten, und bedankte sich. Er verzichtete darauf, nach ihren Namen zu fragen. Wenn es notwendig sein würde, ließe sich später problemlos feststellen, wer in diesem Gebäude zu dieser Stunde gearbeitet hatte.

Während er zurück zur Rampe ging, um erneut die Treppen zur Schiebetür hochzusteigen, hallte ihm die Stimme des Mannes hinterher: »An Ihrer Stelle würd ich da nicht reingehen!«

Der Kriminalist blieb stehen und drehte den Kopf zu den beleuchteten Fenstern. »Wieso nicht?«

»Nur so ein Tipp von mir.« Die Stimme klang seltsam ironisch. »Wer weiß, vielleicht haben die ein kleines Monster dagelassen. Oder Killer-Bakterien.« Wieder das kurze Lachen über die eigenen Bemerkungen.

Linkohr war verunsichert.

47

Auf Gran Canaria war es fast 23 Uhr. Langsam vertrieb eine kühle südwestliche Brise vom Atlantik die Wärme des Tages. Brugger hatte sich einen sportlichen Strickpullover und verwaschene Jeans angezogen, um den Termin wahrzunehmen, der ihn seit den Morgenstunden beschäftigte. Nach dem Anruf war er keinen Schritt mehr aus dem kleinen Hotel gegangen. Mehrmals hatte er mit sich gerungen, ob er entgegen den Anweisungen des Immobilienhändlers zurückrufen sollte, um nachzufragen, weshalb das Treffen zu so später Stunde und dazu noch an diesem ungewöhnlichem Ort stattfand. Aber bei allem, was sich in den vergangenen Tagen ereignet hatte, erschien es ihm tatsächlich geboten, die telekommunikativen Wege zu meiden.

Er war zu Fuß zum RIU Palace Maspalomas gegangen und hoffte, nicht auf die beiden Frauen zu treffen, die er schändlich im Stich gelassen hatte. Während er sich dem hell beleuchteten Hotel über die Zufahrt näherte, entlang derer die Mietwagen der Gäste eng nebeneinander geparkt waren, fragte er sich, ob irgendjemand sein Verschwinden bemerkt hatte. Ganz sicher musste dem Zimmermädchen aufgefallen sein, dass Bad und Bett seit zwei Tagen unberührt geblieben waren. Aber dies allein würde wohl kaum Anlass für Nachforschungen sein. Erst wenn er am Samstag, dem geplanten Tag seiner Abreise, nicht zur Abrechnung an der Rezeption erschiene, würde es Irritationen geben.

Brugger passierte den öffentlichen Durchgang zwischen den beiden Gebäudehälften, blickte kurz nach rechts zum Foyer, wo einige Pärchen unschlüssig herumstanden, und folgte dem Asphaltweg, der beidseits von den Begrenzungsmauern des geteilten Hotelgartens umgeben war. Mehrere Lampen sorgten dafür, dass der etwa 150 Meter lange Weg ausgeleuchtet wurde. Die aufziehende Kühle hatte die abendlichen Bummler, die meist nach dem Menu noch einen kleinen Spaziergang zu den Dünen machten, längst vertrieben. Das friedliche Rauschen der Palmen lag in der Nachtluft. Hingegen war von der Brandung des weit entfernten Meeres nichts zu hören. Brugger schätzte die Distanz bis zum Strand auf rund einen Kilometer. Dazwischen gab es nichts als diese bizarr geformte Dünenlandschaft, die mit jedem Sturm ihr Gesicht veränderte.

Brugger vergrub die Hände tief in den Taschen seiner Jeans und versuchte, den lässigen Typ zu mimen, obwohl ihn zunehmend eine innere Unruhe plagte. Er sah zum klaren Sternenhimmel und riskierte dabei einen vorsichtigen Blick nach hinten, doch da war niemand, der ihm folgte. Je näher er der Begrenzungsmauer kam, die vor den Dünen das Ende des breiten Weges markierte und dort ein Aussichtsplateau umfasste, desto kräftiger schlug sein Puls. Links zweigte die Promenade ab, die sich ein Stück weiter an den Hotelanlagen und den parkähnlichen Gärten von Ferienwohnungen entlang nach San Agustin hinüberschlängelte. Rechts, das wusste Brugger längst, führten ein paar Steinstufen hinab zum Sand, wo tagsüber rot markierte Pfosten den Verlauf eines Pfades erahnen ließen, der das Hotel, das zu Playa del Ingles gehörte, quer durch die Dünen mit Costa Meloneras verband. Brugger trat aus dem Lichtkegel der Lampen heraus, um seine Augen an die Dunkelheit zu gewöhnen. Die sternenklare Nacht hellte den Sand der Dünen auf, die sich in einer Grauschattierung vor dem dunkleren Horizont abhoben. Drüben in Richtung Meloneras ging der Westhimmel in ein finstres Dunkelblau über, vor dem die Lichter der Stadt in der unruhigen Luft funkelten.

Dort irgendwo sollte das geheimnisvolle Gespräch stattfinden. Den ganzen Tag über hatte sich Brugger ausgemalt, weshalb Fernandez diesen Treffpunkt gewählt hatte. Wahrscheinlich wollte er sicherstellen, dass es weder Augen- noch Ohrenzeugen für das Gespräch gab. Heutzutage konnte man ja vor den raffinierten elektronischen Abhörgeräten nirgendwo mehr sicher sein. Erst kürzlich hatte Brugger im Katalog eines Elektronikversandes festgestellt, dass es Videokameras und Mikrofone gab, die, als Schraube getarnt, in der Wand oder in der Decke stecken konnten. Es bedurfte nicht einmal einer Verkabelung, weil die winzige Elektronik Mikrosender enthielt, die mit einem drahtlosen Internetzugang kommunizieren konnten, der in einem Nachbarhaus oder in einem Fahrzeug installiert war.

Am sichersten vor solcher Technologie war man tatsächlich an einem spontan gewählten Ort in freier Natur, an dem niemand rechtzeitig Überwachungsanlagen anbringen konnte.

Aber warum diese Geheimnistuerei?, bohrte Bruggers innere Stimme wieder, während er langsam die Steinstufen hinabstieg und mit dem letzten Schritt bis zu den Knöcheln im feinen Sand versank. Dass Fernandez nicht gerade die saubersten Geschäfte getätigt hatte, war Brugger längst klar geworden. Das war schließlich auch der Grund, weshalb er mit ihm einige ernste Worte wechseln wollte. Immerhin hatte er ihm einmal vertraut.

Bruggers Augen hatten sich inzwischen an die Dunkelheit gewöhnt, sodass er sogar die Pfostenmarkierungen des Pfades erkennen konnte, der sich in den Grau- und Schwarzschattierungen der Dünen und des spärlichen Bewuchses verlor. Brugger stapfte entschlossen in die Sandwüste hinaus, die hell erleuchtete Hotelanlage hinter sich lassend. Er kannte diesen Weg, der tagsüber stark frequentiert war, im Moment aber den Eindruck erweckte, ins Nichts zu führen. Oft hatte er überlegt, wie viele Menschen wohl hier draußen die Nacht verbrachten. Er versuchte, den Gedanken zu verdrängen, dass er sich dies mit Melanie und Caroline ausgemalt hatte. Viel zu weit weg waren die Fantasien, die in den vergangenen Wochen so schön gewesen waren.

Er musste mit der Grübelei aufhören, denn es galt, die Umgebung im Auge zu behalten. Die Vorstellung, hier zwischen den Dünen in einen Hinterhalt gelockt zu werden, bescherte ihm ein Gefühl nackter Angst. Natürlich hätte er den Vorschlag, sich an diesem Ort zu treffen, auch ignorieren können. Nur wäre damit vermutlich der Kontakt zu Fernandez abgebrochen – und sein Geld für immer verloren. Wenn es eine Chance gab, etwas zu retten, dann musste er auf dieses Angebot, ihn hier zu treffen, wohl oder übel eingehen. Ihn mit rechtsstaatlichen Mitteln zur Herausgabe des Geldes zu zwingen, kam nicht infrage, ohne selbst ins Visier der Ermittler zu geraten.

Brugger spürte, wie seine Gedanken Karussell fuhren und er ihrer gar nicht mehr Herr zu werden drohte. Erst ein Geräusch stoppte den Wirrwarr und zwang ihn wieder zur Konzentration. Es war ihm, als habe er in unmittelbarer Nähe Kieselsteine knirschen gehört. Der Pfad erreichte ein Dünental, in dem der Wind den Sand weggeblasen und den festen Untergrund freigelegt hatte. Karger Staudenbewuchs ballte sich beidseits des Wegs wie eine schwarze Barriere, hinter der sich die heller schimmernden Sandhänge erhoben.

Brugger bekam Gänsehaut. Er blieb eine Sekunde lang stehen, lauschte, doch außer der sanften Brandung, die vom Atlantik herüberdrang, war nichts zu hören. Er sah angestrengt in dieses Dunkelgrau, das ihn umgab, und ging langsam weiter. Der Pfad verlor sich wieder in tiefem Sand, in dem die Fußspuren des Tages wie die Schatten von Maulwurfshügeln vor ihm lagen.

Der Pfad wurde schmaler und der Bewuchs rückte nahe an ihn heran. Brugger fühlte sich in ein Nadelöhr gezwungen, in das die Lichtpunkte von Costa Meloneras hereinflimmerten. Er spürte den kühlen Sand in den Strandschuhen, während sich auf seiner Stirn Schweißperlen bildeten. Wieder lauschte er angestrengt in die Nacht, denn ein seltsamer Instinkt signalisierte ihm plötzlich, nicht allein zu sein. Irgendetwas war da. Etwas, das an dem Bewuchs entlanggestreift war.

Brugger hielt inne, drehte seinen Kopf zuerst nach links und dann, so weit es ging, nach rechts. Doch die farblose Nacht gab ihr Geheimnis nicht preis. Wenn jemand regungslos zwischen dem Bewuchs lauerte, war er mit der Finsternis verschmolzen.

Für einen Augenblick wünschte sich Brugger, eine Lampe mitgenommen zu haben. Er hätte sich vergewissern können, ob ihn jemand beobachtete. Aber diesen Gedanken verscheuchte er sofort wieder, weil solche Überlegungen an seiner jetzigen Situation nichts mehr änderten. Außerdem hätte er mit einer Lampe in der Hand eine gute Zielscheibe abgegeben.

Zielscheibe? Er erschrak über dieses Wort, worauf sich seine Pulsfrequenz ein weiteres Mal erhöhte. Abhauen. Weg, einfach davonrennen, das war sein heimlicher Wunsch. Hau ab. Verschwinde. Du lässt dich auf ein gefährliches Spiel ein. Was sind ein paar 100.000 Euro, wenn sie dich morgen früh tot im Sand finden?

Wie in Trance ging er weiter. Die Lichter. Meloneras. Da pulsierte das Leben, die Zivilisation. Hier in der Wüste, in dieser lebensfeindlichen Umgebung, saß er in der Falle. Umdrehen? Oder Flucht nach vorn? Natürlich war Umdrehen besser, denn noch war ihm der hell erleuchtete Hotelkomplex näher als Meloneras.

Er blieb stehen. Wieder ein undefinierbares Geräusch, als ob ein kleines Tier durch den Bewuchs streifte.

Brugger entschied sich zum Weitergehen. Allerdings spürte er, wie seine Knie weich geworden waren und er innerlich zitterte. Sobald er diesen Abschnitt durch die Sandberge bewältigt haben würde, konnte er auf übersichtliches Gelände hoffen. Er war diesen Pfad oft genug gegangen, um seinen Verlauf nachvollziehen zu können.

Doch in diesem Moment traf ihn etwas am Kopf – das aus dem Nichts herangeflogen zu sein schien. Etwas, das von oben auf ihn herabstürzte, ganz lautlos, als sei's eine unsichtbare Energie. Entsetzen und Panik, Todesangst und schiere Ohnmacht manifestierten sich zu einem elektrischen Schlag, der seinen ganzen Körper für den Bruchteil einer Sekunde lähmte. Etwas hatte Hinterkopf und Nase gleichzeitig gestreift, etwas Festes und Flexibles gleichermaßen, etwas, das sich blitzartig um seinen Hals legte. Etwas, das sich fest in seine Haut grub, das ihm die Luft raubte, die Stimme und für einen Augenblick auch die Sinne. Reflexartig griff er nach diesem dünnen Objekt, das sich immer tiefer und gnadenloser in seinen Hals fraß. Er versuchte, es mit den Fingernägeln zu fassen und wegzureißen, allerdings hatte es sich schon viel zu tief in die weiche Haut gegraben. Und der Druck wurde stärker, während er hinter sich den warmen Atem einer Person wahrnahm.

Er brauchte Luft. Luft. Nur Luft. Schon spürte er, wie ihn von Sekunde zu Sekunde die Kräfte verließen. Er rang vergeblich nach Luft, röchelte und versuchte, sich mit der unbändigen Lebenskraft eines Verzweifelten dem drohenden Tod zu entziehen. Aber seine reflexartigen Bewegungen schnürten ihm den Hals nur noch fester zu.

48

Auf der winterlichen Hochfläche der Schwäbischen Alb waren inzwischen Häberle, Kerstin und zwei Streifenbeamte eingetroffen. Linkohr hatte vor dem Gebäude im Auto auf sie gewartet.

Er stieg in die Kälte hinaus, warf Kerstin einen freundlichen Blick zu, ohne erkennen zu können, ob sie ihn erwiderte, und erläuterte kurz den Weg zur Rückseite des Hauses. Häberle knöpfte sich seine Winterjacke bis zum Hals zu, brubbelte etwas über den stärker gewordenen Schneefall und folgte dem jungen Kollegen. Die beiden

Streifenbeamten wies er an, sich im Hinterhof zu postieren und das Objekt von außen zu sichern.

Als sie die Rampe erreicht hatten, stellte Linkohr fest, dass die beiden Männer im gegenüberliegenden Büro wieder vor ihrem Computer saßen. Gleich würden sie vermutlich auf das Geschehen aufmerksam. Denn Häberle und die Uniformierten knipsten starke Handlampen an, um die Laderampe und die Spuren im Schnee auszuleuchten.

Der Chefermittler stapfte die paar Stufen zu der halb offen stehenden Schiebetür hinauf. »Ich glaub nicht, dass da jemand drin ist«, murmelte er. Linkohr und Kerstin sahen sich an.

Häberle zog die schwere Schiebetür, ohne den Handgriff zu benutzen, zur Gänze auf und richtete den Strahl seiner Lampe in den Innenraum. Unterdessen, so nahm Linkohr im Augenwinkel wahr, hatten die beiden Männer im Büro gegenüber die Arbeit am Computer aufgegeben und sich hinterm geschlossenen Fenster auf ihren Aussichtsposten begeben.

Der Lichtkegel von Häberles Lampe wanderte an kahl belassenen Betonwänden entlang und streifte über den Boden, ohne auf einen Gegenstand zu treffen. »Wie ausgekehrt«, kommentierte Häberle und ging zu einer offen stehenden Metalltür, neben der sich ein Lichtschalter befand. Wenn die Herrschaften das Gebäude fluchtartig verlassen hatten, war die elektrische Versorgung vermutlich noch intakt, dachte er – und behielt Recht. Kaum hatte er den Schalter betätigt, flammten die Leuchtstoffröhren auf. Häberle ging in den nächsten Raum und knipste das Licht an. Vor ihnen lag ein breiter Flur, von dem mehrere geschlossene Türen abzweigten. Zwischen zweien stand ein aufgerissener Karton von der Größe einer Waschmaschine. Linkohr hob eine der gefalzten Abdeckungen an und leuchtete mit seiner Lampe hinein. Der Karton war leer.

Mittlerweile leuchteten Häberle und Kerstin bereits in die weiteren Räume, die untereinander mit Türen verbunden waren. Auch hier ließen sich die Leuchtstoffröhren anschalten.

»Da hat jemand gründlich ausgeräumt«, meinte der Chefermittler so laut, dass dessen sonore Stimme im Widerhall des leeren Raumes geradezu ein Dröhnen auslöste. Sein warmer Atem verwandelte sich in der Kälte in feinen Wasserdampf.

Linkohr hatte inzwischen auf dem Flur alle Lichter eingeschaltet und jenen Bereich erreicht, der auf eine kleine Wohnung schließen ließ. Zwar gab es kein Mobiliar mehr, dafür aber eine Duschkabine aus dem Baumarkt und eine geflieste Ecke, die so aussah, als habe hier bis vor Kurzem ein kleiner Küchenblock gestanden: Rohre und Leitungen ragten aus der Wand, der Bodenbelag wies Flecken auf, die vermutlich von Speiseresten herrührten. Die Jalousien am Fenster waren verschlossen.

Durch eine türlose Öffnung in der Wand gelangte der Kriminalist in einen weiteren Raum, in dem offenbar unzählige Kabel aus dem gesamten Gebäude zusammenliefen und provisorisch verlegt waren. Die meisten endeten in Verteilerdosen, andere jedoch lagen mit angeklemmten Steckverbindungen am Boden. Linkohr erkannte, dass es sich vermutlich um Leitungen zu Computern, Telefonen oder irgendwelchen Modems oder Routern gehandelt haben musste. Als er Kerstin näherkommen sah, spürte er, dass es ihm zunehmend schwerfiel, sich bei ihrem

Anblick auf die Arbeit zu konzentrieren. »Da hat einer gewohnt und gepennt«, stellte er fest.

»Ein Junggeselle vermutlich. Möchte nicht wissen, wie das im ursprünglichen Zustand ausgesehen hat.«

Linkohr schwieg. Er musste an seine kleine Wohnung denken – und an eine seiner Verflossenen, deren Ordnungssinn ihn und sein Umfeld ins Chaos gestürzt hatte.

Kerstin ging in die Hocke, um sich die Kabel und Stecker genauer anzusehen. »Hier war wohl die Schaltzentrale – oder so was Ähnliches. Telefon hat's gegeben. Da wird sich ja rauskriegen lassen, wer den Anschluss angemeldet hat.«

»Und einen Hausbesitzer wird es auch geben – denk ich doch«, gab Linkohr zurück, als beide von Häberles Stimme aufgeschreckt wurden, die durch die Etage hallte: »Kommt mal her!«

Linkohr und Kerstin eilten wortlos in den Flur, wo Häberle an einer offenen Tür stand und ins Innere eines Raumes deutete, in dem die Rollläden ebenfalls nach unten gefahren waren. »Da ist noch was zurückgeblieben.«

Linkohrs plötzliche Anspannung ließ nach. Aus dem Tonfall des Chefs war zu schließen, dass er keine Leiche gefunden hatte.

»In der Hektik scheint etwas zu Bruch gegangen zu sein.« Er betrat den Raum vorsichtig und ging im weiten Bogen um die gläsernen Scherben eines zerbrochenen Gefäßes herum, während seine beiden Kollegen an der Tür stehen blieben und im hellen Licht zweier Leuchtstoffröhren weitere Gegenstände am Boden liegen sahen: Pinzetten, kleine Messer und metallische Bestecke, die offenbar für den medizinischen Gebrauch bestimmt waren, dazwischen silbern glitzernde Schalen unterschiedlicher Größen, Zangen und weiße Plastikteile, die irgendwo abgebrochen waren.

»Transportschaden«, erklärte Häberle. »Aber immerhin etwas für die Spurensicherung.« Er nickte Linkohr zu, der begriff und mit klammen Fingern sein Handy aus der Tasche zog, um die Kollegen zu verständigen.

Kerstin war unterdessen dem Chef in den Raum gefolgt und hatte sich die verschiedenen Gegenstände genauer angesehen. »Dort drüben«, sie deutete über die glitzernden Scherben hinweg in eine Ecke, in der größere Plastikteile lagen, die möglicherweise von einer Maschine herrührten, »was ist denn das?«

Linkohr war zum Telefonieren auf den Flur gegangen, während Häberle herauszufinden versuchte, was Kerstin gemeint hatte. »Kunststoff vermutlich«, meinte er.

»Nein, nicht das weiße Zeug«, erwiderte Kerstin und streckte ihren rechten Arm weit aus, um das angesprochene Objekt besser zeigen zu können. »Dieser Draht da – oder was das ist.«

Häberle kniff die Augen zusammen. Zwischen den Kunststoffteilen lag tatsächlich ein handlich aufgerollter Draht, der nicht isoliert zu sein schien. Er glitzerte silbern und erinnerte bei genauerem Betrachten eher an ein hauchdünnes Metallseil. Der Chefermittler wollte nicht näher herangehen, um keine Spuren zu zerstören. »Die Kollegen werden's uns berichten«, stellte er fest und ließ der jungen Beamtin beim Verlassen des Raumes den Vortritt.

Linkohr hatte inzwischen die Spurensicherung angefordert und weitere Türen geöffnet. Vor deren Eintreffen wollte Häberle das Obergeschoss inspizieren – doch hier hatten die bisherigen Nutzer des Gebäudes bei ihrem hastigen Auszug ebenfalls ganze Arbeit geleistet: Es gab nichts, was zurückgeblieben war.

Häberle kam gerade wieder mit Kerstin die Treppe herab, als irgendwo im Haus eine Metalltür mit einem dumpfen Knall ins Schloss fiel. Die drei Kriminalisten sahen sich verwundert an. »Wir kriegen Besuch«, meinte der Chefermittler mit seiner ihm eigenen Ruhe. Sie überblickten den Flur in beide Richtungen, ohne jemanden zu sehen. Linkohr überlegte: Wäre jemand über die Rampe gekommen, hätte es in den Flur nur eine einzige Tür gegeben. Außerdem wäre der Unbekannte im Hof den uniformierten Kollegen in die Arme gelaufen. »Da benutzt jemand den Haupteingang«, konstatierte er deshalb. Vermutlich jemand, der wegen der geschlossenen Rollläden die brennenden Lichter nicht sehen konnte und jetzt völlig arglos ins Gebäude kam.

Kerstins Gesicht war ernst wie nie. Linkohr sah sie aufmunternd an, während Häberle ihnen mit einer Handbewegung andeutete, sich still zu verhalten. Tatsächlich waren von der rechten Flurseite her dumpfe Schritte zu hören. Aus welchem Raum die Geräusche drangen, vermochten die Ermittler nicht zu orten. Linkohr ging einen Schritt nach vorn, um in die Stille zu lauschen. Eigentlich, so überlegte er, konnte der Unbekannte nur durch die übernächste Tür kommen. Sie war nämlich, das hatte der junge Kriminalist vorhin beim kurzen Durchgehen festgestellt, die einzige, die ins Foyer und somit zum Haupteingang führte.

Alle drei spürten eine innere Anspannung. Linkohr befürchtete, dass der Chef seine Waffe nicht mitgenommen hatte. Er selbst und Kollegin Kerstin waren ebenfalls unbewaffnet. Doch die beiden Uniformierten, die sich im Hof aufhielten, würden notfalls schnell eingreifen können, redete er sich ein.

Ihre Blicke wanderten von einer Tür zur anderen. Häberle ließ die rechte Flurseite nicht aus den Augen – wie ein wildes Tier, das zum Sprung ansetzte, sobald eine Gefahr drohte. Jetzt – mit einem metallischen Geräusch bewegte sich die übernächste Klinke. Nahezu gleichzeitig schwenkte die Tür ein kurzes Stück nach innen, verblieb jedoch in dieser Position. Der Unbekannte war vermutlich über den hell erleuchteten Flur überrascht. Häberle zögerte eine Sekunde, entschied aber schließlich, dem Versteckspiel ein Ende zu bereiten. Er huschte an der Wand entlang nach vorn und ließ seine gewaltige Stimme dröhnen: »Mit wem haben wir denn hier die Ehre?«

Linkohr und Kerstin waren dem Chef gefolgt, der dem Unbekannten nun gegenüberstand. Wieder ein Sekundenbruchteil des Schweigens und Verharrens.

Der Unbekannte schien zu keinerlei Gegenwehr in der Lage zu sein. Häberle drückte die Tür weiter auf und bedeutete seinen Begleitern, näher zu kommen.

Eine Männerstimme, ängstlich, verschüchtert, durchschnitt die Stille: »Was geht hier vor?«

Linkohr und Kerstin nahmen erleichtert zur Kenntnis, dass dies nicht nach einem Gewalttäter klang. Mit zwei Schritten hatten sie vollends die offen stehende Tür erreicht und konnten den völlig irritierten Mann sehen. Es war ein sportlicher Typ, dachte Kerstin, vermutlich Mitte 40. Gelockte blonde Haare, ein bisschen ungepflegt. Übernächtigt.

Vor Linkohrs geistigem Auge ratterten alle Gesichter

vorbei, die er seit Sonntag im Zusammenhang mit diesem Fall gesehen hatte. Keines passte.

Häberle hielt dem Mann den Dienstausweis unter die Nase. »Kriminalpolizei. Wer sind Sie?«

Der Mann ignorierte das Dokument und ging rückwärts in das hell erleuchtete Foyer, das offenbar nie etwas anderes gewesen war, als ein schlichter Durchgang zum Haupteingang. »Wie Sie sehen, bin ich rechtmäßig durch die Eingangstür gekommen«, knurrte der Mann zurück. Er hatte seine Fassung wiedergefunden.

»Ihr Name?«, blieb Häberle hartnäckig. Linkohr und Kerstin hatten sich hinter dem Mann postiert. Man konnte nie wissen.

»Darf ich fragen, was Sie in das Gebäude führt? Haben Sie einen Durchsuchungsbefehl?«

»Brauchen wir nicht, wenn Gefahr im Verzug ist.«

»Hier ist Gefahr im Verzug?«, echauffierte sich der Mann und drehte sich nacheinander zu Kerstin und Linkohr.

»Jawohl, das ist sie«, wurde Häberle energischer. »Wenn hier bei Nacht und Nebel der ganze Laden ausgeräumt wird und der dringende Verdacht besteht, dass die Spuren dubioser Geschäfte beseitigt werden sollen, dann ist Gefahr im Verzug. Vor allem, wenn ich Ihnen sage, dass bereits zwei Menschen ums Leben gekommen sind, die vermutlich einen Bezug hierher hatten.« Er sah seinem Gegenüber scharf in die Augen. »Und außerdem besteht die Gefahr, dass dem Menschen, der hier gearbeitet hat, etwas zugestoßen sein könnte.«

»Dem Menschen, der hier gearbeitet hat?«, äffte der Angesprochene nach. »Was soll dem schon zugestoßen sein?«

»Dasselbe wie den anderen – dem Dr. Fallheimer und der Frau Anja Kastel, falls Ihnen die Namen geläufig sind.« Häberle hatte sich spontan für diesen Direktangriff entschieden.

Das Gesicht des Mannes nahm harte Züge an. Häberle glaubte, dass darüber hinaus alle Farbe entwich, obwohl dies im kalten Licht der Leuchtstoffröhren nicht eindeutig festzustellen war.

»Sie wollen doch damit nicht sagen, dass ich …?«

»Ich weiß ja noch gar nicht, wer Sie sind. Vielleicht haben Sie mal die Freundlichkeit, uns dies zu verraten«, gab sich Häberle versöhnlicher.

Der Mann sah die Kriminalisten ratlos an. Nach einigen Sekunden des Schweigens entschied er sich, den Widerstand aufzugeben. »Ich bin der, der hier gearbeitet hat.«

49

Die Sonne war bereits hinter dem Ostflügel des Hotels hochgestiegen, als Melanie und Caroline an diesem Aschermittwoch zum Frühstück auf die Terrasse kamen. Sie waren vergangene Nacht unterwegs gewesen und hatten sich bestens amüsiert, wie sie gegenseitig schwärmten. Die Enttäuschung, dass Elmar abgetaucht war, schien langsam abzuebben. Wenn er kein Interesse mehr an ihnen hatte, würden sie die Tage ohne ihn genießen. Am Hotel-Pool gab es schließlich genügend Möglichkeiten für einen Flirt. Melanie schwärmte von »einem charmanten Herrn alter Schule«, der sie nach dem Essen an die Bar eines benachbarten Hotels eingeladen habe, während Caroline begeistert von einer »ganzen Clique cooler Typen« berichtete, mit der sie in einem seriösen Nachtklub gewesen sei: »Gleich die Straße rauf links«, fügte sie an, während zum zweiten Mal an diesem Morgen die Sirenen mehrerer Einsatzfahrzeuge aufheulten, die ganz in der Nähe vorbeifahren mussten. Einige Frühstücksgäste reckten neugierig die Hälse, ohne jedoch von der Terrasse aus eine Chance zu haben, etwas zu erspähen.

Als der Ober wie jeden Morgen die Kaffeekanne brachte und die beiden Frauen auf galante Weise begrüßte, nahm Melanie die Gelegenheit wahr, sich nach dem Grund des Einsatzes zu erkundigen. Das Gesicht des braun gebrannten Spaniers wurde sofort ernst: »Man hat Leiche gefunde. Mann aus Deutschland. Drauße in Dunas – in Sand.«

»Ach«, entfuhr es Caroline und es war ihr, als habe ihr etwas die ganze Energie aus dem Körper gezogen. Sie sah Hilfe suchend zu Melanie, die erbleichte.

»Hab ich Falsches gesagt?« Der Ober blieb verunsichert stehen.

»Nein, nein, überhaupt nicht. Ist nur schrecklich so etwas«, fasste sich Melanie wieder. »Hat er hier gewohnt … hier im Hotel?«

Der Ober zögerte und sah sich prüfend um. Dann bückte er sich zu den beiden Frauen und flüsterte: »Hat man Schlüssel von unsere Hotel bei ihm gefunde.«

Für die Kriminalisten war's nur eine kurze Nacht gewesen. Linkohr hatte vor dem Einschlafen abwechslungsweise an Kerstin und an Jenny gedacht. Die Flamme vom Samstag war den ganzen Abend nicht ans Telefon gegangen – eine Tatsache, die ihn zwar erheblich beunruhigte, ihm aber letztlich den Schlaf nicht rauben konnte. Er entschied, sich eher auf Kerstin zu konzentrieren. Allerdings vermochte er nicht so genau zu sagen, ob die Sympathie, die sie ihm gegenüber zeigte, kollegialer oder anderer Natur war.

Häberle hatte seiner Mannschaft an diesem Aschermittwochmorgen frische Brezeln mitgebracht und die Sekretärin gebeten, Kaffee zu machen. Als er zusammen mit Linkohr und Kerstin die Ereignisse des gestrigen Abends durchging, entfuhr dem jungen Kriminalisten, was er im Zustand allerhöchsten Erstaunens immer zu sagen pflegte: »Da haut's dir's Blech weg.«

Dass dieser Humstett noch im Gebäude aufgetaucht war, hatte sie mächtig überrascht. Vor allem aber, wie gesprächig er nach anfänglicher Skepsis gewesen war. Er hatte einigermaßen glaubwürdig versichert, dass er sich nur habe überzeugen wollen, in welchem Zustand die beauftragte Umzugsfirma das Haus hinterlassen hatte. Der Chef, wie er einen Mann namens Maronn titulierte, der sich auf Gran Canaria aufhalte und von dem ihm nur die Telefonnummer bekannt sei, habe den Auszug aus dem Gebäude von einem Tag auf den anderen organisiert. Sämtliche Geräte und Apparaturen seien vermutlich bereits auf dem Weg zu den Kanaren. Dort solle die gesamte wissenschaftliche Arbeit, an der er maßgeblich beteiligt sei, an einem neuen Standort zusammengeführt werden.

Nach dieser informatorischen Befragung hatte Häberle mit Humstett einen Vernehmungstermin für heute Vormittag festgelegt. Der Chefermittler entschied, sich mit ihm zunächst allein zu unterhalten, was Linkohr und Kerstin enttäuscht zur Kenntnis nahmen. Der junge Kriminalist jedoch überspielte es mit dem Hinweis auf das, was er in der vergangenen halben Stunde bereits in Erfahrung gebracht hatte: »Es war kein Problem rauszukriegen, wem das Gebäude gehört«, sagte er und lehnte sich auf dem gepolsterten Besucherstuhl in Häberles Büro zurück. »Edgar Fiedler heißt der Knabe«, fuhr er fort. »Irgend so ein Touristikunternehmer aus München.«

»Ach? Wieso investiert der in ein Fabrikgebäude auf der Alb?«

»Keine Ahnung. Wahrscheinlich einer von der Sorte, der den Kragen nicht voll kriegt und dann nicht weiß, wohin mit dem Geld.«

Kerstin schaltete sich ein. »Normalerweise verschieben solche Typen ihr Geld heimlich ins Ausland.«

Häberle ging nicht darauf ein, obwohl er aufgrund seiner Erfahrung, die er einst als Sonderermittler in Wirtschaftskreisen gemacht hatte, vieles hätte dazu sagen können. Ihn wunderte schon lange nicht mehr, dass sich die Politik davor scheute, endlich den Machenschaften der Lobbyisten einen Riegel vorzuschieben. Ihm war längst klar, dass viele Gesetze bewusst so formuliert waren, um genügend Schlupflöcher offen zu lassen. Denn seiner tiefsten Überzeugung zufolge gab es nur zwei Möglichkeiten: Entweder regierten in diesem Land Dilettanten und Dummköpfe, was er zugunsten der Volksvertreter nicht annahm, oder – und das war die einzig verbleibende Alternative – sie ließen sich von den Wirtschaftsfunktionären einlullen, vielleicht mit einem kleinen Geschenk hier und da. Er verdrängte diese Gedanken und entschied: »Dann kümmert euch mal um diesen Fiedler. Vielleicht weiß ja der die genaue Anschrift von diesem Maronn.«

»Was mich persönlich stutzig macht«, warf Kerstin ein, »das ist diese Adlige, ihr wisst schon: von Willersbach hat sie sich genannt – Samstagnacht in der Ambulanz.«

»Ja, und?« Häberle sah auf die Uhr. Gleich würde Humstett auftauchen, falls er den Termin, wie versprochen, wahrnahm.

»Die falsche Adresse, die sie angegeben hat, liegt ganz in der Nähe des Hauses, in dem Frau Fallheimer jetzt wohnt.«

»Oh«, gab sich Häberle interessiert.

»Weinbergweg. 16 Hausnummern weiter wohnt in dieser Straße die Frau Fallheimer«, vertiefte Kerstin das Gesagte stolz.

»Und wer wohnt an dieser falschen Adresse?«

»Nach allem, was ich bisher über die Ulmer Kollegen in Erfahrung gebracht habe, offensichtlich niemand, der mit der Sache etwas zu tun haben könnte.«

»Sollten wir bald genauer abklären«, meinte Linkohr. »Wie wir ja wissen, hat die Frau Fallheimer Kontakte in diese Ärzteszene – über Dr. Brugger und dessen Frau.«

»Und bei dieser«, ergänzte Kerstin, »ist auch die Ambulanzschwester aufgetaucht.«

»Die du bei deiner illegalen Hausdurchsuchung entdeckt hast«, grinste der junge Kriminalist, worauf sie ihm zublinzelte.

»Und bei der mir etwas aufgefallen ist, das ich dir aber noch nicht verrate«, gab sie keck zurück.

»Aber vielleicht mir«, mischte sich Häberle ein und sah die junge Frau aufmunternd an.

»Es war nur eine Beobachtung am Rande …«

In diesem Augenblick erschien ein Kollege an der offenen Tür, der in Begleitung von Humstett war. Häberle stand auf, begrüßte ihn mit Handschlag, verwies auf Linkohr und Kerstin, die beide vergangene Nacht dabei gewesen waren, und bot ihm einen Platz an. Die anderen verließen, wie besprochen, den Raum.

»Super pünktlich«, lobte Häberle. »Kaffee?«

Humstett lehnte dankend ab. »Ich hoffe nicht, dass es lange dauert.«

»Das kommt drauf an, was Sie uns zu berichten haben.«

»Ist das jetzt ein Verhör oder was?«

»Sie sind Zeuge – wie ich Ihnen gestern bereits gesagt habe. Natürlich brauchen Sie auf Fragen, mit denen Sie sich selbst belasten würden, nicht zu antworten. Sie können natürlich auch einen Anwalt hinzuziehen.«

»Das wird nicht nötig sein.« Humstett knöpfte seine Jacke auf und zog den Reißverschluss seines Pullovers nach unten.

Der Mann wirkte sportlich, dachte Häberle. Er schätzte ihn auf Mitte 40, doch das genaue Alter würde sich ohnehin aus den Personalien ergeben, die nachher aufgenommen werden mussten. »Sie sind Mediziner«, knüpfte Häberle an das Gespräch der vergangenen Nacht an.

»Doktor der Medizin, Fachrichtung innere Medizin, genauer gesagt. Mein Interessengebiet ist weniger die direkte Heilkunde, um es mal laienhaft verständlich auszudrücken, als vielmehr die wissenschaftliche Arbeit.«

»Und darin sind Sie freiberuflich tätig?«

»So kann man das sagen. Wenngleich sie als Einzelkämpfer natürlich keine Chance mehr haben, Neues zu entwickeln. Die Zeit der großen Entdecker ist vorbei. Heute brauchen sie teure Technologien und innovative Mitarbeiter, um Neuland betreten zu können. Ich sag immer: In den vergangenen 100 Jahren wurden die Grundmauern freigelegt – und nun sind wir dabei, in dem Gebäude der Wissenschaften eine Etage nach der anderen zu entdecken. Und je höher wir steigen, umso abenteuerlicher wird es – und umso größere Hilfsmittel brauchen wir, um uns dort zurechtzufinden, wo der Horizont immer weitere Aus- und Einblicke ermöglicht.«

»Ein schöner Vergleich«, lobte Häberle. »Wäre es für Sie nicht leichter, sich an einer Uni oder an einer wissenschaftlichen Einrichtung zu betätigen – wie etwa, äh ...«, Häberle überlegte, »dem Fraunhofer Institut zum Beispiel?«

»Natürlich haben Sie recht, Herr Häberle. Aber sobald sie sich an irgendjemand binden, sind sie in dem, was sie entwickeln wollen, nicht mehr so frei, wie ich es sein kann.«

Häberle überlegte, ob er eine gewisse Bemerkung anbringen konnte, tat es dann doch: »Das heißt, Sie wollen sich selbst für das verantwortlich fühlen, was Sie machen.« Er war mit dieser sehr diplomatischen Formulierung zufrieden.

»Ich bin sozusagen nur meinem eigenen Gewissen verpflichtet – und in gewisser Weise natürlich auch den Gesetzen.«

»Warum nur in gewisser Weise?«, insistierte der Chefermittler.

»Weil es heutzutage sehr stark auf den Standort

ankommt, wo sie die Forschungsarbeit betreiben – also auf das jeweilige Land. Sie wissen selbst am besten, Herr Häberle, dass die Ansichten über Ethik sehr unterschiedlich sein können. Jeder Gesetzgeber reklamiert zwar für sich, den allein seligmachenden Weg gefunden zu haben – aber eben nur aus Sicht einer evolutionären Entwicklung des jeweiligen Volkes heraus. Wobei der Einfluss der Religionen natürlich eine große Rolle spielt.«

»Sie wollen damit sagen, dass sich die Forschung bisweilen mit der Gesetzgebung schwertut.«

»Was heißt schwertut? Sie sollten bedenken, dass sich Wissenschaftler nicht von lokalen Gesetzen beeinflussen lassen. Tun wir's nicht, tun's andere – ich weiß, das ist eine gefährliche, ja, eine teuflische Einstellung. Aber leider Gottes sind die Menschen so. Sie haben die Atombombe entwickelt – und wir alle wissen, dass man damit den Planeten ruinieren könnte. Und trotzdem wird daran weitergebastelt. Aus Angst, der andere könnte immer den einen entscheidenden Schritt schneller sein als man selbst. Nein, mit Gesetzen, Herr Häberle, werden Sie dem nicht Einhalt gebieten können.«

Häberle stimmte ihm insgeheim zu. Leider hatte die globale Intelligenz der Menschheit nicht mit den Möglichkeiten der Technik Schritt gehalten. Und alles deutete darauf hin, dass die Schere noch weiter auseinanderklaffte: Hier die Kleingeister in ihren Nationalstaaten, dort eine Technik und Wissenschaft, die die bestehenden Grenzen ignorierte, die sich weder von Demokratien noch von Diktaturen eindämmen ließ, die aber jederzeit missbraucht und in die Hände von Kriminellen und Terroristen geraten konnte. »Es tun sich also freie Wissenschaftler leichter«, konstatierte er nach kurzer Pause.

»Aber ohne Geldgeber, so vermute ich mal, werden auch Sie nicht auskommen.«

»Wir kommen zurecht. Sie haben aber Geldgeber gefunden.«

»Ich würde es anders bezeichnen«, erklärte Humstett. »Ein paar Investoren, die sich von gewissen Dingen das große Geld versprechen, haben jemanden gefunden, der sein Know-how einbringen kann.«

»Also Sie«, stellte der Ermittler fest. »Und ich gehe sicher recht in der Annahme, dass es sich bei einem der Investoren um diesen Maronn handelt. Wie ist dieses Zusammentreffen vonstatten gegangen?«

»Bei einem Fachkongress in Mailand. Es hat sich so ergeben. Nichts Außergewöhnliches. Bei solchen Kongressen treffen sich Kapazitäten der ganzen Welt. Auch Investoren. Das ist auf dem medizinischen Sektor nicht anders als in der Wirtschaft. Überall gibt es Menschen, die entweder für sich oder für andere Möglichkeiten zwecks Geldvermehrung suchen.«

»Und so sind Sie an Herrn Maronn geraten?«

»So ungefähr. Bis wir uns auf ein Projekt geeinigt haben, hat's natürlich noch einige Monate gedauert. Herr Maronn hat damals bereits ein Labor auf dem spanischen Festland betrieben – und war gerade dabei, es nach Gran Canaria zu verlegen.«

»Es geht um Genforschung, wie Sie gestern Abend kurz anklingen ließen«, wollte es Häberle nun genau wissen.

»Genforschung im weitesten Sinne des Wortes. Dies zu erläutern, würde den Rahmen unseres Gesprächs sprengen. Aber Sie brauchen sich nur zu überlegen, womit man künftig sehr viel Geld verdienen könnte.« Er zögerte.

»Geld verdienen mit Geld, das man … ja, sagen wir's ruhig, das manche Kreise lieber vermehren, als es dem Finanzamt zu überlassen.«

Häberle wusste diese Bemerkung sehr wohl zu interpretieren, wollte sich jedoch auf die medizinische Seite beschränken und das Ziel der Forschung erläutert bekommen.

»Denken Sie nur an Blut«, fuhr Humstett fort. »Welch gigantischer Aufwand muss immer noch betrieben werden, um genügend Blutspender zu finden – beziehungsweise, genügend Blut vorrätig zu haben. Wenn es gelänge, es künstlich für jede Blutgruppe zu produzieren, wäre dies ein unglaublicher Fortschritt. Oder denken Sie an das Herstellen von Organen. Die Vorstellung, jedes Organ irgendwo vorrätig zu haben, wie in einer Kfz-Werkstatt die Teile für ein Auto, das lockt Leute, die auf hohe Renditen setzen.«

Häberle überlegte, wie weit er gehen sollte. Doch das Thema erschien ihm interessant. »Oder man produziert ein künstliches Lebewesen.«

»Davon träumen viele. Ich weiß nicht, ob Sie jemals etwas von dem US-Forscher Craig Venter gehört haben.«

Häberle schüttelte den Kopf.

»Er hat die erste synthetische Zelle geschaffen. Aber kein wirklich künstliches Leben. Das am Computer entwickelte DNA-Erbgutmolekül hat er in Bakterien transplantiert, wo es die Kontrolle über sie übernommen hat. Das mag ein Meilenstein in der Forschung sein, aber kein künstliches Leben.«

»Das müssen Sie mir näher erklären. Er hat also nicht aus toter Masse Leben geschaffen?«

»Dann wäre er wohl so etwas wie der liebe Gott –

wenngleich natürlich auch die tote Masse von irgendwo herkommen müsste. Nein, Herr Häberle, dazu müsste es gelingen, aus Molekülen etwas Lebendiges entstehen zu lassen. Dieser Venter, mag er noch so laut tönen, hat als Ausgangspunkt eine lebende Zelle benutzt.«

»Wenn ich Sie richtig verstehe«, konstatierte Häberle, »dann hat man zwar nichts Neues geschaffen, aber zumindest aus dem Bestehenden neue Lebensformen gebastelt.«

»So etwa, ja, man mixt sozusagen aus Bestehendem etwas zusammen. Siehe genveränderte Pflanzen.«

»Und greift damit in die Schöpfung ein, ohne die Folgen zu kennen«, stellte der Chefermittler vorwurfsvoll fest.

»Da will ich Ihnen gar nicht widersprechen. Solche neue Formen können natürlich mutieren und sich in anderen Organismen festsetzen.«

»Oder man entwickelt ganz bewusst Killerbakterien.«

Humstett zuckte schweigend mit den Schultern.

»Ihr Ziel war allerdings ein anderes?«, hakte Häberle provokativ nach.

»Killerbakterien?«, Humstett zeigte sich verärgert. »Ich bitte Sie, Herr Häberle. Mir persönlich geht es um den Nutzen für die Menschheit. Um Blut.«

»Und dazu …«, Häberle riskierte das Stichwort, »dazu braucht man reines Nabelschnurblut.«

Humstetts Gesicht verlor seinen sportlichen Glanz. »Nabelschnurblut«, griff er das Wort emotionslos auf, »das ist in der Tat ein ganz wichtiger Stoff, sozusagen Stammzellen pur. Frisch und durch keinerlei Einflüsse verändert.«

»Aber schwer zu kriegen.«

»Natürlich schwer zu kriegen. Doch Maronn und seine Investoren scheinen auch dieses Problem bedacht zu haben.«

»Bedacht und gelöst zu haben«, ergänzte der Ermittler »Jedenfalls müssten Sie welches bekommen haben.«

»Ich weiß, auf welch dünnes Eis ich mich begebe. Sie meinten, ich müsste mich nicht zu jeder Frage äußern. Ich tue es trotzdem, weil ich guten Gewissens sagen kann, dass ich nicht weiß, woher dieses Blut stammt.«

»Es kam einfach so – mit der Post, oder was?« Häberle hob verwundert die rechte Augenbraue.

»Ich hab, solang ich in Laichingen war, nur zweimal was gekriegt. Da reichen kleine Mengen aus, müssen Sie wissen. Außerdem hab ich da oben nur kleine Versuche gemacht. Auf Gran Canaria laufen ganz andere Dinge.«

»Das Blut muss aber doch tiefgekühlt transportiert werden.« Häberle hatte sich flüchtig im Internet informiert.

»Gekühlt, ja. Nur ist das mit heutigen Einrichtungen kein Problem. Es gibt spezielle Kühlboxen. Mit Gel und Styropor. Und wenn Sie einen internationalen Spediteur damit beauftragen, bringt er Ihnen das Zeug in jeden Winkel der Erde, ohne dass die Kühlkette unterbrochen wird.«

»Auch nach Gran Canaria.«

»Auch dorthin, natürlich. Im Flieger oder auf einem Frachtschiff vom spanischen Festland aus.«

»Und wie war das nun in Ihrem Fall – mit den beiden Lieferungen?«

»Ich weiß wirklich nicht, woher es kam. Es war ein Kurier, der mir die Kühlbox gebracht hat.«

»Von einem Paketdienst?«

»Nein. Es war ein junger Mann, der mir die Kühlbox gebracht hat.«

»Einer, den Sie kannten?«

»Nein. Ich kann mich nur entsinnen, dass er so einen blauen Kleinwagen gefahren hat, so einen Fiesta, denk ich mal. Mit Göppinger Kennzeichen.«

Häberle musste seine Überraschung verbergen. Dass er sofort das Thema wechselte, erschien ihm allerdings im selben Moment bereits für unangebracht. Möglicherweise war das gespielte Desinteresse allzu durchsichtig. »Damit wir uns richtig verstehen«, merkte er eher beiläufig an, »wir ermitteln hier im Zusammenhang mit Tötungsdelikten. Was in Ihren Laboratorien geschieht oder geschehen ist, ist nur zweitrangig – und nur insoweit interessant, als es ursächlich für den Tod zweier Menschen sein könnte.«

»Ich verstehe, worauf Sie hinauswollen. Sie glauben, dass Dr. Fallheimer und diese Frau aus der Klinik umgebracht wurden, weil sie etwas wussten, das niemand erfahren durfte.«

»So könnte man es auf einen Nenner bringen. Deshalb frage ich Sie ganz direkt: Was hatten Sie mit ihnen zu tun?« Häberle nahm einen Schluck des inzwischen kalt gewordenen Kaffees.

»Diese Frage habe ich erwartet. Aber ich hatte weder mit Dr. Fallheimer noch mit dieser Frau Kontakte. Natürlich hab ich mir Gedanken gemacht, woher der junge Mann die Kühlbox hatte – klarer Fall. Aber um ehrlich zu sein, es gibt Momente, da stellt man keine Fragen.«

»Weil Sie vermutlich wussten, dass es besser war, nicht danach zu fragen?«

»Ich bin davon ausgegangen, dass Herr Maronn ein ehrenwerter Geschäftsmann ist«, wich Humstett geschickt aus.

»Dass die Kühlbox aus der Helfenstein-Klinik stammen konnte, auf die Idee sind Sie nicht gekommen?«

»Warum sollte ich meine Zeit damit vergeuden, über etwas nachzudenken, wofür ich nicht zuständig bin und was mich nichts angeht?«

Häberle beschloss, es dabei zu belassen. Humstett hatte zwar zuletzt die meiste Zeit in dem Firmengebäude gehaust, in Wirklichkeit war er mit festem Wohnsitz in Blaubeuren gemeldet. Dort würden sie ihn jederzeit wieder erreichen können. »Es könnte natürlich sein«, knüpfte der Kommissar an Humstetts Bemerkung an, »dass es Juristen gibt, die hinsichtlich Ihrer Verantwortung eine andere Auffassung vertreten.«

Humstett zuckte sichtlich zusammen. »Wie darf ich das verstehen?«

»Na ja, den Standort Laichingen für ein medizinisches Versuchslabor auszuwählen, dürfte kein Zufall gewesen sein. Provinz, unauffällig, dazu einige Kliniken in der Umgebung – und vor allem die A8 vor der Haustür. Erreichbar aus allen Richtungen.«

»Standorte spielen in einer global vernetzten Welt keine Rolle mehr, Herr Häberle«, empörte sich Humstett.

»Da stimme ich Ihnen voll zu. Beim Planen spielt das keine Rolle. Aber einen Fluchtweg sollte man sich immer offen halten. Eine alte Weisheit der Kriminalisten. Genau wie's den Täter immer wieder zum Tatort zurückzieht.«

Humstett verzog keine Miene. Er verstand sehr wohl, dass es eine Anspielung auf das Geschehen in der vergangenen Nacht war.

Der Leichenfund in den Dünen Maspalomas hatte sich nicht nur unter den Touristen, sondern auch unter den Einheimischen bis zur Mittagszeit wie ein Lauffeuer verbreitet. Schon machte sich bei den Hotel-Managern die Sorge breit, ein solches Verbrechen an einem der beliebtesten Orte im Süden der Insel könnte Auswirkungen auf den Tourismus haben. Immerhin galten die Dünen als sicher. Wenn dort ein Mörder sein Unwesen trieb, konnte sich dies schlagartig ändern. In den Mittagsnachrichten berichteten die lokalen Radiosender über das Tötungsdelikt, ohne jedoch Hintergründe nennen zu können. Allerdings war über die Identität des Toten so viel bekannt geworden, dass es sich um einen Deutschen handle, der im RIU Palace Maspalomas gewohnt habe.

Sogar Harald Maronn hatte die Neuigkeit vernommen und sofort versucht, Brugger telefonisch zu erreichen. Doch auf dem Handy, das bei einem spanischen Provider angemeldet war, hatte sich bei seinen inzwischen sechs Versuchen immer nur die Mailbox gemeldet. Aber in diesem Augenblick wurde das Gespräch sofort angenommen. Eine Männerstimme sagte etwas auf Spanisch, was Maronn nicht verstand, obwohl er dieser Sprache durchaus mächtig war.

»Wer ist da?«, fragte er nervös und auf Deutsch zurück.

Wieder unverständliches Spanisch, dann eine kurze Pause, nach der sich eine andere Stimme mit starkem Akzent meldete: »Wen wollen Sie spreche?«

Maronn war verunsichert. »Ich hätte gern Herrn Brugger gesprochen.«

»Señor Brugger«, kam es zurück. »Entschuldigen Sie, das ist nicht möglich.«

»Darf ich fragen, wer Sie sind?« Maronns Puls begann zu rasen. Wenn sich an Bruggers Handy ein Spanier meldete, konnte dies nichts Gutes bedeuten.

»Polizei«, informierte der andere leise. »Bitte nenne Sie uns Ihre Namen und Ihre Adresse.«

Maronn zögerte. Es war ihm, als sei ihm soeben der Boden unter den Füßen weggezogen worden.

Kerstin und Linkohr hatten sich in ein kleines Büro zurückgezogen. »Weder dieser Brugger noch seine Frau melden sich«, stellte die junge Polizistin seufzend fest.

»Auf Bruggers Handy meldet sich schon seit gestern die Mailbox – und auf dem Festnetzanschluss bei seiner Frau geht keiner ran.«

»Es soll Leute geben, die sich im Ausland eine Telefonkarte von einem dortigen Provider kaufen, um innerhalb des Landes billiger telefonieren zu können. Vielleicht hat Brugger das getan.«

»Geistreich wär's nicht unbedingt«, meinte Kerstin. »Somit wäre er von hier aus nicht zu erreichen – zumindest, wenn keiner seine dortige Nummer kennt.«

Linkohr drehte sich zu Kerstin und sah ihr in die großen Augen. »Vielleicht ist das so gewollt. Könnte ja sein, oder?«

»Um ehrlich zu sein, Mike, diese ganze Technik macht doch alles sehr unübersichtlich. Wenn ich mir so anhöre, was sie uns an der Hochschule erzählen – mit Datenschutz und all dem Zeug. Uns zwingt der Gesetzgeber in ein enges Korsett und die Gegenseite nutzt die technischen Möglichkeiten, die uns verwehrt bleiben, schamlos aus.«

»Genauso ist es, Kerstin. Wie sagt Häberle immer? Was vor 20 Jahren an technischem Krimskrams in James-

Bond-Filmen gezeigt wurde, ist heute längst überholt. Du kannst inzwischen mit winzigsten elektronischen Gerätschaften alles überwachen, abhören und ausspionieren, was du willst.« Er schaute wieder auf seinen Monitor. »Aber lassen wir das. Ich hab hier etwas Spannendes von unseren Schweizer Kollegen gekriegt.«

»Lass mal hören!« Kerstin rollte sitzend mit ihrem Schreibtischstuhl zu ihm herüber. Er spürte ihren Atem und genoss die entstandene Nähe.

»Die Kollegen im Wallis, in Brig, haben die Adresse gecheckt, die wir in Fallheimers Unterlagen gefunden haben. Es sei eine Anlage mit saisonal bewohnten Ferienwohnungen, schreiben sie.« Er strich mit dem Mauszeiger über den Text der Mail. »Eine Frau namens von Willersbach ist laut Hausverwalter nicht als Wohnungseignerin eingetragen. Aber, und jetzt kommt's …« Linkohr berührte mit seinem rechten Oberarm Kerstins linke Schulter. »… einen Briefkasten mit dem Namensschild gibt es tatsächlich.«

»Wie kann denn so was funktionieren?« Kerstins Zweifel waren unüberhörbar.

»Ganz einfach. Ist eine beliebte Masche. Man sucht sich einen Wohnblock oder eine Ferienwohnanlage aus, in der viele Wohnungen leer stehen oder nur während der Sommer- oder Wintersaison genutzt werden, und hat eine perfekte Adresse. Damit die Post ankommt, wird an einem der unzähligen Briefkästen das entsprechende Namensschild angebracht – und schon weiß der Briefträger, wo er die Post reinstecken muss. Dass man einen Briefkasten locker öffnen kann, muss ich dir ja wohl nicht erzählen.«

»Und schon hat man einen toten Briefkasten«, lächelte

Kerstin und fügte stichelnd an: »Mike, du wirst mal ein ganz Großer.«

Er wusste nicht, ob er sich geschmeichelt fühlen sollte oder ob Kerstin ihn auf den Arm nahm. Deshalb versuchte er, sich mit dem weiteren Text aus Brig abzulenken. »Die Kollegen haben ganze Arbeit geleistet. Erstaunlich, wie schnell sie auf unser Rechtshilfe-Ersuchen reagiert haben.« Linkohr gab sich erneut wissend: »Na ja, unser Häberle hat wohl mal wieder alle Register gezogen. Außerdem ist er im Umgang mit der Schweiz nicht unerfahren.«

»So? Gab's da mal was?«

»Und ob! Am besten, du fragst ihn mal in einer stillen Stunde nach dem Fall, da ist ihm ein dicker Irrtum unterlaufen.«

Kerstin hakte nicht weiter nach. Dabei hätte Linkohr gerne von seinem dritten Fall berichtet, den er mit Häberle vor einigen Jahren gelöst hatte und bei dem sie mit Einsteins Relativitätstheorie konfrontiert worden waren.

»Mach schon weiter«, drängte Kerstin. »Was teilen uns die Schweizer mit?«

»Hier …« Er scrollte den Text nach oben. »Sie haben den Briefkasten geöffnet und ein Kuvert herausgeholt, das in der …«, und nun las er laut vor: »in der Bundesrepublik Deutschland aufgegeben wurde, und zwar in einem Briefverteilzentrum mit der Leitzahl 73. Ist hier bei uns. Salach.«

»Oh. Und einen Absender gibt's auch?«

»Gibt es. Hier …« Er ließ den Mauszeiger über einige unwichtige Passagen huschen, um ihn abrupt anzuhalten: »Dr. Fallheimer, Johannes, wohnhaft in Dornstadt-Scharenstetten.«

Kerstin grinste. »Es wird noch interessanter. Die Kollegen in Brig haben das Kuvert sogar geöffnet.« Er scrollte weiter und gab Kerstin zu verstehen, weshalb dies möglich war: »Hat so in unserem Rechtshilfe-Ersuchen drin gestanden. Aber ich denke, ein Richter hat dies auch bei denen erst absegnen müssen.«

»Und was schreibt der Herr Doktor?«

»Hier. Er schreibt, dass er mit dem Angebot – und jetzt wörtlich –, das Projekt zu verlassen einverstanden sei. Und hier ...« Der Kriminalist las erneut wörtlich vor: »›Ich trage mich ohnehin schon seit einiger Zeit mit dem Gedanken, diesen Schritt freiwillig zu tun. Insoweit gehe ich mit Ihnen konform, die Zusammenarbeit zu beenden. Sobald ich den Eingang meiner Einlage auf dem Ihnen bekannten Konto bestätigt finde, ist die Angelegenheit für mich abgeschlossen‹.«

»Der sollte zu etwas gezwungen werden, was er ohnehin tun wollte. Seltsam. Von wann datiert der Brief, steht das irgendwo?«

»Ja, vom 30. Januar. Ist über zwei Wochen her.«

»Jetzt brauchen wir nur noch diese geheimnisvolle Frau von Willersbach und wir wären einen Schritt weiter«, meinte Kerstin.

»Nur noch ist gut«, erwiderte Linkohr ironisch. »Ich befürchte immer mehr, dass die Drahtzieher des Ganzen wirklich auf Gran Canaria sitzen. Denn die Kollegen haben uns noch mehr mitgeteilt.« Wieder klickte er einige Male mit der Maus. »Die leer stehende Ferienwohnung, zu der der Briefkasten gehört, ist im Besitz eines Spaniers. Einem gewissen Alberto Fernandez – und dreimal darfst du raten, welche Adresse der Hausverwalter genannt hat.«

»Irgendeine auf Gran Canaria. Das ist nicht schwer zu erraten, Mike. Vielleicht sollten wir eine Dienstreise dorthin machen«, grinste sie und sah den Jungkriminalisten provokant, wie er es empfand, von der Seite an.

»Verlockend wäre das, liebe Kerstin. Aber Dienstreisen hat bisher leider der Chef höchstpersönlich unternommen.« Er überlegte, ob er ihr vorschlagen sollte, sich eine gemeinsame private Reise auf die Kanaren zu gönnen. Was allerdings gerade unpassend und vielleicht verfrüht wäre, weshalb er den Gedanken wieder verwarf.

»Sag mal«, riss ihn die Kollegin aus dem kurzen Grübeln, »hat nicht der Chef davon gesprochen, dass dieses Brig schon mal irgendwo eine Rolle gespielt hat?«

»Du hast recht. Ich hab's irgendwo in seinen Aufzeichnungen gelesen. Brig – da war eine Ärzte-Clique mal Skifahren, stimmt's?«

»Exakt«, fühlte sich Kerstin bestätigt und spielte noch einmal ihre Kombinationsgabe aus: »Und hast du eigentlich mal was von Fred Olsen gehört?«

»Fred – was? Ein Skifahrer?« Linkohr war irritiert.

»Fred Olsen. Muss irgendeine Fährgesellschaft auf den Kanaren sein, auch wenn sich's eher skandinavisch anhört.«

Linkohr verstand die Zusammenhänge nicht. »Du wirst mir sicher verraten, was dieser Fred Olsen mit dieser Geschichte zu tun hat.«

»Man muss als Kriminalist halt immer die Augen offen halten«, spöttelte sie. »Mir sind Reisekataloge aufgefallen – von TUI und Fred Olsen.«

»Und wo, wenn ich fragen darf?«

Sie runzelte ihre Stirn und beschloss, dies für sich zu behalten. Denn sie hatte eine Idee.

50

Max Frenzel war an diesem eisigen Nachmittag ins Naturschutzzentrum ›Schopflocher Alb‹ gefahren. Unterwegs plagten ihn wieder die finstren Gedanken, die ihn seit den polizeilichen Vernehmungen nicht mehr losließen. Wahrscheinlich würden sie sein gesamtes Leben heimlich durchleuchten, sich überlegen, wie das mit seinem Autoschlüssel war und welche Beziehungen er in die Klinik pflegte. Genau genommen, musste er zu dem Kreis der engeren Verdächtigen gehören. Sein Alibi für die Samstagnacht hatte in den Augen der Ermittler gewiss Lücken und bereits seine Beziehungen zu Fallheimer würden zu allerlei Mutmaßungen Anlass geben. Vergangene Nacht war er mehrere Male in Schweiß gebadet aufgewacht.

Jetzt suchte er Ablenkung in seiner kleinen wissenschaftlichen Arbeit, die er im Naturschutzzentrum angenommen hatte. Die Vermehrung von Insekten, besonders blutsaugenden Stechmücken, wollte er gerade im nahenden Frühjahr untersuchen. Er hatte dazu im Keller des Gebäudes einige Terrarien aufgestellt, in denen die jahreszeitlich unterschiedlichen Bedingungen simuliert werden konnten.

Auf dem Weg ins Untergeschoss begrüßte ihn der Leiter des Hauses und machte einige flapsige Bemerkungen. Frenzel erwiderte nichts, weil in diesem Moment sein Handy anschlug. Er zog es aus der Jeans und blieb stehen, um die Verbindung zu sichern, die in den Kellerräumen erfahrungsgemäß abbrechen würde. Während der Chef des Hauses weiterging, meldete sich der junge Mann und lauschte einer Frauenstimme: »Hi, Max.« Irgendwie schien sie ihm vertraut. »Hast du einen Moment Zeit für mich?«

»Lena«, staunte er und lehnte sich an die Wand. »Lena, das ist aber toll, dass du mal wieder etwas von dir hören lässt.«

»Entschuldige, dass ich's bisher nicht getan habe. Tut mir echt leid, Max. Aber ich hab hier wahnsinnig viel zu tun. Ich verspreche dir, dass wir alles nachholen.«

›Alles nachholen‹, klang es in seinem Gehirn nach. Mein Gott, was hatte er sich von Lena nicht alles gewünscht, als sie sich voriges Jahr in der Helfenstein-Klinik getroffen hatten. Er als Zivi und sie als Praktikantin. Ihn überkam eine positive Aufregung. Und vor seinem geistigen Auge sah er sie: Jung, schlank, groß, strahlend, sympathisch, stets positiv gestimmt. Mit einem Schlag waren alle Sehnsüchte wieder da.

»Lena«, wiederholte er ihren Namen, »wie geht es dir denn?« Mehr fiel ihm in diesem Moment allergrößter Freude nicht ein.

»Kann nicht klagen, ehrlich nicht. Aber dass ich dich jetzt anrufe, hat einen anderen Grund.«

»Einen anderen Grund?«

»Ja, Max. Und es ist ganz wichtig. Du darfst es niemandem sagen, hörst du? Niemandem.«

»Ich … äh …«

»Es ist wichtig«, wiederholte sie. »Du weißt sicher, was in den vergangenen Tagen bei euch gelaufen ist. Klinik und der Tod zweier Menschen.« Ihre Stimme klang auf einmal hektisch. »Das hängt alles mit dieser Sache zusammen, die ich dir mal angedeutet habe, erinnerst du dich?«

Max spürte sein Herz bis zum Hals schlagen. Die

anfängliche Freude über Lenas Anruf war nahtlos in nervöse Anspannung umgeschlagen.

»Ja, ja«, stammelte er und dämpfte seine Stimme.

»Halte dich bitte aus allem raus, Max. In deinem Interesse. Diese Leute sind zu allem fähig … Sie haben nicht davor zurückgeschreckt, Dr. Brugger umzubringen.«

»Dr. Brugger?«, wiederholte Max.

»Ja, Brugger«, bestätigte Lena sachlich. »Und ich hab Angst, dass du zwischen die Fronten gerätst. Wenn du verstehst, was ich meine.«

›Zwischen die Fronten‹, hatte sie gesagt, echote es in Frenzels Kopf. Zwischen die Fronten. Natürlich wusste er, was sie damit meinte.

August Häberle hatte sich starken Kaffee bringen lassen. Inzwischen bedeckten unzählige Computerausdrucke seinen Schreibtisch. Was die Mannschaft in den vergangenen Tagen zusammengetragen hatte, erschien ihm beachtlich – und ziemlich komplex. Dieser Edgar Fiedler, dem das Gebäude im Laichinger Gewerbegebiet gehörte, hielt sich seltsamerweise auch auf Gran Canaria auf. Zumindest hatten dies die Ermittler bei dessen Firma in München erfahren, wo man angeblich seinen genauen Aufenthaltsort nicht kannte. Und unter der genannten Handynummer meldete sich lediglich die Mailbox. Ebenso erfolglos blieben die Versuche, mit diesem Maronn Kontakt aufzunehmen, dessen Telefonnummer Humstett genannt hatte.

»Chef«, kam plötzlich Linkohr in das offen stehende Büro und hob triumphierend ein Blatt Papier in die Luft. »Es gibt was Neues. Wir haben unsere Adlige.«

Häberle wandte sofort seinen Blick von den Akten

und lehnte sich zurück. »Ach«, entfuhr es ihm. »Die von Willersbach?«, wiederholte er ungläubig.

»So ist es«, erwiderte Linkohr stolz und setzte sich auf Häberles Besucherstuhl. »Hier. Wohnt auf der Kuchalb – ist Gemarkung Donzdorf.« Dass es dieses Hinweises nicht bedurfte, war Linkohr bereits klar, als er es aussprach. Denn der Chef kannte die nähere Umgebung wie kaum ein anderer.

»Und was sagt sie? Was … was hat sie mit unserer Geschichte zu tun?« Seine Ungeduld war nicht zu überhören.

»Wahrscheinlich nichts«, erwiderte Linkohr, wohl wissend, dass der Chef in solchen Momenten möglichst alles gleichzeitig erfahren wollte.

»Was heißt, wahrscheinlich nichts? Mensch, Kollege Linkohr, lassen Sie sich doch nicht alles aus der Nase ziehen.«

»Wir sind vorhin auf sie gestoßen, nachdem wir die Einwohnermeldeämter der Umgebung nach diesem Namen abgeklappert haben. Im Telefonbuch und im Internet findet man ihn jedenfalls nicht. Und nun sind wir drüben in Donzdorf fündig geworden. Sie heißt tatsächlich Marion von Willersbach, ist 44 Jahre alt, geschieden, von Beruf Sekretärin.« Linkohr konstatierte dazu: »Also nichts mit Fürsten- und Königshaus und so.«

»Sie haben sie angerufen?«

»Hab ich, klar. Denn interessant ist, was uns das Einwohnermeldeamt zusätzlich mitgeteilt hat: Dass die Dame nämlich ihren Ausweis im November als verloren gemeldet hat.«

»Oh«, Häberle strich sich ums Kinn. »Verloren oder gestohlen?«

»Sie meint verloren.«

»Sie meint?«

»Sie hat den Verlust am 26. November eher beiläufig bemerkt, kann also nicht sagen, wann genau er ihr abhandengekommen ist.«

»Und gibt es irgendeinen Hinweis darauf, wie ausgerechnet ihr Name in unsere Geschichte passt?«

»Für sie ist das rätselhaft«, erwiderte Linkohr. »Für uns könnten sich daraus neue Ansatzpunkte ergeben.«

»Sie werden's mir hoffentlich gleich erklären.«

»Ich hab sie natürlich auf die Klinik angesprochen – und da ist ihr eingefallen, dass sie etwa um den 10. November herum zu einer Röntgenuntersuchung dort war. Den genauen Termin lassen wir uns gerade von der Klinik heraussuchen.«

Häberle nickte anerkennend. »Warum sagen Sie jetzt eigentlich nicht, was Sie in solchen Situationen immer sagen?«, spöttelte er.

»Da haut's dir's Blech weg«, tat ihm Linkohr den Gefallen.

51

Melanie und Caroline waren nach dem ersten Schock über Bruggers möglichen Tod zu den Dünen gegangen, wo sie eine Weile wortlos nebeneinander durch den Sand stapften. Sie mieden den gekennzeichneten Pfad, der zum Leuchtturm von Costa Meloneras hinüberführte. Aus einigen Hundert Metern Entfernung sahen sie, dass der Weg abgesperrt war und geländegängige Einsatzfahrzeuge zwischen den Sandhügeln parkten. Melanie deutete mit dem Kopf in diese Richtung: »Da ist's wohl geschehen«, sagte sie kühl.

Sie hatten sich nach dem Frühstück gegenseitig aufzumuntern versucht, und alle Eventualitäten durchgespielt, die dafür sprachen, dass tatsächlich Elmar Brugger es war, den man dort gefunden hatte.

Melanie ging weiter, auf das Meer zu, während ihre nackten Füße mit jedem Schritt tief in den warmen Sand versanken. Caroline zwang sich, nicht noch einmal zu den Einsatzfahrzeugen hinüberzusehen. Sie folgte den Spuren ihrer Freundin und richtete ihren Blick auf die nicht abbrechen wollende Kette der Strandläufer, die sich hinter den Dünen am Meer entlangzog. Wie jeden Tag. Als sei nichts geschehen.

Nach ein paar Minuten blieb Melanie stehen und setzte sich mit ihrem kurzen Strandkleidchen auf die höchste Stelle einer Düne. »Ich wünschte, ich könnte heut heimfliegen«, sagte sie und ließ sich den Sand durch die Hände gleiten. »Ich will hier weg.«

Caroline blieb noch für einen Moment stehen und setzte sich daraufhin neben ihre Freundin. Über einen vorzeitigen Rückflug hatten sie bereits nach dem Frühstück gesprochen, doch schließlich beschlossen, wie geplant bis Sonntag zu bleiben. Ihren Charterflug würden sie ohnehin nicht ohne weiteres umbuchen können.

»Wenn's Elmar ist – und daran hab ich immer weniger Zweifel, Caroline –, dann werden sie ihn tatsächlich irgendwann mit uns in Verbindung bringen. Wahrscheinlich hast du da recht.«

Caroline spürte wieder dieses fahle Gefühl, das stets mit unangenehmen Erlebnissen verbunden war. »Sag ich doch die ganze Zeit«, bekräftigte sie ihre Freundin. »Er hat für uns gebucht und sogar die Zimmer nebeneinander bestellt. Spätestens, wenn sie sein Zimmer durchsuchen, findet sich irgendetwas, das auf uns hindeutet.«

Melanie wühlte aufgeregt mit den Händen im Sand. Seit Stunden plagten sie jede Menge Fragen, über die sie bisher nicht sprechen wollte. Wenn man's genau nahm, waren sie nämlich in eine äußerst verzwickte Situation manövriert worden. Sie entschied, nicht mehr länger zu schweigen. »Weißt du eigentlich noch so genau, wann du heute Nacht heimgekommen bist?« Sie versuchte, es so emotionslos wie möglich klingen zu lassen.

»Worauf willst du hinaus? Auf ein Alibi? Du glaubst jetzt also auch, wir brauchen ein Alibi?«

Melanie blieb gefasst und hielt ihren Blick durch die Sonnenbrille auf den fernen Meereshorizont gerichtet. »Wir werden natürlich gefragt werden, wo wir vergangene Nacht waren.«

Caroline strich sich über die angewinkelten Beine, auf deren Haut der feine Sand schimmerte. »Wo wir waren? Das wird sich doch feststellen lassen, oder?«

»Natürlich. Ich kann sagen, wie mein Begleiter geheißen hat – zumindest, welchen Namen er mir genannt hat, samt Telefonnummer in Deutschland – und du wirst das wohl auch können, oder?« Melanie drehte sich zu ihrer Freundin.

»Klar kann ich das. Aber ob das reicht?« Sie zögerte.

»Wir sind beide spät zurückgekommen. Du noch vor mir. Aber so genau können wir uns an die Uhrzeiten nicht erinnern.«

»Siehst du – genau das ist der Punkt. Ich war, so glaube ich jedenfalls, kurz vor halb zwei im Zimmer. Und wann du gekommen bist, weiß ich nicht.«

»Bei mir war's so um drei.«

»Gegenseitig können wir uns also kein wirkliches Alibi geben.«

»Aber …« Caroline versuchte krampfhaft, eine gewisse Logik zu finden, an die sie sich würden klammern können. »Die Männer können sicher sagen, wann sie uns zum Hotel begleitet haben. Und dann ist klar, dass wir ins Zimmer sind.«

»So – ist es das?«, zweifelte Melanie. »Und was, wenn du nicht gleich hier rauf bist, sondern dich mit Elmar draußen in den Dünen getroffen hast?«

»Was sagst du da? Bist du … bist du noch bei Sinnen?« Sie sprang auf und löste damit eine kleine Sandlawine aus, die sich jedoch rasch wieder auflöste.

»Könnte genauso umgekehrt sein. Meiner hat mich hier abgeliefert, ich bin noch hier raus, hab Elmar umgebracht und lieg schon wieder im Bett, bis du zurück bist. So einfach ist das.«

Caroline schien sich wieder zu beruhigen. »Du willst also damit sagen, dass wir beide, jede für sich allein, in Verdacht geraten können.« Sie ärgerte sich insgeheim über Melanies Überheblichkeit.

»Was glaubst du denn, was hier an Ermittlungsgeschichten abgeht? Wenn's Elmar war und die das erst mal in Geislingen spitzkriegen, was vielleicht schon geschehen ist, dann wird man das alles mit Fallheimer und Anja in Verbindung bringen – und was weiß ich, womit sonst noch.«

»Womit sonst noch?«, echote Caroline. »Was willst du damit sagen?«

»Na, dreimal darfst du raten. Wenn die Klinik erst mal ins Gespräch kommt, sind wir mit dabei.«

»Und ganz nah dran«, stellte Caroline kleinlaut fest. Zum ersten Mal fühlte sie sich wie eine Täterin, die alles daran setzen musste, ihren Kopf aus der Schlinge zu ziehen.

»Wir sind nicht nur nah dran«, gab Melanie zu bedenken, »sondern auch die Hauptverdächtigen, wenn man's genau nimmt.«

»Aber wieso sollten wir Elmar umbringen?«

»Nicht gemeinsam, liebe Caroline. Vergiss nicht, dass jede von uns beiden allen Grund hätte, Elmar umzubringen. Auch du.«

Caroline spürte erneut, wie diese innere Unruhe ihren ganzen Körper erfasste. »Beide? Wir? Ich?« Zu mehr als einem hilflosen Stammeln war sie nicht in der Lage.

»Eifersucht, Caroline. Schlicht und ergreifend Eifersucht. Das wird dir die Kripo vorwerfen.«

Es war Brugger. Am späten Mittwochnachmittag traf die Meldung bei der Sonderkommission ein.

»Kennt ihr die Dünen von Maspalomas?«, fragte Häberle in die Runde, nachdem er den Kollegen kundgetan hatte, was über die internationalen Nachrichtenwege der Polizei gerade in Geislingen gelandet war.

»Gran Canaria«, gab sich ein jüngerer Kollege informiert. »Im Süden der Insel.«

»Dr. Elmar Brugger«, wiederholte Häberle, der sich

seine Abgespanntheit nicht anmerken lassen wollte. »Einer von denen, die an diesem angeblichen Forschungsprojekt beteiligt waren.«

Kerstin, die neben Linkohr an einer Wand lehnte, fügte informatorisch hinzu: »Seine Frau steht im Kontakt mit Frau Fallheimer.«

»Und sie wurde von dieser Ambulanzkrankenschwester Brigitte Kollinsky vor einer möglichen Gefahr für ihren Mann gewarnt«, ergänzte Linkohr, um den anderen Kollegen die Zusammenhänge verständlich zu machen.

»Leiche Nummer drei«, meinte einer der Kriminalisten seufzend und sprach zu Häberle: »Hast du Näheres erfahren?«

»Vergangene Nacht in diesen Dünen …« Er blätterte in einigen Papieren und las: »… durch Fremdeinwirkung getötet. Todesursache Strangulation mit einer dünnen Schlinge aus Metall. Keine weiteren Spuren.« Häberle blickte auf. »Müsste doch im Sand nicht so schwer sein, welche zu finden.«

»Da hat's jede Menge Spuren, weil da täglich Hunderte oder Tausende Touristen rumlatschen.«

»Brugger hatte einen Hotelzimmerschlüssel bei sich – fürs …« Häberle blätterte erneut in seinen Unterlagen. » … fürs RIU Palace Maspalomas – ja, so heißt das wohl. Das befindet sich, wie die Kollegen von da unten schreiben, nur wenige Hundert Meter vom Tatort entfernt.«

Betretenes Schweigen.

»Gran Canaria«, murmelte einer der Kriminalisten, die bei dieser Konferenz im Lehrsaal einen Sitzplatz ergattert hatten, »da haben sich offenbar ein paar feine Herrschaften getroffen. Es wird Zeit, dass wir den Maronn und den Fiedler an die Strippe kriegen. Vielleicht sollten wir unsere spanischen Kollegen darauf ansetzen.«

»In einem Fall ist dies gar nicht nötig.« Er sah in erstaunte Gesichter. »Sie haben nämlich schon einen festgenommen.« Wieder machte er eine Pause und genoss für zwei Sekunden die erwartungsvolle Stille. »Sie haben als dringend tatverdächtig einen gewissen Harald Maronn festgenommen.«

Häberle beschloss, so bald wie möglich nach Gran Canaria zu fliegen.

52

Friedrich Hoyler und Edgar Fiedler waren schockiert. Sie hatten an diesem späten Mittwochnachmittag mit Harald Maronn das weitere Verhalten besprechen wollen und waren vor verschlossener Wohnungstür gestanden. Eine deutsche Rentnerin, die das Appartement schräg gegenüber bewohnte, hatte sie mit drohend-flüsternder Stimme darüber informiert, dass »der Harald« vor zwei Stunden von der Polizei abgeholt worden sei. Das habe sie zufällig gesehen, versicherte sie, um gleich gar nicht die Vermutung aufkommen zu lassen, sie stehe dauernd hinterm Fenster.

Hoyler und Fiedler hatten sich für diese Information bedankt und waren belämmert und wortlos zu ihrem

Auto gegangen. »Verstehst du das?«, fragte Hoyler, nachdem sie im klimatisierten Wagen Platz genommen hatten.

Fiedler duckte sich auf den Beifahrersitz. »Das weiß der Teufel, was hier gespielt wird. Ich sag dir doch, trau keinem. Nicht einem.«

»Verdammt noch mal«, Hoyler schlug mit beiden Händen auf das Lenkrad, »wieso Harald? Was hat Harald mit dieser Scheiße zu tun?«

»Was wohl? Angerufen hat er – auf Elmars Handy, als der längst tot war. Hat er dir doch am Telefon gesagt, oder? Da hat er sich selbst reingezogen.« Fiedler blickte sich misstrauisch um.

»Seit wann ist es verboten, versehentlich auf dem Handy eines Toten anzurufen.«

»Mensch, red keinen Stuss, Fritz«, ärgerte sich Fiedler, der insgeheim nicht nur sein Vermögen, sondern auch seinen Ruf in Gefahr sah – wenngleich Letzteres zumindest in seiner Branche längst geschehen war.

Hoyler startete den Motor des weißen Citroëns und fädelte sich in den Verkehr ein. »Wir jedenfalls haben uns nichts vorzuwerfen«, stellte er mit trockener Kehle fest.

Fiedler wischte sich mit dem Handrücken den Schweiß von der Stirn. »Meinst du etwa, ich?« Er überlegte, ob er sagen sollte, was ihn seit einigen Stunden plagte. »Die spionieren trotzdem bereits hinter mir her«, sprach er es aus. »Die Kripo hat sich in meinem Büro erkundigt, wo ich bin.«

Hoyler sah ihn von der Seite an. »Das sagst du mir erst jetzt?« Er musste sich wieder auf den dichten Verkehr konzentrieren.

»Was heißt erst jetzt? Muss ich dir alles sagen – oder was? Jedenfalls gilt in meinem Betrieb grundsätzlich die strikte Anweisung, niemals Fragen nach meinem Aufenthaltsort zu beantworten.« Er klang selbstbewusst und überheblich. »Einmal hat's trotzdem einer getan. Dem hab ich eine Abmahnung vor den Latz geknallt und gleich noch ein paar weitere Gründe gefunden – was heutzutage mit einem guten Anwalt kein Problem ist – und ihn rausgeschmissen.«

Hoyler ging nicht darauf ein. Er kannte Fiedler lange genug, um zu wissen, dass er eine sadistische Freude daran empfand, die Mitarbeiter zu drangsalieren und das Betriebsklima täglich weiter zu versauen. Hoyler gab dem Unternehmen noch maximal ein Jahr. Dann war es an die Wand gefahren.

»Mir liegt dieser Fernandez im Magen«, versuchte Hoyler, wieder das eigentliche Thema in den Vordergrund zu rücken.

»Dieser Immobilienhai?«, vergewisserte sich Fiedler, der sich erneut Schweißperlen von der Stirn wischte. Trotz eingeschalteter Klimaanlage war es in dem Wagen unerträglich warm.

»Genau der. Elmar wollte sich mit diesem Fernandez treffen, erinnerst du dich?« Hoyler musste eine Vollbremsung einlegen, weil von rechts ein Mofa eingebogen war. »Idiot!«

»Den hast du ihm irgendwann vermittelt, wenn ich mich recht entsinne«, keifte Fiedler vorwurfsvoll. »Außerdem hat der die Kiste in Laichingen übernommen – auch auf deine Empfehlung hin.«

»Und du hast sie ihm dankbar abgekauft. Was soll jetzt das?«, bläffte Hoyler entnervt zurück und unternahm ein riskantes Fahrmanöver, um einigen Kleinwagen zu entkommen, mit denen Touristen den Verkehrsfluss hemmten. »Sollen das Vorwürfe sein, oder was? Fernandez hat uns das Ding am Flughafen draußen besorgt. Wie sonst hätten wir hier Fuß fassen können?«

»Man weiß nie, wer die Menschen sind«, gab sich Fiedler gelassen, obwohl sein Innerstes längst Schlimmstes mutmaßte.

»Du mit deinem ewigen Misstrauen«, meckerte Hoyler und spürte, wie dünn sein Nervenkostüm geworden war. »Hättest ihm halt eine Überwachungskamera um den Schädel gebunden und ihn bespitzelt von morgens bis abends, wie deine Mitarbeiter daheim.«

»Wir sollten uns nicht gegenseitig zerfleischen, sondern uns auf das Wesentliche beschränken. Kann man rauskriegen, wo sie Harald festhalten?«

»Keine Ahnung. Aber ich denke, als U-Häftling, wenn's denn so weit kommt, wird er auch in Spanien das Recht haben, seine Angehörigen zu verständigen.«

»Angehörigen«, echote Fiedler, »nicht uns. Weißt du, was das bedeutet? Wir hocken hier und werden über gar nichts informiert.«

Mit einem Schlag begriff auch Hoyler, dass sie tatsächlich in der Luft hingen. Er schluckte und hatte Mühe, sich auf den Verkehr zu konzentrieren. »Wir müssen dringend den Doc in Geislingen verständigen.«

»Den Doc in Geislingen?«

»Natürlich den, wen sonst? Außerdem müssen sämtliche Aktivitäten eingestellt werden.«

»Das sagst du so dahin. Wie willst du das bewerkstelligen? Das Labor ist längst unterwegs. Sie haben's am Wochenende in Laichingen abgebaut – und in irgendwelche Container gepackt. Das lässt sich nicht mehr stoppen.«

»Will ich ja nicht, Edgar. Warum auch? Wir sind nur die Investoren. Was da so läuft im Detail und so – das entzieht sich unserer Kenntnis. So haben wir das bisher gehandhabt – und so bleibt's.«

Fiedler überlegte kurz. »Das sagst du! Und wir? Glaubst du, die kommen nicht irgendwann zu uns und fragen, was wir vergangene Nacht gemacht haben?« Es war die pure Angst, die aus ihm sprach. »Wir brauchen ein Alibi, verstehst du? Wir müssen sagen können, dass wir Harald gestern nicht gesehen haben.«

Hoyler hatte längst mit diesen Gedanken gespielt, sie jedoch nicht ausgesprochen, weil er Fiedlers negative Stimmung kannte. Die aber schien ihn gerade zu übermannen.

»Und unser Geld? Unser investiertes Geld? Wenn Harald im Knast sitzt, haben wir niemanden mehr, an den wir uns halten können.«

»Denk an den Doc in Geislingen«, mahnte er.

»Du meinst …?« Fiedlers Stimme klang etwas ängstlicher.

»Wenn alle Stricke reißen, können wir ihn hochgehen lassen – oder etwa nicht?« Hoyler musste vor einer roten Ampel unsanft stoppen.

»Den Doc hochgehen lassen«, wiederholte Fiedler, als sei dies eine gänzlich abwegige Idee. »Aber dann … dann gehen wir mit hoch. Ist dir das bewusst?«

53

Während sich der Leiter der Polizeidirektion, Hans Baldachin, nach kurzer Rücksprache mit der Landespolizeidirektion dazu durchgerungen hatte, Häberle schon morgen nach Gran Canaria fliegen zu lassen, war auch bei der Staatsanwaltschaft in Ulm eine Entscheidung gefallen. Deren Leiter Dr. Wolfgang Ziegler hatte den Vorschlag Häberles aufgenommen, kurzfristig zu einer Pressekonferenz einzuladen. Ob die Zustimmung daran lag, dass Ziegler befürchtete, der Lokaljournalist Georg Sander würde die Berichterstattung auf Eigenrecherche stützen, oder ob es Häberles Drängen war, vermochte niemand zu sagen. Der Chefermittler jedenfalls hatte empfohlen, endlich an die Öffentlichkeit zu gehen, um damit gewisse Zeugenaufrufe verknüpfen zu können. Dabei kam es ihm weniger auf die überörtlichen Medien an, als viel mehr auf die Heimatzeitung. Deshalb wurden die Zeitungen, Rundfunk- und TV-Stationen zwar per Mail eingeladen, doch war davon auszugehen, dass in Anbetracht des nur zweistündigen Vorlaufs außer Sander kaum jemand kommen würde. Außerdem hatte Ziegler den Termin auf 17.30 Uhr festgelegt. Denkbar ungünstig für die Printmedien, die auf einen Redaktionsschluss hinarbeiten mussten.

Sogar Sander hatte sich darüber geärgert. Seit er sich gestern Abend mit seinem Anruf bei Stock eine Abfuhr geholt hatte, war er wild entschlossen, Licht in die Angelegenheit zu bringen. Längst schrien es die Spatzen von den Dächern der Stadt, dass in der Klinik Schreckliches geschehen sein musste. Aber weder der Klinik-Leitung noch der Landkreisverwaltung als Träger des Hauses hatte er etwas entlocken können. Es kam selten vor, dass er derart gegen Wände knallte oder auf Granit biss. Je größer der Widerstand gegenüber seinen Recherchen wurde, desto heftiger kniete er sich hinein. Als er gerade dabei war, an diesem Aschermittwochnachmittag seinen Artikel zu schreiben, der aus vielen Mutmaßungen bestehen würde und sich auf Aussagen vager Quellen stützte, hatte ihn die unerwartete Einladung zur Pressekonferenz erreicht.

Tatsächlich war neben ihm nur das Lokalfernsehen gekommen, nämlich die Filstalwelle, die mit Redakteurin, Kameramann und Praktikanten anrückte.

Polizeipressesprecher Uli Stock, dem der Verdruss über den ausgefallenen Feierabend im Gesicht stand, hatte sich in dem zum Konferenzraum umfunktionierten Aufenthaltsraum des Polizeireviers zwischen Baldachin und Ziegler gesetzt, neben dem wiederum Häberle Platz nahm.

Nach den üblichen Begrüßungsfloskeln durch Baldachin übernahm Ziegler das Wort: »Wie Sie gerüchteweise inzwischen erfahren haben, haben sich am vergangenen Wochenende in der Helfenstein-Klinik zwei Todesfälle ereignet, die nicht natürlichen Ursprungs zu sein scheinen.« Wie immer drückte er sich gepflegt und vorsichtig aus. Erst nach und nach, so fuhr er fort, habe sich abgezeichnet, dass Dr. Fallheimer nicht infolge des Verkehrsunfalls verstorben sei, sondern »durch die Verabreichung einer Substanz, deren Art und Weise und Herkunft uns bis heute unerklärlich ist.«

Sander schrieb eifrig mit, während die Fernsehkollegin neben ihm ihr digitales Aufnahmegerät kontrollierte. Alles, was er den Tag über mühevoll recherchiert hatte, war mit einem Schlag Makulatur, dachte der Lokaljournalist. Jetzt war es erstmals raus: An der Klinik war ein Verbrechen geschehen, über das die Öffentlichkeit vier Tage lang im Unklaren gelassen worden war.

»Gleichzeitig haben wir es mit dem Tod einer Röntgenassistentin zu tun«, sprach Ziegler emotionslos weiter. »Über die Art und Weise ihres Ablebens – das werden Sie mir nachsehen – möchte ich zum gegenwärtigen Zeitpunkt keine Angaben machen.« Er sprach Sander direkt an. »Da geht es um ermittlungstaktische Gründe, über die ich im Moment nicht reden möchte.« Ziegler räusperte sich und kratzte sich im fülligen, gelockten Haar. »Inwieweit beide Fälle miteinander verknüpft sind, entzieht sich bisher unserer Erkenntnis. Beziehungsweise, wir wollen unsere Theorien dazu hier und heute nicht preisgeben.« Wieder ein scharfer Blick zu Sander. »Und Sie brauchen auch gar nicht zu versuchen, uns zu löchern. Wir haben uns da genau abgesprochen.« Ziegler sah Hilfe suchend zu Häberle und Baldachin, die dazu allerdings keine Reaktion erkennen ließen.

»Es gibt aber einige Punkte, bei denen Sie uns helfen könnten«, brachte der Staatsanwalt nun sein Anliegen ins Gespräch. Genau so, wie es Sander befürchtet hatte: Das eigentliche Geschehen nur stichwortartig anreißen, damit sich niemand einen logischen Ablauf vorstellen konnte, und dann die Bitte um den Zeugenaufruf. Dabei hatte er den Verantwortlichen schon viele Male gesagt, dass sich ein Bürger nur dann mit einem Zeugenaufruf auseinandersetzt, wenn ihm die dazugehörende Geschichte plausibel erzählt wird. Wenn nur Bruchteile an die Öffentlichkeit kamen – und die noch geschönt und gefärbt –, dann brauchten sich weder Staatsanwaltschaft noch Polizei wundern, wenn in der Bevölkerung stets allerlei Gerüchte und Mutmaßungen aufkamen. Nicht selten waren an den Stammtischen auf diese Weise die Opfer in die Nähe der Täter gerückt worden.

Ziegler erteilte Häberle das Wort, der um Verständnis dafür bat, »dass hier entschieden wurde, die Informationspolitik vorerst zurückhaltend auszuüben.« Diplomatisch gesagt, grinste Sander in sich hinein. »Hier wurde entschieden«, hallte es in seinem Kopf nach. Häberle wollte wohl sagen: Ohne mich. Sander hatte in seinen langen Berufsjahren gelernt, zwischen den Worten zu hören. Genauso, wie er es verstand, Ungesagtes zwischen seine Druckzeilen zu packen.

Häberle erklärte, dass die Röntgenassistentin in der Ambulanz tätig gewesen sei und man dort im Faschingstrubel der Samstagnacht »mehrere seltsame Patienten« zu versorgen gehabt habe. »Eine davon ist in einem Katzenkostüm in Erscheinung getreten und hat falsche Personalien hinterlassen. Wir gehen zunächst davon aus, dass die Dame eine wichtige Zeugin sein könnte. Sie wurde nämlich vom Ambulanzarzt zum Röntgen geschickt – und ist danach nicht wieder in die Ambulanz zurückgekehrt.«

»Wie? Einfach abgehauen?«, fragte Sander erstaunt dazwischen.

»Ja«, ging Häberle darauf ein, »ich weiß nicht, inwieweit Sie die Räumlichkeiten in der Ambulanz kennen – aber den Behandlungsraum trennt ein langer Flur vom Röntgenbereich. Man kann also jederzeit aus dem Röntgen raus und gleich die Klinik verlassen. Oder – andere Variante – man geht gar nicht erst zum Röntgen und verschwindet gleich.«

Baldachin mischte sich ein: »Sie müssen natürlich in jedem Fall an der Pforte vorbei. Aber die Dame, die dort sitzt, achtet nicht auf jeden, der rausgeht. Nur wer reinkommt, muss sich anmelden.«

Häberle wartete, bis der Chef fertig war, und fuhr fort »Weil wir in einem Fahrzeug, das möglicherweise vorübergehend unbefugt benutzt wurde, um den Unfall mit Herrn Fallheimer zu bewerkstelligen, Kunstfaserspuren gefunden haben, wäre uns diese Katzenfrau wichtig.«

»Sie meinen, diese Kunstfaserspuren stammen von dem Faschingskostüm der Frau?«, unterbrach Baldachin erneut Häberles Ausführungen.

»Genau so meinen wir das«, bestätigte Häberle. »Wir sollten also wissen, wer in der Nacht zum Sonntag so ein Katzenkostüm getragen hat – beziehungsweise, wer eine Frau kennt, die damit unterwegs war.«

Sander schoss bereits die Überschrift durch den Kopf: ›Wer kennt die Katzenfrau?‹

Unterdessen wartete er begierig auf weitere Aussagen, doch die vier Männer verharrten in Schweigen. Erst als Baldachin das Wort ergriff, war klar, dass sie nicht bereit waren, weitere Details zu nennen. »Damit ist schon alles gesagt, was wir geplant hatten.«

Sander und die Fernsehkollegen sahen sich enttäuscht und süffisant gleichermaßen an. »Das sind aber mehr als dürre Worte«, kommentierte der Lokaljournalist und überlegte, ob er all seine Recherche-Ergebnisse des Tages vor der Filstalwelle preisgeben sollte. Er entschied, es nicht zu tun, vor allem, was seine Erkenntnisse zu angeblichen Blutmanipulationen anbelangte. Stattdessen wich er auf einen Nebenkriegsschauplatz aus. »Und was ist mit Laichingen?«, fragte er, um damit ein Stichwort zu geben, mit dem eventuell nur die Ermittler etwas anfangen konnten.

Ziegler sah ratlos zu Baldachin, dieser wiederum zu Stock. »Laichingen?«, griff Stock den Einwand fragend auf. »Zu Laichingen wollen wir uns momentan nicht äußern. Es hat dort – so viel kann man bestätigen – die Durchsuchung einer Immobilie gegeben. Ergebnis noch unklar.« Die drei neben ihm nickten. »Man darf aber erwähnen, dass die Immobilie unbewohnt und leer war. Beschlagnahmungen hat es deshalb keine gegeben.«

»Und welche Rolle spielen Ärzte an der Klinik?«

»Kein Kommentar«, fuhr Ziegler dazwischen. »Ich sagte Ihnen bereits, Herr Sander, dass wir über das jetzt Gesagte hinaus keine Angaben machen werden. Das sollten auch Sie respektieren.«

»Man hört so«, wagte Sander einen Vorstoß, »… man hört so, dass Dr. Stuhler, Dr. Moschin und Dr.Salbaisi in die Sache involviert seien.«

Stille. Für drei, vier Sekunden schien es Sander, als habe er alle Anwesenden verblüfft – einschließlich seiner Fernsehkollegin.

54

Kerstin war trotz vereister Straßen in den kleinen Weiler Kuchalb gefahren. Sie hatte noch einmal die richtige Frau von Willersbach angerufen, um ihren kurzen Besuch anzukündigen. Eigentlich wollte sie keine bedeutenden Fragen stellen – und wenn, dann wäre dies auch am Telefon möglich gewesen. Aber inzwischen war ihr klar geworden, weshalb Mike und Häberle so großen Wert darauf legten, möglichst jeden Beteiligten persönlich zu treffen, und möglichst an deren gewohnter Umgebung. Die Fahrt über die Stöttener Steige zur Hochfläche hinauf war alles andere als angenehm: Die Fahrbahn schneebedeckt und im Scheinwerferlicht die Eiskristalle funkelnd. Mike hatte ihr geraten, auf der Hochfläche nicht die kleine Verbindungsstraße zu nehmen. Diese war, das sah sie jetzt im Vorbeifahren, nicht geräumt. Stattdessen entschied sie sich, auf der besser ausgebauten Straße zu bleiben, obwohl diese im Ort Stötten noch weiter anstieg. Der Tacho pendelte sich bei knapp über 40 ein, als sie an tief verschneiten und mit Raureif bedeckten Bäumen vorbeikam und links oberhalb die roten Blinklichter des Funkturmes und einiger Windkraftanlagen auftauchten.

Kerstin bemühte sich, den Reifenspuren zu folgen, die vor ihr ein Auto im Schnee hinterlassen hatte. Als es abseits des Turms wieder hinunterging, reduzierte sie das Tempo erneut. Ihre Gedanken drehten sich im Kreis. Einerseits war sie gespannt, wie diese Frau von Willersbach aussah – denn nur auf das kam es ihr an –, andererseits hatte sie mit Mike anschließend Pizza essen gehen wollen. Es würde das allererste Mal sein, dass sie sich außerhalb des Dienstes trafen. Er hatte bereits angedeutet, dass sie anschließend noch ein Gläschen bei ihm trinken könnten. Bislang war sie sich unsicher, ob sie diese Einladung annehmen würde. Und wenn ja, dann nur, um ihre Neugier über seine Wohnung zu stillen. Jedenfalls argumentierte sie insgeheim so gegen eine innere Stimme.

Als das Ortsschild von Schnittlingen auftauchte, bog sie links auf die Straße nach Donzdorf ein. Mike hatte ihr den Weg geschildert. Die Fahrbahn war zwar geräumt, aber weiß. An den Rändern lag der Schnee wie zu einer Mauer aufgeschichtet. Nach einigen Hundert Metern tat sich links eine Öffnung auf; dort mündete jene Straße ein, die Mike ihr empfohlen hatte. Weiter ging es auf einer schmalen Verbindungsstraße über Oberweckerstell nach Kuchalb. Die Scheinwerfer strichen über das gleichmäßige Weiß und reflektierten sich vieltausendfach in den Eiskristallen. Kerstin suchte den Knopf für die Zentralverriegelung, doch so etwas gab es in der Billigversion des Dienst-Golfs nicht. Das Geäst eines alten Baumes erinnerte sie an einen Gruselfilm, den sie als Kind einmal gesehen hatte. Wenig später traf das Fernlicht die Gebäude einer Hofstelle. Vermutlich war dies Oberweckerstell, dachte sie und folgte konzentriert dem Straßenverlauf. Hier gab es im frisch gefallenen Schnee keine Spuren. Obwohl es erst ein paar Minuten nach 18 Uhr war, schien die Gegend an so einem Februarabend gottverlassen zu sein, besonders in dieser Kälte.

Sie war am äußersten Haus des Gehöfts gerade um die Rechtskurve gebogen, als ein heller Lichtstrahl sie traf. So plötzlich und unerwartet, dass sie kräftig auf die Bremse trat und sie reflexartig nach rechts sah, von wo das Licht gekommen war. Der Wagen rutschte. Unterm rechten Fuß spürte sie das Rattern des ABS-Bremssystems, das sich anfühlte, als habe sie in ein Zahnrad getreten.

Kerstin konnte eine Schrecksekunde lang nicht zuordnen, was die aufgeblendeten Scheinwerfer zu bedeuten hatten, die sie von rechts trafen. Da stand ein Auto, realisierte sie schließlich. Eines, das in diese Verbindungsstraße hatte einbiegen wollen und gerade noch zum Stillstand kam. Warum jetzt? Ausgerechnet heute Abend.

Kerstin bemerkte, dass sie den Motor abgewürgt hatte. Sie drehte den Zündschlüssel und wollte starten, da wurde der Lichtschein eines der Scheinwerfer kurz unterbrochen, die auf sie gerichtet waren. Kerstin hielt inne, versuchte, die Situation aufzunehmen und gleichzeitig den Motor anzulassen. Doch dann sah sie den Mann, der im Vorbeigehen einen Schatten geworfen hatte – ein Mann, der vor ihrem Wagen herum zur Fahrertür kam.

Kerstin hatte inzwischen den Motor gestartet – aber einfach flüchten, nein, das wollte sie nicht. Sie war Kriminalistin. Da gab es Schlimmeres, als eine Zufallsbegegnung bei einem landwirtschaftlichen Anwesen. Oberweckerstell ist schließlich nicht die Bronx, dachte sie.

55

Häberle hatte gleich nach der Pressekonferenz seine Ehefrau Susanne angerufen und sie ohne lange Vorrede auf seine morgige Dienstreise hingewiesen. Der gebuchte Flug, so hatte ihm die Polizeidirektion Göppingen per E-Mail mitgeteilt, starte um 6 Uhr in Stuttgart. Mit TUI-Fly. Susanne verschlug es die Sprache, allerdings war sie es in den langen Ehejahren gewohnt, dass August kurzfristig eine Ermittlungsreise unternehmen musste. Als er noch Sonderermittler in Stuttgart gewesen war, kam dies drei- bis viermal im Jahr vor. Mittlerweile, bei der Polizeidirektion Göppingen, beschränkte sich dies auf maximal einmal pro Jahr.

Sie versprach, ihm den kleinsten Koffer zu packen, den sie hatten. Häberle hasste es, mit großem Gepäck zu reisen. Wenn er zwei oder drei Tage unterwegs war, reichten ihm frische Unterwäsche und zwei Hemden. Alles andere trug er ohnehin bei sich.

Obwohl er dringend Schlaf nötig gehabt hätte, wollte er an diesem Abend noch mit Stuhler und Moschin sprechen. Beinahe wäre dies an Stuhlers permanenter Zeitnot gescheitert. Doch der Kollege, der das Gespräch telefonisch vereinbaren musste, hatte den Chefarzt von der Dringlichkeit überzeugt und letztlich auch Moschin dazu bewegen können, nach dem Feierabend auf Häberle zu warten.

Der Chefermittler schüttete eine halbe Tasse starken Kaffee in sich hinein und wollte sich gerade erheben, als ein Telefongespräch zu ihm durchgestellt wurde. Er meldete sich knapp und bekam von der Dame an der Zentrale zu hören, dass ihn eine Frau namens Lena Fallheimer sprechen wolle.

Häberle ließ sich wieder langsam in seinen Schreibtischsessel sinken und griff instinktiv nach einem Kugelschreiber, um sofort mitschreiben zu können. Nach zwei Klicks in der Leitung hörte er die Stimme einer jungen Frau. »Ich bin Lena Fallheimer, entschuldigen Sie die Störung.«

»Sie stören überhaupt nicht«, blieb Häberle ruhig, obwohl ihn allein schon der Name elektrisierte. Seit Tagen hatten sie vergeblich versucht, Fallheimers Tochter ausfindig zu machen. »Es freut mich, dass Sie anrufen …« sagte er, um sogleich eingestehen zu müssen, dass diese Formulierung angesichts des Todes ihres Vaters nicht unbedingt passend erschien. »Auch wenn es wenig Anlass zur Freude gibt«, schob er deshalb nach und senkte seine Stimme.

»Gut, dass ich Sie erreiche«, kam es zurück. »Sie wissen wahrscheinlich, was geschehen ist.«

»Es ist viel geschehen, Frau Fallheimer«, gab sich Häberle mehrdeutig. »Sowohl hier bei uns als auch auf Gran Canaria, wo Sie sich wohl aufhalten, wenn ich richtig informiert bin.«

»Ja, ja. Stimmt. Sagt Ihnen der Name Elmar Brugger etwas?«

»Und ob mir der etwas sagt.«

»Er ist tot.«

»Ist bekannt. Darf ich fragen, in welcher Beziehung Sie zu Herrn Brugger standen?« Kaum hatte er die Frage ausgesprochen, hielt er sie für sinnlos. Warum sollte er Fragen stellen, wenn Lena offensichtlich ein Anliegen hatte?

»Herr Brugger war ein Kollege von meinem Vater. Und weil ich in Spanien studiere, da hat mein Vater gemeint, ich könnt ihn ja mal besuchen, wenn er hier ist. Denn da gibt es noch jemanden …«

Häberle spürte, dass sie etwas loswerden musste. Er schielte auf seine Armbanduhr. Viel Zeit hatte er nicht. Den Termin mit Stuhler und Moschin durfte er unter keinen Umständen platzen lassen. In 15 Minuten musste er in der Klinik sein.

»Es gibt noch jemanden?«, bohrte er nach.

»Ja. Harald Maronn«, sagte die Frauenstimme zaghaft.

Häberle schrieb den Namen auf ein Blatt Papier. Maronn. Das war der, den Humstett als Chef bezeichnet hatte.

»Sagt Ihnen das etwas?«, fragte Lena.

»Ja, natürlich. Maronn«, bestätigte der Ermittler. »Aber was wollen Sie damit andeuten?« Er konnte nicht mehr lange um das Thema rumreden.

»Es geht mir darum, dass ich Angst habe. Angst nicht um mich – verstehen Sie mich bitte nicht falsch. Sondern um einige Personen in der Klinik und um …«

Häberle wartete geduldig ein paar Sekunden, doch Lena war sich offenbar unsicher, ob sie es aussprechen sollte.

»Um wen?«

»Um Max Frenzel, wohnt in Türkheim.«

»Ist auch bekannt. Ein junger Mann, Medizinstudent«, zeigte sich Häberle informiert.

»Richtig. Ich war – das müssen Sie wissen – vor einigen Monaten Praktikantin in der Klinik. Und der Max, also der Herr Frenzel, er war Zivi. Zivildienstleistender. Wir haben beide ein paar Dinge gehört, denen wir keine Bedeutung beigemessen haben. Klatsch und Tratsch, haben wir gedacht. Aber nachdem wir erfahren haben, was jetzt geschehen ist, da kommt uns einiges etwas merkwürdig vor.«

»Ihnen beiden?«, staunte Häberle. Er musste an Frenzels Aussage denken, von der ihm nur der verlorene Autoschlüssel in Erinnerung geblieben war.

»Na ja – die Anja Kastel, die jetzt auch tot ist, hat halt so Andeutungen gemacht, dass wohl einige Dinge laufen, die mit irgendwelchen Forschungssachen zu tun hätten, die Dr. Brugger beträfen. Und erst … ja, erst später hab ich rausgekriegt, dass wohl auch mein Vater etwas damit zu tun hatte.«

Häberle spürte Schweiß auf der Stirn. Er musste in fünf Minuten weg. »Entschuldigen Sie«, unterbrach er Lena, »ich bin praktisch schon auf dem Weg nach Gran Canaria. Mein Flieger geht morgen früh. Wann können wir uns treffen?«

»Wie? Sie kommen? Hierher?«

»Ja, morgen um die Mittagszeit bin ich dort. Dann können wir unser Gespräch in Ruhe fortsetzen. Bitte nennen Sie mir Ihre Adresse und Ihre Telefonnummer. Jetzt sollten Sie mir aber auch sagen, warum Herr Frenzel in Gefahr ist – und wer noch.«

Lena schwieg, während Häberle den Sekundenzeiger seiner Uhr beobachtete. »Bitte nennen Sie mir Konkretes, damit wir das Nötige in die Wege leiten können.«

»Eigentlich … eigentlich geht's mir insbesondere um Max. Er hat den … ja, den Ärzten einmal einen Gefallen getan und Kurier gespielt.«

»Kurier?«, staunte Häberle und wusste sofort, was damit gemeint sein konnte.

»Ja. Irgendeine Kühlbox hat er transportiert. Als er in sein Naturschutzzentrum gefahren ist.«

»Nach Laichingen, stimmt's?« Häberle machte sich Notizen.

»Laichingen, ja. Sie sind also schon informiert?«

»Nicht ganz. Und Sie haben nun Angst, Max könnte ein gefährlicher Mitwisser sein?«

»Ja. Ich hab Angst um ihn. Sie haben meinen Vater umgebracht, die Anja und jetzt den Dr. Brugger.«

Häberle ließ ihr ein paar Sekunden Zeit. Ihm fiel plötzlich ein, dass Lena vermutlich in den nächsten Tagen zur Beerdigung ihres Vaters nach Deutschland kommen würde. Zuvor müsste aber die Staatsanwaltschaft die Leiche freigeben.

»Darf ich jetzt um Ihre Adresse und Ihre Telefonnummer bitten, damit ich Sie morgen treffen kann?«, fragte Häberle nach.

Lena nannte sie ohne zu zögern. Häberle hatte sich bereits bedankt und wollte das Gespräch beenden, als sie im Flüsterton etwas loswerden wollte: »Ich sag Ihnen, Herr Kommissar, da laufen Dinge, die Sie sich vermutlich gar nicht vorstellen können. Auch Sie sollten sich in Acht nehmen.« Häberle wollte etwas Abschließendes sagen, doch ihre Stimme meldete sich ein weiteres Mal: »Glauben Sie bloß nicht, das seien nur die sogenannten kleinen Leute, mit denen Sie's zu tun haben. Da stecken Leute dahinter, denen würden Sie's zuletzt zutrauen.«

»Wir werden morgen um die Mittagszeit ausführlich drüber reden. Und die Sache mit Max …, wir werfen ein Auge auf ihn.«

»Ich hoffe, wir sehen uns«, kam es zurück. Allerdings hatte der Tonfall etwas Beunruhigendes an sich, befand Häberle.

Kerstin saß wie zu Eis erstarrt hinterm Steuer. Der Motor schnurrte, als ein hünenhafter Mann die beiden Lichtkegel ihres Golfs querte und zügig zur Fahrerseite kam. Kerstin, deren Gesicht durch die Scheinwerfer des rechts von ihr stehenden Autos angestrahlt wurde, entschied, nicht wegzufahren. Schließlich war es nicht mitten in der Nacht und sie stand in der Nähe eines landwirtschaftlichen Gehöfts.

Als sich der Mann zu ihr herabbückte und sie in ein zerfurchtes Gesicht blickte, das ebenfalls von den Lichtern seines Autos erhellt wurde, griff Kerstin zur Kurbel der Seitenscheibe, um sie einen Spalt weit zu öffnen.

»He, Mädle«, hörte sie eine raue Stimme sagen, während sich das Gesicht hinter der Scheibe zu einem Lächeln verzog. »A bissle schnell um die Ecke gebraust, was?« Der schwäbische Dialekt war unüberhörbar.

Kerstin fühlte sich von derlei Anmache wenig beeindruckt. »Von schnell kann ja wohl keine Rede sein – bei diesen Straßenverhältnissen«, gab sie schnippisch zurück und versuchte, sich das Gesicht einzuprägen. Der Mann war Mitte 40, unrasiert und ganz gewiss hier oben groß geworden.

»Wenn du heut Abend unterwegs bisch, musch mutig sei'«, sagte der Mann, stützte sich mit beiden Händen am Dachholm ab und senkte den Kopf zur Scheibe herab.

»Ich denke, das sollten Sie mir überlassen. Ich kenn mich hier oben aus«, log sie.

»Die Gaiwänd könnet tückisch sein. Passen Sie bloß auf«, warnte der Mann. Was er unter Gaiwänd verstand, konnte Kerstin nur ahnen. Wahrscheinlich waren Schneeverwehungen gemeint.

»Erst heut Mittag hab i da draußen einen mit'm Traktor rauszieh'n müss'n. Wer da draußen nix ganz was Wichtiges zu tun hätt, sollte daheim bleibe.«

Kerstins Schreck hatte sich verflüchtigt. Der Kerl meinte es allem Anschein nach ehrlich und hatte keinerlei andere Absichten. »Ich muss aber da raus«, trotzte sie. »Ist die Straße nun frei oder nicht?«

»Kann man so net sag'n. Es hat zwar aufg'hört zu

schnei'n, aber der Wind bläst so stark, dass es immer neue Gaiwänd gibt.«

»Danke, dann werd' ich's mal versuchen.« Sie lächelte ihm zu, kurbelte das Fenster wieder nach oben und legte einen Gang ein.

»Ach, noch was«, hörte sie ihn laut rufen, »Sie solltet da wirklich net allein 'nausfahre. Nicht jetzt, nicht heut Abend.«

56

Häberle beneidete diesen Mann. Er war vermutlich den ganzen Tag mit komplizierten Fällen befasst gewesen, hatte sich mit Verwaltungskram herumschlagen müssen und trug Verantwortung, die allenfalls mit der eines Flugkapitäns zu vergleichen war. Und nun strahlte er die Gelassenheit aus, als habe er alle Zeit der Welt. Dr. Alexander Stuhler hatte sich den weißen Arztkittel aufgeknöpft und Häberle einen Platz an der Rundung seines Schreibtisches angeboten. Moschin, der rechts neben dem Kommissar Platz nahm, wirkte dagegen nervös und abgekämpft. Sein Arztkittel war bis oben hin geschlossen.

»Dass ich Sie nach Ihrem Arbeitstag noch behelligen muss, tut mir leid«, begann Häberle das Gespräch und knöpfte seine Lederjacke auf. Er hatte sie nicht ablegen wollen, weil er darin Notizblock, Kugelschreiber, Handy und andere Utensilien verwahrte. »Es geht mir nur um ein paar Verständnisfragen.«

»Nur zu«, lächelte Stuhler charmant. »Dazu sind wir da.«

Moschin verzog keine Miene.

»Wir haben uns bereits darüber unterhalten«, wandte sich Häberle an den Chefarzt. »Aber inzwischen haben wir Erkenntnisse, dass tatsächlich hier ganz in der Nähe mit Blut experimentiert wurde, wenn ich das so laienhaft sagen darf. Und zwar im Gewerbegebiet von Laichingen.«

Moschin hob eine Augenbraue und sah skeptisch zu seinem Chef.

»Man hat das Labor aber in einer Nacht- und Nebelaktion nach Gran Canaria verlegt. Nur nebenbei eine Frage: Ist Ihnen ein Herr Humstett ein Begriff?«, fragte der Ermittler.

Stuhler schüttelte sofort den Kopf. »Spontan fällt mir dazu nichts ein.« Er sah zu Moschin. »Ihnen, Herr Kollege?«

»Nicht, dass ich wüsste. Aber bei der Menge von Patienten, die zu uns kommen …«

Häberle verzichtete auf weitere Nachfragen, sondern kam zu seinem Anliegen: »Wir haben davon gesprochen, dass bei Ihnen in der Klinik Nabelschnurblut nicht dort angekommen ist, wo es hin sollte.« Er mied die Formulierung, sie sei gestohlen worden. »Das könnte in der Tat darauf hinweisen, dass es in Laichingen gelandet ist.«

Stuhler runzelte die Stirn, während Moschin kurz ratlos mit der Schulter zuckte.

Der Kommissar wartete keine Antwort ab, sondern erklärte, worauf er hinauswollte: »Es soll einmal einen

Kühlbox-Transport von der Klinik in dieses Labor gegeben haben.«

»Ach – das wissen Sie?«, staunte Stuhler. »Da wissen Sie mehr als wir.«

Moschins Interesse stieg. »Dann wird es ja ein Leichtes sein, die Spur zu verfolgen.«

»Darum bitte ich«, bekräftigte Stuhler und nahm wieder eine aufrechte Sitzhaltung ein.

»Leider wissen wir nicht, wer der Kurier war. Ein junger Mann soll's gewesen sein.« Häberle behielt seine beiden Gesprächspartner fest im Auge.

»Ein junger Mann?«, fragte Moschin verwundert. »Wer hat das gesagt?«

Häberle lächelte. Er wollte es nicht verraten. Und die Frage, die ihm auf der Zunge lag, verkniff er sich ebenfalls. Möglicherweise wäre es unklug, Namen zu nennen. Stattdessen wechselte er das Thema: »Wie groß schätzen Sie die Chance ein, dass diese – nennen wir sie mal Forschungsgruppe – tatsächlich erfolgreich war oder ist?«

»Nicht sehr groß«, antwortete Moschin, der die Hände tief in den Taschen seines Arztkittels vergraben hatte. »Ein paar Einzelkämpfer werden kaum viel ausrichten können. Dazu brauchen Sie heutzutage Vernetzungen zu Wissenschaftlern in der ganzen Welt.«

Wieder grinste Stuhler süffisant. »Vergessen Sie nicht, Herr Kollege, dass viele Wissenschaftler lieber im stillen Kämmerlein forschen als in einem großen Team. Man möchte sich etwaige Erfolge nicht teilen müssen.«

Moschin ging nicht darauf ein. »Mit dem Nabelschnurblut können Sie zwar diverse Bluterkrankungen in den Griff bekommen, aber um einen echten Durchbruch zu erzielen, benötigen Sie Stammzelllinien aus Embryonen.

Diese Art von Forschung können Sie aber in Deutschland gleich ganz vergessen.«

»Weil das verboten ist?«, wollte Häberle genau wissen.

Stuhler schaltete sich ein: »Stichtagsregelung. Ich weiß nicht, Herr Häberle, inwieweit Ihnen dies geläufig ist. Weil in Deutschland die Züchtung menschlicher Embryonen zu Forschungszwecken untersagt ist, sind die Wissenschaftler auf Importe angewiesen.«

»Und weil unsere Regierung verhindern will, dass immer neue Embryonen geopfert werden, hat sie diese Stichtagsregelung erlassen«, wurde Moschin deutlich. »Zuerst durften nur embryonale Stammzelllinien eingeführt werden, die vor dem Jahr 2002 gewonnen worden sind. Vor einiger Zeit hat man dies gelockert. Nun müssen sie vor dem 1. Mai 2007 generiert worden sein.«

Häberle nickte. Er hatte davon gehört, sich jedoch nie ernsthaft damit befasst. »Sie sprechen von Stammzelllinien?«

»Das sind embryonale Stammzellen, die sich unbegrenzt fortpflanzen lassen«, antwortete Moschin knapp.

»Damit, so heißt es, könnte man sogar den ewigen Jungbrunnen finden«, grinste Stuhler. »So was wie ein Bio-Ersatzteillager.«

»Aber die Bedenkenträger in Deutschland bremsen die Forschung aus«, blieb Moschin sachlich. »In den USA und in Japan sind die Bedingungen weitaus besser.«

»Auch in Spanien«, ergänzte Stuhler. »Dort gelten liberalere Gesetze. Es zeigt sich immer mehr, dass man in unserer heutigen Welt mit nationalen Alleingängen nichts verhindern kann. Denken Sie an den großen Finanzcrash. Jetzt laborieren alle Staaten daran herum, dies in den Griff zu bekommen – aber sie werden's nicht schaffen, Herr Häberle. Die Politik ist eine Sache – die Realität die andere.«

»Die Herrschaften in Berlin rennen doch nur noch panisch den Entwicklungen hinterher und reagieren hysterisch auf Dinge, deren Ursache sie ebenso wenig kennen wie die Mechanismen, die international damit verbunden sind«, sprudelte es aus Moschin heraus.

Häberle hörte das gerne. Der Mann, den er als sehr zurückhaltend und distinguiert eingeschätzt hatte, lag genau auf seiner Wellenlänge. Sicher würde er zur völlig verkorksten Gesundheitsreform einige Sätze sagen können, doch dazu blieb keine Zeit. Häberle schielte auf seine Armbanduhr. Er wollte vor seiner morgigen Dienstreise wenigstens den restlichen Abend mit seiner Ehefrau verbringen.

»Noch eines würde mich interessieren«, fügte er an. »Gibt es von der Klinik irgendwelche Kontakte zu diesem Naturschutzzentrum in Schopfloch, droben auf der Alb?«

Moschin sah irritiert zu Stuhler, den die Frage eher zu amüsieren schien.

»Mehr als dass ich gelegentlich mit meiner Gemahlin dort oben spazieren gehe, sicher nicht. Ich schau mir gerne an, was dort geleistet wird. Sehr beachtlich. Sie bauen um und vergrößern. Und …«, er setzte wieder sein spitzbübisches Lächeln auf, »… sie befassen sich gerade mit heimischen Insekten und Stechmücken und so was. Die Rede ist von ›Blutsaugern‹. Find ich originell, um ehrlich zu sein.« Er schielte zu Moschin, der offenbar für

Stuhlers heiteres Gemüt wenig Verständnis hatte. »Blutsauger«, wiederholte der Chefarzt. »Das könnte auch auf uns Weißkittel zutreffen.«

57

Kerstin war vorsichtig weitergefahren. Die kleine Verbindungsstraße schlängelte sich durch die tief verschneite Landschaft. An manchen Stellen erreichten die hochgepflügten Schneewände die doppelte Fahrzeughöhe. Die Scheinwerfer strichen an den weißgrauen Schnee- und Eismassen entlang, während die Winterreifen des Golf nur mühsam einen Halt fanden. Kräftiger Wind blies unablässig den feinen Pulverschnee gegen die Windschutzscheibe – und bildete auf der Straße neue Verwehungen.

Kerstin beobachtete im Rückspiegel, dass weit hinter ihr Autoscheinwerfer die Nacht durchschnitten. Ganz so allein war sie also nicht. Oder das nachfolgende Auto würde nur das Gehöft ansteuern. Rechts an ihr zog die Einfahrt zum tief verschneiten Gelände des Naturfreundehauses Immenreute vorbei. Draußen war es sicher eisigkalt, dachte sie. Nach zwei engen Kurven folgte die Straße einer Stromleitung, deren Drähte dick von Raureif umklammert waren.

In der Ferne tauchten endlich Lichter auf. So wie

es Mike geschildert hatte, musste es Kuchalb sein. Sie beschloss, nachher nicht mehr auf dieser Strecke zurückzufahren, sondern den Umweg über die Stadt Donzdorf in Kauf zu nehmen, die drunten im Tal lag, wohin die Straßenverbindung bei diesen winterlichen Verhältnissen vermutlich besser war.

Als sie den Ort erreichte, erkannte sie links die hell erleuchteten Gebäude des Hotels ›Kuchalber Stuben‹, dessen Architektur der ländlichen Umgebung angepasst war. Linkohr hatte ihr erzählt, dass es ein beliebtes Ziel für die Menschen aus dem Ballungsgebiet sei, die hier oben die Abgeschiedenheit und die Ruhe schätzten.

Kerstin fuhr im Schritttempo weiter und befürchtete, zwischen all dem aufgetürmten Schnee und den Zufahrten zu Scheunentoren keinen Parkplatz zu finden. Eigentlich bestand Kuchalb nur aus der Durchfahrtsstraße und einem links abzweigenden Weg. Dort, so hatte es ihr Linkohr auf dem Stadtplan von Donzdorf gezeigt, wozu Kuchalb gehörte, musste Frau von Willersbach irgendwo wohnen.

Kerstin fand einen winzigen Platz zwischen zwei Schneehaufen. Beim Aussteigen schlug ihr eisiger Wind entgegen – und sie bemerkte, dass sie vor einem Gasthaus stand, das sich Mutter Franzl nannte und das Linkohr als besonders urig hervorgehoben hatte. Für einen kurzen Augenblick staunte die junge Polizistin, dass es in dieser scheinbaren Einöde zwei weithin bekannte gastronomische Betriebe gab, dann jedoch stapfte sie durch den weichen Schnee zur anderen Straßenseite, wo sie an einem der sanierungsbedürftigen Gebäude die gesuchte Hausnummer entdeckte.

Im linken Augenwinkel flammten Scheinwerfer auf.

Vermutlich hatte das nachfolgende Auto die Kuchalb erreicht.

Kerstin ging unterdessen zielstrebig zu der Haustür, an deren Klingelknopf v. Willersbach zu lesen stand. Kaum hatte sie ihn gedrückt, näherten sich hinter der ziemlich morschen und mit dickem Milchglas eingefassten Tür schnelle Schritte auf Steinboden. Kerstin rieb sich die kalten Hände und schlug mit den Schuhen auf, um den Schnee abzustoßen.

Ein Schlüssel wurde zweimal im Schloss gedreht, bis schließlich die Tür nach innen aufschwenkte und im fahlen Flurlicht eine große Frau erschien.

Kerstin wusste für einen Moment nicht, was sie sagen sollte.

Diese verdammte Kälte, dieser verdammte Schnee. Claus Humstett war mit seinen wenigen Habseligkeiten, mit denen er sich in Laichingen begnügt hatte, wieder in sein altes Bauernhaus nach Blaubeuren zurückgekehrt. Seit seine Frau ausgezogen war und er sich provisorisch neben seinem Labor auf der Alb eingerichtet hatte, wurde das halbwegs sanierte Gebäude am Stadtrand von Blaubeuren nur minimal beheizt. Während er seinen schwarzen BMW der Dreierserie in den Anbau fuhr, der früher als Scheune gedient hatte, überkam ihn dieses Gefühl von Kälte und Einsamkeit, das ihm nie zuvor so bewusst geworden war. Als Workaholic konnte er die privaten Probleme verdrängen. Doch nun, da sie ihm den Arbeitsmittelpunkt nach Gran Canaria verlegen wollten, tat sich plötzlich eine Leere auf. Er hoffte, dass sich dies bis zum Wochenende änderte, denn den Flug hatte er bereits gebucht. Jetzt musste er nur noch jemanden finden, der während seiner Abwesenheit das Haus betreute. Dafür kam ein Nachbar infrage, der dies bisher schon tat und den er für diese Dienste entlohnte.

Noch heute Abend wollte er mit ihm die Details besprechen.

Immerhin war völlig unklar, wie lange er sich auf den Kanaren aufhalten würde. Maronn jedenfalls, so hatten sie es gestern am Telefon besprochen, ging von mindestens zwei Jahren aus. Humstett, der sich die Laboratorien schon einige Male angesehen hatte, konnte sich inzwischen durchaus vorstellen, auf dieses Angebot einzugehen. Allerdings beunruhigte ihn, dass Maronn seit dem Vormittag nicht mehr ans Telefon ging. Auch in ›der Firma‹, wie sie ihre wissenschaftliche Einrichtung beim Flughafen nannten, konnte niemand sagen, wo Maronn zu erreichen war.

Claus Humstett blieb einen Augenblick lang hinterm Steuer sitzen, während die abgeblendeten Scheinwerfer das roh belassene Mauerwerk vor ihm beleuchteten. Dort wehten in der aufsteigenden Warmluft des Motors einige alte Spinnweben, die vermutlich vom Herbst stammten. An der rechten Seite warfen alte landwirtschaftliche Geräte lange Schatten an die Wand. Humstett hatte dort Sensen, Äxte, Schaufeln und Rechen angelehnt, um sie eines Tages als Dekorationsobjekte zu nutzen.

Beim Öffnen der Fahrertür musste er jedes Mal aufpassen, nicht gegen einen Leiterwagen zu stoßen, dessen hölzerne Räder mit Metall beschlagen waren. Nachdem er die Scheinwerfer abgeschaltet hatte, umgab ihn die nächtliche Finsternis. Er stieg langsam aus, was ihm angesichts der Enge einige Verrenkungen abforderte, und warf einen prüfenden Blick in den inneren Rückspiegel. Darin war der von einer nahen Straßenlampe nur schemenhaft erhellte

Vorplatz zu sehen. Für einen kurzen Moment hatte er geglaubt, irgendeine Bewegung wahrgenommen zu haben. Sicher eine Täuschung, versuchte ihn sein Gehirn zu beruhigen. Er zwängte sich rückwärts aus dem Wagen, spürte die beißende Kälte und ärgerte sich wie immer, dass er das altmodische Flügeltor noch nicht durch ein elektrisches hatte ersetzen lassen. Dazu jedoch wäre es notwendig gewesen, diese Scheune zu sanieren, vor allem aber neben dem Eingangsbereich das Gerümpel zu beseitigen, das er nur provisorisch beiseitegeschoben hatte.

Noch während er mit dem Rücken zum Tor in dem schmalen Spalt stand, den ihm die Autotür in dieser drangvollen Enge zum Aussteigen bot, war es wieder da – dieses Gefühl, hinter sich eine Bewegung verspürt zu haben. Aber zum Reagieren blieb ihm keine Zeit mehr. Etwas wurde ihm von hinten blitzartig über den Kopf gestülpt, streifte Stirn und Nase und umklammerte seinen Hals.

58

Es war höchste Zeit, dass er nach Hause ging. Häberle brauchte den Schlaf dringend – denn auf dem knapp vierstündigen Flug von Stuttgart nach Gran Canaria würde er morgen Vormittag kaum Ruhe finden. Ein kurzer Anruf bei den dortigen Kollegen hatte ihn zuversichtlich gestimmt. Der Kontakt war mithilfe der Landespolizeidirektion zustande gekommen, die sogar einen deutschsprachigen Kriminalbeamten ausfindig gemacht hatte. Vermutlich, so dachte Häberle, war es auf den Kanaren für Polizisten in gleicher Weise notwendig, deutsch zu sprechen, wie es sich in Deutschland als hilfreich erwies, ein paar Worte türkisch zu kennen.

Noch im Hinausgehen informierten ihn zwei Beamte der Sonderkommission, dass es endlich gelungen sei, Frau Brugger ans Telefon zu bekommen. Sie könne sich nicht erklären, weshalb man sie bislang nicht erreicht habe. »Checkt das ab«, beschied Häberle, um sich im Weitergehen erneut umzudrehen: »Weiß sie denn vom Tod ihres Mannes?«

»Von uns nicht«, gab einer der Männer kleinlaut zu. »Wir haben ihr nur gesagt, dass wir dringend persönlich mit ihr reden müssten. Noch heute Abend.«

»Und? Klappt das?«

»In einer Dreiviertelstunde sollen wir kommen.« Der Tonfall ließ erkennen, dass dem Beamten das Überbringen einer Todesnachricht schwerfallen würde.

Häberle versuchte, ihn aufzumuntern. »Dann nehmt einen Notfallseelsorger mit.«

Anschließend verabschiedete er sich von allen Kollegen mit einem »Adios amigos«. Er war müde und brauchte Zeit, um seine Gedanken zu ordnen. So ganz sicher war er sich nicht mehr, den oder die Mörder auf Gran Canaria anzutreffen. Aber zumindest konnte dort der Schlüssel zu allem liegen.

»Da haut's dir's Blech weg«, entfuhr es Linkohr das eine ums andere Mal. Was Kerstin nach ihrer Rückkehr aus der – wie sie es formulierte – Schneehölle der Kuchalb berichtete, war für beide äußerst überraschend gewesen. Nicht der Inhalt des kurzen Gespräches, das sie mit dieser echten Frau von Willersbach geführt hatte, war der Anlass, sondern eine Beobachtung.

»Das würde manches erklären, kann aber auch Zufall sein«, resümierte Linkohr, als sie in Konos Pizzeria den ersten Schluck Rotwein nahmen. Der junge Kriminalist hatte sich zum wiederholten Male mit dem Hinweis auf die viele Arbeit bei Jenny entschuldigt. Dass er keine Zeit hatte, war schließlich keine Lüge. Allerdings empfahl ihm sein Bauchgefühl, sich eher Kerstin zuzuwenden, die gewiss mehr Verständnis für seinen Job aufbringen würde als Jenny.

Dass Kerstin jedoch immer nur von dem Fall sprach und sich weniger für ihn interessierte, bereitete ihm zunehmend Kummer. Insgeheim überlegte er, wie er es bewerkstelligen konnte, sie nach dem Essen noch zu sich einzuladen. Er musste irgendwie bei diesen dienstlichen Gesprächen eine passende Kurve kriegen. Das mediterrane Ambiente, die heimelige Wärme und der würzige Pizzaduft waren wie geschaffen für einen anregenden Abend und gute Gespräche. Kono hatte ihnen ein kleines Tischchen in einer Ecke zugewiesen.

Sie bestellten Lasagne und ließen sich weiter von ihren Gedanken leiten, die sich um die echte Frau von Willersbach drehten. »Mir ist da etwas eingefallen«, lächelte ihm Kerstin zu, deren enger Strickpulli ihre weiblichen Formen betonte, wie Linkohr es empfand.

»So?«, fragte er interessiert zurück und stellte fest, dass ihm ihr Lächeln von Stunde zu Stunde mehr gefiel.

»Hast du eine Ahnung, wie schnell man rauskriegen kann, wer am Dienstag von Stuttgart aus nach Gran Canaria geflogen ist?«

»Wie bitte? Kannst du mich an deinen Gedankengängen vielleicht auch mal teilhaben lassen?« Er sprach so leise, dass ein älteres Ehepaar, das zwei Tische weiter saß, nichts hören konnte.

»Ich würde sogar sagen, wir sollten nicht nur Flüge nach Gran Canaria checken, sondern zu allen kanarischen Flughäfen.«

»Und was versprichst du dir davon?« Linkohr vermochte Kerstins Idee nicht nachzuvollziehen. »Du brauchst ja zumindest einen Namen, nach dem du suchen möchtest.«

»Willersbach. Von Willersbach. Ich will wissen, ob es am Dienstag einen weiblichen Passagier dieses Namens gegeben hat. Wir haben doch Name, Adresse, Geburtsdatum. Das müssen die Fluggesellschaften mit einem Mausklick rauskriegen, oder seh ich das falsch?«

»Keine Ahnung, aber ich denke schon.« Er überlegte. »Jetzt versteh ich. Du meinst, da ist jemand mit dem gestohlenen Ausweis unterwegs gewesen.«

»Exakt, Herr Kommissar«, grinste Kerstin.

»Ein kurzer Flug, um etwas zu erledigen – und schnell wieder zurück«, gab sich Linkohr wissend.

»Und dann, lieber Mike, checken wir ab, wer von diesen Herrschaften aus der Klinik bei diesem Skiausflug nach Brig dabei war. Du erinnerst dich: Der Chef hat davon berichtet, dass Stuhler erwähnt hat, es habe mal einen Skiausflug von Ärzten, deren Partnern und Krankenschwestern gegeben. Ausgerechnet nach Brig.«

Linkohr staunte, was sich Kerstin aus den Akten und Protokollen gemerkt hatte. »Brig«, wiederholte er den Namen der Stadt im Wallis. »Wo dieser spanische

Immobilienhai – er heißt, glaub ich, Fernandez oder so ähnlich – dieses Briefkasten-Objekt besitzt.«

»Ganz genau, mein Lieber.« Sie sah ihn provokant an. Linkohr überlegte, ob sie tatsächlich so viel Kombinationsgabe besaß, oder ob dies alles nicht doch eher einem Gespräch mit Häberle entsprang.

»Wenn man dies weiterspinnt«, gab er sich nun auch Mühe, seinen Kenntnisstand einzubringen, »dann würde diese Schweizer Münze Sinn machen.« Er hoffte für einen Moment, Kerstin hätte dieses kleine Detail vergessen und würde ihn für diesen Hinweis loben

»Auch das kann natürlich ein Zufallsfund sein«, meinte sie. »Dieser Max Frenzel hat ja erklärt, öfters mal Freunde in der Schweiz zu besuchen. Also könnten wir davon ausgehen, dass die Münze dabei mal runtergefallen ist.«

Linkohr musste sich eingestehen, Frenzels Aussage dazu vergessen zu haben, weshalb er schnell einen anderen Aspekt anbrachte: »Oder sie stammt von dem Täter, der Frenzels Auto geklaut hat.«

Wieder das provokante Lächeln der jungen Frau. »Wenn's denn überhaupt geklaut war.«

Linkohr verengte die Augenbrauen. Die Frau war clever, keine Frage. Der Abend konnte noch spannend werden.

59

Der Flug war ruhig gewesen. Häberle hatte einige Male versucht zu dösen, doch kaum hatte ihn der Schlaf übermannt, gab es wieder irgendwelche Lautsprecheransagen, die sich auf das allgegenwärtige Shopping über den Wolken bezogen. Zigaretten, Parfüms, Alkohol, Sonnenbrillen, Lederwaren. Häberle wunderte sich jedes Mal, welches immense Gewicht die Fluggesellschaften durch die Lüfte kutschierten, nur um irgendwelches Zeug anbieten zu können, das es zum selben Preis garantiert in den Duty-free-Shops an den Flughäfen gab. Einerseits zockten die Fluggesellschaften neuerdings für jedes Kilo Übergepäck satte Zusatzgebühren ab, andererseits stopften sie ihre Airlines mit Waren voll, als müsse unterwegs ein Bazar beliefert werden. Allein die vielen Zeitungen, die kostenlos im Angebot waren, brachten es gewiss auf ein stattliches Gewicht. Dabei wurde im Allgemeinen Wehklagen über hohe Kerosinkosten stets darauf verwiesen, dass jedes Kilo, das in die Luft gehoben werden müsse, soundso viel Euro Energie verschlinge.

Und jetzt raubte ihm das Shopping auch noch den wertvollen Schlaf, grummelte Häberle in sich hinein. Dreieinhalb Stunden war der Airliner über eine meist geschlossene Wolkenschicht geflogen, dann erst taten sich jene Lücken auf, die den Kanaren so viel Sonnenschein bescherten. Der Silbervogel von Airbus ging in den Sinkflug auf den Aeropuerto de Gando südlich von Las Palmas über und musste offenbar von Süden anfliegen. Häberle, der auf der rechten Seite einen Fensterplatz erhalten hatte, sah schräg unter sich die Küstenlinie der

Insel vorüberziehen, deren bergige Mitte in Dunst und Wolken gehüllt war.

Weiter sinkend, drehte der Airliner in eine scharfe Rechtskurve ein, um nun in den Endanflug auf die Landepiste zu gehen, die sich direkt am Meer befand. Häberle hatte den Eindruck, die rechte Tragfläche würde gleich die mit Planen abgedeckten Gemüseanbauflächen berühren.

Mit minimalster Anfluggeschwindigkeit, so schien es dem Chefermittler, schleppte sich der Airliner vollends zur Landebahn vor – und setzte sanft auf. In dem Charterflieger, für den ihm die Landespolizeidirektion Stuttgart kurzfristig ein Ticket besorgt hatte, brandete der übliche Beifall auf, obwohl ihn der Pilot, der ihn als Einziger verdient hätte, natürlich gar nicht hören konnte.

Erfreulicherweise nahmen das Aussteigen und die Einreiseprozedur weniger Zeit in Anspruch, als Häberle befürchtet hatte. Sein kleiner Koffer, in den Susanne das Allernötigste gepackt hatte, weil er bis zum Wochenende ohnehin wieder daheim sein wollte, war sofort auf dem Gepäckband aufgetaucht.

Als er das moderne Flughafenterminal verließ, schlug ihm frühlingshafte Luft entgegen. Er würde seine dicke Jacke so schnell wie möglich ausziehen müssen. Palmen und Blumen ließen ihn sofort vergessen, dass er gerade aus dem mitteleuropäischen Winter gekommen war. An seiner Freude über dieses milde Klima ließ er auch Susanne teilhaben, die er anrief, um ihr seine Ankunft in Las Palmas mitzuteilen. Danach brachte ihn ein Taxi durch den vormittäglichen Verkehr zu jener Adresse, in der sich die Polizeistation mit dem genannten deutschsprachigen Comisario befand.

Sein gebuchtes Hotelzimmer würde er im Laufe des Tages beziehen. Er bezahlte das Taxi, gab reichlich Trinkgeld und ging mit seinem Koffer zum Eingang eines stattlichen Gebäudes, dessen schwere Metalltür sich ohne Weiteres öffnen ließ. Im kühlen Innern saß ein Uniformierter hinter einer dicken Glasscheibe, begrüßte ihn auf Spanisch, was Häberle jedoch nur mühevoll verstand, weshalb er auf Deutsch etwas erwiderte. Er hatte es sich gerade noch verkneifen können, auf Englisch zu antworten. Überall auf der Welt wäre dies angebracht gewesen, aber hier auf den Kanaren war wohl jeder Einheimische auf deutsche Touristen eingestellt. Sicher auch die Polizei.

Der Uniformierte gab sich zuvorkommend, sprang auf, kam aus seinem Büro und begrüßte Häberle mit einem kräftigen Handschlag und vielen Worten, die eine Mischung aus spanisch und deutsch waren.

Nachdem er Häberles Koffer zur Verwahrung ins Büro gestellt hatte, führte er den Kollegen aus Deutschland zwei Treppen nach oben, wo in einem modern eingerichteten Besprechungszimmer bereits eine Kaffeekanne und einige Tassen bereitstanden. Der Uniformierte bot Häberle einen Platz an und verschwand, um Comisario Figueras zu holen.

Dieser tauchte nach einer halben Minute auf, schüttelte Häberle zur Begrüßung die Hand und setzte sich ihm gegenüber. Während Figueras, ein bärenstarker Mann mit braun gebrannter Haut und dichtem schwarzen Haar, den Kaffee einschenkte, erklärte er wortreich, wie sehr er sich freue, wieder einmal einen deutschen Kommissar im Hause zu haben.

»Die Deutschen sind nicht krimineller als die anderen«, beeilte er sich hinzuzufügen. »Aber oft betrunkener – wenn Bundesliga-Übertragung kommt«, lächelte er, um ernst anzufügen: »Obwohl die Russen inzwischen viel mehr Probleme bereiten.« Figueras sprach gut verständlich, wenngleich mit starkem spanischen Akzent und kleinen Fehlern.

Nachdem sie sich über das Benehmen einzelner Nationalitäten und die Notwendigkeit einer unbürokratischen polizeilichen Zusammenarbeit ausgetauscht hatten, kam Häberle zur Sache.

»Wir haben Ihnen gestern mitgeteilt, worum es geht. Der deutsche Staatsbürger Elmar Brugger, den Sie tot aufgefunden haben, steht im Verdacht, in eine Sache verwickelt zu sein, die bei uns zwei Todesopfer gefordert hat.«

»Ich habe Ihre Mail gelesen, ja«, gab sich der Spanier informiert und strich sich über die langen Ärmel seines frisch gebügelten dunkelblauen Hemdes.

»Wir haben unser Anliegen formuliert«, erklärte Häberle und versuchte vorzufühlen, ob es aus rechtlichen und sonstigen Gründen zu erfüllen war. »Als wir erfahren haben, dass Sie in diesem Zusammenhang ebenfalls einen deutschen Staatsbürger festgenommen haben, nämlich Herrn Harald Maronn, wären wir stark daran interessiert, mit ihm ein paar Worte zu wechseln.«

»Unser Staatsanwalt hat Ihrem Ansinnen zugestimmt«, antwortete Figueras und löste bei seinem Gesprächspartner Erleichterung aus. Häberle wusste aus anderen Verfahren, dass selbst innerhalb der EU manche Amtshilfe an bürokratischen Hürden scheitern konnte.

»Ich muss Ihnen aber sagen«, dämpfte Figueras Häberles große Erwartungen, »die Festnahme ist nicht, wie man

Ihnen vorschnell mitgeteilt hat, wegen des Tötungsdelikts erfolgt, sondern weil wir Señor Maronn wegen Steuervergehen und dem möglichen illegalen Betrieb einer medizinischen Einrichtung gesucht haben. Er ist uns nur zufällig ins Netz gegangen.«

»Wie?« Mit allem hatte er gerechnet, nur damit nicht. »Sie haben also in dem Mordfall Brugger gar nichts gegen Maronn vorliegen?«

»Nein, Colega, Missverständnis. Deshalb haben wir uns gestern Abend gewundert, dass Sie so schnell kommen wollten.«

»Aber … Aber Sie sagen doch selbst, er sei Ihnen aufgrund dieses Tötungsdelikts ins Netz gegangen?«

»Er hat Beziehungen zu Herrn Brugger gepflegt, das stimmt. Aber es ist nicht verboten, zufällig auf dem Mobiltelefon eines Mannes anzurufen, der ein paar Stunden zuvor umgebracht wurde.«

Häberle war noch immer dabei, seine Gedanken zu ordnen. »Was hat er denn von ihm gewollt?«

»Angeblich was Privates. Sie kennen sich natürlich. Beide kommen aus Ihrer Gegend.« Figueras lehnte sich zurück: »Sie dürfen ihn gerne selbst befragen. Er ist in Salto del Negro in Las Palmas untergebracht. Ich werde Sie heute Nachmittag dorthin begleiten. 15 Uhr.«

»Und wie weit sind Sie in diesem Mordfall gekommen?«

»Nicht sehr weit. Wir wissen nur, dass er mit einer dünnen Metallschlinge stranguliert wurde. Wenn Sie wollen, können Sie dieses Aser… Asservat – so sagt man doch, oder? – das können Sie sehen.«

»Er war allein – in einem Hotel?«

»Im RIU Palace Maspalomas in Playa del Ingles, ja,

unten an den Dünen. Herrliche Lage, kann ich nur empfehlen«, Figueras verzog sein Gesicht wieder zu einem Lächeln. »Seit heute früh wissen wir, dass er nicht allein da war.«

»Ach?«

»Er ist letzte Woche angereist, hat sich aber zwei junge Damen nachkommen lassen. Die sind am Montag angekommen. Er hat das Zimmer neben seinem für sie gebucht.«

»Oho«, staunte Häberle, obwohl er von der Anwesenheit zweier Damen bereits von Linkohr erfahren hatte. »Und was sagen die Damen?«

»Wir wollen sie heute erst befragen. Ich kann Ihnen Namen und Zimmernummer geben.«

Häberle zog seinen Notizblock heraus und notierte, was ihm der Kollege diktierte: »Caroline Sauer und Melanie Winkler, Zimmer 3054.«

Während er den Notizblock wieder wegsteckte, griff er Figueras Hinweis auf die angeblich verbotene medizinische Einrichtung auf. »Können Sie mir dies näher erläutern?«

»Leider nein. Das bearbeiten andere Kollegen. Irgendetwas mit Genen, sagen sie.«

»Aber ich denke, bei Ihnen in Spanien wird das alles liberaler gesehen.«

»Wird es auch, Colega, liberaler schon als bei Ihnen. Aber auch hier ist nicht alles erlaubt.«

»Noch eine andere Frage: Sind Sie bei Ihren Ermittlungen auf den Namen Marion von Willersbach gestoßen?«

»Eine Adlige?«

Häberle nickte.

»Nein, Colega, habe ich nicht gehört. Hat sie etwas mit dem Mord zu tun?«

»Um das rauszukriegen, bin ich hier.«

Häberle wollte sich gerade bis zum Nachmittag verabschieden, an dem sie gegen 14.15 Uhr in die Haftanstalt nach Las Palmas fahren wollten, als sein Handy ertönte. »Entschuldigung.« Er holte es aus der Lederjacke, die er neben sich auf einen Stuhl gelegt hatte, und meldete sich.

Nach kurzem Lauschen, während dem er die Augen konzentriert zusammenkniff, erwiderte er: »Das gibt's doch nicht. Und – ist er tot?«

Comisario Figueras sah seinem deutschen Kollegen am Mienenspiel an, dass etwas Schlimmes geschehen sein musste.

60

Linkohrs erste Reaktion war Verblüffung darüber, was sie ohne zu zögern telefonisch an Häberle weitergegeben hatten: Claus Humstett hatte gestern Abend nur knapp einen Anschlag überlebt. Die für Blaubeuren zuständige Ulmer Polizeidirektion war im Zuge ihrer ersten Ermittlungen auf die möglichen Zusammenhänge mit den Geislinger Geschehnissen gestoßen. Humstett, der sich mit Tritten und Schlägen zur Wehr gesetzt hatte, war mit erheblichen Halsverletzungen davongekommen – ohne jedoch die angreifende Person in der Dunkelheit richtig gesehen zu haben.

Er hatte über Notruf den Rettungsdienst verständigt und war unter Schock in eine Klinik gebracht worden.

»Heut früh hat er den Kollegen davon erzählt, dass er's mit dem Geislinger Klinikfall zu tun habe«, berichtete der Beamte, der den Anruf aus Ulm erhalten hatte. »Er befürchte, es könne ihm ebenso ergehen wie den anderen, hat er gesagt.«

Linkohr hatte Mühe, den Schilderungen zu folgen. Er war an diesem Donnerstagvormittag ziemlich abgeschlafft zum Dienst erschienen. Die Kollegen rätselten, ob ihn der Fall so sehr mitgenommen hatte oder ob es andere Gründe dafür gab. Dass er und Kerstin die vergangenen Tage sehr intensiv zusammengearbeitet hatten, war natürlich keinem entgangen. Deshalb beäugten sie jetzt auch die junge Kollegin ungewöhnlich genau, um herauszufinden, mit welchem Elan sie heute an die Arbeit ging. Doch im Gegensatz zu Linkohr war ihr nichts anzumerken. Sie war kurz nach sieben erschienen – exakt zwölf Minuten vor ihm, wie ein älterer Beamter hinter vorgehaltener Hand stichelte. Dass Linkohr vorschlug, gemeinsam mit Kerstin zu einer Vernehmung Humstetts ins Blaubeurer Krankenhaus zu fahren, löste dezentes Schmunzeln aus.

»Wir wollen das Engagement der jungen Kollegen nicht dämpfen«, kam eine Stimme aus dem Hintergrund. Kerstin wusste sehr wohl, wie das gemeint war, verhielt sich dennoch so, als habe sie es nicht gehört. Und Linkohr war derlei Sticheleien längst gewohnt und tat sie innerlich als den bloßen Neid der Älteren ab.

Bevor sie sich auf den Weg in das 20 Kilometer entfernte Blautopf-Städtchen machten, verständigte sich Linkohr mit seinem direkten Vorgesetzten Rudolf Schmittke über die weitere Ermittlungsarbeit. Der Vorschlag, an den Flughäfen Stuttgart, Memmingen, Friedrichshafen und Karlsruhe-Baden-Baden alle Passagiere, die in den vergangenen beiden Tagen die Kanaren gebucht hatten, nach dem Namen Marion von Willersbach prüfen zu lassen, wurde für gut befunden. Außerdem entschied Schmittke, dass herausgefunden werden musste, wer aus der Klinik an jenem Skiausflug nach Brig teilgenommen hatte. Linkohr verschwieg bewusst, dass all seine Vorschläge auf Kerstins Ideen zurückgingen, weil dies gewiss zu neuen Spekulationen und Gerüchten geführt hätte. Kaum jemand würde ihnen abnehmen, dass sie nach ihrem gemeinsamen Restaurantbesuch nur über den Fall diskutiert hatten.

Die Fahrt über die verschneite Albhochfläche dauerte länger als gedacht – was Linkohr heute sogar als angenehm empfand. So blieb ihnen mehr als eine halbe Stunde Zeit, über die vergangene Nacht zu reden. Es gab schließlich Wichtigeres, als ständig an den Fall zu denken.

Linkohr kroch geduldig hinter einigen Lastwagen her, die er angesichts der winterlichen Straßenverhältnisse ohnehin nicht hätte überholen können – und wenn, dann nur mit hohem Risiko. Auch die Steige hinab nach Blaubeuren war lediglich mäßig geräumt, obwohl es sich um die Bundesstraße 28 handelte, die die Alb zum nördlich gelegenen Reutlingen und damit zum Stuttgarter Raum hin querte.

Linkohr bog noch vor dem Umgehungstunnel in die enge Altstadt ab, in der die Schneemassen die Durchfahrtsbreite erheblich schmälerten. Das Kreiskrankenhaus Blaubeuren befand sich links des Zentrums, unterhalb eines markanten Bergrückens, dem Klötzle Blei.

Linkohr parkte den weißen Golf auf einer schneefreien Fläche in unmittelbarer Nähe des Eingangs zur Klinik. An der Pforte wiesen sie sich als Kriminalisten aus und baten um die Zimmernummer von Claus Humstett. Zwei Minuten später standen sie in seinem Zimmer, das er allein zur Verfügung hatte.

Der Patient, der im Bett lag, machte auf den ersten Blick einen munteren Eindruck. Um den Hals trug er einen Verband – und über ihm hing eine Flasche, aus der ein Infusionsschlauch zu seinem linken Arm führte.

Linkohr und Kerstin stellten sich vor und verwiesen darauf, dass sie vorgestern Abend in Laichingen dabei gewesen seien.

»Natürlich erinnere ich mich«, erwiderte Humstett, der gerade in einem Magazin geblättert hatte. »Nehmen Sie Platz.« Er deutete auf zwei Stühle.

Linkohr und Kerstin zogen sie zu sich her und setzten sich. »Die Ulmer Kollegen haben uns verständigt«, erklärte Linkohr und knöpfte sich seine dick gefütterte Jacke auf.

»Es hätt mich beinahe erwischt«, sagte Humstett emotionslos. »Aber eben nur beinahe.« Er schilderte, wie ihm beim Aussteigen aus seinem Auto von hinten eine Schlaufe über den Kopf gestülpt und zugezogen worden war. »Hätte ich nicht reflexartig mit Ellbogen und angewinkelten Beinen zugestoßen, hätte ich keine Chance gehabt.«

»Die Person haben Sie aber nicht erkannt?«

»Es war dunkel, nahezu stockdunkel. Die Scheinwerfer am Auto waren schon aus – und ich wollte zum Tor, um es von außen zu schließen.«

»Die Schlinge war fast zugezogen«, erzählte Humstett weiter und deutete ein verschmitztes Grinsen an, als sei alles gar nicht so dramatisch gewesen. »Bin wohl dem Sensenmann gerade noch von der Schippe gesprungen. Wahrscheinlich hab ich die Person an so markanter Stelle getroffen, dass ihr Hören und Sehen vergangen ist.«

Kerstin ließ sich nicht anmerken, an welche Körperstelle sie denken musste. »Sie sprechen von einer Person. Dann können Sie vermutlich nicht eindeutig sagen, ob Mann oder Frau?«

»Es wurde ja nichts gesprochen – und es war Nacht, vom schlechten Licht einer entfernten Straßenlampe abgesehen. Außerdem stand ich mit dem Rücken zum Angreifer. Und als er geflüchtet ist, hab ich zuerst versucht, mir wieder Luft zu verschaffen. Das Ding, dieses Metalldrahtdings, funktioniert wie eine Garrotte, öffnet sich nach dem Zuziehen nicht mehr.«

»Wie haben Sie sich befreit?«, wollte Kerstin wissen.

»Gar nicht. Ich hatte Glück, dass die Schlinge nicht fest genug zugezurrt war. Das war wirklich mein Glück, das dürfen Sie mir glauben. Ich hab auf dem Handy 110 gewählt – und mich gegen das Auto gelehnt und so gut es ging geatmet.«

»Sprechen haben Sie noch gekonnt?«, hakte Linkohr nach.

»Gerade so, dass mich der Polizist verstanden hat.«

»Diese Metallschlaufe«, zeigte sich Kerstin interessiert, »die hat die Ulmer Polizei sichergestellt, das wissen wir. Wie dick muss man sich das Material vorstellen?«

»Ganz dünn, wie der einzelne Draht eines Telefonkabels vielleicht. Man bezeichnet das als Stahlseil – nur dürfen Sie sich in diesem Fall kein riesiges Drahtseil für eine Seilbahn vorstellen, sondern eben was ganz Dünnes.«

»Und wofür braucht man so etwas?«

»In irgendwelchen technischen Gerätschaften, um etwas zu befestigen oder über einen kleinen Antrieb zu bewegen. Oder in der Medizin, falls Sie darauf hinauswollen. In der Endoskopie, wenn Sie wissen, was das ist.«

Die beiden jungen Kriminalisten wussten dies zwar, jedoch konnten sie sich dabei die Verwendung dünner Stahlseile nicht vorstellen.

Humstett bemerkte die Ahnungslosigkeit und erklärte: »Endoskopie – das ist Einführen dünner Schläuche in den Körper durch natürliche Körperöffnungen, wie beispielsweise die Speiseröhre, den Hals oder den Darm. Manches kann auf diese Weise sogar operiert werden. Oder entfernt – wie etwa bei einer Darmspiegelung irgendwelche Wucherungen. Um die winzigen Instrumente von außen bewegen zu können, brauchen Sie einen Mechanismus, der über solch dünne Stahlseile funktioniert.« Humstett holte tief Luft. Offenbar hatte er Schmerzen im Hals.

»Und wozu brauchen Sie das?«, fragte Linkohr unversehens dazwischen.

»Ich?« Humstett grinste. »Ach, Sie meinen die Rolle, die in Laichingen zurückgeblieben ist?«

Linkohr nickte.

»Ja, das ist so etwas.« Er räusperte sich. »So was Ähnliches wird's gewesen sein. Nein, ich hab's nicht für medizinische Zwecke gebraucht.«

»Sondern?«

»Das wird Sie wundern. Um Vögel vom Gebäude fernzuhalten. Tauben beispielsweise. Weil die alles verkacken, wo sie hinhocken. Simse und Vorsprünge.«

»An dem Industriegebäude in Laichingen?«, staunte Linkohr.

»Nein, natürlich nicht, sondern an meinem Privathaus hier in Blaubeuren.«

»Und dazu benutzt man dünne Stahlseile?«

»Haben Sie das nie gesehen? Meist bringt man Metallstifte an, damit die Vögel nicht landen können. Ich mach's mit dünnen Stahlseilen, die ich im Abstand von zwei Zentimetern über Simse und Mauervorsprünge gespannt habe.« Er blickte in erstaunte Gesichter, weshalb er irritiert fragte: »Soll das jetzt ein Misstrauen sein?«

»Nein«, beruhigte Linkohr, »keine Sorge. Wir wollen uns nur ein Bild von der gesamten Situation verschaffen. Denn so, wie sie sich darstellt, sind Sie in höchster Gefahr. Es gilt zu prüfen, inwieweit wir Ihnen einen Personenschutz organisieren müssen.«

»Quatsch«, empörte sich Humstett. »Dieser Kerl – oder wer es auch immer war – taucht nicht mehr auf. Dem hab ich so eine verpasst, dass er es kein zweites Mal mehr wagt. Im Übrigen verlasse ich das Land übermorgen. Und ich will heute hier unbedingt raus.«

»Sie wollen weg?«

»Ich hab mich entschieden – ich nehm das Angebot an und geh nach Gran Canaria.«

»Obwohl dies alles mit dem Anschlag auf Sie zu tun haben könnte?«, staunte Kerstin.

»Da bin ich mir nicht so sicher«, meinte Humstett. »Denn mich umzubringen, wäre völliger Schwachsinn. Alles, was wir bisher erforscht haben, schlummert absolut sicher in einem Ulmer Tresor. Und falls mir etwas zustößt, wird ein Notar alles Weitere in die Wege leiten.«

»Wissen das die anderen?«, fragte Linkohr dazwischen.

»Welche anderen?«

»Na ja, die, mit denen Sie's zu tun haben. Haben Sie denen gesagt, dass Sie solche Vorkehrungen getroffen haben?«

»Nein, hab ich nicht.« In diesem Augenblick schien ihm erstmals klar zu werden, dass ihn somit seine Vorkehrungen nicht retten würden. Was nützte es ihm persönlich, wenn Dritte erst nach seinem Ableben bemerkten, wie sehr er die Forschungsergebnisse gesichert hatte?

»Und wen haben Sie im Verdacht?« Kerstin wollte endlich Konkretes hören.

»Keine Ahnung«, erwiderte er für Linkohrs Empfinden einen Deut zu schnell.

»Hat man nicht ein gewisses Gefühl?«, griff Kerstin behutsam ein. »Feinde hat man doch immer, irgendwie.«

»Wenn Sie in dieser Branche tätig sind, lässt es sich nicht vermeiden, dass Sie Neider und Konkurrenten haben. Aber deswegen bringt man doch keinen um«, gab sich Humstett distanziert.

Linkohr wollte deutlicher werden: »Dass Sie in Laichingen etwas herausfinden wollten, das möglicherweise nicht ganz gesetzeskonform war, mag sein – und das interessiert uns zum jetzigen Zeitpunkt auch nicht –, nur bedenken Sie bitte, wie viele Menschen schon gestorben sind.«

»Zwei, ich weiß – aber das hat nichts mit meiner Arbeit zu tun.«

»Nicht zwei«, entgegnete Linkohr langsam und betont, »inzwischen sind es drei.«

»Drei? Wie soll ich das verstehen?«

»Elmar Brugger«, erwiderte Linkohr sachlich. »Ein Bekannter von Ihnen?«

»Ne. Muss ich den kennen?«

»Müssen nicht, nein«, blieb Linkohr gelassen, »aber der, den Sie als den Chef bezeichnet haben, den Harald Maronn, der hat's inzwischen mit der Polizei zu tun gekriegt.«

»Maronn?« Humstett hob den Kopf und ließ ihn sogleich wieder in die Kissen sinken, weil ihm dies Halsschmerzen bereitete. »Was ist mit Maronn?«

»Er sitzt auf Gran Canaria im Knast.« Linkohr ging in die Offensive.

»Maronn im Knast? Was hat das zu bedeuten?«

Kerstin ließ Linkohr den Vortritt. »Wir hatten befürchtet, er sei in etwas Schlimmes verwickelt. Doch die spanischen Behörden suchen ihn wegen einer Steuergeschichte und – jetzt passen Sie mal auf – wegen unerlaubten Betreibens medizinischer Einrichtungen, oder so ähnlich.«

Humstett musste das Gehörte zunächst verdauen und schwieg. Kerstin nahm die Gelegenheit wahr, ihm ins Gewissen zu reden: »Wäre das nicht eine gute Chance für Sie, ganz auszusteigen?«

»Und vielleicht lieber nicht auf die Kanaren zu fliegen?«, ergänzte Linkohr.

Humstett schwieg noch immer. Möglicherweise waren sie einen Schritt zu weit gegangen und er würde einen neuen Schock erleiden, warf sich Kerstin vor. Sie beobachtete das Gesicht des Mannes, das deutlich an Farbe verloren hatte.

Linkohr nahm einen neuerlichen Anlauf: »Vielleicht sollten Sie Ihre ablehnende Haltung zu einem Personenschutz nochmals überdenken.«

»Ich werde vieles überdenken müssen. Aber im Moment brauche ich Ruhe. Bitte gehen Sie jetzt. Ich werde mir schon selbst zu helfen wissen.«

Kerstin stand auf und sah auf ihn herab. »Sie sollten es sich nur nicht zu lange überlegen. Drei Tote sind genug.«

61

Salto del Negro galt als veraltet und permanent überfüllt. Doch der Neubau eines Gefängnisses im Süden Gran Canarias war immer wieder durch Einsprüche verzögert worden. Nun sah es allerdings danach aus, als ob das Projekt in allernächster Zukunft fertiggestellt werden konnte. Für Harald Maronn würde dies ein schwacher Trost sein, dachte Häberle, während ihn Comisario Jorge Figueras über die Autobahn Richtung Las Palmas chauffierte und mit dem Seat keine Gelegenheit zum Überholen ausließ. Der spanische Kollege schien ihn dezent auf das vorzubereiten, was er gleich zu sehen bekommen sollte: Ein altes Gefängnis, in dem die Insassen zusammengepfercht in viel zu engen Zellen saßen. Allein das Gebäude verbreitete mit seiner wuchtigen Architektur den Eindruck martialischen Strafvollzugs.

Häberle passierte mit dem Comisario drei Zugangskontrollen, musste sich mehrfach vor spanisch sprechenden Uniformierten ausweisen und auf guten Zuspruch seines Begleiters hoffen, ehe sie durch einen finsteren, grau getünchten Gang, vorbei an stabilen Metalltüren zu einem Besprechungsraum geführt wurden, von dem Häberle vermutete, dass er auch Anwälten für Gespräche mit ihren Mandanten diente. Fünf Holzstühle waren um einen zerfurchten Tisch gruppiert, dessen Oberfläche unzählige Spuren aufwies, die Generationen nervöser und verzweifelter Gefangener mit ihren Fingernägeln hinterlassen hatten. Die Wände waren kahl und fensterlos, an der Decke hatte jemand völlig unsachgemäß zwei Leuchtstoffröhren montiert. Die Luft fühlte sich feucht und warm an und vom Gang drang das klirrende Geräusch großer Schlüsselbunde herein.

»Kein Ort zum Wohlfühlen«, meinte der Comisario und quälte sich ein Lächeln ab. »Ein Aufseher wird dabei sein«, fügte er an, um Häberle auf die Situation einzustimmen. Wenige Augenblicke später, vom andächtigen Schweigen gefolgt, näherten sich Schritte. An der offenstehenden Metalltür tauchten zuerst zwei bärenstarke Uniformierte auf, die im Schlepptau einen braungebrannten Mann hatten, dessen Handgelenke in metallenen Handschellen steckten. Sie waren über eine Metallkette mit den vorausgehenden Aufsehern verbunden. Zwei weitere Uniformierte folgten.

Der Mann wirkte verstört und übernächtigt, trug ein kurzärmliges, ausgefranstes graues T-Shirt und eine viel zu weite Jeanshose. Er nickte Häberle zu, den er offenbar sofort als den Polizisten aus Deutschland vermutete. Die wenigen Worte, die die Aufseher sprachen, verstand

Häberle nicht, aber der Tonfall hatte etwas Militärisches an sich. Sie verwiesen den Gefangenen auf einen der Stühle, lösten die Handschellen, nahmen sie ihm aber nicht ab.

Nachdem sich die vier geeinigt hatten, wer von ihnen im Raum blieb, verschwanden die anderen und ließen die Metalltür scheppernd ins Schloss fallen.

»Ich bin August Häberle, Kriminalhauptkommissar aus Göppingen«, begann der Chefermittler und setzte sich dem Gefangenen gegenüber, während der spanische Polizist links von ihm Platz nahm und sich der Aufseher einen Stuhl an die Eingangstür rückte und sich dort drohend niederließ.

»Sie sind Harald Maronn«, fuhr Häberle fort und sah in ein verschwitztes, ungepflegtes Gesicht, auf dem Bartstoppeln wucherten.

»So ist es«, knurrte der Angesprochene. »Falls Sie hierher gekommen sind, um mir einen Mord in die Schuhe zu schieben, können Sie gleich wieder kehrtmachen.«

»Ich bin gekommen, um Ihnen zu helfen«, sagte Häberle schließlich.

»Helfen!«, bläffte Maronn und legte die Hände mit den schweren Handschellen auf die Tischplatte. »Bis jetzt hat sich weder der Anwalt, den ich um Beistand gebeten habe, bei mir gemeldet, noch jemand von der deutschen Botschaft. Wenn Sie hier drinsitzen, verrecken Sie. Das interessiert niemanden.« Er warf einen bissigen Blick auf den einheimischen Polizisten.

»Genau genommen bin ich gekommen, um auch Sie um Hilfe zu bitten«, äußerte Häberle ruhig.

»Was jetzt? Wollen Sie mir helfen oder soll ich Ihnen helfen?«

»Was Sie hier in diesem Lande tun, Herr Maronn, geht mich nichts an – auch nicht, welche Art Forschung Sie betreiben oder betreiben lassen und ob das legal oder illegal ist. Mir geht es um zwei Todesfälle in Geislingen, die in irgendeiner Weise mit Personen zu tun haben, die von dieser Forschungsarbeit gewusst haben. Ich weiß nicht, inwieweit Sie informiert sind …«

»Fallheimer und Anja Kastel«, unterbrach ihn Maronn abrupt. »Natürlich weiß ich Bescheid. Oder glauben Sie, das beunruhigt mich nicht?«

»Sehen Sie – eben deshalb sollten wir miteinander reden.«

»Was heißt reden? Ich hab mit der ganzen Chose nichts zu tun. Ich muss hier schauen, wie ich zurechtkomme. Steuerhinterziehung und illegale medizinische Geschäfte! Was glauben Sie, wie das weitergehen soll, wenn ich nicht da bin? Was aus all dem wird, was wir entdeckt und erforscht haben? Wie die Geier werden sie von allen Seiten über unsere Ergebnisse herfallen. Und korrupte Informanten finden.«

Häberle musste an das kurze Telefonat denken, das er auf der Fahrt zum Gefängnis mit Linkohr geführt hatte. Demnach bestand wohl kein Grund zu der Befürchtung, die Forschungsergebnisse könnten in fremde Hände gelangen. Dafür hatte Humstett wohl rechtzeitig gesorgt. »Soweit ich informiert bin, sind Vorkehrungen getroffen, dass Außenstehende an nichts herankommen«, sagte er.

»Wie? Was? Wer hat welche Vorkehrungen getroffen? Wer sagt das?« Seine Stimme wurde laut, sodass der Aufpasser an der Tür, der des Deutschen gewiss nicht mächtig war, offenbar Schlimmes befürchtete und sich sprungbereit zeigte.

Häberle spürte, dass er vorsichtig sein musste. »Wir haben das gesprächsweise gehört – aus unbestätigten Quellen allerdings«, log er.

»Sie haben wohl schon mächtig rumrecherchiert«, grantelte Maronn wieder leiser. »Vielleicht könnte ich Ihnen wirklich behilflich sein, wenn Sie versprechen, sich für mich einzusetzen. Ich halt das hier drin keine Woche aus. Acht Mann in einem knapp 16 Quadratmeter großen Raum, inklusive offener Kloschüssel. Haben Sie überhaupt eine Ahnung, was das bedeutet?«

»Vielleicht könnte der eine Fall mithelfen, den anderen zu lösen«, sinnierte Häberle bedächtig.

»Sie meinen, ich soll auspacken? Ha?« Maronn hielt derlei Ansinnen für völlig abwegig. »Da gibt's nichts auszupacken, Herr Häberle. Das Einzige, was ich Ihnen sagen kann, ist, dass es jemanden gibt, der mein … mein … ja, nennen Sie's ruhig so, mein Lebenswerk vernichten will. Jemand, der es an sich reißen will. Jemand, der nur danach trachtet, Knete zu scheffeln. Denn ich sag Ihnen eins, Herr Kommissar Häberle: Wir haben ein Stadium erreicht, in dem man langsam damit beginnt, Geld zu verdienen. Zuerst wenig, weil unsere Investitionen zurückfließen müssen, dann aber immer mehr. Und zwar sehr viel mehr. Die Pharmaindustrie wird uns Millionen bieten. Millionen in zwei- bis dreistelliger Höhe. Das dürfen Sie mir glauben.«

Häberle hörte ruhig zu. Maronn hatte seine anfängliche Zurückhaltung abgelegt.

»Ich will Sie gar nicht fragen, um welche Art von Forschung es sich handelt«, blieb Häberle ruhig. »Ich hab nur eine Bitte an Sie – und mit deren Erfüllung könnten Sie eine gewisse Bereitschaft signalisieren, sich mit uns zu arrangieren …«

»Arrangieren«, wiederholte Maronn zornig. »Arrangieren bedeutet doch wohl, dass beide Seiten davon profitieren – oder versteh ich da was falsch?«

»Nun ja, Sie dürfen mir glauben, dass ich im Laufe des Berufslebens einige Fälle im Ausland zu bearbeiten hatte. Manches davon konnten wir auf eine Art und Weise lösen, dass dem Betroffenen die Haft im Ausland erspart wurde.«

Maronn kratzte sich im Gesicht, wozu er die gefesselten Hände samt der Handschellen hochheben musste. »Was wollen Sie wissen?«, fragte er schließlich verärgert.

»Wer sind die Leute, die Sie um sich geschart haben?«

»Ich hab keine Leute um mich geschart«, antwortete er trotzig. »Es sind Investoren, die ihr zehnmal versteuertes Geld hier anlegen. Da wird nichts gemauschelt und schon gar nicht hier in Spanien hinterzogen.«

»Okay«, beruhigte Häberle und wiederholte: »Es sind Investoren. Da zählte wohl Dr. Brugger dazu.«

»Mit einem kleineren Betrag, ja«, lenkte Maronn ein. »Aber Sie werden verstehen, dass ich jetzt nicht die ganzen Geschäftsgeheimnisse preisgeben werde. Nicht hier, nicht jetzt – und ohne Anwalt schon gar nicht.« Er überlegte. »Ihnen ist hoffentlich klar, dass ich ohne Anwalt auch Ihnen nichts zu sagen brauche.«

»So ist es«, gab sich der Chefermittler versöhnlich. »Sie können auf der Stelle sagen, dass Sie nichts mit mir zu tun haben wollen. Dann steh ich auf und geh – und Ihr Kontakt zur Außenwelt bricht ab.« Die Drohung saß.

»So war das nicht gemeint, Herr Häberle. Ich bin ja einerseits froh, dass Sie sich die Mühe machen, mich hier zu besuchen – andererseits sollten Sie Verständnis für meine Situation haben. Ich werd verhaftet nach dem Tod von Brugger, weiß nicht, in was ich da reingezogen werde – und dann erzählt mir die Polizei hier, es gehe um Steuerhinterziehung und einen angeblich verbotenen Betrieb.«

»Darf ich fragen, welche Funktion Herr Fallheimer hatte?«

»Er hat sich mit ein paar Hunderttausend beteiligt und – sagen wir mal so – uns die Kontakte zur Klinik gehalten.«

»Und das begehrte Blut besorgt – als Gynäkologe«, kam Häberle auf den Punkt.

»Nicht so, wie Sie denken. Nicht in riesigen Mengen. Es gab mal gewisse Engpässe. Aber da ist in der Klinik nicht viel gelaufen.« Er musterte Häberle, als versuche er, von dessen Gesicht etwas abzulesen. »Was soll auch sonst in der Klinik gewesen sein?«, fragte er vorsichtig.

»Das dürfen Sie mich nicht fragen. Jedenfalls muss die Frau Kastel irgendwie in die Sache involviert gewesen sein.«

»Die Frau Kastel! Das haben doch in der Klinik die Spatzen von den Dächern gezwitschert: Die hat sich in alles eingemischt.«

»Und irgendwann zu viel gewusst«, ergänzte Häberle, ohne eine Antwort zu erwarten. »Und das gilt auch für Lena. Ich nehm an, die ist Ihnen bekannt.«

»Lena? Fallheimers Tochter, ja. Sie studiert hier.«

»Bei Ihnen – in der Firma?«

»Sie hat da reingeschnuppert. Nichts weiter.«

»Aber auch sie weiß, dass es möglicherweise Dinge gibt, die nicht ganz korrekt ablaufen.«

»Lena hat mal in der Klinik ein Praktikum gemacht«,

räumte Maronn ein. »Ob sie von ihrem Vater was mitgekriegt hat oder von anderen, vielleicht von Anja Kastel – ich hab keine Ahnung.«

»Und dann gibt es da noch einen jungen Mann namens Max Frenzel, der irgendwie auch eine Rolle spielt.«

»Frenzel? Kenn ich nicht. Wer soll das sein?«

»Ein Zivi, der in der Klinik war, als Lena auch dort war.«

»Nie gehört.«

Häberle war sich unschlüssig, ob er dies glauben konnte. Er wechselte deshalb das Thema. »Wer ist eigentlich Edgar Fiedler?«

In Maronns blass gewordenem Gesicht glaubte Häberle, ein Zucken wahrzunehmen. »Fiedler?«

»Ja, Edgar Fiedler. Dem die Immobilie gehört, in dem Herr Humstett experimentiert hat.«

»Das ist ein Geschäftsmann, ein Touristikunternehmer. Aber das werden Sie längst wissen. Ein Psychopath, wenn Sie mich fragen. Hat sich mit seinem letzten Geld an der Sache beteiligt.«

»Wieso Psychopath?«

»So nenn ich das.« Über Maronns Gesicht huschte ein mitleidiges Lächeln. »Er triezt seine Mitarbeiter, überzieht sie mit Bürokratie und lebt in dem Wahn, durch versautes Betriebsklima unablässig mehr aus ihnen rauszuholen. Dabei merkt er gar nicht, dass sein Laden vor die Hunde geht.«

Häberle hätte auf Anhieb sicher zwei Dutzend Unternehmer ähnlichen Charakters aufzählen können. Doch er musste sich auf anderes konzentrieren. »Wo finde ich den Herrn Fiedler?«

Maronn überlegte und nannte eine Adresse in der Avenida de Tirajana in Playa del Ingles. »Wenn Sie schon dort sind«, fuhr er zögernd fort, »dann fragen Sie ihn nach Friedrich Hoyler. Das ist ein Immobilienhändler aus Stuttgart, der sich auf Objekte hier auf den Kanarischen Inseln spezialisiert hat.«

»Ach«, staunte Häberle. »Auch ein Investor bei Ihnen?«

»Der hat 20 IQ mehr im Oberstübchen als der andere und hat sich für Bruggers Gespielinnen interessiert – falls Sie das noch nicht wissen.«

Häberle sah zu dem spanischen Kollegen, der das Gespräch bisher wortlos verfolgt hatte, und der jetzt ein leichtes Nicken andeutete.

»Doch, doch«, gab sich Häberle gegenüber Maronn wissend, »Caroline und Melanie heißen die beiden wohl.« Er blickte zu dem Spanier, der diese Namen mit einer dezenten Geste bestätigte.

»Der hat sich für diese Damen interessiert?«, wollte es Häberle bestätigt wissen.

»Ja. Elmar hat irgendeine Bemerkung fallen lassen – und dann ist Fritz – ich meine Hoyler – ins Hotel und hat sie ausgehorcht.«

»Ausgehorcht?« Häberles Interesse stieg zunehmend, während sein spanischer Kollege gelangweilt die zerfurchte Tischplatte betrachtete.

»Ja, er wollte wissen, wer diese Damen sind. Aber mehr, als dass sie Elmars kleines Abenteuer waren, steckt wohl nicht dahinter.«

»Sollte denn etwas dahinterstecken?«

Maronn hob die gefesselten Hände und ließ sie mit dem metallischen Scheppern der Handschellen wieder auf die Tischplatte fallen. »Ich weiß ja nicht, inwieweit

Sie informiert sind, Herr Häberle. Aber es hat angeblich Drohanrufe gegeben – von einer Frau.« Maronn wartete auf eine Reaktion Häberles, doch der ermunterte ihn lediglich mit einer Kopfbewegung, weiterzuerzählen.

»Eine Frau hat angeblich angerufen«, fuhr Maronn schließlich fort. Auf seiner Stirn bildete sich ein dünner Schweißfilm. »Hoyler und Fiedler wurden offenbar eingeschüchtert. Sie sollten sich aus der Sache zurückziehen und dafür ihr Geld wiederkriegen. Falls sie damit nicht einverstanden wären, gäbe es ziemlichen Ärger. Was das genau sein würde, hat die Dame nicht gesagt.«

Häberle sortierte seine Gedanken. Am liebsten hätte er mitgeschrieben, allerdings bestand in solchen Fällen die Gefahr, dass die vernommene Person nicht mehr flüssig weiterredete. »Sie wurden aber nicht angerufen?«, fragte er dazwischen.

»Ich nicht, nein. Ich weiß es nur von Hoyler und Fiedler. Auch Brugger hat angeblich keinen Anruf gekriegt.«

»Und wem sollten die anderen ihre Bereitschaft zum Aussteigen kundtun? Oder mussten sie sich sofort entscheiden?«

»Nein. Es wurde irgendeine Adresse genannt in der Schweiz, im Wallis.«

»Brig«, entgegnete Häberle. »Kann es Brig gewesen sein?«

»War es. Brig, so haben sie gesagt, ja.«

»Und wieso gerade Brig? Haben Sie eine Erklärung dafür?«

»Keine Ahnung, tut mir leid.«

»Dann will ich es Ihnen sagen, Herr Maronn«, wurde Häberle nun deutlicher. »Zuvor nur noch eine Frage:

Sagt Ihnen der Name Fernandez etwas? Fernandez, ein Immobilienhändler?«

Maronn zögerte und schien von dieser Frage verblüfft zu sein. »Fernandez«, wiederholte er. »Wie kommen Sie gerade auf den?«

»Sie kennen ihn also?«

»Kennen wäre zu viel gesagt. Ein Bekannter eben – über Hoyler, der ist ja so etwas wie ein Kollege von ihm. Was hat der mit all dem zu tun?«

»Ihm gehört eine Ferienwohnung in Brig.«

»Ach.« Maronn ballte seine Hände zu Fäusten.

»Hat die Dame, die ihre Antwort nach Brig geschickt haben wollte, auch einen Namen genannt?«, fuhr Häberle fort.

»Hat sie, ja. Hoyler oder Fiedler haben ihn genannt, aber ich hab ihn vergessen.«

»Könnte es ein adliger Name gewesen sein?«

»Ja, natürlich. Jetzt, wo Sie es sagen. Eine von und zu oder so ähnlich.«

»Ich glaube«, überlegte der Kommissar laut, »damit schließt sich der Kreis so langsam. Ich weiß nur noch nicht, wer mittendrin steht.«

Maronn verstand diese Bemerkung nicht. »Und ich?«, fragte er schließlich verzweifelt. »Was wird nun aus mir?«

Häberle musste sich eingestehen, dass er zum Vorgehen der spanischen Behörden nichts sagen konnte. »Ich versprech Ihnen, mich mit Ihrem Anwalt in Verbindung zu setzen.« Er ließ sich Name und Anschrift geben.

Als Maronn spürte, dass Häberle gehen wollte, nahm seine Stimme einen kläglichen Klang an: »Und wenn die mir hier den Mord anhängen wollen?«

»Sie sagten doch, Sie waren's nicht«, erwiderte Häberle distanziert. »Dann brauchen Sie, was diese Sache anbelangt, keine Angst zu haben.«

62

Das Wetter wollte in Süddeutschland nicht besser werden. Für den Abend waren erneut starke Schneefälle angekündigt. Wenigstens jetzt, so dachte Linkohr, hatten die Räumdienste die wichtigsten Straßen eisfrei gemacht. Gemeinsam mit Kerstin war er auf dem Weg nach Merklingen zu Brunhilde Brugger. Zunächst hatten sie Zweifel gehabt, ob es ratsam erschien, sie noch einmal aufzusuchen. Aber der Kollege, der ihr am Vormittag zusammen mit einem Notfallseelsorger die Nachricht vom Tode ihres Mannes überbracht hatte, war der Meinung gewesen, dass man ihr dies zumuten könne.

»Die Frau Professorin ist als Naturwissenschaftlerin halt mit dem Wandel von Leben und Tod vertraut«, meinte Linkohr, als sie sich mit dem weißen Golf der Albgemeinde Türkheim näherten. Der Jungkriminalist reagierte mit seiner Bemerkung auf Kerstins Hinweis, dass der Kollege beim Überbringen der Todesnachricht auf kein heulendes Elend gestoßen sei.

»Auch Wissenschaftler sind Menschen«, blieb sie hartnäckig.

»Jeder verarbeitet die Trauer anders«, gab sich Linkohr fachkundig. »Du weißt ja nicht, wie sie reagiert hat, als der Kollege und der Pfarrer weg waren.« Dann wies er nach links an den Straßenrand: »Hier muss dem Max Frenzel sein Auto gestanden sein.«

Kerstin beugte sich für einen Moment nach links zu Linkohr, was dieser sofort hocherfreut registrierte. Doch ebenso schnell war ihm klar, dass ihr Interesse nur dem Straßenrand gegolten hatte. Er mied es deshalb, ein privates Thema anzusprechen. Die nächsten zehn Minuten bis zur Ankunft vor Bruggers Haus verbrachten sie mit der Frage, ob die Frau ihr blondes Haar schon immer schulterlang getragen hatte.

»Zumindest kann man sich lange Haare nicht von heut auf morgen wachsen lassen«, sinnierte Kerstin. »Umgekehrt wär's einfacher – zuerst lang und dann kurz.«

»Sie können auch gefärbt sein – oder die Dame leistet sich eine Perücke«, meinte Linkohr, der in Merklingen den Johannes-Lohrmann-Weg mühelos fand. Er parkte den Wagen wieder auf jener vom Schnee freigeräumten Fläche, die er bereits am Montag benutzt hatte.

Die Begrüßung an der Haustür war unterkühlt. Brunhilde Brugger, blass und ungeschminkt, wirkte müde und genervt. Linkohr und Kerstin sprachen das Beileid aus, ohne ihr damit eine Bemerkung abringen zu können. Auf dem Weg ins Wohnzimmer bat der Kriminalist um Verständnis für den telefonisch angekündigten Besuch, doch sei es notwendig, noch einige Fragen zu klären.

»Dann machen Sie's aber bitte kurz«, bat Brunhilde Brugger. »Sie werden verstehen, dass ich heute nicht in der Lage bin, lange Konversationen zu führen.«

»Das kann ich nachvollziehen. Aber wir versuchen, diese schreckliche Sache so schnell wie möglich aufzuklären.«

»Um das zu tun, sollten Sie auf Gran Canaria recherchieren, denke ich«, entgegnete sie, ohne Linkohr ausreden zu lassen.

»Das tun wir«, erklärte er, »das dürfen Sie uns glauben. Dennoch lässt sich nicht ausschließen, dass die Motive des Täters in unserer Gegend liegen.«

»Ich sagte Ihnen bereits am Montag, dass ich über die beruflichen Aktivitäten meines Mannes so gut wie nichts weiß.«

Kerstin schaltete sich ein: »Sie haben nie mit ihm über seine Arbeit gesprochen?«

»Wenn wir beide ständig über unsere Jobs geredet hätten, wäre das in endlose Diskussionen ausgeartet«, gab die Professorin unwirsch zurück. »Wahrscheinlich hat er sich in eine fixe Idee verrannt, von der er sich viel Geld versprochen hat.«

Linkohr griff eine ihrer Bemerkungen vom Montag auf: »Sie haben uns neulich angedeutet, Sie würden ohne Ihren Mann nichts zu diesen wissenschaftlichen Arbeiten sagen wollen.«

Die Frau lehnte sich in ihrem Sessel zurück, während sie Kerstins musternde Blicke offenbar irritierten. »Ich meinte aber auch, falls Sie sich entsinnen, dass ich ohne Anwalt keine Angaben mache. Dies gilt weiterhin.« Sie überlegte. »Ich hatte Ihnen doch die Handynummer meines Mannes gegeben. Haben Sie nicht mit ihm gesprochen?«

»Er hat sich nicht gemeldet«, antwortete Linkohr sachlich.

»Und nachdem Sie von allen Personen, die mit ihm zu tun hatten, ihn vermutlich am besten kennen, sind wir auf Ihre Mithilfe ganz besonders angewiesen.«

»Mithilfe? Ich hab eher den Eindruck, Sie suchen einen Verdächtigen. Womöglich haben Sie sich schon auf eine Variante festgelegt.« Brunhilde Brugger verzog ihr Gesicht zu einem gequälten Lächeln und rezitierte aus einer imaginären Anklage: »Frustrierte Professorin ermordet ihren Ehemann in den Dünen von Maspalomas.« Sie wartete auf eine Reaktion der beiden Besucher, doch Linkohr und Kerstin blieben gelassen. Die Frau, darüber sichtlich verwundert, fuhr deshalb fort: »Falls Sie gleich fragen, wo ich die letzten beiden Tage war, muss ich Sie enttäuschen: Ich war hier.« Sie sah in zwei erstaunte Gesichter. »Ach was – werden Sie jetzt denken. Die war gar nicht daheim. Wir haben doch zigmal angerufen und keiner ist rangegangen. Stimmt. Ich hab mir einige Austage verordnet. Ich bin weder ans Telefon noch an die Haustür gegangen. Mir wächst gerade einiges über den Kopf.«

Kerstin wartete einige Sekunden, um nachzuhaken: »Beruflich oder privat?«

»Beides«, antwortete die Frau schnell. »Dass Elmar allein nach Gran Canaria geflogen ist, hatte nicht allein dienstliche Gründe.« Wieder zögerte sie. »Nachdem die Kinder die Faschingsferien bei meiner Schwester verbringen, hab ich mir auch mal eine Auszeit gegönnt – wenn Sie verstehen, was ich meine.«

Linkohr nickte. Er konnte dies sehr wohl nachvollziehen. Beziehungskrisen hatte er als Junggeselle mehr als genug durchlebt.

»Wir verstehen das sehr gut«, erwiderte Kerstin, die

ihre Blicke gerade wieder von der genialen Aufhängung der Bilder gelöst hatte, die ihr bereits am Montag ins Auge gefallen war. »Trotzdem müssen wir Sie – und viele andere Personen natürlich auch – danach fragen, wie Sie die vergangenen Tage verbracht haben.«

»Nun hören Sie mal«, entrüstete sich die Professorin. »Finden Sie es angebracht, mich ausgerechnet heute, in dieser Situation, so etwas zu fragen? Ich sagte Ihnen doch, ich war hier.«

Linkohr spürte, dass er vorsichtig sein musste, damit die Stimmung nicht kippte. »Es ist leider unsere Pflicht, ein paar Fragen zu stellen. Je schneller das geht, desto schneller sind wir wieder weg.«

»Dann sagen Sie doch gleich, dass Sie von mir ein Alibi wollen!«, keifte die Frau. »Leider hab ich keinen Geliebten, der hier gewesen ist. Aber die Kriminaltechnik wird sicher Mittel und Wege kennen, mein Hiersein bestätigt zu finden.«

»Vorläufig reicht es uns, wenn Sie sagen, Sie seien hier gewesen.«

»Was heißt ›vorläufig‹? Wenn ich daraus schließen muss, dass Sie womöglich den Verdacht hegen, ich hätt einen Blitzbesuch auf Gran Canaria gemacht, dann bitte ich Sie, mir dies direkt zu sagen.« Ihre blauen Augen funkelten gefährlich.

Kerstin sah die Gelegenheit gekommen, einen Vorstoß zu wagen: »Noch eine ganz andere Frage, Frau Brugger. Kennen Sie eine Dame namens Marion von Willersbach?«

Die Angesprochene zuckte mit den Schultern. »Nicht, dass ich wüsste. Wieso fragen Sie?«

Kerstin schwieg, während Linkohr geschickt das vorherige Thema ansprach: »Sie hatten diese Woche keinen Termin an der Uni?«

»Sonst hätte ich mir wohl keine Auszeit nehmen können«, antwortete Brunhilde Brugger genervt. »Halten Sie mich eigentlich für so blauäugig, dass ich nicht merke, worauf Sie hinauswollen? Vielleicht sollten Sie Ihren kriminalistischen Spürsinn walten lassen, dann fiele Ihnen möglicherweise ein, wie man heutzutage feststellen kann, ob und wann eine Wohnung bewohnt war.«

Der Kriminalist sah verlegen und Hilfe suchend zu Kerstin, die jedoch ebenfalls nach einer Antwort suchte.

»Ich kann Ihnen helfen«, trumpfte Frau Brugger auf. »Es gibt mittlerweile intelligente Stromzähler, die registrieren im Viertelstunden-Takt, wie viel elektrische Energie in einem Gebäude verbraucht wird. Da können Sie ablesen, wann Frühstück gemacht oder das Abendessen gekocht wurde.«

Sie hatte recht, durchzuckte es Linkohr. Wenn ihr Haus bereits zu jenen zählte, die mit den neuen Stromzählern ausgerüstet waren, konnte übers Internet die Verbrauchskurve abgerufen werden. Als Naturwissenschaftlerin hatte sie sich offenbar vom örtlichen Stromversorgungsunternehmen bereits ein solches Gerät einbauen lassen.

Linkohr nahm den Hinweis wortlos zur Kenntnis, während in ihm bereits Zweifel über die Beweiskraft aufkamen: Der Stromverbrauch würde nur Auskunft darüber geben, dass jemand in der Wohnung war – nicht aber, um wen es sich dabei handelte. Er wollte im Moment darüber nicht diskutieren, sondern erhob sich, um das Ende des Gesprächs zu markieren. Er bedankte sich für die Geduld, während Frau Brugger und Kerstin aufstanden. »Schöne Bilder haben Sie da«, lobte die junge Polizistin im Weggehen.

Brunhilde Brugger blieb an der Wohnzimmertür kurz stehen und deutete zu den drei Gemälden an der Stirnseite des Raumes. »Eine Freundin von mir ist Künstlerin«, sagte sie stolz. »Sehr erfolgreich übrigens. Hat jetzt wieder zu einer Vernissage nach München eingeladen.«

»Ach, daher die professionelle Aufhängevorrichtung«, lächelte Kerstin und folgte Linkohr in die Diele hinaus. Der Kriminalist vermochte nicht nachzuvollziehen, weshalb sich die Kollegin ausgerechnet in diesem Augenblick mit Kunst beschäftigte.

Häberle musste sich eingestehen, dass es ihm schwergefallen war, sich von Maronn zu verabschieden. Warum ihn ein seltsames Gefühl des Mitleids beschlichen hatte, vermochte er nicht zu sagen. Vermutlich lag es an diesem Gefängnisbau, der an den Strafvollzug vergangener Zeiten erinnerte, als es mancherorts in den Kellern noch Folterkammern gab. Dass von modernem Strafvollzug keinesfalls überall die Rede sein konnte, wusste er auch von deutschen Gefängnissen – sogar von solchen, die sich nach außen hin fortschrittlich gaben. Daran musste er denken, als der spanische Kollege den Seat auf der Autobahn Richtung Süden beschleunigte.

»Ich habe uns angemeldet«, sagte der Comisario und meinte damit den pharmazeutischen Betrieb, den Maronn zwar nicht offiziell als Geschäftsführer leitete, als dessen Chef im Hintergrund er aber für die spanischen Behörden galt. »Es sind noch einige Kollegen da«, fügte Figueras an und beschleunigte auf der Überholspur kräftig. Die Nachmittagssonne prallte direkt gegen die Windschutzscheibe. Häberle brummte etwas, war jedoch viel zu sehr in Gedanken versunken, als dass er jetzt eine Konversation mit dem Kollegen anfangen wollte. Er sah die Hinweisschilder auf den Flughafen vorüberflitzen, ohne sie zu registrieren. Links vor ihnen glitzerte das Meer. An einer Reihe von Windkraftanlagen drehten sich die Rotoren. Schon bald verließ Figueras die Autobahn, um in ein Gewerbegebiet einzubiegen, das sich wie ein Krebsgeschwür in die raue Steinwüste unweit des Flughafens hineinzufressen schien. Überall dasselbe, überlegte Häberle: Der Flächenverbrauch war erschreckend – und dies nur des Profits wegen. Da klagten Gott und die Welt über eine Krise – und trotzdem wurden Gewerbegebiete aus dem Boden gestampft. Mit Wehmut musste er an die Landschaft der Schwäbischen Alb denken, die in den vergangenen Jahren zuerst mit gigantischen Hühnerställen überzogen wurde, gefolgt von Schweinezuchtbetrieben. Und in jüngster Zeit waren es Gewerbegebiete, die auf einstigen landwirtschaftlichen Flächen entstanden. Während Häberle die neuen Industriebauten an sich vorbeiziehen ließ, musste er an einen Vortrag des Agrarbeauftragten der evangelischen Kirche Deutschlands denken, von dem ihm ein Zitat in Erinnerung geblieben war. Der Mann hatte kritisiert, dass immer mehr Anbaufläche der Industrie zum Opfer falle. Seine Kernaussage war in Häberles Gedächtnis haften geblieben: Wer soll denn noch säen und ernten – und vor allem wo? Außerdem hatte er gesagt, es dürfe nicht sein, dass die Schöpfung zur Verfügungsmasse einzelner Profiteure verkomme. Häberle versuchte, diese

Gedanken abzuschütteln. Aber die Bilder, die sich vor ihm auftaten, erschwerten es ihm. Zwar war hier draußen auf diesem felsig-steinigen Untergrund vermutlich nie gesät und geerntet worden – doch erschien es ihm trotzdem sündhaft, die Landschaft rigoros zu verändern und zu vermarkten.

»Wir sind da«, brachte ihn Figueras Stimme aus seiner Gedankenwelt zurück. Der Kollege parkte den Seat vor einem nüchternen Zweckbau – drei Etagen hoch, weiß getüncht, Flachdach, kleine Fenster. Nichts an der Fassade verriet, was sich dahinter verbarg. Auch die stabile Metalltür, die keinen Glaseinsatz aufwies und keine Aufschrift trug, ließ einen bescheidenen Mittelstandsbetrieb vermuten.

Entlang der Gebäudefront parkten mehrere Kastenwagen, die Häberle den spanischen Kollegen zuordnete. Figueras hatte ihm unterwegs erklärt, dass man nach der Festnahme Maronns eine Razzia angesetzt habe. Er öffnete die unverschlossene Tür, hinter der sie ein kleines Foyer betraten, in dem sich an einem Schreibtisch eine ältere Sekretärin mit dem Computer abmühte und kurz mit dem Kopf nickte. Ihr gegenüber hatten auf Besucherstühlen zwei Uniformierte Posten bezogen. Ihnen oblag die Aufgabe, den Eingang zu besetzen. Figueras wechselte mit ihnen ein paar Worte, worauf einer von ihnen zum Funkgerät griff und eine Meldung durchgab. »Er verständigt den Einsatzleiter«, dolmetschte der spanische Kommissar, um Häberle verständlich zu machen, worum es ging.

Zwei Minuten später tauchte ein breitschultriger Uniformierter auf, dessen viele Zeichen auf der Schulterklappe ihn als hochrangigen Beamten auswiesen. Die

Männer begrüßten sich und Häberle nahm erleichtert zur Kenntnis, dass der Einsatzleiter relativ gut deutsch zu sprechen schien. Er führte sie durch den Flur, vorbei an mehreren Polizisten, die Akten in Kartons schichteten, zu einem weißen, schmucklosen Besprechungszimmer, als sei er hier der Firmenchef.

Der Einsatzleiter wies den Gästen Plätze zu, ließ die Tür ins Schloss fallen und kam gleich zur Sache: »Was wir tun, hat nicht direkt mit diesem Mord zu tun.« Sein spanischer Akzent war nicht zu überhören. »Der Mord hat die Aktion heute ausgelöst. Aber diese Betrieb, er war schon lange in unse …« Er suchte die passenden Worte. »… ja, er war verdächtig, seit letztes Jahr schon.«

»Gab es dafür einen Grund?«, fragte Häberle dazwischen und spürte, wie ihm die schlechte Luft zu schaffen machte. Offenbar war die Klimaanlage abgeschaltet worden.

»Es gab Hinweise auf Verdacht – sagt man so, oder? Es geht um Frage, woher Blut kam«, erklärte der Spanier.

»Hinweise aus Deutschland?«

»Nein, von hier.«

»Und welche Funktion hatte Dr. Brugger?«

Der Einsatzleiter verzog das kantige Gesicht zu einer ratlosen Miene. »Wir wissen nicht genau. Señor Maronn hat Mobiltelefon von Dr. Brugger angerufen, da war er schon tot. Das ist alles, was wir dazu wissen.« So ganz perfekt war sein Deutsch dann doch wieder nicht.

»Hat er gesagt, warum er angerufen hat?«

»Er sagt, es ist Freundschaft gewesen.«

Comisario Figueras verfolgte das Gespräch mit Interesse.

»Gibt es die Möglichkeit, die Telefonverbindungen nachzuverfolgen?«, wollte Häberle wissen.

Der Einsatzleiter stutzte. »Sie meinen, Telefon … Telefon äh …«

Figueras übersetzte Häberles Frage ins Spanische.

»Si, si, si, si«, gab sich der Einsatzleiter mit seiner kräftigen Stimme informiert. »Natürlich, ja. Aber Telefonica und Telekom Español prüfen. Das dauert ein paar Tage.«

Häberle wollte etwas sagen, doch er wurde durchs Öffnen der Tür unterbrochen. Dort erschien ein weiterer Uniformierter, hinter dem sich ein Mann zeigte, den der Chefermittler sofort als Deutschen einstufte. Er war groß, schlank. Die Spanier wechselten einige Sätze miteinander, worauf sich Figueras genötigt sah, für Häberle zu dolmetschen. »Sie sagen, es habe sich eine Person aus Deutschland im Büro der Geschäftsleitung aufgehalten.« Figueras deutete auf ihn. »Der da.«

»So?« Häberle sah zu dem Mann hoch. »Dann darf ich fragen, wer Sie sind?«

Der Deutsche wurde in den Raum geschoben, während sein spanischer Begleiter an der Tür stehen blieb.

»Darf ich vielleicht mal fragen, was hier eigentlich abgeht?«, empörte sich der Mann.

Häberle stellte sich vor, stand auf und schüttelte ihm die Hand. »Und Ihr Name?«

Er zögerte und nahm die Aufforderung an, sich neben den Chefermittler zu setzen. »Mein Name ist Friedrich Hoyler – und ich hab mit allem, was sich hier abspielt, nichts zu tun, aber auch gar nichts.« Er hatte sein Selbstbewusstsein wiedergefunden. »Ich lasse mich hier auch nicht festhalten.«

»Dann wird sich ja alles ganz schnell aufklären«, beruhigte ihn Häberle. »Aber was führt Sie sonst hierher?«

»Ich … um es genau zu sagen, ich musste ein paar Dinge mit der Geschäftsleitung klären.«

»Dann stehen Sie in geschäftlichen Verbindungen mit dieser Einrichtung hier?«

»So kann man das nicht ausdrücken«, versuchte sich Hoyler herauszureden. »Es sind gewisse Beteiligungen, wenn Sie verstehen, was ich meine. Privatkredite sozusagen.«

»Investoren, Geldgeber«, kommentierte er Hoylers Erklärung. »Sie wollen nach Maronns Festnahme nach dem Rechten sehen.«

»Ich hab hier nichts zu sagen«, erwiderte er schnell und sah in die Runde der spanischen Polizisten. Offenbar hatte er Angst, noch länger festgehalten zu werden. »Ich bin auch nicht im Einzelnen informiert, was hier läuft.« Er machte nicht den Eindruck, sich in die Ecke drängen lassen zu wollen. »Oder glauben Sie, ein Aktionär von Daimler ist über alles informiert, was in der Firma geschieht?«

Ziemlich weit hergeholt, dachte Häberle. Er hielt es für angebracht, seine Erkenntnisse anzubringen: »Sie sind natürlich in Sorge, wer Interesse daran hat, Sie aus diesem angeblich so profitablen Unternehmen rauszukegeln.«

»Sie sind informiert?«, fragte Hoyler knapp.

»Auch die Polizei hat so ihre Quellen«, gab Häberle leicht verstimmt zurück. »Also – es gibt da jemanden, der Ihnen und den anderen, die ich noch nicht kenne, in die Quere gekommen ist.« Häberle versuchte es mit einer Schocktherapie: »War's Dr. Brugger? Hat der genauso aussteigen wollen wie Dr. Fallheimer? Und hat man ihn deswegen eliminiert? Oder hat er etwas gewusst, was jemandem hätte gefährlich werden können?«

»Ich muss doch sehr bitten, Herr Häberle«, zischte Hoyler, während Figueras den anderen Spaniern stichwortartig übersetzte, was zwischen den Deutschen gesprochen wurde. »Sie sollten bei allem, was Sie da sagen, nicht nur ans Geschäftliche denken. Es gibt viele Gründe, jemanden umzubringen.«

»So?« Häberle ließ sich nicht aus der Ruhe bringen. »Und das wäre?«

»Frauen«, kam es zurück. »Frauen, Herr Häberle. Oder ist Ihnen bei Ihren Recherchen auf der Insel hier entgangen, weshalb sich der Herr Dr. Brugger, fern von Frau und Kindern, hier für eine Woche eingenistet hat?«

63

Linkohr musste sich eingestehen, dass das, was Kerstin angeleiert hatte, ein Volltreffer war. Allerdings konnte er ihn noch nicht so richtig zuordnen. Sie war in sein Büro gekommen, hatte den Besucherstuhl an den Schreibtisch gezogen und ihm wortlos, aber mit stolzer Miene einige Ausdrucke vorgelegt.

»Das ist ja unglaublich«, kommentierte er das Gelesene. »Am Dienstagmorgen hin und gestern Abend zurück«, interpretierte er erneut, was auf den Papieren stand.

»Ja, mit der Condor hin und mit der Air Berlin zurück«, erklärte Kerstin und deutete mit dem Finger auf die entsprechende Zahlenreihe. »Von Stuttgart nach Santa Cruz«, ergänzte sie.

Die Fluggesellschaften hatten schnell reagiert und die Passagierlisten nach dem Namen Marion von Willersbach durchsucht. Doch so ganz konnte Linkohr Kerstins Freude über diesen Volltreffer nicht teilen. Er zögerte einen Moment lang, um sie dann auf seine Bedenken aufmerksam zu machen: »Santa Cruz liegt nicht auf Gran Canaria. Das ist doch, soweit ich weiß, die Hauptstadt von Teneriffa.«

»Bravo«, erwiderte sie und grinste. »Der Herr kennt sich auch außerhalb Geislingens in der Geografie aus. Der Kurztrip ging nach Teneriffa, ganz klar. Gebucht mit den Daten der richtigen Frau von Willersbach von der Kuchalb. Also mit gestohlenen Papieren, wie ich dir von Anfang an gesagt habe.«

»Aber eben Teneriffa«, blieb Linkohr hartnäckig.

Kerstin schlug die Beine übereinander und beugte sich mit dem Oberkörper provokant über die Schreibtischkante. »Weiß denn der Herr, wie weit Teneriffa von Gran Canaria entfernt ist?«

»In Kilometern kann ich das nicht ausdrücken – aber wohl nicht sehr weit.«

»Eine knappe Fährstunde«, entgegnete sie süffisant, um ebenso siegessicher hinzuzufügen: »Schon mal was von Fred Olsen gehört?«

»Fred Olsen? Der Name ist mir im Zusammenhang mit diesem Fall noch nicht untergekommen.«

»Siehst du, mein lieber Mike. Augen auf. Recherche ist alles.«

Häberle hatte sich Hoylers Adresse geben lassen – in der Hoffnung, dass die spanischen Behörden den Deutschen nicht auch noch in Untersuchungshaft nahmen. Aber dafür schien es nach dem jetzigen Ermittlungsstand keinerlei Handhabe zu geben.

Comisario Figueras chauffierte seinen deutschen Kollegen nach San Agustin, wo Häberle sich mit einer jungen Frau treffen wollte. Er bedankte sich bei Figueras für die Hilfe, hinterließ ihm eine Visitenkarte und versprach, ihn über seine weiteren Erkenntnisse auf dem Laufenden zu halten.

Lena war eine aufgeweckte junge Frau. Groß, schlank, selbstbewusst. Häberle hatte sich mit ihr telefonisch in einem kleinen Lokal an der Strandpromenade bei San Agustin verabredet. Die Sonne stand bereits hoch am Horizont und Lenas Kleidung entsprach der sommerlichen Wärme: Sie sorgte mit ihren ausgefransten kurzen Jeans und ihrem engen, ärmellosen T-Shirt durchaus für gewisses Aufsehen, wie Häberle den Blicken der abseits sitzenden Männer entnehmen konnte. Er selbst genoss die Nähe zu dieser attraktiven Frau und wünschte sich für einen Moment, nicht dienstlich hier zu sein. Er bestellte zwei Fruchtsaftgetränke und begann das Gespräch einfühlsam, indem er den Tod ihres Vaters bedauerte. Lena reagierte zwar mit ernster Zurückhaltung, schien jedoch, wie Häberle es erleichtert einschätzte, nicht gerade in ein seelisches Tief gestürzt worden zu sein. Sie erklärte, dass sie für Samstag einen Heimflug gebucht habe, um mit ihrer Mutter die weiteren Modalitäten zu klären.

Häberle hörte aufmerksam zu, wechselte gekonnt das Thema und hob die Vorzüge eines Aufenthalts auf den Kanaren hervor, da er selbst einige Male jenes leichte

Lebensgefühl erfahren habe, das den Mitteleuropäern so fremd sei.

Lena lauschte ihm, als sei er ein Dozent an der Uni, und sah ihn mit großen blauen Augen an. Sie trug einen Pferdeschwanz, der bei jeder Kopfbewegung neckisch wippte. Sie war braun gebrannt und hätte auf den ersten Blick eine Reiseleiterin sein können, dachte Häberle. Nachdem der freundliche Ober die Getränke serviert hatte, prosteten sie sich zu. Der Chefermittler, an dessen Jeanshemd die beiden obersten Knöpfe geöffnet waren, schwitzte. Vermutlich würde er optisch nicht unbedingt zu dieser jugendlichen Frau passen. Aber es gab genügend Männer seines Alters, die sich gerne mit jungen Damen schmückten, die ganz gewiss ihrerseits die Vorzüge solcher Herren genossen.

Der Kommissar sah über die Balustrade der Strandpromenade auf das tiefblaue Meer hinaus. »Sie haben Sorge um Max Frenzel«, stellte er nach kurzer Denkpause fest. »Sie sagten mir am Telefon, er habe mal eine Kühlbox nach Laichingen gebracht.«

Sie nickte so heftig, dass ihr Pferdeschwanz wieder auf und ab tanzte. »Ja, mir ist dies alles wieder eingefallen, als ich von den schrecklichen Dingen gehört habe. Und nun …«, ihr fiel es schwer, weiterzureden, »… nun, da mein Vater tot ist – und auch Herr Brugger und Anja Kastel – da möchte ich …«, sie holte tief Luft. »… ja, da möchte ich die Dinge in der Klinik nicht länger für mich behalten.«

»Die Dinge in der Klinik«, wiederholte Häberle, dem in der vorbeiziehenden Menschenmenge eine attraktive Bikini-Trägerin ins Auge stach. »Was verstehen Sie unter ›diesen Dingen in der Klinik‹?«

»Das hat doch schon im vergangenen Herbst jeder

gewusst«, antwortete sie zögernd. »Vielleicht nicht jeder, okay, die Chefs wahrscheinlich am allerwenigsten, wie das immer so ist. Man hat was gemunkelt – dass es ein paar Herren gibt, die irgendwelche Forschung betreiben und dafür Nabelschnurblut brauchen.«

»Ach. Und wer sollen diese Herren gewesen sein?«

»Namen hat sich nie jemand zu sagen getraut. Ich hab meinen Dad mal direkt darauf angesprochen – er war ja in der Gynäkologie tätig –, aber er hat dies als Hirngespinst von Neidern abgetan.«

»Sie haben ihm das aber nicht geglaubt.«

»Damals schon, ja. Bis mir später Max von dieser Kühlbox berichtet hat. Und irgendwann hat mich die Anja Kastel – na ja …« Ein sympathisches Lächeln zog über ihr Gesicht. »… die Anja hat viel geschwätzt …, dann hat die mich auch mal indirekt danach gefragt. Vermutlich, weil sie mitgekriegt hat, dass ich Dr. Fallheimers Tochter bin.«

»Was hat sie gefragt?«

»Ob ich von irgendwelchen Gerüchten gehört hätte, dass mit dem Blut was nicht stimme.«

»Und welche Vermutung hatten Sie?«, fragte Häberle vorsichtig.

»Um ehrlich zu sein: keine. Sie wissen vielleicht, dass das Verhältnis zu meinem Vater seit der Trennung meiner Eltern nicht gerade optimal war. Außerdem war ich nur eine kleine Praktikantin in der Klinik. Warum sollte ich mich unbedingt mit meinem Vater anlegen und in irgendwelche Dinge einmischen, wenn ich nach einigen Wochen wieder weg bin?«

»Und Max Frenzel? Der hat mehr gewusst?«

»Max war Zivi. So eine Art Mädchen für alles. Woher

ihn mein Vater kannte, weiß ich, ehrlich gesagt, nicht. Er hat ihn irgendwann für die Mitarbeit in diesem Naturschutzzentrum gewonnen und ihm die Zivi-Stelle in der Klinik vermittelt.«

»Wo ihn jemand beauftragt hat, eine Kühlbox nach Laichingen zu bringen«, führte Häberle ihren Gedankengang fort.

»So ist es. Wie gesagt, das alles ist mir erst in den letzten Tagen wieder bewusst geworden. Auch, dass da mal was mit seinem Autoschlüssel war.«

Häberle erinnerte sich an das Protokoll, das der Ermittlungsbeamte des Reviers am Sonntag bei der Vernehmung Frenzels aufgenommen hatte. »Sie sind ihm abhandengekommen, die Schlüssel.«

»Das hat er aber erst später gerafft. Und jetzt, nachdem die Sache mit seinem Auto war, erscheint mir das alles ziemlich seltsam.«

»Noch mal zurück zu der Kühlbox. Hat er denn gesagt, wer ihm die in die Hand gedrückt hat?«

»Jetzt hat er es mir gesagt. Erst jetzt, am Telefon.« Ihr fiel es schwer, den Namen auszusprechen. »Mein Vater war's.«

Häberle ließ ein paar Sekunden verstreichen, um eine weitere Frage zu stellen: »Hat er jemals etwas von einer Frau Marion von Willersbach erzählt?«

Lena sah ihn erstaunt an. »Eine wer …?«

Der Kommissar wiegelte ab. »War nur so eine Frage. Vergessen Sie's.«

Auf der Albhochfläche hatte es wieder stärker zu schneien begonnen. Die grauen Wolken hingen tief, sodass dieser frühe Winternachmittag so düster war, als ginge es bereits auf den Sonnenuntergang zu. Vor dem Naturschutzzentrum hatten sich in den vergangenen Wochen hohe Schneehaufen aufgetürmt. Max Frenzel war mit seinem blauen Fiesta dicht an den Eingang herangefahren. Inzwischen hatte er wieder einen Schlüssel für die seitliche Tür erhalten, nachdem sein erster mit dem Autoschlüssel verschwunden war. Um seine Insektenzucht jederzeit überwachen und versorgen zu können, brauchte er ungehinderten Zugang zu den Räumlichkeiten.

An diesem Nachmittag jedoch war der Haupteingang geöffnet, weil der Chef dieser Einrichtung, Wilfried Wohnhaupt, ein Gespräch mit einem Handwerker hatte.

Frenzel betrat den behaglich warmen Vorplatz, ging links zum Treppenhaus, knipste das Licht an und stieg in das Untergeschoss hinab, in dem sich hinter einer der verschlossenen Metalltüren sein kleines Labor verbarg.

Entlang der beiden Breitseiten des Raumes waren dreireihig übereinander mehrere Terrarien aufgestellt. Unterschiedliche Strahler, verbunden mit Schaltuhren, simulierten den Tagesablauf oder sorgten für Wärme. Oben an der Decke rumorte es in einem Metallkasten, dessen automatische Technik die Be- und Entlüftung nach außen sicherstellte.

Frenzel zog seine dick gefütterte Jacke aus, hängte sie an eine provisorische Garderobe und schlüpfte in seinen weißen Arbeitskittel. Anschließend weckte er den Computer zum Leben und schritt die lange Reihe der Terrarien ab. Ihr Inneres war unterschiedlich beschaffen und auf die jeweilige Insektenart zugeschnitten, die er darin züchtete. Mit gewissem Stolz betrachtete er Käfer, Mücken und Spinnen, die zu dieser Jahreszeit in freier Natur nicht anzutreffen waren. Dass es ihm sogar gelungen war, mitten im Winter aus Engerlingen Maikäfer werden zu lassen, empfand er als persönlichen Triumph. All seine Forschungsergebnisse, was den Einfluss von künstlicher Beleuchtung auf das Wachstums- und Fortpflanzungsverhalten anbelangte, würde er in einer Dokumentation zusammenfassen, die im nächsten Jahr gezeigt werden sollte. Er prüfte jedes einzelne Terrarium, kontrollierte die automatische Wasser- und Futterzufuhr, die über dünne Schläuche und mechanische Vorrichtungen erfolgte, und freute sich am Anblick einiger dicker Stechmücken, die vermutlich nur darauf lauerten, irgendwo Blut saugen zu können.

Wenn er sich hier unten in seine Arbeit vertiefte, vergaß er Zeit und Raum. Akribisch genau dokumentierte er am Computer, was sich tagaus, tagein veränderte oder entwickelte. Um es auch visuell beweisen zu können, fotografierte er die verschiedenen Stadien der Insekten und übertrug die Bilder aus der Digitalkamera sofort auf die Festplatte des Computers. Wäre da nicht das Brummen des Klimageräts gewesen, hätte ihn in dem fensterlosen Kellerraum absolute Stille umgeben.

Er hatte gerade seinen verschlissenen Bürostuhl an den viel zu kleinen Computertisch herangezogen, als ihn eine kräftige Männerstimme aufschreckte, die draußen durch den Flur hallte. Max Frenzel hob den Kopf und lauschte. Es war völlig ungewöhnlich, dass in diesem Haus geschrien wurde. Doch die Stimme kam näher und wurde lauter. Jetzt verstand er auch, was sie schrie: »He, Max, bist du da?«

Es war eindeutig Wohnhaupts Stimme.

Frenzel stand auf, um die Tür zu öffnen. Doch Wohnhaupt war schneller. Kaum hatte Frenzel zur Klinke gegriffen, wurde die Tür von außen geöffnet.

Vor ihm stand, völlig außer Atem und mit harten Gesichtszügen, der Chef des Hauses. »Komm mal mit«, schnarrte er knapp, bedeutete ihm mit einer energischen Handbewegung, ihm zu folgen, und eilte zurück zur Treppe. Dort hastete er wieder nach oben, sodass Frenzel Mühe hatte, mit ihm Schritt zu halten. Im Eingangsbereich angekommen, eilte Wohnhaupt an der Empfangstheke vorbei und geradewegs in den hell erleuchteten Ausstellungsraum, in dem das große Reliefmodell der Schwäbischen Alb stand.

»Hier, schau dir das an«, Wohnhaupt, ein sportlicher Mittvierziger, war bis ans Ende der rund drei Meter langen verglasten Vitrine gegangen, wo sich bis zur Wand ein schmaler Spalt ergab. Der Chef des Hauses deutete mit der rechten Hand hinein.

Frenzel verlangsamte seine Schritte und kam zögernd näher.

»Siehst du das?«, Wohnhaupt konnte es kaum erwarten, bis der junge Mann den passenden Sichtwinkel erreicht hatte. »Das ist doch genau so etwas, was die heute in der Zeitung suchen.«

Frenzel sah zunächst nur ein Stück grauweiß gemusterten Stoff. Es lag am Boden und ragte aus dem schmalen Spalt zwischen Wand und der hölzernen Verkleidung des Vitrinentisches heraus – so, als habe jemand in aller Eile ein Kleidungsstück hineingestopft.

Frenzel schwieg und sah den Chef verständnislos an.

»Weißt du, was das ist? Hast du heut denn keine Zeitung gelesen?«, gab sich Wohnhaupt aufgebracht. Er wohnte in Wiesensteig und war dort als Abonnent der Geislinger Zeitung über die jüngsten Vorkommnisse in der Klinik informiert.

»Tut mir leid«, sagte Frenzel mit schwacher Stimme. »Ich les keine Zeitung.«

»Das ist schlecht«, bläffte der Chef. »Ganz schlecht. Dann sag ich dir, was das hier sein kann.« Er bückte sich und strich mit der Hand über das Stoffteil, bei dem es sich vermutlich um den Ärmel eines zusammengeknüllten Kleidungsstückes handelte. »Kunstfaser, astreiner Kunststoff.«

»Ich versteh' nicht …« Frenzel machte einen hilflosen Eindruck, wie Wohnhaupt es in diesem Augenblick empfand.

Der Chef des Hauses wurde deutlich: »Mensch, Junge, in der Sache, die mit deinem Auto zu tun hat, sucht die Polizei ein Faschingskostüm – ein Katzenkostüm, so, wie dies hier eines sein kann.«

Frenzel, der die Hände tief in seinen weißen Arbeitskittel vergraben hatte, fühlte sich plötzlich wie ein kleiner Junge vor dem strengen Oberlehrer. Er wusste nicht, was er sagen sollte.

Wohnhaupt zog vorsichtig das Kleidungsstück vollends aus der Spalte heraus. »Sie haben Kunststofffasern in deinem Auto gefunden – und schließen daraus, dass sie mit einer Frau in Verbindung zu bringen sind, die in der Samstagnacht in der Ambulanz aufgetaucht ist.«

Frenzel versuchte, den Gedankengängen Wohnhaupts zu folgen, der inzwischen tatsächlich eine Art Katzenkostüm ans Tageslicht geholt hatte und es nun hochhob. »Genau das, was die Polizei sucht. Da mach ich jede Wette.«

Frenzel nickte schüchtern.

»Hast du eine Ahnung, wie das hierhergekommen ist?«, wollte Wohnhaupt wissen und legte das Kleidungsstück auf die Glasoberfläche der Vitrine.

Frenzel schluckte. Er verspürte Magenschmerzen.

64

Häberle hatte Lena noch zu einer Pizza eingeladen, ihr seine Handynummer gegeben und sich schweren Herzens, wie er sich eingestehen musste, von ihr verabschiedet. Sie werde ihn mal in seinem Büro besuchen kommen, hatte sie ihm beim Weggehen noch zugerufen.

Jetzt musste er sich zwei anderen Damen widmen, die er übers RIU Palace Maspalomas ausfindig gemacht hatte. Im Foyer umgab ihn die kühle Luft der Klimaanlage. Der plötzliche Temperaturunterschied würde seinem verschwitzten Körper nicht gerade zuträglich sein, dachte er, konzentrierte sich aber sofort wieder auf seine Aufgabe. Wenn die Schilderungen einer der Damen am Telefon stimmten, dann warteten sie rechts des Eingangs an einer Sitzgruppe auf ihn. Tatsächlich entdeckte er die beiden Personen sofort, nickte ihnen zu und näherte sich mit einem freundlichen Lächeln.

»Bleiben Sie sitzen«, sagte er, »ich bin Kommissar Häberle. Ich hab mit Ihnen telefoniert.« Er schüttelte den beiden nacheinander die Hände und ließ sich auf dem schmaleren Teil der abgewinkelten Sitzgruppe nieder. Am Telefon hatte er ihnen bereits erklärt, worum es ging, sodass er ohne lange Vorrede zur Sache kommen konnte. »Sie brauchen keine Sorge zu haben. Es geht mir nicht um Ihre privaten Beziehungen zu Dr. Brugger und weshalb Sie ihm hierher gefolgt sind, beziehungsweise weshalb er Sie hierher eingeladen hat.« Die Bemerkung war dazu angetan, ihnen die Scheu vor diesem Gespräch zu nehmen. »Sie haben gesagt, Dr. Brugger habe den Kontakt zu Ihnen abgebrochen. Das heißt, Sie haben ihn hier gar nicht getroffen.«

»So ist es«, bestätigte Melanie Winkler schnell. »Entweder …« Sie runzelte die Stirn und sah zu Caroline, die dies als Aufforderung verstand und den inzwischen von ihr verwahrten Zettel herausholte. »Entweder hat er privaten Ärger gekriegt oder es ist etwas anderes gelaufen.«

»Hier«, sagte Caroline und faltete den handschriftlich beschriebenen Zettel auf, den ihnen Brugger hinterlassen hatte. Häberle griff danach und las die Botschaft Bruggers, woraufhin ein Stirnrunzeln folgte. »Wie haben Sie das gekriegt?«

»Über die Rezeption, gleich bei unserer Ankunft«, erklärte Melanie. Während Häberle den Zettel wieder vorsichtig zusammenfaltete und zu sich auf den niedrigen Tisch legte, ereiferte sich Caroline: »Wahrscheinlich ist da einiges gelaufen, von dem wir nichts wissen. Denn am Montagabend ist ein Typ aufgetaucht, der uns vermutlich aushorchen wollte.« Sie schilderte die Situation an der Hotelbar, als ein Mann erschienen war, der seltsame Fragen gestellt hatte. Häberle brachte diese Angaben in einen Zusammenhang mit Maronns Aussage, wonach dieser Hoyler die beiden Damen aufgespürt habe.

»Wissen Sie«, fuhr Melanie unterkühlt fort und zog sich ihr kurzes Strandkleidchen länger, »wir glauben, dass wir in etwas reingeraten sind, mit dem wir gar nichts zu tun haben.«

»Und dies könnte was, bitteschön, sein?«

Die beiden Frauen warfen sich ratlose Blicke zu, bis Melanie schließlich erneut das Wort ergriff. »Wir sind Krankenschwestern in der Klinik, das wissen Sie vermutlich. Und wir beide …« Sie lächelte verlegen. »Also Caroline und ich … wir haben uns gewisse Hoffnungen gemacht. Oder sagen wir mal so: Wir glaubten, dass unsere Sympathien, die wir für Dr. Fallheimer und Dr. Brugger hatten, irgendwie erwidert würden.«

Häberle verschränkte die Arme und nickte väterlich. »Das ist nichts Schlechtes«, kommentierte er und spürte, wie die Frauen Vertrauen gewannen.

Auch Caroline wagte deshalb eine Bemerkung: »Als dann in der Samstagnacht die Sache mit Dr. Fallheimer geschehen ist, hat uns das ziemlich geschockt.«

»Aber die Reise absagen wollten wir nicht«, fügte Melanie an.

Nachdem der Redefluss stockte, versuchte ihn Häberle wieder in Gang zu bringen: »Und zwischen was, meinen Sie, sind Sie geraten?«

Melanie strich sich die langen Haare aus dem Gesicht und steckte sie hinter die Ohren. »Dass da etwas lief, hat man vermutet, gerüchteweise. Nichts Konkretes. Aber irgendetwas, mit dem Dr. Brugger und Dr. Fallheimer zu tun hatten.«

»In welche Richtung?« Häberle dämpfte seine Stimme, weil ein älteres Ehepaar auf der benachbarten Sitzgruppe Platz nahm.

»Wir haben uns nicht wirklich dafür interessiert«, ergänzte Caroline. »Wissen Sie, da wird viel geklatscht und getratscht.«

»Und hier?«, blieb Häberle gelassen, obwohl er innerlich immer unruhiger wurde. Alle hatten irgendetwas gehört, aber niemand wusste Genaues. Er konnte sich des Eindrucks nicht erwehren, dass keiner mit der Sprache herauswollte. »Außer diesen komischen Typen haben Sie niemanden getroffen, der Ihnen merkwürdig erschienen ist?«

»Keinen in diesem Zusammenhang«, lächelte Melanie beinahe überheblich. »Komische Typen lernen Sie als Frau natürlich mehr als genug kennen. Manche denken, zwei weibliche Singles seien Freiwild.«

»In der Nacht zu gestern, als es passiert ist«, fuhr Häberle fort, »da ist Ihnen nichts aufgefallen?« Er wollte behutsam vorgehen.

»Was soll uns aufgefallen sein? Wir waren ja nicht in den Dünen«, entrüstete sich Melanie. »Wir waren aus.« Sie fügte grinsend an: »Jede von uns mit einem anderen.«

»Hm«, machte Häberle anerkennend. »Ich hoffe, es waren keine komischen Typen.«

»Wie man's nimmt«, erklärte Caroline, während Melanie schwieg.

»Und von Bruggers Tod haben Sie erst am Vormittag erfahren«, stellte Häberle fest.

»Ja, natürlich. Hier im Hotel«, antwortete Melanie.

»Da draußen in den Dünen hat's von Polizisten ja nur so gewimmelt.«

»Wieso fragen Sie denn danach?«, wurde Caroline misstrauisch.

»Nun … Sie haben sozusagen Tür an Tür mit ihm gewohnt. Da gab es keine Begegnung?«

»Der hat hier gar nicht mehr gewohnt«, stellte Melanie klar. »Der ist geflüchtet.«

»Geflüchtet? Vor wem hätte er denn flüchten sollen?«

»Na, vor seinem Mörder natürlich. Vor wem denn sonst?«

Häberle riskierte eine Breitseite. »Vor seinem Mörder oder seiner Mörderin?«

»Wie bitte?« Melanie war darüber zuerst entsetzt. »Was sagen Sie da? Soll das etwa heißen, dass Sie …?«

Sie wagte es nicht auszusprechen, dafür aber griff Caroline ein: »… dass wir ihn …?«

»Bitte beruhigen Sie sich, meine Damen«, hob Häberle beschwichtigend die Unterarme. »Es sind nur Routinefragen, die ich so oder in ähnlicher Weise auch einigen anderen Personen stellen muss.«

»Und jetzt werden Sie wissen wollen, was wir in dieser Nacht getan haben«, konstatierte Melanie.

»Einen konkreten Anlass, Sie dies zu fragen, habe ich nicht. Aber es wäre hilfreich, wenn Sie mir in dieser Richtung weiterhelfen könnten.«

»Was jetzt?«, keifte Caroline ungewöhnlich angriffslustig. »Wollen Sie's nun wissen oder nicht?«

»Es könnten sich natürlich auch für die spanische Polizei einige Fragen auftun. Vielleicht macht es deshalb Sinn, dass wir uns in diesem Kreis hier zunächst in Ruhe darüber unterhalten.«

»Sie wollen also ein Alibi«, zeigte sich Melanie gereizt.

Häberle ignorierte diese Feststellung. »Sie sagten, Sie waren aus«, resümierte er. »Wann sind Sie denn zurückgekommen?«

Melanie antwortete unerwartet schnell: »Bei mir war's gegen halb zwei. Und bei Caroline drei.«

»Das wissen Sie so spontan und so genau?«, staunte der Kommissar.

»Wir haben schon drüber gesprochen«, räumte Caroline ein.

»Und Sie«, Häberle wandte sich an Melanie, »Sie haben Ihre Freundin um drei kommen hören?«

»Hab ich nicht«, erwiderte sie und wurde eine Spur gereizter: »Sie wollen uns auseinanderdividieren – stimmt's? Sie wollen uns was andichten. Zwei frustrierte Frauen, gegenseitig aufeinander eifersüchtig – und eine davon bringt den Liebhaber um.«

»Wir können Ihnen gerne die Namen der Männer nennen, mit denen wir aus waren«, warf Caroline ein.

»Gestatten Sie eine etwas persönliche Frage«, blieb Häberle ruhig. Seine sonore Stimme war bestens dazu geeignet, aufgebrachte Frauen zu besänftigen. »Wieso sind Sie zu zweit dem Herrn Dr. Brugger gefolgt? Ich meine, wenn er ein Abenteuer gesucht hat, dann doch nicht mit zwei Frauen, oder versteh ich da etwas falsch?«

Melanie und Caroline sahen sich verunsichert an, ohne etwas zu sagen.

»Wenn er zwei Frauen mitnimmt, sind gewisse Spannungen vorprogrammiert«, meinte Häberle. »Irgendwann will man bestimmt den Schwarm für sich allein besitzen.«

Melanie und Caroline schwiegen. Häberle erinnerten sie für einen Moment an trotzige Kinder, die sich hartnäckig weigerten, etwas zu sagen.

»Oder gab es von vornherein eine Absprache – zwischen Ihnen und Herrn Dr. Brugger?« Er sah langsam von einer zur anderen.

Die beiden Frauen spürten, dass es schwierig werden würde, ihre Situation plausibel zu erklären. Wie würde dies erst sein, wenn es zu einem Verhör bei der spanischen Polizei käme? In Melanie machte sich erneut der unbändige Wunsch breit, diese Insel so schnell wie möglich zu verlassen.

Linkohr hatte sich nur ungern von Kerstin getrennt. Er hoffte inständig, dass es mit ihr wieder eine Nacht wie die gestrige geben würde. Sie hatten es sich zwar vorgenommen, doch wenn sich die Lage zuspitzte – und danach sah es aus –, dann drohte in den Abendstunden noch viel Arbeit.

Er hatte kurz mit Häberle telefoniert und war danach sofort in Richtung Naturschutzzentrum gefahren. Die Scheibenwischer fegten dicke Schneeflocken beiseite, als er auf der B 466 durchs Goißatäle fuhr – jenen Taleinschnitt, der im Volksmund nach dem schwäbischen Begriff für Ziegen genannt wurde. In früheren Zeiten waren die heute bewaldeten Hänge eine Heidelandschaft gewesen, in der hauptsächlich Ziegen geweidet hatten.

Kurz vor der Zufahrt zur Autobahn A 8 bog er links in Richtung Wiesensteig ab. Innerorts engten die Schneehaufen die ohnehin schmale Straße noch weiter ein. Hier ging's hinauf zur Albhochfläche, wo die Fahrbahn weiß und rutschig war. Linkohr brauchte eine Viertelstunde länger, als er gedacht hatte, bis er das Naturschutzzentrum erreichte. Kaum hatte er den Golf zwischen aufgetürmten Schneewänden abgestellt, erschien bereits ein Mann mittleren Alters an der beleuchteten Eingangstür. »Sie sind Herr Linkohr?«

Der Jungkriminalist war froh, dass er nur wenige Schritte durch die eisige Kälte gehen musste, und begrüßte den Mann, der sich als Leiter des Naturschutzzentrums vorstellte und seinen Namen mit Wohnhaupt angab.

»Wir haben das, was Sie suchen«, wiederholte er, was er bereits am Telefon mitgeteilt hatte.

Linkohr genoss die behagliche Wärme im Vorraum, wo bereits Frenzel auf ihn zukam. »So schnell sieht man sich wieder«, grinste der Kriminalist.

Frenzel schüttelte wortlos und zurückhaltend die Hand, während Wohnhaupt zielstrebig zu der großen Vitrine ging, um die herum jetzt alle Beleuchtungskörper eingeschaltet waren.

»Hier«, sagte der Chef des Hauses und deutete auf das Katzenkostüm, das auf der gläsernen Abdeckung des Reliefs lag. »Es war da hinten reingestopft.« Er zeigte mit der Hand auf den Spalt zwischen Vitrine und Wand.

Linkohr besah sich die Situation. »Ein Versteck war das ja wohl nicht – und falls doch, dann ein ziemlich dilettantisches.« Der Kriminalist kniete auf den Boden und besah sich den Spalt aus der Nähe. »Und es ist sichergestellt, dass dieses Kostüm nicht zum Haus gehört?«, drehte er sich zu Wohnhaupt. »Es wäre denkbar, dass es für Veranstaltungen mit Kindern genutzt wurde.«

»Ganz sicher nicht«, betonte Wohnhaupt, rückte seine Brille zurecht und schaute fragend zu Frenzel, der in respektabler Entfernung stehen geblieben war. »Oder, was meinst du, Max?«

»Sicher nicht«, wiederholte er verlegen. »Ich hab das Ding noch nie gesehen.«

»Wer hat denn Zutritt zu diesem Raum?«

Wohnhaupt steckte die rechte Hand locker in eine Jackentasche. »Wenn offen ist – und das war's heut wegen der Handwerker –, dann kann eigentlich jeder rein. Bis ich von hinten vorkomme oder von anderswo im Haus, da können schon einige Minuten vergehen.« Er ergänzte sogleich: »Aber bei diesem Wetter verirrt sich kein Tourist hier rauf, schon gar nicht mitten in der Woche an einem Donnerstag.«

Linkohr überlegte, ob es sinnvoll wäre, die Spurensicherung herzurufen. Schließlich entschied er sich dafür, einen sterilen Plastiksack aus dem Dienstwagen zu holen und das Katzenkostüm auf diese Weise mitzunehmen. Verwertbare Spuren würde es gewiss keine mehr geben. Wichtig war nur, dass die Kriminaltechniker feststellen konnten, ob diese Faser mit jenen identisch waren, die sie in Frenzels Auto gefunden hatten.

»Sie kennen dieses Kleidungsstück auch nicht?«, fragte er den verstörten jungen Mann.

»Nein, keine Ahnung, wirklich nicht.«

»Es lag auch nie in Ihrem Auto?«

Frenzels Gesichtsfarbe wurde fahl und er rang für einen Augenblick nach Worten. »Was wollen Sie damit sagen?«

Linkohr ging nicht darauf ein. Er sah die Gelegenheit gekommen, den jungen Mann ein bisschen mehr zu schocken: »Aber vielleicht könnten Sie mir die Sache mit der Kühlbox erklären, die Sie nach Laichingen gebracht haben.«

Frenzel trat instinktiv einen Schritt zurück, während Wohnhaupt ihn scharf von der Seite ansah.

»Kühlbox?«, echote Frenzel kläglich. »Das ist schon eine Weile her, ziemlich lang, ja. Wieso, was hat das hiermit zu tun?«

»Vielleicht hat alles etwas miteinander zu tun«, wurde Linkohr deutlich. »Die Klinik, die Kühlbox, das Katzengewand und das hier.«

Wohnhaupt fuhr energisch dazwischen: »Was heißt ›das hier‹? Ich kann Ihnen versichern, Herr Linkohr, dass hier bei uns nichts läuft, was Anlass zu Ermittlungen geben könnte. Auch wenn Herr Dr. Fallheimer, wie Sie sicher wissen, ein großer Gönner unserer Einrichtung war.«

Linkohr nahm diese Bemerkung zur Kenntnis, ließ sich jedoch nicht beirren, sondern war entschlossen, Frenzel in die Enge zu treiben: »Wie war das jetzt mit der Kühlbox. Dr. Fallheimer hat Sie gebeten, sie zu Humstett zu bringen, stimmt's?«

»Aber ich weiß bis heute nicht, was da drin war. Ich schwör's. Es war ein Auftrag, mehr nicht. Das ist doch nicht verboten.«

»Hab ich das gesagt?« Linkohr runzelte die Stirn und riskierte einen weiteren Vorstoß: »Wie war das noch mal mit Ihren Schlüsseln? War nur jener vom Auto weg – oder auch der für hier?«

»Das hab ich doch schon alles zu Protokoll gegeben«, gab sich Frenzel zerknirscht.

Wohnhaupt mischte sich ein, um dem jungen Mann aus der Bedrängnis zu helfen: »Wenn ich mir eine Bemerkung erlauben darf – wäre es nicht überaus töricht, würde Max hier etwas verstecken, das ihn belasten könnte?«

Linkohr war dies natürlich längst klar – und dennoch erschien ihm die Verhaltensweise des jungen Mannes nicht ganz geheuer.

»Viel wahrscheinlicher ist«, fuhr Wohnhaupt fort, »dass ihn jemand bewusst belasten möchte.«

Daran hatte Linkohr schon während der Fahrt hierher gedacht. Trotzdem wollte er ihm eine weitere Frage nicht ersparen. »Wann waren Sie eigentlich zuletzt in der Klinik?«

Max schluckte und sah die beiden Männer nacheinander an. »Das habe ich alles schon gesagt. Das wird jetzt vier Wochen her sein.«

»Dort kennt man Sie«, stellte Linkohr fest. »Sie könnten ein- und ausgehen, ohne groß aufzufallen. Seh ich das richtig?«

Max nickte stumm. Er war geschockt und nicht mehr in der Lage, sich zu wehren.

»Wie gut kommt man denn als Zivi oder Aushilfe an Medikamente und sonstige Mittel heran?«

»Ich …« Max spürte einen Kloß im Hals. »Ich komm da an überhaupt nix ran. Wollen Sie mir etwa …« Er wagte es nicht auszusprechen.

Linkohr hatte natürlich während seiner Ausbildung gelernt, welch strenge Bestimmungen es gab, wonach Medikamente sowohl in Apotheken als auch in Kliniken unter Verschluss gehalten werden mussten. Aber unabhängig davon, brannte ihm eine Frage auf den Nägeln: »Und Halothan?« Er hatte sich den Namen gemerkt, als ihn Häberle aus dem Obduktionsbericht Kräuters vorgelesen hatte.

»Halothan?«, wiederholte Max ungläubig. »Das Narkosemittel?«

»Genau das.«

Max schüttelte den Kopf. »Sie ... Sie wollen mir ...« Wieder brach er ab.

65

Häberle hatte den Versuch unternommen, Hoyler anzurufen – in der Hoffnung, dass ihn die spanischen Comisarios nicht länger festhielten. Tatsächlich war Hoyler an sein Handy gegangen und bereit gewesen, sich gemeinsam mit Fiedler zu einem Gespräch mit Häberle zu treffen.

Er ließ sich mit einem Taxi zur genannten Adresse bringen, die zu einem ganzen Komplex von Ferienwohnungen gehörte und die von der zurückversetzten Hanglage her einen herrlichen Blick über Playa del Ingles und Maspalomas bot. Hoyler führte den Kommissar in ein helles Wohnzimmer, das zum Atlantik hin eine komplette Fensterwand aufwies.

»Grandios!«, entfuhr es Häberle spontan. Er blieb für einen Augenblick stehen, um den Blick zu genießen, ehe er Fiedler begrüßte, der sich kurz aus der weißen Ledercouch erhoben hatte und etwas Unverständliches murmelte.

»Man hat Sie wieder springen lassen«, wandte sich Häberle aufmunternd an Hoyler, der Fruchtsaft in die Gläser einschenkte.

»Um ehrlich zu sein, ich war ziemlich geschockt, was da abgelaufen ist«, erklärte der Stoppelhaarige und ließ sich in einen Sessel sinken. »Ich komm da heut Mittag hin, um ein paar Dinge zu klären – und dann taucht da plötzlich überfallartig eine Hundertschaft auf, um das Haus auf den Kopf zu stellen.«

»Und Sie mittendrin«, stellte Häberle süffisant fest.

»Wer in innovative Ideen investiert, ist der Depp«, kommentierte Fiedler und winkte verächtlich ab. »Das ist in Spanien nicht anders als bei uns. Sobald die staatlichen Organe meinen, Sie verdienen ein paar Euro, werden Sie gnadenlos auseinandergenommen. Nur ab einer bestimmten Größe sind Sie aus der Schusslinie.«

Hoyler wollte nichts dazu sagen. »Wissen Sie, Herr Häberle«, blieb er sachlich, »wir haben auf Herrn Maronn gesetzt. Er hat Investoren gesucht für eine Sache, die lukrativ erscheint. Und es ist, soweit ich das sehe, nicht verboten, innovative Ideen zu fördern und dabei Geld zu verdienen.«

Fiedler sah sich wieder gefordert: »Wenn Sie Geld verdienen, sind Sie für manche Gesellschaftskreise heutzutage schon verdächtig. Denken Sie nur an die Lohnnebenkosten, Herr Kommissar. Was bleibt mir anderes übrig, als die Gehälter zu kürzen?« Er schnappte nach Luft. »Aber schaden kann so ein Konjunktureinbruch nicht. Dann werden die Dimensionen wieder zurechtgerückt. Die Gewerkschafter und Betriebsräte haben doch in den vergangenen Jahrzehnten geglaubt, uns Unternehmer aussaugen zu können. Ich hab meinen Betriebsrat zerschlagen.« Es klang triumphierend, was nicht gerade Häberles Sympathien hervorrief. »Seitdem hab ich Ruhe«, fuhr Fiedler fort und fühlte sich in seinem Element. »Urlaubsgeld gestrichen, Weihnachtsgeld gestrichen. Sogar voriges Jahr Kurzarbeit beantragt – da zahlt der Staat einen Teil der Gehälter.« Wieder der maliziöse Unterton. »Sie müssen heutzutage zeigen, wer Herr im Hause ist. Wer Angst um den Arbeitsplatz hat, muckt nicht auf – und bringt Höchstleistung.«

Häberle konnte sich nur mit Mühe eine Bemerkung zum Betrug mit Kurzarbeitsanträgen verkneifen, sah aber die Zeit für eine Unterbrechung gekommen. »Dass Sie mit dieser Einstellung Schiffbruch erleiden, haben einige Ihrer Unternehmerkollegen längst bemerkt.« Ehe Fiedler sich empören oder zu einem weiteren Rundumschlag ausholen konnte, meinte Häberle zu Hoyler: »Diese Sache mit den Drohanrufen würd mich ein bisschen genauer interessieren. Da hat also jemand versucht, Sie zum Rückzug zu bewegen.«

»Rückzug ist gut«, bläffte Fiedler ungefragt. »Wenn wir uns nicht von dem Betrieb hier trennen, würden wir unser Geld nicht mehr sehen. Fallheimer hat Muffensausen gekriegt und wollte raus. Aber nicht wegen der Drohung.«

Hoyler deutete seinem Kollegen an, sich zurückzuhalten. »Wir, also Herr Fiedler und Herr Maronn, haben das so gedeutet, dass versucht werden soll, uns hinauszubugsieren, bevor Gewinne zu erzielen wären.«

»Gibt es denn Verträge und Vereinbarungen?«, wollte Häberle wissen.

»Die gibt es, aber nichts Notarielles, falls Sie darauf abzielen«, erklärte Hoyler. »Das war mehr oder weniger auf Treu und Glauben.«

»Wie man das so macht, wenn man es dezent regeln möchte.«

Hoyler tat, als ob er dies nicht gehört hätte.

»Und die Gegenseite«, fuhr der Kommissar fort, »ist sich natürlich dessen bewusst.« Er mied das Wort Schwarzgeld, um keine unnötige Schärfe in die Konversation zu bringen. Fiedler wäre vermutlich sofort explodiert.

»Und hinter dem Drohanruf steckte eine Frauenstimme«, fasste Häberle zusammen. »Eine Dame, die sich Marion von Willersbach nannte und die eine Briefkastenadresse in Brig angegeben hat.«

»So ist es, ja«, erwiderte Hoyler knapp.

»Dieser Briefkasten hängt dort an einer Ferienwohnung, die einem Herrn Fernandez gehört, seines Zeichens Immobilienmakler und wohnhaft hier auf der Insel.«

»Richtig.« Hoyler wurde einsilbig und Fiedlers Gesicht fahl.

»Es gibt da gewisse Zusammenhänge«, erklärte Häberle. »Dieser Fernandez soll Ihnen, Herr Hoyler, nicht ganz unbekannt sein.«

»So ist es«, sagte er wieder. »Aber darf ich erfahren, was Sie damit andeuten wollen?« Er nahm einen Schluck Fruchtsaft. Seine Hand zitterte.

»Nichts andeuten«, beruhigte Häberle. »Ich stelle nur fest, nichts weiter. Können Sie sich denn erklären, wie irgendeine unbekannte Frau – wen wir vermuten, lassen wir mal dahingestellt –, ausgerechnet auf diese Adresse kommt?«

»Was fragen Sie mich das?«, entrüstete sich Hoyler, worauf Fiedler seine Zurückhaltung verlor. »Fangen Sie bloß nicht damit an, uns in etwas hineinzuziehen. Vergessen Sie nicht: Wir sind die Opfer. Oder verkehren Sie auch alles ins Gegenteil, wie dies die Justiz so gerne tut? Die Opfer sind die Bösen, die haben durch ihr argloses Verhalten erst den Täter dazu gebracht, kriminell zu werden. So sieht's aus.«

»Verstehen Sie mich bitte nicht falsch«, wehrte Häberle ab. »Aber dieser Fernandez scheint irgendwie eine Beziehung zu dieser Frau mit dem falschen Namen zu haben.«

»So könnte man meinen«, räumte Hoyler ein und regte an: »Dann fühlen Sie ihm doch einfach mal auf den Zahn.«

»Das werde ich gerne tun, wenn Sie mir seine Anschrift und Telefonnummer verraten.«

»Wie kommen Sie darauf, dass ich sie parat habe?« Hoyler stutzte.

»Weil Sie ein Kollege von ihm sind – oder sehe ich das falsch? Sie haben doch Kontakte …«

»Wer sagt das?«

»Ist das so wichtig?«

Hoyler erkannte, dass eine Diskussion darüber sinnlos sein würde. Er stand auf, ging zu einem Schubfach in der Schrankwand und brachte eine Visitenkarte zurück. »Das ist er«, sagte er und legte sie Häberle vor. Der Kommissar zog einen Notizblock aus dem Jackett und schrieb sich Adresse und Telefonnummern ab.

»Brugger hatte mit dem auch zu tun«, bellte Fiedler dazwischen. »Der wollte mit diesem Fernandez ein Hühnchen rupfen, hat er gesagt.«

»Ach? Worum ging's denn?«

»Fernandez ist wohl ein Immobilienhai. Vermutlich legt er ausländische Anleger aufs Kreuz. Verkauft Immobilien, die angeblich sagenhafte Renditen abwerfen. Shoppingcenter und so 'n Zeug. Hinterher stellt sich raus, dass es totgeborene Objekte sind. Aber es ist wie überall, Herr

Kommissar: Sie finden immer einen Dummen. Denn wie sagt man so schön: Gier frisst Hirn.«

Hoyler lächelte überlegen. »Wissen Sie, Herr Häberle, unsere Branche genießt nicht immer den besten Ruf. Aber schwarze Schafe gibt's überall.«

Der Chefermittler nahm's zur Kenntnis und konnte sich einer Frage an Fiedler nicht erwehren: »Auch Sie haben sich eine Immobilie gesichert?«

»Ich?« Er war noch in seine Theorie der Hirn fressenden Gier versunken gewesen.

»Stichwort Laichingen.«

Fiedler hatte offensichtlich nicht damit gerechnet. »Ach, Sie meinen dieses kleine Fabrikgebäude. War ein Schnäppchen.«

»Zur Geldanlage«, ergänzte Häberle mutmaßend. »Warum eigentlich gerade dort?«

»Warum nicht dort?«, fragte Fiedler gereizt zurück. »Maronn war damals auf der Suche nach einem günstigen Objekt, da haben wir uns umgesehen – und sind auf dieses Gebäude gestoßen.«

»Weil man nahe zur Klinik und zur Autobahn sein wollte?«

»Es musste nicht Laichingen sein. Aber irgendwo zwischen Donau und Neckar. Weil die Nähe zu den anderen gewünscht war.«

»Zu den anderen?«

»Vor allem zu Maronn. Ja – und zu Brugger und Fallheimer.«

»Und zu wem noch?«

Hoyler schaltete sich ein: »Das wissen wir nicht. Ob und inwieweit mehr Personen involviert sind, ist uns unbekannt.«

»Tatsächlich?«

»Ja, tatsächlich«, betonte Hoyler, während Fiedler zustimmend nickte. »Edgar – also Herr Fiedler – hat als Teil seiner Einlage das Gebäude gekauft und zur Verfügung gestellt. Und ich hab mich cash an Maronns ›Firma‹, wie wir es nennen, beteiligt.«

»Es ist also nicht auszuschließen, dass es weitere … ja, sagen wir mal Investoren gibt?«

»Maronn hat das Geld eingesammelt, wenn Sie so wollen«, sagte Hoyler.

»Aber woher es kam und was damit genau geschehen sollte, hat niemand interessiert«, stellte Häberle fest.

Fiedler bestätigte: »Es ging um die Rendite. Das ist immer so, wenn Sie sich irgendwo beteiligen. Wo ist das Problem? Sie geben Ihr Geld nicht aus Nächstenliebe her, oder? Sie wollen irgendwann eine Gegenleistung dafür.«

»Und Humstett?«

»Ein armer, abgetakelter Medizinmann«, spöttelte Hoyler. »Für Geld ist der zu allem zu haben. Außerdem ist er trotz allem ehrgeizig und in seinem speziellen Fachgebiet ein Ass.«

»Und clever«, ergänzte der Kommissar.

»Clever?«, wurde Fiedler wieder misstrauisch. »Natürlich ist er clever. Oder was wollen Sie sonst damit sagen?«

»Er soll sichergestellt haben, dass im Falle seines Todes wichtige Forschungsergebnisse nicht in falsche Hände geraten«, zitierte Häberle aus dem, was ihm Linkohr übermittelt hatte.

»In falsche Hände?«, empörte sich Fiedler. »Was heißt da ›falsche Hände‹?«

»Wie ich es sage«, erklärte Häberle ruhig. »Falsche Hände wären beispielsweise jene, die dem Herrn Humstett was antäten.« Er räusperte sich. »Was im Übrigen bereits geschehen ist.«

»Wie?«, fuhr Hoyler dazwischen. »Was? Ist Humstett …«

»Nicht tot«, entgegnete Häberle. »Aber beinahe wäre er es gewesen.«

»Ein Anschlag?«, zeterte Fiedler.

»So ungefähr. Nach derselben Methode wie bei Dr. Brugger.«

»Dieselbe Methode? Was meinen Sie damit?«, hakte Hoyler sofort nach.

»Dünne Metallschlaufe.«

»Und der Täter?« Hoyler wartete ungeduldig auf eine Antwort.

»Entkommen. In die Flucht geschlagen. Humstett weiß nicht mal, ob Mann oder Frau.«

»Aber es kann ja wohl kaum derselbe sein wie hier«, überlegte Hoyler.

»Doch, es kann. Das Zeitfenster wäre groß genug gewesen«, widersprach Häberle.

»Großer Gott«, entfuhr es Fiedler. »Sind die denn alle verrückt geworden?«

»Alle?«, wollte Häberle wissen, aber Fiedler fand keine Antwort auf seine rhetorisch gestellte Frage.

Linkohr war in ein psychisches Loch gefallen und wusste nicht warum. Er hatte Jenny angerufen und ihr schonend beibringen wollen, dass er auch an diesem Abend beruflich keine Zeit für sie haben werde. Einerseits war ihm dies angesichts der zu erwartenden Nähe zu Kerstin keinesfalls so unrecht, aber nachdem Jenny ziemlich sauer reagiert und einfach aufgelegt hatte, fühlte er sich in seiner Mannesehre gekränkt. Außerdem wären zwei Eisen im Feuer besser gewesen als eines, das ihm jederzeit wieder entgleiten konnte. Zwar war der gestrige Abend mit Kerstin traumhaft verlaufen, allerdings vermochte er nicht zu sagen, inwieweit diese Beziehung Bestand haben würde. Wieder mal fuhren seine Gefühle Achterbahn und er zweifelte an sich selbst. Warum hielten seine Beziehungen immer nur für ganz kurze Zeit? War es dieser verdammte Job, der alles vermasselte? Oder setzte er die falschen Prioritäten? Je länger diese Situation anhielt, umso panischer reagierte er, wenn es zu Konflikten kam. Und umso häufiger versuchte er, möglichst mehrere Frauen gleichzeitig zur Auswahl und in Reserve zu haben. Ein Teufelskreis, wie er sich eingestehen musste. Denn wie sollte er sich ausgerechnet in seinem zeitraubenden Job mehreren Geliebten widmen können? Ganz abgesehen davon, dass dies unseriös war und ihn auf Dauer nicht nur im Kollegenkreis in ein zweifelhaftes Licht rückte.

Nein, er wollte sich mit solchen Gedanken nicht befassen. Kerstin interessierte sich stark für sein Gespräch mit Max Frenzel – aber eben leider nur dafür. Seine Andeutung, Hunger zu haben, hatte sie nicht aufgegriffen, obwohl er jetzt so gerne mit ihr zu einem Italiener gegangen wäre. In der Langen Gasse gab es in einem Altstadthaus ein Ristorante, das er längst einmal hatte testen wollen.

»Da hast du ihm aber ganz schön Angst eingejagt«, stellte Kerstin fest, nachdem ihr der Kollege die Situation im Naturschutzzentrum geschildert hatte.

»Der ist kreidebleich geworden. Ich hab schon befürchtet, der kippt um.«

»Es sieht immerhin so aus, als hänge er knüppeldick mit in der Sache drin«, meinte Kerstin, die sich keck auf Linkohrs Schreibtisch gesetzt hatte und ihre Beine baumeln ließ, die in engen Jeans steckten.

»Aber so richtig Sinn macht das mit ihm nicht. Warum soll er den Fallheimer totfahren wollen und sich dann nachts in die Klinik mogeln, um ihn mit einer Salatölspritze endgültig umzubringen? Und warum noch die Anja Kastel?«

»Er handelte vielleicht nicht aus eigenem Antrieb«, gab Kerstin zu bedenken. »Vielleicht im Auftrag.«

»Das würde erklären, warum ihn niemand abgehalten hätte, sich in der Klinik zu bewegen«, ergänzte Linkohr den Gedankengang. »Er erfindet die Geschichte vom gestohlenen Auto – aber weshalb sollte er dieses Katzenkostüm im Naturschutzzentrum verstecken?«

»Das glaub ich so alles nicht«, trat sie den Rückzug an. »Zwar gibt eine andere Theorie auch keinen richtigen Sinn. Aber spannend ist sie trotzdem.« Sie zog einige Blätter aus einer Klarsichthülle, die sie bis jetzt fest umklammert hielt. »Schau dir das an.« Sie lächelte. »Fred Olsen lässt grüßen. Erinnerst du dich?«

Er griff sich die Papiere und las An- und Abfahrtszeiten, ausgehend von Santa Cruz auf Teneriffa einerseits und Agaeta im Westen Gran Canarias andererseits. »Was will uns das sagen?«

»Fred Olsen ist zu diesen Zeiten zwischen Teneriffa und Gran Canaria mit einer Schnellfähre unterwegs. Und wenn du dir das genau anguckst, dann dauert so eine Überfahrt mit der Fast Ferry Bonanza oder dem Bencomo Express gerade mal eine Stunde. Immer um 13 Uhr, sowohl in Santa Cruz als auch in Agaete. Und man wird sogar auf Gran Canaria mit dem Shuttlebus über Land gefahren.«

»Oh«, staunte Linkohr über diese ausführliche Recherche.

»Der Herr scheint zu kapieren«, grinste Kerstin. »Unsere Person fliegt unter falschem Namen und zur Tarnung nach Teneriffa, nimmt sich ein Taxi zum Hafen und ist ratzfatz auf Gran Canaria. Und zwar bereits am Nachmittag. Zumindest, wenn wir von den Flugzeiten unserer Adligen ausgehen, die am Dienstag früh um sechs in Stuttgart abgeflogen ist. Sie kann sich, wie auch immer, mit Brugger in den Dünen verabreden, nächtigt in einem Hotel, fährt am Mittwoch früh mit der Fähre zurück nach Teneriffa und fliegt dort am Abend nach Stuttgart. Ankunft gestern Abend. Dienstreise beendet.«

»Perfekt«, lobte Linkohr. »Du bist super.« Deutlich leiser und mit leichtem Grinsen fügte er an: »Und dies in jeder Beziehung. In jeder.«

Sie tat so, als habe sie die Anspielung nicht bemerkt. »Und jetzt bin ich mir absolut sicher, dass wir die richtige Person im Visier haben – und zwar nicht nur, weil sie zum Passfoto der richtigen Adligen von der Kuchalb passt, was mich, ehrlich gesagt, ziemlich verwirrt hat. Sondern weil mich die Reiseprospekte in ihrer Wohnung erst auf den richtigen Gedanken gebracht haben.«

»Ich ruf sofort den Chef an«, entschied Linkohr, hielt jedoch beim Griff zum Telefonhörer inne. »Und warum soll ausgerechnet sie das alles getan haben?«

»Liebe, Eifersucht, Beziehungskisten – du hast ja keine Ahnung, Mike, wozu Frauen fähig sein können.«

Dass sie dies ausgerechnet in diesem Moment sagte,

empfand er als unangebracht. Aber sie konnte ja seinen Kummer mit Jenny nicht ahnen.

»Allerdings – da geb ich dir recht«, holte sie ihn aus seinem unerwarteten Stimmungstief zurück, »wenn man all die anderen Vorkommnisse mit berücksichtigt, liegt die Vermutung nahe, dass viel mehr dahinterstecken muss.«

»Davon bin ich überzeugt«, fühlte sich Linkohr bestätigt. »Ein paar Herrschaften werden noch ganz schön zittern.«

66

Fernandez war ein Spanier wie aus dem Bilderbuch: schwarzhaarig, braungebrannt, weißes Hemd mit Rüschen, Schnauzbart, kräftig. Einer, der gut und gerne der Star in der Stierkampfarena hätte sein können, dachte Häberle, als er vor ihm auf der sonnenbeschienenen Terrasse mit Blick zum Atlantik stand.

Nachdem er Fernandez' Telefonnummer von Hoyler erhalten und kurz angerufen hatte, war er mit dem Taxi zu der genannten Adresse gefahren, die zu einem Villengrundstück in sanfter Hanglage gehörte, von einer hohen, bewachsenen Mauer umgeben. Als er am schmiedeeisernen Tor geklingelt hatte, war er gleich von drei Videokameras ins Visier genommen worden. Zuerst hatte sich hinter den Gitterstäben eine Dogge gezeigt, ehe der Hausbesitzer zwischen blühenden Frühlingsstauden aufgetaucht war, den Hund getätschelt und nach hinten verwiesen hatte.

Häberle war mit einem kräftigen Handschlag begrüßt und zu dem hinter hohen Büschen verborgenen Haus geführt worden, das ihn mit Säulen und Bögen an den griechischen Baustil erinnerte. Über der Terrasse, die ein goldverziertes Geländer begrenzte, rankten prächtige rot und blau blühende Bougainvilleen. Gepolsterte Gartenmöbel, ein stabiler Tisch mit rötlicher Steinplatte und ein offener Kamin ließen vermuten, dass Fernandez hier seine Tage fürstlich genoss. Von hier aus bot sich ein unverbaubarer Blick über die Flachdächer der terrassenförmig nach unten gestuften Nachbarhäuser. Häberle ging bis ans Geländer und zeigte sich begeistert von dieser traumhaften Lage. Einen halben Kilometer entfernt funkelte und glitzerte das Meer in der bereits tief stehenden Abendsonne.

»Es freut mich, einen deutschen Comisario in meinem Haus begrüßen zu dürfen«, sagte Fernandez in astreinem Deutsch und bot Häberle ein Mixgetränk an, das er bereits vorbereitet hatte.

»Auf diese Weise lerne ich auch mal Privathäuser kennen«, schmunzelte der Kommissar und drehte sich zu Fernandez um. »So etwas wünscht man sich für den Ruhestand.«

Fernandez reichte ihm das Glas und deutete zum Horizont. »Sagen Sie mir, was Sie ausgeben wollen – ich erfülle Ihnen Ihre Wünsche. Es ist schön, hier zu sein. Cheers.« Sie prosteten sich zu und tranken. »Wie sagen Sie in Deutschland, wenn Sie gestresst sind?«, fragte der Spanier, doch es war eher rhetorisch gemeint, denn die Antwort gab er sich selbst: »Wenn Sie gestresst sind, sagen Sie in Deutschland, ich bin reif für die Insel. Da können nur die Kanaren gemeint sein.«

Häberle nickte langsam und gedankenversunken. Doch die vielen Menschen, die das Arbeitsleben zunehmend krank machte, konnten sich – wenn überhaupt – allenfalls mal zwei Wochen einen Aufenthalt in diesem Inselparadies leisten.

Die traumhaften Lagen hier und in anderen traumhaften Winkeln der Welt waren längst von Herrschaften besetzt, die ihr Geld nicht durch hartes Arbeiten gemacht hatten, sondern durch Cleverness oder Abgedrehtheit – oder weil sie zwecks permanenter Unfähigkeit eine Abfindung erhalten hatten und statt in die Wüste, wie sie es verdient hätten, ins Sonnenparadies geschickt worden waren. Häberle überlegte, woher das viele Geld kam, das in den unzähligen Villen steckte.

Wahrscheinlich konnten die Immobilienhändler, die sich auf finanzstarke Kundschaft spezialisiert hatten, sogar recht gut davon leben. Denn meist waren die Anleger aus dem Ausland froh, ihr Geld auf diese Weise am deutschen Staat vorbei in einem Objekt anlegen zu können. Wer wollte hier schon wissen, woher die Millionen kamen. Dass sie das Geld mit List und Tricks all jenen abgezwackt hatten, die rund um die Uhr schufteten, aber gerade mal am Existenzminimum herumkrebsten, dürfte niemanden interessieren, überlegte Häberle. Er wollte nicht wissen, wie Fernandez zu Reichtum gekommen war.

»Ich muss es ansprechen«, sagte er schließlich, drehte sich mit dem Glas in der Hand zur Sonne und lehnte sich an die Brüstung. »Mit dem Herrn Brugger, der vorletzte Nacht in den Dünen ums Leben gekommen ist, hatten Sie wohl gewissen Ärger.«

»Ärger wäre zu viel gesagt, Herr Comisario«, wiegelte Fernandez vollmundig ab, der sich neben Häberle ebenfalls ans Geländer lehnte. »Es gab Meinungsverschiedenheiten, weil er sich für eine Anlagestrategie entschieden hatte, die immer mit Risiken belastet ist. Und eine weltweite Rezession kann niemand vorhersagen. Wer spekuliert und hohe Renditen erhofft, geht grundsätzlich ein Risiko ein. Wer dies nicht will, sollte sein Geld unters Kopfkissen legen – aber auch dann …«, Fernandez grinste überheblich, »… gibt es ein Risiko, nämlich, dass ein Einbrecher kommt und Ihnen alles wegnimmt. Oder dass das Haus abbrennt und die Scheinchen zu Asche werden.«

»Und wie war das im Falle des Herrn Brugger?«, brachte Häberle das Gespräch auf den gewünschten Punkt.

»Das ist alles kein Geheimnis. In Puerto de Mogan, ein paar Kilometer westlich von hier, gibt es ein Shoppingcenter, ein großes Projekt, direkt angebunden an die Stadt. Dessen Rendite versprechen lukrative Einnahmen, sofern die Räumlichkeiten vermietet sind.«

»Aber sie sind es nicht.«

»Anfangsschwierigkeiten, Señor Comisario. Das Projekt steht seit zwei Jahren und wir haben immerhin ein Drittel vermietet.«

»Ein Drittel immerhin«, wiederholte Häberle sachlich und erstaunt. »Laienhaft würde ich sagen, das ist ziemlich wenig nach zwei Jahren.«

»Zwei Jahre, was sind schon zwei Jahre? Solche Objekte werden nicht für die Dauer von fünf Jahren gebaut. Das sind langfristige Anlagen, wissen Sie, da geht es um Strategien, um Visionen, da muss auch das Umfeld stimmen.«

»Das heißt – wenn ich Sie richtig verstehe –, Herr Brugger hat bisher keine Rendite erzielt.«

»Er ist wohl mit falschen Vorstellungen an die Anlage herangegangen«, gab sich Fernandez aalglatt. »Es war von vornherein klar, dass auch noch der Parkplatz ausgebaut werden musste. Was wäre ein Shoppingcenter ohne Parkplätze, Herr Comisario?«

»Demnach gab es Nachforderungen?«

»Nicht Nachforderungen. Es waren weitere Investitionen nötig, um das Projekt attraktiv zu machen.«

»Im Klartext: Brugger sollte noch mehr bezahlen, anstatt Rendite zu erzielen.«

»Er – und übrigens weitere 25 Investoren – werden zum Erreichen ihrer Renditen ein attraktives Umfeld schaffen müssen. Und wenn Sie nach zehn, zwölf oder 15 Jahren die in Aussicht gestellten Renditen bekommen, hat das Objekt, rückblickend betrachtet und auf die Jahre verteilt, mit Sicherheit mehr abgeworfen, als Sie bekommen hätten, wenn Sie dieselbe Summe in den heutigen Krisenzeiten bei einer Bank fest angelegt hätten. So sieht es nämlich aus, Señor Comisario.«

So waren sie alle, dachte Häberle. Die Anlagestrategen verstanden es trefflich, Bedenken ins Positive zu drehen – und am Schluss sagte jeder Kunde: Der Mann hat recht. Häberle wollte dies nicht vertiefen und kam zurück auf sein Thema. »Hat Herr Brugger mit Ihnen Kontakt aufgenommen?«

»Hat er, ja. Auf meinen Anrufbeantworter hat er gesprochen.«

»Haben Sie zurückgerufen?«

»Nein. Er hat mich in letzter Zeit viele Male belästigt und mit dem Anwalt gedroht. Aber, Herr Comisario, Geschäft ist Geschäft. Wo kämen wir im Geschäftsleben hin, wenn jeder seinen Vertrag nach einem Jahr wieder rückgängig machen wollte?«

»Sie sind ihm also, seit er hier war, nicht begegnet?« Häberle trank sein Glas leer und drehte es in der Hand.

»Ich schwöre es. Ich hab ihn weder gesprochen noch getroffen.« Fernandez holte die Karaffe und schenkte nach.

»Gibt es denn aus der Heimat von Herrn Brugger noch andere Ärzte, die sich Ihrer Immobilienvermittlung bedienen?«

»Ich weiß nicht, ob ich Ihnen das sagen muss, Herr Comisario. Diskretion wird in unserer Branche sehr hochgehalten.«

»Sagen Ihnen die Namen Stuhler, Moschin, Salbaisi etwas – kennen Sie eine Frau Marion von Willersbach?«

Fernandez hatte den Blickkontakt zu Häberle aufgegeben und seine Augen wieder aufs Meer gerichtet. »Entschuldigen Sie, Herr Comisario, aber wenn ich Namen nenne oder bestätige, dann nur, wenn mich die hiesige Staatsanwaltschaft dazu auffordert. Haben Sie bitte Verständnis, dass ich nichts sage. Und mein Schweigen dürfen Sie nicht so deuten, dass die genannten Personen mit mir Geschäfte machen. Haben wir uns da verstanden?«

»Dann frage ich Sie jetzt ganz direkt, Herr Fernandez, wieso besitzen Sie als Spezialist für kanarische Immobilien eine Ferienwohnanlage in der Schweiz und wieso hatten Sie sich eine Gewerbeimmobilie in Laichingen bei Ulm in Süddeutschland gesichert?«

Fernandez war, wie Häberle es empfand, zu keiner

spontanen Antwort in der Lage. Dann jedoch schien er seine Gelassenheit wiedergefunden zu haben: »Herr Comisario, als Immobilienmakler ist man nie auf eine einzige Region beschränkt. Das wäre in der heutigen Zeit viel zu riskant. Man muss auf die Wünsche der Kunden reagieren können. Die einen mögen Sonne und Meer, die anderen Schnee, Ski und die Berge. Und wenn Ihnen auf dem internationalen Markt eine Gewerbeimmobilie angeboten wird, dazu noch in Autobahnnähe, verspricht dies langfristig ebenfalls steigende Renditen.«

»Und praktisch sind solche leer stehenden Objekte wie eine Ferienwohnanlage in Brig allemal«, meinte Häberle beiläufig.

»Praktisch nicht«, erwiderte Fernandez, ohne Häberle eines Blickes zu würdigen, »aber sie gehören zum Angebot.«

»Zum Angebot?«, fragte der Chefermittler mit vornehmer Zurückhaltung. »Bieten Sie auch noch andere Dienste an?«

»Wie kommen Sie denn darauf?« Zum ersten Mal reagierte Fernandez gereizt. »Was soll ich denn noch für Dienste anbieten, außer Immobilien zu verkaufen?«

»Adressen«, konterte Häberle jetzt auch eine Spur unfreundlicher. »Eine feste Adresse. Oder soll ich sagen: eine Briefkastenadresse.« Noch während er es sagte, erinnerte er sich an Fernandez' Dogge. Wo war die überhaupt? Wenn Fernandez das berüchtigte spanische Temperament hatte, konnte es unangenehm werden.

»Briefkastenadresse?«, wiederholte der unerwartet leise und sah weiter aufs Meer. »Gibt es den Verdacht, dass jemand meine Ferienwohnanlage als Briefkastenadresse missbraucht?«

»Ob missbraucht oder nicht«, erklärte Häberle und behielt den Spanier im Auge. »Fest steht, dass sie zur Kontaktaufnahme genutzt werden sollte.«

»Kontaktaufnahme – von wem?«

»Wir haben zwar einen Verdacht, aber darüber will ich nicht reden«, erwiderte der Ermittler. »Wer weiß denn alles von dem leer stehenden Objekt?«

Fernandez wirkte plötzlich verunsichert. »Woher soll ich das wissen? Es gibt Prospekte davon, einige Hinweise auf meiner Homepage im Internet. Es dürfte kaum möglich sein, alle Personen zu finden, die sich dafür interessiert haben.«

»Rein theoretisch also«, konstatierte Häberle, »könnte sich jeder dieser Adresse und des Briefkastens bedienen. Wie lange steht das Objekt denn schon leer?«

»Fast fünf Jahre. Ich hab es zu einem Zeitpunkt gekauft, als die Immobilienpreise im Wallis ein Ansteigen erwarten ließen.« Er zuckte mit den Schultern. »Für manches braucht man einen langen Atem – so sagt man doch in Deutschland, oder?« Sein Gesicht verzog sich zu einem Lächeln. »Auch dem Dr. Brugger hab ich empfohlen, einen langen Atem zu haben, um später einmal richtig gut zu verdienen.«

»Warum vermieten Sie es nicht?«

»Das habe ich versucht. Aber die Kosten für Verwalter und Hausmeister übersteigen die Einnahmen. Drei-, viermal hab ich's trotzdem vermietet. In der Wintersaison für Skifahrer.«

Häberle spürte, dass sich eine neue Entwicklung anbahnte. »Sie haben vorhin gesagt, dass Sie mir keine Namen von Kunden nennen oder bestätigen wollen«, begann er seinen Vorstoß vorsichtig. »Aber kurzfristige

Mieter einer Ferienwohnung sind ja wohl keine potenziellen Käufer. Könnte es sein, dass Herr Brugger es war, der die Ferienwohnung angemietet hat – für einen Skiausflug mit seinen Kollegen?«

Fernandez zögerte. Er wollte etwas sagen, sah jedoch im Augenwinkel die Dogge auf die Terrasse kommen.

Häberle musterte den hochbeinigen Hund und überlegte, ob er ihn für graziös oder gemeingefährlich halten sollte.

Max Frenzel hatte sich von dem Schock nur mühsam erholt. Nachdem Linkohr mit dem Katzengewand gegangen war, hatte der kreidebleich gewordene junge Mann ein paar wenige Worte mit dem Leiter des Naturschutzzentrums gewechselt, um danach wieder in seine Räume ins Untergeschoss zu gehen. Er fühlte sich erleichtert, als er die Tür hinter sich zuzog und er sich auf den einzigen gepolsterten Stuhl setzen konnte, den es in dem Raum gab. Er schloss für einen Moment die Augen und versuchte, das Geschehen der vergangenen Minuten auf sich wirken zu lassen – vor allem aber, die Folgen durchzuspielen. Wenn sie jetzt das Katzengewand gefunden hatten, würde es nicht mehr lange dauern, bis er ins Fadenkreuz der Ermittler geriet. Oder war er es nicht längst? Die Fragen des jungen Kriminalisten ließen dies befürchten. Sie hatten sich Gedanken über seine verlorenen Schlüssel gemacht und offenbar Zweifel am Diebstahl seines Autos. Außerdem war die Sache mit der dubiosen Kühlbox bekannt geworden.

Frenzel sog die feuchtwarme Luft in sich hinein, die von der Klimatisierung der Terrarien ausging, und fühlte sich schlecht. Am liebsten wäre er in die Kälte der aufkommenden Nacht hinausgerannt, weit fort, irgendwohin, durch die weiße Wüste der winterlichen Alblandschaft.

Doch er hatte sich vorgenommen, den Abend hier mit sich allein zu verbringen. Wohnhaupt war nach dem Gespräch gleich gegangen und hatte die Eingangstür geschlossen.

Während der junge Mann einige Käferlarven beobachtete, die sich in einem der Terrarien mühevoll durch feines Erdreich wühlten, musste er an Lena denken. Seine Kontakte zu ihr waren natürlich ein weiterer Punkt, der die Ermittler stutzig machen würde. Er spürte, wie sein Pulsschlag schneller wurde. Sie mussten den Eindruck gewinnen, dass er im Mittelpunkt des ganzen Geschehens stand, hämmerte ihm eine innere Stimme ins Gehirn. Hatte er denn für Samstagnacht ein Alibi? Hatten sie längst geprüft und festgestellt, dass er unstetig umhergeirrt war? Dass es die Freunde, die er genannt hatte, zwar gab, sie ihm aber kein exaktes zeitliches Alibi geben konnten?

Frenzel vermochte keinen klaren Gedanken zu fassen. Ein böses Gefühl überkam ihn: War er nicht das schwächste Glied in dieser Geschichte? Alle anderen konnten mit Doktorentiteln glänzen oder zumindest mit einem Partner, der als ehrenwerter Mediziner galt. Sie würden sich teure Anwälte leisten können und ihre Beziehungen spielen lassen. Wenn's dumm lief, geriet er zwischen alle Stühle. Doch welches Motiv würden sie für ihn finden? Sein Denkapparat schien zu rotieren. Frustration, wie sie in diesen Zeiten oft für Erklärungen herhalten musste? Frustration über ein marodes Staatsgebilde, über ein krankes Gesundheitswesen? Rache? Längst zeichnete sich ab, dass es für einen Allgemeinmediziner, wie er es einmal werden wollte, in Deutschland keine Zukunft mehr gab. Zumindest nicht mit diesem Gesundheitsfonds, der völlig an den Bedürfnissen einer Hausarztpraxis vorbeiging. Die Zeiten, in denen Allgemeinmediziner angeblich in Saus und Braus leben konnten, waren vorbei. Eine Praxis zu übernehmen, sie womöglich auf den neuesten Stand bringen zu müssen, erschien Frenzel nach allem, was er von erfahrenen Ärzten an der Universität gehört hatte, unmöglich zu sein. Weder das lange Studium noch die Verantwortung, die man sich als Arzt auferlegte, wurden vom derzeitigen Honorarsystem berücksichtigt.

Frenzel verfolgte abwesend die Bewegungen eines schwarzen Käfers, der in einem der Glasbehälter über ein Stück Holz krabbelte. Die Geräusche der kleinen Klimaanlage vermischten sich in seinen Ohren zu einem gewissen Hintergrundrauschen, das aus den Tiefen des Weltalls zu ihm in den Keller herunterzudringen schien. Er war allein, durchzuckte es ihn plötzlich. Allein in dem großen Haus, das, gut zwei Kilometer vom nächsten Ort entfernt, frei in der Landschaft stand und durch die derzeitigen Umbaumaßnahmen mit Gerüsten versehen war.

Lena. Mit einem Schlag musste er an Lena denken. Sie hatte ihm nahegelegt, auf sich aufzupassen. Sie hatte die Bedrohung gespürt, ohne genau sagen zu können, von wem sie ausging. Von Wohnhaupt? Sein Pulsschlag beschleunigte sich weiter. War Wohnhaupt tatsächlich gegangen? Und wenn ja, hatte er sich davon überzeugt, dass sich im Laufe des Spätnachmittags niemand in das Haus eingeschlichen hatte?

Quatsch, beruhigte ihn die Vernunft. Niemand hatte vorhersehen können, dass du heut Abend allein hier sein würdest.

Aber, so trommelte die Angst, da draußen steht dein Auto, dein blauer Fiesta, der schon einmal eine Rolle gespielt hat. Auch wenn in dieser frühen Winternacht aus dem Gebäude kein Lichtschein nach draußen drang, so war das Auto verräterisch. Der Gedanke, im Laufe des Abends allein in die Finsternis hinausgehen zu müssen, jagte ihm einen Schauer über den Rücken. Es waren zwar nur ein paar Schritte von der Tür zu seinem Auto, doch würde die kurze Distanz ausreichen, ihm etwas anzutun.

Er beschloss deshalb, die Nacht im Haus zu verbringen. Dies wäre nicht das erste Mal. In den zurückliegenden Monaten hatte er öfter auf einer Couch übernachtet, wenn ihn ein biologisches Phänomen gefangen hielt und er in den frühen Morgenstunden keine Lust mehr verspürte, ins heimische Türkheim zurückzufahren.

Je länger er über die Ereignisse nachdachte, desto mehr wurde ihm bewusst, wie tief er mit ihnen in Verbindung stand. Hatte er Lenas Anruf gestern Nachmittag noch eher auf die leichte Schulter genommen, so wurde ihm erst jetzt die ganze Tragweite dieser gut gemeinten Warnungen bewusst. Die Unbeschwertheit seines Studentenlebens war mit einem Schlag verschwunden. Das alles war kein Spiel, sondern bitterer Ernst. Er ging zum nächsten Terrarium, in dem außer einer Grünpflanze nichts zu sehen war. Die Insekten hatten sich in ihre Verstecke zurückgezogen.

Du bist ein Störfaktor, sagte ihm sein Innerstes. Ein Störfaktor, den sie beseitigen wollen. Ein Fehler im System. Einer, der zu viel weiß. Sie wollen dir mit dem verdächtigen Katzenkostüm alle Taten unterjubeln und dich dann ebenfalls beseitigen. Sie haben gar keine andere Wahl.

Beseitigen? Frenzel erschrak über diesen Gedanken. Wenn dies so war, dann konnten es nur Personen sein, denen er bisher vertraute. Wie in einem viel zu schnell laufenden Film flitzten die Porträts von Ärzten und Krankenschwestern an ihm vorbei. Fallheimer, Brugger, Stuhler, Moschin, Salbaisi. Die vielen netten Mädels, die er kennengelernt hatte. Oder Humstett, den leicht verschrobenen Wissenschaftler. Wild durcheinander tauchten sie in seinen Gedanken auf. Dazwischen immer wieder der sympathische Fallheimer, den er bereits vor sechs Jahren bei einem medizinischen Symposium getroffen hatte, wo er, gerade das Abitur in der Tasche, gewesen war, um sich über die Zukunftsperspektiven von Ärzten zu informieren. Fallheimer war so etwas wie sein Ziehvater geworden. Aus der reinen Bekanntschaft hatte sich eine Freundschaft entwickelt; sogar so weit, dass sie ihn, als er gerade das dritte Semester hinter sich gebracht hatte, als Fahrer eines Kleinbusses mit in den Skiurlaub genommen hatten. All dies jagte in Sekundenschnelle durch sein Gehirn. Und manche Bemerkung, manches Gespräch, dem er beigewohnt hatte, erschien ihm auf einmal in einem anderen Licht. Sie hatten ihn, den jungen Medizinstudenten, schon damals auf seine ärztliche Schweigepflicht eingeschworen – und es war für ihn schmeichelhaft gewesen, in diesem erlauchten Kreis dabei sein zu dürfen, der ihm unerwartet gesellig und leutselig erschien. Besonders angenehm hatte er die Anwesenheit der Damen im Gedächtnis.

Während er in Erinnerungen schwelgte, die ihm aus der Tiefe des Gehirns hochgespült wurden, ging er – vom Unterbewusstsein getrieben – an die Arbeit, öffnete vorsichtig das eine oder andere Terrarium, um Schmutz zu entfernen und kleinste Mengen von Nahrung zu verteilen, änderte mit den kleinen Lämpchen die Lichtverhältnisse, regulierte hier und da die Temperatur und machte sich auf langen Listen Notizen. Zwar versuchte er, sich auf diese Arbeit zu konzentrieren, doch im Hintergrund seiner Gedanken lief ein Film, den er nicht abschalten konnte.

Nachdem er die Terrarien, von denen es entlang der Wände gut drei Dutzend gab, alle sorgfältig geprüft hatte, setzte er sich an den winzigen Computertisch.

Der Rechner hatte schon viele Jahre auf der Festplatte und seine ebenso veraltete Microsoft-Version erforderte bei jedem Vorgang geduldiges Warten. In eine Excel-Datei übertrug er seine handschriftlichen Daten. Wie viel Zeit inzwischen seit dem Weggang von Wohnhaupt verstrichen war, hätte er nicht sagen können. Erst als sein Blick die Armbanduhr streifte, wurde ihm bewusst, dass er mehr als drei Stunden im Keller verbracht hatte. Womöglich stürmte und schneite es draußen. Vielleicht war er längst eingeschneit und hätte ohnehin keine Chance mehr, mit seinem Kleinwagen fortzukommen.

Er würde sich nach getaner Arbeit droben in den Büros, in denen es jede Menge biologische Fachliteratur gab, eine spannende Lektüre suchen und auf einer gepolsterten Sitzgruppe bis in die späten Nachtstunden lesen und erst bei Tageslicht das Haus verlassen.

Frenzel prüfte erneut die Terrarien und löschte das Deckenlicht, sodass nur noch einzelne Lämpchen brannten, die, von einer Schaltuhr gesteuert, den jeweiligen Miniatur-Biotopen einen verkürzten Tag-Nacht-Rhythmus simulierten.

Dann ließ er die Tür hinter sich ins Schloss fallen und

knipste im Flur das Licht an. Hier unten, das wusste er, gab es insbesondere während der kalten Jahreszeit allerlei seltsame Geräusche. Die Heizungsrohre reagierten auf unterschiedliche Temperaturen, das Brennersystem des Ofens brummte und rauschte irgendwo – und immer wieder war Knacken und metallisches Rumoren zu vernehmen. Material dehnte sich aus oder zog sich zusammen, je nach Temperaturentwicklung. Anfangs hatte er sich davor gefürchtet, doch seit er regelmäßig hierherkam, war ihm das Eigenleben des Hauses längst vertraut. Während er die schmale Steintreppe ins Erdgeschoss hinaufstieg, wurde ihm jedoch bewusst, dass die Außenhaut des Gebäudes derzeit anfällig war. Anfällig gegen Angriffe, warnte ihn seine innere Stimme. Über die Leitern am Gerüst war es möglich, mühelos jedes Stockwerk und sogar das Dach zu erreichen. Wenn ein Fremder eindringen wollte, brauchte er sich nicht aufs Erdgeschoss zu beschränken. Frenzel verlangsamte instinktiv seinen Schritt, als ihm bewusst wurde, dass ein potenzieller Täter heute Nacht auch übers Dach kommen konnte.

67

Häberle hatte gespürt, wie unangenehm Fernandez seine Anwesenheit geworden war. Dass sich ausgerechnet zu diesem Zeitpunkt die Dogge auf der Terrasse sehen ließ, dann auf Kommando ihres Herrchens brav wieder von dannen gezogen war, konnte natürlich ein Zufall gewesen sein. Aber irgendwie hatte sich der Kommissar des Eindrucks nicht erwehren können, dass dies ein geradezu inszenierter Akt war.

Häberle hatte es deshalb für richtig erachtet, im rötlichen Schein der im Atlantik versinkenden Sonne den Rückzug anzutreten. Immerhin hatte Fernandez notgedrungen einige Angaben gemacht, aus denen ein erfahrener Kriminalist Rückschlüsse ziehen konnte.

Nachdem er das Villengrundstück verlassen hatte, ohne noch einmal die Dogge zu Gesicht zu bekommen, schlenderte Häberle im aufkommenden Abendwind an den zugewachsenen Grundstücken entlang. Er beschloss, ein Stück weit zu Fuß in Richtung Playa del Ingles zu gehen. Er kannte sich zwar nicht aus, aber in Strandnähe war es natürlich ein Leichtes, die Orientierung beizubehalten.

Die Erkenntnisse der vergangenen Stunden erforderten Zeit zum Nachdenken. Zum ersten Mal seit Langem hätte er sich einen Computer gewünscht, um die vielen Eindrücke aufzuschreiben und systematisch den Ermittlungsergebnissen der Kollegen daheim zuordnen zu können. Diese hatte er sich im Laufe des Tages mehrfach von Linkohr übermitteln lassen. Vieles, was der Jungkriminalist zu berichten wusste, passte zu Häberles Theorie, die inzwischen deutlich Konturen angenommen hatte.

Und plötzlich beschlich ihn das ungute Gefühl, womöglich zum falschen Zeitpunkt am falschen Ort zu sein. Er musste unbedingt mit der Sonderkommission telefonieren, am besten mit Linkohr, der mit seiner schnellen Auffassungsgabe in der Lage sein würde, sofort richtig zu reagieren. Es durfte keine Zeit mehr verloren werden.

Frenzel hatte das Licht im Treppenhaus gelöscht und im Ausstellungsraum die kleine Notbeleuchtung angeknipst. Es war viel zu schwach, um durch die große Fensterfront des Eingangsbereichs den verschneiten Vorplatz im Freien zu erhellen. Frenzels Blick ging in das tiefe Schwarz der Nacht hinaus. Die dicken Schneeflocken, die der Wind gegen die Scheiben wirbelte, wo das diffuse Innenlicht sie erfassen konnte, ließen vermuten, dass ein Wintersturm ums Haus tobte.

Der junge Mann sah diesem winterlichen Schauspiel einige Sekunden lang zu, während ihn seine innere Stimme erneut warnte: Du stehst hier im Licht und jeder, der in dieser finstren Nacht da draußen auf dich lauert, kann dich sehen.

Ich lass mich nicht verrückt machen, sagte seine Vernunft. Wer sollte schon wissen, dass ich hier oben bin? Außer Wohnhaupt keiner. Oder doch? Dass er hier oben forschte, war in der Klinik kein Geheimnis. Und jene, denen er es nie gesagt hatte, wussten es womöglich längst von anderen. Dass sich ein Medizinstudent für blutsaugende Insekten interessierte, kam schließlich nicht alle Tage vor.

Er blieb bewegungslos stehen, um das chaotische Spiel der Schneeflocken zu beobachten, während er gleichzeitig gewahrte, dass sich in den Fensterscheiben der Innenraum schemenhaft spiegelte. Diese Nacht, das war zu befürchten, würde ziemlich unruhig werden. Der Wind heulte in Böen ums Haus und ließ alles, was draußen auf der Baustelle nicht niet- und nagelfest war, durch die Lüfte segeln und flattern. Frenzel lauschte angespannt und versuchte, jedes Scheppern, Krachen oder Schlagen einem Gegenstand zuzuordnen – dem Gerüst, einer Leiter, einer Plane, einem lockeren Metallteil.

Noch während er, am Tresen des Informationsbereiches stehend, gedankenversunken zu den Schneeflocken starrte, erweckte etwas die Aufmerksamkeit seines Unterbewusstseins. Eine Bewegung im Spiegelbild der Fensterscheibe – etwas, das nicht zum abgebildeten Innenraum passte. Frenzel stockte der Atem. War es eine gespiegelte Bewegung von ihm selbst gewesen? Aber er hatte sich überhaupt nicht gerührt. Ein Tier also? Vielleicht ein Fuchs, ein Wildschwein, ein Reh?

Frenzel wagte kaum noch zu atmen. Er musste weg. Raus aus dem Ausstellungsraum, hinüber in den Bürotrakt. Möglichst hinauf ins Obergeschoss. Zurückziehen. Eine halbe Minute blieb er stehen, als sei er gar nicht mehr in der Lage, sich zu rühren. Er fühlte sich, als habe ihm irgendetwas die ganze Energie geraubt und sie gegen Panik- und Angstgefühle ausgetauscht.

Er entfernte sich mit seitlichen Schritten von dem Informationstresen, um sich wieder dem Treppenhaus zu nähern – ganz langsam, als wolle er vermeiden, dass hastige Bewegungen die Aufmerksamkeit eines Beobachters auf ihn lenken könnten. Alle Vorsicht war sinnlos, falls ihn bereits jemand von außen ins Visier genommen hatte – doch daran wollte er nicht denken. Es ging ihm um Flucht, um eine schnelle Flucht. Nichts wie weg. Unbemerkt. Allerdings waren es eher Bewegungen im Zeitlupentempo, mit denen er weiterging und dabei nach dem Lichtschalter für das Notlicht fingerte. Er bekam ihn zu fassen und drückte ihn. Sofort war der Ausstellungsraum in absolute Finsternis gehüllt. Frenzel zog sich tastend bis ins schützende Treppenhaus zurück und ging hinter dem Mauervorsprung in Deckung, an dem der Rahmen der offen stehenden Tür befestigt war. Es war für den jungen Mann kein Problem, sich in der Dunkelheit zurechtzufinden, schließlich fühlte er sich hier fast wie zu Hause.

Es dauerte ein paar Minuten, bis sich seine Augen an die Dunkelheit gewöhnt hatten und die Fenster sich als grauschwarze Rechtecke von der rabenschwarzen Umgebung abhoben.

Wieder traf eine Böe das Haus. Draußen kullerte offenbar ein leerer Plastikeimer über ein Gerüstbrett. Im Haus knackte Holz – und plötzlich spürte Frenzel einen leichten Luftzug, den er bis jetzt nicht wahrgenommen hatte. Er klammerte sich an den Türrahmen und löste seinen Blick von den Fenstern, die ihm wie zaghaft aufgehellte Flächen in absoluter Finsternis erschienen.

Während der Sturm in Böen Orkankräfte entfachte und von Minute zu Minute kräftiger am Gebäude zerrte, verstärkten sich auch die Geräusche. Wieder ein Schlag – Metall auf Metall. Gleichzeitig gab es ein dumpfes, hölzernes Scheppern. Frenzel vermutete, dass ein Brett an der eingerüsteten Fassade von einer Arbeitsebene zur anderen hinabgepoltert war.

Doch dieser Luftzug? Frenzel starrte in die ultimative Schwärze des Treppenhauses und glaubte auf einmal, weiße Ornamente und Schlieren wahrzunehmen, wo gar nichts sein konnte – außer Finsternis. Seine Nerven spielten verrückt, ganz sicher. Doch da war dieser Luftzug. War das Haus derart schlecht gedämmt, dass der Sturm auch in geschlossenen Räumen gespürt werden konnte?

Frenzel nahm erneut wahr, wie Muskulatur und Nervenbahnen seines Körpers mit kurzen Schockwellen reagierten und abzusterben drohten. Er glaubte bereits, den Atem eines Menschen zu bemerken. Doch es war frische Luft, die durchs Treppenhaus strömte. Hatte der Sturm ein Fenster aufgerissen?, überlegte er und hoffte flehentlich, dass dies tatsächlich so war. Aber keines der Geräusche hatte sich so angehört, als könnte es diese Hoffnung untermauern. Eine neuerliche Böe raste über das Haus. Wieder fielen draußen Holz- und Metallteile um, wurden weggefegt und krachten gegen andere Gegenstände. Gleichzeitig hallte ein ohrenbetäubender Schlag durchs Treppenhaus. Frenzel erschrak bis in die Tiefen seiner Seele. Ein Schuss? War das ein Schuss?

Handy. Schnell das Handy. Frenzel war von Panik ergriffen. Er klopfte in Windeseile all seine Jacken- und Hosentaschen ab, um das Gerät zu finden. Frenzels Atem überschlug sich förmlich, sein Herz raste. Er hatte Mühe, das Handy in der zitternden Hand zu halten – und hätte es beinahe fallen lassen, als ein zweiter Schlag das Treppenhaus zum Dröhnen brachte. Schuss? Oder eine Tür, die mit voller Wucht ins Schloss gefallen war? Durch den Sturm? Frenzel war absolut nicht mehr in der Lage, eine vernünftige Antwort zu finden.

Das Gespräch mit Häberle war kurz und knapp gewesen. Linkohr wusste, was zu tun war. Mit einem Mal hatte sich die Müdigkeit verflüchtigt. Er schob die leere Schachtel beiseite, in der eine Pizza verpackt gewesen war. Ein Glück, dass sie sich bereits am frühen Abend von einem italienischen Lieferservice hatten verpflegen lassen. Aber was hieß hier schon Glück?, überlegte Linkohr. Glück wäre für ihn etwas anderes gewesen. Aber nach Lage der Dinge bestand nicht die geringste Chance, mit Kerstin den gestrigen Abend heute zu wiederholen – und zwar in allen Einzelheiten.

Denn jetzt war schnelles Handeln angesagt. Dass Häberle auf Gran Canaria festsaß und nicht mehr rechtzeitig zurück sein konnte, bis der Fall in die entscheidende Phase kam, empfand Linkohr keinesfalls als belastend. Ganz im Gegenteil: Zum ersten Mal nach sechs Jahren konnte er nun Verantwortung übernehmen und zeigen, was er unter Häberle gelernt hatte. Und sein Ehrgeiz war riesig – auch wenn er, ganz im Stile Häberles, den Teamgeist in den Vordergrund stellte. Natürlich galt dies in ganz besonderer Weise für die Zusammenarbeit mit Kerstin. Er wollte die Kollegin gerade bitten, zur Besprechung in den Lehrsaal zu kommen, da traf er unter der Tür auf sie.

»Ich hab was«, sagte sie mit dem dezenten Lächeln im Gesicht, das ihn jedes Mal schwach machte.

Linkohr blieb stehen. »Ich hab auch was«, entgegnete er. »Ich hab mit dem Chef telefoniert. Er meint, wir sollten den Zugriff einleiten.«

»Nur einen Moment noch, Herr Oberkommissar«, grinste Kerstin und deutete ihm an, mit ihr in sein Büro zurückzugehen. »Frau Bruggers Alibi ist mit den Stromverbrauchsdaten nicht zu widerlegen.« Sie legte Linkohr einige Computerausdrucke auf den Tisch. »Hier«, sagte sie und setzte sich. Auch der Jungkriminalist zog einen Stuhl zu ihr heran, um sich die Papiere anzusehen.

»Das hat uns das E-Werk ermittelt«, fuhr sie fort und unterstrich mit einem Kugelschreiber eine Zahlenreihe. »Da wurde am Dienstag und Mittwoch ganz normal Strom verbraucht. Entspricht nahezu den Durchschnittswerten der Vortage.« Sie verwies auf ein zweites Blatt, auf dem die Kilowattstunden-Daten in Form einer Grafik dargestellt wurden.

»Hm«, machte Linkohr und kratzte sich am Oberlippenbart. »Deutliche Ausschläge. Zur Mittagszeit, am Abend wieder – und sogar in der Nacht.«

»Nachts könnten es Waschmaschine und Trockner sein, die programmiert waren, weil die Bruggers auch Nachtstromtarif angemeldet haben.«

Linkohr überlegte. »Programmiert – das funktioniert aber auch, wenn du ein paar Tage nicht daheim bist. Und außerdem …«, er sah ihr in die großen Augen, aus denen er erwartungsfrohe Hoffnung herauslas, »… wer gibt uns die Gewähr, dass während ihrer Abwesenheit kein anderer bei ihr gewohnt hat? Oder zumindest sich zeitweilig dort aufgehalten hat?«

Kerstin nickte. Auch sie hatte dies bereits in Erwägung gezogen. Es gab viel zu viele andere Indizien.

»Dann lass uns zuschlagen«, entschied Linkohr und rief die restliche Mannschaft zusammen.

68

Frenzel stand wie gelähmt in der Finsternis. Noch immer spürte er den kalten Luftzug, der ihn immer deutlicher umgab. Mit jeder Orkanböe, die jedes Mal heftiger an dem Haus zerrte und wie eine wildgewordene Bestie durch Spalten und Ritzen heulte, wurde es kälter. Als ob ein böser Geist eingedrungen wäre.

Der junge Mann hielt sein kleines Handy fest umklammert und tastete sich vorsichtig in den Ausstellungsraum zurück. Er könnte ins Freie flüchten, durchzuckte es ihn. Aber genau dort hatte er vor wenigen Minuten die allergrößte Gefahr befürchtet. In den Keller? Einschließen und die Polizei rufen? Doch bis sich bei diesem Schneesturm eine Streife zu diesem gottverlassenen Ort durchgekämpft hätte, wäre er vermutlich tot.

Das Heulen und Rauschen des Sturmes war inzwischen derart angeschwollen, dass alle anderen Geräusche darin untergingen.

Als er sich an der Infotheke entlangschlich und dabei beinahe einen Prospektständer umgeworfen hätte, wurde ihm bewusst, dass er nicht mehr darauf zu achten brauchte, keinen Lärm zu verursachen. Der orkanartige Sturm übertönte mittlerweile alles. Auch Schritte im Treppenhaus, falls es sie gab; und falls von oben jemand herunterkam.

Frenzel traf mit den Händen auf die große Glasvitrine, orientierte sich nach links und entschied, hinter einem großen Vorhang, der den Kinderbereich begrenzte, in Deckung zu gehen.

Er versuchte, einen klaren Gedanken zu fassen. Hatte er sich alles nur eingebildet? War er ganz einfach überdreht? Als Kind hatte er oft, wenn er allein zu Hause war, überall Spuren von Einbrechern gesehen. Hinter Türen, im Keller, auf dem Dachboden, ja, selbst in Kleiderschränken.

Die Panik, die ihn jetzt ergriffen hatte, ließ jedoch der Vernunft keinen Raum. Da war jemand, hämmerte es in seinem Kopf. Da ist jemand. Oder war doch alles nur Einbildung? Spielten seine Nerven verrückt?

Schwer atmend und mit zitternder Hand drückte er eine Taste des Handys, sodass das Display aufleuchtete. Er hatte Mühe, die Ziffern 110 zu treffen. Dann presste er das Gerät ans Ohr. Während er auf das Freizeichen wartete, schob er den Vorhang beiseite, um dorthin zu blicken, wo sich der vordere Teil des Ausstellungsraumes befand. Wieder zeichneten sich in der Finsternis kaum erkennbar die schwarzgrauen Flächen ab, die ein Fenster vermuten ließen.

Nach dem dritten Freizeichen meldete sich eine Männerstimme: »Polizeinotruf Esslingen.«

Frenzel presste ein schwaches »Hallo« hervor. Seine Stimme zitterte. »Ich brauche Ihre Hilfe.« Vor seinen Augen begannen wieder die Ornamente zu tanzen und zu flackern, die nichts weiter als nervöse Trugbilder waren, die ihm die Netzhaut vorgaukelte. »Naturschutzzentrum Schopfloch«, flüsterte er und wiederholte es gleich noch einmal etwas lauter, weil er befürchtete, das Heulen des Sturmes würde ihn übertönt haben. Dann fügte er schnell hinzu: »Die Kripo in Geislingen weiß Bescheid. Ich bin allein.« Noch während er dies sagte, stockte ihm der Atem. Er hatte einen Lichtschein gesehen. Ganz kurz nur und flackernd, aber es war kein Fantasiebild. Ganz sicher nicht. Drüben aus dem Treppenhaus war es gekommen. Als wäre es von einer Taschenlampe gewesen.

»Kommen Sie bitte schnell«, flüsterte er panisch in das Handy. »Naturschutzzentrum Schopfloch. Mein Name ist Max Frenzel.« Er wiederholte seinen Namen. »Helfen Sie mir, schnell, bitte.« Er wollte gerade das Gespräch beenden, als das Licht wieder aufflammte. Viel näher und viel stärker. Ein schmaler Strahl bohrte sich durch die Finsternis und traf auf die Glasabdeckung der Vitrine. Der gesamte Raum wurde von dem Streulicht in ein gespenstisches Grau gehüllt. »Sie … sie …« Frenzels Stimme versagte. Seine Kehle war viel zu trocken. Er schluckte und drückte die Aus-Taste des Handys, das er in die rechte Jackentasche gleiten ließ, ohne den Vorhang zu berühren. Jede Bewegung wäre verräterisch.

Der Lichtstrahl, das konnte Frenzel von seinem Versteck aus erkennen, ging von der Infotheke aus. Dort musste jene Person stehen, die das Treppenhaus heruntergekommen war. Der junge Mann wagte kaum noch zu atmen – obwohl es angesichts des tobenden Sturms keinen Grund gegeben hätte, sich still zu verhalten. Langsam löste sich der schmale Lichtkegel von der Relief-Vitrine, glitt an der Wand entlang nach links und näherte sich bedrohlich dem Kinderbereich, den der zur Seite gezogene Vorhang begrenzte.

Frenzel spürte, wie ihm etwas den Brustkorb zusammenpresste. Sein Puls rebellierte, seine Knie wurden weich. Auf der Stirn bildete sich kalter Schweiß, der Darm schien explodieren zu wollen.

Gleich würde es geschehen.

Häberle war unruhig. Er hatte an der Strandpromenade Pulpo gegessen und zwei Bier getrunken und war in der milden Abendluft zu dem kleinen Hotel geschlendert, in dem ihm die Landespolizeidirektion ein Zimmer gebucht hatte.

Am liebsten wäre er in die nächste Maschine gestiegen und nach Hause geflogen. Seine Mission auf Gran Canaria war beendet. Doch der Rückflug war erst für morgen Nachmittag gebucht. Jetzt musste er auf die Kollegen daheim vertrauen. Er hatte sich zwar eine Theorie zurechtgelegt und sie mit Linkohr besprochen – doch darin klaffte noch eine große Lücke. In der Rechnung, die er aufgemacht hatte, gab es einen unbekannten Faktor. Mochten Eifersucht und Intrigen eine Rolle gespielt haben – aber ausschlaggebend war schließlich die Gefahr gewesen, die sich ergeben hatte, als die dubiosen Machenschaften in der Klinik scheibchenweise ans Tageslicht gekommen waren.

Häberle sah auf die Uhr. Es war 21.30 Uhr. Zu Hause bereits 22.30 Uhr und vermutlich bitterkalt. Er hatte sich einen Sessel auf den schmalen Balkon gestellt und aus der Minibar eine kleine Flasche Rotwein geholt. Sein Handy steckte im Brusttäschchen des Jeanshemds. Denn er durfte Linkohrs Meldung über die eingeleitete Aktion unter keinen Umständen verpassen.

Er umklammerte das Balkongeländer, um über Flachdächer hinwegzuschauen, die mit Klimageräten übersät waren. Das Hotel, so schätzte Häberle, stammte aus den Anfangszeiten des Kanaren-Tourismus und stand ein Stück weit vom Meer entfernt. Häberles Zimmer befand sich im vierten und damit obersten Stockwerk dieses vergleichsweise bescheidenen Gebäudekomplexes. Vermutlich waren hier insbesondere Individualreisende untergebracht. Den Ansprüchen der großen Reiseveranstalter wurde das Haus schon lange nicht mehr gerecht.

Häberle sog die frische Abendluft in sich hinein, erkannte weit draußen auf dem Meer einige Lichter, die möglicherweise zu einem Kreuzfahrtschiff gehörten, und richtete dann seinen Blick auf den klaren Sternenhimmel. Noch während er nach dem Großen Wagen suchte, riss ihn das Handy aus den Gedanken. Jetzt schon?, dachte er. Das war noch zu früh für eine Meldung aus Deutschland. Er griff nach dem Gerät und erkannte auf dem Display die spanische Vorwahlnummer.

»Ja, hallo«, meldete er sich und ging ins Zimmer zurück.

»Entschuldigen Sie. Ich bin's … Ich muss mit Ihnen reden.« Es war die Stimme Lenas.

69

Linkohr und Kerstin fuhren voraus, gefolgt von einem Kleinbus, in dem sechs Kollegen der Sonderkommission saßen. Seit Stunden schneite es unablässig. Das Licht der Scheinwerfer reflektierte sich an den dicken Schneeflocken, die dem Fahrzeug frontal entgegenwirbelten. Noch gelang es den Räumdiensten, die wichtigsten Straßen einigermaßen befahrbar zu halten.

»Außer dem Stromverbrauch hat sie keinen Beweis dafür, dass sie die beiden Tage daheim war«, sagte Linkohr plötzlich und brachte damit zum Ausdruck, dass ihn Brunhilde Brugger weiterhin beschäftigte.

»Sie hat gesagt, sie habe sich eine Auszeit genommen und sei deshalb nie ans Telefon gegangen«, resümierte Kerstin die bisherigen Erkenntnisse.

»Auszeit. Auch so ein Geschwätz von heute. Irgendetwas wird sie doch getan haben. Am Computer geschrieben oder so.«

»Das werden wir feststellen, wenn wir ihn beschlagnahmt haben. Aber vergiss nicht, man kann auch die Systemzeit im Computer manuell verändern. Dann kriegen die Dokumente, die du schreibst und speicherst, eine falsche Uhrzeit.«

»Hm«, gab sich Linkohr geschlagen, während der Golf an immer höher werdenden Schneewänden entlangrollte. »Und als Physikerin wird sie sich auskennen.«

Sie wechselten nur noch ein paar wenige Worte. Ihre innere Anspannung stieg, je näher sie Merklingen kamen. Dass sie Frau Brugger mit hoher Wahrscheinlichkeit antreffen würden, ließ ein Kontrollanruf erwarten. Ohne eine Rufnummer zu übertragen, hatten sie angerufen und sofort wieder aufgelegt, nachdem der Hörer abgenommen worden war.

Im Wohngebiet angekommen, stellte Linkohr das Auto inmitten der Straße ab. Jetzt spielte es keine Rolle, wenn sie blockiert war. Hinter ihm kam der Kleinbus zum Stehen. Linkohr und Kerstin stiegen aus, spürten die eisige Kälte und gingen zu den Kollegen, um sie auf das Haus Bruggers hinzuweisen. Hinter zwei Fenstern, an denen die Rollläden zu zwei Dritteln herabgelassen waren, brannte Licht.

Die Kriminalisten aus dem Kleinbus hatten vereinbart, dass nur einer von ihnen Linkohr und Kerstin begleitete, während sich die anderen vor dem Gebäude postierten und in den Schlagschatten verschwanden, die Sträucher und Gebäude im Schein der Straßenlampen warfen. Der Neuschnee reichte den Männern bis zu den Knöcheln – und noch immer wirbelten dicke Flocken um die Lichter.

»Okay«, gab Linkohr das Zeichen zum Aufbruch.

Doch gerade, als er sich mit Kerstin und dem weiteren Kollegen vom Kleinbus entfernen wollte, öffnete sich die Seitenscheibe des Kastenwagens. Der Fahrer winkte Linkohr zu sich her. »Sie haben einen Notruf gekriegt«, berichtete er aufgeregt und legte das Funkgerät auf den Beifahrersitz zurück. »Die Esslinger Kollegen. Vom Naturschutzzentrum Schopfloch.«

Linkohr sah den Kollegen erschrocken an. »Woher kommt das?«

»Von unseren Jungs. Sie sind gerade verständigt worden. Mehrere Streifen sind unterwegs – und sie fahren auch raus.« Nachdenklich fügte er hinzu: »Bei diesem Sauwetter geht das nicht so schnell – quer über die Alb.«

Der Strahl aus der Halogenlampe hatte ihn voll getroffen. Wie ein Laser, der ihm die Augen verbrennen wollte. Max Frenzel war geblendet und konnte nichts erkennen. Er fühlte sich gelähmt – gelähmt vor Angst, Entsetzen und Panik. Er umklammerte den Vorhang, den er bis dahin nur vorsichtig zur Seite bewegt hatte. Er zitterte und wollte schreien – doch dazu war er viel zu schwach. Denn das Licht kam näher, noch näher – und plötzlich erlosch es, nein – es war nur ein Gegenstand, der Schatten warf und der ihn mit voller Wucht im Gesicht traf. Nichts Festes, nichts Hartes, sondern etwas Weiches, etwas, das seltsam roch. Chemisch, medizinisch. Er wollte sich davon befreien, drehte den Kopf reflexartig beiseite, stieß dabei gegen die Wand, spürte den Druck im Gesicht heftiger, rang nach Luft und sog diesen Geruch tief in sich ein, während der Lichtstrahl erlosch. In Todespanik wurden in ihm die letzten Kräfte mobilisiert. Er packte die Hand, die ihm diesen weichen

Gegenstand gegen Nase und Mund presste. Vermutlich ein chemiegetränktes Tuch oder ein Wattebausch, zuckte es ihm durchs Gehirn, während sein Hinterkopf gegen die Wand gedrückt wurde. Er versuchte, dem Angreifer einen kräftigen Fußtritt zu versetzen – doch der Hieb ging ins Leere. Stattdessen verstärkte sich der Druck auf sein Gesicht.

Er brauchte Luft. Luft, frische Luft.

Max Frenzel spürte, wie ihn die Kräfte verließen. Er würde den Kampf verlieren.

70

Häberles Müdigkeit war verflogen. Er setzte sich auf die Bettkante und lauschte Lenas Stimme. Für einen Moment überlegte er, ob er ihr vorschlagen sollte, sich irgendwo zu treffen. Er hatte ihre Gegenwart als sehr angenehm empfunden – doch die Vernunft sagte ihm, dass es besser war, sich Lenas Anliegen am Telefon anzunehmen.

»Ich mach mir ganz große Sorgen«, begann sie. »Sorge um Max und auch um meine Mutter. Sie weiß zwar von all dem, was mein Vater gemacht hat, so gut wie nichts. Aber ob das die anderen auch so sehen …?«

»Sie meinen …?«

»… dass sie auch in Gefahr sein könnte«, unterbrach ihn Lena schnell. »Und wer weiß – womöglich bin auch ich einer von denen, der ihnen unangenehm werden könnte. Außerdem … außerdem flieg ich jetzt heim.«

Häberle suchte nach beruhigenden Worten. Vermutlich ging mit dem Mädchen die Fantasie durch, dachte er. Das gnadenlose Beseitigen ungeliebter Mitwisser mochte zwar in zweitklassigen Mafia-Filmen vorkommen, in der Realität hingegen war dies eher die Seltenheit. Wobei man natürlich nie wissen konnte, wie geschickt es manche Kreise anstellten, unbemerkt Personen aus dem Weg zu räumen. Häberle hatte längst aufgehört zu glauben, dass alle schweren Verbrechen ans Tageslicht kamen. In manchen Bereichen wurde womöglich nur die Spitze des Eisberges bekannt.

»Ich glaube, ich kann Sie beruhigen«, sagte Häberle mit sonorer Stimme, um es besonders väterlich und einfühlsam klingen zu lassen. »Wahrscheinlich haben wir die Sache noch heute Nacht im Griff.«

Lena zögerte. »Sie … Sie kennen den Täter?«

»Den Täter – oder die Täterin«, stellte Häberle klar und sah zum Meer hinaus.

»Wissen Sie«, kam es zaghaft zurück, »mir ist da etwas eingefallen, das sich allerdings wohl erübrigt hat.«

»Selbst dann sollten Sie es mir sagen. Manchmal sind es Kleinigkeiten, die von Bedeutung sind.«

»Vater hat mal vom großen Doc gesprochen.«

»Vom großen Doc?«, wiederholte Häberle.

»Und dass es da wohl irgendwelche Querelen gegeben hat«, fügte Lena schnell an. »Das war im Herbst. Ich hab Vater darauf angesprochen, weil man in der Klinik irgendwas gemunkelt hat.«

»Und wer soll der große Doc sein?«, erkundigte sich Häberle ruhig.

»Keine Ahnung. Vielleicht der Brugger – oder Stuhler, keine Ahnung.«

»Und welcher Art waren die Querelen?«

»Das müssen alte Geschichten sein. Vielleicht … ja, vielleicht könnte Max etwas dazu sagen.«

»Max?«

»Max Frenzel. Der war mal dabei, als ein paar Leute aus der Klinik einen mehrtägigen Skiausflug gemacht haben. Irgendwohin in die Schweiz. Meine Eltern waren auch dabei. Da soll es zu irgendwelchen Eifersüchteleien gekommen sein.« Lena legte eine kurze Pause ein. »Das ist mir jetzt alles erst so wieder richtig eingefallen. Ob das von Bedeutung ist, kann ich natürlich nicht beurteilen.«

»Das hat Ihnen Max alles erzählt?«

»Ja. Meine Eltern haben, als sie noch zusammen waren, nie darüber gesprochen.«

»Diese Eifersüchteleien«, hakte Häberle nach, »waren in die Ihre Eltern verstrickt?«

»Ich glaube, nein. Da soll's wohl um Frau Brugger gegangen sein, soweit ich das weiß.«

»Die hat dort …« Häberle überlegte, wie er es formulieren sollte, »… etwas mit einem anderen gehabt?«

»So genau weiß ich das nicht. Aber fragen Sie Max mal. Der weiß da sicher mehr – auch wenn er nicht gerne darüber reden will.« Lena wurde deutlicher: »Verstehen Sie jetzt, warum ich Angst um ihn habe?«

Alle verfügbaren Polizeistreifen waren inzwischen mit Martinshorn und Blaulicht auf dem Weg nach Schopfloch – aus Münsingen, Kirchheim, Nürtingen und sogar aus Reutlingen. Nachdem auch Göppingens Kripo-Chef

Thomas Kurz von dem Notruf aus dem Naturschutzzentrum informiert worden war, wollte er sich ebenfalls vor Ort ein Bild verschaffen. Gleichzeitig teilten die in Geislingen verbliebenen Beamten der Sonderkommission dem Polizeiführer vom Dienst per Funk mit, dass sie bereits unterwegs seien, jedoch in den Schneeverwehungen nur mühsam vorwärtskämen. Der Beamte in der Leitzentrale versprach, die Räumdienste zu informieren, um den Einsatzfahrzeugen die Anfahrt zu erleichtern.

»Wenn dort oben einer was anstellt«, murmelte ein älterer Kriminalist aus der Sonderkommission, »dann kommt er heut Nacht nicht weit.«

»Oder er buddelt sich im Schnee ein«, kommentierte ein anderer.

Die Scheibenwischer ihres VW Passats konnten selbst auf höchster Stufe die Schneeflocken nicht schnell genug beseitigen, um dem Fahrer klaren Durchblick zu verschaffen. Die Fahrbahn war mittlerweile von einer geschlossenen Schneedecke überzogen.

»Die andern haben auch Probleme durchzukommen«, sagte der Mann auf dem vorderen Beifahrersitz und deutete aufs Funkgerät, aus dem aufgeregte Stimmen zu hören waren.

Dann ein Anruf in den Wagen. »Ja, hört«, meldete sich der Beamte.

»Häberle hat sich gemeldet«, berichtete die Stimme im Lautsprecher. »Er wollte einen von euch sprechen. Ich hab ihm gesagt, was los ist.«

Der Mann auf dem Beifahrersitz nahm das handliche Gerät dicht an den Mund. »Was hat er gewollt?«

»Ihr sollt euch den Max Frenzel nochmals vornehmen.

Und auf ihn aufpassen. Häberle hat mir ein paar Punkte durchgegeben. Ich schreib sie euch auf.«

»Verstanden«, bestätigte der Beamte. Die anderen im Auto hatten nicht mitgehört. Für sie gab es jetzt Wichtigeres zu tun. Vielleicht würde sich Frenzels Vernehmung ohnehin erübrigen, dachte der Beamte. Er konnte nicht ahnen, wie nah er damit der Realität sein würde.

Brunhilde Brugger war kreidebleich und geschockt. Sie hatte die drei Personen eigentlich nicht ins Haus lassen wollen. Doch Linkohr drängte hinein, gefolgt von Kerstin und dem Kollegen Reinhold Schnappke.

»Muss ich mir diesen Überfall am späten Abend gefallen lassen?«, empörte sich Brunhilde Brugger in der Diele. Sie war nicht gewillt, den unangemeldeten Besuchern einen Platz anzubieten.

»Wir können Ihnen das nicht ersparen«, konterte Linkohr und sah ihr fest in die Augen, während sich Schnappke im Hintergrund hielt und auf alles gefasst war. »Wir müssen Sie sogar bitten mitzukommen.«

»Sie wollen – was?«, zischte die Frau und verzog ihr Gesicht zu einem verkrampften Lächeln. »Das ist nicht Ihr Ernst.«

Kerstin schaltete sich ein. »Doch, Frau Brugger. Wir haben den begründeten Verdacht, dass Sie Ihren Mann getötet haben.«

»Sie sind ja verrückt! Sie sind ja von allen guten Geistern verlassen! Gehen Sie! Bitte gehen Sie! Verlassen Sie sofort mein Haus!«

Die Kriminalisten blieben stehen und brachten damit zum Ausdruck, dass sie nicht bereit sein würden, auch nur einen Millimeter zu weichen.

»Wir haben einen Haftbefehl«, sagte Linkohr gelassen und holte das Papier aus einer Jackentasche, um es ihr zu zeigen. Frau Brugger würdigte es keines Blickes.

»Sie kommen daher und bezichtigen mich des Schlimmsten, was einem passieren kann«, giftete sie und versuchte, ein paar Schritte ins Wohnzimmer zu machen, was der breitschultrige Schnappke jedoch dezent verhinderte.

»Darf ich fragen, was Sie auf diese absurde Idee gebracht hat?«, fasste sich die Frau wieder.

»Das dürfen Sie«, entgegnete Linkohr, der in solchen Fällen seine innere Unruhe verbergen musste. Festnahmen waren immer etwas Kritisches. Keine verlief wie die andere – denn jeder Betroffene reagierte anders. »Uns ist nicht entgangen, dass Sie sich des Namens einer Dame bedienen, deren Outfit sie täuschend ähnlich angenommen haben. Oder es war ganz einfach ein Glücksfall, dass Ihnen der Ausweis von jemandem in die Hände gefallen ist, der Ihnen einigermaßen ähnlich sieht.«

Kerstin trumpfte auf: »Marion von Willersbach.«

Frau Brugger blieb stumm und holte tief Luft.

»Dieser Dame ist der Ausweis vermutlich in der Klinik abhanden gekommen«, erklärte Linkohr. »Und Sie haben sich ihrer Daten bedient, sind am Dienstag nach Teneriffa geflogen, rein zur Tarnung nach Santa Cruz, und dann mit der Fähre nach Gran Canaria rüber. Dort haben Sie Ihren Mann in die Dünen gelockt – oder locken lassen, vielleicht sogar mit Hilfe des Immobilienhais, von dem Sie wussten, dass ihn Ihr Mann treffen wollte -, ja, und am Dienstagabend haben sie ihn umgebracht und sind am Mittwoch wieder auf demselben Weg zurück.«

Brunhilde Brugger zeigte keinerlei Regung. Sie versuchte sichtlich, Haltung zu bewahren.

Kerstin merkte beiläufig an: »Vielleicht liegen die Reiseprospekte mit den Angeboten der Fährschiffe von Fred Olsen noch drüben in Ihrem Zimmer.«

»Das sind doch Hirngespinste, aber keine Beweise«, presste Brunhilde Brugger hervor.

»Und der Metalldraht, mit dem Ihr Mann stranguliert wurde?«, machte Kerstin weiter. »Sollen wir wetten, dass es sich um denselben handelt, mit dem Sie im Wohnzimmer Ihre Bilder aufgehängt haben?«

Ihr Schweigen wertete Linkohr als Indiz dafür, dass sie sich in die Enge getrieben fühlte.

»Sie haben Ihren Mann auf geniale Weise beseitigen wollen«, fuhr Linkohr fort. »Alles bis ins letzte Detail ausgeklügelt. Sogar der Stromverbrauch sollte Ihre Anwesenheit hier vortäuschen. Mit Schaltuhren vermutlich. Oder jemand war während Ihrer Abwesenheit hier. Wirklich genial gemacht.«

»Halten Sie endlich Ihren Mund!«, fuhr sie dazwischen. »Muss ich mir das anhören? Muss ich mir das antun? Wieso belehren Sie mich eigentlich nicht, dass ich das Recht habe, einen Anwalt hinzuzuziehen? Das werde ich mir nicht gefallen lassen.«

Für Linkohr waren dies die verzweifelten Versuche eines Beschuldigten, von einer aussichtslosen Situation abzulenken. »Die Vernehmung hat noch gar nicht begonnen, Frau Brugger. Wir sind gerade erst dabei, Ihnen unsere Anwesenheit zu erklären.«

»Halten Sie es nicht für absurd, mir die Ermordung meines Mannes vorzuwerfen?«, gab sie sich wieder zurückhaltender. »Welchen Grund sollte ich denn haben?«

»Da gibt es mehrere«, konterte Linkohr. »Zum Beispiel Eifersucht.« Er überlegte, ob er die beiden Krankenschwestern erwähnen sollte, entschied aber, es nicht zu tun, bemerkte jedoch an ihren Gesichtszügen, dass sie dieses Thema berührte. »Vielleicht haben auch Sie sich anderweitig orientiert und … ja, sagen wir mal, gewisse Gelüste entdeckt, mit jemand anderem an das große Geld zu kommen, das diese Forschungen erwarten ließen.«

»Schweigen Sie!«, entfuhr es der Frau unerwartet laut. »Schweigen Sie!«

Schnappke trat näher an sie heran.

»Humstett stand dem auch im Wege«, fuhr er unbeeindruckt fort. »Allerdings hat dort der Trick mit der Drahtschlinge nicht geklappt. Wäre im Übrigen auch sinnlos gewesen, weil Humstett für den Fall seines plötzlichen Ablebens Vorsorge getroffen hat. Die wichtigsten Ergebnisse aus seiner Arbeit hat er notariell gesichert.«

»Ich will nichts mehr hören«, giftete Frau Brugger. »Haben Sie verstanden?«

»Sie haben versucht, die anderen Geldgeber des Projekts hinauszuekeln – vermutlich, um mit jemandem gemeinsame Sache zu machen, den wir noch nicht kennen. Aber glauben Sie mir, Frau Brugger, noch heute Nacht werden wir alles wissen. Alles.«

»Brig«, gab Kerstin das Stichwort. »Dort waren Sie doch? Skifahren. Dieses leer stehende Ferienappartment oder was das ist – das bot sich für einen toten Briefkasten geradezu an. Wie oft waren Sie in letzter Zeit dort, um ihn zu leeren? Von Dr. Fallheimer hätte es jedenfalls Post gegeben. Er ist schriftlich auf das Angebot eingegangen, aus der Sache auszusteigen.« Kerstin erinnerte sich an einen Vermerk aus Fallheimers Akten. »Er hat sich für kommenden Samstag einen Termin notiert – 20. Februar – und möglicherweise eine Antwort von Ihnen erwartet.«

»Sie fantasieren sich etwas zusammen, das jeglicher Vernunft entbehrt«, entgegnete Frau Brugger, auf deren Stirn sich Schweißperlen bildeten. »Wollen Sie mich nicht endlich mit solchen aus der Luft gegriffenen Theorien in Ruhe lassen?«

»Es gibt noch mehr zu sagen«, blieb Linkohr hartnäckig. »Denn Sie sind die Katzenfrau, die wir suchen.«

»Katzenfrau«, fuhr sie ihm über den Mund. »Ist Ihnen bewusst, mit wem Sie's hier zu tun haben?«

Linkohr hatte längst darauf gewartet. Gleich würde sie ihm mit ihrer Position als Professorin an der Uni drohen und ihm aufzählen, welche Beziehungen sie in höchste Polizei- und Justizkreise hatte. Doch dass ihn dies nicht beeindrucken durfte, hatte ihm Häberle gleich zu Beginn ihrer gemeinsamen Ermittlungsarbeit eingebläut.

»Sie waren die als Katze verkleidete Patientin, die Samstagnacht in der Ambulanz für Ablenkung gesorgt hat – damit die Röntgenassistentin als unbequeme Mitwisserin umgebracht werden konnte. Von wem auch immer.«

»Jetzt reicht's!«, zeterte die Frau und deutete mit fuchtelnden Handbewegungen an, dass sie die Besucher loswerden wollte. »Ich verlange sofort einen Anwalt.«

»Kriegen Sie«, versprach ihr Linkohr gelassen. »Lassen Sie mich nur noch den Grund Ihrer Festnahme erklären. Dazu bin ich verpflichtet.«

»Ich will Ihr Geschwafel nicht hören«, wehrte sie angewidert ab. »Was Sie mir zu sagen haben, brauche ich mir nicht anzutun. Wer ist eigentlich Ihr Chef?«

»Sie haben sich Frenzels Auto bedient«, fuhr er dessen ungeachtet fort, »dessen Schlüssel ebenfalls in der Klinik verschwunden sind. Es erwies sich als überaus praktisch, dass es meist in Türkheim direkt an der Ortsdurchfahrt steht – sozusagen auf der Strecke von hier zur Klinik nach Geislingen. Auch dazu gibt es eine Theorie.«

»Behalten Sie Ihre Theorien für sich«, unterbrach ihn Frau Brugger, die aufgeregt hin und her zu gehen begann. »Ich will das gar nicht hören.« Schnappke ließ sie nicht aus den Augen.

»Sie haben Frenzels Ford mit dem Originalschlüssel geholt und den Unfall inszeniert, dem der ungeliebte Fallheimer zum Opfer fallen sollte. Pech nur, dass es nicht ganz geklappt hat und später jemand in der Klinik nachhelfen musste.«

»Verdammt noch mal!«, tobte Frau Brugger los. »Das lass ich mir nicht länger gefallen.«

»Sie werden sich das gefallen lassen müssen«, mischte sich Schnappke ein und sah sie mit versteinertem Gesicht an. »Es wird Ihnen gar nichts anderes übrig bleiben.«

»Das Auto haben Sie auf dem Parkplatz beim Bahnhof abgestellt«, kam Linkohr wieder zur Sache, »dort, wo Sie vermutlich Ihr eigenes zuvor hingebracht hatten. Wie dies im Einzelnen bewerkstelligt wurde, wer Ihnen dabei geholfen hat und sonstige Details, das werden die weiteren Ermittlungen ergeben.«

»Schwachsinn, völliger Schwachsinn«, ereiferte sie sich. »Warum sollte ich Fallheimer umbringen wollen? Warum? Können Sie mir das sagen?« Sie wurde lauter.

»Weil ihm die Sache zu heiß geworden war. Die Sache mit dem Blut. Ihm ist zu einem frühen Zeitpunkt bewusst geworden, mit welch feiner Gesellschaft er es zu tun hatte.«

»Quatsch. Sie reden Stuss.«

»Warten Sie's ab. Dass Sie die Katzenfrau sind, die

wenig später in der Ambulanz aufgetaucht ist, schließen wir aus den Faserspuren, die wir im Ford Fiesta von Max Frenzel gefunden haben.« Linkohr hatte dies alles mit Häberle ausgiebig diskutiert. »Und jetzt begebe ich mich aufs Gebiet der Spekulation, das gebe ich zu«, fuhr er fort. »Sie waren am Samstagabend vor dem Geschehen tatsächlich auf dem Fasching, verkleidet als Katzenfrau. Und exakt in diesem Kostüm sind Sie mit Frenzels Auto gefahren. Die Kunststofffasern, die wir gefunden haben, deuten darauf hin.«

»Ich als Katzenfrau!«, empörte sich Frau Brugger. »Halten Sie mich für so albern, dass ich mit so 'm Ding rumlaufe? Jetzt wird's grotesk, Herr Linkohr. Sie führen sich selbst ad absurdum.«

Der Jungkriminalist ließ sich nicht beirren. »Ob Sie es nun waren, die im Fiesta eine Schweizer Münze verloren hat, die von Ihrer letzten Briefkastenleerung in Brig herrührte, oder ob sie von Frenzels Schweizreisen stammte, mag dahingestellt bleiben.«

»Haben Sie eigentlich bemerkt, dass Ihre Theorie einen Schönheitsfehler hat?«, gab sich Frau Brugger unerwartet siegessicher.

»Natürlich«, konterte Linkohr geradezu überheblich. »Sie waren nichts weiter als Mittel zum Zweck. Eine Gespielin vielleicht, eine gutmütige, die fürs Grobe im Vordergrund gebraucht wurde.«

Sie schien tief getroffen. Ihre Gesichtszüge veränderten sich. Ihre Selbstsicherheit, die sie bis dahin bewahrt hatte, war verschwunden. »Was wollen Sie damit sagen?«

»Natürlich sind Sie nicht die Hauptperson«, zeigte sich Linkohr verständnisvoll. »Sie waren jemandem hörig, mit dem Sie sich eine großartige Zukunft vorgestellt haben.

Mit dem Sie gemeinsam die Früchte des Erfolges genießen wollten, an dem viel zu viele hatten teilhaben wollen, obwohl noch lange nicht klar war – und es sicher auch bis heute nicht ist –, welcher Stellenwert im internationalen Vergleich den Forschungen beizumessen ist.«

Sie wendete sich demonstrativ ab. Vermutlich begriff sie allmählich, dass sie zur ersten großen Verliererin zählte.

»Sie selbst haben als Katzenfrau in dieser Samstagnacht etwas gesagt, das verräterisch war – aber wahrscheinlich wollten Sie nur sichergehen, dass alles planmäßig ablief.«

Sie suchte wieder den Blickkontakt zu Linkohr, als erwarte sie, dass er verriet, was er gemeint hatte. Doch er kam auf etwas anderes zu sprechen: »Und jetzt, als die Öffentlichkeitsfahndung nach dem Katzengewand eingeleitet wurde, hat man's im Naturschutzzentrum deponiert, oder deponieren lassen, wo es ganz schnell gefunden werden konnte und auf diese Weise diesen Max Frenzel belastete.«

Frau Brugger schwieg. Ihr Atem ging schnell, ihr Körper bebte.

Schnappke durchbrach die entstandene Stille: »Ich glaub, es wird Zeit, dass wir gehen, Frau Brugger.«

Sie sah ihn mit weit aufgerissenen Augen an. »Wir?«, wiederholte sie erschrocken.

»Ja«, nickte Schnappke ruhig. »Es hat sich nichts geändert. Sie sind festgenommen.«

71

Max Frenzel hatte einen seltsamen Geruch im Mund bemerkt und gleichzeitig gespürt, wie all seine Muskeln ihren Dienst versagten. Dann war er zusammengebrochen. Dass die Halogenlampe wieder angeknipst wurde, nahm er nicht mehr wahr. Auch nicht, dass sich jemand über seinen leblosen Körper bückte.

Während draußen der Sturm tobte, es überall heulte und knackte, ließ sich die ins Haus gestiegene Person mit dem weiteren Vorgehen Zeit. Sie hatte die eingeschaltete Lampe auf den Boden gelegt und den Strahl auf Frenzel gerichtet, dessen Oberkörper an der Wand lehnte.

Dass sich in diesem Augenblick jemand näherte, der sich im diffusen Streulicht orientieren konnte, war der dunklen Gestalt entgangen. Und der heulende Sturm übertönte weiterhin jegliches Geräusch. Aus ihrer Perspektive hatte die Person auch gar keine Chance, das Herankommen eines Schattens zu bemerken.

Die Gestalt erschrak deshalb beinahe zu Tode, als eine kräftige Männerstimme dicht hinter ihr den Raum erfüllte: »Halt – oder es kracht!« Wie vom Blitz getroffen, drehte sich die am Boden kniende Person um und blickte im fahlen Licht auf einen Mann, der einen stockähnlichen Gegenstand drohend in die Höhe hielt. »Keine Bewegung, sonst schlag ich dich tot!«, schallte es durch die Nacht. Das schwache Licht einer kleinen Taschenlampe traf auf die Gestalt und ließ die Umrisse eines Mannes erkennen. Dieser kniete neben dem leblosen Frenzel und wagte sich nicht zu bewegen. Denn er hatte den herangeschlichenen Fremden erkannt. »Sind Sie wahnsinnig?«, entfuhr es ihm deshalb. »Was zum Teufel suchen Sie hier?«

Vorsorglich war auch das Spezialeinsatzkommando alarmiert worden. Weil jedoch die aufsitzende Bewölkung am Albrand keine Hubschrauberflüge ermöglichte, musste die Mannschaft ebenfalls den mühsamen Landweg nehmen. Allerdings war das SEK mit allradbetriebenen Geländefahrzeugen ausgerüstet, die auch starke Schneeverwehungen bewältigten.

Sämtliche Fahrzeuge, die sich aus unterschiedlichen Richtungen dem verlassenen Einsatzort näherten, waren allerdings noch kilometerweit von ihrem Ziel entfernt, als die für diesen Bereich zuständige Esslinger Leitzentrale per Funk den aktuellen Stand übermittelte. »Anruf eines Mannes aus dem Naturschutzzentrum Schopfloch. Er will eine Person überwältigt und in die Flucht geschlagen haben. Es ist davon auszugehen, dass sich diese Person noch im Bereich des Naturschutzzentrums aufhält. Bewaffnung unklar. Außerdem wurde eine Person schwer verletzt. Notarzt ist unterwegs.«

Auch Linkohr und Kerstin waren nach der Festnahme von Frau Brugger sofort in Richtung Schopfloch gefahren. »Geht's nicht ein bisschen schneller?«, quengelte Kerstin, als er mühsam versuchte, den Golf in den Spurrillen der Schneedecke zu halten.

»Ruf Häberle an«, gab er einsilbig zurück, um sie zu beschäftigen. »Sag ihm, was hier läuft.«

»Der sitzt bei einem Gläschen Rotwein in der Poolbar und genießt die kanarische Nacht.«

»Aber wenn er erfährt, was hier los ist, würde er am liebsten sofort herdüsen, darauf kannst du wetten.«

Häberle meldete sich bereits nach dem zweiten Rufton und ließ sich von Kerstin über die aktuelle Entwicklung berichten. Linkohr konzentrierte sich auf einige Schneeverwehungen, mit denen er zwischen Laichingen und Feldstetten zu kämpfen hatte. Der Sturm, so schien es ihm, wurde immer heftiger.

»Die Lena hat mich angerufen«, erklärte Häberle, »die Tochter von Fallheimer. Sie sagt, ihr Vater habe mal vom großen Doc gesprochen. Wen er damit gemeint hat, weiß sie allerdings nicht. Aber mir kommt es so vor, als könnte es sich dabei um den Drahtzieher im Hintergrund handeln.«

»So hört sich das an, ja«, erwiderte Kerstin. »Vielleicht haben wir bald Klarheit.«

Sie beendete das Gespräch, sah zu Linkohr und schilderte ihm Lenas Hinweis auf den großen Doc.

»Wen könnte sie damit meinen?«, fragte Linkohr, ohne den Blick von der Straße zu nehmen, wo ihm der Sturm dicke Schneeflocken entgegenwehte. Das Bild erinnerte ihn an einen flimmernden Fernseher.

»Wenn wir Pech haben, ist's einer, den wir gar nicht kennen«, murmelte er.

»Oder ein ganz großes Kaliber und unsere Polizei-Oberen knicken ein.«

»Einknicken wohl nicht«, gab der junge Kriminalist zurück. »Aber tausend Bedenken haben.« Er äffte das Verhalten derer nach, die dann Einfluss zu nehmen versuchten. »Sind Sie sich auch ganz sicher, Herr Häberle? Könnte es nicht doch anders gewesen sein? Ist Ihnen bewusst, dass Herr Soundso ein Schulfreund des Innenministers ist? Hat man Ihnen schon gesagt, dass Herr Soundso mal mit dem Staatssekretär Soundso in der Jugendorganisation derselben Partei war?«

»Hast du denn schon so viele schlechte Erfahrungen gemacht?«, unterbrach ihn Kerstin.

»Viele nicht, aber das, was ich bislang erlebt habe, reicht mir.« Er sah kurz zu ihr herüber. »Aber wenn du's zu was bringen willst, musst du diese Seilschaften kennen, liebe Kerstin. Das darfst du mir glauben. Du brauchst nur mal mit dem Chef darüber zu reden.«

»Und du meinst, wir treffen dort oben den großen Doc?«

»Den großen Doc vielleicht«, antwortete Linkohr überlegt, »aber ganz sicher unseren Freund Max Frenzel. Wer sonst soll sich da oben rumtreiben?« Ihm fiel ein, dass es nichts schaden konnte, sich auf die Situation vorzubereiten. »Ruf doch mal Esslingen und frag, wer angerufen hat.«

Kerstin griff zum Mikrofon des Funkgeräts und befolgte Linkohrs Bitte. Der Beamte in der Leitstelle meldete sich sofort, hörte sich ihren Wunsch an und bat kurz um Geduld. Dann gab er die Auskunft: »Es handelt sich um einen gewissen Humstett. Dr. Claus Humstett. Claus mit C.«

Eine Polizeistreife aus Kirchheim hatte sich zuerst durch den Schnee gekämpft und sich auf dem letzten Kilometer ohne Martinshorn und Blaulicht dem einsam in der Landschaft stehenden Naturschutzzentrum genähert. Der Fahrer steuerte den Passat mit der neuen blau-silbernen Lackierung direkt bis zum schemenhaft beleuchteten Eingang, der von einem Baugerüst umgeben war. Ein paar Meter weiter parkte ein blauer Ford Fiesta. Die beiden

Streifenbeamten setzten ihre Mützen auf und verließen ihr Fahrzeug, ohne die Scheinwerfer zu löschen. Sofort schlug ihnen böiger Sturm entgegen. Von irgendwoher gab es scheppernde Geräusche.

Hinter der Scheibe der Eingangstür erkannten sie einen kräftigen Mann mittleren Alters mit Lockenschopf. Er gestikulierte und deutete mit umständlichen Armbewegungen an, dass er über eines der oberen Geschosse herauskommen werde. Daraufhin verschwand er im Innern durch eine Tür.

»Wenn hier einer abgehauen ist, dann frag ich mich, wohin bei diesem Sauwetter«, murmelte einer der beiden Polizisten und wischte energisch die dicken Schneeflocken von der Uniform. »Der Schnee liegt hier doch 30 Zentimeter hoch. Mindestens.«

Wenig später vernahmen sie gleichmäßige Tritte auf einer Leiter schräg über ihnen. »Hier bin ich, hier«, drang eine Männerstimme zu ihnen herab. »Ich hab keinen Schlüssel für die Tür.«

Einer der Polizisten hatte inzwischen eine Handlampe aus dem Streifenwagen geholt und beleuchtete das Gerüst, das sich ums gesamte Gebäude erstreckte.

»Ich bin Claus Humstett und hab Sie gerufen«, stellte sich der Mann kurz vor. Um aufgeregt hinzuzufügen: »Drinnen liegt ein Verletzter – und der andere ist über die Leiter raus. Ich hab versucht, ihn zu verfolgen, aber ich hab ihn da drüben aus den Augen verloren. Es ist ja stockfinstre Nacht.« Er deutete schräg über den Vorplatz, wohin der Lampenstrahl des Beamten seinen Gesten folgte. Dort führte ein breiter Weg auf ein Tor zu. Frische Fußspuren im tiefen Schnee verrieten, dass hier jemand gegangen sein musste.

»Keine Ahnung, wo's da hingeht«, fügte Humstett an, während sich aus der Ferne die Sirenen der Einsatzfahrzeuge näherten.

»Der Verletzte – wie geht's ihm?«, erkundigte sich der ältere Beamte, dabei leuchtete sein Kollege mit der Lampe durch die Scheibe der Eingangstür ins Innere des Gebäudes.

»Zustand stabil«, erwiderte Humstett und wischte sich Schnee aus dem Gesicht. »Ich tippe auf ein Narkosemittel. Er wird bald wieder zu sich kommen, denke ich.«

»Und der Täter?«

»Ich kenne ihn«, sagte Humstett. »Kommissar Häberle weiß, um was es geht.«

»Häberle?«, fragte der jüngere Beamte und ließ an der Aussprache des Namens anklingen, dass er sich mit dem Schwäbischen schwertat.

»Göppingen«, brummelte sein Kollege. »War mal Sonderermittler in Stuttgart. Ein Käpsele auf seinem Gebiet.« Er hatte bewusst jenen schwäbischen Begriff gewählt, mit dem hierzulande das besondere Können eines Fachmanns hervorgehoben wurde. »Und was tun Sie hier?«, wandte er sich an Humstett.

»Das zu erklären, ist auf die Schnelle nicht möglich. Nur so viel: Mir ist der Herr, um den es hier geht, seit einigen Tage nicht mehr ganz geheuer.« Er musste sich beiseite drehen, weil ihm der Sturm den Atem raubte. »Ich wollte wissen, mit wem er's zu tun hat – und bin ihm seit einigen Stunden hinterher. Allerdings ...«, Humstett gab sich leicht verlegen, »... allerdings hatte ich andere Kontakte erwartet.«

»Frauen«, fuhr ihm der ältere Beamte ins Wort und wollte gleich gar keine Antwort abwarten. »Stattdessen ist er hierher gefahren und hat hier drin jemanden überfallen.«

»So ungefähr«, bestätigte Humstett leicht verärgert, während sich im Schneesturm ein Rettungswagen des Roten Kreuzes abzeichnete, der sich auf der Zufahrt aus der wirbelnden Flockenwand herausschälte und hinter einem Streifenwagen abrupt stoppte. Zwei Sanitäter und ein Arzt sprangen heraus und kamen auf die Personengruppe vor der Eingangstür zu.

Der dienstältere Beamte schilderte die Lage. »Die Tür ist zu. Sie kommen nur über die Leiter rein.«

»Ich geh mit«, erklärte sich Humstett bereit und eilte zu der Leiter, an der jede Sprosse schneebehaftet war. Er kletterte nach oben, gefolgt von den drei Männern aus dem Rettungswagen. Unterdessen trafen weitere Einsatzfahrzeuge ein, deren Besatzungen sich erklären ließen, worum es ging. Sofort flammten mehrere starke Handlampen auf, die den Spuren im Schnee folgten. Alles deutete darauf hin, dass der Geflüchtete über ein metallenes Tor geklettert war, mit dem ein Teil des Areals abgegrenzt wurde. Dahinter glitzerten schneebeladene Bäume und Sträucher, bei denen die Beamten ihre Verfolgung beendeten. Sie brauchten Unterstützung und Licht.

»Dort unten stehen zwei Fahrzeuge, ein BMW und ein Mercedes!«, rief einer der Streifenbeamten und deutete den Zufahrtsweg hinab. »Weiß jemand, wem die Fahrzeuge gehören?«

»Weiß niemand«, stellte der Dienstälteste aus dem ersten Streifenwagen fest. »Ihr könnt ja mal eine Halterabfrage machen.«

In diesem Moment näherten sich die Scheinwerfer

eines Fahrzeugs. Es waren Linkohr und Kerstin. Der Golf parkte abseits des Rettungswagens auf der Freifläche zwischen Gebäude und dem seitlichen Begrenzungstor. Linkohr befürchtete zwar, dass er aus dem Schnee ohne fremde Hilfe nicht mehr herauskam, aber es gab schließlich genügend Personen, die schieben oder das Auto abschleppen konnten.

Er stellte sich und die junge Kollegin vor, obwohl viele seiner Worte im Heulen des Sturmes untergingen. Der Streifenbeamte, der bis jetzt die Koordination des Einsatzes übernommen hatte, schilderte, dass sich der Notarzt, zwei Rettungssanitäter und ein gewisser Dr. Humstett im Gebäude befänden, während ein Eindringling, dessen Namen er nicht wisse, in die Flucht geschlagen worden sei. Humstett, der ihn beschattet habe, sei hinter ihm über das Gerüst ins Haus gestiegen und offenbar im richtigen Augenblick in Erscheinung getreten, um Schlimmeres zu verhindern. »Er hat gesagt, es sei wohl ein Narkosemittel verwendet worden.«

»Ein Narkosemittel«, wiederholte Linkohr und fügte leise hinzu, damit der Sturm die Worte verwehte: »Da haut's dir's Blech weg.«

Wann kam eigentlich endlich das SEK?, fragte er sich.

72

Häberle hatte auch noch das zweite Fläschchen Rotwein geöffnet und das Handy neben das Glas gelegt. Wäre er nicht so angespannt gewesen, hätte er den lauen Abend und den traumhaften Sternenhimmel genießen können. Doch seine Gedanken kreisten um den Einsatz, der einige Tausend Kilometer entfernt in der eisigen Kälte einer Winternacht ablief. Brunhilde Brugger saß vermutlich bereits in einer einsamen Zelle im Frauengefängnis Gotteszell in Schwäbisch Gmünd. Die Frau Professorin im Knast. Häberle stellte sich vor, wie sich für eine Frau aus solch gesellschaftlichen Kreisen das Gefängnis anfühlte. Egal, was jemand angestellt hatte, es war allemal ein Schock. Denn welcher Täter rechnete schon damit, dass in seinem schönen Plan etwas schiefgehen konnte? Die Frau Brugger hatte an alles gedacht. Und alles schien so wunderbar genial eingefädelt zu sein – aber jeder Plan barg Risiken. Außerdem, so ließ Häberle seinen Gedanken freien Lauf, gab es Menschen, die bei der Verfolgung ihres Zieles derart verblendet waren, dass ihnen der Blick für die Realität verloren ging. Erst jüngst war der Fall eines jungen Mannes durch die Presse gegangen, der seine ganze Familie ausgelöscht hatte – zwei Schwestern und die Eltern. Er war der maßlosen Selbstüberschätzung unterlegen, den Ermittlern vorgaukeln zu können, die Tat müsse ein Unbekannter im Laufe der Nacht verübt haben. Derlei Plan entsprang nach Häberles Überzeugung nicht einmal einem drittklassigen Thriller oder einem schlechten Kriminalroman, sondern war wohl im Blutrausch stundenlanger Killerspiele am Computer ausgebrütet worden. Sie zu verbieten, wurde längst von allen ernstzunehmenden Fachleuten der Neurowissenschaft gefordert – doch die Politik wagte sich, warum auch immer, nicht mit dem nötigen Nachdruck an das Thema der gewaltverherrlichenden Darstellungen heran. Wie überhaupt manches in diesem Staate politisch nicht gewollt war, grübelte Häberle und blickte zu einigen Lichtpunkten am Meereshorizont hinaus. Wer wollte heutzutage denn wirklich Ordnung und Sauberkeit in der Stadt? Man war bereit, Sachbeschädigungen und Verschmutzung hinzunehmen – einer Liberalität wegen, die keine mehr sein würde, wenn die Mehrheit der anständigen Bevölkerung darunter litt. Aber wer Recht und Ordnung von allen einforderte, wurde sofort ins politische Abseits gedrängt – sowohl von den ideologisch Verbrämten als auch von den Medien. Dabei, so argumentierte Häberle stets, waren alle heute gültigen Gesetze unter demokratischen Voraussetzungen zustande gekommen. Warum durfte dann in diesem Lande deren Einhaltung nicht öffentlich laut und deutlich gefordert werden?

Häberle war sich im Klaren, dass er die Antwort darauf während seines Berufslebens nicht mehr finden würde. Inzwischen hatte er resigniert. Jahrelang hatte er mit den lokalen Abgeordneten diskutiert – doch von Mal zu Mal hatte er den Eindruck, sie wollten ihn gar nicht anhören, sondern mit schubladengerecht vorbereiteten Statements ihrer Parteisprecher mundtot machen – zumindest ihm aber das Gefühl geben, dass er als Provinzler von den globalen Zusammenhängen überhaupt nichts verstand. Wenn die Damen und Herren Politiker über ihr globales Denken hinweg nur nicht eines Tages aufwachten, wenn's daheim plötzlich krachte.

In diesem Augenblick meldete sich Häberles Handy. Er fühlte sich dabei ertappt, die Lage zu Hause aus den Gedanken verloren zu haben. Die Nummer auf dem erleuchteten Display deutete auf keinen deutschen Anrufer hin. Häberle nahm das Gespräch an und meldete sich mit einem knappen »Hallo!«

»Entschuldigen Sie«, hörte er eine Männerstimme in klarem Deutsch. »Sind Sie der Kommissar Häberle?«

»Bin ich«, brummte er. »Und Sie?«

»Harald Maronn. Wir kennen uns.«

Häberle holte tief Luft. »Maronn? Hab ich das richtig verstanden?«

»Ja. Maronn. Darf ich Sie kurz stören?«

»Maronn. Ich denke, Sie sind ... im Gefängnis.«

Die Geländewagen des SEK hatten keinerlei Mühe, die tief verschneite Zufahrt zum Naturschutzzentrum zu bewältigen. Gut ein halbes Dutzend Männer sprangen in Kampfanzügen aus den Fahrzeugen, gleichzeitig wurde ein Lichtmast ausgefahren und die Szenerie in gleißendes Halogenlicht gehüllt. Mittlerweile war auch Humstett über das Gerüst aus dem Haus gekommen und hatte Linkohr erklärt, dass der junge Mann das Bewusstsein wiedererlangt habe und es ihm den Umständen entsprechend gut gehe.

Während Kerstin dem Chef des SEK in aller Eile einige Details erläuterte, wollte Linkohr von Humstett wissen, um wen es sich bei der Person handle, die er bis hierher beschattet habe. Doch bevor der Angesprochene etwas sagen konnte, blies ihm eine Orkanböe eine kräftige Abgasladung aus einem Stromaggregat in den Mund. Gleichzeitig wurde entlang des zweiten Obergeschosses laut scheppernd ein langes Trittbrett aus dem Gerüst gerissen, durch die Luft geschleudert und wild drehend zu Boden geworfen. Einige der Männer zuckten zusammen, als sie im Lichtkegel der Scheinwerfer einen großen Schatten über sich bemerkten. Reflexartig nahmen sie mit den Armen eine Abwehrhaltung, schrien »Achtung« und versuchten – nach allen Seiten voneinander wegrennend –, dem heruntersausenden Brett zu entkommen. Einige stolperten, stürzten und landeten im tiefen Schnee.

Drei SEK-Beamte jedoch konnten sich nicht mehr rechtzeitig aus dem Absturzbereich in Sicherheit bringen. Das Brett traf sie am Kopf und riss sie zu Boden. Doch zur Erleichterung ihrer Kollegen hatten offenbar die Schutzhelme Schlimmeres verhindert. Die Männer hievten liegend das Brett beiseite, wurden von hinzueilenden Uniformierten dabei unterstützt und rappelten sich auf. Linkohr war mit Kerstin über die Zufahrt weit genug vom Haus geflüchtet, um vor weiteren losen Gegenständen sicher zu sein. Irgendetwas Metallisches zerrte im Rhythmus der Böen heftig an einer Verankerung. Das drohende Geräusch kam von oben.

»Vorsicht, Achtung!«, übertönte eine aufgeregte Männerstimme das Rauschen und Heulen des Orkans. Die Männer stoben erneut auseinander. Augenblicke später löste sich eine Metallstrebe aus dem Gerüst und krachte auf den Vorplatz hinab.

Die SEK-Beamten zeigten sich davon kaum beeindruckt. Linkohr nahm es aus der Distanz zufrieden zur Kenntnis. Die Burschen und Mädels, so dachte er, ließen sich durch nichts von ihrer Arbeit abhalten. Und wenn der Teufel auf Stelzen daherkam, fiel Linkohr plötzlich eine Formulierung seiner Großmutter ein, wenn sie mit drastischem Vergleich zum Ausdruck bringen wollte, wie furchtlos eine bestimmte Person war.

»Die wollen das ganze Gelände absuchen – und auch drumherum«, stellte Linkohr fest und hatte sich ganz dicht an Kerstins linkes Ohr geneigt, um die Sturmgeräusche zu übertönen.

»Ist auch besser für den Geflüchteten«, meinte Kerstin und kam dicht an sein Gesicht. »Wenn da einer heut Nacht hier oben rumirrt, erlebt er das Morgengrauen nicht.«

»Sie haben mich wieder laufen lassen«, sagte Maronn. Seine Stimme klang erschöpft. »Ich hab mit ihnen kooperiert.«

Häberle verließ den Balkon und ging in das Zimmer zurück. Er wollte vermeiden, dass seine Antwort auf fremde Ohren traf.

»Das freut mich für Sie«, sagte er. »Wie haben Sie denn das hingekriegt?«

»Hat mir mein Anwalt so empfohlen«, kam es knapp zurück. »Warum soll ich unbedingt den Kopf für andere hinhalten?«

»Sollen wir uns treffen?«, fragte Häberle schnell.

»Morgen vielleicht. Morgen«, erwiderte Maronn. »Aber vielleicht … ja, vielleicht könnten Sie mir helfen, wenn ich Ihnen noch ein paar Details nenne.« Er zögerte. »Na ja, nicht dass Sie meinen, ich sei der Drahtzieher im Hintergrund, Sie verstehen, was ich meine?«

»Nicht ganz, um ehrlich zu sein. Aber Sie werden mir auf die Sprünge helfen.« Häberle setzte sich auf die Bettkante und spürte, dass ihm der Wein bereits die Konzentration raubte.

»Die Spanier hier«, begann Maronn zu erklären, »die

haben nicht ganz Unrecht, wenn sie zu wissen glauben, dass es in der Firma – na, sagen wir mal – Beanstandungen geben könnte. Aber nicht, was die Forschung anbelangt.«

»Sondern?«

»Na ja – die Investitionen. Das Geld, das reingeflossen ist und noch immer reinfließt, wird meist bar transferiert. Ohne Überweisung …«

»Schwarz«, konstatierte Häberle. »Die Firma ist auch so etwas wie eine Geldwaschanlage.«

»So krass würd ich es nicht ausdrücken«, kam es kleinlaut zurück. »Es sind alles ehrbare Geschäftsleute, Freiberufler und so weiter – übrigens auch Rechtsanwälte«, er lachte kurz auf, »die ihr sauer verdientes Geld nicht allein dem deutschen Staat überlassen wollen und im Ausland nach Anlageformen suchen. Das ist eigentlich nicht ungesetzlich.«

Häberle wollte nichts dazu sagen. Die Bestimmungen über internationale Geldtransaktionen waren derart kompliziert, dass sie – wenn überhaupt – nur ausgesprochene Fachleute verstanden. Vieles war seiner Überzeugung nach von den Regierungen eigens so geregelt worden, dass eine riesige Grauzone als Tummelplatz für Finanzhaie blieb.

Maronn war durch Häberles kurze Phase des Nachdenkens irritiert und fuhr fort: »Ich sag Ihnen das nur – nicht, dass noch jemand auf die Idee kommt, ich hätte den Elmar … den Herrn Brugger umgebracht. Es ist nämlich so … beziehungsweise, es ist eine Vermutung. Aber es gibt gewisse Hinweise, dass die Bruggers ziemlich auseinandergedriftet sind.«

»In der Ehe«, stellte Häberle klar.

»Ja. Sie hatte sich wohl anderweitig orientiert.« Jetzt legte Maronn eine kurze Pause ein. »Elmar war ihr in mehrfacher Hinsicht im Weg. Privat und auch, was unsere Sache anbelangt.«

»Ihre Sache? Wie darf ich das verstehen?«

»Na ja, sie hat sich wohl Hoffnung gemacht, an diesem Projekt partizipieren zu können.« Wieder eine Pause. »Ich weiß nicht, wie gut Sie Brunhilde kennen, Herr Häberle. Aber sie kann sehr selbstbewusst auftreten, sehr dominant. Ich hab sie zwar nicht oft erlebt, aber wenn's um ihr Ansehen ging, konnte sie unangenehm auftrumpfen, um es mal vorsichtig auszudrücken.«

»Und um Ansehen und Geld zu mehren«, überlegte Häberle laut, »da hat sie Privates und Geschäftliches verbunden.«

»Ich glaube, wir verstehen uns«, bestätigte Maronn und es klang erleichtert. »Sie hat die Nähe zum großen Doc gesucht.«

»Zum großen Doc«, staunte Häberle. Dieser Begriff war ihm inzwischen geläufig.

Der SEK-Verantwortliche entschied, seine Mannschaft außer Reichweite der herabfallenden Teile zu bringen. Scheinwerfer wurden in eine andere Position geschleppt, Fahrzeuge gestartet und ein paar Meter versetzt.

Kerstin fröstelte. Linkohr schüttelte den Schnee ab. Eine Männerstimme krächzte durch einen Lautsprecher: »Achtung, Achtung, hier spricht die Polizei! Sie werden aufgefordert, sofort zum Gebäude des Naturschutzzentrums zu kommen. Wir werden das gesamte Gelände durchsuchen. Sie haben keine Chance, das Areal zu verlassen.« Es klickte und die Stimme verstummte.

Ein großer Geländewagen, an dem ein Schneepflug angebracht war, blies eine Rußwolke in die Wirbel der Schneeflocken und brauste die Zufahrt hinab, um gleich rechts in ein Waldstück abzubiegen. Die Räumschaufel schleuderte den Schnee ins Gelände, doch wurde er von dem Sturm zu einer undurchdringbaren Wand hochgewirbelt. Der Wagen hinterließ eine befahrbare Spur, der weitere SEK-Fahrzeuge folgten.

»Die haben sich das Gelände über Google-Earth darstellen lassen«, erklärte Linkohr, worauf Kerstin eifrig nickte und meinte: »Da sieht man aber nur, wie's im Sommer aussieht – jetzt herrscht hier weiße Hölle.«

Ein dienstgradmäßig höher gestellter SEK-Beamter kam auf sie zu: »Dort hinten scheint ein alter Steinbruch zu sein – oder so etwas Ähnliches. Wer dorthin flüchtet, sitzt eigentlich in der Falle«, erklärte er.

Weitere Scheinwerfer flammten auf. Mit rot-weißen Absperrbändern, an denen die Orkanböen zerrten, wurde der Vorplatz des Naturschutzzentrums begrenzt. Weitere Gerüstteile waren inzwischen abgestürzt, zwei Dachziegel im Schnee versunken.

Den Sanitätern und dem Notarzt war per Funk mitgeteilt worden, dass sie so lange im Haus bleiben sollten, bis eine Mannschaft des Technischen Hilfswerks eingetroffen sein würde, um das desolate Gerüst zu sichern.

Im Polizeifunk mehrten sich die Einsätze wegen entwurzelter Bäume und unpassierbar gewordener Straßen.

Ein weiterer Rettungswagen wurde zum Naturschutzzentrum beordert, falls es bei der Suchaktion Verletzte gab. Beinahe ging die weibliche Stimme aus der Datenstation unter, wo man inzwischen die Halter der beiden abseits geparkten Autos ermittelt hatte. Der BMW gehörte demnach Dr. Humstett, während der Mercedes auf eine Hamburger Autovermietung zugelassen war.

Die Sirenen der Martinshörner klangen dumpf durch den Schneesturm. Über Linkohrs tragbarem Funkgerät meldete sich Direktionsleiter Hans Baldachin, der über den Stand der Aktion informiert sein wollte und sich nach den Straßenverhältnissen erkundigte. Er war von dem Leitenden Oberstaatsanwalt Dr. Wolfgang Ziegler beauftragt worden, die Zufahrtsmöglichkeiten auszuloten. Das Ansinnen des obersten Chefs der Ermittlungsbehörde, selbst zum Tatort zu kommen, veranlasste auch Baldachin, die nächtliche Fahrt dorthin auf sich zu nehmen.

Linkohr überlegte einen Moment, ob er dies dadurch abwenden konnte, dass er die vorherrschenden Witterungsverhältnisse weiter dramatisierte, entschied sich aber, bei seinem ersten großen eigenen Fall strikt bei der Wahrheit zu bleiben. Bis Ziegler und Baldachin eintrafen, war vermutlich der Einsatz ohnehin beendet. Wie immer eben, wenn sich die Lage brenzlig zuspitzte: An der Front waren die niederen Gehaltsgruppen dem Feind ausgesetzt, während die höher Dotierten erst eintrafen, wenn der Pulverdampf längst verraucht war.

»Wo ist eigentlich Humstett?«, riss ihn Kerstin aus seinen Gedanken heraus, nachdem er die Informationen pflichtgemäß übermittelt hatte.

»Keine Ahnung. Irgendwo da drüben vermutlich.« Er zeigte zu dem abgesperrten Eingangsbereich, wo das Plastikband ein wildes Schwirren und Rauschen von sich gab.

Ein Dutzend SEK-Kräfte hatte sich auf den Weg in den

Steinbruch gemacht und war mühelos über das geschlossene Tor gesprungen, um den Fußspuren zu folgen, die es dort gab.

»Weißt du, nach wem wir hier fahnden?«, fragte Kerstin leicht irritiert.

»Nach allem, was uns der Chef übermittelt hat, kann's nur der große Doc sein.«

Kerstin nickte. »Ein sportlicher Typ wahrscheinlich. Ich frag mich nur, warum er nicht zu seinem Auto geflüchtet ist.«

Linkohr zuckte mit den Schultern. »Ich geh mal davon aus, dass Humstett ihn daran gehindert hat.«

Kerstin wurde nachdenklich, wurde jedoch vom Martinshorn eines heranbrausenden Mannschaftstransportwagens der Göppinger Bereitschaftspolizei übertönt: »Und was, wenn ...«, sie zögerte, »... wenn Humstett unser großer Doc ist?«

73

Der Geländewagen des SEK war mit dem Schneepflug durch ein kleines Waldgebiet gerast, während der Beamte auf dem Beifahrersitz auf dem Bildschirm eines Laptops die Route verfolgte und die Richtung angab. Das Navigationssystem basierte auf einer Satellitenkarte von Google-Earth, so dass trotz der Dunkelheit und des vielen Schnees den Wiesen- und Waldwegen gefolgt werden konnte. Auch der Rand des Steinbruchs zeichnete sich auf dem Foto deutlich ab.

»Dort rüber«, sagte der Beamte, der den Laptop auf den Knien balancierte. Die voll aufgeblendeten Scheinwerfer und ein Suchscheinwerfer vom Dach des Fahrzeugs trafen knapp hundert Meter entfernt auf einen tief verschneiten Heckenstreifen, der offenbar das hintere Ende des Steinbruchs markierte. Der Sturm zerrte an dem Gehölz, hob und senkte es, drehte es nach allen Richtungen und erweckte den Eindruck, als sollte das Gebüsch mitsamt den Wurzeln aus dem Erdreich gerissen werden. Aus einer größeren Hecke ragte ein von Raureif beschlagener Hochsitz hervor.

»Fahr mal da rüber«, entschied der Beamte. Er ging davon aus, dass sich von dort ein Blick in das Becken des Steinbruchs bot.

Der Geländewagen wühlte sich durch die mindestens 30 Zentimeter hohe Schneedecke, holperte über das gefrorene Erdreich hinweg, gefolgt von drei weiteren Fahrzeugen.

Der Beamte mit dem Laptop griff zum Funkgerät und erklärte: »Wir stoppen bei dem Hochsitz. Die Hälfte der Mannschaft nach links, die andere nach rechts. Achtung, oberste Priorität: Spurensuche im Schnee. Zielperson befindet sich entweder in diesem alten Steinbruch oder sie ist bereits irgendwo hochgekommen. Dann müssen wir den Spuren folgen. Ende.«

Der Fahrer hatte den Geländewagen dicht an den Hochsitz herangebracht, die nachfolgenden Fahrzeuge blieben in der Kolonne stehen. Sofort verteilten sich die Einsatzkräfte nach beiden Seiten. Mit wenigen Handgriffen wurden zwei Halogenstrahler zu einer Lücke im Heckenstreifen gebracht, hinter dem sich das Gelände tatsächlich senkte. Eisiger Sturm pfiff über die Freifläche und peitschte den Beamten die Schneeflocken gegen die heruntergeklappten Visiere ihrer Helme.

Schätzungsweise 150 Meter entfernt und 30 Meter tiefer näherten sich Scheinwerfer. Das waren jene Beamten, die sich über das Eingangstor Zutritt verschafft hatten. Die schwarz gekleideten Personen zogen wie eine Karawane durch eine weiße Wüste. Sie versanken bis zu den Knien im Schnee und kamen nur mühsam voran. Mit Stöcken stocherten sie vor sich in den gefrorenen Untergrund, um etwaige Gräben oder Löcher aufzuspüren.

Die Männer am Heckenstreifen waren bis dicht zu dem Bewuchs gegangen und verteilten sich in beide Richtungen. Im Abstand von zwei Metern stapften sie hintereinander am Abgrund entlang, wobei jeweils dem Ersten die Aufgabe oblag, auf Spuren zu achten. Immer wieder mussten sie mit Handschuhen über das Helmvisier wischen, weil ihnen sonst der Schnee innerhalb kürzester Zeit die Sicht versperrt hätte.

Verständigung untereinander war nur mit Handzeichen möglich, weil der Sturm nahezu ohrenbetäubend um den Helm pfiff. Trotzdem wurden alle aus der linken Gruppe sofort auf ein Zeichen des Vorausgehenden aufmerksam: Er hob eine Hand, deutete vor sich ins Gebüsch und richtete den Strahl seiner Lampe dorthin. Die gesamte Gruppe eilte, so gut es ging, zu besagter Stelle, auf die nacheinander weitere Lichtkegel fielen.

Die Männer erkannten, dass sich im Gestrüpp vor

ihren Kollegen eine Person abzeichnete, die sich hinter dem Gehölz versteckt hatte. Es war ein Mann, der eine dicke schwarze Lederjacke trug und dessen Haare schneebedeckt waren. Er zeigte keinerlei Regung, schien erschöpft und von der Kälte gezeichnet zu sein. Er starrte geblendet mit schmalen Augen in das Lampenlicht, das auf ihn gerichtet war. Sein Atem ging schwer. Um seinen Jackenkragen hatte sich bereits dicker Raureif gebildet. Die kampferprobten Männer des SEK erkannten sofort, dass mit keinerlei Widerstand zu rechnen war. Der Wortführer sah ihm fest in die Augen und fragte: »Sind Sie Dr. Moschin?«

Linkohr hatte sich auf eine heiße Dusche gefreut und, wie bereits kurz nach Ende des Einsatzes versprochen, noch einmal vom Diensthandy aus den Chef auf Gran Canaria angerufen, um in Ruhe mit ihm sprechen zu können. Häberle lobte seinen jungen Kollegen und meinte: »Sie werden mal ein würdiger Nachfolger.«

Linkohr erwiderte nichts. Er wusste, dass darüber andere zu entscheiden hatten – und dass dabei viele Kriterien galten.

»Sie haben mir vorhin gesagt, dass er keine Angaben machen will«, fuhr Häberle fort. »Hat sich daran etwas geändert?«

Linkohr hatte sich aufs Bett gelegt, um nach der heißen Dusche die Entspannung zu genießen – leider ohne Kerstin, wie er es empfand. »Nein, er hat nichts mehr gesagt. Er war auch ziemlich fertig – mit sich und der Welt. Sie haben ihn vor Kurzem auf den Hohenasperg gebracht.« Häberle wusste Bescheid: Ins Gefängniskrankenhaus.

»Er war stark unterkühlt und erschöpft«, berichtete Linkohr weiter. »Und er stand wohl auch unter Schock.«

»Moschin als der große Doc«, stellte Häberle gelassen fest. »Er hat im Hintergrund die Fäden gezogen. Von ihm ging die Idee mit der Forschung aus, dank derer einige wiederum ihr Schwarzgeld waschen konnten.«

»Das hört sich plausibel an.« Linkohr war viel zu müde, um weitere Details zu erfragen.

»Wie ich's immer sage«, hörte er Häberles angenehme Stimme, die ihn durchaus in den Schlaf reden konnte. »Der eigentliche Geschäftszweck mancher dubioser Unternehmen ist ein ganz anderer als der, der im Gesellschaftervertrag drinsteht.«

»Na ja, aber wenn man Humstett glauben darf, haben sie einiges zuwege gebracht«, gab Linkohr zu bedenken.

»Das mag sein – falls dies strafrechtlich relevant sein sollte, wird dies mit Sicherheit geprüft werden. Ebenso natürlich, woher das viele Geld gekommen ist. Ich hab hier genügend Typen kennengelernt, die nur Geld im Kopf haben, Herr Kollege Linkohr.«

»Geld und Frauen«, erwiderte der junge Kriminalist süffisant und musste an Kerstin und die inzwischen abgehakte Jenny denken. »Die Frau Brugger hat sich mit Moschin große Hoffnungen gemacht, hat sogar gemordet und sich zum Helfershelfer gemacht. Wie praktisch, dass es diese Ferienwohnung in Brig gab, wo man mit der Ärzteclique war und wo manche zwischenmenschliche Beziehung zustande gekommen ist.«

»Ja, sie hat versucht, die anderen loszuwerden – und wer nicht spurte, wurde beseitigt«, erklärte Häberle.

»Und wer zu viel wusste, auch«, ergänzte Linkohr.

»Die Anja Kastel ist ihr und Moschin zu nahe gekommen. Und ich darf gar nicht daran denken, was Lena passiert wäre, wäre sie nicht nach Gran Canaria gegangen. Wir haben ja heut gesehen, was mit Frenzel geschehen sollte.« Linkohr musste sich auf die Fakten konzentrieren. »Man hat ihm – und das war sicher Moschin heute im Laufe des Tages – dieses Katzengewand untergeschoben und so getan, als habe er es im Naturschutzzentrum versteckt. Dann aber, so vermute ich mal, hat man ihn, nachdem sich die Lage zugespitzt hat, vorsichtshalber aus dem Verkehr ziehen wollen. Zuerst mit dem Narkosemittel – und anschließend wäre wahrscheinlich wieder Pancuronium – das Mittel zur Muskelrelaxation, Sie erinnern sich, wie bei Anja – gespritzt worden.« Der junge Kriminalist zögerte. »Ich bin nur überrascht, dass Moschin offenbar geglaubt hat, dies würde alles spurlos an ihm vorbeigehen.«

»Aber lieber Herr Kollege«, gab sich Häberle wieder väterlich. »Was glauben Sie, wozu Täter in der Lage sind, wenn sie sich in die Enge gedrängt fühlen und sie Kopf und Kragen retten wollen? Sie werden zu wilden Tieren.«

»Humstett hat auch nicht mehr ins Konzept gepasst. Ein Glück, dass er sich sozusagen heute Vormittag selbst aus der Klinik entlassen hat. Nun ist mir klar, weshalb er Personenschutz abgelehnt hat. Er war hoch motiviert und wohl auch tief enttäuscht über die Schweinereien seiner vermeintlichen Geschäftsfreunde. Jedenfalls glaub ich, dass er alles daran setzen wollte, Moschin zu überführen – bis hin, dass er ihn seit heute Mittag beschattet hat und ihm übers Gerüst ins Naturschutzzentrum nachgestiegen ist.«

»Wir können von Glück sagen, dass er's getan hat. Diese Nacht hätte Frenzel nicht überlebt.« Häberle räusperte sich. »Habt ihr schon Kontakt mit Dr. Stuhler aufgenommen?«

»Nein«, war Linkohr leicht verunsichert. »Hätten wir das tun sollen?«

»Nicht, dass noch einer meint, Stuhler sei der geheimnisvolle große Doc.« Häberle lachte hörbar. »Aber lasst nur, das werd ich morgen Nachmittag nach meiner Rückkehr tun. Ach ja«, fügte er an, »wie geht's denn der Kollegin Kerstin?«

»Danke der Nachfrage.« Linkohr ließ es gleichgültig klingen, obwohl allein die Erwähnung ihres Namens seinen Pulsschlag erhöhte.

»Hab ich eigentlich schon gesagt, dass ihr Aufenthalt bei uns verkürzt wurde?«

»Verkürzt?« Linkohrs Kehle wurde ganz trocken.

»Ja, sie hat ein Angebot für eine Praktikantenstelle beim Bundeskriminalamt in Wiesbaden – gleich zum 1. März. Finde ich toll. Das Mädel macht mal Karriere.«

»Ja«, sagte Linkohr mit schwacher Stimme. »Ja, das ist sicher schön für sie.« Er hatte sich so über seinen Ermittlungserfolg gefreut – doch nun hatte ihn das Wechselbad der Gefühle nach unten gerissen. Warum hatte ihm Kerstin dies verschwiegen? Aber, so tröstete ihn eine innere Stimme, Wiesbaden war schließlich nicht aus der Welt.

Vom Flughafen kommend, war Häberle zuerst nach Hause gefahren. Susanne, die er in den vergangenen Tagen so ziemlich über jedes Detail informiert hatte, überraschte ihn mit Linsen und Spätzle. Nur das Weizenbier musste er abschlagen, weil er an diesem Freitagnachmittag noch dienstlich unterwegs sein musste. Er wollte die Kollegen der Sonderkommission zu ihrem Erfolg beglückwünschen und den Ärztlichen Direktor der Klinik, Dr. Alexander Stuhler, aufsuchen. Dieser hatte sich bereits am Telefon erleichtert darüber gezeigt, dass der Fall so schnell hatte geklärt werden können.

»Dafür bin ich Ihnen unendlich dankbar«, sagte er noch einmal, als ihm Häberle gegenübersaß. »Der ausgezeichnete Ruf unserer Klinik hätte sehr darunter gelitten.«

Der Chefermittler nickte verständnisvoll. »Wenn man's genau nimmt, hatten Sie nur ein einziges schwarzes Schaf in Ihren Reihen.« Er lächelte dem Arzt aufmunternd zu. »Und dass es die in jedem Betrieb gibt, auch bei der Polizei, das wissen wir alle. Wichtig ist nur, dass man sie rechtzeitig erkennt.«

»Rechtzeitig, ja«, bekräftigte Stuhler und seufzte. »Leider war es für Dr. Fallheimer und Frau Kastel nicht rechtzeitig genug.« Er überlegte. »Aber weshalb, um alles in der Welt, hat Frau Brugger am Samstag in der Ambulanz nach Dr. Moschin gefragt? Macht das denn Sinn?«

Häberle fiel es wieder ein: Unter dem Pseudonym Marion von Willersbach, so stand es in den Akten, hatte sie in der Ambulanz nach Moschin verlangt. Dem Chefermittler war dies bereits mehrfach durch den Kopf gegangen. Vielleicht hatte sie sichergehen wollen, dass Moschin tatsächlich zur Stelle war, um Anja umzubringen. Allerdings hätte sie dies vor dem Betreten der Klinik auch telefonisch erledigen können. Häberle entschied sich zu der seiner Meinung nach schlüssigsten Antwort: »Ich geh mal davon aus, dass sie den Eindruck erwecken wollte, unter dem Namen der Adligen bekannt zu sein und vertrauenswürdig zu erscheinen. So konnte sie den Betrieb in der Ambulanz für die Dauer des Mordes an Frau Kastel aufhalten oder besser gesagt: Für einige Minuten lahmlegen.«

»Und wenn der Kollege Salbaisi den Dr. Moschin hinzugezogen hätte?«, zeigte sich Stuhler skeptisch.

»Dann hätte der natürlich bestätigen müssen, dass er die Dame unter diesem Namen kennt. Aber dies war sicher nicht vorgesehen. Denn vermutlich wäre er zu diesem Zeitpunkt gar nicht auffindbar gewesen, weil er bereits im Röntgenbereich war – bei Anja Kastel.«

»Sie gehen davon aus, dass Frau Brugger – alias Marion von Willersbach – nur den einzigen Zweck verfolgt hat, den Kollegen Salbaisi hinzuhalten, damit Moschin ungesehen den Röntgenbereich wieder verlassen konnte?«

»Ja, natürlich. Als er wieder rauskam, ist auch Frau Brugger verschwunden. Das Zeitfenster muss allerdings recht eng gewesen sein, denn die nachfolgende Patientin hat die Katzenfrau ums Eck gehen sehen.«

»Aber, entschuldigen Sie, warum die ganze Aktion hier in der Klinik? Er hätte sie doch auch anderswo umbringen können.«

»Hätte, ja. Nur sollte es hier nach einem natürlichen Tod aussehen und praktischerweise gleich von Moschin selbst und vielleicht einem anderen Kollegen, wie ja zunächst geschehen, attestiert werden können.«

»Allerdings hatte ich von vornherein Bedenken«, erwiderte Stuhler korrekt. »In einer Klinik darf nichts unaufgeklärt im Raum stehen bleiben. Niemals.«

Häberle hegte keinerlei Zweifel an Stuhlers Worten. »Ihre Klinik genießt in vielerlei Hinsicht einen guten Ruf«, gab er sich informiert. »Gerade wenn man älter wird, wie unsereins …« Er grinste. »Dann schätzt man die Vorzüge eines solchen Hauses vor Ort. Und wie man so hört, sind Sie hier mit Hüft- und Kniegelenkgeschichten wirklich ziemlich versiert.«

»Versiert und weithin bekannt«, ergänzte Stuhler stolz.

»Und Sie selbst«, stellte Häberle fest, »sind – wie man so hört – eine Kapazität auf dem Gebiet der Endoskopie.«

Stuhlers kantiges Gesicht verzog sich zu einem Lächeln. »Man muss das nicht übertreiben, Herr Häberle. Aber wir können vieles hier sehr gut, das dürfen Sie mir glauben.«

»Darmspiegelung«, sprach Häberle ein Thema an, das ihn seit Langem beunruhigte. Ab Mitte 50, so hatte ihm sein Hausarzt empfohlen, sei dies nicht nur sinnvoll, sondern könne sogar lebensrettend sein. Kaum eine andere Krebserkrankung lasse sich bei einer Früherkennung so gut heilen wie Tumore im Darm.

»Sie haben das noch nie machen lassen?«, griff Stuhler die Bemerkung auf. Er hatte ein Gespür dafür, was Patienten beschäftigte.

»Bisher hat mir der Anlauf dazu gefehlt«, erwiderte Häberle kleinlaut und hoffte insgeheim, dass die Gelegenheit günstig war, die Angst zu verlieren.

»Dann nehmen wir jetzt den Anlauf – wie wär's?«, spornte ihn der Chefarzt an. »Nächste Woche. Ganz harmlose Sache, wirklich. Und Sie werden sehen, Sie fühlen sich hinterher viel gesünder.«

»Na ja«, brummte Häberle. »So ganz schmerzlos wird's wohl nicht abgehen.«

»Absolut harmlos«, wiederholte Stuhler und grinste. »Es gibt Herrschaften in dieser Stadt, die gelten als echte Weicheier, wenn ich das sagen darf, ohne Namen zu nennen – und die haben sich hinterher gewundert, wie harmlos es war. Sogar ganz ohne Narkose.«

Häberle zögerte. »Okay. Wann nächste Woche?«

Stuhler drehte sich zu seinem Computer, um den Terminkalender aufzurufen. »Donnerstag, 11.30 Uhr. Und am Mittwoch um 16 Uhr ein kurzes Vorgespräch – wegen des Abführmittels.« Er wartete Häberles Zustimmung gar nicht ab und trug den Termin ein.

Der Chefermittler fühlte sich irgendwie erleichtert, die lange vor sich hergeschobene Untersuchung schnell anberaumt zu haben. Überhaupt hatte es dieser Chefarzt geschafft, ihm die Scheu zu nehmen, die den hartgesottenen Kriminalisten beim privaten Betreten einer Klinik überkam. Aber hier hatte er gleich von Anfang an eine familiäre Atmosphäre gespürt.

Er bedankte sich bei Stuhler, stand auf und ließ sich von ihm zur Tür begleiten. »Wissen Sie, es gibt viele Menschen, die eine gewisse Hemmschwelle überwinden müssen, wenn sie in eine Klinik gehen«, sagte der Chefarzt, als habe er Häberles Gedanken erraten. »Die Zeiten, als Sie hier noch Götter in Weiß angetroffen haben, sind in diesem Haus längst vorbei. Wir sind nichts weiter als Menschen – allerdings in unserem jeweiligen Fachgebiet spezialisiert und gut ausgebildet. Dies und unsere moderne Technik versetzt uns in die Lage, auch in einer Kleinstadt medizinische Versorgung auf sehr hohem Niveau zu bieten.«

Er öffnete die Tür und schüttelte Häberle die Hand. »Wir sehen uns. Vergessen Sie aber bitte nicht, was mein Anästhesist immer sagt: Es ist noch niemand durch eine Behandlung unsterblich geworden.«

ENDE

Mein Dank gilt allen, die mir bei der Recherche zu diesem Buch behilflich waren – insbesondere dem Gerichtsmediziner Dr. Frank J. Reuther und den Chefärzten der Helfenstein Klinik Geislingen an der Steige mit dem Ärztlichen Direktor Dr. Andreas Schuler. Ebenso bedanke ich mich bei unzähligen Polizeibeamten und Juristen, insbesondere bei den Pressesprechern der Polizeidirektion Göppingen und des Landgerichts Ulm. Weil sie mir stets mit Tipps zur Seite stehen und jederzeit freundliche Ansprechpartner sind, ist es mir möglich, meine Kriminalromane so realitätsnah wie möglich zu schreiben. Dazu trägt auch meine Kenntnis der Schauplätze bei, die ich (fast) alle kenne und bereist habe. Jeder Leser hat die Möglichkeit, sie selbst aufzusuchen und den Spuren der Ermittler zu folgen.

Ein ganz besonderer Dank gilt an dieser Stelle dem inzwischen pensionierten und weithin bekannten Kriminalbeamten Gerhard Seele, der das leibhaftige Vorbild meines Kommissars August Häberle ist.

In den Dank schließe ich aber auch alle Häberle-Fans mit ein, deren Treue mich zu immer neuen Ideen anspornt. Dass diese letztlich umgesetzt werden können, habe ich einer Person ganz besonders zu verdanken: Claudia Senghaas, meiner Lektorin, die mit sehr viel Einfühlungsvermögen und unendlicher Geduld das Manuskript druckreif bearbeitet.

Weitere Krimis finden Sie auf den folgenden Seiten und im Internet: www.gmeiner-verlag.de

MANFRED BOMM
Kurzschluss

420 Seiten, Paperback.
ISBN 978-3-8392-1049-9.

HOCHSPANNUNG In einem See am Rande der Schwäbischen Alb wird ein Angestellter des kleinen örtlichen Energieversorgers tot aufgefunden – mit einem Stein um den Hals im Wasser versenkt. Er hatte die Aufgabe, täglich die Entwicklungen an der Leipziger Strombörse zu verfolgen, um bei günstigen Notierungen den Bedarf für die nächsten Jahre zu ordern.

In der Wohnung des Ermordeten findet Kommissar August Häberle mehrere selbst produzierte Dokumentarfilme über die Energiewirtschaft. Und dann erreicht ihn die Nachricht von einer weiteren Leiche – in einem See im fernen Mecklenburg-Vorpommern, versenkt mit einem Stein …

MANFRED BOMM
Glasklar

471 Seiten, Paperback.
ISBN 978-3-89977-795-6.

OFFENE RECHNUNGEN Der Wasserberg am Rande der Schwäbischen Alb. Nach einer privaten Sonnwendfeier einer Gruppe ehemaliger Schulkameraden findet man einen der Gäste, Werner Heidenreich, tot auf. Erstochen – mit dem Brotmesser, das den Abend über am Lagerfeuer benutzt worden war.

In den Verdacht geraten sowohl die früheren Mitschüler und der alte Lehrer des Ermordeten als auch deren Angehörige. Doch Hauptkommissar August Häberle findet heraus, dass in jener Sommernacht noch viele andere Menschen im Gelände unterwegs waren, die eine gemeinsame Vergangenheit mit dem Opfer haben. Zudem hatte Heidenreich als ehemaliger Polizeibeamter und Mitarbeiter der Steuerfahndung zu Lebzeiten etliche Feinde …

GMEINER

Wir machen's spannend

MANFRED BOMM

Beweislast

468 Seiten, Paperback.
ISBN 978-3-89977-705-5.

IN DEN MÜHLEN DER JUSTIZ
Kommissar Häberles neuer Fall scheint klar: Der in einem abgeschiedenen Tal am Rande der Schwäbischen Alb tot aufgefundene Berater der Agentur für Arbeit wurde von einem seiner »Kunden« ermordet. Eine ganze Reihe von Indizien, aber auch DNA-Spuren am Tatort, weisen zweifelsfrei auf Gerhard Ketschmar hin. Der 55-jährige Bauingenieur ist nach über einem Jahr erfolgloser Stellensuche psychisch und physisch am Ende und voller Hass, weil man ihn auf das Abstellgleis Hartz IV zu schieben droht. Doch während sein Prozess vor der Schwurgerichtskammer des Ulmer Landgerichts vorbereitet wird, kommen August Häberle erhebliche Zweifel. Wird möglicherweise ein Unschuldiger zu einer lebenslänglichen Haftstrafe verurteilt?

MANFRED BOMM

Schusslinie

229 Seiten, Paperback.
ISBN 978-3-89977-664-5.

BUNDESTRAINER JÜRGEN KLINSMANN IN GEFAHR?
Deutschland muss 2006 im eigenen Land Fußballweltmeister werden! Dass man dies nicht dem Zufall überlassen darf, darüber sind sich einige Wirtschaftsbosse und Politiker in Berlin längst einig und im Hintergrund werden Fäden gesponnen, die bis in die schwäbische Provinz reichen. So findet sich auch Kriminalkommissar August Häberle bei seinen Ermittlungen um einen mysteriösen Mordfall in einem Geflecht aus Erpressung und Intrigen wieder …

MANFRED BOMM

Mordloch

373 Seiten, Paperback.
ISBN 978-3-89977-646-1.

KOMMISSAR HÄBERLE STINKT'S Ein neuer Fall für Kommissar Häberle: In einem Dorf auf der Schwäbischen Alb gibt es erheblichen Ärger. Ausgerechnet der Ortsvorsteher will einen riesigen Schweinestall bauen und zieht sich damit den Unmut der Einwohnerschaft zu. Massive wirtschaftliche Interessen prallen aufeinander: Bauern bangen um ihre Zukunft, andere streben nach mehr Tourismus und die Betreiber von Windkraftanlagen versprechen sich zudem reichlich Rendite.

Als eines Tages in einer nahen Höhle – dem so genannten »Mordloch« – die Leiche eines Dorfbewohners gefunden wird, muss Kommissar August Häberle erkennen, dass die Welt in der kleinen Gemeinde alles andere als in Ordnung ist …

MANFRED BOMM

Trugschluss

419 Seiten, Paperback.
ISBN 978-3-89977-632-4.

DEM ›BRUMMTON‹ AUF DER SPUR Eine verkohlte Leiche kann weder identifiziert werden noch gibt es Anhaltspunkte, wer sie ausgerechnet neben einer militärischen Funkanlage auf der Hochfläche der Schwäbischen Alb abgelegt hat. Für Kommissar August Häberle beginnt ein Fall, der äußerst mysteriös erscheint und bis in die höchsten Ebenen der Politik hinein reicht.

Während er fast schon befürchtet, das Verbrechen ungelöst zu den Akten legen zu müssen, spielen sich in Florida und Lugano seltsame Dinge ab. Als dann auch noch auf der Schwäbischen Alb in die Wohnung einer Frau eingestiegen wird, die seit Jahren über das Brummton-Phänomen klagt, bekommt der Fall eine neue Wende.

Alle Spuren führen nach Ulm, deren Stadtväter sich auf den 125. Geburtstag des dort geborenen Albert Einstein vorbereiten …

GMEINER

Wir machen's spannend

MANFRED BOMM

Irrflug

422 Seiten, Paperback.
ISBN 978-3-89977-621-8.

MORD IN DER FLIEGERSZENE Ein Sommermorgen auf dem Sportflugplatz Hahnweide bei Kirchheim/Teck. Als die Sekretärin der Motorflugschule zu ihrem Büro fährt, packt sie das Entsetzen: Vor einer Flugzeughalle liegt eine tote Frau, eine zweisitzige Cessna ist im Laufe der Nacht spurlos verschwunden.

Die Ermittlungen der Kriminalpolizei führen in die Umgebung des nahen Göppingen, wo einige der Hobby-Piloten wohnen. Dort übernimmt der in kniffligen Fällen erfahrene Kriminalist August Häberle den Fall – ein Praktiker, kein Schwätzer, einer, der Land und Leute und deren Mentalität kennt. Stück für Stück puzzelt er aus einer Vielzahl von Merkwürdigkeiten die wahren Hintergründe des Falls zusammen.

Die Spur führt nach Ulm …

MANFRED BOMM

Himmelsfelsen

374 Seiten, Paperback.
ISBN 978-3-89977-612-6.

TIEFER FALL Der Himmelsfelsen hoch über Eybach am Rande der Schwäbischen Alb: Eines Morgens tönt ein grausamer Schrei durch den friedlichen Ort und nichts ist mehr so, wie es einmal war. Ein Mann ist vom Felsen gestürzt.

Selbstmord oder Mord? Wer könnte Interesse am Tod des Ulmer Diskothekenbesitzers haben? Seine zwielichtigen Geschäftspartner oder gar eine eifersüchtige Frau? Fragen über Fragen – und ein verzwickter Fall für Hauptkommissar August Häberle.

Unsere Lesermagazine

2 x jährlich das Neueste aus der Gmeiner-Bibliothek

DIN A6, 16 S., farbig

10 x 18 cm, 16 S., farbig

24 x 35 cm, 20 S., farbig

GmeinerNewsletter

Neues aus der Welt der Gmeiner-Romane

Haben Sie schon unseren GmeinerNewsletter abonniert? Alle zwei Monate erhalten Sie per E-Mail aktuelle Informationen aus der Welt der Krimis, der historischen Romane und der Frauenromane: Buchtipps, Berichte über Autoren und ihre Arbeit, Veranstaltungshinweise, neue Krimiseiten im Internet und interessante Neuigkeiten.

Die Anmeldung zum GmeinerNewsletter ist ganz einfach. Direkt auf der Homepage des Gmeiner-Verlags (www.gmeiner-verlag.de) finden Sie das entsprechende Anmeldeformular.

Ihre Meinung ist gefragt!

Mitmachen und gewinnen

Wir möchten Ihnen mit unseren Romanen immer beste Unterhaltung bieten. Sie können uns dabei unterstützen, indem Sie uns Ihre Meinung zu den Gmeiner-Romanen sagen! Senden Sie eine E-Mail an gewinnspiel@gmeiner-verlag.de und teilen Sie uns mit, welches Buch Sie gelesen haben und wie es Ihnen gefallen hat. Alle Einsendungen nehmen automatisch am großen Jahresgewinnspiel mit ›spannenden‹ Buchpreisen teil.

GMEINER

Wir machen's spannend

Alle Gmeiner-Autoren und ihre Romane auf einen Blick

ANTHOLOGIEN: Zürich: Ausfahrt Mord • Mörderischer Erfindergeist • Secret Service 2011 • Tod am Starnberger See • Mords-Sachsen 4 • Sterbenslust • Tödliche Wasser • Gefährliche Nachbarn • Mords-Sachsen 3 • Tatort Ammersee • Campusmord • Mords-Sachsen 2 • Tod am Bodensee • Mords-Sachsen 1 • Grenzfälle • Spekulatius **ABE, REBECCA**: Im Labyrinth der Fugger **ARTMEIER, HILDEGUNDE**: Feuerross • Drachenfrau **BAUER, HERMANN**: Verschwörungsmelange • Karambolage • Fernwehträume **BAUM, BEATE**: Weltverloren • Ruchlos • Häuserkampf **BAUMANN, MANFRED**: Jedermanntod **BECK, SINJE**: Totenklang • Duftspur • Einzelkämpfer **BECKER, OLIVER**: Das Geheimnis der Krähentochter **BECKMANN, HERBERT**: Mark Twain unter den Linden • Die indiskreten Briefe des Giacomo Casanova **BEINSSEN, JAN**: Goldfrauen • Feuerfrauen **BLATTER, ULRIKE**: Vogelfrau **BODE-HOFFMANN, GRIT / HOFFMANN, MATTHIAS**: Infantizid **BODENMANN, MONA**: Mondmilchgubel **BÖCKER, BÄRBEL**: Mit 50 hat man noch Träume • Henkersmahl **BOENKE, MICHAEL**: Riedripp • Gott'sacker **BOMM, MANFRED**: Blutsauger • Kurzschluss • Glasklar • Notbremse • Schattennetz • Beweislast • Schusslinie • Mordloch • Trugschluss • Irrflug • Himmelsfelsen **BONN, SUSANNE**: Die Schule der Spielleute • Der Jahrmarkt zu Jakobi **BOSETZKY, HORST (-KY)**: Promijagd • Unterm Kirschbaum **BRÖMME, BETTINA**: Weißwurst für Elfen **BUEHRIG, DIETER**: Schattengold **BÜRKL, ANNI**: Ausgetanzt • Schwarztee **BUTTLER, MONIKA**: Dunkelzeit • Abendfrieden • Herzraub **CLAUSEN, ANKE**: Dinnerparty • Ostseegrab **DANZ, ELLA**: Ballaststoff • Schatz, schmeckt's dir nicht? • Rosenwahn • Kochwut • Nebelschleier • Steilufer • Osterfeuer **DETERING, MONIKA**: Puppenmann • Herzfrauen **DIECHLER, GABRIELE**: Glutnester • Glaub mir, es muss Liebe sein • Engpass **DÜNSCHEDE, SANDRA**: Todeswatt • Friesenrache • Solomord • Nordmord • Deichgrab **EMME, PIERRE**: Diamantenschmaus • Pizza Letale • Pasta Mortale • Schneenockerleklat • Florentinerpakt • Ballsaison • Tortenkomplott • Killerspiele • Würstelmassaker • Heurigenpassion • Schnitzelfarce • Pastetenlust **ENDERLE, MANFRED**: Nachtwanderer **ERFMEYER, KLAUS**: Endstadium • Tribunal • Geldmarie • Todeserklärung • Karrieresprung **ERWIN, BIRGIT / BUCHHORN, ULRICH**: Die Reliquie von Buchhorn • Die Gauklerin von Buchhorn • Die Herren von Buchhorn **FOHL, DAGMAR**: Der Duft von Bittermandel • Die Insel der Witwen • Das Mädchen und sein Henker **FRANZINGER, BERND**: Zehnkampf • Leidenstour • Kindspech • Jammerhalde • Bombenstimmung • Wolfsfalle • Dinotod • Ohnmacht • Goldrausch • Pilzsaison **GARDEIN, UWE**: Das Mysterium des Himmels • Die Stunde des Königs **GARDENER, EVA B.**: Lebenshunger **GEISLER, KURT**: Bädersterben **GERWIEN, MICHAEL**: Alpengrollen **GIBERT, MATTHIAS P.**: Rechtsdruck • Schmuddelkinder • Bullenhitze • Eiszeit • Zirkusluft • Kammerflimmern • Nervenflattern **GORA, AXEL**: Das Duell der Astronomen **GRAF, EDI**: Bombenspiel • Leopardenjagd • Elefantengold • Löwenriss • Nashornfieber **GUDE, CHRISTIAN**: Kontrollverlust • Homunculus • Binärcode • Mosquito **HAENNI, STEFAN**: Brahmsrösi • Narrentod **HAUG, GUNTER**: Gössenjagd • Hüttenzauber • Tauberschwarz • Höllenfahrt • Sturmwarnung • Riffhaie • Tiefenrausch **HEIM, UTA-MARIA**: Totenkuss • Wespennest • Das Rattenprinzip • Totschweigen • Dreckskind **HERELD, PETER**: Das Geheimnis des Goldmachers **HOHLFELD, KERSTIN**: Glückskekssommer **HUNOLD-REIME, SIGRID**: Janssenhaus • Schattenmorellen • Frühstückspension **IMBSWEILER, MARCUS**: Butenschön • Altstadtfest • Schlussakt • Bergfriedhof **KARNANI, FRITJOF**: Notlandung • Turnaround • Takeover **KAST-RIEDLINGER, ANNETTE**: Liebling, ich kann auch anders **KEISER, GABRIELE**: Engelskraut • Gartenschläfer • Apollofalter **KEISER, GABRIELE / POLIFKA, WOLFGANG**: Puppenjäger **KELLER, STEFAN**: Kölner Kreuzigung

Alle Gmeiner-Autoren und ihre Romane auf einen Blick